Melissa Foster

Verliebt in Mr. Bad

www.MelissaFoster.com

DIE AUTORIN

Melissa Foster ist eine preisgekrönte *New-York-Times-* und *USA-Today*-Bestsellerautorin. Ihre Bücher werden vom *USA-Today-Bücherblog*, vom *Hagerstown Magazin*, von *The Patriot* und vielen anderen Printmedien empfohlen. Melissa hat mehrere Wandgemälde für das *Hospital for Sick Children*, eine Kinderklinik in Washington, D. C., gemalt.

Besuchen Sie Melissa auf ihrer Website oder chatten Sie mit ihr auf Social Media. Sie diskutiert gern mit Bücherclubs und Lesegruppen über ihre Romane und freut sich über Einladungen. Melissas Bücher sind bei den meisten Online-Buchhändlern als Taschenbuch und E-Book erhältlich.

Unter dem Pseudonym Addison Cole schreibt Melissa auch Sweet Romance.

Melissa Foster

Verliebt in Mr. Bad

Die Bradens & Montgomerys

LOVE IN BLOOM – HERZEN IM AUFBRUCH

Aus dem Amerikanischen von Janet König

Vorwort

Ich glaube, kein Paar, über das ich je geschrieben habe, war so dickköpfig und herausfordernd wie Sable Montgomery und Kane Bad. Das Schreiben hat mir so viel Spaß gemacht! Diese beiden führen so prall gefüllte Leben, haben tolle Familien und schultern so viel, dass ihnen die Wucht all dessen gar nicht bewusst ist. Kein Wunder, dass sie beide keine Ahnung hatten, wie sehr ihnen die Liebe in ihrem Leben fehlte, und dass sie auch gar nicht offen dafür waren. Die Funken sprühen in dieser unterhaltsamen und leidenschaftlichen Geschichte nur so in alle Richtungen. Ich hoffe, dass Sie sich ebenso heftig in Sable und Kane verlieben, wie ich es getan habe. Wenn dies Ihr erstes Buch aus der Reihe »Love in Bloom – Herzen im Aufbruch« ist, dann sollten Sie wissen, dass all meine Liebesgeschichten für sich oder als Teil der Reihe gelesen werden können. Also tauchen Sie gleich ein in das unterhaltsame und leidenschaftliche Abenteuer! Der Geschichte ist ein Stammbaum der Familie vorangestellt.

Meinen treuen Fans möchte ich die brennende Frage beantworten: Ja, Kanes Schwestern werden ihre eigenen Geschichten bekommen, und am Ende dieses Buches gibt es die Möglichkeit, Pepper Montgomerys Geschichte *Gut gespielt, Mr. Perfect* (den ersten Band der neuen Reihe *Die Bradens in Ridgeport*) vorzubestellen.

Wer über Neuerscheinungen und exklusive Angebote auf dem Laufenden bleiben möchte, tritt am besten meinem Fanclub auf Facebook bei und abonniert meinen Newsletter:

www.MelissaFoster.com/Newsletter_German
www.Facebook.com/groups/MelissaFosterFans

Die Reihe »Love in Bloom – Herzen im Aufbruch«

Die Bradens & Montgomerys ist nur eine der vielen Serien aus der weitverzweigten Sammlung von Liebesromanen »Love in Bloom – Herzen im Aufbruch«. Jedes Buch kann für sich oder als Teil der jeweiligen Serie gelesen werden. Sie werden allen Figuren in späteren Geschichten immer wieder begegnen, sodass Sie keine Verlobung, Hochzeit oder Geburt verpassen. Eine vollständige Liste aller Serientitel sowie eine Vorschau auf kommende Veröffentlichungen finden Sie am Ende dieses Buches und unter:
www.MelissaFoster.com/Herzen-im-Aufbruch

Besuchen Sie auch Melissas Seite mit »Reader Goodies«! Dort gibt es – zum Teil auf Deutsch, zumeist aber in englischer Sprache – Serienübersichten, Checklisten, Stammbäume und vieles mehr zum Download:
www.MelissaFoster.com/Checklisten_und_Stammbaume

Eins

»Sie ist von der Idee nicht begeistert? Welche Musikerin reißt sich nicht darum, bei der Welttournee eines der heißesten Rockstars des Jahrzehnts als Vorband aufzutreten?«, fragte Kane Bad am Freitagabend über die Freisprechanlage seines Mietwagens. Eigentlich müsste er jetzt mit einem starken Drink in New York sitzen und überlegen, welche Dame das Glück haben würde, mit ihm im Bett zu landen. Stattdessen fuhr er gerade durch das Kaff Oak Falls in Virginia, das von unendlichen Weiden und Pferdefarmen umgeben war und seinem Vernehmen nach das Zuhause der dickköpfigsten Provinzmusikerin auf Erden war, der verdammten Sable Montgomery. Sein jüngerer Bruder, Rockstar Johnny Bad, hatte seiner Verlobten versprochen, dass ihre Freundin, die Gitarristin und Frontfrau der Band Surge, bei seiner anstehenden Tour als Vorband auftreten konnte. Als Manager von Johnny und seiner Band war es Kanes Aufgabe, sicherzustellen, dass Sable dafür auch gut genug war. Falls sie die Bühne rockte und falls ihre Band nicht der reinste Schrott war, würde er den Deal mit der Frau besiegeln, die von der Chance ihres Lebens *nicht begeistert* war. Ganz offensichtlich handelte es sich bei ihr entweder um eine Diva oder um eine Idiotin.

1

Er tippte auf beides.

»Eine Musikerin, die den Gig eben nicht will. Ich frage mich, warum du dir überhaupt die Mühe machst, dir einen Auftritt von ihr anzusehen«, sagte Victoria »Victory« Braden. Victory war Inhaberin von Blank Space Entertainment, dem Label, das Johnny und seine Band Bad Intentions vertrat. Außerdem war sie eine der vielen Cousins und Cousinen von Johnnys Verlobter Jillian Braden. »Ich habe Sable auf der Hochzeit meines Cousins Nick kennengelernt, und glaub mir, sie hat null Interesse daran, groß rauszukommen. Ansonsten wäre sie schon vor langer Zeit auf den Zug ihres Bruders aufgesprungen.« Axsel Montgomery war Leadgitarrist in der Band Inferno und fast ebenso berühmt wie Johnny.

»Ich bin hier, um meine zukünftige Schwägerin zu besänftigen, die ich unglaublich gern mag und die Johnny mehr liebt als sein Leben. Erst als er mich vor einiger Zeit angerufen hat, um mir zu erzählen, wie sehr Jilly sich freut, wurde mir klar, wie ernst es ihm damit ist, dass diese Frau mit ihrer Band bei seiner Tour dabei sein soll.« In Kanes Augen war die Zusage nicht mehr als eine beschwichtigende Geste gewesen, sodass er nicht einmal eine Überprüfung von Sable und ihren Bandkollegen in Auftrag gegeben hatte. Er hatte versucht, im Internet etwas – irgendetwas – über sie herauszufinden, hatte aber lediglich Kommentare in Musikforen und ein paar schlechte Handyvideos entdeckt, die auf kleinen Festivals von der Band gemacht worden waren. Nichts davon ließ aufschlussreiche Erkenntnisse über ihren Sound oder ihr Auftreten zu.

»Du solltest dir die Mühe sparen und zurück nach New York fahren. Lass mich meine Arbeit machen und hör auf, mit aller Gewalt Johnnys Karriere bis ins kleinste Detail managen zu wollen.«

»Muss ich dich daran erinnern, wie wir überhaupt in diese Lage gekommen sind?« Kane besaß Firmen und Immobilien an der gesamten Ostküste. Das Management für seinen Bruder und dessen Band hatte er erst übernommen, nachdem bekannt geworden war, dass Johnnys ehemaliger Manager nicht nur jahrelang einem Groupie Schweigegeld gezahlt hatte, damit sie nichts über eine gemeinsame Tochter mit Johnny verlauten ließ, von der sein Bruder überhaupt nichts gewusst hatte. Er hatte auch über eine Million Dollar veruntreut. Kane hatte keinerlei Erfahrung mit dem Management von Musikern, aber als jemand, der seinen Lebensunterhalt mit der Führung von milliardenschweren Unternehmen verdiente, nahm er an, dass es so kompliziert nicht sein konnte. Er würde diesem Quatsch stundenlange Besprechungen in einem Konferenzraum jederzeit vorziehen, aber es gab nichts, was er nicht für seine Familie tat.

»Ich versteh schon, Kane. Du willst nichts dem Zufall überlassen. Aber es ist Mitte Januar, und da der Tourstart auf März vorverlegt wurde, um zusätzliche Konzerte in zwei der größeren Veranstaltungsorte zu ermöglichen, bleibt uns nicht mehr viel Zeit. Und du weißt, wie wichtig Werbung im Vorfeld der Tour ist. Ich geb dir vierundzwanzig Stunden. Wenn du sie bis dahin nicht überzeugen kannst, engagiere ich eine andere Band, damit Johnnys Tour nicht den Bach runtergeht.«

»Wenn sie gut sind, brauch ich nicht so lange«, entgegnete Kane. »So einen Deal schließe ich mit links ab. Und selbst wenn Johnny eine miserable Vorband hätte, würden seine Fans trotzdem noch nach ihm schreien.«

»Darum geht es nicht und das weißt du auch. Er braucht nicht noch mehr negative Schlagzeilen.«

»Was du nicht sagst. Deswegen bin ich ja hier.« Sie hatten Johnnys Publicity-Albtraum endlich hinter sich gelassen und der betrügerische Mistkerl von Ex-Manager saß hinter Gittern. Johnny, seine vierzehn Jahre alte Tochter Zoey und Jillian hatten ein neues Leben in Pleasant Hill in Maryland begonnen und erwarteten Zwillinge. Kane hatte seinen Bruder noch nie glücklicher erlebt und er wollte all das nicht gefährden. Aber wenn diese Frau namens Sable und ihre Band auf der Bühne nicht richtig gut ablieferten, würde er Victoria grünes Licht geben und irgendeine andere Möglichkeit finden, um es bei seiner zukünftigen Schwägerin wiedergutzumachen.

Er beendete das Gespräch und drückte das Gaspedal durch. Je eher er seine Aufgabe erledigt hatte, umso früher konnte er in die Zivilisation zurückkehren. Doch während er an Farmen und kahlen Feldern vorbeifuhr, wurde er immer langsamer. Obwohl er wieder und wieder das Gaspedal durchdrückte, stotterte am Ende der Motor nur noch, bis er vollends den Geist aufgab.

Verdammt.

Er schaffte es gerade noch, den Wagen am Straßenrand ausrollen zu lassen, wo er versuchte, ihn wieder zu starten. Doch das verdammte Teil tat keinen Mucks. Er hätte wissen müssen, dass es ein beschissener Tag werden würde, als er auf dem Weg zu seiner ersten morgendlichen Besprechung einen Espresso auf seinem Tom-Ford-Anzug verschüttet hatte.

Nachdem er am Hebel für die Motorhaube gezogen hatte, stieg er aus, um sich die Sache einmal anzusehen. Die eisige Winterluft biss in seine Wangen und er fluchte leise vor sich hin. Genau das konnte er beim Reisen nicht ausstehen: auf die suboptimalen Sachen anderer angewiesen zu sein, auf Autos, Hotels, Fluggesellschaften. Er hatte einen Privatjet und eine Flotte tadelloser Autos zu seiner Verfügung und er besaß mehrere Luxushotels und Anwesen. Und doch saß er jetzt hier am Straßenrand in diesem gottverlassenen Kaff fest. Er krempelte die Ärmel seines Anzughemdes hoch, um den Ölstand zu überprüfen, bevor er feststellte, dass er nicht einmal einen Lappen hatte.

War ja klar.

Aber für einen Mietwagen würde er nicht seinen Sechstausend-Dollar-Anzug ruinieren. Gerade als er sein Handy aus der Tasche zog, hielt hinter ihm ein alter kirschroter Pick-up an. Eine hochgewachsene Frau in weit geschnittenem, farbverschmiertem Overall und unförmiger blauer Jacke stieg aus. Die dunklen Haare hatte sie auf dem Kopf zu einem – wie seine jüngeren Schwestern es wohl nennen würden – Messy Bun zusammengebunden, bei dem die Haarspitzen in alle Richtungen abstanden. Ihre Blicke begegneten sich, und das führte zu einem erregenden Hitzeschwall und einem unbekannten Gefühl in seiner Brust, das die Verärgerung überlagerte, die ihn zuvor erfasst hatte. Er war es gewohnt, dass Frauen bei ihm etwas unterhalb der Gürtellinie auslösten, aber diese neuartige Empfindung warf ihn kurzzeitig aus der Bahn. Die Frau schlenderte auf ihn zu, die vollen Lippen, hohen Wangenknochen und die Stupsnase wurden immer deutlicher und ihre betörenden grünen Augen zogen ihn vollkommen in ihren Bann.

»Brauchst du Hilfe?«, fragte sie mit einer Stimme, die gleichzeitig süß und rau war wie Whiskey.

War das nicht entzückend, dass sie dachte, sie könnte ihm helfen? Wahrscheinlich hatte sie den Mercedes gesehen, seine Erscheinung gewürdigt und dachte nun, es wäre ihr Glückstag. Vielleicht war es ja auch sein Glückstag. Zwar hatte er nicht unbedingt Zeit, diesem Reiz nachzugeben, aber für sie würde er vielleicht die Zeit finden. Und schon glitt ihr Blick auch an ihm herab und das Interesse funkelte geradezu in ihren Augen. Er war groß, hatte tiefschwarzes Haar, einen perfekt gestutzten Bart, lauter Tattoos und trug maßgeschneiderte Klamotten – da war er es gewohnt, reichlich Aufmerksamkeit von Seiten der Frauen zu bekommen.

»Danke, Süße, aber ich habe alles unter Kontrolle.« Er schloss die Motorhaube.

Sie blieb wenige Meter entfernt stehen, stemmte eine Hand in die Hüfte, sah ihn prüfend an. »Sicher? Ich kenn mich ziemlich gut mit Autos aus.«

Vielleicht auf den Rücksitzen und das wäre im Moment auch eventuell gar keine so schlechte Idee. »Da bin ich mir sicher. Aber ich komm schon klar.«

Sie zog die Augenbrauen hoch und sah ihn unverwandt an. »Das sehe ich, so toll, wie dein schickes Auto gerade läuft. Sicher, dass du meine Dienste nicht in Anspruch nehmen willst?«

Viel hatte er für Mädchen vom Land nicht übrig, aber ihm gefiel ihre freche Art. Er ließ den Blick an ihr hinabgleiten und versuchte, sich vorzustellen, wie sie ohne diese unförmigen Klamotten wohl aussah. Mit Sicherheit hatte sie heiße Kurven und lange Beine, die sich um ihn geschlungen verdammt fantastisch anfühlen würden. Er musste sich nicht einmal fragen, wie sie wohl ohne die übliche Schicht Schminke aussehen würde, die so viele Frauen trugen. Sie trug keinerlei Make-up und sah umwerfend aus. Wenn er über Nacht in diesem lausigen Kaff festsaß, konnte er genauso gut etwas Spaß haben.

»In Bezug auf das Auto«, zischte sie ihn an, sodass er wieder zu ihr aufsah.

Verdammt! Die hier fuhr die Krallen aus und spuckte gleichzeitig noch Feuer. Eindeutig ein Pluspunkt aus seiner Warte. Er hielt ihrem Blick stand und ging auf sie zu. »Bist du sicher, dass das alle Dienste sind, die du anzubieten hast?«

Ihre Augen wurden noch schmaler, aber ihre Begierde konnte sie nicht verbergen. »Lass stecken, Casanova. Mit arroganten City Boys geb ich mich nicht ab.«

»Ich kann dir versichern, dass ich kein Junge bin, und meine Arroganz ist wohlverdient.«

»So so, kein Junge?« Herausfordernd hob sie das Kinn. »Hast du dich schon mal mit einem Stier angelegt? Eine Scheune gebaut? Diese tätowierten Hände mit was anderem als Geld dreckig gemacht?« Noch bevor er antworten konnte, sprach sie weiter: »Du triefst vor Selbstgefälligkeit und ich hab schon viel zu viel Zeit mit dir vergeudet. Viel Glück mit deinem Scheißwagen.« Sie drehte sich um und ging weg.

»Sagt die Frau mit einer zwanzig Jahre alten Schrottkarre«, rief er ihr amüsiert hinterher.

Mit einem siegesgewissen Lächeln schaute sie über die Schulter. »Über vierzig Jahre alt und sie schnurrt noch immer wie ein Kätzchen.« Als sie sich hinters Steuer setzte, rief sie ihm noch zu: »Versuch's bei Charley's Autowerkstatt in Rockingham. Die bringen dir das in Ordnung.«

Er sah ihr hinterher, als sie davonfuhr, und wählte dann die Nummer des Pannendienstes. Als er die Firma Charley's erwähnte, wurde ihm erklärt, dass Rockingham zwei Stunden entfernt lag und sie jemanden von einer Werkstatt vor Ort schicken würden.

Eine halbe Stunde später dachte er noch immer an die mit Farbspritzern bedeckte freche Schönheit, die sich mit ihm angelegt hatte, als ein Abschleppwagen eintraf. Er ging auf das Auto zu, um den Fahrer zu begrüßen, und stellte überrascht fest, dass die bissige Brünette ausstieg.

»Hallo noch mal, Süße. Fährst du für die Werkstatt? Ist dein alter Herr der Inhaber oder wie?«

Ich bin die Inhaberin, und wenn du mich noch ein einziges Mal Süße nennst, mache ich dich an diesem Abschleppwagen fest und zieh dich über die Straße.« Sie streckte die Hand aus, und er entdeckte goldene Sprenkel, die in ihren ernsten Augen funkelten. »Sable Montgomery. Und du bist?«

Geliefert. Und zwar so richtig.

Er hatte unerkannt bleiben wollen, bis er sie auf der Bühne gesehen hatte, aber das war jetzt wohl nicht mehr möglich. Er hätte seine Hausaufgaben machen sollen. Dass Sable eine Autowerkstatt besaß, war ihm neu, und das machte sie in seinen Augen noch faszinierender. »Kane Bad. Ich bin im Auftrag von Johnny Bad hier, um deine Band spielen zu hören.«

Er wollte ihre Hand ergreifen, doch sie zog sie zurück und schoss mit ihrem Blick eine Armada von Pfeilen ab. »Ich hab Jilly bereits gesagt, dass ich nicht interessiert bin.« Sie marschierte davon und machte sich daran, die Ladefläche des Abschleppwagens herunterzufahren.

»Wie kannst du ein Angebot ausschlagen, das noch gar nicht gemacht wurde?«

»Ganz einfach.«

»Und ich dachte, die Frauen aus den Südstaaten wären gastfreundlich.«

Sie gab sich nicht die Mühe, darauf etwas zu erwidern, während sie mit zusammengebissenen Zähnen und wütendem Blick das Auto auf die Ladefläche verfrachtete. Mit dem Selbstvertrauen einer Fachfrau und der Schläue einer Pantherin ging sie ihrer Arbeit nach. Was er seltsamerweise irre sexy fand.

Auf dem Weg in den Ort hielt sie den Blick auf die Straße gerichtet. »Der Wagen geriet einfach ins Stocken und blieb dann stehen?«, fragte sie kühl.

Sicheres Terrain. Kluge Frau. »Genau. Liegt wahrscheinlich am Getriebe. Glaubst du, dass dein Mechaniker das schnell reparieren kann?«

Ihre Finger legten sich fester um das Lenkrad. »Ist eher ein Problem mit dem MSG. Diese Autos sind dafür bekannt.«

»MSG?«

»Motorsteuergerät. Das Hirn des Fahrzeugs. Steuert verschiedene Motorfunktionen.« Grinsend schaute sie kurz zu ihm herüber. »Zerbrich dir darüber mal nicht deinen hübschen Kopf. Ich kümmere mich schon darum, Süßer.«

Er lachte. »Du hast also doch Sinn für Humor.«

»Und eine kurze Zündschnur, wenn jemand Scheiße labert, also wie wär's, wenn du einfach den Mund hältst?«

»Angst vor einer harmlosen Unterhaltung?«

»Einfach kein Interesse daran.«

»So desinteressiert sahst du aber nicht aus, als du mich vorhin abgecheckt hast.«

Sie schnaubte verächtlich. »Träum weiter, City Boy. Männer wie dich gibt's wie Sand am Meer.«

»Ach ja? Gibt es da draußen wirklich so viele Selfmade-Milliardäre?« Kane konnte die Leute nicht ausstehen, die mit ihrem Geld angaben, aber die Worte platzten aus ihm heraus, bevor er etwas dagegen unternehmen konnte – er benahm sich wie ein kleiner Junge, der ein Mädchen beeindrucken wollte, anstatt wie ein Mann, der niemanden beeindrucken musste.

»Kriegst du so die Frauen rum? Du winkst mit deinen Scheinen, und schon kommen sie angerannt, um dein aufgeblasenes Ego zu streicheln?«

»Sehe ich aus wie ein Mann, der mit Scheinen winken muss, damit die Frauen mein Ego streicheln? Oder etwas anderes?« Er lehnte sich etwas zu ihr hinüber und sprach leiser weiter: »Bevor du darauf eine Antwort gibst, solltest du dir darüber im Klaren sein, dass ich vorhin dabei war. Ich hab gesehen, wie dein Blick über meinen Körper gewandert ist.« Er lehnte sich zurück. »Aber wenn du es so willst ... auch gut. Ich würde sowieso nicht mit einer Frau schlafen, mit der ich Geschäfte mache.«

»Hör auf zu labern.«

»Ich sag ja nur.«

Finster blickte sie zu ihm herüber. »Wir machen keine Geschäfte miteinander und ich steig ganz sicher nicht mit dir in die Kiste.«

So sehr ihn ihre Unnachgiebigkeit auch amüsierte, so liebte er doch den Wettstreit und auf keinen Fall würde er ihr das letzte Wort überlassen. »Hör zu, mir gefällt Johnnys Entscheidung ebenso wenig wie solche kleinen Dörfer hier, aber es ist seine letzte Tour, er hat ein Versprechen abgegeben, und ich werde ihm helfen, das einzuhalten – vorausgesetzt, deine Band ist es wert.«

Wieder sah sie ihn an und neue Pfeile flogen mit aller Wucht. »Jilly hat mir erzählt, was passiert ist. Wir wissen beide, dass er dieses Versprechen unter Druck abgegeben hat.«

Da hatte sie recht. Die Vereinbarung war an dem Morgen getroffen worden, als Johnnys Leben implodiert war. Er und seine gerade erst aufgetauchte missmutige Teenagertochter waren beide zu sehr von der Situation überrumpelt gewesen, als dass Jillian die beiden hätte allein lassen können. Außerdem hatte Zoey eine Frau an ihrer Seite gebraucht, der sie vertrauen konnte, als sie gezwungenermaßen die Stadt verlassen hatten, um der Pressemeute zu entkommen. In dem Moment hätte Johnny alles getan, um ihr das zu ermöglichen. Wenn man bedachte, wie sich alles für Johnny und Jillian entwickelt hatte, war es die richtige Entscheidung gewesen.

»Das spielt keine Rolle. Das Wort eines Bads gilt.«

»Tja, dieses Mal nicht«, erwiderte Sable verächtlich.

»Das werden wir ja sehen.«

»Du kannst einfach nicht verlieren, oder?«

»Keine Ahnung, wie sich das anfühlt«, meinte er grinsend. »Ich hab noch nie verloren.« Das entsprach nicht unbedingt der Wahrheit. Einmal hatte er verloren, vor Ewigkeiten, doch letztendlich hatte er langfristig gewonnen.

»Wie ich sehe, war meine anfängliche Einschätzung, dass du ein arroganter City Boy bist, absolut zutreffend.«

Sie zu provozieren machte einfach zu viel Spaß, als dass er sich diese Gelegenheit entgehen lassen wollte. »Wie gesagt, ich habe mir jeden Zentimeter meiner Arroganz absolut verdient.«

Sie verdrehte die Augen und fuhr auf den Hof von Oak Falls Automotive. Das zweistöckige Gebäude mit den drei Werkstatttoren war mit Metallschildern von Goodyear, Firestone, Pennzoil und anderen Kfz-relevanten Firmen übersät. Über eine Hälfte des Obergeschosses erstreckte sich ein Balkon und auch Terrassentüren waren dort zu sehen.

»Wohnst du oben?«, fragte er, als er ihr in ein aufgeräumtes Büro folgte.

Seine Frage ignorierend schnappte sie sich ein Klemmbrett und einen Stift von einem alten Metallschreibtisch und gab ihm beides. »Füll das aus. Ich muss mich umziehen, sonst komme ich zu spät zu meinem Gig.«

»Okay. Wo ist der nächste Autoverleih?«

»Beim Flughafen.« Sie ging auf eine Tür im hinteren Bereich des Raumes zu.

Na großartig. Er nahm sein Handy heraus und suchte nach einem Taxi. »Gibt es hier draußen kein Uber oder Lyft?«

»Tut mir leid, Schätzchen, aber falls du es noch nicht bemerkt haben solltest, du bist hier nicht in New York.« Sie griff nach dem Türknauf und warf ihm einen warnenden Blick zu. »Nichts anfassen!«

Sie verließ den Raum, und er hörte, wie sie eine Treppe hinaufging. Er schrieb seinen Namen und die Telefonnummer auf das Formular und ließ den Rest frei. Nachdem er das Klemmbrett auf den Schreibtisch gelegt hatte, schaute er sich in dem spärlich eingerichteten Büro um und fragte sich, was hier auf keinen Fall berührt werden durfte. An den Wänden hingen Fotos von Autos und Pick-ups und noch mehr von diesen schäbigen Metallschildern. In der Ecke neben einem Metallregal mit einem Stapel von Zeitschriften über Kfz-Zubehör stand ein Wasserspender. Er warf einen Blick auf die Terminpläne, die an der Wand neben dem Schreibtisch hingen, auf dem ein PC-Bildschirm und eine Plastikablage voller Rechnungen für Autoteile stand, die von Sable unterschrieben waren. Er betrachtete ihr offenes schwungvolles *S*, dem abgesehen von den aufrechten Schlaufen des *B*s und des *L*s fast unleserliche Buchstaben folgten. Ihre Unterschrift war weiblich und stark. *Passt.*

Er tippte auf die Tastatur, doch der Monitor blieb schwarz. *Schlau.*

Sein Blick fiel auf das Glas voller Lollis auf der anderen Seite des Schreibtisches neben einem Notizblock und einem Terminkalender. War sie eine Naschkatze oder waren die Lollis für Kinder, die mit ihren Eltern vorbeikamen? Er schaute auf den Notizblock und war nicht überrascht, Noten und Liedtexte darin zu entdecken. *Du schaltest dein Musikhirn auch nie aus, oder?* Er überflog den Kalender, sah mit Bleistift vermerkte Termine für Ölwechsel und Achsvermessungen und blieb am

Mittwochabend hängen, an dem *DA* mit schwarzer Tinte festgehalten war. Er blätterte in dem Kalender und stellte fest, dass DA einmal pro Woche an verschiedenen Tagen und zu unterschiedlichen Zeiten vermerkt war. *Warum so geheimnisvoll, du freches Mädchen?*

Und warum, verdammt, interessiert mich das überhaupt?

Er schob den Anflug von Verärgerung beiseite und wandte sich vom Schreibtisch ab, woraufhin sein Blick auf ein gerahmtes Bild an der Wand fiel. Er trat näher und betrachtete ein schlaksiges Mädchen im Teenageralter mit verstrubbelten dunklen Haaren und einem unverwechselbaren Grinsen, das hinten auf dem Dach eines alten Pick-ups saß und Gitarre spielte. Neben ihr hielt ein deutlich jüngerer, dunkelhaariger Junge eine Kindergitarre. Sable hatte einen ihrer in Cowboystiefeln steckenden Füße angezogen, das andere Bein hing zur Ladefläche des Pick-ups hinunter, auf dem zwei andere Mädchen – eines mit dunklen Haaren, das andere mit goldbraunen Haaren – lesend auf dem Rücken lagen. Neben dem Fahrzeug drehte sich eine Blondine auf dem Rasen und eine andere, jünger wirkende Blondine spielte mit einem Hundewelpen. Er sah sich das Foto genauer an und erkannte auf der Motorhaube eine riesige rote Schleife und unterhalb des Fensters auf der Fahrerseite schien Sables Name aufgemalt zu sein.

Er ging ans Fenster des Büros, schaute zu Sables Pick-up hinaus und sah ihren Namen auf der Fahrertür. *Ich fass es nicht!*

»Du bist noch hier?«

Was hatte diese Whiskey-Stimme an sich, dass ihm gleich wieder heiß wurde? Und warum hatte er die Tür nicht gehört? Sie war scharfzüngig und konnte sich lautlos bewegen. »Wohin sollte ich denn ...«, sagte er und drehte sich um. Seine Gedanken gerieten ins Stolpern, als er sie in einem eng anliegenden schwarzen Tanktop und hautengen Jeans sah, die sie in abgetragene Cowboystiefel gesteckt hatte. Ihr Outfit betonte mörderische Kurven, die seine Fantasie bei Weitem übertrafen. Er nahm gerade noch wahr, wie sie die Spange aus den Haaren nahm, ihre Mähne schüttelte und so eine Flut dunkler Wellen über ihre Schultern und Brüste fallen ließ. Die dunkel geschminkten Augen funkelten verführerisch, die Wangen waren betont und die sexy verlockenden Lippen dunkelrot nachgezogen. Sie entsprach den heißesten Cowgirl-Fantasien und – *Mann!* – wie gern würde er die mit ihr in die Realität umsetzen.

Sie hob eine Augenbraue und verschränkte die Arme.

Er versuchte, das Bild von diesen perfekten Lippen, die sich um seine Härte legten, und von dieser wilden Haarmähne, in die er seine Finger krallte, zu verbannen, und räusperte sich. »Wohin sollte ich denn gehen? In diesem Ort gibt es keinen Taxidienst, und außerdem bin ich hier, um mir deine Band anzuhören.«

»Du erwartest also, dass ich dich fahre?«

»Es ist eher so, dass ich hoffe, du könntest mich mitnehmen. Ich würde dir ja anbieten, dich dafür zu bezahlen, aber ich weiß, was du davon halten würdest.« Trotz ihrer ausgefahrenen Krallen fühlte er sich zu ihr hingezogen, und so konnte er gar nicht anders, als auf sie zuzugehen. Diese seltsame Mischung aus Selbstvertrauen und jugendlicher Rücksichtslosigkeit versetzte ihn zurück in die Tage seiner DJ-Zeit am College. Es waren schöne Zeiten gewesen, aber was sollte das jetzt, verdammt? Er hatte seit Jahren nicht mehr daran gedacht.

»Hab ich denn eine Wahl? Ich hab keine Zeit, mich mit dir herumzustreiten. Bin so schon spät dran.« Sie marschierte an ihm vorbei zu einem Schrank und holte eine braune Wildlederjacke heraus.

»Ich könnte dir ein paar Tausender für deinen Pick-up geben, wenn es dir lieber ist, und uns beide fahren.«

Während sie ihre Jacke anzog, sah sie ihn an, als hätte er den Verstand verloren. »Wohl kaum. Jetzt hör auf, mich anzustarren, als wäre ich die Hauptdarstellerin in deinen Cowgirl-Fantasien.«

»Kannst du Gedanken lesen?«

»So schwer ist das nicht. Du sabberst ja fast schon.«

»Und weil ich ein Gentleman bin, wollte ich nicht erwähnen, was dir aus deinen Mundwinkeln läuft, aber was du da machst, nennt man wohl Projektion.«

Sie verließ das Gebäude im Stechschritt, und er folgte ihr, wobei er den Blick auf ihren entzückenden Hintern genoss.

Sable hatte schon einen anstrengenden Tag hinter sich gehabt, als Kane Bad auf der Bildfläche erschienen war. Den Vormittag hatte sie mit Malerarbeiten in Deloris Aikens Haus verbracht. Deloris war Mitte achtzig und wie eine Großmutter für Sable. Für ihren Ehemann Lloyd hatte Sable bei Oak Falls Automotive gearbeitet, seit sie vierzehn Jahre alt gewesen war. Damals hatte er sie unter seine Fittiche und in seine Familie aufgenommen und ihr fast alles beigebracht, was sie heute über Kfz-Mechanik und viele andere Lebensbereiche wusste. Er war gestorben, als sie vierundzwanzig gewesen war, und hatte ihr die Werkstatt vererbt. Das war fast sechs Jahre her und seitdem hatte Sable sich um Deloris gekümmert. Doch Deloris kognitive Fähigkeiten schwanden drastisch schnell und sie war mittlerweile zu einer Gefahr für sich selbst geworden. Vor einem Monat hatte Sable sie herumirrend auf dem Feld in der Nähe ihres Hauses gefunden, und danach gemeinsam mit Deloris und deren Schwester Lara, die drei Stunden entfernt wohnte und nicht mehr reiste, beschlossen, dass es für Deloris an der Zeit war, in eine Einrichtung für betreutes Wohnen umzuziehen. In dem Wissen um das, was kommen würde, hatte Deloris Lara als Bevollmächtigte eingesetzt. Sable und ihr Schwager Reed Cross, ein Experte in Denkmalpflege, hatten angeboten, Deloris' Haus instand zu setzen, damit es verkauft werden konnte, um die Pflegekosten abzudecken. Es war herzzerreißend, auch wenn kein Weg daran vorbeiführte – und jetzt war ihre Laune dank Mr. Bad noch mieser.

Sie riss die Beifahrertür ihres Pick-ups auf, nahm ihre Gitarre heraus und umrundete den Wagen, um sie hinter dem Fahrersitz zu verstauen. Dabei spürte sie die ganze Zeit Kanes Blick. Was hatte er hier überhaupt zu suchen? Sie hatte Jillian mehr als deutlich zu verstehen gegeben, dass sie sich niemals damit einverstanden erklären würde, mit Johnnys Band auf Tour zu gehen. Jillian hatte sie inständig gebeten, noch einmal darüber nachzudenken, und schließlich hatte sie nachgegeben, um ihre Ruhe vor ihr zu haben. Doch Jillian kannte ihre Einstellung. Das hätte das Ende der Geschichte sein müssen. Sie hatte miterlebt, wie sich das Leben ihres Bruders mit seinem Erfolg verändert hatte, und sie hatte gesehen, wie ihn in den frühen Jahren, als jeder seiner Schritte unter die Lupe genommen worden war, Kritik aus der Öffentlichkeit mitgenommen hatte. Für einen Mann, der schon Angst gehabt hatte, sich in seinem eigenen Heimatort zu outen, war das sehr schmerzhaft gewesen. Sable hatte nicht das geringste Interesse daran, derart ins Rampenlicht zu geraten und von fremden Leuten beurteilt zu werden.

Sie stieg in den Wagen und versuchte, ihren Ärger im Zaum zu halten, während der große, athletische Mann namens Kane auf dem Beifahrersitz Platz nahm. Sein Hemd spannte über dem Bizeps, als er den Gurt anlegte. Sie würde Jillian den Hals umdrehen, weil sie sie nicht vorgewarnt hatte. Wenn sie gewusst hätte, warum er hier war, hätte sie niemals angehalten, um ihm zu helfen.

Auch wenn er die Inkarnation ihrer Achillesferse war.

Sie hatte eine Schwäche für Männer mit markanten Gesichtszügen, vollem dunklen Haar und leicht gebräunter Haut – und dazu noch dieses absolute Machogehabe? Ein Mann, der keinen Hehl daraus machte, was er wollte? Das war genau ihr Ding, und diese durchdringenden dunklen Augen und dieser Kitzel verheißende Bartschatten brachten sie vollends um den Verstand. Von den Kunstwerken, die seine muskulösen Unterarme bedeckten und sich an seinem Hals entlang schlängelten, ganz zu schweigen. Himmel, sie liebte Tattoos!

Jetzt roch es sowohl in ihrem Büro als auch in ihrem Pickup nach *ihm*, so dunkel, drohend und so verdammt verlockend. Aber sie war kein kleines schwaches Mädchen, das sich nicht unter Kontrolle hatte. Sie verachtete diese Großstädter und alles, wofür sie standen, mit ihren aufgeblasenen Egos und diesem Mit-Geld-ist-alles-zu-haben-Getue, und Kane war die Personifizierung eines solchen Typs. Auf dem Weg durch die Stadt versuchte sie, sich auf die Straße und nicht auf seinen heißen Blick zu konzentrieren.

Er griff nach dem zwischen ihnen liegenden Cowboyhut.

»Finger weg!«, warnte sie ihn.

Er hielt inne. »Ein besonderer Hut?«

»Eine besondere Hand? Oder kommst du ohne sie aus?«

Ergeben hob er die Arme. »Tschuldigung. Hast du den von deinem Freund?«

»So was wie ein Armband mit Gravur? Sehe ich aus wie vierzehn?«

»Ich tippe eher auf sieben- oder achtundzwanzig.«

»Brauchst gar nicht erst versuchen, dich einzuschleimen.« Sie bog auf die Hauptstraße ein und fuhr auf die Bar JJ's zu. »Jilly hat dir sicher schon mehr als nötig über mich erzählt.«

»Eigentlich nicht. Sie hat von deinem musikalischen Talent geschwärmt und gesagt, dass du von der Idee, als Vorband auf der Tour aufzutreten, nicht begeistert bist.«

»Und warum bist du dann hier?«

»Darüber haben wir schon gesprochen und ich wiederhole mich nicht gern.«

»Ich auch nicht und meine Antwort hast du schon bekommen.« Sie parkte hinter der Bar auf ihrem üblichen Platz unter den Bäumen. Ohne auch nur einmal in seine Richtung zu schauen, setzte sie den Hut auf, stieg aus, um dann ihre Gitarre hinter dem Sitz hervorzuholen, und ging um das Gebäude herum zum Eingang.

Kane hielt mit ihr Schritt und betrachtete abschätzig den Pub. »Hier trittst du auf?«

»Nein«, erwiderte sie voller Sarkasmus. »Du bist einfach nur so unwiderstehlich, dass ich was mit dir trinken wollte und meine Band ärgern, indem ich nicht auftauche.« Sie streckte den Arm aus, um die Tür zu öffnen, doch er war schneller und hielt sie für sie auf. Warum sie das ärgerte, verstand sie beim besten Willen nicht, aber sie ging zügig hinein, hoffte, ihn in der Menge abzuschütteln, und eilte auf die Theke zu.

Sie zwang sich zu einem Lächeln, als einige Freunde sie begrüßten, und bemerkte, dass ihre jüngste Schwester Brindle sich durch die Menge zu ihr vordrängte.

»Du bist zu spät«, sagte Brindle.

»Weiß ich.« Sable zog die Jacke aus, legte eine Hand auf die Theke, an der Jeb Jericho stand, und nickte Jebs Bruder Justus – auch JJ genannt – zu, dem die Bar gehörte. Sie tat, als würde sie einen Shot trinken, und gab lautlos *Whiskey* von sich. Er nickte und kam zu ihr.

»Wer ist dieser leckere Typ, mit dem du gekommen bist?« Brindle beäugte Kane, der ein paar Meter entfernt von ihnen stand. Sie hob vielsagend die Augenbrauen. »Ist er der Grund für deine Verspätung?«

Jeb sah sie forschend an, denn auch seine Neugier war geweckt.

Sable warf den beiden einen giftigen Blick zu, während JJ ein Shotglas vor ihr abstellte und mit seinen tiefliegenden Augen zunächst Kane ansah, dann wieder sie und dabei ohne Worte die gleiche Frage stellte. Oak Falls war eine enge Gemeinschaft. Jeb und seine Brüder, einschließlich Brindles Ehemann Trace, legten den Montgomery-Geschwistern gegenüber ein ebenso beschützendes Verhalten an den Tag wie Sable selbst. Aber Sable hatte ihre eigenen Angelegenheiten sehr wohl allein im Griff.

Sie trank den Whiskey auf ex und blickte in Kanes neugierige Augen. »Das ist nur irgendein Arsch, der Probleme mit seinem Auto hatte.«

»Soll ich mich um ihn kümmern?«, fragte JJ.

»Nee.« Sable gab ihm ihre Jacke und ging zur Bühne, auf der die anderen Bandmitglieder – Leadgitarrist Tuck Wilder, Drummer Lee Jenkins und der Bassist JP mit seinem Bruder und Keyboarder Chris Dunn – auf sie warteten. Ein Schuldgefühl überkam sie, weil sie das Tour-Angebot nicht annehmen wollte, obwohl die Entscheidung nicht allein bei ihr lag. Sie und ihre Bandkollegen spielten seit der Highschool zusammen und sie waren immer füreinander dagewesen. Sie hatten Tuck geholfen, über den Tod seiner Zwillingsschwester hinwegzukommen, hatten Chris nach den Fehlgeburten seiner Frau beigestanden und hatten JPs und Lees ständiges Bedürfnis, sich gegenseitig zu übertrumpfen, ertragen. Doch im Moment wartete die ganze verdammte Bar darauf, dass sie spielte, also schob sie diese Gedanken ganz weit von sich, nahm die Gitarre aus dem Kasten und setzte ihr bestes Showlächeln auf, als sie nach vorne auf die Bühne trat. Jubel und Applaus brandeten auf und verscheuchten das schlechte Gewissen. Auf der Bühne war sie ganz im Hier und Jetzt.

Tuck wandte der Menge den Rücken zu und warf sich die dunklen Haare aus dem Gesicht, während er sie prüfend ansah. »Alles okay bei dir, Bell?«

Er stand ihr am nächsten und das schon seit ihrer Kindheit. Jetzt arbeitete er bei ihr in der Werkstatt, und er war neben ihrer Nichte der einzige Mensch auf Erden, der sie mit einem Spitznamen anreden durfte.

»Alles paletti.« Mit steigendem Adrenalinspiegel wandte sie sich dem Publikum zu. »Sorry für die Verspätung. Ich musste einen hübschen City Boy vom Straßenrand aufsammeln. Er ist hier. Ihr könnt ihm persönlich danken.«

Alle lachten, sahen sich um und konnten mit Leichtigkeit Kane ausmachen, der mit seinen nach hinten gegelten Haaren und dem strahlend weißen Anzughemd wie ein Eindringling – der er ja auch war – inmitten der T-Shirts, Cowboyhüte und Flanellhemden herausstach. Die Aufmerksamkeit schien ihm nichts auszumachen. Er hob eine Augenbraue, als wollte er sagen: *Mehr hast du nicht drauf?*

Oh doch!

»Der Song ist für dich, Süßer«, sagte sie und setzte zu »Woman« von Kesha an. Gekreische und Jubel brachen aus, während unzählige Mädels die Tanzfläche stürmten und Kane mit einem amüsierten Funkeln in den Augen den Kopf schüttelte.

Zwei

Kane war gefesselt von Sable, die die Bühne beherrschte, als fließe die Musik in ihren Adern. Sie war die geborene Performerin und hatte eine unerwartete und außergewöhnliche Bühnenpräsenz. Sie bewegte sich mit einer unfassbaren Intensität, strahlte eine jugendlich-wilde Energie aus, die dabei doch auch geschliffen und gezügelt war, und verfügte über dieses unerschütterliche Selbstvertrauen, das er schon aus nächster Nähe miterlebt hatte. Eine undefinierbare und verführerische Aura umgab sie. Ihre raue Stimme und die unendlich langen Beine machten es unmöglich, den Blick von ihr abzuwenden.

Diese Frau brauchte niemanden, der ihr sagte, was sie wie zu tun hatte, und er hätte darauf schwören können, dass sie im Schlafzimmer das gleiche Selbstvertrauen an den Tag legte. Er verharrte bei dieser Vorstellung und konnte sich nicht daran erinnern, wann eine Frau seine Gedanken in dieser Hinsicht das letzte Mal so beansprucht hatte.

Sable setzte zu einem anderen Lied an und das holte ihn aus seinen Gedanken. Er musste diesen Mist unter Kontrolle bringen, aber er erlag ihrer Anziehungskraft. *Verdammt.* Er brauchte einen Drink. *Sofort.*

Er trat neben einem kräftig gebauten dunkelhaarigen Kerl an die Theke und gab dem Barkeeper ein Zeichen. Vorhin hatte er bemerkt, dass der Typ neben ihm und der Barkeeper ihn beäugt hatten, und er fragte sich, ob einer von beiden etwas mit Sable am Laufen hatte.

»Wie geht's?«, fragte der Barkeeper und wischte vor ihm über die Theke.

»Ganz gut, danke. Ich hätte gern ein Glas von eurem besten Whiskey. Pur. Ach, am besten gleich einen Doppelten.«

»Einer von diesen Tagen, wie?«, fragte der Typ neben ihm, während der Barkeeper Kane einschenkte.

»Kann man wohl sagen.«

Der Mann hinter der Theke stellte das Glas vor Kane ab. »Was führt dich hierher?«

»Nur auf der Durchreise.« Er nahm einen Schluck und deutete mit einer Kopfbewegung zur Bühne. »Die sind ziemlich gut. Spielen die hier schon lange?«

Der Typ neben ihm betrachtete ihn eingehend. Zu eingehend.

»Länger, als mir der Laden gehört«, antwortete der Barkeeper. »Hier hatten sie ihren ersten bezahlten Gig in dem Jahr, in dem Sable und Chris mit der Highschool fertig waren.«

»Chris?«

»Chris Dunn, der Keyboarder«, sagte der Mann neben ihm.

»Sable hat die Band gegründet, als sie und Chris noch Teenager waren. Die anderen sind jünger als die beiden«, erklärte der Barkeeper.

Die süße Blondine, die ihn während ihres Gesprächs mit Sable unter die Lupe genommen hatte, stellte sich neben ihn an die Theke und fächelte sich Luft zu. »Wow! Sable setzt heute wirklich die Hütte in Brand! Hallo, Jeb.« Sie lächelte dem

Typen neben ihm zu.

Jeb nickte. »Hallo, Brindle.«

»JJ, machst du mir einen Pineapple Martini, bitte?«

»Kommt sofort«, sagte JJ.

Während JJ ihren Drink zubereitete, wandte sie sich Kane zu. »Hallo, City Boy. Was hast du angestellt, dass meine Schwester so sauer ist?«

Das freche Mundwerk schien in der Familie zu liegen. »Wie kommst du darauf, dass sie wegen mir sauer ist?«

Jeb schien die Frage zu amüsieren.

»Das Lied, die Ansage, die Art, wie sie dich *nicht* ansieht«, sagte Brindle.

Ja, das war ihm auch aufgefallen. »Da weißt du ebenso viel wie ich.« Er nahm einen Schluck.

»Wir reden hier von Sable. Könnte alles sein«, sagte sie, als der Barkeeper ihr Getränk brachte.

»Belästigst du die Gäste, Brin?«, fragte JJ.

»Entspann dich. Ich begrüße nur Sables neuen Bekannten.« Sie wandte sich Kane zu. »Ich bin übrigens Brindle, und diese beiden sind die Brüder meines Mannes, Jeb und Justus Jericho. JJ gehört dieser Laden hier.«

»Kane Bad. Freut mich, euch kennenzulernen.«

JJ und Jeb nickten ihm zu.

»*Der* Kane Bad, Johnny Bads Bruder und neuer Manager?«, fragte sie staunend.

»Genau der.« Er leerte sein Glas und merkte, dass Jebs Neugier geweckt war.

»Kein Wunder, dass sie sauer ist.« Leiser sprach Brindle weiter: »Du bist hier, um sie dazu zu überreden, als seine Vorband aufzutreten, oder?«

Jeb sah ihn finster an. »Ach, nur auf der Durchreise, wie?«

»Ich hatte gehofft, unerkannt zu bleiben, während wir die Einzelheiten besprechen.« Kane schob sein leeres Glas mit einem Nicken über die Theke.

Als JJ Kane nachschenkte, sagte Jeb: »Da wirst du dir bei Sable die Zähne ausbeißen. Sie hat kein Interesse an diesem ganzen Zirkus.«

»Da hast du recht.« JJ schob Kane sein Glas zu.

»Nein, hat er nicht!«, beharrte Brindle. »Sable muss man die Zähne zeigen. Sie ist zu gut, als dass sie hier weitere zehn Jahre spielt. Nimm's mir nicht übel, JJ, aber sieh sie dir doch an. Sie gehört auf eine größere Bühne.«

»Sie will nicht mehr«, behauptete JJ eisern.

»Sie weiß nur nicht, dass sie mehr will«, erwiderte Brindle. »Hast du keine Gäste, um die du dich kümmern musst?«

JJ schüttelte den Kopf und wandte sich einem anderen Gast zu.

»Du spielst hier ein gefährliches Spiel, Brindle«, warnte Jeb sie und sah dann Kane ernst an. »Wäre klug von dir, lieber Sable zu glauben als ihr.«

Als Jeb wegging, sagte Brindle: »Hör nicht auf die. Sables Talent ist hier vergeudet.«

»Absolut.« Kane deutete auf Jeb. »Ist er ihr Freund?«

»Nein, nur *ein* Freund.«

Er hob eine Augenbraue. »Er scheint sie unbedingt hierbehalten zu wollen.«

»Er passt nur auf sie auf. Du weißt ja, wie es in Kleinstädten so läuft. Wir passen alle aufeinander auf.«

Und ob er wusste, wie es in Kleinstädten lief. Er war in einer aufgewachsen, in der Klatsch und gute Absichten den Ton angaben – und beide hatten oft negative Auswirkungen.

»Klug von dir, nicht an die große Glocke zu hängen, wer du

bist. Die Hälfte der Leute hier würden dich aus der Stadt jagen, wenn sie wüssten, weshalb du wirklich hier bist.«

»Und warum?«

»Weil sie wissen, was Sable will, und weil alle – wie Jeb und JJ – sie beschützen wollen. Du weißt sicher, dass unser Bruder Axsel ein berühmter Musiker ist.«

»Ja. Und?«

»Was glaubst du, wer ihm das beigebracht hat?« Sie deutete mit dem Daumen auf Sable, die inbrünstig einen Countrysong zum Besten gab, den er noch nie gehört hatte. »Jahrelang haben Leute versucht, sie dazu zu bringen, von hier wegzugehen, nach Nashville oder L. A., um groß rauszukommen, aber sie wollte nie etwas davon hören.«

»Warum nicht?«

Brindle zuckte mit den Schultern. »Wer weiß? Sable ist nicht gerade eine von denen, die ihre intimsten Gedanken mit anderen teilen, aber sie wird ihre Gründe haben.«

»Nach dem zu urteilen, was ich bisher erlebt habe, scheint sie nicht sehr zurückhaltend zu sein.«

»Das ist nur die Oberfläche. Sie sagt es dir, wenn sie dich für einen Schlappschwanz hält, und ebenso sagt sie es dir, wenn sie den mal in die Finger bekommen will.« Sie kicherte und nippte an ihrem Getränk. »Aber du wirst nie erfahren, was wirklich in ihrem Kopf vorgeht.«

Er hatte keine Ahnung, warum sie so offen über Sable redete, aber er nahm gern jegliche Informationen entgegen, die ihm in seinem Vorhaben behilflich sein konnten. »War sie schon immer so?«

»So lange ich mich erinnern kann. Aber sie ist auch immer für jeden da gewesen. Sie hat mich, meine Schwestern und Axsel dazu gedrängt, das zu tun, was uns glücklich macht, und sie hat uns immer unterstützt. Auch wenn wir es nicht verdient hatten.«

Seine eigenen Geschwister würden über ihn wahrscheinlich genau das Gleiche sagen.

»Deshalb werde ich dir helfen. Aber du darfst niemandem verraten, dass ich dir das hier erzähle.« Sie beugte sich zu ihm, als wollte sie ihm ein Geheimnis anvertrauen. »Wenn du Sable dazu bringen willst, dass sie sich bereiterklärt, als Vorband bei der Tour aufzutreten, dann musst du ihr sagen, dass du sie nicht als Vorband haben willst.«

»Das wird nicht funktionieren.«

»Du kennst Sable nicht.«

»Gut genug, um zu erkennen, dass sie es mir nicht abnehmen würde, wenn ich behaupte, dass ich sie dazu nicht für fähig halten würde. Der andere Makel an deinem Vorschlag ist, dass ich Geschäftsmann bin, und ich mache keine Geschäfte, die auf Lügen basieren.« Er trank seinen Whiskey aus. »Danke für deine Hilfe, Süße, aber ich komm schon zurecht. Ich verliere nie.«

Sie richtete sich auf und hob das Kinn ebenso herausfordernd wie ihre Schwester. »Offensichtlich habe ich mich geirrt in Bezug auf die Art, wie du Sable verärgert hast. Viel Glück dabei, sie überhaupt dazu zu bringen, dass sie dir zuhört.«

Sable weigerte sich, während ihres Auftritts zu Kane zu schauen, aber die Hitze seines Blicks war unausweichlich und sorgte für einen erregenden Nervenkitzel, dem sie hinterhergejagt wäre, wenn er nicht dieser arrogante verstädterte Mistkerl gewesen wäre, der sie aus dem Leben reißen wollte, das sie so liebte, und der ein Nein nicht akzeptierte.

Applaus brandete auf, als sie den ersten Teil ihres Programms beendet hatten. Sie verstaute ihre Gitarre hinten auf der Bühne und ging Richtung Theke.

»Mal wieder eine Hammer-Performance«, sagte Chris, der ihr mit den anderen Bandmitgliedern folgte. Er und JP hatten dieselben aschblonden Haare, aber das war auch schon alles, was sie gemeinsam hatten. Chris war ein kräftig gebauter Mathelehrer, so methodisch vorgehend und detailversessen, wie JP, ein schlaksiger Rancharbeiter, impulsiv und zerstreut war.

Lee fuhr sich durch die zotteligen braunen Haare. »Nur schade, dass JP den letzten Song versaut hat.«

Sable verdrehte angesichts der Bemerkung des stänkernden Bauarbeiters die Augen.

»Halt die Klappe, Jenkins«, sagte JP.

Sie stellte sich ans andere – von Kane möglichst weit entfernte – Ende der Theke, wo JJ drei Biere für JP, Lee und Chris bereitstellte.

»Ihr wart großartig.« JJ hielt ein Glas Wasser in einer Hand und ein Shotglas mit Whiskey für Sable in der anderen. »Welches von beiden?«

Er neigte den Kopf nach rechts und Sable schaute in diese Richtung. Kane kam auf die Gruppe zu, ohne den Blick von Sable abzuwenden. Dieser ungewollte erregende Nervenkitzel erfasste sie wieder und wurde mit jedem seiner Schritte noch stärker und heißer. Sie griff nach dem Shotglas und stürzte den Whiskey hinunter, doch sie hatte das Gefühl, selbst wenn sie in der bernsteinfarbenen Flüssigkeit ertrinken würde, würde sie das brennende Begehren, das Kane in ihr auslöste, immer noch nicht auslöschen.

Kane legte eine Hand auf die Theke neben sie und seine

Nähe ließ ihre Temperatur noch mehr ansteigen.

Wie konnte ein Mann, der all das verkörperte, was sie nicht ausstehen konnte, sie so anturnen? Sie wandte den Blick ab. »Du hast dir noch keine Fahrt aus der Stadt heraus erkauft?«

»Es gibt noch etwas zu regeln. Wie wär's mit einem Gespräch unter vier Augen?«

»Nein.«

Er lehnte sich an ihr vorbei und sprach ihre Bandkollegen an. »Hat sich toll angehört, was ihr da gerade geboten habt.«

Mistkerl.

»Danke, Kumpel«, sagte JP.

»Hört sich immer gut bei uns an«, fügte Lee hinzu.

»Habt ihr mal überlegt, mit eurer Musik auf Tour zu gehen?«, fragte Kane.

Chris schaute von seinem Handy auf, in das er gerade eine Nachricht tippte. Tuck sah zwischen Kane und Sable hin und her, wobei in diesem einen Blick mehr Skepsis lag, als die meisten in einer ganzen Schmährede unterbringen konnten.

»Das ist unser Traum, Kumpel«, sagte JP.

»Entschuldigt uns mal.« Sable packte Kane am Arm und zerrte ihn durch die Menge in JJs Büro. Wutschnaubend schloss sie die Tür. »Was glaubst du, wer du bist? Versuchst du, mich mit meiner eigenen Band zu überlisten?«

»Ich weiß genau, wer ich bin. Und ich mache das, wozu ich hergekommen bin.«

Sein nervig ruhiger Tonfall ließ ihren Ärger nur noch größer werden. »Du hast deine Antwort bereits«, fuhr sie ihn an.

»Von dir, aber das Angebot gilt für dich und deine Band.« Er trat einen Schritt auf sie zu und sah sie direkt an – wie ein Löwe, der seiner Beute auflauerte. »Was glaubst du, werden sie denken, wenn sie herausfinden, dass du ihnen die Chance genommen hast, als Vorband bei der größten Tournee des

Jahrzehnts aufzutreten?«

Sie musste schlucken, als sich Schuld und Wut wie eine Schraubzwinge um sie legten.

»Bist du wirklich so egoistisch?« Seine Stimme war tief und verführerisch und zwischen ihnen flogen gefährlich heiße Funken.

»Behalt deine Meinung einfach für dich«, fauchte sie.

»Das ist eine Beobachtung, keine Meinung.« Seine Mundwinkel zuckten. »Bewahr dir deinen Egoismus fürs Schlafzimmer auf. Hier geht's ums Geschäft. Diese Chance kann das Leben deiner Bandkollegen verändern.«

»Und du glaubst, wenn du einen Auftritt von uns gesehen hast, qualifiziert dich das für die Entscheidung, was für jeden von uns das Beste ist? Deine Arroganz ist zum Kotzen.« Sie stürmte davon, doch er folgte ihr, so dicht, dass seine Körperwärme durch ihre Kleidung drang und sein herber Duft ihre Sinne angriff, ja reizte. Sie war fuchsteufelswild – auf ihn, weil er sie drängte, auf sich selbst, weil sie so erregt auf ihn reagierte, und auf Jillian, weil sie sie in diese Lage gebracht hatte.

»Hast du überhaupt eine Ahnung, von was für einem Bekanntheitsstatus und von wie viel Geld wir hier reden?«

»Beides ist mir absolut egal.«

»Deinen Bandkollegen sicher nicht. Wir reden hier über etwa fünfzig Riesen pro Show«, entgegnete er heftig. »Geteilt durch fünf, das sind keine Peanuts. Du kannst mir nicht erzählen, dass das nicht dein Leben verändern würde.«

Kein Geld der Welt war es wert, ihr Leben oder ihre Privatsphäre aufzugeben. »Mir gefällt mein Leben so, wie es ist.«

Er sah sie prüfend an. »Bist du dir da sicher? Eine Frau wie du könnte es weit bringen. Das könnte dir die *Aufmerksamkeit* bringen, die du verdienst.«

Aufmerksamkeit klang bei ihm wie eine Einladung, fast

zweideutig. Schweigen legte sich wie die Dunkelheit über sie, durchbrochen nur durch die Hitze, die surrend zwischen ihnen schwirrte. »Lass *sie* als Vorband auftreten, aber halt mich da raus.«

»Sie sind gut, Sable, aber *du* bist phänomenal.« Er kam ihr näher, sodass sein Körper und diese verlockenden Lippen nur wenige Zentimeter entfernt waren, und sein stechender Blick hielt sie gefangen. »Aber das weißt du ja bereits«, flüsterte er fast. »Wovor also hast du Angst?«

»Ich habe vor nichts Angst.« Die Lüge glich einer abgefeuerten Kugel.

Seine Mundwinkel zuckten. »Lügen passt nicht zu so einer schönen und starken Frau.« Er beugte sich noch weiter vor, und nun berührte seine Brust die ihre, als er ihr zuraunte: »Erzähl mir, was dir wirklich Angst macht.«

Sein heißer Atem strich über ihre Haut und ihr Mund wurde ganz trocken.

»Lass dir von Big Daddy Kane die Sorgen nehmen«, flüsterte er rau, als die Tür hinter ihm aufging.

Keiner von ihnen regte sich. Noch nie hatte sie jemanden so sehr schlagen – *und vögeln* – wollen.

Tucks Stimme durchbrach die Spannung. »Sable. Wir sind wieder dran.«

»Wir werden sehen, was die Band sagt«, flüsterte Kane nur für sie hörbar. Er trat zurück und wandte den Blick nicht von ihr ab. »Sag es ihnen heute Abend, sonst mach ich es.«

Als er ging, atmete Sable hörbar aus.

Tuck schaute Kane hinterher und drehte sich dann zu Sable um. »Hab ich da gerade *etwas* unterbrochen?«

»Nein, verdammt.« Sie marschierte an ihm vorbei.

Tuck schmunzelte. »Wenn du das sagst.«

Drei

»Was geht da ab zwischen dir und Mr. Mafia?«, wollte JP wissen, als sie später ihr Equipment verstauten.

»Der hat dich den ganzen Abend nicht aus den Augen gelassen«, sagte Lee.

Tuck sah Sable mit hochgezogener Augenbraue an.

»Nicht das, was ihr denkt.« Sable schloss ihren Gitarrenkoffer und schaute über die Schulter zu dem arroganten Schönling mit seinem maßgeschneiderten Anzug, der wahrscheinlich mehr kostete als alles, was in ihrem Kleiderschrank hing, zusammen. Er beobachtete sie von einem Stehtisch aus, an dem er den ganzen Abend verbracht hatte. Sie hatte gesehen, dass Brindle ihren Mann Trace zu ihm hingezerrt hatte, um mit ihm zu reden. Sie konnte sich gut vorstellen, welchen Ärger, oder eher Tratsch, Brindle auslöste.

»Sondern?«, fragte Chris.

Innerlich zog sich alles in ihr zusammen, als sie die Jungs ansah, mit denen sie aufgewachsen war, mit denen sie gestritten und gelacht und manchmal auch Tränen vergossen hatte. Ihr war bewusst, dass das, was sie gleich sagte, die Beziehung zu ihnen für immer verändern würde. Das hier war kein Gespräch, das man in einer Bar führte. Das war kein Gespräch, das sie überhaupt führen wollte. Doch ob Kane sie unter Druck gesetzt hätte oder nicht, sie hätte ihnen sowieso erzählt, was los war. Denn auch wenn sie vielleicht nicht wollte, dass sich etwas änderte, so bedeutete allein ihr Wissen um das Angebot, dass sich schon etwas verändert hatte.

»Er beobachtet nicht mich. Er beobachtet *uns*. Das ist Kane Bad. Er hat letztes Jahr, nachdem der ganze Mist mit Johnny Bad passiert ist, das Management für seinen Bruder übernommen, und jetzt will er, dass wir auf Johnnys Tournee als Vorband auftreten.«

Chris lachte auf. »Ja, klar.«

Tuck zog die Augenbrauen zusammen und fragte sich offenbar, ob sie sich einen Scherz erlaubte, doch JP war schneller: »Im Ernst? Hat er deshalb gesagt, wir sollten mal auf Tour gehen?«

Sie nickte. »Ja.«

Die Jungs sahen sich ungläubig an.

»Echt jetzt?«, fragte Chris.

»Ja, und redet leise. Wir wollen nicht, dass die ganze Stadt ihre Meinung dazu äußert.«

»Da gibt's ja gar keine zwei Meinungen«, sagte JP. »Das ist der Hammer! Da gibt's doch gar nichts zu überlegen.«

»Für dich vielleicht nicht«, erwiderte Chris. »Ich hab Frau und Kinder, und noch dazu einen Job, der mir zufällig gefällt.«

JP trat auf seinen Bruder zu. »Machst du Witze, Bruderherz? Das ist genau das, wovon wir als Kinder immer geträumt haben.«

»Wir sind keine Kinder mehr«, fuhr Chris ihn an. »Ich hab hier ein Leben. Ich kann nicht einfach alles stehen und liegen lassen und durchs Land reisen.«

»Bist du verrückt? Das hier ist unsere Chance, jemand zu

sein«, zischte JP.

Chris biss sichtbar die Zähne zusammen. »Was an ›Ich kann nicht einfach alles stehen und liegen lassen‹ verstehst du nicht?«

»Schwachsinn«, sagte JP. »Du wirst uns das nicht vermasseln, nur weil du hier dein Dasein unter dem Pantoffel deiner Frau fristen willst.«

Chris stürmte auf JP zu. »Pass auf, was du sagst.«

Sable drängte sich zwischen sie. »Hört auf! Heute Abend wird gar nichts entschieden, und wenn ihr euch streitet, bringt uns das keinen Deut weiter. Ihr kennt noch nicht einmal die Einzelheiten und auch nicht, was sie uns zahlen würden.«

»Ausnahmsweise stimme ich JP mal zu«, sagte Lee. »Mir ist es egal, ob sie uns auch nur einen Cent zahlen. Das ist eine zu große Sache, als dass wir sie uns entgehen lassen könnten.«

Chris sah ihn wütend an und drehte sich dann zu Tuck um. »Was ist mit dir?«

Tuck zuckte mit den Achseln. »Das wäre zu schön, um wahr zu sein.«

Alle sahen Sable an.

»Bist du dabei?«, fragte JP.

Nein lag ihr auf der Zunge. Vor allem, nachdem sie gerade gesehen hatte, welches Konfliktpotenzial allein der Gedanke, auf Tour zu gehen, innerhalb der Band hatte. Doch es standen größere Dinge als Freundschaft oder ihr eigener Wille auf dem Spiel. Das Geld konnte den Kindern die College-Ausbildung sichern, und Tuck war zu talentiert, um in dem Ort hängenzubleiben, in dem der Geist seiner verstorbenen Schwester allgegenwärtig war. Lee und JP waren zuverlässige Musiker, aber sie hatten beide in ihrer Jugend Erfahrungen mit Drogen gemacht, und sie fragte sich, was Berühmtheit mit ihnen anstellen würde. Geld und ein rasanter Lebensstil könnten sie wieder zu Dummheiten verleiten. Aber sie musste sich in Erinnerung rufen, dass es hier nicht um *ihre* Sorgen ging.

»Wir alle sollten uns anhören, was er zu sagen hat, bevor wir irgendwas entscheiden.« Sie sah JP und Chris prüfend an. »Glaubt ihr, dass ihr euch lang genug zusammenreißen könnt, damit wir uns mit ihm zusammensetzen und ihm zuhören können?«

Eine halbe Stunde später saßen sie mit Kane an einem Tisch und bekamen einen Ausblick darauf, was als Vorband auf sie zukommen würde. Er war der Inbegriff von Professionalität und erläuterte ihnen in Kürze den zeitlichen Ablauf – drei Monate mit drei bis vier Auftritten pro Woche in den USA, beginnend in der dritten Märzwoche, und weitere zwei Monate im Ausland im Herbst.

»Sind diese Daten in Stein gemeißelt?«, fragte Sable, obwohl sie die Antwort kannte. Die Bad-Intentions-Tournee war die größte Sache in der Branche seit Jahren, aber im Juni wurde sie dreißig. Sie und ihre Zwillingsschwester Pepper feierten immer zusammen. Das wäre durch diese Tournee unmöglich.

Sie fügte das zu der langen Liste an Gründen hinzu, aus denen sie dem Ganzen nicht zustimmen konnte.

»Die Konzerte sind ausverkauft. Dieses Angebot steht ganz oder gar nicht«, sagte Kane. »Warum? Wo liegt das Problem?«

»Da gibt's kein Problem. Bin nur neugierig.«

Nickend ging Kane über zu Themen wie Transport, Finanzen, Werbemaßnahmen und anderen Einzelheiten, wobei er geduldig ihre Fragen beantwortete und ihnen versicherte, dass jedes Detail in die Verträge aufgenommen werden würde, die sie von ihren Anwälten überprüfen lassen könnten.

Als ob sie Anwälte hätten.

»Chris, du hast deine Familie erwähnt. Wie viele Kinder

hast du?«, erkundigte sich Kane.

»Zwei, und ich will ehrlich sein: Ich glaube, meiner Frau wird die Vorstellung nicht gefallen, wenn ich einfach so abhaue und ihr alles überlasse.«

»Das ist verständlich. Kinder können anstrengend sein.« Kane lächelte wissend.

»Hast du Kinder?«, fragte Chris.

»Nein, aber ich habe Schwestern, die zehn und zwölf Jahre jünger sind als ich, und ich bin mir sicher, dass du von meiner Nichte gehört hast, die im Teenageralter ist. Wie alt sind deine Kinder?«

»Mein Sohn ist neun Monate alt und meine Tochter zweieinhalb Jahre.«

»Noch so klein«, sagte Kane herzlich. »Deine Familie kann uns selbstverständlich begleiten, und wir werden dafür sorgen, dass alle angemessen untergebracht werden ...«

Sable bemerkte, wie geschickt er vorging, um Chris' Vertrauen zu gewinnen und weitere Informationen zu erhalten, so als wäre es ihm wirklich wichtig. Das Problem war nur, dass es den Anschein hatte, als wäre es ihm tatsächlich wichtig. Er hätte sich auch direkt an die ganze Band wenden können, aber er hatte respektvoll zuerst mit ihr gesprochen. Man konnte sich leicht vorstellen, wie er bei schicken Dinnerpartys seine Geschäftspartner umgarnte oder in einem Büroturm in der Stadt an einem Konferenztisch den Ton angab – und ebenso leicht hatte sie vor Augen, wie er in einem luxuriösen Schlafzimmer eine Privatvorstellung anberaumte. Seine raue Stimme hallte in ihr nach. *Lass dir von Big Daddy Kane die Sorgen nehmen.* Sie konnte es noch immer nicht fassen, dass er so arrogant war, sich selbst so zu nennen, doch es war auch nicht zu leugnen, dass allein der Gedanke an diese Aufforderung die

Lust in ihr zum Sieden brachte.

»Ich denke, wir haben jetzt so ziemlich alles einmal angesprochen«, sagte Kane und riss sie damit aus ihren außer Kontrolle geratenen Gedanken. »Ihr wollt sicher einmal darüber schlafen und es sowohl unter euch als auch mit euren Familien besprechen. Ich melde mich morgen bei Sable und beantworte natürlich gern alle Fragen, die sich noch ergeben.«

Er stand auf und alle taten es ihm gleich. Sable war erleichtert, dass dieser Abend endlich zu Ende ging. Wenn sie noch eine Minute länger in Kanes Nähe verbringen müsste, würde sie durchdrehen. JP und Lee gaben ihm die Hand, dankten ihm ausgiebig, während sich Chris und Tuck höflich, aber weniger enthusiastisch verabschiedeten. Sie hatte das Gefühl, als würde Tuck immer noch nicht glauben, dass das Angebot ernst gemeint war.

Als die Jungs sich auf den Weg machten, wollte sie ihnen folgen, doch Kane trat auf sie zu und seine dunklen Augen ließen die Temperatur wieder in die Höhe schnellen. Seine Mundwinkel hoben sich zu einem Grinsen, er neigte den Kopf etwas vor, um sich den Nacken zu reiben, und schaute zu ihr hoch.

Warum nur war das so sexy?

»Mir ist gerade eingefallen, dass ich etwas im Kofferraum des Mietwagens gelassen habe. Wär's okay, wenn ich mit dir mitfahre, um es zu holen, und vielleicht könntest du mich dann kurz zu der Pension fahren, in der ich mir ein Zimmer genommen hab? Das Bramble Inn?«

Womit hatte sie diese Folter verdient?

»Ich finde, das lief gut«, sagte Kane, als sie zu Sables Werkstatt fuhren. Sie hatte keine zwei Worte von sich gegeben und ihn kein einziges Mal angesehen, seit sie die Bar verlassen hatten.

»Natürlich findest du das.«

»Ich kann die Stimmung in einem Raum immer gut erfassen, Sable. Chris und Tuck sind unentschlossen, tendieren aber in meine Richtung. Die Frage ist nur, warum du es nicht tust.«

Sie warf ihm einen finsteren Blick zu, antwortete aber nicht.

»Es gibt eindeutig etwas oder jemanden, das oder der dich zurückhält. Du kannst es ebenso gut auf den Tisch legen.«

Nach einem weiteren wortlosen Blick fuhr sie den restlichen Weg in Schweigen gehüllt weiter, wobei die Anspannung mit jeder Meile wuchs.

Als sie ankamen, stieß sie die Fahrertür auf und zischte ihm zu: »Warte hier.«

Er beobachtete, wie sie zum Haus marschierte. Mann, war sie sexy. Diese Beine, dieses Auftreten … als flehte sie nur darum, in die Knie gezwungen zu werden. Wie gern wäre er derjenige gewesen, der sie – im wahrsten Sinne des Wortes – vor sich auf die Knie fallen ließ, aber das konnte Johnnys Chancen darauf, sein Versprechen einzuhalten, zunichtemachen, und Kane hatte bereits Grenzen überschritten. Stolz war er darauf nicht. Er hatte sich einer Frau gegenüber, mit der er Geschäfte machte, noch nie unangemessen verhalten. Doch er hatte auch noch nie eine derartige lodernde Anziehung zwischen sich und einer Frau verspürt, die mit jeder scharfzüngigen Bemerkung noch stärker wurde. Sable ging ihm unter die Haut wie noch nie jemand zuvor, sie verärgerte und erregte ihn gleichermaßen und löste etwas Heißes, Scharfes und irgendwie Fundamentales aus. Er begehrte die verbotene Frucht und musste seine ganze Beherrschung aufbringen, um sich zurückzuhalten. Dass Tuck sie in dem Büro der Bar unterbrochen hatte, war eine glückliche Fügung gewesen, denn Kane war kurz davor gewesen, sie zu küssen, und er wusste, dass sie es nicht dabei belassen hätten. Bilder von Sable, die sich mit bloßem Hintern über den Schreibtisch beugte und nach seiner Härte verlangte, verfolgten ihn seitdem.

Mit entschlossenen Schritten verließ sie das Gebäude und riss ihn aus seinen Fantasien. Er musste diesem Mist zügig ein Ende bereiten. Sie sah ihn nicht an, als sie seine kleine Reisetasche und den Aktenkoffer wie die Chinesische Mauer auf dem Sitz zwischen ihnen aufbaute.

»Danke«, sagte er und sie setzte sich hinters Lenkrad. Es gefiel ihm nicht, ausgesperrt zu werden, also stellte er seine Sachen in den Fußraum. »Man könnte annehmen, dass die Leute in deiner Stadt nach all den Jahren die Nase voll davon haben, jede Woche dieselbe Band zu hören.«

»Könnte man«, sagte sie tonlos und starrte weiter vor sich auf die Straße.

Er gestand ihr ein paar Minuten Ruhe zu, während sie ans andere Ende der Stadt fuhren. Als das Bramble Inn in Sichtweite kam, sagte er: »Es ist leicht zu erkennen, warum sie eure Band nicht satthaben.«

Sie sah ihn neugierig an.

»Für eine Frau, die nicht im Rampenlicht stehen will, hattest du die Bühne ganz schön im Griff. Ich wette, du lieferst bei jedem Auftritt eine verdammt gute Show ab.«

»Das, was du willst, wirst du auch nicht bekommen, indem du mir Honig ums Maul schmierst.«

»Ich vergeude nicht meine Zeit damit, irgendjemandem Honig ums Maul zu schmieren. Ich versuche, herauszufinden, was dein Problem ist. Hast du Angst vor Erfolg? Dem nicht gewachsen zu sein? Aber das bist du ganz offensichtlich, denn sonst würde ich nicht versuchen, dich dazu zu bringen, das Angebot anzunehmen.«

Sie antwortete nicht und fuhr auf den Parkplatz.

»Wenn es nicht daran liegt, dann vielleicht daran, dass du dich zu mir hingezogen fühlst und Angst hast, dass du die Finger nicht von mir lassen kannst? Das wäre für mich ja nichts Neues. Immerhin …« Er deutete auf seinen Körper und hob dann entschuldigend die Hände.

Mit laufendem Motor blieb sie vor dem Eingang stehen und sah ihn wütend an. »Ganz schön eingebildet.«

»Glaubst du, ich durchschau dich nicht, so wie ich auch deine Kumpel durchschaut hab? Während wir über den Vertrag gesprochen haben, bist du in Gedanken durchgegangen, was ich im Büro zu dir gesagt habe. Du hast dich gefragt, wie es wohl wäre, wenn ich dir genau sagen würde, wann du was tun sollst – in einer intimeren Umgebung.«

Sie sah ihn finster an, doch das Begehren, das in ihrem Blick lag, verriet sie.

»Was ist los, Sable? Gefällt es dir nicht, so durchschaut zu werden?«

»Du irrst dich«, erwiderte sie kokett. »Du bist leichter zu ertragen, wenn du nicht redest. Ich hab mich gefragt, wie es wohl wäre, dir das Maul zu stopfen.«

»Dann lag ich ja gar nicht so weit daneben, oder?« Er beugte sich zu ihr hinüber und genoss es, ihre Wangen zum Glühen zu bringen. Damit konnte er arbeiten. »Wäre die Situation eine andere, hätte ich nichts gegen ein paar Seidenkrawatten-Spielchen mit dir einzuwenden.« Er lehnte sich zurück, ließ das Gesagte sacken und erinnerte sich daran, dass die Situation *keine* andere war. »Aber du solltest vielleicht an deinem

Pokerface arbeiten. Du bist eine miese Eisprinzessin.«

»Hätte ich dich kaltstellen wollen, wärst du schon lange eine Tundra«, sagte sie gelassen.

Er wusste, er sollte sich nicht auf so dünnes Eis begeben, aber er konnte sich nicht erinnern, wann ihm eine Frau das letzte Mal so Paroli geboten hatte. Und er genoss es. »Du reizt also die Männer nur gern?«

»Nein, du City Boy. Ich *nehme* mir, was ich will.« Ein leichtes Grinsen trat in ihr Gesicht. »Und dich will ich einfach nicht.«

»Dein Blick sagt etwas anderes. Aber das ist in Ordnung, Süße. So verzweifelt bin ich nicht.«

Sie presste die Lippen aufeinander, und die Verärgerung überlagerte das Begehren, das er zuvor gesehen hatte.

»Wie wär's, wenn du mir erzählen würdest, was dich sonst davon abhält, das Angebot anzunehmen? Deine Firma? Deine Familie? Ein Partner? Alles gleichzeitig?«

»Hast du vielleicht mal in Betracht gezogen, dass etwas viel Einfacheres dahinterstecken könnte? Zum Beispiel, dass ich den Überbringer dieses Angebots nicht ausstehen kann?«

»Ich werde *lügen* zu der Liste mit den Dingen hinzufügen, in denen du richtig mies bist.«

»Wo du gerade dabei bist, könntest du *Schleimbolzen* in deinem Lebenslauf anführen.« Sie hob das Kinn. »So, wenn du jetzt so nett wärst, aus meinem Auto auszusteigen … Ich hab zu tun.«

»Natürlich, aber wir sind mit dem Thema noch nicht durch.« Er stieg aus, beugte sich noch einmal hinein, um seine Sachen zu nehmen, und sah sie unverwandt an. »Nur zur Information: Wenn wir uns unter anderen Umständen kennengelernt hätten, wären diese Seidenkrawatten mal so richtig zum Einsatz gekommen und ich hätte dir das gegeben, wozu deine Farmer gar nicht imstande sind. Träum was Schönes, Cowgirl.«

Wenn Blicke hätten töten können, würde er jetzt auf dem Gehweg verbluten, anstatt mit einem Grinsen im Gesicht und einer Erektion, die er dieser dreisten Brünetten zu verdanken hatte, in seine Pension zu gehen.

Vier

Sable wachte durch ein hartnäckiges Klopfen an ihrer Wohnungstür auf. Sie drehte sich um und hielt sich das Kissen über den Kopf, denn sie war sicher, dass es sich um Brindle handeln musste, da sie gestern Abend deren Nachrichten ignoriert und ihr Handy ausgeschaltet hatte. Sie war sexuell und emotional zu aufgewühlt gewesen, als dass sie einen klaren Gedanken hätte fassen können, und dann hatte sie die halbe Nacht keinen Schlaf gefunden und überlegt, wie sie auf das Angebot reagieren sollte. Ihr Versuch, zu einer Entscheidung zu kommen, während sie an Kanes Wagen arbeitete, hatte nur dazu geführt, dass sie die ganze Zeit an *ihn* dachte. Also hatte sie angefangen, einen neuen Song zu schreiben, doch der war so wutgeschwängert, dass ihre Verärgerung nur noch zunahm. Schließlich hatte sie sich ihrem sexuellen Frust hingegeben und Bilder des nervigen City Boys heraufbeschworen, während ihr batteriebetriebener Freund seine Dienste leistete. Aber der von Kane-Bad-Fantasien begleitete Orgasmus hatte sie aufs Neue in Wut geraten lassen.

»Sable! Mach auf, verdammt noch mal! Wir müssen reden.«

Mist! JP!

Sie schleuderte Kissen und Decke beiseite, warf dabei zwei Notizblöcke vom Nachttisch und fluchte, während sie mit Shirt und Unterwäsche bekleidet aus dem Bett krabbelte. Das ununterbrochene Klopfen dröhnte in ihrem Kopf und begleitete sie durch den offenen Wohnbereich bis zur Tür, die sie mit finsterem Blick öffnete. »Was zum Teufel stimmt bei dir nicht, dass du hier im Morgengrauen so einen Krawall machst?« Sie wandte sich ab, ohne die Antwort abzuwarten.

»Es ist sieben Uhr«, sagte JP. »Wir haben dir Nachrichten geschickt und wir haben Kaffee dabei.«

»Wir?« Sie drehte sich um und sah Lee und Chris mit mehreren Bechern Kaffee und einer Tüte Donuts hereinkommen. *Na großartig!* »Wo ist Tuck?«

»Auf dem Weg«, sagte Chris und folgte JP ins Wohnzimmer, während sie in ihr Schlafzimmer ging.

Sie zog die Jeans an, die sie am Abend zuvor getragen hatte, nahm ihr Handy vom Ladegerät und schaltete es auf dem Weg ins Badezimmer ein. Während sie sich die Zähne putzte, entdeckte sie zwei entgangene Anrufe von Tuck und einen von ihrem Vater sowie mehrere Textnachrichten von Brindle, Chris, JP, Lee und Tuck, eine von ihrer Schwester Pepper und eine von einer Nummer, die sie nicht kannte – doch die Vorschau enthüllte *Sable, ich bin's, Kane.* Woher zum Teufel hatte der ihre Nummer?

Die anderen Nachrichten überspringend öffnete sie direkt die von Pepper. Ihre brillante Zwillingsschwester war in fast allem ihr genaues Gegenteil. Während Sable ein Nachtmensch war, stand Pepper gern früh auf, hatte keinerlei musikalisches Talent und verbrachte ihre Zeit lieber mit Forschung als allem anderen – einschließlich Männern. Sie fluchte nicht, trank nur selten Alkohol und würde einem Streit lieber aus dem Weg gehen, als laut zu werden. Aber in einer Hinsicht waren sie sich einig: Sable gehörte nach Oak Falls und Pepper nicht.

Pepper: *Mir ist zu Ohren gekommen, dass du gestern Abend einen ungebetenen Gast hattest.*

Sable: *Brindle redet zu viel.*

Pepper: *Sie hat gesagt, dass er umwerfend aussah und die Funken zwischen euch beiden geflogen sind.*

Sable: *Das waren eher Messer. Er ist ein arrogantes Arschloch.*

Pepper: *Du magst doch arrogante Männer. Hat er dich bezüglich der Tournee umgestimmt?*

Sable: *Nein. Die anderen aus der Band sind gerade bei mir aufgetaucht. Ich muss jetzt mit ihnen reden.*

Pepper: *In Ordnung, aber denk dran: Es ist* dein *Leben. Ich weiß, dass du absolut nichts von dieser Glamourwelt wissen willst, auch wenn du alle mit deinem Talent in Staunen versetzen würdest. Also, wenn du darüber nachdenkst, was alle anderen verdient hätten, sorg dafür, dass du auf dieser Liste ganz oben stehst. Lass dich nicht von deinem guten Herzen leiten.*

Sable: *Wann habe ich mich in meinen Entscheidungen je von meinem Herzen leiten lassen?*

Ein Emoji mit verdrehten Augen poppte auf.

Pepper: *Wann nicht?*

Das Handy verschwand in ihrer Tasche, und sie machte sich auf den Weg, um sich der Meute zu stellen. Tuck kam gerade zur Tür herein, als sie das Wohnzimmer betrat.

»Tut mir leid, Bell. Ich hab versucht, dich vorzuwarnen.«

Chris reichte ihr einen mitgebrachten Becher Kaffee. »Und du kannst noch von Glück sagen. JP und Lee haben mich um sechs Uhr geweckt.«

»Das hat Katie bestimmt gefallen.« Katie war Chris' Frau. Sable lehnte sich gegen den Fernsehtisch und trank ihren Kaffee. »Ich nehme an, ihr habt euch alle schon entschieden?«

»Nein«, sagte Tuck und die anderen Männer sahen ihn

verwirrt an.

»Hey, du hast doch gesagt, du bist dabei«, sagte Lee.

»Hab ich nicht«, fuhr Tuck ihn an. »Ich hab gesagt, es könnte sein, dass ich dabei bin, aber ich wollte zuerst mit Sable sprechen.« Offensichtlich hin- und hergerissen sah er sie an. »Wir wissen alle, wie du zu so einer Sache stehst, und dann kommt noch die Frage hinzu, was aus der Werkstatt wird, wenn wir das machen. Buddy und Eli können die nicht allein am Laufen halten.« Buddy Wilson arbeitete seit acht Jahren in der Firma. Er war Ende fünfzig und ein hervorragender Mechaniker, aber er war langsam wie eine Schnecke, und Eli Norwood war ein Sechzehnjähriger, der stundenweise für Sable arbeitete, nachdem sie ihn im vergangenen Jahr unter ihre Fittiche genommen hatte. Eli war großartig, vergaß aber immer die Hälfte.

»Sie wird so reich werden, dass die Werkstatt keine Rolle mehr spielt«, sagte JP.

Sable sah ihn ungläubig an. »Du glaubst doch wohl nicht im Ernst, dass ich den Laden wegen des Geldes führe?« Noch bevor er antworten konnte, wandte sie sich Chris zu, dem die Unentschlossenheit ins Gesicht geschrieben stand. »Was hat Katie gesagt?«

»Sie macht sich Sorgen wegen der Groupies. Du kennst ja unsere Geschichte, und wenn man Axsel so zuhört, klingt es so, als würden ihn die Groupies Tag und Nacht belagern.«

Chris und Katie hatten schwierige Zeiten durchgemacht, bevor sie geheiratet hatten, und er hatte sie betrogen. Gemeinsam hatten sie das verarbeitet, und auch wenn Sable niemals jemanden geheiratet hätte, der sie betrogen hatte, führten die beiden seitdem doch eine stabile Beziehung.

Sable wusste, dass sie diese Gelegenheit ergreifen und seine

Entscheidung beeinflussen könnte, doch so mies war sie nicht. »Du bist nicht Axsel. Ihm verschafft das seine Kicks und er ermutigt die Groupies.«

»Das weiß Katie auch.« Chris beugte sich vor und stützte die Ellbogen auf den Knien ab. »Trotzdem macht sie sich Sorgen. Doch wir können uns die Gelegenheit nicht entgehen lassen, unsere Schulden abzuzahlen und Geld fürs College der Kinder zurückzulegen. Sie ist einverstanden, mich mit den Kindern auf der Tournee zu begleiten – und stellt gefühlt tausend Bedingungen, aber das kann ich ihr kaum übelnehmen.«

Sable war klar gewesen, dass Chris Katie wahrscheinlich überzeugen würde, dennoch traf es sie sehr. Sie sah Tuck an und hätte gern mit ihm über seine Entscheidung gesprochen. Allerdings war er ein sehr reservierter Mensch und hätte es nicht gut gefunden, wenn sie ihn vor den anderen danach fragen würde. Sie deutete auf den Balkon und er stand auf. »Wir sind gleich wieder da.«

Er folgte ihr auf den Balkon und schloss die Tür hinter sich.

»Was denkst du?«, fragte sie.

»Dass wir dir vermasseln, was du willst, wenn wir das Angebot annehmen.«

»Lass mich aus deinen Überlegungen raus. Was geht in deinem Kopf vor?«

»Viel zu viel.« Er ging auf und ab. »Du weißt, dass ich das Rampenlicht ebenso wenig mag wie du.«

»Ja, aber du musst aus diesem Ort raus, weg von deinen Eltern und all dem Mist, den du wegen ihnen durchmachst.« Seine Eltern hatten ihn schon immer hart rangenommen, aber seit seine Zwillingsschwester Thea bei einem tragischen Unfall ums Leben gekommen war, hatten sie sich regelrecht unmenschlich verhalten.

Er stützte sich mit beiden Händen auf dem Geländer ab und schaute zur Straße. »Wenn die Presse erst einmal von meiner Vergangenheit Wind bekommt, könnte das dem Ruf der Band schaden.«

»Nein, das wird es nicht. Du warst noch ein Kind, als deine Schwester starb, und das hat dich eine Zeit lang aus der Bahn geworfen. Das ist keine Schande. Du hast ein paar Sachen gemacht, auf die du nicht stolz bist, und warst mal in der Jugendstrafanstalt. Ist ja nicht so, als wärst du im Gefängnis gewesen.«

Er nickte und schwieg einen Augenblick. »Aber Thea ist hier.«

Sie fühlte mit ihm mit. »Nein, Tuck. Thea ist *hier*.« Sie legte die Hand auf sein Herz. »Sie wird immer bei dir sein, egal, wohin du gehst. Aber du bist achtundzwanzig. Du bist kein Kind mehr, und wir wissen beide, Thea hätte gewollt, dass du verdammt noch mal von hier wegkommst und etwas aus dir machst.«

Er stieß sich vom Geländer ab und ging wieder hin und her. »Was ist mit dir, Bell? Du willst diesen Mist doch nicht.«

»Stimmt, ich will es nicht. Ich muss mir einiges durch den Kopf gehen lassen. Meinst du, du könntest vielleicht heute Vormittag in der Werkstatt die Stellung halten? Ich muss mich um ein paar Dinge kümmern. Du kannst Kanes Mietwagen rausfahren. Das Ersatzteil hab ich schon bestellt.«

»Kein Problem. Kann ich sonst noch etwas machen?«

Sie schüttelte den Kopf und dann gingen sie beide wieder hinein.

JP und Lee standen auf. »Und?«, wollte JP wissen.

»Ich brauch ein paar Stunden«, sagte Sable. »Die halbe Nacht war ich wach. Ich muss frühstücken und über alles nachdenken.«

»Komm schon, Sable«, sagte JP. »Du kannst doch nicht ernsthaft überlegen, so ein Angebot abzulehnen.«

»Ich hab eine Firma, an die ich denken muss. Das ist keine leichte Entscheidung.«

»Du würdest uns diese Gelegenheit also einfach kaputt machen?«, fuhr JP sie an.

»Sie hat gesagt, dass sie Zeit zum Nachdenken braucht. Also lasst uns gehen.« Tuck packte JP am Arm und ignorierte sein Gemeckere, als er ihn hinter den anderen zur Tür hinauszog.

Sable wünschte, sie könnte die Uhr zurückstellen und Jillian gegenüber so entschlossen auftreten, dass ihre Freundin es nicht gewagt hätte, sich über sie hinwegzusetzen. Ihr Handy klingelte, als sie zurück ins Schlafzimmer ging. Sie fluchte, als sie Kanes Nummer auf dem Bildschirm sah. *Als würden mir nicht alle schon genug Druck machen!*

Sie nahm den Anruf an. »Woher hast du diese Nummer?«

»Es ist erstaunlich, wie hilfsbereit Kleinstadtmenschen sein können, aber ist das eine Art, den Mann zu begrüßen, der dir etwas anbietet, was die meisten als die Chance ihres Lebens bezeichnen würden?«

»Mir war nicht klar, dass Johnny Bad dran ist. Ich dachte, es wäre nur sein Botenjunge.«

Er schwieg kurz, und sie empfand große Freude bei der Vorstellung, wie verdutzt er wohl gerade aus der Wäsche guckte.

»Ich wollte wissen, ob wir uns vielleicht zum Frühstück treffen können, um noch einmal im Detail über das Angebot zu sprechen, bevor ich die Stadt verlasse.«

»Keine Zeit für Frühstück. Muss noch einen Mietwagen inspizieren.«

»Mittagessen?«

»Unwahrscheinlich. Wann geht dein Flug?«

»Wann immer ich meinem Piloten das Startzeichen gebe«, antwortete er selbstgefällig.

Sie verdrehte die Augen. »Ich melde mich.«

Gerade wollte sie das Gespräch beenden, da sagte Kane noch: »Das Angebot läuft um ein Uhr aus.«

»Typisch Mann, immer schnell zum Ende kommen«, sagte sie verärgert.

»Ein Uhr, Sable. Keine Minute später.« Die Leitung war tot.

Arschloch. Sie warf das Handy aufs Bett und marschierte ins Badezimmer.

Sable fuhr gerade zum Haus ihrer Eltern, als Jillian anrief. Brodelnd vor Wut aktivierte sie die Freisprechanlage. »Ich hasse dich gerade.«

»Eine schwangere Frau kann man nicht hassen.«

Sie hatte ihre zierliche Modedesignerin-Freundin mit ihren mahagoniroten Haaren, dem entzückenden Babybauch und einem breiten Grinsen vor Augen. »Sollen wir wetten?«

»Sable, jetzt komm schon«, bettelte Jillian. »Du verdienst es.«

»Wie konntest du dieses arrogante Arschloch auf mich ansetzen, ohne mich vorzuwarnen, und das, nachdem ich deutlich gesagt hab, dass ich nicht interessiert bin?«, fauchte sie.

»Das habe ich gemacht, weil ich dich lieb habe.«

»Wenn du so deine Liebe ausdrückst, dann tun mir die Babys in deinem Bauch leid.«

»Hey!«, rief Jillian gekränkt aus.

»Tut mir leid«, murrte sie. »Das war nicht so gemeint. Aber du bringst mich in eine blöde Lage.«

»Tja, also mir tut es nicht leid. Und was Kane angeht, er ist kein arrogantes Arschloch. Ja, er kann leicht anmaßend sein, aber er hat auch jedes Recht dazu. Der Kerl ist ein Milliardär mit dem Ruf eines rücksichtslosen Geschäftsmannes und eines gefragten Liebhabers. Und stell dir vor: Die Frauen nennen ihn Big Daddy Kane! Ist das zu glauben? Es stimmt. Als ich ihn das erste Mal getroffen habe, noch bevor Johnny und ich zusammengekommen sind, da habe ich ihm gesagt, dass sein Spitzname bei mir Würgereiz auslöst, und Kane hat ziemlich schlagfertig darauf reagiert.« Jillian lachte. »Der hat es wirklich drauf.«

Sable fluchte verhalten. Ihr war klar gewesen, dass der Typ mit Sicherheit nichts anbrennen ließ, also warum störte sie das so? »Willst du mir damit etwas sagen?«

»Will ich das nicht immer? Er war für Johnny und Zoey da, sogar für mich, die ganze Zeit, als letztes Jahr der Mist über die beiden hereingebrochen ist. Er hätte auch einfach einen anderen Manager für Johnny einstellen können, aber er wollte auf keinen Fall das Risiko eingehen, dass seinem Bruder noch einmal wehgetan wird. Er ist ein Guter, Sable.«

»Du magst ihn nur, weil du in seine Familie einheiratest, und du dachtest, ich würde zustimmen, weil er wie die Inkarnation von dreckigem, wildem Sex aussieht.«

Jillian lachte. »So sieht er aus, stimmt, aber ich mag ihn nicht nur, weil er mein Schwager wird. Er ist klug, ehrlich, fürsorglich und er ist ein Macher. Apropos, Kane als Macher …«, sagte sie nun in lockererem Tonfall. »Ihr beide wärt heiß zusammen. Er könnte es *dir* machen.«

»Tschüss, Jilly.«

»Warte! Machst du es nun oder nicht?«

Sable biss die Zähne zusammen. »Ich steige *nicht* mit deinem zukünftigen Schwager in die Kiste!«

»Tja, das ist wirklich schade, aber ich meinte die Tournee.«

»Da würde ich noch eher mit diesem arroganten Arsch in die Kiste steigen. Ich muss Schluss machen, und in Zukunft hältst du mich bitte aus deinen bekloppten Ideen raus.« Sie beendete das Gespräch und bog in die Straße ihres Elternhauses ein, wo sich die Enge in ihrer Brust etwas löste.

Das alte viktorianische Haus tauchte vor ihr auf, mit seiner einladenden Veranda und dem riesigen Garten voller Kindheitserinnerungen. Sie hatte so schöne Erinnerungen daran, wie sie dort mit ihren sechs Geschwistern – Grace, Pepper, Amber, Morgyn, Brindle und Axsel – herumrannte. Sie alle wohnten noch in der Nähe, außer Pepper, die in Charlottesville lebte, und Axsel, der im Grunde immer unterwegs war. Normalerweise waren eine oder zwei ihrer Schwestern ein paar Mal im Monat zum Frühstück bei ihren Eltern, doch an diesem Morgen war die Auffahrt voll – und sofort zog sich in ihrer Brust wieder alles zusammen.

Sable hatte Brindles Nachrichten gelesen, nachdem sie geduscht hatte. Ihre penetrante Schwester hatte zugegeben, Kane bei seiner Überzeugungsarbeit unterstützen zu wollen, damit sie bei der Tour als Vorband auftraten. Mit Sicherheit hatte Brindle auch schon ihrer ganzen Familie und wahrscheinlich der halben Stadt erzählt, warum genau Kane hier war. Kurz überlegte Sable, einfach wieder kehrtzumachen, aber Brindle ließ nicht locker, wenn sie sich etwas in den Kopf gesetzt hatte. Also konnte sie es genauso gut hinter sich bringen.

Auf dem Weg hin zur Küchentür hörte sie schon, wie sie alle durcheinander sprachen. Sie wappnete sich innerlich und trat ein.

»Endlich!«, rief Brindle und die Golden Retriever Dolly und Reba rannten auf sie zu.

Alle Augen waren auf Sable gerichtet, als sie die Hunde ihrer Eltern streichelte. Am Herd bereitete ihre Mutter Eier und Speck zu, während ihre älteste Schwester Grace und ihr Mann Reed an der Kücheninsel standen und Muffins aßen. Sable verspürte einen schmerzhaften Stich in ihrem Herzen. Die beiden hatten Probleme, schwanger zu werden, und hatten gerade ihre zweite künstliche Befruchtung hinter sich. Reed hatte sich ihr gegenüber geöffnet, als sie an Deloris' Haus gearbeitet hatten, und deutlich gemacht, wie groß seine Hoffnung war, und vor Kurzem hatte sie mit Grace darüber gesprochen. Sie wusste, dass ihre Schwester sich nicht allzu viele Hoffnungen machen wollte, um nicht zu enttäuscht zu sein, wenn es wieder nicht klappte. Sie musste hier sein, um die beiden zu unterstützen. Sie schaute zu Morgyn, dem unkonventionellen Freigeist der Familie, die am Tisch neben Brindles entzückender kleiner Tochter saß. Emma Lou stopfte sich gerade eine Handvoll Rührei in den Mund und ließ dabei die Hälfte für die Hunde auf den Boden fallen. Auf ihrer anderen Seite saß Morgyns Mann Graham, der zufällig Jillians Bruder war. *Wusstest du Bescheid?* Bevor sie weiter darüber nachdenken konnte, kam ihr ein anderer Gedanke. Morgyn und Graham waren ständig auf Reisen. Sable konnte von Glück sagen, wenn sie sie gelegentlich ein paar Tage zu Gesicht bekam, aber wenn sie auf Tour ging, wann würde sie die beiden dann sehen? Ihr Blick fiel auf Amber, die ruhigste der Schwestern, die neben ihrem Mann Dash saß, und sofort brach eine weitere Frage über sie herein. Wie oft war Amber bei ihr aufgetaucht, um über ein Problem zu reden? An wen würde sie sich wenden, wenn Sable nicht da war?

Mühevoll schob Sable all diese Sorgen beiseite. »Trace und ich waren wohl die Einzigen, die keine Einladung zu dieser morgendlichen Party bekommen haben.«

»Mein Liebster repariert die Scheune bei seinem Vater.« Brindle stürzte auf Sable zu und sah in ihren Jeans und mit dem tief ausgeschnittenen Pullover so cool aus wie immer. »Und diese Party findet zu *deinen* Ehren statt! Hast du zugesagt, als Vorband bei der Tournee aufzutreten?«

»Glückwunsch, Sable! Das ist ein Riesending!« Morgyn steckte sich ein Stück Speck in den Mund. Sie und Brindle hatten wie ihr Vater helle Haare.

»Das klingt nach einer tollen Chance«, fügte Grace hinzu und strich sich die vollen dunklen Haare hinters Ohr. »Du kannst eine andere Seite der Musikbranche entdecken und musst nicht einmal umziehen. In meinen Augen sind das lauter Vorteile.« Sie hatte als Theaterautorin in New York gearbeitet, bevor sie und Reed sich wiedergefunden hatten und sie wieder nach Oak Falls gezogen war. Jetzt schrieb sie Stücke und führte Regie in einem Theater vor Ort, das Reed saniert hatte.

»Und?«, drängte Morgyn. »Hast du zugesagt?«

»Du warst gestern spät dran für deinen Gig, jetzt bist du zu spät zum Frühstück. Hat Kane dich vielleicht die ganze Nacht *bearbeitet?*«, säuselte Brindle.

»Brindle!«, schimpfte Amber. »Warum gehst du immer davon aus, dass sie mit einem Mann zusammen ist?«

»Weil sie umwerfend ist und keine Angst hat, sich das zu nehmen, was sie haben will«, lautete Brindles schlagfertige Antwort.

»Das geht bei Weitem darüber hinaus, was ein Vater wissen muss«, sagte ihr Vater, der gerade die Küche betrat.

Graham und Dash schmunzelten. Sable verdrehte die Augen und nahm sich einen Muffin.

»Ist wahrscheinlich nicht so schlau, mit dem Kerl rumzumachen, der dich engagiert«, sagte Grace.

Sable warf ihr einen vernichtenden Blick zu.

»So klug ist Sable sicher auch. Stimmt's, mein Schatz?« Ihre Mutter hielt einen Teller mit Eiern und Speck in die Höhe. »Soll ich dir etwas auffüllen?« Sable hatte die dunklen Haare und die emotionale Stärke ihrer Mutter geerbt, aber ihre Mutter verfügte auch über dieses herzliche Lächeln und die unerschütterliche positive Einstellung, die Morgyn mit ihr teilte. In der Hinsicht kam Sable ganz nach ihrem Vater. Sie war eine leicht skeptische Realistin.

»Nein danke, aber ein Maulkorb für Brindle wäre nett.«

»Haha«, kommentierte Brindle sarkastisch, während ihre Mutter Teller auf den Tisch stellte und ihrem Vater einen Kuss gab.

»Das sollte kein Witz sein.« Sable biss in ihren Muffin.

»Uh, da ist aber jemand gereizt. Wahrscheinlich weil das letzte Nacht keiner übernommen hat«, neckte Brindle sie.

»Brindle!« Ihre Mutter schüttelte den Kopf.

Sable schaute zu Graham, den seine MIT-Baseballkappe und ein amüsierter Gesichtsausdruck auszeichnete. »Hey, Cracker, wusstest du, dass deine Schwester Kane hergeschickt hat, um mich zu stalken?«

»Ich würde es nicht als stalken bezeichnen, wenn jemand dir anbietet, bei einer Tournee dabei zu sein, die in die Geschichte eingehen wird, aber nein«, antwortete Graham. »Jilly weiß, dass ich keine Geheimnisse vor Morgyn habe, und wenn ich es Morgyn erzählen würde, wüsstest du es auch sofort, also überrascht es mich nicht, dass sie es mir nicht verraten hat.«

»Also, ich für meinen Teil bin hocherfreut, dass sich das Universum endlich durchgesetzt hat und dich ins Rampenlicht holt.« Morgyn stand auf. Sie trug wie so oft ein buntes wehendes Kleid, mehrere lange Halsketten und pinke Cowboystiefel, die mit Schmucksteinen verziert waren, und all das hatte sie selbst gemacht. In ihrem Geschäft und bei ihren Ausstellungen verkaufte sie alle möglichen upgecycelten Dinge von Kleidungsstücken bis hin zu Rasenmähern. Sie umarmte Sable. »Das ist die Gelegenheit für dich, der Welt zu zeigen, wie großartig du bist.«

Sable hob eine Augenbraue. »Warum sollte ich das wollen?«

»Weil du es verdient hast, für dein Talent anerkannt zu werden«, sagte Morgyn.

Sable wusste, dass ihre Schwestern es nur gut meinten, doch sie war zu genervt, um das im Moment würdigen zu können. »Ich mache nicht Musik, weil ich damit bekannt werden will. Ich mache Musik, weil ich es liebe.«

»Und genau deshalb solltest du als Vorband auftreten!«, rief Brindle aus. »Du machst das, was du liebst, und du kannst dabei noch reisen.«

»Wahrscheinlich springt dabei für euch auch noch ein Plattenvertrag raus«, sagte Reed. »Und wer weiß, was sonst noch alles. Manche Gelegenheiten ziehen unerwartete Belohnungen nach sich.« Er zog Grace an sich und küsste sie auf die Schläfe. Grace und er hatten wieder zueinandergefunden, nachdem er in die Stadt zurückgekehrt war, um seinem kränkelnden Onkel unter die Arme zu greifen.

»Stimmt.« Voller Liebe schaute Grace ihn an, bevor sie Sable aufgeregt anlächelte. »Stell dir doch nur mal vor, was du alles über die Musikbranche lernen wirst und wie viele interessante Leute du treffen wirst.«

»Ich will dich nicht zu etwas drängen, was du nicht willst«, sagte Amber behutsam. »Aber das sind alles gute Argumente.«

Ihr Mann Dash legte den Arm um sie. »Ja, aber wir alle wissen, was Sable von Stars und ihrem Lebensstil hält.« Er zwinkerte Sable zu.

Sable fühlte sich für all ihre Geschwister verantwortlich, doch Amber gegenüber, bei der im Alter von acht Jahren Epilepsie diagnostiziert worden war, hatte sie ein noch größeres Bedürfnis, sie zu beschützen. Als Dash, ein zum Schriftsteller mutierter Ex-Profi-Footballer, mit seinem jungenhaften Charme und seiner umwerfenden Persönlichkeit in der Stadt aufgetaucht war und ein Auge auf Amber geworfen hatte, hatte Sable ihn die Hölle durchlaufen lassen. Doch er hatte alle Register gezogen, um Ambers Herz zu erobern, und am Ende hatte er die ganze Familie für sich eingenommen.

»Das kann ich ihr nicht verdenken. Ich könnte nie so im Licht der Öffentlichkeit leben«, sagte Amber. »Keine Ahnung, wie Axsel das macht.«

»Axsel mag dieses aufregende Leben«, sagte ihr Vater. »Aber er ist auch ein paar Jahre jünger als Sable. Mal sehen, wie er das sieht, wenn er dreißig ist.«

Sable verschränkte die Arme. »Willst du damit sagen, dass ich alt bin?« Sie fühlte sich nicht alt, aber nachdem fast alle ihrer Schwestern einen Partner gefunden hatten, empfand sie eine Art ... Sie konnte es nicht benennen. Aber alt war sie mit Sicherheit nicht.

»Das würde ich nie wagen«, sagte ihr Vater. »Ich sage nur, dass es einen Unterschied gibt zwischen dem, was die Leute mit Anfang zwanzig und mit dreißig gern machen.«

»Sie hat ja noch etwas Zeit, bis sie dreißig ist. Bis zu ihrem Geburtstag sind es noch ein paar Monate«, stellte ihre Mutter klar. »Vielleicht sollten wir aufhören, ihr Meinungen aufzudrängen, und Sable erzählen lassen, was sie von dieser Chance hält.«

»Du weißt genau, was ich davon halte«, sagte Sable und bereute augenblicklich ihren heftigen Tonfall, den ihre Mutter nicht verdient hatte. »Tut mir leid.«

»Schon gut, Schatz. Ich nehme an, Kane hatte nichts zu sagen, was dein Interesse hätte wecken können?«, fragte ihre Mutter.

»Nee.« *Zumindest nicht in Bezug auf die Musik.* Sie dachte an die unanständigen Dinge, die er gesagt hatte und die ihr Interesse geweckt hatten, aber das entfachte ihren Ärger nur aufs Neue.

»Ich verstehe nicht, was du für ein Problem hast«, sagte Brindle. »Du bist hier in der Region schon bekannt. Es wäre kein großer Unterschied zu den Festivals, auf denen du hier auftrittst.«

Sable schnaubte ungläubig und war innerlich noch zerrissener als vor ihrem Eintreffen.

»Vielleicht gefällt es dir sogar noch mehr«, überlegte Morgyn.

Ich hätte einfach direkt wieder gehen sollen. »Und vielleicht bekommen Schweine irgendwann auch Flügel. Viel Spaß dabei, über mein Leben zu diskutieren. Ich bin draußen.« Als sie hinaus auf die Veranda trat, füllte sie die Lunge mit der kalten Luft und schaute hinaus in den Garten, der so einige Geheimnisse barg. Sie hörte, wie hinter ihr die Tür aufging, und schon stürmten die Hunde an ihr vorbei in den Garten. »Kann ich nicht mal eine Minute allein sein?«

»Ich bring dir nur etwas zum Frühstücken, meine Kleine«, sagte ihr Vater.

Sie drehte sich um und sah in seine fürsorglichen Augen. Ihr Vater war in ihrem Leben immer der Fels in der Brandung gewesen. Sein Haar wurde lichter und an den Schläfen schon grau, doch seine geduldige, aufmerksame Art hatte sich nie geändert. Nicht einmal, wenn er sich gegenüber einer schnatternden Schar von Mädchen und einem Jungen, der es faustdick hinter den Ohren gehabt hatte, durchsetzen musste.

»Entschuldige, Dad. Ich bin wohl etwas gereizt.«

»Das darfst du auch ruhig sein.« Er gab ihr einen dampfenden Kaffee und stellte einen Teller mit Essen auf den Tisch zwischen den beiden Schaukelstühlen.

»Hunger hab ich nicht, aber danke für den Kaffee.«

»Ich weiß. Du isst nie etwas, wenn du aufgewühlt bist. Das war nur ein Vorwand, um zu dir zu kommen. Ich hab den anderen gesagt, sie sollen dir eine halbe Stunde geben, damit du in Ruhe essen kannst.«

»Gut. Dafür bin ich dir so dankbar, das kannst du dir gar nicht vorstellen.«

»Lass uns ein paar Schritte gehen.« Er schaute zum Fenster, durch das Brindle und Morgyn angestrengt spähten. »Sie haben dich sehr lieb«, sagte er, als sie die Stufen der Veranda hinuntergingen, wie er es so oft in all den Jahren getan hatte.

»Ich weiß.« Sable war nie jemand gewesen, der mit ihren Problemen zu ihren Eltern gegangen war. Ihr Vater hatte Ingenieurwissenschaften am College unterrichtet, als sie aufwuchs, und sie wusste, dass die beiden mit so vielen Kindern und dem Hundetraining ihrer Mutter alle Hände voll zu tun hatten. Doch ihr Vater hatte immer bemerkt, wenn sie ein wenig mehr Aufmerksamkeit gebraucht hatte, und in diesen Momenten hatte er sie stets zu einem Spaziergang aufgefordert. Normalerweise waren sie dann am Ende in der Scheune gelandet, wo er sie zum Reden gebracht hatte, während er ihr gleichzeitig beigebracht hatte, an den Sitzrasenmähern oder Traktoren herumzubasteln, oder schließlich auch in der Garage, wo sie die Autos ihrer Eltern reparieren durfte. Auch jetzt ging er in Richtung Scheune, und sie war dankbar für die Gelegenheit, seine uneingeschränkte Aufmerksamkeit zu haben. Zumindest für einen kurzen Moment.

»Brindle legt sich ordentlich dafür ins Zeug, dass du diesen Schritt gehst«, sagte er.

»Ich verstehe nicht, warum. Will sie sich indirekt über mich verwirklichen oder so? Ich dachte, sie und Trace sind glücklich.«

»Sie ist sehr glücklich. Sie hat eurer Mutter gegenüber sogar gesagt, dass sie über ein zweites Kind in naher Zukunft nachdenken.«

»Im Ernst?« Brindle war eine tolle Mutter und eine liebevolle Ehefrau, aber es überraschte Sable ein wenig, dass sie jetzt schon über weiteren Nachwuchs nachdachte. Als Hüterin der Geheimnisse all ihrer Geschwister wusste sie, dass die Umstellung zu einem Leben als Ehefrau und Mutter ihrer Schwester – die einst noch rebellischer als sie gewesen war, und das war nicht einfach – einiges abverlangt hatte.

»Das hat sie gesagt. Sie möchte, dass Emma Lou mit ihren Geschwistern nah beieinander aufwächst, aber sie will warten, bis Grace und Reed wissen, ob die letzte künstliche Befruchtung erfolgreich war.«

»Das ist nett von ihr, aber wenn sie so glücklich ist, warum setzt sie mir dann so zu?«

»Weil du ihr Vorbild bist. Du hast ihr dabei geholfen, der Mensch zu werden, der sie heute ist.«

»Du meinst, indem ich dafür gesorgt hab, dass sie keinen Mist baut.«

»Nein, ich meine, dass du ihr beigebracht hast, stark zu sein, und du hast ihr das Selbstvertrauen gegeben, das Leben nach ihren Spielregeln zu leben, egal, was alle anderen über sie dachten, und allein nach Paris zu gehen, um Erfahrungen zu sammeln und herauszufinden, was sie wirklich will. Du hast für sie und für alle anderen das getan, was deine Mutter und ich nur bis zu einem gewissen Punkt tun konnten. Brin möchte für dich einfach nur das Gleiche tun.«

»Ich bin bereits stark und selbstbewusst. Ich muss mich nicht vor hunderttausend Leuten auf eine Bühne stellen, um das zu beweisen.« Als sie die Scheune betraten, löste der Duft ihrer Pferde Sonny und Cher sofort ein wohlig beruhigendes Gefühl in ihr aus. Die Pferde schauten aus ihren Boxen und begrüßten sie mit einem Nicken.

»Nein, das musst du mit Sicherheit nicht.« Ihr Vater holte Karotten aus seiner Manteltasche und reichte ihr zwei. Er streichelte Sonny, während er ihm eine Karotte gab. »Erinnerst du dich noch daran, als du das erste Mal aufgetreten bist?«

»Du meinst, in der Bar? Wie könnte ich das je vergessen? Dafür bezahlt zu werden, dass ich Musik mache, hat alles geändert. Bevor wir auf die Bühne gegangen sind, hatte ich das Gefühl, mich übergeben zu müssen.«

»Ja, an dem Abend warst du ziemlich nervös, aber das war nicht dein erster Auftritt. Erinnerst du dich nicht an den Frühling, in dem du acht Jahre alt geworden bist und auf dem Scheunenfest der Jerichos gespielt hast?«

Sie erinnerte sich noch gut an jenen Abend. Ihre Großmutter, die ihr das Gitarrespielen beigebracht hatte, war einige Monate zuvor gestorben, und sie hatte ihr schrecklich gefehlt. Ihre Großmutter war Musikerin gewesen, bevor sie geheiratet und Kinder bekommen hatte, und Sable hatte es immer geliebt, ihr beim Singen zuzuhören, während sie im Haushalt etwas erledigte, wenn sie Spaziergänge machten oder wenn sie draußen unter dem Sternenhimmel beisammensaßen. Sie hatte ihr unzählige Geschichten aus ihrer Jugend erzählt, wie sie auf Hochzeiten gesungen hatte oder auch auf anderen Veranstaltungen wie dem Sommermusikfest in Romance, Virginia, auf dem ihre Großeltern sich kennengelernt hatten. An diesem Abend auf dem Scheunenfest hatte Sable für ihre Großmutter gesungen und gehofft, dass die sie irgendwie hören konnte.

»Das kann man ja kaum eine Bühne nennen«, sagte sie. »Ich hab gespielt, während die aufgebaut haben. Nicht auf der eigentlichen Veranstaltung.«

»Also, ich werde jedenfalls nie vergessen, was für ein Gefühl es war, dich dort ganz allein stehen zu sehen. Du warst so ein dünnes kleines Mädchen mit deinen Jeansshorts und den Cowboystiefeln. Deine Haare waren vollkommen zerzaust, und deine Knie waren schmutzig, weil du dich mit einem von den Jericho-Jungs geprügelt hattest.«

»Das war Shane. Er hat Amber dummes Mädchen genannt.«

Er lachte leise. »Stimmt, jetzt erinnere ich mich. Du hast ihm ein ordentliches Veilchen verpasst, aber er hat den Fehler kein zweites Mal begangen. Als du da gestanden hast und dir die Seele aus dem Leib gesungen und Gitarre gespielt hast, da war es wirklich so, als würde man direkt vor sich eine leuchtende Blume aufblühen sehen. Noch nie hatte ich etwas so Schönes gehört. Das hat deiner Mutter die Tränen in die Augen getrieben.«

Sie streichelte Cher über die Nüstern. »So gut war ich nicht.«

»Ach nein? Warum haben dann alle innegehalten und dir zugehört? In dem Moment wussten deine Mutter und ich, dass du das Talent deiner Großmutter geerbt hattest. Das war auch gut«, sagte ihr Vater und holte sie in die Gegenwart zurück, »denn als du kleiner warst, fiel es uns nicht leicht, dich zu durchschauen.«

»Was meinst du damit?« Sie gab Cher noch eine Karotte.

»Während die anderen Mädchen mit Puppen oder mit dem Ball spielten, lasen, sich verkleideten oder eben das machten, was Kinder so tun, hast du den Staubsauger auseinandergenommen, und du hast nie viel geredet, also waren wir nicht so sicher, was in deinem Kopf vorging. Du und Pepper habt immer anders getickt als die anderen, aber wenn Pep irgendetwas zu schaffen machte, hat sie es uns erzählt. Du warst darin vertieft, Geräte auseinanderzunehmen und herauszufinden, wie sie funktionieren, und dazu warst du noch die selbsternannte Beschützerin unserer ganzen Nachkommenschaft.«

»Irgendjemand musste das ja machen. Schon als kleines Kind ist Brindle durch die Fenster nach draußen geklettert und Morgyn hat den Leuten Sachen aus ihren Schuppen geklaut, um irgendetwas daraus zu basteln.«

Er schmunzelte. »Ich habe nie gesagt, dass wir über diese zusätzlichen Augen nicht dankbar waren. Aber es war schön, dass du etwas anderes gefunden hattest, was dich begeisterte. Wir konnten deine Stimmung an der Musik ablesen, die du gemacht hast.«

»Das könnt ihr wahrscheinlich immer noch.«

»Meistens. Weißt du ... Andere Kinder hätten davon geträumt, berühmt zu werden, doch du hast das nie so gesehen. Du hattest immer eine Gitarre dabei, aber trotzdem warst du immer mehr daran interessiert, dich um andere zu kümmern und alles zu reparieren, was du in die Finger bekommen hast, als selbst im Mittelpunkt zu stehen.«

»Hat euch das gestört?«

»Die Tatsache, dass du nicht berühmt werden wolltest? Nein, das hat weder mich noch deine Mutter gestört. Und als du so weit warst, mehr über das Reparieren irgendwelcher Sachen zu lernen, als ich dir beibringen konnte, hat Lloyd dich zum Glück gern unter seine Fittiche genommen.«

»Aber genau dieser Mensch bin ich immer noch, also was genau willst du mir damit sagen?«

Er steckte eine Hand in seine Hosentasche. »Was ich damit wohl sagen will, ist, dass du es nicht sein musst. In den letzten Jahren sind ein paar wunderbare Männer Teil unserer Familie geworden und sie lieben deine Schwestern abgöttisch. Du musst nicht mehr diejenige sein, die auf sie aufpasst. Du kannst einen anderen Traum verwirklichen und trotzdem wird es ihnen gut gehen.«

Es überraschte sie nicht, dass er sah, was andere nicht sahen, aber dennoch fühlte sie sich dabei verletzlich. Sie verschränkte die Arme. »Ehemänner sind nicht das Gleiche wie Schwestern.«

»Das ist richtig, aber, Schatz, da draußen gibt es eine unglaublich große Welt und du hast fast nichts davon gesehen.«

»Ich habe eine Firma, um die ich mich kümmern muss, schon vergessen?«

»Nein, aber du hast Buddy und Eli, die dir helfen können. Und wenn du Carter Patel fragst, würde er mit Sicherheit nur allzu gern einspringen, während du fort bist. Er langweilt sich im Augenblick zu Tode.«

Carter hatte für Lloyd gearbeitet und war noch geblieben, nachdem Sable die Firma übernommen hatte. Er war ein hervorragender Kfz-Mechaniker, aber seine Frau hatte ihn vor zwei Jahren überzeugt, in Rente zu gehen, und nun kam er oft in der Werkstatt vorbei, nur um aus dem Haus zu kommen.

»Und was ist mit Deloris?«, fragte sie mit einem Kloß im Hals, als sie an ihren letzten Besuch dachte. Deloris hatte mal mehr und mal weniger klare Momente gehabt und bei ihrem letzten Zusammentreffen hatte sie Sable gar nicht mehr erkannt.

Er zog die Augenbrauen zusammen und das Mitgefühl war ihm ins Gesicht geschrieben. »Ich glaube, sie würde wollen, dass du den Weg findest, der dich am glücklichsten macht. Vielleicht verliert sie ihr Gedächtnis, aber ein Herz vergisst nie jemanden, den es liebt. Du weißt, dass deine Mutter und all die Darlings aus Dashs Sportgruppe dafür sorgen werden, dass Deloris jede Menge Besuch erhält.« Neben der Fitness-App, die Dash auf den Markt gebracht hatte, kümmerte er sich in Oak Falls um eine morgendliche Trainingsgruppe für Frauen, die sich selbst Dash's Darlings nannten. »Rede mit mir, Schatz. Was willst du wirklich?«

»Das weitermachen, was ich mache, hier in Oak Falls.« Sie ging auf und ab, wurde wieder unruhiger. »Ich mache genau das, was ich immer wollte.«

»Dann hast du deine Antwort.«

»So leicht ist das nicht. Wie soll ich das Angebot ablehnen, wenn ich weiß, dass ich damit den Jungs im Weg stehe? Sie haben diese Chance verdient.«

»Ja, stimmt. Aber es hört sich so an, als wärst du dagegen, also ist der Preis, den du zahlst, vielleicht zu hoch.«

Ein tiefes Seufzen brach aus ihr heraus. »Das ist so schwierig. Ich wünschte, Jilly hätte niemals diesen blöden Deal gemacht.«

»Und ich bin mir sicher, Jilly würde sich wünschen, dass du diese Gelegenheit ergreifst.«

Sie blieb stehen. »Auf wessen Seite stehst du eigentlich?«

»Auf deiner, immer. Aber das bedeutet nicht, dass ich mit

dir einer Meinung sein muss.«

»Du findest also, dass ich es machen sollte?«, fragte sie ungläubig.

»Was ich finde, spielt keine Rolle. Das ist eine Entscheidung, die nur du treffen kannst.«

»Tja, und das ist Riesenmist. Danke für das Gespräch, aber ich sollte mich lieber wieder an die Arbeit machen.«

»Dabei kannst du am besten nachdenken.« Er legte den Arm um ihre Schulter, als sie die Scheune verließen. »Wie lang ist die Tournee?«

»Fünf Monate, aber sie machen das in zwei Abschnitten. Drei im Frühjahr und zwei im Herbst.«

»Das geht ja noch. Du hast in den letzten Jahren viel erreicht – deine Firma ausgebaut, junge Leute wie Eli unter deine Fittiche genommen, auf Festivals gespielt und deine Geschwister durch eine Reihe von Problemen begleitet.«

»Warum höre ich da ein Aber heraus?«

»Ich dachte nur gerade, dass du dir für die Zukunft wahrscheinlich noch einiges vorgenommen hast.«

»Natürlich.«

»Während du gleich deine Nase in irgendeinen Motor steckst, könntest du also vielleicht darüber nachdenken, inwiefern diese fünf Monate Tournee dir dabei helfen oder dich daran hindern könnten, diese Dinge zu erreichen. Im Moment bist du Single, aber irgendwann vielleicht nicht mehr, und Risiken einzugehen, wird schwieriger werden, wenn du einen Partner in die Gleichung einbeziehen musst.«

»Wirke ich auf dich wie eine Frau, die es sich im Heim bequem macht und sich herumkommandieren lässt?«

»Schatz, ich sage nicht, dass ich alles über meine Kinder weiß, doch ich weiß, dass du nach außen hin tough bist, aber in dir ein weiches Herz trägst.«

Sie verdrehte die Augen. »Was habt ihr nur immer mit dem Herz.«

Er lachte. »Jeder hat eines.«

»Tja, meins ist aber nicht weich. Ambers und Peppers, ja, aber meins ist …«

»Gut behütet?«

»Bis auf Weiteres geschlossen.«

Fünf

Es war fast halb eins, als Kane nach draußen auf die Veranda seiner Pension trat, um kurz mit seiner Mutter zu telefonieren, bevor er sich für eine weitere, sicher hitzige Diskussion mit Sable wappnete. Den Morgen hatte er damit verbracht, verschiedene geschäftliche Angelegenheiten zu regeln und die Background-Checks zu lesen, die er endlich für Sable und ihre Bandkollegen angefordert hatte. Er war es nicht gewohnt, in Rückstand zu geraten, und zum Glück hatte sein Rechercheteam jeden Stein umgedreht. Er hatte viel über die musikbegeisterte Mechanikerin und ihre Bandkollegen erfahren, aber er war sich immer noch nicht darüber im Klaren, warum sie das Angebot so eisern ablehnte.

Darüber würde er sich den Kopf zerbrechen, nachdem er mit seiner Mutter gesprochen hatte, die seinen Anruf erfreut entgegennahm. »Hallo, mein Schatz. Wie geht es dir?«

»Gut geht es mir, Mom. Und dir? Ruhst du dich aus?«

Im Laufe der vergangenen anderthalb Jahre hatte sie zwei Krebserkrankungen überstanden, und zurzeit erholte sie sich zu Hause von ihrer letzten Operation. Zum Glück war diese erfolgreich verlaufen. Der Tumor hatte vollständig entfernt werden können und die anschließenden Blutuntersuchungen hatten keinerlei Hinweise mehr auf bösartige Zellen ergeben. Sie waren alle erleichtert, aber da diese Krankheit ein hinterhältiges Biest war, das jederzeit ohne Warnung wieder auftauchen konnte und das Kane nicht mit Geld aus der Welt schaffen, zur Unterwerfung zwingen oder vernichten konnte, bezweifelte er, dass er je wieder ruhig schlafen würde. Seine Eltern dagegen verfügten über die verblüffende Fähigkeit, auch in den finstersten Zeiten Sonnenschein zu finden. Selbst als seine Mutter die schlimmsten Phasen der Therapie durchmachte und Kane gewusst hatte, dass sie durch die Hölle ging, hatte sie ihre positive Ausstrahlung nie verloren.

»Mir geht es großartig, Schatz. Du hast mich ja letzte Woche gesehen. Du weißt, dass ich auf den Beinen bin und es mir gut geht.«

Diese Operation war viel leichter gewesen als die vorherige. »Ich weiß auch, dass du dir selbst zu viel Druck machst. Hast du Schmerzen?«

»Ab und zu ist mir mal ein wenig übel, und es tut ein wenig weh, aber ich habe keine richtigen Schmerzen. Im Moment mache ich deinem Vater beim Scrabble die Hölle heiß.«

Kane lächelte. »Das gefällt ihm sicher sehr.«

»Du weißt ja, wie ehrgeizig er sein kann. Wir spielen gerade die zweite Runde, und Harlow ist hier, um ihn anzufeuern.« Harlow, die als Schauspielerin in L. A. lebte, war die ältere und temperamentvollere seiner beiden jüngeren Schwestern.

»Hallo, Kane!«, rief Harlow.

»Ich stell mal gerade auf Lautsprecher, damit du mit den beiden reden kannst«, sagte seine Mutter und kurz darauf war sein Vater zu hören. »Hallo, mein Sohn.«

»Hallo, Dad. Nett von dir, dass du Mom beim Scrabble gewinnen lässt.«

Sein Vater lachte. »Wir kennen alle die Wahrheit, aber danke, dass du zu mir hältst.«

»Hey, Kane, vermisst du mich?«, fragte Harlow.

»Wie die Pest.« Harlow war mit ihren achtundzwanzig Jahren zehn Jahre jünger als er und ein reines Energiebündel. »Was machst du zu Hause? Ich dachte, deine Dreharbeiten wären erst nächsten Monat beendet.«

»Sind sie auch, aber der Regisseur hatte einen Notfall in der Familie und hat uns das Wochenende freigegeben. Also ... Ich will alle Einzelheiten wissen. Hast du Jillys Freundin schon gehört? Taugt ihre Band etwas? Jilly ist gespannt wie ein Flitzebogen und will wissen, wie es läuft.«

»Ja, ich hab gestern Abend einen Auftritt von ihnen gesehen. Sie sind gut, und Jillys Freundin hat eine Stimme und eine Bühnenpräsenz, die Johnny in den Schatten stellen könnte. Aber sag ihm das nicht.«

»Wirklich? Das heißt dann wohl, dass sie bei der Tour als Vorband auftreten wird?«, fragte seine Mutter.

»Jilly wird begeistert sein!«, rief Harlow aus.

»Ich hab noch keine Zusage, also sagt noch nichts. Sable Montgomery ist keine Frau, die leicht zu handeln ist. Sie hat ein loses Mundwerk, ist stur und wir geraten ständig aneinander.«

»Ist doch klar. Sie scheint dir ziemlich ähnlich zu sein«, scherzte Harlow.

»Sie ist schlimmer als ich, Harlow.«

»Schatz«, warf seine Mutter behutsam ein, »versteh mich nicht falsch, aber trittst du ihr gegenüber mit deiner typischen kompromisslosen Art als Geschäftsmann auf?«

»Es geht hier ums Geschäft, Mom. Da gibt es nur die eine Art.«

»Schatz, Sable ist keine Geschäftsfrau.«

»Doch, ist sie. Sie ist Eigentümerin einer Autowerkstatt. Sie ist eine Geschäftsfrau, aber eben eine bissige und störrische.«

»Aber sie ist auch Musikerin«, sagte seine Mutter. »Du weißt, wie Künstler sind. Guck dir nur deinen Bruder und deine Schwestern an. Nach außen sind sie vielleicht tough, aber innerlich sind sie sensibel.«

Die meisten Menschen würden Aria, seine jüngste Schwester und Tattookünstlerin auf Cape Cod, nicht als tough bezeichnen, da sie unter einer Angststörung litt, Menschenansammlungen nur schwer aushielt und in manchen Situationen äußerst schüchtern wirken konnte. Aber diesen Menschen war nicht klar, dass diese Momente ihr eine ungeheure Kraftanstrengung abverlangten, die Aria letztendlich zu einer stärkeren Person als die meisten anderen machte.

»Versuch doch vielleicht, Sable den Mann zu zeigen, der du bei uns bist«, schlug seine Mutter vor. »Entspann dich ein wenig. Zeig ihr, dass du nicht der große, böse Wolf bist.«

»Glaub mir, Sable ist nicht das unschuldige Rotkäppchen. Hier ist eher sie der Wolf.« Eine Wölfin mit Hammerbeinen, einem für die Lust geschaffenen Körper und einem Mund, mit dem er unanständige Dinge tun wollte. Er hatte sich selbst versprochen, diese Grenze nicht zu überschreiten, und verfluchte sich insgeheim dafür.

»Klingt so, als hättest du eine passende Sparringspartnerin gefunden«, sagte sein Vater.

»Oder eine Gegnerin«, sagte Harlow. »Du solltest diesen Deal lieber unter Dach und Fach bringen, Kane. Ich hab hundert Dollar auf dich gesetzt.«

»Du hast darauf gewettet?«, fragte er.

»Ja!«, bestätigte Harlow stolz. »Aria und Zoey auch. Aria ist mit fünfzig und Zoey mit zehn Dollar dabei.« Aria hielt sich normalerweise von allen Aufregungen wie Wetten fern. Bei Johnnys Teenagertochter Zoey war das etwas anderes. Sie war eine clevere kleine Betrügerin. Kane liebte beide abgöttisch.

»Willst du mich verarschen?«

»So redet man nicht!«, ermahnte ihn seine Mutter.

»Tschuldigung, Mom.«

»Das mit der Wette meine ich ernst. Enttäusch mich nicht«, sagte Harlow. »Jilly hat erzählt, dass Sable keinerlei Interesse daran hat, groß herauszukommen, und dass sie nicht glaubt, dass irgendein Mann sie umstimmen kann. Aber keine Sorge, Zoey und ich haben vollstes Vertrauen in dich.«

»Das heißt, Aria hat auf *Sable* gesetzt?«, empörte sich Kane.

»Mhm, tut mir leid«, sagte Harlow. »Jilly hat gesagt, dass sie Oak Falls eigentlich nur verlässt, wenn es unbedingt sein muss, und Aria weiß genau, wie es ist, sich zu behaupten, wenn sie nicht irgendwo hingehen will.«

Er wusste nicht, was ihn mehr störte. Die Tatsache, dass seine jüngste Schwester kein Vertrauen in ihn hatte, oder dass er von Anfang an als Verlierer feststand. »Warum hat Jilly darauf gedrängt, dass Sable als Vorband auftritt, wenn sie doch wusste, dass sie es gar nicht will?«

»Sie sagt, dass sie zu gut ist, um in Oak Falls hängen zu bleiben«, erklärte Harlow.

»Und es hört sich so an, als wärst du ihrer Meinung«, sagte seine Mutter.

»Vielleicht ist es an der Zeit, dass du dich etwas mehr ins Zeug legst«, schlug sein Vater vor.

»Ich werde diesen blöden Vertrag aushandeln, und dann werden Aria und Jilly mir einiges erklären müssen.« Kane schaute auf die Uhr und stellte zähneknirschend fest, dass es zwanzig vor eins war und er noch immer nichts von Sable gehört hatte.

Lucy Potter, die die Pension führte, kam zur Tür heraus und winkte ihm zu.

Kane winkte zurück und sprach wieder ins Handy. »Ich muss Schluss machen. Ich melde mich, wenn ich wieder in der Stadt bin.« Er beendete das Gespräch und ließ seinen Charme spielen. »Guten Tag, Lucy. Sie sehen entzückend aus.«

»Danke. Ich treffe mich gleich mit meinem Bridge Club.«

»Ich hoffe, Sie machen viele Stiche. Fahren Sie zufällig irgendwo in die Nähe der Werkstatt?«

»Das kann ich gern machen.«

Kane stieg vor Oak Falls Automotive aus Lucys Auto und hatte das Gefühl, gerade noch mal mit einem blauen Auge davongekommen zu sein. Die nette Pensionsinhaberin hatte die gesamte Fahrt über versucht, ihn zu einem Essen mit ihrer ältesten Tochter zu überreden, was er freundlich abgelehnt hatte. Zu seinem eigenen Leidwesen war die einzige Frau, mit der er gern etwas Zeit allein verbracht hätte, genau die Frau, die ihn zum Brodeln brachte, wenn sie nur den Mund aufmachte. Da er das nicht zulassen konnte, weil es den Grund für seinen Aufenthalt in diesem Ort torpedieren würde, konzentrierte er sich darauf, Sable für die Tournee zu gewinnen, um dann verdammt noch mal von hier abhauen zu können.

Er ging auf das Büro zu. Sein Mietwagen stand auf dem Hof, was hoffentlich bedeutete, dass er repariert worden und fahrbereit war. Durch die offenen Tore sah er Tuck an einem Auto auf der Hebebühne werkeln und einen Teenager, der etwas zu dem Auto zwei Tore weiter trug. Sable schaute unter der geöffneten Motorhaube hervor. Der Blick dieser grünen Augen, die ihn die ganze Nacht über verfolgt und seine Träume zu dunklen Fantasien gemacht hatten, traf ihn wie ein Laserstrahl und versetzte ihm einen Stich in die Brust, der ihn an ihre erste Begegnung erinnerte. Das konnte doch nicht erst gestern gewesen sein? Und warum fühlte er sich so höllisch zu ihr hingezogen?

Sie kam in einem engen langärmeligen T-Shirt und Jeans, die ihre Kurven betonten, hinter dem Auto hervor. »Was kann ich für Sie tun, Mr. Bad?«

»Sie hatten eine Frist, Miss Montgomery.«

Sie schaute auf die Uhr hinten an der Wand der Werkstatt. »Ich habe noch fünf Minuten. Wie bist du überhaupt hergekommen?«

»Lucy Potter war so nett, mich hier abzusetzen.«

»Ach ja?« Sie hob eine Augenbraue. »Hat sie schon versucht, dich mit ihrer Tochter Arlene zu verkuppeln?«

Er konnte der Versuchung nicht widerstehen, mit ihr zu spielen. »Woher willst du wissen, dass ich den gestrigen Abend nicht schon mit Arlene verbracht habe?«

Sie zog die Augenbrauen zusammen.

»Sehe ich da einen Anflug von Eifersucht?«

»Eher von Abscheu. Du solltest vielleicht einen Termin bei einem Therapeuten machen, wenn du dorthin zurückkehrst, woher du gekommen bist. Lass uns das hier hinter uns bringen.« Über die Schulter rief sie: »Eli, du kannst schon mal anfangen. Ich bin gleich wieder da.«

»Ist er ein Azubi?«, fragte Kane, als sie sich von den Arbeitsplätzen entfernten.

»So etwas in der Art.« Sie blieb stehen und verschränkte die

Arme, als stünden sie auf entgegengesetzten Seiten eines Schlachtfeldes.

»Ich nehme an, du hast über das Angebot nachgedacht?«

»Als könnte ich über irgendetwas anderes nachdenken. Das Angebot hat ja nicht nur Auswirkungen auf mein eigenes Leben, wie du netterweise angemerkt hast, und das bedeutet, dass ich ja wohl kaum eine Wahl habe, oder?«

Da waren sie wieder, die Krallen. »Es ist dein Leben, Sable. Du hast immer eine Wahl.«

»Egoismus gehört ins Schlafzimmer. War das nicht dein Ratschlag?«

»Es ist ein guter Ratschlag, wenn es ums Geschäft geht.«

»Das bestreite ich nicht, aber trotzdem muss es mir nicht gefallen. Ich mache es kurz. Wir werden die Tournee machen, aber ich habe Bedingungen.«

»Davon bin ich ausgegangen.« Er atmete etwas durch, da er nun wusste, dass sie das Angebot annahmen. »Aber bevor wir darüber sprechen … Habt ihr darüber nachgedacht, einen Bandmanager zu engagieren?«

»Wir managen uns selbst. Haben wir bisher immer und das wird auch so bleiben.«

»Ihr begebt euch in einer komplizierten Branche auf ein vollkommen anderes Level, als ihr es gewohnt seid. Ein guter Manager kann dabei helfen, die Verträge auszuhandeln, Plattenverträge zu machen und er kann sich um andere Bereiche in dem Business kümmern, während ihr euch auf die Musik konzentriert.«

Ihre Augen funkelten herausfordernd. »So wie der Manager deines Bruders es getan hat?«

»So etwas ist die große Ausnahme, Sable. Du solltest in einer so wichtigen Angelegenheit nicht kurzsichtig sein. Ich bin mir sicher, Axsel kann das bestätigen.«

»Wir kommen zurecht«, sagte sie stur.

Er respektierte ihr Bedürfnis, die Kontrolle zu behalten, aber sie hatte keine Ahnung von dem, was auf sie zukam. Ihm gefiel die Vorstellung nicht, sie ohne eine anständige Begleitung in das alles hineinrasseln zu lassen, aber er sagte sich, dass das nicht sein Problem war. Er hatte jede Menge geschäftliche Vereinbarungen mit Leuten getroffen, denen eine bessere Beratung genutzt hätte. Warum also machte ihm der Gedanke, dass Sable das im Alleingang durchziehen wollte, so zu schaffen? Er konnte sie ja auf keinen Fall managen. Er hatte genug um die Ohren und außerdem würde für ihn ein Interessenskonflikt entstehen. *Meine Güte! Lass sie die Vereinbarung unterschreiben und sieh zu, dass du von hier verschwindest!* »Okay. Sag Bescheid, wenn du Fragen hast oder wenn ich dir einen Manager empfehlen soll.«

»Kein Bedarf, aber danke.«

»Deine Sturheit wird dich eines Tages in die Scheiße reiten.«

»Vielleicht reite ich gern«, sagte sie anzüglich.

Darauf wette ich. »Kommen wir zur Sache. Wie lauten die Bedingungen?«

»Ich will, dass man sich um meine Band kümmert. Ich weiß, wie das normalerweise läuft. Marketing und PR konzentrieren sich auf den Frontsänger, und wenn das eine Front*sängerin* ist, dann wird sie sexualisiert. Niemand wird versuchen, mich zu verändern, und ich will, dass der Fokus auf meiner Band liegt, nicht nur auf mir.«

»Ich werde Shea Steele, Johnnys PR-Frau, die die Marketingmaßnahmen für die Tournee koordiniert, auf deine Wünsche hinweisen.«

»Nicht nur darauf hinweisen. Ich will eine Garantie, dass

das angemessen gehandelt wird.«

Sie war clever. Das musste er ihr zugestehen. »Wird erledigt. Was sonst noch?«

»Wir legen die Setlist fest und spielen so viel von unseren eigenen Stücken, wie wir wollen.«

»Das würden wir nicht anders wollen.«

»Großartig.« Sie verschränkte die Arme. »Ich will, dass Chris und seine Familie an jeder Station der Tournee all die Annehmlichkeiten haben, die du versprochen hast.«

»Mein Wort gilt.«

»Wir werden ja sehen, ob deine Taten da mithalten.«

»Nehme ich zur Kenntnis«, sagte er schmallippig. »Sonst noch was?«

»Tuck hatte als Jugendlicher Probleme mit den Behörden wegen Alkohol, Vandalismus und ein paar anderer Sachen. Ich will nicht, dass das durch die Medien wieder über ihn hereinbricht.«

»Jugendstrafen sind nicht öffentlich. Ich weiß über seine Vergangenheit Bescheid, und ich glaube nicht, dass er sich deswegen Sorgen machen muss.«

»Wie kannst du dir da so sicher sein?«

»Ich hatte als Jugendlicher wegen genau der gleichen Sachen Schwierigkeiten. Wenn etwas darüber an die Öffentlichkeit kommt, dann wird das vielleicht kurz mal Thema auf Social Media, aber Shea wird das zu seinem Vorteil hinbiegen, so wie meine PR-Agentin das für mich getan hat.«

Ein leichtes Lächeln trat in ihr Gesicht. »Ist der City Boy ein bekehrter Bad Boy?«

»Sagen wir mal lieber, ich habe meine rebellischen Neigungen in Bereiche verlagert, die reichhaltigere, lustvollere Belohnungen mit sich bringen.«

Keiner von beiden wandte den Blick ab und die Luft zwischen ihnen wurde heißer.

»Kann ich mir gut vorstellen«, sagte sie fast flüsternd. Sie riss die Augen überrascht auf, als hätte sie das gar nicht laut aussprechen wollen.

Interessant, was dir so rausrutscht, Süße. Hattest du letzte Nacht in deinen Träumen etwa auch Besuch von mir?

Sie räusperte sich, straffte die Schultern und durchbrach ihre unsichtbare Verbindung. »Ich will nicht auf irgendwelchen Tratsch-Portalen auftauchen.«

»Geht uns das nicht allen so? Leider habe ich keinen Einfluss darauf.«

Ihre Kiefermuskeln zuckten.

»Aber ich werde Shea bitten, alles zu tun, um mögliches Gewäsch über dich im Keim zu ersticken. Was sonst noch?«

Sie sah ihn lange an, als suchte sie nach den passenden Worten. »Ich gebe viel für diese Tour auf, und ich mache es weder für dich noch für Johnny oder Jillian. Ich mache es für meine Bandkollegen, und wenn ihnen irgendetwas Schlechtes zustößt, bist du dafür verantwortlich.«

Er würde sich nicht wegen irgendeiner Schuld streiten, die niemandem zugeschoben werden musste, aber die Neugier bezüglich der Dinge, die sie aufgab, gewann die Oberhand. »Ich verstehe, dass sich das auf deine Firma auswirken könnte, aber ich dachte, du würdest dich über die Türen freuen, die sich dadurch für dich öffnen.«

»Ich hab doch gesagt, dass ich mir aus all dem nichts mache. Diese Tournee wird sich nicht nur negativ auf meine Firma auswirken. Sie wird sich auf meine Familie und jeden Bereich meines Lebens auswirken.«

»Klingt ein bisschen dramatisch, oder? Wenn du auf der

Bühne nicht etwas vollkommen anderes veranstaltest als das, was ich in der Bar gesehen habe, dann sollten die Auswirkungen ausschließlich positiv sein.«

»Ich rede nicht davon, was ich durch die Tour zu gewinnen habe. Weißt du, was alles in fünf Monaten passieren kann?« Die Entschlossenheit in ihrem Blick wurde trauriger, nachdenklicher, und als sie weitersprach, lag kein Ärger, sondern tiefempfundenes Gefühl in ihrer Stimme. »Ich habe eine Schwester, die eine Kinderwunschbehandlung durchmacht, eine andere, die mit Problemen zu mir kommt, die sie mit niemand anderem bespricht. Ich betreue einen Jungen, der sein Ziel aus den Augen verlieren könnte und vielleicht schon nach einer Woche ohne die richtige Führung wieder in Schwierigkeiten geraten könnte – von mehreren Monaten will ich gar nicht reden. Und ich habe eine besondere Beziehung zu einem Menschen, der ...« Sie brach mitten im Satz ab.

Dass hinter diesem ganzen toughen Auftreten ein unerwartet weiches Herz verborgen war, machte ihn kurzzeitig sprachlos. Sie gehörte tatsächlich dieser seltenen Spezies an, die weder an Geld noch an Ruhm interessiert war. Allmählich verstand er, woher diese Aggressivität ihm gegenüber rührte. In ihren Augen war er tatsächlich der große, böse Wolf, der sie von der Familie und den Freunden, die sie liebte, weglocken wollte – und zwar mit Versprechen, von denen andere Menschen, die ihr wichtig waren, profitieren würden: ihre Bandkollegen. Ihm war nicht klar gewesen, dass sie so viele Gemeinsamkeiten hatten. Er wusste, wie schwierig es war, zwischen dem zu entscheiden, was er tun wollte, und dem, was er an zeitraubenden und aufreibenden Dingen auf sich nahm, einfach weil sie den Menschen halfen, die ihm viel bedeuteten. Das hatte er sein ganzes Leben lang getan.

Er kämpfte mit einem schlechten Gewissen, weil er sie derart gedrängt hatte, und gleichzeitig hallten ihre letzten Worte in ihm nach. Ein Anflug von Eifersucht erfasste ihn. »Eine besondere Beziehung zu einem Menschen, der was? Sich eine andere Freundin suchen könnte?«

Finster sah sie ihn an. »Sehe ich aus wie eine Frau, die Angst hat, einen Mann zu verlieren?«

Dass ihre Antwort ihn erleichtert aufatmen ließ, fand er ebenso unerträglich wie das dringende Bedürfnis, zu wissen, womit sie haderte. »Was ist es dann? Denn ich bin mir sicher, dass du einen Mechaniker einstellen kannst, um hier auszuhelfen. Du kannst per Videocall für deine Schwestern da sein, und du hast doch sicher Freunde, die dir mit dem rebellischen Teenager aushelfen können, während du weg bist.«

»Als hättest du eine Ahnung von rebellischen Teenagern!«

»Das habe ich in der Tat. Was glaubst du, wer dafür gesorgt hat, dass meinen Schwestern nichts passiert ist, als sie noch jünger waren, und wer das auch heute noch macht?«

Sie hielt seinem Blick stand. »Ja, toll, dann verstehst du das ja.«

Endlich kam sie ihm ein wenig entgegen. Doch er wollte viel mehr und war überrascht, dass es schon ein instinktives Bedürfnis war, ihre Sorgen zu lindern. »Egal, was dir Kopfschmerzen bereitet, ich bin mir sicher, dass ich das schon einmal erlebt habe und dir helfen kann.«

»Das bezweifle ich.«

Er trat näher an sie heran und sprach mit sanfterem Tonfall weiter. »Versuch's.«

Eine Millisekunde lang wurde ihr Blick weicher, ein Riss in ihrer Entschlossenheit, ihn außen vor zu lassen, wurde sichtbar. Doch mit dem nächsten Atemzug wurde der Ausdruck in ihren

Augen schon wieder hart. »Lass gut sein, ich finde schon eine Lösung.«

Gerade als er sich fragte, ob sie all ihre Kämpfe allein bestritt, kam ihm Brindles Äußerung in den Sinn: *Du wirst nie erfahren, was wirklich in ihrem Kopf vorgeht. ... Sie ist immer für alle anderen da gewesen.*

Er wusste verdammt noch mal zu gut, wie es war, derjenige zu sein, der immer an vorderster Front zur Stelle war, der für alle anderen die Gegner abwehrte. So sehr ihn die Vorstellung nervte, dass irgendein anderer Mann sie anfasste, so würde er ihr eben dabei helfen, wenn das ihr Problem war. »Ich bin nicht der Feind, Sable. Wenn es jemand Besonderen in deinem Leben gibt, für den du da sein musst, dann kann ich das wahrscheinlich regeln.«

Sie schüttelte den Kopf. »Nein, kannst du nicht. Sag einfach, was jetzt die nächsten Schritte sind.«

Er biss die Zähne zusammen. Auch wenn er ihr helfen wollte, wusste er doch gleichzeitig, dass er den Abstand einhalten musste, den sie festsetzte. Er trat einen Schritt zurück und setzte sein Pokerface auf. »Unsere Anwälte werden jedem von euch einen Vertrag zuschicken, den ihr durchgehen solltet. Wenn die Verträge unter Dach und Fach sind, werdet ihr die Unterlagen mit den Einzelheiten zu Terminen und Auftritten erhalten.« Er streckte ihr die Hand entgegen. »War mir ein Vergnügen, Geschäfte mit dir zu machen.«

»Deine Vorstellung von Vergnügen unterscheidet sich sehr von meiner. Denk dran, Bad, wenn etwas schiefläuft, dann sitz ich dir im Nacken.« Mit herausfordernd funkelnden Augen sah sie ihn an. »Enttäusch mich nicht.«

Sie gab ihm die Hand und ein Stromschlag raste direkt in sein Herz – und tiefer. Offenbar hatte sie es auch gespürt, denn sie schaute auf ihrer beider Hände hinab.

Er umfasste ihre Hand noch fester, denn der Höhlenmensch in ihm setzte sich gegen den Geschäftsmann durch. »Ich enttäusche nie.« Unweigerlich zuckten seine Mundwinkel zu einem durchtriebenen Grinsen nach oben. »Meine Ladys stehen immer an erster Stelle.«

Sechs

Die nächsten anderthalb Wochen flogen nur so dahin, während Grace und Reed allen die frohe Nachricht verkündeten, dass sie ein Baby erwarteten, und Sable und die Band sich auf die Tournee vorbereiteten. Sable organisierte die Vertretung in der Werkstatt, die Tour-Verträge wurden überarbeitet und unterschrieben, Terminpläne verteilt, für die Band wurden Accounts auf allen Social-Media-Kanälen erstellt – Sable konnte diesen Gedanken nicht ertragen und weigerte sich, auch nur das Geringste damit zu tun zu haben – und Kane trieb sie mit permanenten Nachrichten und Anrufen in den Wahnsinn. Sie war es gewohnt, das Heft in den Händen zu halten, doch er schien sich immer wieder durchzusetzen. Sie wusste nicht, was sie beide dazu veranlasste, aber immer, wenn sie miteinander kommunizierten, waren ihre geschäftlichen Gespräche gespickt mit sexuellen Zweideutigkeiten, die in ihr das Verlangen nach mehr auslösten. Als würde sie das nicht schon zur Genüge nervös machen, hatte es sich in Oak Falls auch schon herumge-sprochen, dass Surge als Vorband auf der Welttournee der Bad Intentions auftreten würde. Die Entscheidung war noch nicht einmal den Medien mitgeteilt worden, aber die Presse war nichts gegen die Klatsch- und Tratschkanäle in Oak Falls.

Während die Band und so ziemlich alle anderen von der Möglichkeit begeistert waren, erfüllte sie Sable mit Sorgen und Bedenken.

Während sie mit Deloris im Freizeitraum der Einrichtung für betreutes Wohnen saß, meldeten sich diese Bedenken auf schmerzhafte Weise. Sie hatte überlegt, ihr später von der Tournee zu erzählen, vielleicht eher kurz vor dem Tourstart, aber da Deloris nur phasenweise klare Momente hatte und auch die irgendwann nicht wiederkehren würden, hatte Pepper vorgeschlagen, dass sie es ihr eher früher als später mitteilen sollte. Deloris hatte einen ziemlich guten Tag, was es wohl leichter machen würde. Bisher hatte Sable ihr nur ein einziges Mal in Erinnerung rufen müssen, wer sie war. Doch als sie in die Augen der Frau schaute, die ihr die sanfte, bedingungslose Liebe entgegengebracht hatte, die ihr von ihrer eigenen Großmutter schon so lange nicht mehr vergönnt gewesen war, und die ihr weise Ratschläge gegeben und ein Ohr für sie gehabt hatte, wenn Sable ihre Eltern nicht belasten wollte, zog sich ihr Herz zusammen. Drei Monate waren eine lange Zeit. Der Gedanke, diese Zeit mit Deloris zu verpassen, war schrecklich. Die guten Augenblicke waren so selten, dass sie befürchtete, Deloris würde sie bei ihrer Rückkehr überhaupt nicht mehr erkennen.

Sie konnte es sich nicht erlauben, derart in diesen bedrückenden Vorstellungen zu versinken. In Gedanken schickte sie eine Entschuldigung hinauf zu Lloyd, der mit Sicherheit über seine geliebte Frau wachte, und hoffte, dass er nicht allzu enttäuscht von ihr sein würde. Als sie Deloris' Hand ergriff, hatte sie Lloyd mit seiner typischen langgezogenen Sprechweise quasi im Ohr. *Das Beste an meiner Dee ist ihre Art, aus Zitronen stets Limonade zu machen.* Sable erinnerte sich daran, dass sie ihn damit aufgezogen hatte. *Das muss sie auch, damit sie die Ehe mit dir überlebt.* Lloyd hatte seine Frau bis zu dem Tag, an dem er starb, abgöttisch geliebt, und Deloris hatte sehr lange um ihn getrauert. Sable wusste, dass sie ihn noch immer kläglich vermisste, denn kein Besuch verging, ohne dass sie über Lloyd sprachen.

Sie nahm all ihren Mut zusammen und sagte: »Dee, ich muss dir etwas erzählen.«

Deloris neigte den Kopf und schenkte Sable ihre ganze Aufmerksamkeit. Die silbergrauen Haare legten sich in kurzen feinen Stufen um ihr Gesicht. »Was denn, meine Liebe?«

»Du weißt ja, dass ich in einer Band spiele.« Sie hatte sich angewöhnt, Deloris bestimmte Menschen und Gegebenheiten ihres Lebens in Erinnerung zu rufen, um es ihr leichter zu machen.

Sie zog die Augenbrauen zusammen. »Eine Band.«

Es klang nicht wie eine Frage, sondern eher wie etwas, über das sie nachdachte, weshalb Sable kurz zögerte. Manchmal war diese Unsicherheit ein Vorbote dafür, dass Deloris aus der Realität wegdriftete. Doch Sable wollte nicht vom Schlimmsten ausgehen und erzählte weiter. »Ja, und wir gehen ein paar Monate lang auf Tour.«

»Was für eine Tour?«

»Eine Musiktournee, bei der wir Konzerte in verschiedenen Städten geben.«

»Aber das ist doch etwas Tolles, oder?«, fragte Deloris erfreut.

»Ja, es ist schon toll. Aber es bedeutet auch, dass ich mehrere Wochen unterwegs sein werde und dich in der Zeit nicht besuchen kann. Wir können aber trotzdem telefonieren, wenn das für dich in Ordnung ist.« Sie fragte sich besorgt, wie das wohl funktionieren würde, aber sie hatte mit einer der Pflege-kräfte gesprochen und sie wollten es zumindest versuchen. Sie hatte auch ihre Mutter gebeten, sie über Deloris' Zustand auf dem Laufenden zu halten, während sie fort war.

Deloris tätschelte ihre Hand. »Das ist in Ordnung, Liebes. Du kannst mir am Telefon alles erzählen, und dann sehen wir uns, wenn du zurückkommst.«

»Ich freue mich darauf.«

Auf Deloris' Augen legte sich ein Schleier und sie bekam diesen abwesenden Blick, der Sable mit Traurigkeit erfüllte. Ihre Freundin sah hinunter und zog ihre Hand zurück. Verwirrt blinzelte sie.

»Deloris?«

Angst breitete sich in ihren Augen aus, als sie sich zurück-lehnte. »Kenne ich Sie?«

Stop!, wollte Sable sagen. *Nehmt sie mir noch nicht weg!* Aber eine Krankheit anzuschreien, würde diese nicht aufhalten. »Ja, ich bin es, Sable …«

»Ich kenne … Ich kenne Sie nicht. Ich kenne diese Person nicht«, sagte sie lauter und schaute sich dabei aufgeregt um.

Paula, eine der Pflegerinnen, eilte mit entschuldigendem Gesichtsausdruck herbei und versuchte, Deloris zu beruhigen.

Das waren die schwierigsten Momente, wenn Sable diejeni-ge sein wollte, die sie beruhigte, die ihr sagte, dass sie in Sicherheit war und dass sie sie so lieb hatte. Doch sie hatte diesen Fehler begangen, als Deloris das erste Mal weggedriftet war, und es hatte sie nur noch mehr aufgeregt. Seitdem hatte Sable eine Menge gelernt. Schweren Herzens zog sie ihre Jacke an und wollte gehen.

»Ich weiß, wie schwer das ist«, sagte Suzie, eine andere Pfle-gerin. »Deloris hat wirklich großes Glück, Sie in ihrem Leben zu haben, und in ihren besseren Momenten ist sie dafür sehr dankbar.«

Sable war zu gerührt, um etwas zu erwidern, und so nickte sie nur, bevor sie hinaus zu ihrem Pick-up ging.

Ihr Handy klingelte, als sie über den Parkplatz ging, und Peppers Name poppte auf dem Bildschirm auf. Normalerweise brauchte Sable niemanden, aber ihre Zwillingsschwester tauchte oft auf, wenn sie doch mal Unterstützung nötig hatte. Sie versuchte, sich zusammenzureißen, und hielt das Handy ans Ohr, während sie einstieg. »Hey.«

»Hallo. Du klingst nicht so gut. Alles in Ordnung?«

»Ja. Ich hab nur gerade Deloris von der Tournee erzählt, und eine Minute später war sie weg, so als könnte sie es nicht ertragen.«

»Ach, Sable«, sagte sie mitfühlend. »Du weißt, dass diese Krankheit nicht so funktioniert. Es tut mir so leid. Vielleicht hätte ich dir nicht vorschlagen sollen, es ihr so früh zu erzählen.«

»Doch, es ist besser so. Zumindest weiß ich, dass sie mich gehört hat. Es ist aber einfach nur Mist.«

»Ich weiß. Willst du darüber reden?«

»Nein, ich will nicht einmal darüber nachdenken. Was ist bei dir so los?«

»Ich hab deine Nachricht wegen unseres Geburtstags bekommen. Zu schade, dass du an dem Abend einen Auftritt hast, aber wir stoßen bei einem Videoanruf miteinander an. Das geht schon.«

Sie hörte die Enttäuschung aus Peppers Stimme heraus und ihr Sarkasmus kam durch. »Tolle Art, unseren Dreißigsten zu feiern.«

»Ach, komm, das ist schon in Ordnung. Das wird für uns

beide ein herausragendes Jahr. Ich weiß, dass du wegen der Jungs für die Tour zugesagt hast, aber ich bin wirklich stolz auf dich, dass du dich aus deiner Komfortzone herauswagst. Du wirst die Musikfans sehr glücklich machen und vielleicht genießt du es sogar ein wenig.«

Sable ließ den Motor an. »Du kennst mich überhaupt nicht.«

»Als hätten wir nie gemeinsame Zeit im Mutterleib verbracht«, führte Pepper ihren vertrauten Scherz fort.

»Und du hast mich auch nie mit wissenschaftlichen Fakten genervt.«

»Du meinst wohl eher unterstützt, damit du die Highschool überhaupt schaffst. Oh ja, du warst viel mehr damit beschäftigt, dich unter Autos und arrogante Jungs zu legen.«

»Gar nicht!« Sie hatte in ihrer Teenagerzeit nicht wahllos Liebschaften gehabt, aber das hatte sie nicht davon abgehalten, Bemerkungen über Sex zu machen, nur um Pepper in Verlegenheit zu bringen.

»Wenn du das sagst«, neckte sie ihre Schwester weiter.

»Was rede ich überhaupt mit dir?« Sable merkte, dass sie lächelte. Pepper gelang es immer, ihre Launen zum Besseren zu wenden.

»Weil ich die Einzige bin, der du deine Geheimnisse anvertraust. Apropos, wie läuft's mit diesem sexy-arroganten Mistkerl? Geratet ihr noch immer so aneinander?«

»Wie zwei Kampfhähne.«

»So allmählich glaube ich, dass das für euch beide einem Vorspiel gleichkommt. Vielleicht solltest du das Ganze schon im Ansatz ersticken.«

»Da gibt's nichts zu ersticken.« Sie hatte keine Ahnung, warum sie sich überhaupt die Mühe machte, zu lügen. Wenn jemand sie durchschaute, dann Pepper.

»Ach ja? Schickt er dir noch immer anzügliche Nachrichten?«

»Das sind keine anzüglichen Nachrichten!«

»Wie würdest du denn diese kaum verhüllten Zweideutigkeiten in den geschäftlichen Nachrichten bezeichnen?«

Allein bei dem Gedanken an ihre Unterhaltungen wurde Sable heiß und nervös zugleich. Sie hatte keine Ahnung, wie sie sich bei ihrem Wiedersehen verhalten sollte, wenn sie bei ihrem Austausch per Textnachrichten praktisch schon in Flammen aufging. »Gefährlich.«

Sieben

»Das ist doch mal stilvolles Reisen«, sagte Lee in der luxuriösen Limousine, die Kane ihnen für ihren Aufenthalt in New York organisiert hatte. Es war Montagnachmittag. Sie hatten bereits ihre Hotelzimmer bezogen und waren nun auf dem Weg zu Kanes Büro, um dort Johnny und seine Band zu treffen, bevor die Pressefotos von Surge gemacht werden sollten.

»Daran könnte ich mich wirklich gewöhnen.« JP ließ das Fenster herunterfahren und machte Bilder für die Social-Media-Kanäle der Band, um die er und Lee sich kümmerten. Er richtete die Kamera auf Sable. »Wie wär's mit einem Lächeln?«

Mit einem finsteren Blick hob sie den Mittelfinger. Schon jetzt war sie es leid, ständig fotografiert zu werden.

»Die Hotelsuiten sind unfassbar. Wenn das auf der Tour auch so ist, dann kann Katie sich über nichts beschweren«, fügte Chris hinzu.

»Kane ist der Eigentümer des Hotels, in dem wir untergebracht sind, und er wohnt in dem Penthouse«, sagte Tuck. »Ich bezweifle, dass ihm alle Hotels auf der Tour gehören, aber ich hoffe, dass sie ebenso gut sind wie das hier.«

Während sie weiter über ihre Unterbringung redeten, ging eine Nachricht auf Sables Handy ein. Kanes Name erschien auf dem Bildschirm, und sie wappnete sich gegen das elektrisierende Begehren, das zu ihrem ständigen Begleiter geworden war, wann immer sie an ihn dachte. Sie war entschlossen, sich von diesen Gefühlen nicht beherrschen zu lassen. Die Band war der Grund dafür, dass sie hier war, und sie würde nicht zulassen, dass sie in Kanes sexy Strudel geriet. Von jetzt an würden sich ihre Gespräche nur noch um das Geschäftliche drehen.

Kane: *Willkommen in New York. Hast du dir die Planänderungen angesehen, die ich gestern Abend geschickt habe?*

Sable: *Ja.*

Kane: *Irgendwelche Bedenken?*

Sable: *Abgesehen von dem Gefühl, deine Marionette zu sein?*

Kane: *Du kannst von Glück sagen, dass ich so geschickte Hände habe.*

In ihren Träumen hatte sie bereits verschiedene geschickte Körperteile von ihm erlebt, aber *darauf* würde sie sich jetzt nicht einlassen.

Sable: *Ich mag es nicht, wenn Männer bei mir die Fäden in der Hand halten.*

Ihr Handy vibrierte, als sie die Antwort abschickte, und eine Nachricht von Axsel poppte auf.

Axsel: *Wie läuft's bisher?*

Sable: *Zu viel Verkehr und die Jungs schweben auf Wolke 7.*

Sie wechselte zurück zu dem Chat mit Kane, während sie auf Axsels Antwort wartete.

Kane: *Gib die Kontrolle ab und vielleicht genießt du es.*

Sable: *Turnt es dich an, wenn du Frauen etwas vormachst?*

Kane: *Das ist nicht gerade eine sehr professionelle Frage, aber nein. Nein, nur wenn ich sie anturne.*

Dieser Typ machte sie rasend.

Axsel: *Hast du den hübschen Big Daddy Kane schon gesehen?*

Das Auto kam abrupt zum Stehen und Sable fiel das Handy in den Fußraum. Tuck wollte es aufheben, doch sie schnappte es sich rasch und schickte schnell eine Antwort an Axsel.

Sable: *Nein, und ich wette, Big Daddy Kane hat einen winzig kleinen Schwanz.*

Kane: *Ich kann dich beruhigen, das habe ich nicht.*

Verwirrt las Sable die Nachricht noch einmal und fragte sich, worauf er antwortete. Sie scrollte durch den Chat und – *Oh nein! Nein, nein, nein!* Sie hatte die an Axsel gerichtete Nachricht an Kane geschickt!

»Alles in Ordnung? Du siehst aus, als wäre dir übel«, sagte Tuck, als der Fahrer ihnen die Tür öffnete.

»Nein, nein, alles okay.« Ihre Gedanken rasten, während sie sich auf den Weg hinauf in Kanes Büro machten. Sie schickte schnell noch eine Nachricht an Axsel und teilte ihm mit, dass sie sich später melden würde, und die restliche Fahrt im Aufzug handelte sie insgeheim Deals mit den Göttern der Peinlichkeiten aus und hoffte, dass Kane sie nicht vor den Jungs bloßstellen würde.

Eine hübsche, aufgetakelte Blondine begrüßte sie am Empfang. Sie bot ihnen Kaffee an und führte sie dann zu Kanes riesigem, elegantem Büro, das mit Mahagonimöbeln, Ledersofas und einem unschlagbaren Blick auf die Stadt aufwartete.

Kane stand vor einem beeindruckenden Schreibtisch und unterhielt sich mit einer atemberaubenden Brünetten, die einen dicken Ordner in der Hand hielt. Mussten alle, die für ihn arbeiteten, vorher einen Schönheitswettbewerb gewinnen? Kane trug wieder einen teuren Anzug, der wie angegossen saß. Trotz größter Anstrengung nahm Sable jeden Zentimeter dieses unverschämt gut aussehenden Mannes in sich auf, während der Blick seiner dunklen Augen über die Gruppe huschte und auf ihr verharrte. Ihr ganzer Körper reagierte auf diesen Blick, und sie verschränkte die Arme, um sich vor dem wissenden Ausdruck in Kanes Augen zu wappnen. Sie sah ihn finster an und forderte ihn wortlos auf, nicht die Nachricht zu erwähnen.

Er wandte seine Aufmerksamkeit ab und klang völlig gelassen: »Macht es euch gemütlich. Ich bin gleich für euch da.«

Die Jungs nahmen auf den Sofas Platz, doch Sable blieb stehen, während Kane sein Gespräch mit der Brünetten zu Ende brachte. Er lächelte warmherzig, als er sich bei ihr bedankte, doch dieses Lächeln wurde geschäftsmäßiger, als er sich an die Band wandte. »Ich nehme an, eure Unterbringung ist annehmbar?«

»Kumpel, das Hotel ist der Hammer!«, sagte JP und die anderen Jungs pflichteten ihm eifrig bei.

Kane sah zu Sable und hob eine Augenbraue. »Gab es ein Problem mit deiner Suite? Hoffentlich ist das Bett nicht zu *groß* oder die Matratze zu *hart*.«

Mistkerl. »Das gibt es gar nicht, aber danke der Nachfrage.«

»Das nehme ich zur Kenntnis. Dann kommen wir zum Geschäftlichen. Wir haben einen vollen Terminkalender. Ich werde euch mit Johnny und der Band bekanntmachen, bevor sie zu ihren Interviews aufbrechen, und heute Abend seht ihr sie zum Essen wieder. Den Großteil des Tages werdet ihr mit dem weltberühmten Fotografen und Videofilmer Hawk Pennington zusammenarbeiten. Sable, ich glaube, du kennst Hawk, da er ja Dashs Bruder ist.«

Sable nickte. Sie gab es nur ungern zu, aber Kane war noch beeindruckender als bei ihrem letzten Treffen. Er erläuterte ihnen den Plan dieser Woche mit den Fotoshootings, Promo-Videos, der PR-Besprechung mit Shea Steele zur Vorbereitung der Interviews und Podcasts, außerdem einem Treffen mit dem

Tour-Manager Tom, einer Session im Tonstudio und einem Dutzend anderer Dinge, ohne irgendwelche Notizen oder den Kalender vor sich zu haben. Er ging auf die albernen Witze, die JP und Lee rissen, ein und brachte sie ohne große Anstrengung wieder dazu, sich zu konzentrieren.

Nachdem er zum Ende gekommen war und all ihre Fragen beantwortet hatte, sagte er: »Lasst uns ins Konferenzzimmer gehen, dort stelle ich euch Johnny und die anderen Jungs vor.«

Während ihre Bandkollegen das Büro verließen und sich aufgeregt unterhielten, kam Kane an ihre Seite und flüsterte ihr zu: »Schon mal die Redewendung *Neugier ist der Katze Tod* gehört?«

»Trifft auf mich nicht zu. Diese Katze hat Klauen.«

Ein verschlagenes Grinsen machte sich in seinem Gesicht breit, und als sie seine Hand an ihrem Rücken spürte, rauschte eine Woge der Hitze durch sie hindurch. »Genau so mag ich es.«

Noch bevor sie etwas antworten konnte, nahm er seine Hand weg und marschierte der Gruppe voraus zu einem großen Konferenzraum, in dem Johnny und seine Bandkollegen warteten. »Meine Herren und Sable, ich möchte euch die Mitglieder der Bad Intentions vorstellen. Dies ist mein Bruder, der einzig wahre Johnny Bad, und das hier sind seine talentierten Bandkollegen Adrian, Dion und Chad. Jungs, das hier ist Sable Montgomery, die Frau, die mit ihrer rauen Stimme und phänomenalen Bühnenpräsenz das Publikum in Brand setzen wird, und ihre ebenso talentierten Bandkollegen, der Gitarrist Tuck Wilder, der Drummer Lee Jenkins, der Keyboarder Chris Dunn und sein Bruder, der Bassist JP Dunn.«

Sable schluckte ihren Ärger über diese überzogene Vorstellung hinunter. Hatte sie sich nicht klar genug ausgedrückt, als sie verlangt hatte, den Fokus auf ihre Band zu legen?

Mit einem herzlichen Lächeln trat Johnny vor. Er war groß, dunkelhaarig und umwerfend, aber er verfügte nicht über die gleiche bemerkenswert verführerische Ausstrahlung wie sein herrischer Bruder. »Schön, euch zu sehen, und ich freue mich darauf, euch alle näher kennenzulernen.«

Während die Bandmitglieder sich alle begrüßten, streckte Johnny Sable die Hand entgegen. »Ich hab schon viel über dich gehört. Danke, dass du zugestimmt hast, unsere Tour zu begleiten.«

»Wir sind sehr dankbar dafür, diese Möglichkeit zu bekommen, aber bitte sag deiner Verlobten, dass sie mich in Zukunft aus ihren Verhandlungen heraushalten soll.«

Johnny schmunzelte. »Das kannst du ihr heute Abend beim Essen selbst sagen. Jilly hält große Stücke auf dich, und angesichts dessen, was Kane über deinen Auftritt erzählt hat, würde ich sagen, dass sie ein Auge für Talent hat.«

»Danke. Meine Band lässt mich gut aussehen.«

»Das machen unsere Bands in der Tat für uns, aber steh zu deinem Talent, Sable.« Johnnys Gesichtsausdruck wurde ernst. »Das ist ein Teil von dir, den niemand sonst für sich beanspruchen kann.«

»Dürfen wir mal stören? Die anderen Jungs würden gern den Mann der Stunde kennenlernen«, sagte Dion, als er und Adrian, der mit Eyeliner und Ziegenbart glatt als Kurt Cobain durchgegangen wäre, zu ihnen kamen. Dion hatte kurze Dreadlocks, von denen einige blond gefärbt waren, und ein umwerfendes Lächeln. Seine Haare und die Haut waren so dunkel, wie Adrians hell waren.

»Na klar«, sagte Johnny. »Du entschuldigst mich, Sable? Du bist heute bei Kane in guten Händen. Er wird das Fotoshooting beaufsichtigen und wir unterhalten uns beim Essen weiter.«

Als Johnny wegging, sagte Dion: »Wie geht's denn so, schöne Frau? Wir sind wirklich froh, dass ihr mit uns unterwegs sein werdet.«

»Danke. Ich war noch nie auf Tour, also weiß ich gar nicht so recht, was mich erwartet«, sagte sie und bemerkte gleichzeitig, dass Kane sie beobachtete.

»Dich erwartet ein Rausch, wie du ihn noch nie erlebt hast. Es ist unbeschreiblich.«

»Und anstrengend«, fügte Adrian hinzu. »Die Fans sind heftig, es gibt Mengen an Alkohol und so ziemlich alles, was du sonst noch begehren könntest.«

»Aber keine Sorge. Ich pass auf dich auf«, sagte Dion. »Und wenn du einen Mitbewohner brauchst, bin ich dein Mann.«

Adrian winkte ab. »Mit dem Typen willst du dein Bett nicht teilen. Der duscht nie.«

»Verzeih meinem Kumpel sein Benehmen«, erwiderte Dion lachend. »Seit seiner Hirn-OP ist er nicht mehr derselbe.«

Sable lachte und genoss ihre Frotzelei, aber der Hitze von Kanes bohrendem Blick war nicht zu entkommen, während sie sich weiter unterhielten und herumalberten.

Als Tuck sich zu ihnen gesellte, legte Dion den Arm um ihre Schulter und Kane rief: »Also, auf geht's. Wir alle haben unsere Termine und die Wagen werden jeden Moment hier sein.«

In einer Atmosphäre angeregter Aufbruchstimmung begaben sich alle zum Aufzug. Kane stellte sich in der Kabine neben sie, doch sie blickte starr geradeaus. Gerade als sich die Türen schlossen, wurde noch eine Hand dazwischengesteckt und eine Gruppe von Leuten, die etwas von einer Besprechung sagten, zu der sie zu spät kamen, drängte sich hinein. Alle quetschten sich zusammen und Sable fand sich unausweichlich dicht Kane gegenüber wieder. Sie vermied es, ihn anzusehen, denn sie wusste, wozu seine dunklen Augen fähig waren, aber dadurch nahm sie alles andere an ihm nur noch bewusster wahr, was ihr hartnäckiges Begehren wieder entfachte. Seine Brust berührte sie mit jedem seiner Atemzüge und sein potenter männlicher Duft drang in jede ihrer Poren ein. Ihr Körper zitterte vor Anstrengung, nicht dem Drang nachzugeben und zu ihm aufzuschauen, doch sein minziger Atem lockte sie, und so trafen sich ihre Blicke. Mit der Hitze eines Flammenmeers. Zum ersten Mal seit ihrem Kennenlernen sagten sie kein Wort. Plötzlich war Sable auf eine schmerzhafte Art und Weise befangen. Dieses ungewohnte Gefühl war unangenehm, doch sie konnte es nicht beiseiteschieben. In diesem Augenblick lag etwas viel Tieferes als sinnliche Begierde zwischen ihnen.

Kane zog die Augenbrauen zusammen und seine große Hand legte sich um ihre. Die Welt schien aus den Angeln gerissen zu werden. Er sah sie nicht wie ein hungriger Löwe an, der seine Beute verschlingen wollte. Nein, das hier war neu. Seine Augen verrieten, dass er wusste, wie verunsichert sie war, und dass er sie beruhigen wollte. Das brachte ihr Herz auf eine Art zum Beben, die sie noch nie erlebt hatte. Was gerade geschah und warum, wusste sie nicht, aber als er ihre Hand umschloss und leicht drückte, fühlte sie sich seltsam sicher. So verwirrend diese ungewohnten Gefühle auch waren, in diesem Moment wollte sie an keinem anderen Ort der Welt sein.

Die Türen des Aufzugs öffneten sich und Kane ließ ihre Hand los. Der Verlust machte sich wie eine sich zurückziehende Woge bemerkbar, und während sie mit den anderen den Aufzug verließen, wurde ihr klar, dass niemandem sonst bewusst war, was sich eben abgespielt hatte. Es schien unmöglich, hatte es sich für sie doch wie ein Beben angefühlt. Kane ging ein paar Schritte vor ihr und betrachtete seine Hand, öffnete sie einmal und schloss sie wieder. *Du hast es auch gespürt.*

Sie beobachtete den schlicht unfair attraktiven und aufreizend arroganten Mann, der die Macht hatte, sie in die Knie zu zwingen, wie er die Schultern straffte und mühelos in den Geschäftsmodus überging. Während er die Gruppe zu den bereitstehenden Autos geleitete, fragte Sable sich unweigerlich, was er wohl noch für geheime Fähigkeiten in sich barg.

Acht

Zwei Stunden später war das Fotoshooting in vollem Gange, und Kane versuchte noch immer, einen klaren Gedanken zu fassen. Er stand in Verhandlungen für die Übernahme einer australischen Hotelkette, und er musste die aktuellen Unterlagen noch durchsehen, bevor später an dem Abend das Meeting stattfand. Das hatte er eigentlich für die Zeit eingeplant, in der die Band mit dem Fotoshooting beschäftigt war, doch seine Gedanken wanderten immer wieder zurück zu der Verletzlichkeit, die er in Sables Augen gesehen hatte, und zu seinem unbändigen Bedürfnis, ihr das Unwohlsein zu nehmen. Noch immer spürte er, wie richtig sich ihre Hand in seiner angefühlt hatte, und noch immer roch er den blumigen Duft ihrer Haare, der sich eingebrannt zu haben schien. Er roch sie überall.

Was zum Teufel war das?

Derartige Dinge hatte er bei anderen Frauen nie bemerkt, ganz zu schweigen davon, dass sie ihn je so fasziniert hätten, und das verwirrte ihn komplett.

Sable kam in einem glitzernden blauen Bodysuit mit passenden Stiefeln aus der Umkleidekabine. Ihr Blick traf seinen wie ein Laserstrahl. Er unterdrückte ein Knurren und schaute weg. Anscheinend hatte er den Verstand verloren, als er zugestimmt hatte, das Fotoshooting zu beaufsichtigen. In weiten Overalls war Sable schon ein Hingucker und in Jeans mit engem Top sorgte sie für eine Reaktion in seinem Lendenbereich. Musste die Stylistin sie tatsächlich mit spärlichen Bralettes, Miniröcken und mit Glitzersteinchen verzierten Kleidern ausstatten, die ihren Hintern nur so gerade bedeckten? Sie war ein Country-Rock-Girl, kein Popstar. Aber was wusste er schon von Klamotten? Das überließ er lieber den Profis, was wiederum dazu führte, dass er aus Angst vor einer *harten* Reaktion nicht in der Lage war sie länger anzusehen. Und schon gar nicht ihrem Blick standzuhalten. Ihre Augen versetzten ihn in einen Rausch, verdammt noch mal.

Lee pfiff anerkennend.

»Du siehst richtig heiß aus«, rief JP.

Eifersucht brodelte in Kane. Mit *heiß* beschrieben Teenager so ziemlich jede hübsche Frau. Es passte nicht einmal annähernd zu Sable Montgomery. Sie war die aufreizendste, unerschrockenste Frau auf Erden, und ihre Verletzlichkeit vorhin hatte ihn magnetisch angezogen und einen Besitzanspruch und Beschützerinstinkt ausgelöst, wie er ihn normalerweise für Familienmitglieder empfand.

Er beobachtete, wie sie für die Fotos posierte. Seine Raubkatze musste sich nicht anstrengen, um die Kamera – oder ihn – zu verführen, während Hawk die fünf Bandmitglieder durch verschiedene Aufnahmen führte und sie und Tuck anwies, näher aneinanderzurücken. Kane war nicht entgangen, dass sie und Tuck Blicke getauscht hatten, die geheime Botschaften enthielten. Wie gern wäre er dazwischengegangen und hätte für Abstand gesorgt. Mann, am liebsten hätte er den ganzen verdammten Gig abgeblasen, bevor jeder heterosexuelle Kerl auf der Welt Sables Foto begaffte.

Sie schaute in seine Richtung, lächelte für die Kamera, aber irgendetwas war nicht in Ordnung. Das hatte er vorhin schon bemerkt. Er sah es in ihren Augen und fühlte es tief in sich.

Oder vielleicht spielt mir auch nur mein Hirn wieder einen Streich.

Zum tausendsten Mal, seit sie aus diesem verflixten Aufzug ausgestiegen waren, riss er den Blick von ihr los. Wahrscheinlich brauchte er wirklich mal wieder Sex. Das war die einzige Erklärung, die ihm einfiel, warum sie ihn so aus dem Konzept brachte. Die halbe Ostküste gehörte ihm, und zum ersten Mal in seinem Leben hatte er das Gefühl, nicht die Kontrolle zu haben.

Verdammt.

Er ging zu dem Fotografen. »Entschuldige, Hawk.«

Hawk senkte die Kamera. Hinter seiner bunten Brille kamen zusammengezogene Augenbrauen zum Vorschein. »Hey.« Er wandte der Gruppe den Rücken zu. »Durch die Linse ist Sable reinstes Gold. Das hatte ich schon vermutet.«

»Hervorragend.« Kane biss die Zähne zusammen. Er wurde einfach das Gefühl nicht los, dass etwas nicht stimmte. »Ich muss ein paar Telefonate führen. Gibt es hier ein Büro, das ich benutzen könnte?«

»Klar. Den Flur entlang, dritte Tür rechts.«

»Danke.«

In der Abgeschiedenheit des Büros grübelte er darüber nach, was dieses hartnäckige unbestimmte Gefühl in Bezug auf Sable war. Las er sie falsch? Sicher hätte Hawk es bemerkt, wenn etwas mit ihr nicht stimmte. Hawk schaute jeden Tag durch das Kameraobjektiv auf Menschen.

Aber er durchschaute Sable nicht.

Und Kane auch nicht, aber ob es ihm gefiel oder nicht, er

bemerkte jede ihrer Emotionen, als wären es seine eigenen. Er ging in dem Raum auf und ab, zermarterte sich das Hirn mit diesem unangenehmen Gedanken. Er musste sich von ihr ablenken und er kannte nur eine einzige todsichere Methode. Auf seinem Handy rief er die Kontaktliste auf. Welche Dame könnte ihn von diesem Unsinn heilen?

Amy war süß. Er hatte keine Lust auf süß. Kelly? Die war witzig und klug. Er hatte keine Lust auf witzig. Lana? Patricia? Tiffany …

Er ging eine Handvoll von Frauen durch, aber er hatte weder Lust auf süß noch auf witzig. Er wollte keine Blondine, keine Rothaarige oder irgendeine Brünette. Er wollte Sable, und wie sehr es ihn auch störte, er war sich sicher, dass er sie auf keinen Fall falsch gelesen hatte. Er wusste genau, was dieser Blick zu bedeuten hatte.

Fluchend zog er wieder sein Handy heraus, um diesen Mist wieder in Ordnung zu bringen.

Kurze Zeit später beendete er das Gespräch und wollte gerade Shea anrufen, als die Bürotür aufgestoßen wurde und Sable in einem lila-silbernen Bralette mit Fransen, einem passenden Minirock, der ziemlich hochgerutscht war, und lilafarbenen Stiefeletten hereingestürmt kam. Sie knallte die Tür zu und marschierte auf ihn zu.

»Was zum Teufel ist das für ein Scheiß, den du mich hier anziehen lässt?« Eine Antwort wartete sie nicht ab. »Ich hatte dir gesagt, dass ich nicht sexualisiert werden will, und dann lässt du mich hier herumhüpfen, als wäre ich ein dämliches Showgirl in Las Vegas. Du hast gesagt, du kümmerst dich darum, und dann siehst du mich noch nicht einmal an.«

Seine aufgestauten Gefühle platzten aus ihm heraus. »Willst du wissen, warum ich dich nicht ansehe?« Er trat einen Schritt vor und ging immer weiter, sodass sie mit dem Rücken an der Tür zum Stehen kam. »Weil du mich verdammt noch mal in den Wahnsinn treibst.«

»Ich treibe *dich* in den Wahnsinn? Dich, mit deinem dämlich markanten Kinn und diesem verdammt attraktiven Gesicht, mit dem du mich anguckst, als würdest du mich bei lebendigem Leib verschlingen wollen?«

»Und wie du mich in den Wahnsinn treibst, mit diesen Augen, die *Nimm mich* sagen, und diesem Mund, aus dem nur Mist rauskommt, obwohl du mir in Wirklichkeit einen blasen willst.«

Sie sah ihn mit schmalen Augen an. »Fick dich.«

»Das würde dir gefallen, oder?«

»Nicht so sehr wie dir.« Sie packte ihn am Kragen und zog seine Lippen zu einem glühenden Kuss an ihre. Ihre Zungen stießen aneinander, tief und gierig, und kämpften um Überlegenheit. Er griff in ihre Haare, übernahm die Kontrolle und küsste sie noch intensiver. Sie löste sich von der Tür, drängte sich an ihn und stöhnte gierig in seinen Mund. Er wollte es mit diesem verdorbenen, willigen Mund treiben, dann wollte er es mit ihr treiben, an der Tür, auf dem Schreibtisch und an jedem anderen Ort hier drin. Er schob eine Hand unter ihren Rock, umfasste ihre Mitte durch den Slip und wurde wieder mit einem bedürftigen Stöhnen belohnt. Ein Klopfen an der Tür ließ sie aufschrecken, doch er war noch nicht fertig. Er küsste sie fester, seine Zunge drang noch tiefer vor und zwang sie, den Mund noch weiter zu öffnen, damit er sich nehmen konnte, was er wollte. Sie war bei ihm und erwiderte seine Lust mit gleicher Heftigkeit.

Noch einmal klopfte es, und er zog sich zögernd nur so weit zurück, dass er Sable in die Augen schauen konnte. Mit dem

Daumen glitt er über ihre Perle, als er rief: »Wir brauchen noch einen Moment.«

»Ich bin's, Melinda, Hawks Assistentin. Sie warten auf Sable.«

»Ich sagte, wir brauchen noch einen Moment«, sagte er streng.

»Ja, Sir.«

Schritte entfernten sich. Er musste den Verstand verloren haben, dass er diese Grenze mit Sable überschritt. Aber das war ihm hier und jetzt vollkommen egal. Ihre Münder verschmolzen wie glühendes Eisen zu einem tiefen Kuss, der direkt in seine Männlichkeit schoss. Mit einem bedürftigen Laut, einer Mischung aus Stöhnen und Wimmern, drängte sie sich an ihn. Er schob die Hand in ihren Slip und sie atmete hörbar ein. Prüfend schaute er ihr in die Augen. »Sag mir, dass du das hier nicht willst, und ich höre auf.«

Sie sah ihn fordernd an. »Wenn du es mir nicht *richtig* besorgst, werde ich es sagen.«

Er tauchte mit den Fingern in ihre enge Hitze ein und wurde mit einem lüsternen Stöhnen belohnt. »Du bist so verdammt feucht für mich.« Wieder eroberte er ihren Mund und setzte gleichzeitig seinen Daumen dort ein, wo sie es am meisten brauchte. Er gab und nahm gleichermaßen. Ihre Oberschenkel waren angespannt, ihr Atem flach. Er wurde schneller. »Komm für mich, und nächstes Mal mache ich es dir mit dem Mund.«

Sie klammerte sich an ihn, sah ihn mit feurigem Blick an. »Wer sagt, dass es ein nächstes Mal gibt?«

Ruckartig zog er seine Finger zurück und ein flehendes »Kane!« entwich ihr.

»Sei ein braves Mädchen und verarsch mich nicht.«

Ihre Haut war gerötet, in ihren Augen war der verzweifelte

Wunsch nach Vollendung zu sehen, doch ihre Stimme klang herausfordernd. »Wie wär's, wenn ich ein böses Mädchen bin und du dir die nächste Runde verdienen musst?«

Sie war verschlagen und das turnte ihn unfassbar an. Sein Mund prallte zu einem gnadenlos intensiven Kuss auf ihren, während er sie mit den Fingern herrlich quälte und den Punkt traf, der sie abheben ließ. Sie stöhnte in ihre Küsse, und ihre Mitte pulsierte heftig und heiß. Seine Härte verlangte schmerzvoll danach, in ihr zu versinken. Er riss den Mund von ihr los, als sie von ihrem Höhepunkt herabschwebte, doch er ließ nicht nach, sondern katapultierte sie gleich wieder in unfassbare Höhen und hielt sie auch dort. Sündige Laute strömten über ihre Lippen. Er eroberte noch einmal ihren Mund und schluckte all die Laute, während sie ihre Lust genoss. *So verdammt perfekt.*

Als sie sich schließlich ermattet an ihn lehnte, schob er ihren Rock hinunter und hob ihr Kinn an, damit sie zusah, wie er seine Finger ableckte. »Mmh! Süß wie Honig, aber du stichst wie eine Biene.«

Sie lächelte verschmitzt. »Irgendwie hab ich das Gefühl, dass du es genau so haben willst.«

Mit dem Daumen wischte er ihr den verschmierten Lippenstift von den Mundwinkeln und schaute ihr dabei tief in die Augen. Sie war einfach zu schön und mit ihr herumzumachen, war eine richtig schlechte Idee. Doch er war nie jemand gewesen, für den die Regeln anderer gegolten hatten. *Mist.* Dieses Mal brach er seine eigene Regel. »Ich spiele keine Spielchen, Sable.«

»Dann sag der Stylistin, dass ich meine eigenen Klamotten anziehe.«

»Darum hab ich mich schon gekümmert. Mit ihr hab ich

telefoniert, bevor du reingekommen bist.«

Sie zog die Augenbrauen zusammen.

»Ich hab dir gesagt, dass ich keine Spielchen spiele. Die haben Mist gebaut. Ich hab's geklärt.«

Sie regte sich nicht, sondern sah ihn nur ungläubig an.

»Du solltest lieber verschwinden und allen sagen, dass du mir die Hölle heiß gemacht hast, sonst merken die was.«

»Ich hab dir die Hölle heiß gemacht.« Sie legte die Hand auf den Türknauf, zögerte jedoch.

»Hast du noch was zu sagen? Dann spuck's jetzt aus.«

Sie schaute über die Schulter und der Blick ihrer Katzenaugen wurde sanfter. »Danke.«

Eine Woge dieser unvertrauten Gefühle, die ihn zuvor schon umgeworfen hatten, traf ihn mit voller Wucht, und in dem Versuch, sie abzuwehren, begab er sich wieder auf vertrautes Terrain. »Für die Orgasmen? War mir ein Vergnügen.« Er zwinkerte ihr zu.

»Du bist ein Arsch.«

»Sagtest du bereits. Und jetzt verschwinde.«

Sie schloss die Tür hinter sich, und er fragte sich, was zum Teufel er da gerade getan hatte – und so verdammt gern noch einmal tun wollte.

Neun

Sable steckte ihre Schlüsselkarte zusammen mit ihrem Handy und ihrer Kreditkarte hinten in ihre Hosentasche und verließ die Suite. Jemand pfiff ihr hinterher, und als sie sich umdrehte, sah sie Tuck in Jeans und mit grauem Hemd den Flur entlangkommen. Sie war froh, dass er auch Jeans trug. *Elegant* war nicht ihr Ding, doch ihre Schwestern hatten ihr diesbezüglich Zweifel in den Kopf gesetzt. Aber Sable verstellte sich für niemanden und hatte eines ihrer Lieblingsoutfits angezogen: ein enges schwarzes Off-Shoulder-Top, das keinen BH erforderlich machte und hauchzarte Glockenärmel hatte, mit Herzausschnitt und gewelltem Saum, der gerade über dem Bund ihrer Skinny Jeans endete, die in schwarzen Overknee-Stiefeln aus Wildleder steckten. Und natürlich hatte sie sich ihren Hut aufgesetzt.

»Wow, Kleine. Das ist ein Hammer-Top.« Er holte sie ein und ging mit ihr zum Aufzug.

»Danke. Morgyn hat es gemacht. Sie und Brindle waren wegen der Reise so aufgeregt, dass sie meine Klamotten absegnen wollten. Den Zahn hab ich ihnen ziemlich schnell gezogen.«

Er lachte und sie betraten den Aufzug. »Sie lieben dich.«

»Liebe kann erdrückend sein.« Kaum hatte sie das gesagt,

überkam sie ein schlechtes Gewissen. Tuck hatte keine Ahnung, wie es sich anfühlte, von Liebe erdrückt zu werden. Thea hatte ihn unendlich geliebt und Sable und die Jungs liebten ihn. Doch Thea war schon lange nicht mehr bei ihm und Sable war mit Gefühlsduseleien nie so gut gewesen. Sie wünschte, für Tuck wäre sie besser darin, denn wenn irgendjemand eine Extraportion Liebe verdiente, dann war es er.

»Das war heute alles ziemlich verrückt, oder?«

In Gedanken war sie sofort bei Kane. Und wenn man ihr die Pistole an die Schläfe gehalten hätte, wäre sie nicht in der Lage gewesen, *nicht* mit ihm herumzumachen. »Das kannst du laut sagen.«

»Ich hab das Gefühl, es fängt erst alles an.«

Sable versuchte, das *Das Gefühl hab ich auch*, das ihr durch den Kopf ging, zu überhören, als die Aufzugtüren aufgingen und sie in Richtung Restaurant gingen.

Sie wurden zu dem vornehmsten Separee geführt, das sie je gesehen hatte. Es wartete mit einer eigenen offenen Bar und einer Kellnerin auf, die kleine Appetithäppchen reichte. Im ganzen Raum funkelte es golden und weiß, von den Kristallleuchtern bis hin zu den aufwendigen Gedecken. Sie und Tuck waren die Letzten, und als die anderen zu ihnen schauten, wurde ihr Blick wie magisch von Kane angezogen, der sich gerade auf der anderen Seite des Raumes mit Chad, Chris und Johnny unterhielt. Ihr Pulsschlag wurde schneller. Er hatte etwas von Natur aus Geheimnisvolles an sich, etwas so Machtvolles und Anziehendes, dass er ihre Abwehr allein durch seine Anwesenheit schon durchbrach.

Er schaute herüber und seine durchdringenden dunklen Augen forderten sie auf, in ihren feurigen Tiefen zu versinken.

Zum Teufel mit ihm.

Sie war in Sachen Männer bisher nicht zu kurz gekommen, doch nie hatte jemand ein solches Inferno aus Lust und Verlangen in ihr entfacht wie er. Diese lodernde Leidenschaft hatte jede einzelne Empfindung vervielfacht und mit ihrem Höhepunkt regelrechte Stoßwellen durch sie hindurchgejagt. Dass sie mehr davon wollte, war untertrieben, aber sich mit einem Geschäftspartner einzulassen, war nie eine gute Idee. Vorhin war sie schwach gewesen, aber jetzt war sie absolut entschlossen, diesem Verlangen nicht wieder nachzugeben.

Sie wurde nicht von ihrer Libido beherrscht. Sie schaffte das.

Mit gefestigtem Vorsatz durchbrach sie ihre Verbindung und schaute sich in dem Raum um. Jillian plauderte am Fenster mit Lee und Adrian, während Dion und JP sich am Tisch unterhielten. Sable war von Musikern umgeben und brannte darauf, sie kennenzulernen, doch sie konnte an nichts anderes denken als an Kanes Mund auf ihrem, an seine Hände, die sie um den Verstand brachten, und an das Gefühl, seinen harten Körper an ihrem zu spüren.

Jillian winkte und riss Sable so aus ihren Gedanken.

Sie lächelte, doch sie war für Jillians Begeisterung nicht in der richtigen Gemütslage. Bevor sie der Freundin gegenübertrat, die sie überhaupt auf diesen qualvollen Weg gebracht hatte, musste sie unbedingt dieses ungewollte Begehren loswerden, das ihre Wut anfeuerte.

»Hab nur ich das Gefühl oder wurde es hier im Raum gerade viel heißer?«, rief Dion und grinste Sable an.

Dafür war sie auch nicht in der Stimmung. Warum konnte sie sich nicht zu Dion hingezogen fühlen statt zu Kane? Das würde einiges viel einfacher machen. Doch sie spürte Kanes glühenden Blick auf sich.

»Komm, Bell«, sagte Tuck und ging in Richtung Dion und JP.

»Ich hol mir erst noch etwas zu trinken.« Sie stürzte auf die Bar zu und bestellte sich einen Whiskey mit Eis. Kurz darauf spürte sie Kane hinter sich wie eine elektrische Entladung vor einem Gewitter.

»Ich krieg dich nicht aus dem Kopf.« Sein Atem glitt über ihr Ohr und die Hitze seines Körpers wärmte ihren Rücken.

»Klingt nach einem Problem. Vielleicht solltest du mal zum Arzt.«

»Lieber würde ich dich über diese Theke legen«, sagte er mit rauer Stimme.

Hitze rauschte durch sie hindurch, doch sie blickte starr geradeaus und wollte ihm nicht die Genugtuung einer Reaktion geben.

Der Barkeeper näherte sich mit ihrem Drink, und Kanes Brust berührte ihren Rücken, als er ihr zuflüsterte: »Ich habe noch immer deinen Geschmack auf meiner Zunge.«

Angestrengt lächelte sie und nahm den Drink entgegen. Als der Barkeeper sich wieder entfernte, drehte sie sich zu Kane um. Der oberste Knopf seines schwarzen Hemds war geöffnet, sodass das Tattoo auf seiner Brust und dem Hals verlockend hervorschaute. »Bild dir nichts darauf ein, Big Daddy.« Sie sprach den Namen mit triefendem Sarkasmus aus. »Es hätte jeder sein können. Mich hat's nur gejuckt.«

»Schön zu wissen, dass wir uns da einig sind«, erwiderte er arrogant und irgendwie auch verführerisch.

Mistkerl. »Mit Sicherheit nicht. Ich hab heute kein einziges Mal an dich gedacht.«

»Wir haben ja schon festgestellt, dass du eine ziemlich schlechte Lügnerin bist. Wie oft hast du daran gedacht, Big

Daddy zwischen deinen Beinen zu haben?«

Kann ich schon gar nicht mehr zählen. Sie sah Jillian, die zu ihnen herüberkam, und ihre Nerven waren sofort in Alarmbereitschaft. »Gehst du so mit all deinen Geschäftspartnerinnen um?«

Jillians säuselnde Stimme durchbrach die Spannung. »Halloho!« Stilvoll wie immer – trotz ihres wachsenden Babybauchs – trat sie in ihrem schwarz-königsblauen Cocktailkleid mit langen Ärmeln zu ihnen.

Während Sable noch mühevoll ihre Emotionen unter Kontrolle brachte, war Kane auf ärgerliche Weise gelassen. »Hallo, Jilly! Ich hab Sable gerade dazu gratuliert, wie großartig sie sich heute geschlagen hat. Sable, wir sehen uns später, um zu besprechen, was als Nächstes ansteht. Ihr entschuldigt mich?«

Als er fortging, sagte Jillian flüsternd: »Wow! Ihr beide habt ausgesehen, als ob ihr euch entweder gegenseitig umbringen oder um den Verstand vögeln wollt.«

Sable stürzte ihren Whiskey hinunter und stellte das Glas auf der Theke ab.

»Nur zur Information: Ich befürworte eindeutig Letzteres«, sagte Jillian. »Bringt viel mehr Spaß und hat keinen Gefängnisaufenthalt zur Folge. Aber falls du dich dafür entscheidest, sei vorsichtig, denn manchmal passiert *das* hier.« Sie strich sich mit einem überglücklichen Gesichtsausdruck über den Bauch.

Natürlich nahm Sable es ihr immer noch übel, dass ihre Freundin sie in diesen Schlamassel hineingeritten hatte, aber sie hatte es gut gemeint, und sie wollte ihr den Abend nicht verderben. »Guck dich an, wie hin und weg du wegen deiner Babys bist! Kaum zu glauben, dass du dieselbe Frau bist, die die Vorstellung einer Schwangerschaft mal in Angst und Schrecken versetzt hat.«

»Echt wahr! Du hast mir gefehlt.« Sie umarmte Sable. »Ich wünschte irgendwie, Zoey und ich würden mit euch auf Tour gehen, damit wir etwas Zeit zusammen hätten. Haben dir die Klamotten gefallen, die wir für das Fotoshooting ausgesucht haben?«

»Warst du für diese glitzernden Fummel verantwortlich?«

»So was tragen alle heißen Musikerinnen.«

»Sorry, aber nicht diese hier.« Sie wollte nicht über die Tournee reden, und sie wusste genau, wie sie das Thema wechseln konnte. Jillian brachte Anfang März eine neue Kollektion heraus. »Morgyn freut sich darauf, für den Launch deiner *Wanderlust*-Linie über den Laufsteg zu laufen. Sie hat erzählt, dass die Frauen deiner anderen Brüder auch mitmachen?«

»Ja! Sie haben mich bei der Kollektion sehr inspiriert. Kommst du zur Show?«

»Tut mir leid, Jilly. Ich hab dich lieb, aber das ist nicht mein Ding.«

»Ich weiß, aber ich gebe nicht auf. Eines Tages schaffe ich es nicht nur, dass du zu einem Launch kommst, sondern ich bringe dich auch dazu, über den Laufsteg zu gehen.«

Sable lachte. »Wohl kaum.«

»Ich freue mich *so* darauf …«

Sable versuchte, sich auf Jillian zu konzentrieren, aber ihre Aufmerksamkeit wurde so oft von Kane angezogen, der am anderen Ende des Raumes mit ihren Bandmitgliedern sprach, dass sie ihm den Rücken zuwenden musste. Schließlich setzten sie sich zum Essen. Sie hatte sich den Platz zwischen Jillian und Tuck gesichert, in ausreichendem Abstand zu Kane, der ein paar Plätze weiter am anderen Ende des Tisches saß. Doch selbst inmitten des fröhlichen Geplänkels und der Unterhaltungen um sie herum war der glühenden Hitze von Kanes flüchtigen Blicken und der surrenden Spannung zwischen ihnen nicht zu entkommen. Sie war sich sicher, dass alle es spürten, doch in dem Fall ließen sie es sich nicht anmerken.

Das Essen war köstlich und alle unterhielten sich währenddessen ungezwungen. Johnny und seine Jungs erzählten ihnen von der Zeit, als sie bekannt wurden. In Sables Ohren klang es nach reinstem Chaos mit vielen Tourneen, jeder Menge Öffentlichkeit und absolut keiner Privatsphäre, ganz zu schweigen von Auszeiten mit der Familie. Aber Lee und JP saugten die Geschichten begeistert auf.

»Erinnert ihr euch noch an den ganzen verrückten Kram, den wir auf unserer ersten Tour gemacht haben?«, fragte Adrian.

»Wir hatten mehr Groupies in unseren Betten, als dieser Bundesstaat Einwohner hat«, gab Dion an.

»Du sprichst von euch, auf mich traf das nicht zu.« Johnny legte den Arm um Jillian.

Chad lachte auf. »Du bist der Einzige von uns, der ein Groupie geschwängert hat.«

Liebevoll sah Jillian zu Johnny auf. »Da hat er recht.«

»Sie ist das Beste, was aus dieser Zeit hätte übrig bleiben können«, sagte Johnny.

»Ah, absolut, ja.« Jillian küsste ihn. »Ich liebe dich.«

»Ich dich auch, Baby.«

»Verdammt, Mann.« Dion zeigte auf Johnny und Jillian. »Mit euch beiden, Chad, der sich wieder mit seiner Frau vertragen hat, und Chris, der seine Frau und Kinder mit auf die Tour nimmt, könnten wir das Ganze statt Brutally Bad Tour genauso gut Fußfessel-Tour nennen.«

Alle am Tisch mussten lachen.

»Tut mir leid, Kumpel, aber diese Zeiten sind vorbei.«

Johnny legte die Hand auf Jillians Bauch und lächelte sie liebevoll an. »Und sie werden mir nicht fehlen.«

»Für dich sind sie vielleicht vorbei«, sagte Dion. »Aber ich bin noch aktiv auf dem Markt.«

»Und wir fangen erst an. Ich würde gern ein bisschen mitmischen bei den Groupie-Aktionen«, sagte JP.

»Mach du nur dein *bisschen*«, neckte Lee ihn. »Ich bekomme *jede Menge!*«

»Nicht mehr als ich«, erwiderte JP.

Lee winkte ab. »Träum weiter, Junge.«

»Glaubt mir, ihr werdet auf eure Kosten kommen«, sagte Adrian. »Aber jetzt, wo auch eine Frau mit uns unterwegs sein wird, bin ich mir sicher, dass Sable dafür sorgen wird, dass wir nicht aus der Reihe tanzen, und wir müssen ein Auge auf sie haben und aufpassen, dass ihr nichts passiert.«

»Machst du Witze? Sable ist tougher als die meisten Männer in der Stadt. Sie kann auf sich selbst aufpassen«, sagte Chris.

»Und sie amüsiert sich ebenso wie wir«, fügte Lee hinzu.

Kanes bohrender Blick traf sie.

»Wir sollten Sable wohl da raushalten«, warf Tuck ernst ein.

»Nein, schon gut.« Sable wich Kanes Blick nicht aus. Lee hatte übertrieben, aber sie verspürte nicht den Wunsch, das klarzustellen. »Ich hab nichts zu verbergen.«

Kanes Kiefermuskeln zuckten.

»Frauenpower ist in Oak Falls ziemlich stark«, pflichtete Jillian ihr bei und stieß sie mit der Schulter an.

Dion sah Sable grinsend und mit hochgezogener Augenbraue an. »Klingt, als hätten wir eine tolle Zeit vor uns.«

»Und da Kane uns begleitet, wird er wohl der letzte Bad sein, der seinen Mann steht«, fügte Adrian hinzu.

»Ich bezweifle, dass er viel *steht*«, sagte Chad, was mit Gelächter quittiert wurde.

Kanes selbstgefälliger Gesichtsausdruck ging Sable unter die Haut. Sie war bei einem Mann nie eifersüchtig gewesen, aber dieses hässliche Gefühl wand sich in ihr wie Stacheldraht.

»Ich glaube nicht, dass Kane Groupies nötig hat, um seine Tanzkarte vollzukriegen.« Johnny hob sein Glas. »Auf neue Freunde, gute Zeiten und eine großartige Tournee.«

»Hört, hört«, sagte Adrian.

Als sie darauf anstießen, wurde Sable die Vorstellung von Kane in Gesellschaft von unzähligen gesichtslosen Frauen nicht los.

»Wer hat Lust, mit mir und Adrian den heißesten Club der Stadt unsicher zu machen?«, fragte Dion.

Alle redeten gleichzeitig, während sie sich vom Tisch erhoben, und Jillian sagte: »Sable, du solltest mitgehen. Wenn morgen erst einmal öffentlich angekündigt wird, dass ihr als Vorband bei der Tour dabei seid, wirst du nicht mehr ausgehen können, ohne dass du von Leuten belagert wirst.«

Sable hatte gehört, wie Kane zu Johnny gesagt hatte, dass er nach dem Essen noch zu einem Meeting musste. Eine Weile weit weg von ihm zu sein, war genau das, was sie brauchte, und ein Clubbesuch wäre die perfekte Ablenkung. »Klingt gut.«

»Perfekt!«, rief Dion aus. »Johnny, kommt ihr beide mit?«

»Nein, ich denke, Jilly und ich machen uns auf den Weg nach Hause«, sagte Johnny.

»Ich sag dem Fahrer Bescheid«, sagte Kane und tippte in sein Handy.

»Du gehst mit?«, fragte Johnny. »Ich dachte, du hättest noch einen Termin wegen dieser Übernahme, an der du arbeitest.«

Kane schaute zu Sable. »Das kann warten.«

Der Privatclub war der Inbegriff von Reichtum und Überfluss. Ein regelrechter Spielplatz für die Elite der Stadt, die von riesigen Türstehern mit Adleraugen bewacht wurde. Der Geruch von Geld und aufgeblasenen Egos hing in der Luft, farbenfrohe Lichter zuckten über die volle Tanzfläche und trafen auf stilvoll gekleidete Männer und Frauen, die so anzüglich tanzten, als würden sie sich dem Vorspiel hingeben. Der Rhythmus der Musik hämmerte in Sable, während sie mit Tuck tanzte und das Adrenalin durch ihre Adern strömte. Das hier war genau das, was sie brauchte. Die totale Anonymität.

Seit Stunden waren sie schon dort, und sie hatte sich auf die Tanzfläche geflüchtet, denn auch wenn sie von einer Reihe von hübschen reichen Jungs angebaggert worden war, hatte sich keine Ablenkung als groß genug herausgestellt, um sie die sinnlichen Fähigkeiten von Kane Fucking Bad vergessen zu lassen. Noch eine von seinen lüsternen Bemerkungen und ihr Slip wäre geschmolzen. Und als wäre das noch nicht ärgerlich genug, flüsterte er ihr seine Lüsternheiten ins Ohr, während andere Männer mit ihr flirteten und andere Frauen sich an ihn heranmachten. Der Mann brauchte überhaupt nichts zu tun, um die Aufmerksamkeit schöner Frauen zu bekommen. Sie spürten ihn auf wie rollige Katzen und boten sich ihm auf einem silbernen Tablett an.

Sable fühlte sich in diesem edlen Club vollkommen fehl am Platz, und diese Frauen, die in Seide gekleidet und mit Diamanten behängt waren und Kane anbaggerten, nervten sie höllisch. Aber auf der Tanzfläche konnte sie so tun, als wäre sie in Oak Falls, wo nichts und niemand sie verunsicherte.

Sie erhaschte einen Blick auf Kane, der sie durch die Menge hindurch beobachtete, noch immer von Frauen umgeben. Sie kämpfte gegen die nagende Eifersucht an und tanzte noch heißer, noch erotischer. Sie hob die Arme über den Kopf, kreiste mit den Hüften. Tuck ging auf jede ihrer Bewegungen ein. Als die Tanzfläche voller wurde, entfernte sie sich von der Stelle, von der aus sie Kane gesehen hatte, und verlor sich im Rhythmus der Musik.

»Ich brauche etwas zu trinken.« Tuck schrie fast, um sich über den Lärm hinweg verständlich zu machen.

Sie folgte ihm von der Tanzfläche und suchte in der Menge nach ihren Freunden. Sie waren nirgends zu sehen, aber als Tuck auf die Theke zuging, tauchte Kane aus der Menge auf – kraftvolles Selbstvertrauen und pure Sinnlichkeit in vollem Einklang – und kam direkt auf sie zu. Ihr Körper vibrierte vor erregter Anspannung. Ein heißer Schauer erfasste sie und eine magnetische Anziehungskraft zog sie zu ihm. Er blieb erst stehen, als sich ihre Fußspitzen berührten, und der Lärm aus Musik und Stimmen wurde zu einem fernen Hintergrundgeräusch.

Die Muskeln an seinem Kiefer zuckten. »Sah so aus, als hättest du dich prächtig amüsiert.«

»Ja, na und? Du bist in Sachen Unterhaltung ja wohl auch nicht zu kurz gekommen.«

Die Zurückhaltung lag wie eine Maske auf seinem Gesicht, während ihre eigene Entschlossenheit schnell bröckelte. Sie nahm ihm sein Glas ab, stürzte den Drink hinunter und genoss das Brennen des Alkohols in ihrer Kehle.

Kane legte den Kopf zur Seite und hielt ein anderes Glas mit einer farbenfrohen Flüssigkeit hoch.

»Ein fruchtiger Drink? Für was für eine Frau hältst du

mich?«, fragte sie laut.

»Diesbezüglich habe ich jede Menge Gedanken, Panthera.« Er nahm ihr das leere Glas ab und stellte es auf das Tablett einer vorbeikommenden Kellnerin, ohne den Blick abzuwenden.

Ihr Gesichtsausdruck verfinsterte sich noch mehr. Nicht, dass die Bezeichnung nicht zu ihr gepasst hätte, aber was für eine Unverfrorenheit, dass er dachte, er könnte ihr einen Spitznamen verpassen. »Sable, meintest du wohl.«

Er beugte sich näher zu ihr und seine Lippen waren *so* nah. »Ich weiß, was ich meinte, und das weißt du auch, Panthera.«

Warum musste es ihr so gefallen, wie der Name aus seinem Mund klang, voller verführerischer und herausfordernder Faszination? Sie wollte keine vergebliche Mühe verschwenden und über etwas streiten, von dem sie nicht vollkommen überzeugt war. »Das also macht dir Spaß, City Boy? Dein Ego von Frauen streicheln lassen, die so viel Geld haben wie du?«

Ein dunkler Sturm zog in seinen Augen auf und jagte ihr einen Hitzeschauer über den Rücken. Er beugte sich noch näher zu ihr, und sein Bart kratzte an ihrer Wange, als er ihr ins Ohr flüsterte: »Alles, was ich *haben* will, ist mein Mund auf dieser unverschämt umwerfenden Frau vor mir, und mir wäre es viel lieber, wenn du anstatt meines Egos mein bestes Stück streicheln würdest.«

Seine Schroffheit war fast schon diabolisch. Noch nie war sie so versessen auf mehr gewesen. Zwischen ihnen knisterte eine berauschende Spannung. Er hob seinen Drink, löste dabei den Zeigefinger vom Glas und strich damit über dem Ausschnitt ihres Oberteils entlang und über den Ansatz ihrer Brüste. Diese intime Berührung entzündete regelrechte Blitze unter ihrer Haut. Der Geruch von Alkohol verstärkte ihre Erregung noch. Er hob eine Augenbraue und bot ihr den Drink an.

Sie lehnte kopfschüttelnd ab.

Wieder lehnte er sich näher zu ihr. »Trink, böses Mädchen. Ich will es später kosten.«

Das prickelnde Kratzen seines Bartschattens und die verführende Aufforderung ließ sie die fruchtige Mischung trinken. Sie begab sich auf ein gefährliches Terrain, auf dem Begehren alles andere überlagerte. Zum Teufel mit den angemessenen geschäftlichen Grenzen. Sable spielte keine Spielchen, wenn es darum ging, was sie wollte. Sie würde ihre Begierde stillen.

Sie krümmte den Finger und lockte ihn wieder näher an sich heran. »Wie enttäuschend. Klingt, als wäre dein Mund dann an der falschen Stelle.«

Er richtete sich zu voller Größe auf. In seinen Augen loderten die Flammen, all seine Muskeln waren angespannt.

Himmel! Sie wollte ihn. Sie wollte ihn zum Ausrasten bringen. All diese Kraft außer Rand und Band erleben, wenn er für *sie* die Beherrschung verlor.

Seine Hand lag auf ihrem Rücken, als er einen Weg hin zur Eingangstür des Clubs für sie bahnte. Die Alarmglocken in ihrem Kopf läuteten und erinnerten sie daran, dass das keine gute Idee war, doch sie kamen nicht gegen das Verlangen an, das in ihr bebte. Wenige fiebrige Minuten später fuhr die Limousine vor. Der Fahrer stieg aus, um ihnen die Tür zu öffnen, doch Kane war schneller und sagte nur zu ihm: »Wir fahren zurück in mein Hotel.« Er setzte sich neben Sable auf den Rücksitz und zog die Tür zu.

Der Fahrer hatte noch nicht einmal hinter dem Lenkrad Platz genommen, da war Kanes Mund schon auf ihrem, während er sie mit seinen kräftigen Händen auf seinen Schoß zog, sodass sie rittlings auf ihm saß. Ihr Hut fiel auf den Sitz, als sie sich an seiner erregten Härte rieb und sie sich unbeherrscht küssten. Er schob ihr Top hoch und unterbrach ihren Kuss, um seinen Mund auf ihre Brust zu legen und fest an ihrem Nippel zu saugen. Blitze schossen durch sie hindurch. »Ja!«, schrie sie auf und war dankbar für die gläserne Wand, die sie vom Fahrer trennte. Sie packte seinen Kopf, hielt ihn bei sich und drängte sich durch ihre Jeans an ihn. Doch das genügte nicht. Die Vorstellung, ihn die Beherrschung verlieren zu sehen, wurde immer stärker, bis sie ihn zurückstieß und keuchte: »Ich bin dran.«

Sie musste das Tattoo sehen, das sie so fasziniert hatte, und die harte Brust fühlen, die ihre Fantasien erfüllt hatte, also packte sie mit beiden Händen sein Hemd und riss es auf, sodass die Knöpfe flogen. Sein glühender Blick lag auf ihr, ein Knurren entwich ihm, als er ihre Haare packte und sie wieder zu einem Kuss an sich zog. Ihr war schmerzhaft bewusst, wie kurz die Fahrt zum Hotel war, und so löste sie sich, denn sie wollte das Auto nicht verlassen, bevor sie ihn gekostet hatte.

»Ich sagte, ich bin dran.« Sie öffnete seinen Gürtel, und als sie von seinem Schoß rutschte, strich sie mit den Zähnen über seinen Nippel und nahm ein tiefes Einatmen von ihm wahr. Sie bewunderte die Tattoos auf seiner Brust und seinem Bauch, kniete sich zwischen seine Beine und befreite seine beeindruckende Härte.

Er legte die Hand um den Ansatz und grinste arrogant, als er seine Länge auf sie richtete.

Auch wenn er die Wahrheit sagte, wenn er behauptete, jeden Zentimeter seines lächerlichen Spitznamens verdient zu haben, konnte sie nicht anders, als ihn in seine Schranken zu verweisen. »Ich hätte gern ein wenig Spaß. Versuch, nicht zu schnell zu kommen.«

Er lachte. »Kein Problem. Ich habe alles vollkommen unter Kontrolle.«

»Das werden wir ja sehen.« Sie war nicht wie die meisten Frauen, die der Ansicht waren, dass schnell und tief die beste Art war, es einem Mann zu besorgen, denn mal im Ernst … Was hatten sie denn davon? Sie war für Lust und Kontrolle auf beiden Seiten. Dank guter Recherche kannte sie die besten Tricks. Doch leider – obwohl sie sich gern Zeit ließ – hatten sie es eilig.

Sie nahm seine Hand beiseite, packte seine Hose und zog sie tiefer herunter, damit sie besser an seine perfekte Männlichkeit herankam. Sie leckte von seinen Hoden bis zur Spitze und wurde mit einem so sexy Zischen belohnt, wie sie es noch nie gehört hatte. Wieder und wieder ließ sie ihre Zunge über ihn gleiten, bis er knurrte, seine Länge glänzte und mit jeder Berührung zuckte.

»Saug!«, forderte er.

Sie ignorierte die Aufforderung und legte die Hand um den kräftigen Schaft. Sein Blick ließ sie nicht los, während sie ihn streichelte und ihre Zunge sanft um die breite Eichel und über die sensible Spitze gleiten ließ. »Fuck!« Er senkte das Kinn, stöhnte tief und kehlig. Als sie schneller strich, fester zupackte und weiterhin leicht die Krone reizte, schloss er fast die Augen. Sie kreiste mit der Zunge um die Spitze seiner Härte, und seine Hüfte stieß nach vorne, während er die Hände in ihren Haaren vergrub. Sie konzentrierte sich auf die Krone, reizte ihn, bis seine Muskeln aufs Äußerste angespannt waren und ein glitzernder Tropfen auf der Spitze zu sehen war. Sie ließ die Zunge darüber gleiten und tauchte in den Spalt ein. »Fuck, Baby! Nimm mich mit dem Mund.« Die Verzweiflung in seiner Stimme und das Feuer in seinen Augen gefielen ihr sehr, und sie fachte beides weiter qualvoll an, bis eine Flut von Flüchen aus ihm herausbrach und seine Härte in ihrer Hand noch weiter anschwoll und kurz davorstand zu bersten. »Mist!« Er umfasste wieder den Ansatz.

»Nimm die weg«, forderte sie.

Wütend zog er die Augenbrauen zusammen. »Dann nimm ihn in den Mund! Jetzt!«

»Ich mache, was ich will und wann ich es will.« Ihn so kämpfen zu sehen, war zu schön. Das Bedürfnis, ihn schnell zum Höhepunkt kommen zu lassen, war verflogen und von dem Verlangen ersetzt, ihn um den Verstand zu bringen. »Sag dem Fahrer, er soll einen Umweg machen.«

Mit zusammengepressten Kiefern drückte er auf die Taste der Sprechanlage und knurrte: »Lass die Fahrt zehn Minuten länger dauern.«

Als er den Finger von der Taste nahm, sagte sie: »Braver Junge.«

»Du bist so verdammt böse.«

»Und wie ich das bin!«

Er biss die Zähne zusammen, als sie tiefer ging und seine Hoden leckte und reizte, während sie seine Länge streichelte. Seine Oberschenkel waren angespannt, und als er stöhnte, kräftig und tief, machten diese sündigen Laute sie noch feuchter. Keine weitere Minute hielt sie es noch aus, und so senkte sie ihren Mund auf seine Härte, nahm ihn bis zur Kehle in sich auf und schloss den Mund fest. »Fuuck!« Sie zog sich zurück, doch sie bewegte weder ihren Kopf noch ihre Hand. Mit seiner schweren Länge im Mund kreiste sie mit der Zunge um die sensible Furche und wurde durch sein lustgetriebenes Fluchen noch erregter. »Fuck! … Heilige Scheiße! … Das ist so verdammt gut!« Sie legte die Hand um seine Hoden, reizte und drückte sie, während sie mit der Zunge gekonnt kreiste. »Sable!«, flehte er barsch. »Du musst saugen, Baby.« Ein bettelnder Kane Bad war das beste Aphrodisiakum. »Ich will in deinem Mund kommen und zusehen, wie du jeden einzelnen Tropfen schluckst.«

Sie wollte das ebenso sehr wie er und sah ihm in die Augen. Das tiefe Verlangen und die ungezähmten Emotionen, die sie darin sah, erfüllten sie mit Stolz und etwas viel Intensiverem. Sie nickte und gab ihm damit die Zustimmung, die er suchte. Er rückte an den Rand des Sitzes, krallte die Hände noch tiefer in ihre Haare und stieß unfassbar hart und erotisch tief vor. Er war so verdammt perfekt, hielt nichts zurück, zog an ihren Haaren und knurrte mit jedem Stoß, bis seine Erlösung ihre Kehle hinunterrann und eine ganze Reihe von Flüchen aus ihm herausbrachen. Kurz vor ihrer eigenen Erlösung nahm sie alles, was er zu geben hatte, und aalte sich in ihrer beider Lust.

Als er sich aus ihrem Mund zurückzog und seine starken Arme um ihren Rücken legte, fiel sein Kopf neben ihren. Einige schweigende Augenblicke lang wirbelte alles in ihrem Kopf umher und auch ihr Herz tobte.

»Meine Güte! Was war das denn?«

Genau das fragte sie sich auch.

Doch eines wusste sie mit Sicherheit. Sie hatte sich vorhin geirrt, als sie ihn betteln hörte. Diesem gut aussehenden Mann dabei zuzusehen, wie er aus den Fugen geriet, war das beste Aphrodisiakum überhaupt.

Zehn

Kane versuchte noch immer, sein Hirn wieder zum Laufen zu bringen, als die Limousine vor seinem Hotel anhielt. Noch nie in seinem Leben war er so heftig gekommen und mit Sicherheit hatte er noch nie um etwas gebettelt.

Sable wischte sich den Mundwinkel ab und setzte ihren Hut auf. »Danke für die Fahrt.« Sie war schon ausgestiegen, noch bevor der Portier es bis zum Wagen geschafft hatte.

Was zum …?

Kane eilte hinter ihr her und bemerkte den seltsamen Ausdruck im Gesicht des Portiers. Er fischte einen Zwanziger aus seiner Hosentasche und gab ihn ihm, während er sich gleichzeitig – zu spät – erinnerte, dass sein Hemd aufgerissen war. *Mist.* Er holte Sable im Hotel ein und legte eine Hand auf ihren Rücken, während sie durch die weitläufige Lobby schritt. »Wohin willst du so schnell abhauen?«

»Du hast doch bekommen, was du wolltest.« Sie blieb am Aufzug stehen und schaute stur geradeaus, während sie ihre Schlüsselkarte hervorholte.

Er war schneller und hielt seine Karte an den Aufzugsensor. »Was ich will«, sagte er nur für sie hörbar, »bist du auf meinem Gesicht, bis du so oft kommst, dass du nichts mehr zu geben hast.«

Die Aufzugtüren öffneten sich, sie stiegen ein, und als sich die Türen schlossen, trat er so dicht an sie heran, dass sie mit dem Rücken an der Wand stand. »Tu nicht so, als wäre dein Slip nicht vollkommen durchnässt, nach dem, was du gerade mit mir angestellt hast.«

Trotz der zusammengebissenen Zähne errötete sie.

Dieser Anflug von Verletzlichkeit traf ihn mitten ins Herz und weckte in ihm das Verlangen, sie in den Arm zu nehmen und etwas Zärtliches und Beruhigendes zu sagen. Doch sie war ebenso stur wie er, und *zärtlich* würde keinem von ihnen das bringen, was sie wollten. Bevor irgendwelche anderen verrückten Gedanken sich durchsetzten, begab er sich lieber wieder auf sicheres Terrain und ließ die Hand an ihrem Oberschenkel hinaufgleiten und rieb über den heißen Jeansstoff zwischen ihren Beinen.

Ihr Atem wurde flacher, die Augenlider schlossen sich ein wenig über ihrem lustvollen Blick.

Verdammt, das war so sexy! »Wir wissen beide, wenn du allein auf dein Zimmer gehst, wirst du es dir selbst besorgen und dir wünschen, deine Finger wären mein Mund.« Keck hob sie das Kinn und er rieb noch intensiver. »Stell dir vor, wie gut es sich anfühlen würde, wenn meine Zunge und meine Zähne dich rasend machen.«

Sie atmete heftiger und ihre Lider zuckten. »Ich hoffe, dein Mund hält, was er verspricht.«

»Vertrau mir, Panthera, du wirst schnurren wie ein Kätzchen und schreien wie eine Wilde, und wenn du dich von meinem Mund erholt hast, wirst du nach meinem besten Stück betteln.« Er umfasste ihren Kiefer und strich mit dem Daumen über ihre Unterlippe. Seine Länge war steinhart allein bei dem

Gedanken daran, wie sie ihn fertiggemacht hatte. »Ich sollte dich dafür bestrafen, dass du mich mit diesem bösen Mund so reizt.«

»Jetzt küss mich einfach, verdammt noch mal.«

Sein Mund prallte auf ihren, grob, gierig und gnadenlos. Sie krallte sich in sein Hemd, doch er packte ihre Handgelenke und hielt sie dann über ihrem Kopf mit einer Hand fest, während er seine Hüften an ihren rieb. Er verspürte ein animalisches Bedürfnis, sie zu dominieren, zu berühren und jeden Zentimeter ihres umwerfenden Körpers zu kosten. Seine freie Hand glitt unter ihr T-Shirt, und dann knetete er ihren Nippel zwischen Daumen und Zeigefinger, was mit einem erregenden Stöhnen belohnt wurde, während sie sich ihm entgegendrängte. »Heute Abend werde ich mich noch über diesen phänomenalen Brüsten ergießen.« Er drückte ihren Nippel fest, worauf sie mit einem heftigen Atemzug reagierte, und senkte den Mund auf ihren Hals, an dem er knabberte und saugte. Stöhnen, Wimmern, Flüche und Flehen nach mehr waren sein Lohn.

Die Aufzugtüren öffneten sich direkt in seinem Penthouse, wo sie weder aufhörten noch behutsamer wurden. Er riss ihr das Top vom Leib, warf ihren Hut zu Boden und zog sich sein eigenes Hemd aus, während sie durch den Flur stolperten und ihre Münder wieder zueinanderfanden. Er öffnete ihre Jeans und schob sie hinunter.

»Meine Stiefel«, keuchte sie.

»Ich freue mich schon darauf, dich zu nehmen, wenn du außer deinem Hut und diesen Fuck-Me-Boots nichts anhast«, sagte er, zog ihr die Stiefel aus und warf sie auf den Boden.

»Das sind ziemlich große Fantasien für einen Kerl, der mich noch nicht mal nackt gesehen hat.«

»Für diese Bemerkung wirst du zahlen.« Eilig zog er ihr die

restlichen Klamotten aus und warf sie sich über die Schulter, wobei er ihren Protest und die fuchtelnden Arme ignorierte und sie ins Wohnzimmer trug.

»Lass mich runter«, forderte sie.

Er gab ihr einen Klaps auf den Hintern und legte sie mit dem Rücken auf die breite Ottomane der riesigen Wohnlandschaft. Sie bot einen unfassbaren Anblick, schaute wütend wie eine Schlange zu ihm auf mit ihren umwerfenden Beinen, den perfekten Brüsten, den Haaren, die über ihre Schultern fielen, und ihrer Mitte, die praktisch für ihn triefte.

»Mach das *nie* wieder!« Das Begehren in ihren Augen widerlegte die Warnung.

»Ich hab dir gesagt, dass du keine Spielchen mit mir spielen sollst.« Er ging zwischen ihren Beinen auf die Knie, ließ die Hände über ihre Oberschenkel gleiten und spürte, wie sie erwartungsvoll erschauderte. »Was hat dir nicht gefallen? Dass du getragen wurdest oder einen Klaps bekommen hast?«

Finster sah sie ihn an.

»Dachte ich mir doch. Du bist es gewohnt, die Kontrolle zu haben, und es ärgert dich, dass du mich nicht kontrollieren kannst.« Er legte die Hände flach auf ihre Oberschenkel und schob sie auseinander, um dann mit den Daumen über ihre feuchte Mitte zu streichen. Ihre Wangen glühten. »Was ich sehe, verrät mir, wie sehr dir das alles gefällt, was ich mache. Wie wär's also, wenn du mal aufhörst, rumzumeckern, und es einfach genießt?« Er senkte den Mund auf ihre Mitte und wurde mit einem langen, ergebenen Seufzer belohnt, als er sie eroberte. Sie schmeckte so verdammt gut, dass er nicht genug bekommen konnte. Er benutzte Zähne und Zunge, Finger und Daumen.

Ihre Fersen versanken im Polster, während sie keuchte und

stöhnte, sich an seinem Mund rekelte. Sie vergrub die Hände in seinen Haaren, und er labte sich an ihr, drang mit der Zunge in sie ein, verwöhnte ihre Perle mit den Fingern und dann umgekehrt, bis der Höhepunkt über sie hereinbrach. Sie rief seinen Namen so laut, dass er in ihm vibrierte. Sie war ein wahr gewordener Traum, sie fluchte und kratzte mit den Fingernägeln über seine Kopfhaut und seine Schultern, während die Lust sie gefangen hielt. Als sie gerade aus ihren Höhen herabsegelte, jagte er sie wieder in andere Sphären und ihre sündigen Laute hallten im Raum wider.

Als sie nun erneut zurücksank, sagte er: »Halt dich gut fest, meine Schöne.«

Er schob die Arme unter ihre Beine und umfasste ihre Taille. Mit einer Bewegung legte er sich auf den Rücken und drehte sie mit sich herum, sodass sie rittlings auf ihm saß.

Sie lachte. »Du bist ja ein richtiger Akrobat.«

Mit beiden Händen gab er ihr einen Klaps auf den Hintern, hielt sie ganz fest und wurde mit dem verlockendsten Stöhnen belohnt, als er sie an seinen Mund zog und sich an ihrer Mitte labte. Sie legte die Hände auf die Rückenlehne des Sofas und kreiste mit den Hüften. »Oh Gott!«, keuchte sie. »Das ist so gut. Nicht aufhören!« Ihre Stimme wurde lauter, sie bewegte sich schneller, heftiger, und ließ zu, dass er sie mit Zähnen und Zunge verwöhnte, während sie sündige Laute ausstieß, die ihm durch Mark und Bein gingen. Mit einer Hand an ihrer Perle jagte er sie in einen immer intensiveren Rausch. Mit der anderen Hand schlug er fest auf ihren Hintern. Sie schrie auf, pulsierte an seinem Mund und ergab sich einem weiteren intensiven Orgasmus. Ihre Hüften zuckten, sie fluchte und klammerte sich an die Rückenlehne des Sofas. Er blieb bei ihr, und als sie aus ihren Höhen herabschwebte, bebend und keuchend, ließ er nicht nach. Er verwöhnte sie weiter, denn er wollte alles, was sie zu geben hatte. Jeden Tropfen ihres Saftes, all ihre Energie, jedes Flehen, Stöhnen und Wimmern. »Aah … ja … ah … ja …« Mit jeder Silbe wurde sie lauter. Beim dritten Orgasmus stieß sie seinen Namen wie einen Fluch aus, beim vierten wie ein Flehen, wie Musik in seinen Ohren. »Genug. Das ist zu viel. Zu empfindlich. Bitte! … Kane! Ich halt es nicht aus.« Doch er machte noch intensiver weiter und fühlte sich wie ein König, als ein lauter lusterfüllter Ton aus ihr herausbrach und sie erneut in extreme Höhen katapultiert wurde.

Erschöpft sank sie auf ihn nieder, und er lockerte seinen Griff, küsste sie auf die Innenseite ihres Oberschenkels und legte sie auf die Ottomane, sodass sie neben ihm auf dem Rücken lag. Das Mondlicht fiel durch die Fensterfront und hüllte ihre sinnlichen Kurven und das glückselige Lächeln in einen dämmrigen Schleier. Er konnte gar nicht anders, als mit den Fingern leicht über ihren Bauch und zwischen ihre Brüste zu streichen, was ihren Atem kurz stocken ließ und ihr eine Gänsehaut bescherte.

»Du bist ein Mistkerl«, flüsterte sie.

Er küsste sie auf ihren lügenden Mund. »Das nehme ich mal als Kompliment.«

Sie war so wunderbar entspannt, dass er den Drang verspürte, sie in die Arme zu nehmen, zu seinem Bett zu tragen und jeden Zentimeter ihres Körpers zu würdigen. Der Gedanke traf ihn wie eine Kugel und rief seine Vernunft wieder auf den Plan. Er musste diesen Unsinn aus dem Kopf bekommen, und so stand er auf und ging hinüber zur Bar.

Sable, die unglaublich süß, satt und berauschend sexy aussah, stützte sich auf dem Ellbogen ab und beobachtete, wie er sich einen Drink einschenkte. Er kippte den Whiskey hinunter und schenkte sich noch einen ein, bevor er zu ihr zurückging. Er stellte die Flasche ab und trat ans Ende der Ottomane, wo er sich mit der freien Hand die Hose öffnete.

»Gibst du von dem Whiskey auch etwas ab oder wie?«

Er nahm einen Schluck, behielt den Alkohol im Mund, während er das Glas abstellte und über sie kam. Ihre Augen funkelten fasziniert, und als er seine Lippen näher an ihre brachte, öffnete sie den Mund. So verdammt sexy! Langsam ließ er die Flüssigkeit in ihren Mund tropfen, um sie dann ungestüm zu küssen, sodass sich der Geschmack des Whiskeys mit ihrem Geschmack vermischte und sein Innerstes in Flammen stand. Er nahm die Flasche, hielt sie sich an die Lippen und füllte seinen Mund. Ihre Blicke versanken ineinander, als er Tropfen auf ihren Nippel, ihren Bauch und ihre Mitte fallen ließ. Mit aufeinandergepressten Zähnen atmete sie zischend ein.

»Spür das Brennen, Baby.« Er ließ die Zunge um und über ihren Nippel gleiten, reizte ihn, bis er ganz hart war, und saugte ihn dann fest an seinen Gaumen.

»Ah!« Sie bog den Rücken durch und packte seinen Kopf. »Ja!«

Mit den Zähnen reizte er die empfindliche Brustwarze, nur um sie dann wieder in den Mund zu saugen. Sie wand sich und hob sich ihm entgegen, während er leckte und saugte, hin zu ihrer anderen Brust, der er die gleiche prickelnde Aufmerksamkeit zukommen ließ. Sie war so verdammt perfekt, so ungeduldig und mit diesem sexuellen Selbstbewusstsein, dass ihn die Eifersucht einem Speer gleich traf, als ihm klar wurde, dass sie mit jedem der anderen Männer, die sie heute Abend angebaggert hatten, nach Hause hätte gehen können. Er konnte nicht anders, als ihre Brüste für sich zu beanspruchen, wie ein steinzeitlicher Mann sein Territorium abgesteckt hätte. Er folgte den Alkoholtropfen über ihren Bauch, verharrte an ihren Rippen und ihrer Taille, bis er wieder mit erregenden Atemzügen und sexy Lauten belohnt wurde, als er sich kostend weiter nach unten vorarbeitete. Er leckte seitlich an ihrer Mitte entlang und sie krallte die Finger in die Polster. Er ließ die Zunge über ihre inneren Oberschenkel gleiten, setzte auch die Zähne ein, als er sich näherte, leckte und reizte, ohne jedoch ihre feuchte Mitte zu berühren. »Wie nass und bereit du für meinen Schwanz bist!«

»Kane, bitte …«

Ihre Worte verschwanden in einem ungeduldigen Stöhnen, als er über ihre angeschwollene Mitte leckte und sich ihr Saft auf seiner Zunge verteilte. Er konnte sich kaum zurückhalten, doch er wollte, dass sie ihn *brauchte*, damit sie sich an jeden quälenden Moment erinnerte, damit die Erinnerung an ihn jegliche Gedanken an jeden anderen Mann auslöschte. Mit den Fingern drang er in sie ein, verwöhnte sie mit der Hand und dem Mund, entführte sie bis an den Rand des Wahnsinns und verharrte dort mit ihr. Sie kniff die Augen zu, schüttelte den Kopf hin und her und presste die Fersen in die Polster. »Kane! Ich brauche mehr. Ich brauche dich!«

»Braves Mädchen. Bettel um meinen Schwanz.«

Er stand auf, holte das Portemonnaie aus seiner Hose und nahm ein Kondom heraus. Sie sah zu, wie er sich auszog. Er konnte der Versuchung nicht widerstehen, sie noch ein wenig mehr zu reizen. Die Hand um seine Härte gelegt, strich er einige Male fest auf und ab und stöhnte.

»Du bist wirklich ein Mistkerl.« Sie leckte sich über die Lippen, als er sich das Kondom überstreifte, und ihre Brüste hoben sich mit einem erwartungsvollen tiefen Atemzug.

»Ich habe nie behauptet, ein Märchenprinz zu sein.«

»Beeil dich, bevor ich das Interesse verliere«, sagte sie provokant.

Er lachte und genoss ihren Humor. Sie streckte die Arme nach ihm aus, als er sich auf sie legte, und dann vergrub er sich mit einem harten Stoß ganz tief in ihr. Ihr stockte der Atem, und sie hatte die Augen weit aufgerissen, als sich ihr Körper wie eine Schraubzwinge um ihn legte. Ein Fluch entwich ihm durch die zusammengebissenen Zähne und eine Woge des Begehrens brach donnernd über ihn herein. Ihre Blicke trafen sich, und die tobenden Emotionen und die Verwirrung in ihren Augen spiegelten den Sturm wider, der in ihm peitschte. Rasch verschloss er ihren Mund mit seinem, wollte diesen Gefühlen ausweichen, die da wie ein Zug auf sie beide zudonnerten. Er stieß in sie, immer wieder wie ein Wilder, biss in ihre Schulter und hob ihre Hüfte an, um noch tiefer in sie einzudringen. Sie tat es ihm gleich, die Beine um ihn geschlungen, kam jedem Stoß entgegen, während sie ihre Mitte immer enger um seine Länge schloss. Das war der Himmel auf Erden, verdammt noch mal, und zerrte an den Emotionen, denen er versuchte zu entkommen. Ihre Verbindung war überwältigend. Er musste das in den Griff bekommen.

Er zog sich heraus und drehte sie herum, hob ihre Hüfte an, bis sie auf allen vieren war, und drang wieder in sie ein. Sie stöhnte lasziv, bewegte sich mit ihm im Rhythmus und griff zwischen ihre Beine, um ihre Perle zu reizen. »Genau, Baby. Berühr dich, während ich es dir besorge.« Er stieß immer wieder fest in sie und sah ihren wunderschönen Hintern einladend vor sich. Nachdem er Spucke zwischen ihre Gesäßbacken gegeben hatte, reizte er ihr engstes Loch mit seinem Finger. Sie schaute über die Schulter und der herausfordernde Blick bohrte sich durch ihn hindurch.

»Du bist ein schlimmes kleines Sexkätzchen, weißt du das? Dass du Big Daddy so herausforderst …« Er schob seinen Finger durch den engen Ring aus Muskeln. Ihr Rücken bog sich durch und ihre Mitte zog sich noch fester um ihn zusammen.

Wieder sah sie ihm über die Schulter in die Augen. »Endlich mal ein Mann, der weiß, wie man vögelt.«

Je mehr er nahm, umso mehr gab sie. Und umso mehr wollte er. Er stieß immer wieder in sie, mit seiner Härte in ihre Mitte, mit dem Finger in ihren Hintern, und brachte sie beide um den Verstand. Sie schob ihre Hüfte nach hinten und flehte: »Schneller!« Eine Sinfonie aus sündigen Lauten erfüllte den Raum und trieb sie beide an den Rand einer Klippe. Ihr Körper zog sich unbarmherzig um seine Härte zusammen. Die Hitze jagte ihm über den Rücken, gerade als alles in ihr explodierte, sie seinen Namen schrie und ihn in ein Getöse erotischer Empfindungen katapultierte, das in ihm wütete, anstieg und in einem Feuerwerk gipfelte, begleitet von Sable, die ebenfalls in den Wirbeln der Leidenschaft aufging.

Nachdem sich ein letztes Mal alles in ihm zusammengezogen hatte, brach er über ihr zusammen und spürte ihren hektischen Herzschlag an ihrem Rücken. »Himmel!«

»Stimmt«, keuchte sie. »Das war nicht schlecht.«

Beide lachten.

Er küsste sie zwischen die Schulterblätter und stand auf, um das Kondom zu entsorgen. Sie blieb auf allen vieren, ließ den Kopf hängen und versuchte, wieder zu Atem zu kommen. Der Wunsch, sie in den Arm zu nehmen, kehrte zurück, diesmal so heftig, dass er es körperlich spürte. Er kämpfte dagegen an, riss sich los und zwang seine Beine, ihn ins Badezimmer zu tragen, bevor sich dieses Verlangen durchsetzen konnte.

Nachdem er sich frisch gemacht hatte, stützte er sich mit

den Händen am Waschtisch ab und nahm sich einen Augenblick, um einen klaren Gedanken zu fassen. Den Mann, der ihm aus dem Spiegel entgegensah, erkannte er kaum. Seine Augen waren anders, wirkten weicher. Was zum Henker …? Er hatte gegen all seine Regeln verstoßen und das machte ihm zu schaffen. Er nahm nie Frauen mit in sein Penthouse. Für One-Night-Stands hatte er eigens eine Wohnung, aber bei Sable hatte er keine Sekunde gezögert. Bei jeder anderen Frau war kein anderes Gefühl als Lust dabei und nach dem Sex konnte er sie nicht schnell genug loswerden. Er zog sich dann immer sofort an und sorgte dafür, dass sie den Weg zur Tür fanden. Unkompliziert und effektiv.

Warum also will ich es mit Sable nicht so machen?

Er redete sich ein, dass der Sex mit ihr lukrativer war als sein profitabelstes Geschäft. Aufregender, lustvoller. Einfach in jeder Hinsicht verdammt noch mal besser.

Doch sich selbst zu belügen, war noch nie seine Stärke gewesen. Sex mit Sable fühlte sich vertrauter an, erfüllender als jedes verdammte Geschäft. Aber er hatte gelernt, hinter seinen Mauern stark zu bleiben, und jetzt musste er Ziegelsteine und Mörtel finden und sich daran erinnern, wie das ging. Er atmete tief durch, senkte das Kinn und marschierte mit gestärkten Mauern aus dem Badezimmer heraus.

Sable war nicht auf der Ottomane. Er ließ den Blick durch das große Wohnzimmer zur Bar schweifen und entdeckte sie, als sie sich gerade bückte, um beim Eingangsbereich ihre Klamotten aufzuheben. Er ging zu ihr und gab ihr einen Klaps auf den Hintern. Eigentlich war er nie jemand gewesen, der derartige Klapse verteilte, aber er hatte einen unglaublichen Spaß daran, sie zu ärgern – mit Erfolg. Ruckartig drehte sie sich herum. Ihre Wangen waren gerötet.

»Hör mit dem Mist auf, Kane.« Es glich fast einem kleinen Flehen.

In ihren Augen funkelten noch die Emotionen, denen er zu entkommen versuchte und die – *verdammt!* – ihm zu schaffen machten. Er nahm ihre Hand und zog sie an sich. »Was glaubst du, wohin du jetzt gehst?« So viel zu seinen gestärkten Mauern.

»In meine Suite.«

Er sollte sie ziehen lassen, doch er wollte mehr. »Gibst du schon auf?« Staunend nahm er ihren weichen nackten Körper an seiner muskulösen Gestalt wahr, als er mit seinen Lippen über ihre strich. »Ist dir Big Daddy zu viel?«

»Aufgeben? Ich würde sagen, dass mich ein halbes Dutzend Orgasmen zur Gewinnerin macht.«

»Mehr hast du nicht zu bieten, Panthera?« Er küsste ihren Kiefer, ließ die Hand über ihre Hüfte und an ihrer Taille hinaufgleiten, bevor er mit dem Daumen ihre Brust streichelte. Mit leicht zusammengekniffenen Augen sah sie ihn an, doch ihr verräterisch stockender Atem offenbarte ihr Begehren. »Was hältst du davon, wenn wir uns auf zehn einigen?«

»Mach das Dutzend voll«, forderte sie ihn heraus, »und ich bin dabei.«

Sable lag auf einer Decke auf dem Boden in Kanes Bibliothek und rang in den frühen Morgenstunden um Luft. Was hatte sie sich dabei gedacht, mehr haben zu wollen? Der Kerl machte süchtig, verdammt, von seiner nervenden Arroganz und den verlockenden Anspielungen bis hin zu seinem Zauber vollbringenden besten Stück und dem begabten Mund. Und wie er sie ansah? Noch nie hatte sie sich so schön und so herausgefordert gefühlt. Die letzten Stunden waren ein einziger Rausch aus aufreizenden Wörtern und lustvollen Ausschweifungen gewesen. Sie war so oft gekommen, dass sie gar nicht mehr mitgezählt hatte. An der Theke hatten sie es gemacht, auf dem Esstisch, in der Küche und abgesehen von der beeindruckenden Bibliothek hatte sie keine Ahnung, wo sonst noch. Er hatte sie im wahrsten Sinne des Wortes so gründlich durchgevögelt, dass sie außer den Lustgefühlen nichts anderes mehr wahrgenommen hatte.

»Das war mit Sicherheit ein Rekord.« Er drehte sich auf die Seite und küsste ihre Schulter.

Bei diesem zärtlichen Kuss wurde ihr ganz warm, doch sie wusste, dass sie nicht länger bleiben sollte. Sie hatte keine Ahnung, wie sie diese Nacht hinter sich lassen und zusammenarbeiten sollten. Noch nie hatte sie diesen Fehler begangen. Sie hatte sich einfach von seinen unanständigen Worten und schmutzigen Versprechen einlullen lassen. Mehr war das alles nicht gewesen, und es musste jetzt Schluss sein, damit sie den Jungs nicht alles vermasselte, bevor die Tour überhaupt losging. Egal, wie sehr sie die Vorstellung verabscheute, dem einzigen Mann den Rücken zu kehren, dem sie absolut nichts hatte vorspielen müssen.

Sie zwang sich, die Worte auszusprechen: »Ein Rekord? Wohl eher ein Fehler.«

»Ist ja wohl nicht so, als wärst du aus Versehen ein Dutzend Mal auf mein bestes Stück gefallen.«

Ihr gefiel sein neckender Tonfall viel zu sehr, doch sie konnte ihm nicht wieder in die Hände – oder auf sein bestes Stück – fallen. »Hinterher ist man immer ... na du weißt schon.« Irgendwo hörte sie ihr Handy klingeln, also setzte sie sich auf und freute sich über den Vorwand, von hier wegzukommen, bevor sie ihre Meinung wieder änderte. »Da sollte ich lieber rangehen.« Sie stand auf.

Sein durchdringender Blick glitt an ihrem Körper hinab. »Wer ruft dich denn um drei Uhr morgens an?«

»Wahrscheinlich Tuck.«

Er folgte ihr aus der Bibliothek hinaus auf den Flur. »Um diese Uhrzeit? Bestellt er dich zu einem Schäferstündchen ein?«

»Das geht dich nichts an.« Ihr Magen zog sich augenblicklich zusammen. *Aah! Was ist bloß los mit mir?*

Seine Kiefermuskeln zuckten. »Nach dem, was wir gerade gemacht haben, finde ich, dass es mich etwas angeht.«

Genau deshalb ließ sie sich nicht mehr auf Typen ein, die nichts mit ihrem Leben zu tun hatten. Die wollten sie nur kontrollieren und machten alles kompliziert. »Du musst nur wissen, dass ich gesund bin und dass das hier eine einmalige Sache war.« Sie ging ins Wohnzimmer, um ihre Klamotten zu holen.

Sofort war er an ihrer Seite und sein Blick wurde eisig. »Da bin ich aber froh, dass ich nicht derjenige sein musste, der das klarstellt.« Er hob ihre Kleidung auf und gab sie ihr.

Wut stieg in ihr auf, als sie sich anzog. Sie sollte nicht sauer sein, schließlich stimmte er ihr ja zu, und doch war sie es. »Was interessiert dich das überhaupt, ob ich was mit Tuck habe?«

»Interessiert mich gar nicht. Mich interessiert nur, dass mein Ruf bei dem Ganzen nicht auf der Strecke bleibt.«

Sie zog ihre Stiefel an und weigerte sich, ihn sehen zu lassen, wie sehr seine Worte sie trafen. Dann schnappte sie sich ihren Hut.

»Ich gehe davon aus, dass du unsere Aktivitäten von heute Nacht für dich behältst.« Dabei klang er, als bestätigte er einen Geschäftsabschluss, dann drückte er auf die Taste des Aufzugs, als könnte er sie nicht schnell genug loswerden.

»Ich vergeude keine Energie für bedeutungslose Ereignisse. Wenn ich in meiner Suite ankomme, werde ich schon vergessen haben, was wir überhaupt getan haben.« Der Aufzug öffnete sich, sie trat hinein und spürte einen zornigen, verheerenden Sturm zwischen ihnen wüten. Als sich die Türen schlossen, sagte sie: »Ach, übrigens, das war weit entfernt von einem Rekord.«

Kane stand am nächsten Morgen in Sheas Büro, mit hängenden Armen, doch die Hände zu Fäusten geballt, und kam sich mit dem Verlangen, Tuck eine reinzuhauen, wie ein dämlicher eifersüchtiger Teenager vor. Shea bereitete Sable und ihre Bandkollegen gerade auf die bevorstehenden öffentlichen Auftritte und Interviews vor. Was interessierte es ihn, ob dieser Flanellhemd tragende Junge vom Land mit Sable schlief oder nicht? Kane war ja auch nicht darauf aus, sich Fesseln anlegen zu lassen, egal, was für eine Art von Verbindung er vielleicht letzte Nacht gespürt haben mochte. Es sollte ihn jedenfalls nicht im Geringsten stören, dass Tuck neben ihr saß, und auch nicht, dass sie Kane kaum eines Blickes gewürdigt hatte, während sie und Tuck durch nicht gerade heimliche Blicke irgendwelche unausgesprochenen Botschaften austauschten.

Aber es störte ihn, verdammt!

Alles nervte ihn heute. Er musste das auf die Reihe kriegen.

»Wie ihr wisst, geht die Presseerklärung in zwei Stunden raus. Von dem Moment an wird alles, was ihr tut, festgehalten und sowohl von den Papparazzi als auch von der ganzen Öffentlichkeit auseinandergenommen werden. Auch wenn es aufregend wird, kann es einschüchternd sein, wenn Paparazzi euch Fragen zurufen oder wenn ihr euch in Interviews und Podcasts erklären müsst. Ich hoffe, dass ich euch etwas von der Angst nehmen kann, indem wir gemeinsam ein paar Dinge durchgehen.« In ihrer engen Bluse, dem Bleistiftrock und den Highheels war Shea der Inbegriff von Professionalität. Ihr Make-up war dezent, und die blonden Haare wurden im Nacken von einer schlichten goldenen Spange zusammengehalten, die zu ihren Tropfenohrringen und der goldenen Halskette mit den Diamanten passte.

»Das Bild, das ihr bei diesen ersten Auftritten abgebt, ist maßgeblich dafür, ob ihr die Fans für euch einnehmt oder gegen euch aufbringt. So ungerecht es auch sein mag, aber jedes einzelne Outfit, jedes Wort und jeder Gesichtsausdruck wird auf Social Media unter die Lupe genommen werden«, erklärte Shea. »Sobald die Fans hören, dass ihr die Vorband für Bad Intentions seid, werden sie gierig nach Informationen aus eurem Leben sein. Wir wollen einen guten Start hinlegen und die öffentliche Wahrnehmung so gut wie möglich kontrollieren.«

Shea betrachtete sie freundlich, aber abschätzend. Die Jungs trugen Jeans und Stiefel mit T-Shirts oder Henley-Shirts und Flanellhemden. Sable sah aus wie ein toughes Country Girl mit ihrem ausgeblichenen Cowboyhut, einem langärmeligen Shirt mit V-Ausschnitt unter einer Wildlederweste mit Fransen, dazu Jeans und Westernstiefel und ein paar schwarze und silberne Anhänger an den schwarzen Lederbändern um den Hals.

Sable rutschte unruhig auf ihrem Sitz herum und tauschte wieder einen dieser nervigen Blicke mit Tuck. Kane biss die Zähne zusammen und erinnerte sich an die Bedingungen, die sie für die Tour gestellt hatte, und wie vehement sie ihre Bandkollegen – oder genauer gesagt Tuck – beschützen und aus den Tratsch-Portalen heraushalten wollte. Hatte sie Angst, was immer zwischen den beiden war, würde an die Öffentlichkeit kommen?

»Stiefel und Jeans sind toll, aber – ob ihr es glaubt oder nicht – die richtigen Jeans können bei den Fans einen großen Unterschied machen. Wir kümmern uns darum, und wir tauschen die Flanellhemden gegen etwas Markanteres aus, zum Beispiel Lederjacken über euren T-Shirts«, sagte Shea.

»Genial«, sagte Lee und auch JP nickte zustimmend.

Shea sah zu Sable. »Sable, du möchtest wahrscheinlich bei Interviews und Veranstaltungen in Gebäuden deinen Hut abnehmen.«

»Warum möchte ich das?«, fragte Sable.

Genau das fragte Kane sich auch. Ihm gefiel es sehr, wie sie mit dem Hut aussah. Nur wenn sie ihn trug, war sie die richtige Sable – stark, selbstbewusst und sexy. Der Hut war ein Teil von ihr. Ihr Markenzeichen.

»Es entspricht der allgemeinen Etikette, Hüte im Inneren abzunehmen, und es wird dich für die Fans zugänglicher erscheinen lassen. Zeig der Öffentlichkeit, dass du die gesellschaftlichen Regeln respektierst.« Shea war direkt, aber auch enthusiastisch.

Quatsch. Ihre rebellische Art macht sie zu dem, was sie ist. Nur mit Mühe schaffte er es, sich herauszuhalten.

»Ich kenne die Hut-Etikette«, erwiderte Sable heftig. »Aber ich bin Country-Musikerin, keine Ja-Sagerin, und da, wo ich herkomme, tragen viele ihre Hüte auch drinnen.«

»Das verstehe ich. Aber du stehst kurz davor, eine öffentliche Person zu werden. Für einige sogar ein Vorbild«, erklärte Shea. »Tausende Männer, Frauen, Jungs und Mädchen werden dich beobachten, von dir lernen und Urteile über dich fällen, die auf den kurzen Momenten beruhen, in denen sie dich gesehen haben.«

Sable sah sie finster an. »Sollen sie doch.«

Während Shea sorgenvoll die Augenbrauen zusammenzog, fühlte Kane sich erneut von Sables Ehrlichkeit und ihrer starken Fähigkeit angezogen, für sich einzustehen und zu fordern, dass sie der Welt ihr authentisches Ich zeigen konnte. Auch wenn ihre ehrliche Art genau das war, was ihn in der vergangenen Nacht wütend gemacht hatte. Außerdem befürchtete er, dass die Situation eskalieren könnte, wenn Shea Sable weiterhin wegen ihres Hutes zusetzen würde. »Was haltet ihr davon, wenn wir das später besprechen und jetzt erst einmal weitermachen?«

Sable sah ihn verwundert an.

Shea zwang sich zu einem Lächeln. »Gute Idee. Da die Band relativ unbekannt ist, werden die Leute wissen wollen, wie es dazu gekommen ist, dass ihr als Vorband dabei seid, und was ihr gedacht habt, als Kane damit an euch herangetreten ist. Sable, wie ich gehört habe, ist Jillian Braden eine Freundin von dir, und sie hat wohl das Ganze ins Rollen gebracht. Lasst uns doch mal damit anfangen. Hast du Jillian gebeten, den Gig für dich klarzumachen?«

»So ein Quatsch. Ich war sauer, als ich gehört hab, dass sie darauf gedrängt hat.«

»Wir kommen gleich noch mal darauf, wie wir das am besten in Worte fassen«, sagte Shea vorsichtig. »Die Öffentlichkeit wird wissen wollen, warum du nicht daran interessiert warst.«

»Das geht zwar niemanden etwas an, aber mir gefiel mein Leben so, wie es war«, erklärte Sable. »Ich mach mir nichts aus Geld, Promistatus oder Followern.«

»Alles, was mit Social Media zu tun hat, kann sie nicht ausstehen«, fügte Tuck hinzu.

»Absolut nicht«, pflichtete JP ihm bei.

Shea nickte ernst. »Okay, ich verstehe. Sable, dann lass uns mal darüber reden, wie wir deine Antwort etwas abmildern können, damit sie für das Publikum leichter verdaulich wird.«

»Was soll das bedeuten?«, fragte sie.

»Das bedeutet, dass es dort draußen aufstrebende und erfahrene Bands gibt, die alles dafür geben würden, an eurer Stelle zu sein, und wir wollen nicht, dass die Öffentlichkeit euch für undankbar hält. Man kann deine Antworten geschickter formulieren, um sie nachvollziehbarer zu machen«, erklärte Shea. »Du könntest zum Beispiel sagen, dass diese große Gelegenheit dich nervös gemacht hat und dass du dir Sorgen gemacht hast, ob du dem gerecht wirst, oder dass du überfordert warst.«

Kane gefiel die Richtung, die dieses Gespräch nahm, überhaupt nicht. Sable wurde nicht so schnell nervös, und sie hatte mit Sicherheit nicht überfordert gewirkt, als er ihr das Angebot unterbreitet hatte.

Sable verschränkte die Arme. »Ich soll also lügen?«

»Nein, wir können bei der Wahrheit bleiben«, sagte Shea. »Wir müssen nur die richtige Art und Weise finden, sie auszudrücken, damit das Publikum dich nicht unsympathisch findet.«

»Warum sollte jemand sie unsympathisch finden, nur weil sie ehrlich ist?«, fragte Kane.

»Diese Art von Ehrlichkeit ist gewöhnungsbedürftig«, antwortete Shea eisig, als würde sie ihn rügen, weil er sie schon wieder unterbrochen hatte.

Wieder einmal biss er die Zähne zusammen. Sie hatte nicht unrecht, Sable aber auch nicht. »Bei allem Respekt, ich denke, wir sollten weitermachen.«

»Ja, das ist wahrscheinlich eine gute Idee«, stimmte Shea

schmallippig zu. »Da die Band neu auf der Bildfläche auftaucht, wird man euch wahrscheinlich ein paar ziemlich persönliche Fragen zu euren Familien, eurer Kindheit und eurem Weg in die Musik stellen. Kane hat einige eurer Bedenken erwähnt und ich würde gern darüber reden.«

Shea sprach mit Chris über seine Familie und mit Tuck über seine Vergangenheit. Nachdem sie Lee und JP gefragt hatte, ob sie irgendwelche Sorgen hatten, wandte sie sich wieder Sable zu. »Da Axsel ein bekannter Rockstar ist, kannst du damit rechnen, dass sich Interviewer auf ihn konzentrieren. Wahrscheinlich werden sie versuchen, Informationen über dein Verhältnis zu ihm zu bekommen, zu deiner Familie und ob es irgendwelche Streitereien zwischen euch gibt. Sie könnten sogar versuchen, dich dazu zu bringen, etwas preiszugeben, indem sie dich zum Beispiel fragen, ob du auf seinen Erfolg eifersüchtig bist.«

»Das können sie gern versuchen«, sagte Sable. »Aber wie ich Kane schon gesagt habe, ist meine Familie tabu.«

»Ja, das hat Kane mir mitgeteilt, aber man wird erwarten, dass du zumindest *etwas* preisgibst«, sagte Shea.

Sable hob das Kinn. »Wie gesagt, über meine Familie zu reden, steht nicht zur Debatte.«

»Tut mir leid, Sable, aber das wird so nicht funktionieren«, sagte Shea. »Die Interviewer werden dir zusetzen, und wenn du ihnen nicht irgendeine akzeptable Antwort gibst, werden sie vom Schlimmsten ausgehen.«

Verdammt! Kane hielt es nicht mehr aus. »Shea, können wir kurz reden, bitte?« Er ging in den Flur und wusste, dass sie ihm folgen würde.

Shea zog die Bürotür hinter sich zu und dann platzte sie mit gedämpfter, aber drängender Stimme schon heraus: »Sable läuft vollkommen aus dem Ruder! Vielleicht dringst du zu ihr durch und kannst ihr deutlich machen, wie die Realität aussieht.«

»Hör zu, ich respektiere, was du machst. Du bist in deinem Job ausgezeichnet, und du weißt genau, was funktioniert, aber ich habe gesehen, wie Sable eine Bühne beherrscht. Ich hab miterlebt, wie sie Dinge gesagt hat, die eigentlich alle gegen sie aufbringen müssten, aber genau diese Dreistigkeit, diese absolute Ehrlichkeit fasziniert das Publikum. Ich glaube, du solltest aufhören, zu versuchen, ihre Antworten zu kontrollieren, und Sable einfach Sable sein lassen.«

»Du weißt, wie kritisch die Leute sind und dass sie denken, sie hätten einen Anspruch auf Informationen über die Stars«, warnte Shea. »Du brauchst dich nur daran zu erinnern, was dein Bruder vor Kurzem erst durchgemacht hat.«

»Ich bin mir sehr wohl bewusst darüber, was Johnny und unsere Familie durchgemacht haben. Aber Sable setzt von vornherein Grenzen. Wenn Johnny das getan hätte, wäre einiges vielleicht anders gelaufen.«

Sie schüttelte den Kopf. »Kane, das könnte sich negativ auf Johnny auswirken. Du weißt, wie schnell sich schlechte Presse verbreitet, und diese Frau da drinnen, die *ist* gewöhnungsbedürftig.«

Er musste all seine Willensstärke aufbringen, um sie nicht anzuschnauzen, auch wenn er wusste, dass sie recht hatte. »Gewöhnungsbedürftig oder nicht, sie hat eine fesselnde Präsenz. Gestern Abend war ich mit der ganzen Gruppe in einem Club. Ich hab gesehen, wie Männer im Gespräch mit wunderschönen Frauen den Faden verloren haben, weil sie Sable abgecheckt haben, und andere haben sie idiotisch angebaggert, obwohl sie keinen Hehl daraus gemacht hat, dass sie nicht interessiert ist. Die Leute können gar nicht anders, als ihrer Faszination zu erliegen. Wenn sie performt, ist sie allen anderen aktuellen Musikern haushoch überlegen. Und diese Ehrlichkeit, die dich stört? Diese Scheißegal-Haltung gegenüber Fremden, die sie dafür verurteilen könnten, weil sie ihre Familie beschützt oder einen Hut trägt? *Das* ist nachvollziehbarer als irgendein Gewäsch darüber, wie sie ehrfürchtig auf die Knie ging, als sie das Angebot bekommen hat. Ich respektiere dich, und das weißt du, aber versuch nicht weiter, sie zu verändern. Sie wird Johnny nicht in den Abgrund reißen. Er ist eine Ikone, verdammt noch mal, und glaub mir, die Frau da drinnen wird auch eine werden, wenn du sie sie selbst sein lässt. Denn sie sagt nicht nur, was sie denkt und fühlt, ohne Heuchelei und Umwege, sie wird auch das Publikum in den Arenen begeistern.«

Shea betrachtete ihn mit zusammengezogenen Augenbrauen. »Du meine Güte, Kane! Es tut mir leid. Ich fasse es nicht, dass ich es nicht schon früher gemerkt hab.«

»Was gemerkt?«, blaffte er sie an.

»Du hast was mit ihr, oder?«

Verärgert atmete er aus und schüttelte den Kopf. Einerseits wünschte er sich, er könnte es bestätigen, aber das war ja Unsinn. Er sehnte sich nicht nach Frauen. Und er sollte sich auf keinen Fall über die Frau den Kopf zerbrechen, die jeden seiner Atemzüge infrage stellte. »Nein, Shea, habe ich nicht. Lass den Quatsch. Das hier ist kein Spiel. Es geht ums Geschäft. Ihre unbequeme Art und diese unumstößlichen Grenzen machen einen großen Teil ihrer Faszination aus. Also noch einmal, versuch bitte nicht mehr, ihr vorzugeben, was sie zu sagen hat, und glaub mir, dass sie es nicht vermasseln wird.«

»Das widerspricht allem, was ich weiß und glaube, aber du bist Johnnys Manager, also folge ich deinen Regeln. Aber wenn der Schuss nach hinten losgeht und sich das zu Johnnys Nachteil auswirkt, dann trägst du die Verantwortung.«

»Das wird es nicht. Wenn überhaupt, dann wird es Sable in den Augen der Öffentlichkeit noch faszinierender machen.«

Am späten Nachmittag bereute Kane bereits, dass er dieses Gespräch mit Shea geführt hatte. Er hatte keinerlei Zweifel daran gehegt, dass jeder Mann ebenso intensiv auf Sable reagieren würde wie er selbst, aber nach einem Tag voller Interviews mit der Band in der ganzen Stadt, fraß genau diese Realität ihn von innen auf. Innerhalb von zwanzig Minuten nach der Pressemitteilung war die Neuigkeit, dass diese Band als Vorgruppe auftrat, viral gegangen. Sable hatte alle Interviews mit Bravour gemeistert und sogar Chuck Winston, einen der kritischsten Podcaster in der Branche, für sich gewonnen. Doch jedes Mal, wenn sie ein Gebäude verließen, stürmten die Papparazzi und andere Leute auf sie ein, um einen Blick auf die Band zu erhaschen. Zum Glück war dies das letzte Interview des Tages. Wenn Kane noch einem einzigen Mann zusehen musste, der sie anstarrte, oder einen Mistkerl sagen hörte, dass er sie flachlegen wollte, würden die Fäuste fliegen.

Er verfolgte das Interview hinter den Kameras mit ein paar anderen Leuten, deren aufgeregtes Geplapper um ihn herumschwirrte wie ein Mückenschwarm.

»Guck dir bloß mal die Augen von Tuck an. Die sind wie hypnotisierend«, sagte eine junge Brünette zu der Blonden neben ihr.

»Der ist mir zu grüblerisch. Ich nehme JP, der hat eher so

einen Flirtvibe«, sagte die Blondine.

»Hast du gesehen, wie Tuck gerade Sable angeguckt hat?«, fragte eine andere Brünette.

»Ich glaube, zwischen denen läuft was«, flüsterte die Blondine. »Sable ist ein Glückspilz.«

Kane presste die Kiefer aufeinander.

»Ich wäre gern bei den beiden dabei«, sagte ein dunkelhaariger Typ.

Kane warf ihm einen wütenden Blick zu, aber der Idiot war zu sehr damit beschäftigt, Sable anzustarren, als dass er es hätte bemerken können.

»Diese Sable ist echt heiß«, sagte ein blonder Typ.

»Mit diesen Beinen und den Titten hat sie das volle Paket«, bestätigte der Dunkelhaarige wieder.

»Etwas mehr Respekt kann man wohl erwarten«, knurrte Kane, in dem es immer mehr brodelte.

»Sorry, Mann«, sagte der Dunkelhaarige. »Ich sag nur, was Tatsache ist.«

Kane sah ihn finster an.

Der Blonde stieß den anderen an. »Ihre Stimme ist so verdammt sexy.«

»Absolut«, antwortete der Dunkelhaarige. »Könnte ihr den ganzen Tag zuhören. Am liebsten, wenn sie nackt ist.«

Kanes Hand wurde zur Faust.

Eine Frau ermahnte sie, leise zu sein, während Sable erzählte, wie sie die Band zusammengestellt hatte, als sie Teenager waren. Der Interviewer fragte die Jungs, wie das für sie gewesen war, und Lee antwortete: »Wenn du ein Teenager bist und das coolste Mädchen der Schule dich fragt, ob du mit ihr in einer Band spielen willst, dann überlegst du nicht lange.«

»Was glaubst du, mit wie vielen von den Jungs sie geschlafen hat?«, fragte der Blonde.

Verdammte Scheiße! Zähneknirschend riss Kane sich zusammen, um keine Szene zu machen.

»Keine Ahnung«, sagte der Dunkelhaarige. »Aber ich würd sie gern mal in die Finger bekommen.«

Nur über meine Leiche.

»Du und die Hälfte aller Männer«, sagte der Blonde.

»Mit Sicherheit«, bestätigte der Dunkelhaarige. »Ich wette, die mag es derb und mit vielen.«

Kane sah rot, seine Beherrschung brach wie ein dünner Ast. Er packte den Mistkerl am Kragen und knallte ihn mit dem Rücken an die Wand. »Halt deine verdammte Fresse, du Arsch!« Die Frauen wichen stolpernd zurück und dem Mistkerl wich alle Farbe aus dem Gesicht. »Die Frau hat mehr Klasse in ihrem kleinen Finger als du in deinem ganzen scheiß Körper, und wenn du noch ein respektloses Wort über sie fallen lässt, dann versenke ich deinen Schädel in dieser Wand.« Der Kerl zitterte und hielt ergeben die Hände in die Höhe.

»Sorry«, gab er schwach von sich. »Ich … ich sag nichts mehr.«

»Da hast du verdammt noch mal recht.« Kane stieß ihn von der Gruppe weg und sah, dass die Frauen ihn anerkennend ansahen, während der Typ und sein Kumpel eilig den Raum verließen.

Kane verfolgte das Interview weiter – die Arme verschränkt und innerlich vollkommen aufgewühlt. Gewalt war nicht sein Ding, aber anscheinend weckte Sable das besitzergreifende Monster in ihm zum Leben, das er vor langer Zeit begraben und in einem dunklen Verlies seiner Seele an die Kette gelegt hatte.

Zwölf

Nach einem auslaugenden Tag mit jeder Menge Interviews und Irrsinn tigerte Sable in ihrem Hotelzimmer hin und her und fühlte sich, als säße sie in der Falle. Sie hatte gewusst, dass es nach der Ankündigung über die Tour hoch hergehen würde, doch die Paparazzi und Fans hatten ihnen den ganzen Tag lang aufgelauert. Die Jungs genossen die Aufmerksamkeit, doch Sable hätte sich am liebsten in einer Höhle weit weg von allen – außer Familie und engen Freunden – verkrochen. Das Leben, das sie liebte, entglitt ihr und sie konnte nichts dagegen tun.

In Gedanken spielte sie mit den Dingen herum, die ihr zu schaffen machten, und verarbeitete sie zu Liedtexten, zu denen sie krampfhaft nach einer Melodie suchte. *Du kannst weglaufen, dich aber nicht verstecken, vor den Menschen oder den Lichtern. Du kannst den Schmerz in dir verbergen, alles mitmachen …*

Sie griff nach dem Stift und dem Notizblock. In der vergangenen Nacht hatte sie sich vergeblich die Wut und den Schmerz nach Kanes Antwort auf die Frage, was es ihn interessierte, ob sie etwas mit Tuck hatte, vom Leib schreiben wollen. *Interessiert mich gar nicht. Mich interessiert nur, dass mein Ruf bei dem Ganzen nicht auf der Strecke bleibt.*

Sie wollte nicht über Kane nachdenken, aber er war immer

da, lauerte in den hintersten Winkeln ihres Hirns, versuchte, sich nach vorne zu drängen, und der Schmerz erfasste sie aufs Neue.

Sie war nicht die Art von Frau, die sich von einem Mann herunterziehen ließ, und das würde sie auch jetzt nicht. Sie weigerte sich, von diesen Gedanken eingenommen zu werden, und so schrieb sie den Liedtext auf, den sie unbedingt mit der richtigen Melodie zum Leben erwecken wollte. Mit der Gitarre setzte sie sich auf das Sofa und strich über die vertrauten Saiten. Doch das beruhigende Gefühl, das normalerweise mit dem Spielen einherging, setzte nicht ein. Sie schaute sich in dem luxuriösen Wohnzimmer um. Das Mobiliar war zu perfekt, die Energie zu schal. Wie sollte sie in einem Zimmer kreativ werden, das ihr nichts bedeutete? Zu Hause wäre sie jetzt nach draußen gegangen und hätte sich von den Geräuschen der Nacht inspirieren lassen.

Sie schaute zum Balkon. Zumindest etwas hatte Mr. Bad richtig gemacht.

Gestern Nacht hatte er vieles richtig gemacht.

Bis er dann alles kaputtgemacht hatte.

Hör auf, an ihn zu denken!

Sie zog ihren grauen Lieblingspullover mit dem Wasserfallausschnitt, dem ausgefransten Saum und den zerschlissenen Ärmeln an und trug einen Stuhl hinaus auf den Balkon, wo die kalte Luft sie schaudern ließ. Nachdem sie die Gitarre und den Notizblock geholt hatte, ließ sie die Balkontür offen und hoffte, dass die Nachtluft dem schalen Zimmer neues Leben einhauchen würde. Ans Geländer gelehnt schaute sie sich um, nahm die hohen Gebäude in sich auf, die über die belebten Gehwege und die überfüllten Straßen in den Himmel ragten, und lauschte den Geräuschen des Verkehrs und der Hupen, die die

Nacht durchdrangen. Es war kein Gras in Sicht. Kein Raum zum Atmen.

Wie konnten die Menschen so leben?

Seufzend setzte sie sich mit der Gitarre hin und versuchte, die richtigen Akkorde für den Songtext zu finden, doch je angestrengter sie es versuchte, umso unstimmiger, ja falsch fühlte es sich an. Das war nicht überraschend, wenn sie bedachte, was alles in ihrem Leben passierte, aber sie musste diese mentale Blockade durchbrechen, bevor sie den Verstand verlor. Sie versuchte es erneut, und noch einmal, bis sie so frustriert war, dass sie am liebsten geschrien hätte. Sie schloss die Augen und versuchte, das Bild ihrer Großmutter heraufzubeschwören. Manchmal half es ihr, doch jetzt tauchte hinter ihren geschlossenen Lidern immer nur Kanes durchdringender Blick auf. *Zur Hölle mit ihm!*

Vielleicht konnte sie ihn spielend aus ihren Gedanken vertreiben.

Sie füllte ihre Lunge mit der kühlen Luft und setzte, ohne weiter darüber nachzudenken, zu »Last Nite« von den Strokes an. Während sie sang, dass sie sich allein fühlte und niemand verstand, was sie durchmachte, wurde ihre Stimme immer lauter und wütender. Es fühlte sich fantastisch an, sich in der Musik zu verlieren, doch sie bekam dadurch noch keinen klaren Kopf, und so spielte sie gleich noch einen Strokes-Song, »I can't win«. Aus irgendeinem Grund dachte sie dabei nur noch mehr an Kane, und deshalb machte sie mit »Bad Decisions« weiter. Laut singend dachte sie an ihre eigenen falschen Entscheidungen.

Noch als sie die letzte Note sang, spürte sie ihr tiefverwurzeltes Verlangen, aus ihrem Frust Musik zu machen, doch wie sollte das gehen, wenn sie hier in der Falle saß?

Ein lautes Klopfen an der Tür riss sie aus den Gedanken.

Na großartig. Wahrscheinlich beschwerte sich jemand, weil sie zu laut gewesen war. Sie hasste das Stadtleben.

Sie legte die Gitarre auf das Sofa und ging zur Tür. Als sie durch den Spion schaute, stockte ihr der Atem und Nervosität rauschte durch sie hindurch. Vor der Tür stand Mr. Bad, mit offenem Hemdkragen, und rieb sich gerade über das Kinn. Noch immer konnte sie seine heiße Haut schmecken, seine starken Brustmuskeln unter ihren Fingern spüren. Doch das schob sie beiseite, öffnete die Tür und stemmte die Hand in die Hüfte. »Was willst du?«

»Ich wohne direkt über dir. Ich war auf dem Balkon und hab dich gehört. Das war ein ziemlich wütendes Konzert.«

Sie legte den Kopf zur Seite. »Ich kann hier nicht denken.«

»Gefällt dir deine Suite nicht?«

»Die ist in Ordnung, fördert aber nicht die Kreativität. Ich dachte, es würde mir helfen, draußen zu sein, aber ich kann ja hier nicht mal eben über die Straße in einen Park gehen oder überhaupt nach draußen gehen, ohne belagert zu werden, und *du* hast mich dazu gedrängt, hier zu sein.«

»Ja, stimmt, aber du hast die endgültige Entscheidung gefällt. Ich halte meinen Teil der Vereinbarung ein und unterstütze dich, oder etwa nicht?«

Sie musste an das Fotoshooting und das Treffen mit Shea denken und nickte. Nach dem kurzen Gespräch mit Kane vor der Tür waren Sheas Ansichten über Sables Antworten und ihren Hut wie ausgewechselt gewesen.

»Ich habe es dir schon erklärt, ich bin nicht der Feind, Sable. Wo bist du am kreativsten?«

»Zu Hause auf meinem Balkon, umgeben von Natur und nicht von Beton.«

»Und das hilft normalerweise?«

»Es hilft immer. Die Musik und die Texte kommen einfach zu mir. Das kann ich nicht erklären. Es fließt einfach.«

Er nickte. »Das verstehe ich. Es ist so, als wärst du ein Funkempfänger, der Signale aufnimmt.«

»Ja! Genau so fühlt es sich an.« Sie fragte sich, woher er das wusste, aber er war der Bruder eines berühmten Rockstars. Wahrscheinlich hatte Johnny es ihm schon tausendmal erklärt.

»Ich glaube, da kann ich dir helfen. Nimm deine Gitarre und komm mit.«

»Wohin?«

»In meine Wohnung. Ich will dir etwas zeigen.«

»Wenn du glaubst, dass ich wieder in deinem Bett lande, dann irrst du dich.«

Amüsiert hob er eine Augenbraue. »Du bist noch nie in meinem Bett gewesen.«

»Du weißt, was ich meine. Ich werde nicht wieder mit dir schlafen, also was immer du mir auch anzubieten hast … Nein danke.«

Er hielt die Tür auf, die sie gerade schließen wollte, und sah ihr ernst in die Augen. »Es tut mir leid, wie ich dazu beigetragen habe, dass es gestern Nacht so zwischen uns geendet hat. Ich hatte einen schönen Abend, und es tut mir leid, dass diese Misstöne zwischen uns aufgekommen sind.«

Die Aufrichtigkeit in seinen Augen unterschied sich so sehr von der Art, mit der er sie normalerweise anschaute, dass es sie aus dem Konzept brachte und etwas zugänglicher machte. Sie hatte sich gestern Nacht selbst nicht besonders nett verhalten und ihr schlechtes Gewissen regte sich. »Mir tut es auch leid. Ich bin nicht sehr gut darin, mich erklären zu müssen.«

»Ich auch nicht, also lass es uns vergessen. Wenn du mir genug vertraust, um mit nach oben zu kommen, wird das, was ich dir zeigen will, meine Fragen von gestern Abend wiedergutmachen.«

Sie verschränkte die Arme und lächelte vorsichtig. »Was macht dich da so sicher?«

»Du vertraust wirklich niemandem, oder?«

»Kann man mir das übelnehmen?«

»Eigentlich nicht. Ich vertraue den meisten Menschen auch nicht.« Ein teuflisches Funkeln trat in seine Augen. »Ich schlag dir einen Deal vor. Wenn dir nicht gefällt, was ich dir zeige, finde ich einen Grund, dich aus dem Vertrag zu befreien, und lass dich nach Oak Falls zurückfliegen.«

Sie riss die Augen auf. »Das kannst du nicht machen. Die Ankündigung ist gerade erst veröffentlicht worden.«

»Es gibt nichts, was ich nicht kann.«

»Aber ich könnte einfach so tun, als würde mir nicht gefallen, was du mir zeigst, und das würde deinem Bruder und seiner Band einen Albtraum bescheren.«

»Das würdest du nicht tun. So ein Mensch bist du nicht.«

Sie musste schlucken. Er hatte recht, aber trotzdem. Gerade noch hatte er ihr erzählt, dass er den meisten Menschen nicht vertraute, und nachdem sie so aneinandergeraten waren, warum sollte er ihr dann vertrauen? Ihm musste wirklich viel daran liegen, dass sie dieses geheimnisvolle Etwas sah. »In Ordnung. Du hast mich neugierig gemacht.«

Sie nahm ihre Gitarre und ihren Notizblock und folgte ihm hinauf in sein Penthouse. Er führte sie durch ein Labyrinth aus Zimmern und eine Treppe hinauf zu einer Außentür. Als er einen Code in eine Tastatur eingab, sagte er: »Das hier halten wir bitte unter dem Deckel, in Ordnung?«

»Apropos Deckel, danke, dass du Shea davon überzeugt hast, mich meinen Hut tragen zu lassen.«

»Ich mag dich mit dem Hut.« Er flirtete nicht. Er sagte es ernsthaft, so als wäre es eine wichtige Tatsache. Und als er die Tür öffnete und ihr mit »Nach Ihnen, Miss Montgomery« den Vortritt ließ, fühlte es sich tatsächlich so an.

Sie trat durch die Tür und traute ihren Augen nicht. Sie standen in einer riesigen Kuppel ganz aus weißen Sprossenfenstern, sogar das Dach war aus Glas. Kunstvolle Marmorböden schlängelten sich durch erstaunlich üppige Beete mit unterschiedlichsten Grünpflanzen und farbenfrohen Blüten. Vögel flogen über sie hinweg, zwitscherten ihre Willkommensmelodien und auf einer Seite des unglaublichen Raumes stand ein wunderschöner Baum.

»Wow! Was ist das hier?«

»Das ist mein Zufluchtsort, wenn ich dem Betondschungel entkommen will.«

»Die haben dir erlaubt, so etwas zu machen?«

»Tja, mir gehört das Hotel, also bin ich quasi *die*.« Er grinste.

»War ja klar«, sagte sie sarkastisch.

Doch als sie dem Weg durch die Beete folgten, verscheuchten die Schönheit und der Duft von Erde und frischerer Luft die negative Energie ihres Sarkasmus. Hinter einer grün bewachsenen Ecke vernahm sie das Plätschern von Wasser, und dann standen sie vor einem Wasserfall, der über Felsbrocken sprudelte und in einen Teich fiel, umgeben von blühenden Pflanzen. In der Mitte der Wasserfläche stand die unfassbar schöne Skulptur einer nackten Frau auf Zehenspitzen, die mit beiden Händen eine Erdkugel in die Höhe hielt. Ihre langen Haare lagen auf einer Seite und verdeckten die Brust. Jedes Detail war wunderschön herausgearbeitet, und ihr Körper wirkte ebenso stark, wie er mit den rundlichen Hüften und einem leichten gewölbten Bauch weich und weiblich wirkte. Sable ging um den Teich herum und stellte fest, dass die Rückseite der Skulptur einen Mann von hinten darstellte, so als wären beide zu einem einzigen Wesen verschmolzen. Seine Haare waren kurz, die muskulösen Schultern leicht nach vorne gezogen, und die starken Arme und Rückenmuskeln schienen unter dem Gewicht der Erdkugel ebenfalls angespannt zu sein.

»Die Skulptur ist unglaublich.«

»Danke. Ich habe sie entworfen und mein Kumpel Justin Wicked hat sie für mich angefertigt.«

»Du hast sie entworfen?« Sie konnte ihre Überraschung nicht verbergen.

Er zog die Augenbrauen zusammen. »Warum klingst du so überrascht?«

»Ich sehe dich wohl nicht so als den kreativen Künstler. Aber andererseits hätte ich auch nie gedacht, dass du so etwas hier hast.«

»Ich bin auch kein Künstler, aber ich mag Kunst.« Sie setzten sich wieder in Bewegung. »Ich würde hier in der Stadt den Verstand verlieren, wenn ich das hier nicht hätte.«

»Wirklich? Dir scheint es mit deinem edlen Lebensstil doch gut zu gehen.«

»Geht es mir auch. Aber ich bin nicht eindimensional. Manchmal muss ich einfach mal durchatmen.«

Du steckst voller Überraschungen! »Dann bist du ja doch menschlich«, stichelte sie scherzhaft. »Was für eine Bedeutung steckt in der Skulptur? Sie ist ziemlich ausdrucksstark.«

Er zuckte mit den Schultern. »Familie. Niemand trägt seine Last allein.«

»Du anscheinend doch.«

»Und du auch«, erwiderte er.

Immer wenn sie dachte, sie könnte einen Blick hinter die Festungsmauern von Kane Bad erhaschen, drehte er das Gespräch herum oder machte dicht. Jetzt wusste sie, wie es anderen mit ihr erging. »Stellst du dir deine Familie immer nackt vor?«

»Die beiden sollen nicht unbedingt meine Familienmitglieder darstellen. Es ist eher ein allgemeines Konzept. Kunst soll schön sein. Aber wir sind nicht hier, um meine Skulptur zu interpretieren. Wir sind hier, um deine kreative Ader in Gang zu bekommen.« Er führte sie durch das Labyrinth von Beeten hin zu einer gemütlichen Sitzecke und deutete auf die Bänke. »Glaubst du, es hilft deiner Kreativität, wenn du hier bist?«

Sie hätte gerne mehr über ihn erfahren, doch sie beschloss, nicht zu sehr zu drängen, denn diese Seite von ihm gefiel ihr. »Mit Sicherheit. Brauchst mich also nicht nach Hause schicken.« Selbst wenn es sie nicht beeindruckt hätte, was er ihr zeigte, hätte sie sein Angebot, auszusteigen, nicht angenommen. Das hätte sie ihren Freunden niemals angetan.

Nachdem sie es sich auf einer Bank bequem gemacht hatte, nahm er sein Handy heraus und fing an, auf dem Bildschirm herumzutippen und zu wischen. Die Glasfronten wurden dunkler, die Lichter erloschen langsam und gedimmte Lampen im Boden beleuchteten die Wege. Plötzlich wurde die Decke wie ein Planetarium zum Leben erweckt und Hunderte winzige funkelnde Sterne und atemberaubende Blau-, Lila- und Rosatöne tauchten über ihnen auf.

Sable war von Ehrfurcht ergriffen. Sie hatte nicht mehr das Gefühl, mitten in einer lauten, übervölkerten Stadt festzusitzen, sondern auf einem Feld zu Hause, wo die Nächte friedlich und die Ruhe unendlich war. Sie wollte etwas sagen und bekräftigen, wie dankbar sie war, dass Kane diesen wundervollen Ort mit ihr teilte. Doch während solche Gedanken aus dem Mund ihrer Geschwister vollkommen normal klangen, würden sie sich bei ihr wahrscheinlich ebenso verkrampft anhören, wie sie sich anfühlten. Stattdessen fiel sie zurück in ihre Komfortzone. »Guck mal einer an, du nutzt dein Geld also auch für Gutes und nicht nur für Schlechtes.«

»Ich hab so meine Momente. Woran hast du in deiner Suite gearbeitet, dass du so frustriert warst?«

»Nur an einem Song, den ich nicht hinkriege.«

Er stützte sich mit den Ellbogen auf den Knien ab und sah sie nachdenklich an. »Lass mal hören, was du bisher hast.«

»Nur ein paar Zeilen, die in etwa so gehen …« Sie schaute zu den Sternen hinauf, um nicht seinem allsehenden Blick zu begegnen, und sang leise.

>*Du kannst weglaufen, dich aber nicht verstecken*

Vor den Menschen und den Lichtern

Du kannst den Schmerz verbergen, alles mitmachen

Doch die Mauern kommen näher und du kletterst hinauf

Verlierst den Halt

Verlierst den Verstand

Verlierst dein Leben im Blitzlichtgewitter.«

Sie musste schlucken. Dass die Worte so persönlich klingen würden, darauf war sie nicht gefasst gewesen, aber es kam ihr so vor, als hätte man sie ihr direkt aus dem Herz gerissen.

Er lehnte sich zurück und sah sie ernst an. »So hast du dich heute gefühlt?«

Eine Lüge lag ihr auf der Zunge, doch die Wahrheit kam heraus: »So in etwa.«

Er sagte lange nichts und die Muskeln in seinen Kiefern

zuckten, sodass sie sich innerlich darauf gefasst machte, als undankbar bezeichnet zu werden oder vorgehalten zu bekommen, wie hilfreich diese Gelegenheit für sie und ihre Freunde war.

»Für diesen Text brauchst du einen intensiven und aufwühlenden Rhythmus.« Er streckte den Arm aus. »Darf ich deine Gitarre mal haben?«

»Du spielst?« Sie gab ihm das Instrument, was sie ebenso sehr verwunderte wie die Tatsache, dass er ihr keine Vorhaltungen machte.

»Wie gesagt, ich bin nicht eindimensional. Ich spiele ein, zwei Instrumente.«

Er nahm die Gitarre auf den Schoß und spielte zunächst eine normale Akkordfolge, bis er von Dur auf Moll wechselte. Ihr stockte der Atem. Der Gegensatz von Dur- und Mollakkorden sorgte für eine Komplexität und eine gefühlsmäßige Veränderung. Das Konzept war so einfach. Und es wurde ständig benutzt. Wieso hatte sie das nicht auf dem Schirm gehabt? Es war perfekt, um den Song von der wütenden Kraft hin zu melancholischer Selbstwahrnehmung zu transportieren.

»Das ist es!«, rief sie aus. »Genau das braucht der Text. Spiel weiter.« Sie sang den Refrain, und während er spielte, fielen ihr weitere Liedzeilen ein. »Ich hab noch nicht den perfekten Text, aber ich hab etwas.« Sie las vor, was sie schrieb. »Ich hab so viele Jahre damit verbracht, einen Plan für mein Leben zu machen, doch er entgleitet mir.«

»Was fühlst du? Willst du schreien? Weinen?«

»Es ist, als bekäme ich keine Luft. Ich will rufen *Komm zurück! Bleib verdammt noch mal hier! So kann ich nicht atmen.*«

»Das ist gut. Mach weiter«, ermutigte er sie, während er spielte. »Was machst du jetzt? Wohin gehst du?«

Sie versuchte, die Frage in Gedanken zu beantworten, aber genau das war das Problem. Es gab keine Antwort, und die Fragen wurden zum Songtext. »Wohin gehe ich? Wann hört es auf?« Hektisch hielt sie die Worte auf dem Blatt Papier fest.

»Wie entkommst du dem Leben im schönen Schein?«, schlug er vor.

»Ja!« Sie schrieb es auf. »Aber nicht alles ist schlecht. Auf der Bühne fühle ich mich stark. Unbesiegbar.« Sie notierte weiter, wie sie sich fühlte. »Die Musik übernimmt die Führung und mein Selbst verblasst.«

»Eine Stimme im Licht«, sagte er.

»*Nur Finger auf den Saiten. Ein Wunder, dass ich überhaupt etwas bin.*« Sie sah Kane an und die Begeisterung brodelte in ihr. »Das ist richtig gut. Kannst du schneller spielen?«

Er lächelte und intensivierte den Rhythmus.

»Macht es dir nichts aus, das hier mit mir zu machen? Musst du nicht irgendwo anders sein?« Sie konnte kaum fassen, wie sehr sie hoffte, dass er keine anderen Verpflichtungen hatte. Nicht nur, weil er ihre kreative Quelle freigelegt hatte, sondern auch weil sie es genoss, mit ihm ihre Gedanken anzukurbeln, ihn spielen zu hören, zu sehen, was hinter seinen Schutzmauern lag, und weil sie es sich selbst zugestand, auch ihre Mauern bröckeln zu lassen.

»Mir macht es Spaß und ich habe den ganzen Abend Zeit.«

Von Glück erfüllt redete sie aufgeregt weiter, erzählte ihm, welche Liedzeilen ihr einfielen, schrieb sie auf und strich einige wieder durch. Kane machte Vorschläge, spielte schneller oder wütender, um anschließend wieder in einen langsamen Rhythmus zu fallen und so wunderbar die emotionalen Wogen, die sie empfand, aufzunehmen. Sie wusste nicht, wie lang sie an dem Song gearbeitet hatten, doch als sie fertig waren, hatte sie mehrere Seiten Notizen und eine ganz neue Wertschätzung für Kane gewonnen.

»Du hast deinen Beruf verfehlt.« Sie legte ihren Notizblock beiseite. »Ich war seit Ewigkeiten nicht mehr so inspiriert.«

»Das warst du ganz allein, meine Süße. Ich hab nur aufgegriffen, was du gesagt hast.«

»Das hätte ich ohne diesen Ort und ohne dich nicht geschafft. Ich war zu frustriert. Es war, als versuchte ich, aus einem brennenden Flugzeug zu springen, aber ich konnte keinen sicheren Ort zum Landen finden.« Sie sah ihm in die Augen und die Energie zwischen ihnen fühlte sich warm und verwirrend an. Doch es war nicht die drängende, brennende Hitze, die ihr Beisammensein der vergangenen Nacht beherrscht hatte. Das hier war anders, echter, einnehmender, eine Bindung eher als eine Herausforderung. Das machte sie etwas nervös. »Ich fasse es immer noch nicht, dass ich nicht an so etwas Einfaches wie einen Wechsel zwischen Moll- und Durakkorden gedacht habe.«

»Du hast festgesteckt und zum ersten Mal erlebt, wie dein Leben von der Öffentlichkeit vereinnahmt wird.« Leise strich er weiter über die Saiten. »Es ist nicht ungewöhnlich, dass man etwas scheinbar Offensichtliches übersieht, wenn man eine schmerzhafte Phase durchlebt.«

»Was weißt du denn davon? Du scheinst jemand zu sein, der sich von allem freikaufen kann.«

»Ich weiß zu viel davon, um ehrlich zu sein.« Er legte die Gitarre flach auf seinen Schoß. »Es gibt Dinge, die sind mit Geld nicht zu regeln.«

»Zum Beispiel?«

Er schwieg eine Weile, und gerade als sie sich fragte, ob er antworten würde, sagte er: »Ich weiß nicht, ob Jillian dir von meiner Mutter erzählt hat, aber sie ist zwei Mal an Krebs erkrankt.«

Der Schmerz in seiner Stimme erfasste auch sie, und so drehte sie sich auf der Bank ihm weiter zu und schenkte ihm ihre ganze Aufmerksamkeit. »Nein, das hat sie nicht. Kane, das tut mir so leid. Ich hätte nicht so hochmütig daherreden dürfen. Wird deine Mutter wieder gesund?«

»Ja.« Nun legte er die Gitarre auf den Boden und wandte sich ihr mit einem Gesichtsausdruck zu, der so viele Emotionen enthielt, dass sie sie förmlich spüren konnte. Ein Riss in seiner für gewöhnlich stählernen Fassade. »Vor ein paar Wochen wurde sie operiert und ist jetzt wieder krebsfrei. Hoffentlich bleibt es so.«

Am liebsten wäre sie durch diesen Riss gekrochen und hätte sich mit diesem Teil von ihm, den er vor allen anderen verbarg, verbarrikadiert. »Ich weiß nicht, was ich sagen soll. Ich hatte keine Ahnung, dass ihr so etwas durchmacht.«

»Wir konnten es vor der Presse geheim halten, aber ich habe es dir nicht erzählt, um Mitleid zu erhaschen. Du solltest nur wissen, dass ich verstehe, wie leicht es ist, Dinge aus den Augen zu verlieren, die einem sonst selbstverständlich sind, wenn deine Welt gerade auf den Kopf gestellt wurde. Mir ist in der schlimmsten Phase der Krankheit meiner Mutter ein sehr großes Geschäft durch die Lappen gegangen, und das nur aufgrund eines dämlichen Fehlers, den ich ansonsten nie gemacht hätte.«

»Ich weiß gar nicht, wie du dich bei all dem auf deine Geschäfte konzentrieren konntest. Wäre es meine Mutter gewesen, wäre ich am Boden zerstört gewesen.«

»War ich auch, aber das sieht bei mir anders aus.«

»Wie sieht es denn aus?«, fragte sie behutsam.

»Nicht so, dass man es von außen erkennt. Ich habe das

Gefühl, in der Hinsicht sind wir uns ähnlich.«

Er hatte ja keine Ahnung, wie recht er hatte.

Sein Handy ertönte. »Entschuldige.« Er zog es heraus, und während er die Nachricht las, konnte sie beobachten, wie der Riss sich wieder schloss. »Wurde auch Zeit.«

»Eine Einladung zu einem Schäferstündchen?«, scherzte sie, um die Stimmung aufzuheitern.

»Nein, du Besserwisserin.« Amüsiert schaute er kurz auf, bevor er eine Antwort tippte. »Meine jüngste Schwester Aria. Sie arbeitet als Tattoo-Künstlerin auf Cape Cod, und ich sollte einen Kunden von ihr überprüfen, der sie eingeladen hat.«

»Lass mich raten. Er ist ein Idiot und du hast ihn außer Gefecht setzen lassen.«

»Nein«, widersprach er amüsiert. »Der Kerl schien harmlos zu sein, und ich hatte einen Kumpel in der Nähe, der ein Auge auf sie haben sollte, nur für den Fall …«

»Das klingt wie etwas, das ich machen würde.«

»Dann verstehst du ja, warum ich sie gefragt hab, wie das Date war, anstatt ihr zu sagen, dass ich weiß, dass sie gar nicht da war.« Wieder ertönte der Benachrichtigungston seines Handys. Er las, fluchte und schickte eine Antwort.

»Klar, aber warum hat dich ihre Antwort denn gerade so sauer gemacht?«

»Ich bin nicht sauer, ich mache mir Sorgen. Aria leidet an einer Angststörung, und die Einladung zu einem Date anzunehmen, war für sie ein großer Schritt. Die Tatsache, dass sie nicht gegangen ist, weil ihre Angst so groß war, ist das Problem. Sie ist sechsundzwanzig und ein wundervoller Mensch. Sie hat es verdient, ein erfülltes Leben zu führen. Es macht mich fertig, dass ihre Ängste sie nach all diesen Jahren noch immer beeinträchtigen.«

Die Sorge in seiner Stimme versetzte ihr einen Stich. »Das Gefühl kenne ich.«

Er legte fragend den Kopf zur Seite.

»Meine jüngere Schwester Amber leidet an Epilepsie, und sie hat ein wirklich vorsichtiges Leben geführt, bevor sie ihren Mann Dash kennengelernt hat. Du hast die beiden vor einiger Zeit auf einer Wohltätigkeitsveranstaltung kennengelernt.«

»Ich erinnere mich an sie. Amber ist sehr hübsch, dunkelhaarig, oder? Sehr lieb und eher ruhig?«

»Genau, das ist sie. Sie ist die Allerliebste von uns.«

»Hat sich jetzt etwas für sie verändert?«

»Sehr viel sogar. Sie wird immer vorsichtig sein und ein ruhigeres Leben als die meisten von uns führen. So ist sie einfach. Aber Dash hat eindeutig ihren Horizont erweitert. Er schafft es, dass sie öfter rausgeht und das Leben genießt, und sie ist unglaublich glücklich. Aber es hatte seinen Preis, es bis dahin zu schaffen. Schon früh in ihrer Beziehung hatte sie zwei Anfälle. Ich kann nicht behaupten, dass sie durch ihr Ausbrechen aus ihrer Isolation ausgelöst wurden. Es könnte ein Zufall gewesen sein, aber sie hatte tatsächlich das erste Mal in ihrem Leben großartigen Sex und nur wenig Schlaf, also wer weiß. Seitdem sie medikamentös neu eingestellt worden ist, hat sie keine Anfälle mehr gehabt.«

»Das ist gut. Und ich wette, dass du dir immer Sorgen um sie machen wirst.«

»Mit Sicherheit. Siehst du Aria oft?«

»So oft wie möglich, und wir telefonieren jede Woche. Zeke, ihr bester Freund, passt auf sie auf, und er würde mich informieren, wenn etwas nicht in Ordnung ist. Aber – wie bei deiner Schwester – die Sorge ist immer da.«

»Ich mache mir Sorgen um all meine Schwestern und um

Axsel.«

»Das dachte ich mir. Wir sind aus dem gleichen Holz geschnitzt. Ich mach mir auch Sorgen um Harlow und Johnny. Du weißt ja, was John passiert ist, und Harlow arbeitet als Schauspielerin in L. A. Du kannst dir nicht vorstellen, mit was für Idioten sie zu tun hat.«

»Nach allem, was ich heute erlebt hab, kann ich mir ein ziemlich gutes Bild davon machen.«

»Ja, wahrscheinlich.« Er streckte den Arm auf der Rückenlehne der Bank aus und berührte ihren zerschlissenen Ärmel. »Weißt du … Mit all diesem Erfolg wirst du dir wahrscheinlich einen Pullover ohne Löcher leisten können.«

»Halt den Mund.« Sie lachte. »Meine Zwillingsschwester hat ihn mir vor langer Zeit geschenkt. Das ist mein Lieblingspullover, und ich werde ihn tragen, bis er vollkommen auseinanderfällt.«

Amüsiert funkelten seine Augen. »Kann mir gar nicht vorstellen, dass es zwei von deiner Sorte geben soll.«

»Du sagst es so, als sei das etwas Schlechtes.«

»Beängstigend, nicht schlecht«, scherzte er.

»Das einzig Beängstigende an Pepper ist ihre Genialität. Sie ist Wissenschaftlerin und entwickelt medizinische Geräte für Menschen mit Einschränkungen.«

»Also seid ihr beide schlau und kreativ.«

»*So* schlau bin ich nicht.«

»Und ob du das bist.« Er strich über ihren Arm und schaute ihr dabei weiter tief in die Augen. »Aber ich bewundere deine Loyalität.«

»Sagt der Mann, der alles stehen und liegen gelassen hat, um das Management seines Bruders zu übernehmen. Hast du nicht Millionen andere Firmen zu führen?«

»Ja, aber keine davon ist wichtiger als die Familie.«

Er traf heute Abend gleich mehrere Nerven und näherte sich immer mehr einer gefährlich erregend heißen Zone. Er nahm ihre Hand, und mit seinem bohrenden Blick weckte er das Verlangen, das sie zu leugnen versucht hatte.

»Wir beide sind gar nicht so unterschiedlich.« Er schwieg, als wollte er das Gesagte sacken lassen, und das tat es. *Sehr tief.* »Können wir auf das zurückkommen, was du in Bezug auf all die Veränderungen empfindest, die im Moment stattfinden?«

Sie wollte nicht darüber reden, aber er hatte ihr gerade einige sehr persönliche Dinge anvertraut, also stimmte sie zu. »Denke schon.«

»Meiner Erfahrung nach kann Erfolg sich auf zwei unterschiedliche Arten auswirken. Entweder jemand geht vollkommen darin auf und wird danach süchtig oder er zieht sich zurück. Ich muss mich bei dir entschuldigen. Ich dachte, deine Ansichten könnten sich ändern, sobald du erst einmal in den Genuss von Erfolg gekommen bist. Es tut mir leid, dass diese Entscheidung dir zusetzt.«

Sie musste schlucken, um gegen die Gefühle anzukämpfen, die sich in ihr zusammenbrauten. »Ist es das, was dir passiert ist? Bist du süchtig nach der aufregenden Erfahrung geworden, Geld zu haben und den Auftrieb für das Ego zu genießen, der damit einhergeht?«

»Mir ist nichts *passiert.* Ich hatte das Ziel, ein Imperium zu gründen, und das hab ich gemacht. War ich süchtig nach dem Erfolg? Wahrscheinlich.« Sein Daumen strich langsam und beruhigend über ihren Handrücken. »Aber das Einzige, nachdem ich jetzt süchtig bin, bist du. Du bist wie eine Droge, die ich meiden sollte, aber ich kann nicht widerstehen.«

Es war gut zu wissen, dass er ebenso haderte wie sie, und sie wusste, dass sie mit dem Feuer spielte, aber sie wollte nicht aufhören. »Das Gefühl kenne ich.«

Er lehnte sich näher zu ihr herüber, seine Augen wurden noch dunkler. »Heute hätte ich fast einen Mann zusammengeschlagen, weil er sich darüber ausließ, wie gern er dich vögeln würde.«

»Echt?« Seine instinktive Reaktion turnte sie an. »Das ist irgendwie heiß.«

Er lachte kurz auf. »Das ist verrückt. Ich bin fast vierzig und kein dummer Junge mehr, der seine Emotionen nicht in Schach hält, und trotzdem hab ich irgendeinen Blödmann an die Wand gedrückt und wollte am liebsten auf ihn eindreschen.« Seine kräftige Hand legte sich in ihren Nacken und zog sie näher an ihn heran. »Keine Ahnung, was du mit mir angestellt hast, aber mein Mund verzehrt sich nach dir.«

»Worauf wartest du?«

Seine Lippen verschmolzen mit ihren zu einem himmlischen Kuss. Jeder Schlag seiner Zunge lockte sie tiefer in seinen sexuellen Strudel. Sie lehnte sich vor, wollte mehr. Er legte den Arm um sie, zog sie über die Bank und hob sie auf seinen Schoß. Sie rieb sich an ihm, wollte in ihm verschwinden. Sie spürte seine Länge hart und aufdringlich an ihrem Hintern. Ihre Haut kribbelte vor Begierde, von den Fingerspitzen bis hin zu ihren Zehen und überall dazwischen. Er umfasste ihre Brust, und mit der anderen Hand zog er ihren Kopf an den Haaren zurück, um sie mit loderndem Blick anzusehen.

Sie sehnte sich nach mehr, wollte aber Wort halten. »Ich lande heute Abend nicht mit dir im Bett.«

»Da hast du Glück. Wir brauchen kein Bett für das, was mir vorschwebt.«

Er zog sie zu einem weiteren glühend heißen Kuss an sich und brannte sich durch ihre Entschlossenheit *und* ihren Slip hindurch.

Dreizehn

Am Donnerstagabend saß Kane am Kopf des Konferenztisches im Sitzungszimmer von Bad Enterprises, umgeben von seinen wichtigsten Rechtsexperten und Managern des Bereichs Unternehmenskauf. Die Videokonferenz mit den Eigentümern und dem juristischen Beistand der australischen Hotelkette, die er erwerben wollte, lief seit einer Stunde. Von den Feinheiten der Übernahme, die die Rechtsvertreter besprachen, hatte Kane kaum ein Wort mitbekommen. Sein sonst im Hyperfokusmodus arbeitendes Geschäftshirn lag vollkommen brach, und das hatte er der scharfzüngigen, erotischen Frau zu verdanken, mit der er die letzten drei Nächte verbracht hatte.

Erinnerungen daran suchten ihn heim. Bilder von Sables umwerfenden Augen, die ihn voller Glut ansahen, wenn er unanständige Dinge sagte. Ihr zufriedenes Lächeln, das unweigerlich wieder herausfordernd wurde. Als er sie am Dienstagabend auf dem Balkon mit ihrer Gitarre gehört hatte, hatte er alles versucht, um nicht zu ihr nach unten zu gehen, weil sie sich am Abend zuvor so unschön getrennt hatten. Aber er hatte so ein schmerzhaft tiefes Verlangen danach gehabt, sie wiederzusehen. Als sie diese herzzerreißenden Zeilen gesungen hatte, war er bemüht gewesen, die Hände bei sich zu halten und einfach nur für sie da zu sein, doch je mehr sie geredet hatten, umso größer war das Verlangen geworden, ihr näher zu sein. So viel wusste er nicht über sie, aber ihm war klar, dass sie körperliche Berührungen nutzte, um schmerzhaften Emotionen zu entkommen, ebenso wie er, und so war ihr Zusammenkommen einer Explosion gleichgekommen. Und genauso war es gestern Abend gewesen, als er sich per Textnachricht erkundigt hatte, wie es mit ihrem Song voranging, einfach nur weil er sich nach Kontakt gesehnt hatte. Eine Nachricht hatte zur nächsten geführt, und am Ende hatte er mit der Tasche voller Kondome wieder an ihre Tür geklopft. Später hatte er den fatalen Drang verspürt, einfach in ihrem Bett zu bleiben und die ganze Nacht um ihren weichen zufriedenen Körper geschlungen zu verharren.

Doch so etwas war das zwischen ihnen nicht, daher hatte er sich dazu durchgerungen, um vier Uhr nachts zu gehen, während sie schlief.

Er hatte keine Ahnung, was genau das zwischen ihnen war, doch er blieb nie über Nacht bei einer Frau. Zumindest hatte er das seit Collegezeiten nicht mehr getan, und er hatte keinerlei Interesse daran, sich jemals wieder anfällig für einen derartigen Liebeskummer zu machen. Deshalb hatte er Sable auch gesagt, dass er sie heute Abend nicht sehen konnte. Sie ging ihm schon viel zu sehr unter die Haut und entfachte eine Besessenheit, die er unbedingt bezwingen musste.

Aber er verspürte so ein verdammt schmerzhaftes Verlangen danach, sie zu sehen.

Nervös wippte er unter dem Tisch mit dem Bein. Nach einem diskreten Blick auf die Uhr biss er die Zähne zusammen, um gegen das wachsende Bedürfnis anzukämpfen, sie ein letztes Mal zu sehen, zu berühren, sie zu kosten. Morgen fuhr sie mit ihrer Band zurück nach Oak Falls und er saß noch mindestens zwei Stunden in diesem Meeting fest. Dabei könnte er in diesem Moment ihrem nackten Körper huldigen und hören, wie sie mit ihrer Whiskey-Stimme um mehr bettelte. Ihre Stimme war zu einer seiner größten Versuchungen geworden – von ihrem rauchigen Lachen ganz zu schweigen.

Noch einmal versuchte er, sich auf die Besprechung zu konzentrieren, doch die Geschäfte verblassten im Vergleich zu seinem intensiven Begehren.

Egal, verdammt.

Er stand auf und zog alle Blicke auf sich. »Tut mir leid, aber ich fürchte, ich muss dieses Meeting frühzeitig beenden.« Die Mühe, einen Grund zu nennen, machte er sich nicht, und es fragte ihn auch niemand danach, schließlich war er der Mann, der hinter dem riesigen Imperium Bad Enterprises stand. »Meine Assistentin wird morgen früh einen neuen Termin ansetzen. Ich bin mir sicher, Sie können in meiner Abwesenheit noch einige Aspekte klären.«

Er verließ den Raum – in Gedanken bei der einzigen Frau außerhalb seiner Familie, die ihn jemals von dem Unternehmen abgelenkt hatte, das er sein Leben lang aufgebaut hatte.

Auf der Fahrt ins Hotel wütete ein regelrechter Sturm in seinem Kopf. Als er schließlich an Sables Tür klopfte, war er davon überzeugt, den Verstand verloren zu haben. Doch dann öffnete sie die Tür, eingewickelt in ein Handtuch, die Haare tropfnass und die Haut feucht glänzend, und sah so frisch und umwerfend aus wie bei ihrer allerersten Begegnung, bei der sie aus ihrem kirschroten Pick-up gestiegen war. Und da war es ihm verdammt noch mal egal. Wenn das Wahnsinn war, dann wollte er nie wieder bei Verstand sein.

»Kane«, hauchte sie, und ihre Wangen erröteten, als wäre sie eine Katze, die mit einem Kanarienvogel im Maul erwischt wurde. »Ich dachte, du wärst den ganzen Abend in einer Besprechung und beschäftigt.«

Ihr verführerisches Lächeln zog ihn an. »Das Einzige, womit ich mich beschäftigen möchte, bist du.«

Ein Feuer flammte in ihren Augen auf, als sie beiseitetrat und ihm die Einladung gab, die er sich wünschte. Er lockerte die Krawatte und knöpfte den Hemdkragen auf, während er die Suite betrat. Sie schloss die Tür hinter ihm und sah ihm in die Augen. Was für ein atemberaubender Anblick!

Mit dem Finger strich er den Saum ihres Handtuchs entlang. »Hast du an mich gedacht, sexy Lady?«

»Das würdest du wohl gern wissen«, antwortete sie frech.

»Das weißt du genau.« Seine Hand glitt an ihrem Oberschenkel hinauf. »Wie oft hast du an meinen Schwanz gedacht, den du gestern Abend so verwöhnt hast?«

Sie kniff die Augen ein wenig zusammen, doch die Wahrheit konnte sie nicht verbergen, selbst als sie sagte: »Kein einziges Mal.«

»Hast du es dir unter der Dusche besorgt, während du daran gedacht hast, wie ich dich auf dem Sofa genommen hab?«

Sie hob das Kinn. »Nein.«

»Du bist so eine schlechte Lügnerin.« Er schob die Hand unter ihr Handtuch, strich über ihre feuchte Mitte und wurde mit einem bedürftigen Seufzer belohnt. »Weißt du denn nicht, dass du nicht verbergen kannst, wie sehr du mich willst?« Er drückte sie gegen die Wand, rieb mit dem Daumen über ihre

Perle und ließ sie vor Begehren keuchen.

»Vielleicht hab ich an jemand anderen gedacht.«

»Und vielleicht bin ich Peter Pan.« Er knabberte an ihrer Unterlippe und zog sanft daran. »Wir wissen beide, dass niemand außer mir dafür sorgen kann, dass du dich so gut fühlst.« Er drang mit den Fingern in sie ein und ihr Stöhnen ließ ihn sofort hart werden. »Sag die Wahrheit, und ich gehe sofort auf die Knie und besorg es dir so heftig, dass du sogar deinen Namen vergisst.«

Sie schloss herausfordernd den Mund.

»Du dickköpfiges kleines Luder.« Das war eines der Dinge, die er am meisten an ihr mochte. Er zog die Finger heraus und sie atmete laut aus. »Ich spiele keine Spielchen.« Er drehte sich um und streckte die Hand nach dem Türgriff aus.

»Warte!«

Braves Mädchen. Er schaute über die Schulter.

»Na gut! Ich hab unter der Dusche an dich gedacht. Und jetzt komm her.«

Ohne den Blick von ihr zu lösen, zog er Hemd und Krawatte aus und warf beides auf den Boden. Sie sah zu, wie er seine Hose öffnete und seine Härte umfasste, und ließ die Zunge über ihre Lippen gleiten, während er ein paar Mal fest über seine Länge strich. »Erzähl, Baby.« Er zog sich ganz aus und packte wieder seine Härte. »Wie oft hast du es dir heute selbst besorgt, während du an mich gedacht hast?«

»Wie oft hast *du* es dir besorgt, während du an *mich* gedacht hast?«, fragte sie zurück.

»Ich hab zuerst gefragt, Panthera.«

»Das Spiel können zwei spielen.« Sie ließ das Handtuch zu Boden fallen und glitt mit den Händen über ihre wunderschönen Brüste, wobei sie sinnlich stöhnte.

Er biss die Zähne zusammen, als sie eine Hand zwischen ihre Beine schob und ihn mit ihren verführerischen grünen Augen lockte. »Fuck!« Er strich schneller über seine Länge und beobachtete, wie ihre Finger feuchter wurden und auch sie in ihren Bewegungen schneller wurde. »Das könnte mein Mund sein.«

»Und deine Hand könnte mein –«

Ihre Stimme verlor sich in einem gnadenlos intensiven Kuss. Sie waren gierig, ihre Küsse feucht und drängend, bis er sich kurz losriss, um ein Kondom aus seiner Hose zu holen und es eilig aufzureißen. Sie küsste ihn auf die Brust und biss in seine Haut, während er sich das Gummi überstreifte.

»Verdammt, das fühlt sich gut an.«

Er griff in ihre Haare, zog ihren Kopf zurück, um ihren Mund erneut zu erobern und sie dann hochzuheben. Sie schlang die Beine um ihn, ließ sich auf seine Härte sinken und jagte spannungsgeladene Blitze durch ihn hindurch. Beide wurden ungestümer, küssten, bissen sich und krallten sich aneinander fest, während sie auf seiner Länge ritt. »So verdammt eng. So perfekt.« Die Wand an ihrem Rücken gab ihnen Halt, als er so heftig in sie stieß, dass sie aufschrie. Die Hitze brodelte in seinem Unterleib und ließ seine Begierde nur noch größer werden. Er packte ihren Hintern und strich mit den Fingern an ihrer Mitte entlang, um dann mit ihrem Saft ihre engste Öffnung zu reizen. Mit Feuer in den Augen riss sie ihren Mund von ihm los. »Gefällt dir das, Baby? Soll ich dich da vögeln, während ich in dir bleibe?«

»Oh, ja!« Ihr Mund prallte auf seinen, als er den Finger in ihren Hintern schob. So eng zog ihre Mitte sich um ihn zusammen, dass er fluchte, die Hüfte nach vorne stieß und seinen Finger spielen ließ, bis sein Name aus ihr herausbrach und eine endlose Flut von Flüchen aus ihm. Er spannte sich an, um noch nicht zu kommen, während sie ihre Ekstase genossen und ihre sündigen Laute seine Erregung noch verstärkten. Begehren schwoll in ihm an wie Lava kurz vor dem Ausbruch. Als sie in seinen Armen weich wurde, verschloss er ihren Mund mit seinem, rauer und besitzergreifender, um sie beide gleich wieder an den Rand des Rausches zu treiben, sie dort zu halten, langsamer zu werden und jede Empfindung noch zu verstärken, während sie auf seiner Härte auf und ab glitt.

»Kane! Oh mein Gott! Schneller!«

Diese Stimme war genau das, wonach er sich sehnte, denn darin lag das Begehren, nach dem er sich verzehrte. Erinnerungen an ihr lusterfülltes Flehen hatten ihn durch den Tag begleitet, und er hatte es nicht eilig, es enden zu lassen. »Nein, verdammt!«, stieß er aus. »Das hier ist unsere letzte Nacht und ich will es nicht überstürzen.«

Noch einmal küsste er sie, tief und langsam, um möglichst lange zu genießen und jede Sekunde in sich aufzusaugen. Doch sie fühlte sich zu gut an, die bedürftigen Laute, die sie von sich gab, waren zu verlockend. Das Verlangen brannte ihm unter der Haut, schlängelte sich durch seine Adern, wie eine Schlange, die den Weg in die Freiheit suchte. »Bitte!«, bettelte sie. Ihre Fingernägel gruben sich in seine Haut. Er stieß schneller und ihre Oberschenkel legten sich noch fester um ihn, während ihr ganzer Körper bebte. Immer wieder sog sie laut die Luft ein und ritt ihn, als hätte sie nie etwas anderes getan. »Gleich ... Oh Gott ... Kane!«, schrie sie, laut und hemmungslos, und brachte ihn damit auch um seine Beherrschung. Die Welt wirbelte um sie herum, ihre Körper stießen und drängten in ihrem ganz eigenen zügellosen Rhythmus.

Als sie dieses Mal in seinen Armen zusammenbrach, an

seinem Hals keuchte, war er bei ihr und ihrer beider Körper zuckten in den abebbenden Wogen. »Verdammt, du kleines Biest.« Er küsste sie auf die Wange und vergrub die Nase in ihren Haaren, um sie tief einzuatmen. »Was zum Teufel machst du mit mir?«

Sie hob das Gesicht, die Augen nur halb geöffnet und ein zufriedenes Lächeln auf den Lippen. »Dich für Sex benutzen, was sonst?«

»So unverschämt und so verdammt schön.« *Du bist eine gefährliche Frau.* »Zum Glück sind wir uns noch immer einig.« Er trug sie ins Schlafzimmer, und versuchte sich selbst davon zu überzeugen, dass das noch immer der Wahrheit entsprach, als er sie aufs Bett legte. »Nicht bewegen.«

»Als würde ich irgendwohin gehen, wenn du nackt bist! Ich weiß, wozu Big Daddy in der Lage ist, und ich bin eine junge Frau mit Bedürfnissen.«

Wie konnte eine so toughe Frau so bezaubernd sein? Er küsste sie intensiv, um die Worte in seinem Kopf – *Heute gehören du und deine Bedürfnisse nur mir* – zum Schweigen zu bringen, ging dann ins Badezimmer und entledigte sich des Kondoms.

Als er zurückkehrte, lag sie mit einem Arm über dem Kopf und geschlossenen Augen da, als bereitete ihr nichts auf der Welt Kummer. Doch er wusste, dass sie große Sorgen hatte. Sorgen, für die er verantwortlich war. Der Drang, sie in die Arme zu nehmen und ihr zu sagen, dass alles gut werden würde, war so stark … Ein Klopfen an der Tür riss ihn aus seinen Gedanken.

All seine Muskeln spannten sich an. Er tröstete nicht und beruhigte auch niemanden. Er vögelte, und er war bei Weitem noch nicht fertig damit, ihr die Sorgen aus dem Leib zu vögeln.

Sables Blick traf auf seinen und sorgte für diesen mittlerweile vertrauten Schmerz in seiner Brust. Er bemühte sich, ihn zu ignorieren, und sagte: »Erwartest du jemanden?«

»Nachtisch. Ich dachte mir, da du die Rechnung übernimmst, könnte ich meinen letzten Abend im Luxus genauso gut genießen.«

»Rühr dich nicht vom Fleck.« Er wickelte sich ein Handtuch um die Taille und ging zur Tür.

Nachdem er sein Portemonnaie geholt hatte, gab er dem Kerl, der das Dessert gebracht hatte, ein Trinkgeld. Auf dem Weg zurück ins Schlafzimmer hob er die silberne Haube vom Teller, um zu sehen, was sie bestellt hatte. Schokomousse-Kuchen mit extra viel geschlagener Sahne. *Perfekt.* Als er zurückkam, stand Sable neben dem Bett – bereit für den Nachtisch. Witzig. Genau danach stand auch ihm der Sinn.

»Ich hatte dir doch gesagt, dass du dich nicht vom Fleck rühren sollst.« Er stellte das Tablett auf das Tischchen neben dem Bett und legte das Portemonnaie daneben.

»Ich musste mich etwas sauber machen.« Sie steckte den Finger in die Schlagsahne. Als sie ihn ablecken wollte, packte er sie am Handgelenk.

»Ich werde meine Freude daran haben, dich wieder einzusauen.« Er führte ihren Finger in seinen Mund, ließ die Zunge darum kreisen und saugte die Sahne weg. »Mmh.« Er tauchte nun ebenfalls seinen Finger in die Sahne und schaute ihr tief in die Augen, als er ihn über ihr Dekolleté gleiten ließ. Dann malte er Schlagsahne und Schokolade über die Erhebung einer Brust und um ihren Nippel. Demselben Pfad folgte er mit dem Mund, was mit dankbarem Stöhnen beantwortet wurde. Die Spuren, die er mit Zunge und Zähnen auf ihrer Haut zurückließ, erregten ihn.

Er nahm noch mehr von der Schokomousse auf den Finger und saugte ihren Nippel bis an seinen Gaumen, während er die Hand auf ihre Mitte gleiten ließ und sie mit der süßen Masse bedeckte.

»Kane!«, keuchte sie.

Er zog sie an den Rand des Betts, ging auf die Knie und vergrub den Mund zwischen ihren Beinen, um sich an ihr zu laben. »Oh … ja! … Hör nicht auf!« Sie krallte sich in seine Kopfhaut, während er seine Finger spielen ließ. Es dauerte nicht lange, bis ihr Stöhnen zu lustvollen Schreien wurde. Sie wand sich und stöhnte, während er sie genoss, jeden Laut aufnahm und sich Tropfen ihrer Erregung munden ließ. Er war unersättlich, brachte sie immer wieder zum Höhepunkt, bis sie sich atemlos und keuchend an seine Schultern klammerte. Aber er war noch lange nicht fertig. Sein Mund prallte auf ihren, sodass er mit der Zunge in sie eindringen konnte, wie er mit seiner Härte in sie eindringen würde. Sie küsste ihn hungrig, denn sie wollte – ebenso ungeduldig wie er – immer mehr. Er riss sich von ihrem Kuss los und stand auf. Sie beobachtete ihn, wie er noch mehr Mousse nahm und seine Härte umfasste, um die süße Masse darauf zu verteilen. »Auf die Knie, meine Schöne. Es wird Zeit, dass du dich an Big Daddy verschluckst.«

»Ich dachte schon, du fragst nie.«

Als sie auf die Knie ging, schob er seine saubere Hand in ihre Haare. »Sieh mich an. Ich will die Lust in deinen Augen sehen, wenn du mich tief in deinen Mund nimmst.«

Sie schaute zu ihm auf. »Du bist so verdammt gierig.«

Nach diesem Mund? Nach dieser Frau? »Und wie ich das bin. Jetzt mach!«

Sie schleckte die Creme auf, leckte und saugte, und ließ sich dabei viel Zeit, um ihn so richtig um den Verstand zu bringen.

Als sie schließlich die Finger um seine Härte legte, immer fester und schneller strich, knurrte und zischte er und presste die Kiefer aufeinander, um seine Erlösung hinauszuzögern. Die Lust funkelte in ihren Augen, als sie ihn bis zur Kehle und dann noch tiefer aufnahm. »Genau so!«, stieß er aus. »Nimm ihn ganz.« Ihr Stöhnen vibrierte an seiner Länge und jagte lustvolle Blitze durch ihn hindurch. Er verspürte ein überwältigendes Bedürfnis, sie voll und ganz zu besitzen. Er vergrub die Hände in ihren Haaren, erlangte die Kontrolle über sich wieder zurück und stieß noch intensiver zu. Es war nicht genug. Nichts war mit Sable genug. Er nahm seine Härte aus ihrem Mund und zog sie an den Haaren hoch zu sich. »Ich will in dir kommen. Geh auf alle viere.«

Er nahm ein Kondom und riss es auf. Sable streifte es ihm mit einem Blick, der pure Verführung war, über und ging dann aufs Bett. Wie sie ihn erwartungsvoll über die Schulter ansah, brannte sich als Bild in sein Hirn, bevor er sich mit einem harten Stoß tief in ihr vergrub. Beide waren sie so sehr ihrem heißen Rausch ergeben, dass sie nichts hinauszögern wollten, und so fanden sie schnell ihren quälend perfekten Rhythmus. Sie krallte sich an den Bettlaken fest und kam jedem seiner Stöße entgegen. Er legte den Arm um sie und spielte mit ihrer Perle, bis sie in Ekstase explodierte und um seine Härte pulsierte. Er war so vollkommen von ihr erfüllt, von ihrer Bindung, wie sie einander zum Leben erweckten. Er umklammerte ihre Hüfte, stieß in sie, versuchte den Emotionen zu entfliehen, die ihn erfassten, doch es gab kein Entkommen. Er gehörte ihr, verdammt.

Wenn er nicht den unerträglichen Emotionen entfliehen konnte, dann würde er alles nehmen, was sie zu geben hatte, und sie *beide* für alle anderen zunichtemachen. Er zog sich zurück, drehte sie auf den Rücken und legte sich auf sie. Ihre Blicke trafen sich mit einer Wucht, die ihn überwältigte. Sie schloss die Augen, als ihre Körper zueinanderfanden, und er fragte sich, ob sie es auch fühlte. Doch selbst wenn, sie würde es – das wusste er – niemals zugeben.

Er drückte ihre Hände neben ihrem Kopf auf die Matratze und strich mit der Nase über ihre Wange. »Du kannst die Augen schließen, aber du kannst dich nicht verstecken«, flüsterte er ihr mit tiefer Stimme zu. »Wir wissen beide, dass du mein Gesicht spät in der Nacht sehen wirst, wenn du ganz allein bist und das Bedürfnis hast, zu kommen.« Er stieß die Hüfte vor, immer intensiver. »Meinen Schwanz wirst du vor Augen haben, in deinem Mund und ganz in dir. Meine Stimme wird dich in deiner Fantasie antreiben.«

Sie öffnete die Augen und darin lag eine Mischung aus Wut und Lust. »Und du wirst jedes Mal, wenn du selbst Hand anlegst, meinen Mund spüren.«

»Ich freue mich schon darauf, und ich werde jede Sekunde genießen, denn ich weiß, dass ich dir alle anderen Männer vermiest habe.« Sein Mund prallte auf ihren, sie überließen sich ihren Körpern, vögelten sich auf gierige, unzähmbar animalische Weise. Sie nahmen und forderten, gaben gerade so viel, dass der andere noch wilder wurde, bis sie sich ineinander verschlungen in den Armen lagen, verschwitzt und atemlos, unfähig, irgendeinen Gedanken zu fassen, geschweige denn zu reden.

Vierzehn

Sable lag in einer Art Nebelschwade, als Kane wieder ins Bett kam, nachdem er das Kondom entsorgt hatte. Die wohlige Erschöpfung, die sie so vollkommen erfasst hatte, erstaunte sie selbst. Gleichzeitig wünschte sie sich, dass sie nie mit ihm zusammengekommen wäre, denn nun wusste sie, was ihr all die Jahre gefehlt hatte. Der arrogante Milliardär, der alles darstellte, was sie verabscheute, war ihr sinnliches und emotionales Gegenstück. Er forderte sie heraus, triggerte sie auf allen Ebenen und bescherte ihr einen Sex, als wäre sein einziges Ziel im Leben, ihr Lust zu bereiten.

Er beugte sich über sie und küsste ihre Lippen. »Mit diesem Gesichtsausdruck bist du schrecklich süß.«

Sie konnte sich nicht daran erinnern, dass schon mal irgendjemand irgendetwas an ihr als *süß* bezeichnet hatte. Doch er klang, als würde er es wirklich so meinen, daher stellte sie es nicht infrage, sondern fragte verspielt nach: »Was für ein Gesichtsausdruck?«

»Der, der sagt, dass ein halbes Dutzend Orgasmen ausreichen müssten, um deinen Stress abzubauen, während dein Hirn sich weigert, da mitzumachen.«

»Du besitzt die nervtötende Fähigkeit, meine Gedanken zu

lesen.« So unangenehm es ihr auch war, so fühlte es sich doch irgendwie gut an, dass er ihr wahres Ich sah.

»Was ist los? Denkst du daran, wie sehr du mich vermissen wirst?«

»Wohl kaum. Mein Leben ist zu einer einzigen großen Komplikation geworden. Das Letzte, wofür ich jetzt Zeit habe, ist, Gedanken an einen arroganten, egoistischen Arsch zu verschwenden.«

Er lachte. »Du magst meinen Arsch, Panthera.«

»Nenn mich nicht so.« *Es gefällt mir einfach zu sehr, was auch höllisch nervig ist.*

»Tut mir leid. Das passt einfach zu gut ...« Er küsste sie erneut, dann strich er ihr mit ernstem Blick über die Wange. »Jetzt mal im Ernst ... Machst du dir Sorgen wegen der Fans und der Papparazzi, und wie es sein wird, wenn du nach Hause kommst?«

Sie schüttelte den Kopf. »Wir reden hier von Oak Falls, nicht von New York oder L. A. Dash wird dort von niemandem behelligt, und es ist Jahre her, dass jemand Axsel belästigt hat, wenn er in der Stadt war. Ich kann mir nicht vorstellen, dass da Fans oder Fotografen wegen uns auftauchen.«

»Du könntest vielleicht einige Überraschungen erleben. Ihr seid neu auf der Bildfläche und die Leute wollen mehr über euch erfahren. Ich hab ein Team, das ein Auge auf eure Familien hat ...«

»Du hast *was*?« Sie setzte sich auf, doch er drückte sie sanft wieder hinunter.

»Bevor du mir den Kopf abreißt ... Du hast gesagt, du willst nicht, dass deine Familie durch die Tour Nachteile hat, und du warst auch sehr entschlossen, was den Schutz deiner Bandkollegen angeht. Ich bin davon ausgegangen, dass das auch auf deren

Familien zutrifft, und ich halte immer mein Wort. Ich hab ein sehr diskretes Team nach Oak Falls geschickt und auch einen Typen nach Charlottesville, der ein Auge auf Pepper haben soll.«

»Mein Gott! Was ist das nur mit dir?« Was er getan hatte, berührte sie ebenso, wie es sie verärgerte. »Alles, was du tust, weckt in mir das Bedürfnis, dir eine reinzuhauen *und* dich zu küssen.«

Er lachte. »Die Küsse nehme ich, und aus dem Hauen machen wir lieber ein Klaps von mir auf deinen Hintern.«

Sie stieß ihn scherzhaft an. »Meine Familie hat nichts von einem Security-Team erwähnt.«

»Sie werden sie auch nicht bemerken. Ich hab ja gesagt, dass meine Leute diskret sind. In Oak Falls ist alles ruhig, aber mein Mann in Charlottesville hat einen Amateurfotografen erwischt, der Fotos von Pepper machen wollte.«

»Was? Weiß sie davon? Wenn ihr etwas passier–«

»Ihr geht es gut, Sable. Sie ist in Sicherheit, und sie muss gar nichts erfahren. Es war auch nicht notwendig, dass du es erfährst, aber ich wollte nicht, dass du dir Sorgen machst, wenn du nach Hause fährst. Meinen Cousins gehört die Firma Elite Security und ihre Leute sind top. Sie arbeiten vollkommen unauffällig.«

»Elite? Gehört die Firma nicht Brett und Carson ... *Bad.*« Sie verdrehte die Augen. »Bei all diesen großen, dunkelhaarigen und viel zu gut aussehenden Typen hätte ich darauf kommen können, dass ihr alle zu einer Sippe gehört. Ich hab vergessen, dass Brett in der Security-Branche tätig ist. Seine Frau Sophie ist die beste Freundin meiner Schwester Grace, aber sie sind nur zeitweise in Oak Falls, deshalb sehe ich sie nicht sehr oft.«

»Ich weiß. Brett hat mir von Grace und Sophie erzählt, und

es stand auch in dem Bericht des Background-Checks, den sie für mich durchgeführt haben.«

»Gibt es irgendetwas, das du nicht über mich weißt?«

»Ja, vieles, aber du bist ja nicht naiv, Sable. Du wusstest mit Sicherheit, dass wir alle Bandmitglieder überprüfen würden.«

»Ja, aber es von dir zu hören, während wir hier nackt beieinander liegen, ist noch mal was anderes. Ich fühle mich noch mehr entblößt.«

»Soll ich einen Background-Check über mich durchführen lassen und dir den Bericht geben?«

Sie lächelte. »Ja.«

»Wird erledigt. Ist nur fair.«

»Machst du dir keine Sorgen, dass ich all deine Geheimnisse erfahren könnte?«

»Die wirklich wichtigen werden nicht in so einem Bericht auftauchen.«

Dann würden es ihre wohl auch nicht, und darüber war sie froh. »Danke, dass du auf meine Familie und auch auf die der Jungs aufpasst, aber zu Hause brauche ich keinen Sicherheitsdienst. Mir gefällt die Vorstellung nicht, dass Fremde jeden Schritt von mir beobachten. Ich kann selbst auf mich aufpassen. Außerdem werden die Jericho-Brüder Ausschau nach irgendwelchen Spinnern halten.«

»Die Jericho-Brüder? Jeb und JJ, die ich in der Bar kennengelernt habe, in der ihr gespielt habt? Meinst du die?«

»Ja. Meine Schwester Brindle ist mit deren Bruder Trace verheiratet und sie haben noch einen Bruder namens Shane. Sie werden ein Auge auf uns haben.«

»Jeb schien ziemlich daran interessiert zu sein, dich in der Stadt zu behalten. Läuft da etwas zwischen euch?«

Dankbar stellte sie fest, dass sein Tonfall keinerlei Eifersucht erkennen ließ. »Vor Langem war da mal was, aber er wollte mehr und ich nicht, also sind wir jetzt nur Freunde.«

»Darf ich fragen, warum du nicht mehr wolltest?«

Sie zuckte mit den Schultern. »Ich mag keine Komplikationen. War schon immer so.«

»Ich weiß, wie das Leben in Kleinstädten ist. Das Gerede kann einen fertig machen.«

»Das war es nicht. Keiner wusste etwas von uns.«

Neugierig lächelte er sie an. »Waren die Männer in deinem Leben schon immer deine kleinen schmutzigen Geheimnisse?«

»Nicht auf die Art, wie es sich bei dir gerade anhört, aber in gewisser Hinsicht schon. Ich bin ein eher reservierter Mensch. Ich gehe nicht einmal mehr mit Typen aus meinem Heimatort aus. Seit Jahren schon nicht mehr.«

»Wo lernst du denn dann Männer kennen?«

»Für gewöhnlich auf Musikfestivals oder bei Auftritten in anderen Städten. Es ist zu seltsam, mit jemandem zusammen zu sein, den man ständig sieht, wenn es nicht etwas Langfristiges werden soll. Wie mit Jeb zum Beispiel. Seine Familie veranstaltet in ihrer Scheune Jam-Sessions für den Ort, und das schon seit unserer Kindheit. Es wäre einfach komisch gewesen, wenn jemand gewusst hätte, dass was zwischen uns lief, und außerdem hätten sich natürlich meine Schwestern eingemischt.«

»Das verstehe ich. Bist du so zur Musik gekommen? Bei den Jam-Sessions mit deinem alten Schwarm?«

»Nein. Das mit Jeb und mir war erst vor sechs oder sieben Jahren. Musik hab ich schon immer geliebt. In der Scheune oder Werkstatt lief immer Musik, wenn wir Aufgaben erledigen mussten oder Sachen repariert haben, und außerdem war meine Großmutter Musikerin, bevor sie geheiratet hat. Sie hat immer gesungen. Und mir Gitarre beigebracht. Meine Eltern sagen, dass ich mich genauso anhöre wie sie, wenn ich singe.«

»Das muss wirklich eine tolle Frau gewesen sein, denn ich hab noch nie eine so sexy Stimme wie deine gehört.«

Sable stützte sich auf dem Ellbogen ab und ahmte damit seine Position nach. »Falls es dir noch nicht aufgefallen sein sollte: Ich bin bereits nackt. Du musst mir also nicht in den Arsch kriechen, um etwas zu erreichen.«

»Ich denke, wir haben schon klargestellt, dass ich nie jemandem in den Arsch krieche.« Er zog sie näher an sich und kniff ihr in den Hintern. »Aber von deinem bin ich besessen.«

»Halt den Mund.« Sie hatte nie viel für Bettgeflüster übriggehabt, aber mit ihm gefiel es ihr. Sie genoss den verspielten Humor, und ihn lächeln zu sehen, fühlte sich gut an.

»In Ordnung. Ich werde dir nicht erzählen, welche Fantasien ich den ganzen Tag in Bezug auf deinen Hintern hatte. Erzähl mir von deiner Großmutter.«

»Sie war wunderbar. Sie hat auf Festivals und Veranstaltungen in der Region gespielt und wollte nie mehr daraus machen.«

»Kommt mir bekannt vor.«

»Ja, aber da hören unsere Gemeinsamkeiten auch schon auf. Ihr großes Ziel war es, eine Familie zu gründen. Sie hat meinen Großvater auf dem Sommerfestival in Romance, Virginia, kennengelernt, und nach ihrer Heirat ist sie nicht mehr aufgetreten, weil sie sich auf die Familie konzentrieren wollte. Sie hat uns oft zu Musikfestivals mitgenommen, aber sie starb schon, als ich acht Jahre alt war.« Mit den Erinnerungen brach eine Woge der Sehnsucht über sie herein. »Danach haben unsere Eltern uns immer zu dem Festival in Romance mitgenommen, später hatte dann Grace ihren Führerschein und irgendwann konnte ich selbst fahren.«

»Schön, dass eure Familie die Tradition aufrechterhalten

hat, aber es ist zu schade, dass deine Großmutter nicht mehr erleben durfte, dich professionell spielen zu sehen. Du vermisst sie bestimmt.«

»Ja, sehr sogar. Sie war *mein Mensch*. Sie hat mich verstanden. Ich konnte über alles mit ihr reden.«

»Das passiert Leuten wie uns, die für andere nicht so ein offenes Buch sind, sehr selten.«

Diese Wahrheit schwebte zwischen ihnen und verband sie auf eine Weise, wie sie sie noch nie empfunden hatte. Inniger als die Verbindung, die sie mit Pepper oder Tuck hatte, und sie war überrascht, dass sie ihn deshalb nicht sofort von sich stoßen wollte. Ihr war klar, dass das spätestens morgen wieder anders sein würde, und so gestattete sie es sich, einen Moment lang hinter ihren Mauern hervorzukommen.

»Wenn ich spiele, habe ich das Gefühl, sie lächelt auf mich herab. Vor allem wenn ich auf dem Sommerfestival in Romance auftrete, denn das lag ihr sehr am Herzen.«

»Bestimmt ist es auch so. Du bist unglaublich.«

Er küsste sie noch einmal, legte sich dann zurück und zog sie neben sich. Ihre Wange lag auf seiner Brust. Er fühlte sich vertraut und sicher an, weshalb sie ein winziges nagendes Bedürfnis verspürte, sich von ihm zu lösen, doch der Teil von ihr, der genau dort bleiben wollte, gewann.

»Als ich auf dem College war, bin ich übrigens auf dem Sommermusikfestival als DJ aufgetreten.«

»Nicht dein Ernst!« Sie sah ihn an, um herauszufinden, ob er sich einen Spaß erlaubt hatte. »Du hast aufgelegt? Warst du DJ Big Daddy Kane?«

»Nein«, sagte er geziert. »Ich war der berühmte DJ BDK.«

»Oh mein Gott! Echt jetzt? So hast du dich wirklich genannt? In welchem Alter? Mit zwanzig?«

Ein jungenhaftes Lächeln verlieh seinem Gesicht weichere Züge. »Na ja, ich bin mit der Musik von Dr. Dre, Tupac und Biggie Smalls aufgewachsen, und zu BDK wurde ich, als ich etwa zehn war.«

Lachend ließ sie sich wieder auf seine Brust fallen. »Hast du auch Baggy Jeans getragen und dir Gel in die Haare geschmiert?«

»Ja! Und ich war ziemlich cool.«

»Da bin ich mir sicher.« Sie prustete los und auch er musste lachen. »Was haben deine Eltern von Baby BDK gehalten?«

»Sie waren stolz auf mich und haben meine Liebe zur Musik unterstützt. Erst als ich in die Pubertät kam und das weibliche Geschlecht entdeckt habe, bekam BDK eine andere Bedeutung.«

Jetzt musste sie noch mehr lachen. »Ich kann mir so gut vorstellen, wie du in deinen Baggy Jeans über die Flure deiner Highschool geschlendert bist, mit einer Kette an deinem Portemonnaie, und so was von cool gesagt hast: *Hey, Baby, lass dir von Big Daddy Kane mal was zeigen. Wir treffen uns nach der Schule unter der Tribüne.*« Sie brach in schallendes Gelächter aus und vergrub ihr Gesicht an seinem Hals.

Er gab ihr einen Klaps auf den Hintern und sie kreischte lachend auf.

»Willst du etwa behaupten, dass du keine seltsamen Phasen durchgemacht hast?«, fragte er, während er selbst kaum aufhören konnte zu lachen.

»Nee, nie.« Sie würde ihre kleinen Geheimnisse für sich behalten. »Aber jetzt muss ich wissen, wie du von DJ Baby BDK zu Milliardär extraordinaire Big Daddy Kane geworden bist.«

Grinsend verschränkte er die Arme hinter dem Kopf.

»Nachdem du dich derart über meine Anfänge lustig gemacht hast, bin ich mir nicht sicher, ob ich dir eine so persönliche Geschichte anvertrauen kann.«

Sie stützte sich auf seiner Brust ab und ihr Gesichtsausdruck wurde ernst. »Wirklich?«

»Das ist nichts, was ich normalerweise erzähle. Vor allem keiner Frau, die in Bezug auf ihre seltsamen Phasen lügt.«

»Okay, okay. Ich war schlaksig, als ich jünger war, hatte knochige Knie und Ellbogen, und Brüste hab ich erst in der zehnten Klasse bekommen. Aber ich war tough, also hat sich niemand mit mir angelegt.«

Er lächelte. »Auch ohne Brüste warst du wahrscheinlich das heißeste Mädchen in Oak Falls, und ich bin mir sicher, dass dich deine feurige Art nur noch anziehender gemacht hat. Alle jungen Kerle lieben die Herausforderung.«

»*Alte* anscheinend auch«, scherzte sie und küsste ihn auf die Brust. Kaum hatten ihre Lippen sich von seiner Haut gelöst, staunte sie selbst über diese zärtlich vertraute Geste.

Sie legte sich neben ihn, doch ihre Blicke trafen sich und dieser Moment glich einem Donnerschlag. Kanes Mundwinkel zuckten zu einem verhaltenen Lächeln nach oben. Dann zog er sie wieder an seine Seite, küsste sie auf die Stirn und hielt sie fest, als weigerte er sich, sie auseinanderzunehmen zu lassen, was da zwischen ihnen entstand.

»Du willst wissen, wie ich zu einem skrupellosen Geschäftsmann geworden bin?«

Immer noch verwundert darüber, dass weder sie ihn noch er sie von sich schob, brachte sie nur ein »Mhm« hervor.

»Ich bin wie die Typen in den Countrysongs, in denen einem Mann das Herz gebrochen wird, er auf Sauftour geht, Frauen flachlegt, sich noch mehr Tattoos stechen lässt, und wenn er endlich wieder klar sieht, geht er auf einen Rachefeldzug.«

Sie konnte sich ihn ebenso wenig mit gebrochenem Herzen vorstellen wie sich selbst. »Du warst am College verliebt?«

»Ja, dachte ich zumindest, bis sie mich für einen dämlichen Schönling abserviert hat, dessen Eltern stinkreich waren. Er war ein richtiges Arschloch mit dem Ruf, Frauen wie den letzten Dreck zu behandeln. Ein Jahr später hat sie ihn geheiratet.«

»Autsch. Wenn du von Rachefeldzug sprichst, meinst du dann auf die Art, wie Carrie Underwood es in ihrem Lied besingt? Hast du ihre Reifen aufgeschlitzt und ihre schicken Autos demoliert?«

»Nein, das war noch nie mein Stil. Ich habe es mir zum Ziel gesetzt, reicher zu werden als die Eltern von diesem Typen. Ich habe meinen Vater überzeugt, mit mir in Immobilien zu investieren, und nach ein paar Glücksgriffen habe ich beschlossen, größer einzusteigen. Von ihm und anderen hab ich noch mehr Kapital zusammengetragen, das ich in den ersten vier Jahren vervierfachen konnte, und von da an habe ich immer weiter gelernt, bin weiter gewachsen und habe weiter investiert. Gerächt habe ich mich ein paar Jahre später mit einer feindlichen Übernahme, als dem Schönling ein Teil des Familienunternehmens überschrieben wurde, das ich dann in den Sand gesetzt habe.«

»Heilige Scheiße!« Sie stützte sich ab und sah ihn an. Die Anspannung war ihm an den Falten auf seiner Stirn anzusehen. Sie stellte sich eine jüngere Version von ihm mit gebrochenem Herzen vor, und sie wusste, dass er tief verletzt gewesen sein musste, um es so weit zu treiben. »Aber das bedeutet, dass du dein eigenes Geld verloren hast.«

»Das war mir total egal, und viel hab ich am Ende gar nicht

verloren. Kurz vor der Übernahme hatte ich eine schwächelnde Sirup-Firma in Pennsylvania erworben, die von den nicht sonderlich kompetenten Enkeln des ursprünglichen Gründers geführt wurde. Den besten Führungskräften und Mitarbeitern der anderen Firma habe ich großzügige Entschädigungsangebote gemacht, um umzuziehen und Teil des Neuaufbaus der Sirup-Firma zu werden, und die Leute, die ich entlassen habe, bekamen eine ebenso großzügige Abfindung. Das Sirup-Unternehmen hab ich umgestaltet und umfirmiert, hunderte neue Stellen geschaffen und der Wirtschaft in der Stadt neues Leben eingehaucht. Die Firma, die ich auseinandergenommen hatte, wurde umbenannt, wiederbelebt und verkauft.«

»Skrupellos, schlau und großherzig. Keine Sorge, ich erzähle niemandem von deinem großen Herzen. Aber ich frage mich, was es über mich aussagt, dass ich deine Boshaftigkeit ebenso anturnend finde wie deine Freundlichkeit.«

Er zog sie eng an seine Seite. »Es sagt, dass du und ich wirklich aus demselben Holz geschnitzt sind.«

»Da bin ich mir nicht so sicher. Du hast das alles aus Liebe getan.«

»Nein, aus Rachsucht.«

»Weil du sie geliebt hast und ein gebrochenes Herz hattest. Das ist keine Schande.«

Er stützte sich wieder auf dem Ellbogen ab und sein durchdringender Blick ließ sie nicht los. »Ich dachte, ich würde sie lieben, aber es hat nicht lang gedauert, bis mir klar wurde, dass sie mir zwar viel bedeutet hatte, ich sie aber nicht geliebt habe. Wenn man jemanden liebt, kämpft man um diesen Menschen. Ich habe nicht um sie gekämpft. Mir war nur die Vorstellung ein Grauen, dass sie mir jemand weggenommen hatte.« Sein Tonfall wurde sanfter. »Was ist mit dir? Wie lief deine erste

Liebesgeschichte? Welchen armseligen Trottel hast du weinend zurückgelassen?«

»Meine erste Liebe und ich sind immer noch ganz dicke. Er bekommt seine Streicheleinheiten, wann immer ich die Gelegenheit dazu hab.«

Er zog die Augenbrauen zusammen. »Du hast also *doch* zu Hause jemanden? Deinen besonderen Menschen, natürlich«, sagte er voller Abneigung. »Ist das dieser DA?«

»*DA?* Hast du in meinen Kalender geguckt?«

»Er lag offen auf dem Schreibtisch, und ich hab vielleicht einen Blick darauf geworfen … und etwas darin geblättert.«

»Du neugieriger kleiner Mistkerl«, scherzte sie.

»Ich hatte den Background-Check noch nicht durchführen lassen und hab nur versucht, herauszufinden, wer du bist.«

»Du hättest fragen können.«

»Du hättest mir keine Antwort gegeben.«

»Stimmt.« Aber aus irgendeinem Grund wollte sie ihm nun Antworten geben. »DA steht für Deloris Aiken, und ja, sie ist die Person, von der ich geredet hab, als ich von einem besonderen Menschen in meinem Leben gesprochen habe. Sie ist wie eine Großmutter für mich, und ihr Mann Lloyd war wie ein Großvater. Er hat mir alles beigebracht, was ich über Autos weiß.« Sie erzählte ihm, wie sie und ihr Vater immer zusammen in der Scheune herumgebastelt hatten und wie ihr Vater, als sie vierzehn Jahre alt gewesen war, ihr vorgeschlagen hatte, dass sie Lloyd mal fragen könnte, ob er ihr in der Werkstatt etwas beibringen könnte. »Ich habe ihn in der Werkstatt auf Schritt und Tritt verfolgt, alles gelernt, was ich konnte, und da er und Deloris keine Kinder hatten, haben sie mich wie ein Familienmitglied behandelt. Ich habe viel Zeit in ihrem Haus verbracht und ihnen geholfen.«

»Bei was?«

»Bei was immer sie brauchten. Ich habe das Auto gewaschen, den Rasen gemäht, Holz gehackt, auch bei den Blumenbeeten geholfen. Blumentöpfe für den Winter reinbringen und dann für den Sommer wieder raus auf die Veranda. Deloris hat so gern im Garten gearbeitet, das ganze Haus war voll mit Blumen. Lloyd hat sie abgöttisch geliebt. Er hat immer gesagt, dass er sie mehr liebt, als Blumen die Sonne lieben.«

»Das ist wunderschön.«

»Ja. Er ist vor sechs Jahren gestorben und hat mir die Werkstatt vermacht.« Sie erzählte ihm, wie sie sich um Deloris gekümmert hatte und warum sie in die Einrichtung für betreutes Wohnen hatte umziehen müssen.

»Das ist sicher nicht einfach.«

»Stimmt. Oft muss ich ihr in Erinnerung rufen, wer ich bin, und manchmal regt sie sich auf oder ist verängstigt, wenn sie sich nicht erinnert. Was anscheinend normal ist. Wenn sie ihre klareren Momente hat, hoffe ich einfach nur, dass es nicht wieder schlimmer wird, obwohl ich weiß, dass es nicht realistisch ist. Also versuche ich, möglichst viel Zeit mit ihr zu verbringen.«

»Kein Wunder, dass du nicht weg wolltest.«

»Das ist einer von vielen Gründen.«

»Es tut mir leid, dass du das durchmachst. Es klingt wirklich nicht leicht, aber zumindest hattest du all die Jahre eine Ersatzoma. Das ist etwas, für das man dankbar sein kann.«

»Ich bin dankbar.« Während sie mit einem Finger die Linien seines Tattoos nachzeichnete, dachte sie daran, wie dankbar sie auch für diesen Moment war. Normalerweise fiel es ihr schwer, über ihre Emotionen zu reden, doch heute Abend fühlte es sich schön an. »Wie sind wir überhaupt auf das Thema gekommen?«

»Wir haben über deine erste Liebe geredet. Wenn es nicht DA war, wer ist dann dieser besondere Mensch, der dein Herz gestohlen hat?«

»Es ist kein Mensch. Mein Pick-up war meine erste Liebe und ich kümmere mich sehr gut um ihn.«

»Ah, jetzt verstehe ich, wie du tickst.« Er biss ihr in den Hals, beide lachten, und dann war er über ihr, berührte mit seinem köstlichen Körper all ihre empfindsamen Stellen, drückte ihre Hände auf die Matratze und sah sie mit teuflisch funkelnden Augen an. »Du musst dafür bestraft werden, dass du mich so hinters Licht geführt hast.«

»Wenn dein Mund auf mir zur Strafe gehört, bin ich dafür.«

»Das ist keine Strafe.«

»Doch, wenn du mich auf das warten lässt, was ich wirklich brauche.«

Ein sündiges Knurren entwich ihm, sein feuriger Blick lag auf ihr. »Deine Strafe ist mein Vergnügen.«

Er küsste sich an ihrem Körper hinab, wurde langsamer, um sie zu reizen und zu kitzeln, bis sie sehr, sehr unartig werden wollte.

Fünfzehn

Ein Klopfen an der Tür riss Sable aus einem tiefen Schlaf. Sie wollte nach einem Kissen greifen, um sich darunter zu verstecken, berührte jedoch stattdessen ein bärtiges Kinn und wurde unmittelbar von einem Gefühl der Wärme erfasst, als sie die Erinnerung an ihre sinnliche Nacht überkam. Sie öffnete die Augen und saugte förmlich den Anblick des Mannes in sich auf, der sie gestern Abend auf so vielerlei Arten überrascht hatte und der nun herrlich nackt neben ihr schlief. Ein Arm lag unter ihrem Kissen. Seine andere Hand ruhte auf seiner tätowierten Brust. Sie wollte wissen, welche Bedeutung diese Tattoos hatten. Ihr Blick folgte dem Weg zum Glück hinab zu seiner Erektion, die unter dem Bettlaken hervorlugte. Es war zu verlockend, ihn auf ihre Art zu wecken. Vorsichtig bewegte sie sich auf dem Bett nach unten, damit er noch nicht aufwachte. Es klopfte erneut, und sie erstarrte, als ihr klar wurde, dass jemand vor der Tür ihrer Hotelsuite stand.

»Sable?«

Tuck! Mist! Vorsichtig kletterte sie aus dem Bett und warf sich rasch ein T-Shirt über. Beim nächsten Klopfen zog sie sich gerade einen Slip an. Eilig verließ sie das Schlafzimmer, trat auf das Handtuch und Kanes Klamotten, die verstreut im Eingang lagen, und öffnete die Tür nur einen Spalt breit. »Hallo! Wie spät ist es?«

»Fast neun. Wir haben dich beim Frühstück vermisst.« Tuck zog die Augenbrauen zusammen. »Bist du gerade erst aufgestanden?«

»Ja. Spät geworden gestern.«

Eine Augenbraue wanderte nach oben. »Hast du jemanden bei dir?«

»Nein! Ich war noch lange wach und hab an einem Song gearbeitet.« Die Lüge hatte einen bitteren Beigeschmack. Tuck wäre das mit ihr und Kane wahrscheinlich egal, aber warum sollte sie ihm etwas erzählen, was sowieso zu nichts führen würde? Ein schmerzhafter Stich durchfuhr sie bei diesem Gedanken, und sie musste sich anstrengen, damit ihr die Enttäuschung und das damit verbundene Unwohlsein nicht anzusehen waren.

»Hoffe, es wird ein guter. Unser Auto fährt in vierzig Minuten ab. Soll ich dir was zum Frühstück holen, während du packst?«

»Nein, ich brauch nichts. Wir sehen uns in einer halben Stunde unten.«

»Okay.«

Sie schloss die Tür, und als sie sich umdrehte, sah sie Kane im Türrahmen lehnen, die Beine an den Knöcheln übereinandergeschlagen. Ein schlechtes Gewissen überkam sie, als er sich von der Tür wegdrückte und sich anzog. »Hey, ich hab nichts zu Tuck gesagt, weil das hier nichts ...« *Richtiges ist?* Das tat weh, denn zum ersten Mal in ihrem Leben hatte sich etwas richtig angefühlt. »Weil du und ich nicht ...« Sie suchte nach Worten, fand aber keine – nur die Erinnerung daran, wie wütend er gewesen war, als er sich neulich Abend nach Tuck erkundigt hatte. »Nicht, dass zwischen Tuck und mir etwas läuft, aber ich dachte mir, du willst wahrscheinlich nicht …«

»Sable, es ist in Ordnung«, sagte er ruhig und knöpfte sich weiter das Hemd zu.

Ihr Frust war so groß, dass sie keinen klaren Gedanken fassen konnte. »Ich wollte einfach nicht, dass es komisch wird. Das ist es auch nicht, denn …«

»Ich habe nicht gefragt«, sagte er entschieden.

Während er sich weiter anzog, überlegte sie, warum er nicht fragte. Nach allem, was sie einander erzählt hatten, war sie ihm da nicht die Wahrheit über Tuck schuldig? »Kane …«

Er hob die Hand. »Du bist mir keine Erklärung schuldig. Wir wissen beide, was das hier war, und es gibt keinen Grund, dass irgendjemand etwas davon erfährt.« Er trat näher an sie heran. »Die Woche war großartig. Ich bin froh, dass ich dich kennenlernen konnte.« Er küsste sie auf die Wange. »Wir sehen uns in sieben Wochen, wenn die Tour startet.«

»Ja, in Ordnung«, sagte sie abwesend, als würde sich nicht gerade ein Speer durch ihr Herz bohren, während er zur Tür hinausging. Eine Woge der Traurigkeit überkam sie, und sie ballte die Hände zu Fäusten, um sich gegen diese ungewollten Gefühle zu wehren.

Mit einem tiefen Atemzug und heftig ausatmend ging sie ins Bad, um zu duschen und dann zu packen. Der Anblick von matschigen Kuchenresten, Kondomverpackungen und anderen Überbleibseln ihrer lustvollen Nacht ließ sie innehalten.

Ich bin stärker.

Sie hob das Kinn, weigerte sich, sich in so ein Männerdrama zu verheddern, wie es ihren Schwestern und Freundinnen immer passiert war, und zwang sich, an diesen Mahnmalen vorbei ins Badezimmer zu gehen. Sie schloss die Tür hinter sich ab – als ob sie ihr sonst hinein folgen könnten – und stellte die Dusche an, ohne einen Blick in den Spiegel zu werfen.

Wenn sie einen Anblick nicht ertragen konnte, dann war es der einer Lügnerin.

Sechzehn

Kane nahm gerade einen Anruf entgegen, als er nach einem langen Tag im Büro sein Penthouse betrat. »Hallo, Johnny. Was gibt's?«

»Ich hab gerade mit Dad telefoniert. Wie ich höre, darf man gratulieren.«

Nach monatelangen Verhandlungen hatte Kane endlich das letzte der rechtlichen Dokumente unterzeichnet, mit denen die australische Hotelkette ins Eigentum von Bad Enterprises überging. Eigentlich hätte er euphorisch sein müssen, begeistert angesichts seiner neuesten Errungenschaft und voller Vorfreude auf die Herausforderung, das Hotel zu etwas Außergewöhnlichem zu machen. Doch auch wenn er froh war, international zu expandieren, war er doch so angespannt, seit Sable abgereist war, dass es ihm vorkam, als könnte er ohne sie nicht die gleiche Euphorie empfinden. Als wäre seine Welt nicht mehr ganz so hell, wie seine vorlaute Bettgefährtin sie gemacht hatte. Ihre Abreise lag erst eine Woche zurück, doch es kam ihm wie ein ganzer verdammter Monat vor. Dabei war es auch nicht gerade hilfreich, dass Surge dringend einen Manager brauchte und Sable zu dickköpfig war, um mit einem zusammenzuarbeiten. Kane war eingesprungen, um sicherzustellen, dass sie alle notwendigen Versicherungsdokumente und juristischen Unterlagen auf Vordermann gebracht hatten, damit sie während der Tour abgesichert waren. Was wiederum bedeutete, dass er mit ihr in Kontakt bleiben musste. Er hatte ihr die Informationen per Mail zukommen lassen, um es professionell zu halten. Professionell war sicher. Schweigen wäre noch sicherer gewesen, aber er würde sie oder die Band nicht ins Messer laufen lassen.

»Du bist bestimmt begeistert«, sagte Johnny.

»Ja, bin ich. Das wird ein großartiges Projekt.«

»Sollten wir nach einem neuen Manager für die Band Ausschau halten?«

»Auf keinen Fall! Warum solltet ihr?«

»Du hast schon eine Menge mit deinen Firmen am Hals, mit unserem Management und nun auch mit der Absicherung von Surge. Du arbeitest rund um die Uhr. Wie willst du da überhaupt noch mehr schaffen?«

Je mehr Ablenkung, umso besser. »Dein Glück, dass meine Uhr nie stehenbleibt.«

»Ich weiß nicht, Bruderherz. Du bist nicht Superman.«

»Stimmt. Ich bin eher so ein Ironman.«

Johnny lachte. »Das passt eindeutig besser. Hör zu, ich kann dir gar nicht genug für all das danken, was du für die Band machst und für Surge. Es bedeutet mir und Jilly wirklich sehr viel, dass du Sable und den Jungs unter die Arme greifst.«

»Kein Problem. Wir sind alle im selben Team und versuchen, mit dieser Tour einen Volltreffer zu landen. Und nach dem, was Shea gesagt hat, sind wir da auf einem guten Weg.«

»Ja, es ist echt unglaublich. Ach, und nur damit du vorgewarnt bist: Jilly schwört, dass du und Sable in New York was miteinander hattet. Aber keine Sorge, ich hab ihr gesagt, dass Sable nicht dein Typ ist.«

Kane schaute zum Fenster hinaus auf die Lichter der Stadt. Er hatte recht. Sable war überhaupt nicht so wie die Frauen, mit denen er normalerweise ausging. Diese Frauen waren alle irgendwie gleich. Sable aber war einzigartig. Und genau das machte ihm zu schaffen. Deshalb beschloss er, diese Gedanken weit wegzuschieben. »Da ist Jilly vollkommen auf der falschen Spur.«

»Und wie. Dir gefallen Frauen, mit denen du schick ausgehen und die du mit deinem Erfolg beeindrucken kannst.«

»Bei dir hört sich das so an, als wäre ich ein Mistkerl.«

»Das hat nichts damit zu tun, wie es sich bei mir anhört.« Johnny lachte. »Du kennst dich selbst, und Sable scheint mir eine Frau zu sein, die sich mehr von großen Motoren oder tollen Gitarren beeindrucken lässt als von Armani-Anzügen und tausend Dollar teuren Weinflaschen.«

Sable hatte mehr zu bieten als Mechanik und Musik, aber auch das schob Kane beiseite, indem er das Thema wechselte. »Wie geht es Jilly? Freut sie sich auf den Launch von Wanderlust?«

»Ja, wir alle sind ziemlich aufgeregt. Der ganze Rummel im Vorfeld ist überwältigend. Sie hat international Aufmerksamkeit bekommen, und die Kollektion wird als bezahlbare Mode angekündigt, die Empowerment und Weiblichkeit vereint, und genau das hatte sie sich erhofft. Du kommst doch noch zum Launch, oder?«

»Um nichts auf der Welt würde ich das verpassen. Gestern habe ich mit Harlow gesprochen, und sie hat erzählt, dass sie auch bei der Modenschau läuft.«

»Ja, Jilly ist total begeistert, und rate mal, wer noch über den Laufsteg laufen wird? Ach, warte kurz, Jilly und Zoey sind gerade gekommen.«

»Ist das Kane?«, rief Zoey.

Die Überschwänglichkeit seiner Nichte brachte Kane zum Lächeln. Die übellaunige, rebellische Teenagerin, die sie im vergangenen Herbst gewesen war, hatte sie hinter sich gelassen. Nachdem er so viel von ihrem Leben verpasst hatte, versuchte er, sich wöchentlich zu melden und sie so oft wie möglich zu sehen, um ihr der Onkel zu sein, den sie verdient hatte.

»Ja«, antwortete Johnny.

»Hast du es ihm erzählt?«, fragte Zoey. »Was hat er gesagt?«

»Mir was erzählt?«, fragte Kane.

»Das soll sie dir selbst sagen.«

Er hörte, dass er Zoey das Handy gab.

»Du wirst es nicht glauben, Kane! Jilly zeigt bei der Vorstellung der Kollektion Wanderlust auch ein paar der Rocker-Girlz-Outfits, und sie lässt mich, Ginny und Cara dafür als Model laufen! Hammer, oder?« Ginny und Cara waren Zoeys engste Freundinnen, und Rocker Girlz war der Name der Kollektion für junge Teenager, die Jillian und Zoey gemeinsam entwarfen.

»Das ist genial! Du wirst das rocken und ich freu mich schon drauf.«

Dann erzählte sie ihm, welche Kleidungsstücke sie und ihre Freundinnen präsentieren würden, und beschrieb in allen Einzelheiten die Outfits, an denen sie und Jillian gerade arbeiteten. Sie kam kaum zum Luftholen. »Ich muss Schluss machen. Jilly und ich wollen heute Abend noch ein T-Shirt fertigmachen. Hab dich lieb!«

»Ich dich auch, Kleine. Gib mir deinen Vater mal wieder.«

»Tut mir leid«, sagte Johnny. »Ich wusste nicht, dass sie zehn Minuten lang reden würde.«

»Du weißt, dass ich gern von ihr höre. Wenn wir miteinander reden, wird mir immer bewusst, was für ein großartiger

Vater du bist. Hinter ihrer Fröhlichkeit stecken du und Jilly.«

»Danke, Mann. Du aber auch. Damals ist so viel passiert, und das hätte ich ohne das beruhigende Wissen, dass du dich um das Geschäftliche kümmerst, niemals bewältigen können. Dank dir konnte ich mich darauf konzentrieren, eine Beziehung zu meiner Tochter aufzubauen.«

»Und zu deiner zukünftigen Frau«, erinnerte er ihn.

»Ja, ich bin aus vielerlei Gründen ein verdammter Glückspilz, und dich als Bruder zu haben, steht ganz oben auf dieser Liste. Ich hoffe, dass du so etwas auch eines Tages hast. Du glaubst zwar nicht, dass du das willst, aber so eine Liebe zu erleben oder Vater zu sein, ist mit nichts zu vergleichen.«

Kanes anhaltende Gefühle nach seiner Affäre mit Sable waren ein weiterer Beweis dafür, dass eine tiefe Zuneigung zu anderen Menschen außerhalb seiner Familie nur zu Schmerz führte. Aber er hatte damals seine Familie nicht mit dem Gefühlsquatsch belastet und würde jetzt auch nicht damit anfangen.

»Für mich ist das nichts, aber ich freue mich für dich. Ich muss Schluss machen. Grüß Jilly ganz lieb von mir.«

Nachdem er das Gespräch beendet hatte, schrieb er seiner Assistentin Anne.

Kane: *Was kann ich Zoey schicken, um ein großes Ereignis zu feiern?*

Anne: *Einen Cupcake-Turm. So was lieben die Kids.*

Kane: *Super. Schick ihr den größten, den es gibt, und dazu eine Karte, auf der steht: »Achtung, Modewelt, Zoey Bad betritt die Bühne! Glückwunsch, Kleine. Freu mich schon darauf, dich auf dem Laufsteg zu sehen. HDL, Onkel Kane.«*

Anne: *Wird gemacht.*

Seine Gedanken wanderten zurück zu Sable.

Kane: *Du könntest mir noch einen Gefallen tun …*

Fünf Minuten später krempelte er die Ärmel hoch und ging in sein Musikzimmer, um Dampf abzulassen. Er drehte die Musik auf, setzte sich ans Schlagzeug und versuchte, sich den Frust vom Leib zu spielen. Aber nach zwanzig Minuten merkte er, dass er gar nicht mehr die Lieder spielte, die er hörte. Er spielte den verdammten Song, den Sable ihm zu Beginn der Woche als Audiodatei geschickt hatte. Den Song, an dem sie zusammen in seinem Zufluchtsort auf dem Dach gearbeitet hatten. Das Lied, das sie passenderweise »In Too Deep« genannt hatte. Er steckte wahrlich schon zu tief drin.

So oft hatte er ihr zugehört, wie sie diesen ergreifenden Text voller Inbrunst von sich gab, dass er jedes Wort und jeden einzelnen Ton auswendig kannte. Er hatte sie anrufen wollen, nachdem er die Datei erhalten hatte, aber er kannte keinerlei Beherrschung, wenn es um sie ging. Er wusste, dass sie mühelos das Tier in ihm hervorlocken konnte, und dann würden sie wieder in den lustvollen Abgrund stürzen, der sie jedes Mal verschluckte, wenn sie miteinander redeten. Sein Verstand hing so schon an einem seidenen Faden.

Es ist an der Zeit, diesen Mist zu beenden.

Während er das Musikzimmer verließ, scrollte er die Kontaktliste in seinem Handy durch. Schließlich landete er bei einer Nummer und rief an.

»Kane«, schnurrte Angie. »Lang ist's her.«

Ihre Stimme löste nichts in ihm aus, aber das war in Ordnung. Er war nicht in Plauderlaune. »Was machst du gerade? Lust auf einen Drink oder ein Essen?«

»Was glaubst du denn?«

»Ich hol dich in zwanzig Minuten ab.«

»Freu mich schon. Aber mir wäre ein *Nachtisch* viel lieber.«

Und natürlich wanderten seine Gedanken schnurstracks zum Schokoladenkuchen – und zu Sable.

Siebzehn

Sable parkte neben Reeds Pick-up und schaute zu dem Farmhaus, das sich fast ihr ganzes Leben wie ein zweites Zuhause für sie angefühlt hatte. Sie hatte noch immer Lloyd und Deloris an warmen Sommerabenden in ihren Schaukelstühlen auf der breiten Veranda vor Augen, beide mit einem Glas Eistee auf einem Tisch zwischen sich, während Deloris strickte und Lloyd las. Ein Kloß in der Kehle machte ihr zu schaffen. Sie würde alles dafür geben, sie noch ein einziges Mal so zu sehen.

Diese Gefühle schob sie jedoch beiseite, als sie die Farbe aus dem Pick-up nahm und die Verandastufen hochstieg. Reed hatte bereits das Geländer erneuert und die schiefe mittlere Stufe repariert. Es war seltsam, wie das Leben immer weiterging, egal, was sich veränderte – ein Todesfall, ein Umzug, eine unerwartete Gelegenheit. Ein unerwarteter Mann.

Sable hatte nicht gewusst, womit sie zu rechnen hatte, als sie nach Oak Falls zurückgekehrt war, aber ihr ruhiger Heimatort hatte sie nicht enttäuscht. Viele Glückwünsche, ebenso viele besorgte Kommentare – *Du wirst doch jetzt wohl nicht abhauen und uns hier alleinlassen, oder?* – und ein paar Jugendliche hatten sie um ein Autogramm gebeten, als sie sich im Stardust Café etwas zum Mittagessen geholt hatte. Seit etwas mehr als zwei Wochen war sie nun schon zu Hause und zum Glück hatte das alles nachgelassen und ihr Leben verlief fast wieder normal.

Zumindest so normal, wie es möglich war, nachdem ein Milliardär mit Sexmaschinentalent und unanständigem Vokabular Bereiche ihres Körpers zum Leben erweckt hatte, die sich noch immer nicht wieder beruhigt hatten. Ebenso wenig wie der nicht nachlassende physische Schmerz, weil sie ihn so gern gesehen hätte, der ärgerliche Drang, sich in Wortgefechten mit ihm zu duellieren, und das verzweifelte nächtliche Begehren, sich in seinen geschickten Händen zu verlieren. Und das war noch nicht einmal das Schlimmste. Das Schlimmste war der übergroße Wunsch, über das zu reden, was sie fühlte. Mit Kane über sich selbst zu reden, hatte anscheinend eine Tür in ihr geöffnet, und sie hatte Probleme damit, sie wieder zuzustoßen.

Über ihr Privatleben sprach sie nie, und sie hatte auch nicht vorgehabt, über Kane zu reden. Aber als sie an diesem Morgen bei Deloris gewesen war, hatte die alte Dame einen relativ guten Tag gehabt, auch wenn sie der Annahme gewesen war, wieder eine junge verliebte Frau zu sein, und Sable *Lara* genannt hatte. Das machte Sable nichts aus. Sie hatten in Erinnerungen an Lloyd geschwelgt, und Deloris hatte Sable gefragt, ob sie einen besonderen Mann in ihrem Leben hätte. Sable hatte Deloris ihre Standardantwort gegeben: *Ich brauche keinen Mann, der mir sagt, was ich zu tun habe.* Aber irgendwie war sie im Verlauf ihrer Unterhaltung abgeschweift und hatte letztendlich so etwas wie Sprechdurchfall erlitten. Sie hatte Deloris von *einem* Mann erzählt, den sie in New York kennengelernt hatte, und dann war sie abwechselnd in Tiraden über ihren ständigen Zoff mit ihm und in Schwärmereien darüber ausgebrochen, wie unglaublich es gewesen war, mit jemandem zusammen zu sein, der so klug und männlich war. Deloris hatte ihn als *Chilisaucen-Typ* bezeichnet – *schmerzhaft scharf, aber unwiderstehlich* – und erzählt, dass Lloyd genau das für sie anfangs auch gewesen war. *Mein Lloyd war so ein Mann, der mich oft zur Weißglut gebracht hat, aber ich konnte ihm nicht widerstehen. Ich habe es quasi immer wieder eingefordert. Eines Tages wurde mir bewusst, dass diese Weißglut abgekühlt war, aber die Würze war geblieben. Wie man sieht, ist er genau das, was ich brauche ...*

Sable war später stinksauer, dass sie Kane überhaupt erwähnt hatte.

Sie sollte nicht über ihn reden *wollen*. Der Mistkerl war dazu in der Lage gewesen, einfach einen Schalter umzulegen und direkt wieder in den geschäftlichen Modus zu wechseln, was bedeutete, dass sie die Einzige war, die unter diesem qualvollen Mist litt. Er hatte ihr professionelle Mails geschrieben, als wäre er nichts als der Manager ihrer Band, und auch wenn sie dankbar für sein Wissen war, war es doch mehr als nervig. Vor allem da sie ihm eine Kopie des Stücks geschickt hatte, den sie zusammen geschrieben hatten, und er nur mit: *Der Song ist phänomenal. Die Fans werden ihn lieben* geantwortet hatte.

Das war fast ebenso ärgerlich wie der Background-Check, den sie vor zwei Tagen per Post von seiner persönlichen Assistentin mit der Anmerkung *Wie versprochen von Mr. Bad* erhalten hatte.

Der Arsch.

Er war die absolute Pest und Heilung war nicht in Sicht.

Als sie das Haus betrat, hörte sie Reed oben arbeiten. Das war auch nicht verkehrt. Sie war in letzter Zeit keine gute Gesellschaft und er und Grace freuten sich so über die Schwangerschaft. Sie wollte ihm seine Laune nicht verderben und ging ins Esszimmer, um sich dort ihren Frust von der Seele zu streichen.

Ein paar Stunden später kam Grace mit einer großen Pizza und einer rosa Schachtel zur Tür hereingeschneit. Schwangere Frauen strahlten – so sagte man – auf eine bestimmte Weise und sie glich tatsächlich dem Sonnenschein an einem Regentag. Ihre vollen dunklen Haare umrahmten ihr Gesicht, als sie das Essen auf die Abdeckplane stellte, die den Esstisch schützte. »Hallo! Ich hoffe, du hast Hunger. Ich hatte solche Gelüste auf Salami-Pizza und Schoko-Eclairs.«

Bei dem Wort Schokolade waren Sables Gedanken gleich wieder bei Kane. »Danke.« Sie legte die Malerrolle beiseite. »Es überrascht mich, dass du jetzt schon Gelüste hast.«

»Ach, das sind keine Schwangerschaftsgelüste. Das sind ganz gewöhnliche Fressattacken.«

Grace war schon immer kurviger als Sable und ihre anderen Schwestern gewesen, und Sable fand es schön, dass sie nie eins von diesen Mädchen gewesen war, das Angst hatte, zu essen, worauf sie Lust hatte. Graces Selbstvertrauen war nur eines der vielen Dinge, die sie an ihrer ältesten Schwester bewunderte – neben ihrem Sinn dafür, ihrem Herzen zu folgen und ihre Träume nicht für einen Mann aufzugeben. Sie und Reed hatten als junge Menschen so viel Liebeskummer erleiden müssen, doch wenn man sie heute beobachtete, sah man es ihnen nicht an.

Bei ihren Schwestern schien die Liebe all den Herzschmerz, das Kopfzerbrechen und die Kompromisse wert zu sein, die zu ihrem Glück geführt hatten. Sie hatten starke, kompetente und liebevolle Männer geheiratet, die Probleme ausdiskutierten und anscheinend nie aus der Haut fuhren. Sable würde mit so einem Mann den Verstand verlieren. Es gab Gründe, warum sie sich zu rebellischen, schwierigen Männern hingezogen fühlte, die noch dazu emotional nicht zugänglich waren. Diese Männer waren immer so drauf wie sie.

Warum also fiel es ihr so schwer, Kane einfach abzuhaken?

Und warum denke ich schon wieder an ihn?

Während sie zum tausendsten Mal versuchte, ihn aus dem Kopf zu bekommen, sagte sie: »Wie läuft das Vorsprechen? Habt ihr eure Hauptrollen schon besetzt?«

»Die weibliche Hauptrolle haben wir gefunden. Ich freue mich riesig. Sie hat ein Video eingeschickt, das mich umgehauen hat, und dann ist sie gestern hergefahren, um noch einmal persönlich vorzusprechen. Sie ist zweiundzwanzig und sie hat diesen Elle-Fanning-Vibe. Sie sieht total süß und unschuldig aus, aber sie hat auch die Fähigkeit, das zu kontrollieren, und als sie ihren Text gelesen hat, war jedes Wort von einer großen emotionalen Tiefe. Wenn sie am Ende in dem Stück so gut ist, wie ich denke, werde ich sie mit meinen Freunden am Broadway zusammenbringen.«

»So gut ist sie?«

»Ja! Sie arbeitet seit drei Jahren bei einem Dinner-Theater. Sie ist wie du – ein verborgener Schatz.«

»Ach, hör auf! Ich würde gern im Verborgenen bleiben. Hast du den ganzen Mist gelesen, den sie auf Social Media über mich schreiben? Da sagen Frauen, dass ich gar nicht so hübsch bin, meine Stimme zu rau ist, und sie diskutieren, mit wem ich wohl geschlafen hab, um den Gig überhaupt zu bekommen. Die Kommentare von den Männern drehen sich zur Hälfte darum, dass sie mich vögeln wollen, oder es heißt, ich treib es mit den Jungs von meiner Band.«

»Beachte diesen Müll gar nicht.«

Leichter gesagt als getan. »Hast du den Artikel über mich und

Axsel gesehen?«

»In dem betont wurde, dass du seine *ältere* Schwester bist?«

»Ja. Da hat jemand kommentiert, ich sollte wegen meiner Cellulite keine Shorts tragen. Ich hab keine Cellulite, und selbst wenn? Mein Aussehen hat nichts mit meinem Talent zu tun.«

»Die sind nur neidisch. Du hast Glück. Zumindest hast du ein dickes Fell. Erinnerst du dich nicht mehr daran, wie ich fast aufgegeben hätte und zurück nach Hause gezogen wäre, als die Kritiker in New York am Anfang meine Stücke zerrissen haben?«

»Doch, das weiß ich noch, aber sie haben nicht dich persönlich angegriffen. Es ging immer um die Stücke. Und ich weiß nicht, Grace … So ein dickes Fell hab ich nicht.«

»Ach, Sable. Das tut mir leid.« Grace umarmte sie.

»Ist schon gut. Ich meckere nur ein bisschen. Aber die Tour muss ich machen, also reden wir nicht mehr davon. Es nervt mich einfach nur. Reed ist oben. Willst du ihm sagen, dass du hier bist?«

»Ich hab ihm geschrieben, bevor ich reingekommen bin. Er kommt sicher gleich runter. Das mit den Kommentaren tut mir leid. Treib dich einfach nicht mehr auf Social Media rum. Das musst du ja nicht.«

»Glaub mir, davon lass ich ab jetzt die Finger. So, können wir jetzt das Thema wechseln?«

»Ja, sorry.« Ihre Augen strahlten unvermittelt. »Bist du heute schon durch den Ort gefahren? Alles ist schon für das Valentine's Day Festival geschmückt. Ich kann mich nicht erinnern, wann der Valentinstag das letzte Mal auf ein Wochenende fiel.«

Morgen fand in Oak Falls das jährliche Valentine's Day Festival statt und auf diesem Stadtfest genossen alle die

Gemeinschaft und ein fröhliches Chaos. Surge trat – wie seit fast einem Jahrzehnt – auf dem Festival auf. Es war schon immer eines von Sables Lieblingsevents gewesen, denn auch wenn sie nicht auf der Suche nach der großen Liebe war, schienen es alle um sie herum zu sein, und auf dem Festival lag immer Liebe in der Luft. In diesem Jahr jedoch hatte sie versucht, die Transparente über der Straße, die leuchtend roten Herzen und Dekorationen vor den Geschäften an der Main Street zu ignorieren. Ihre Band wollte den neuen Song performen, den sie mit Kane geschrieben hatte, und ihr graute schon davor. Sie liebte das Lied, doch es war nur schwer zu ertragen, wenn jedes Wort sie an ihre gemeinsame Zeit erinnerte.

»Ja, ich hab's gesehen, als ich die Farbe abgeholt hab.«

Grace öffnete die Pizzaschachtel und pflückte sich ein Stück Salami herunter. »Kommt es mir nur so vor oder wird Oak Falls mit jedem Jahr besser geschmückt?«

»Die haben dieses Jahr mit Sicherheit noch eine Schippe draufgelegt.«

»Ist das da Farbe auf deinem T-Shirt?«

»Ja, aber ist doch egal, oder?«

Grace zog die Augenbrauen zusammen und deutete auf Sables Bein. »Du hast auch Farbe auf deinen Jeans. Warum hast du dir nicht deinen Overall angezogen?«

Weil er mich daran erinnert, wie ich Kane das erste Mal am Straßenrand gesehen habe und das Gefühl hatte, als würden meine wildesten Fantasien wahr werden. »Hab vergessen, mich umzuziehen.«

»Zu schade. Die Jeans sehen so süß an dir aus. Aber die Flecken gehen wieder raus. Mit den Spritzern kann es schwierig werden, aber das ist machbar. Wenn du nach Hause kommst, kannst du die getrocknete Farbe mit einem Messer abkratzen und dann die Flecken mit warmem Wasser abspülen und in Waschmittel einweichen. Spül es aus, bis die Flecken verschwunden sind, oder versuch es dann noch mal mit einem Fleckentferner, aber erst wenn das Waschmittel getrocknet ist.«

»Echt nicht zu fassen! Kaum bist du schwanger, hast du schon jede Menge Haushaltstipps auf Lager.«

Graces Lächeln wurde noch strahlender. »Ich kann es noch immer nicht glauben, dass ich schwanger bin«, flüsterte sie. »Seit wir beschlossen haben, uns der Freude wirklich hinzugeben, anstatt uns von den Sorgen alle Glücksgefühle nehmen zu lassen, würde ich es am liebsten in alle Welt hinausschreien. Ich weiß, dass es richtig ist, außerhalb der Familie noch nichts davon zu erzählen, aber es ist schwer, es für mich zu behalten. Brindle hat ja keine Ahnung, wie gut sie es hatte.«

Brindle hatte nicht versucht, schwanger zu werden, und sie war vollkommen durcheinander gewesen, als sie es herausgefunden hatte. »Das war wirklich sehr stressig für sie. Ich verstehe, warum du glaubst, dass es einfacher für sie war, aber ich denke, keine von euch beiden hatte es leicht. Ich wünschte, es wäre für dich und Reed nicht so schwierig, aber zumindest hat die künstliche Befruchtung funktioniert. Und ich weiß, dass du eine wunderbare Mutter sein wirst.«

»Oh, und wie«, flüsterte sie aufgeregt.

»Nur eines noch: Bitte versprich mir, dass du deinem Kind nicht mit Fleckenmittel hinterherlaufen wirst.«

»Mein Mann kommt jede Woche mit neuen Flecken nach Hause, und dem laufe ich auch nicht hinterher ... höchstens, um ihn auszuziehen.«

Beide lachten.

»Worüber lacht ihr?«, fragte Reed, der gerade die Treppe herunterkam. Sein schiefes Lächeln ließ Grace schmachtend aufseufzen.

»Über die Vorstellung, dich nackt zu sehen«, scherzte Sable.

Reed zog Grace in seine Arme und küsste sie. »Hallo, meine Schöne. Du machst dich aber nicht über mich lustig, oder?«

»Auf keinen Fall.«

Reed betrachtete die frisch gestrichenen Wände. »Das Zimmer sieht großartig aus.«

»Würde besser aussehen, wenn der Makler mir etwas Farbe zugestehen würde«, sagte Sable. »Das Haus kommt mir mit den weißen Wänden blass vor. Es war so voller Leben, als Lloyd und Deloris hier gewohnt haben.«

»Das war ihnen zu verdanken, nicht der Wandfarbe«, sagte Reed.

»Das hier fällt dir wirklich schwer, oder?«, fragte Grace.

»Nein.« Sable log, um die beiden nicht damit zu belasten, wie schwer es tatsächlich für sie war. »Ich finde einfach nur, dass etwas Farbe hilfreich wäre.«

»Wahrscheinlich hast du recht, aber manche Leute mögen es nicht bunt«, sagte Grace.

»So wird es sich schneller verkaufen«, sagte Reed. »Du machst es schon richtig, wenn du auf den Makler hörst.«

Mache ich das wirklich? Das kleine Mädchen in ihr hätte die Wände am liebsten schwarz gestrichen, damit niemand das Haus kaufen und die Erinnerungen an die Menschen, die sie liebte, auslöschen würde. Heute hatte sie ihre Gefühle überhaupt nicht im Griff. »Du solltest wahrscheinlich keine Farbdämpfe einatmen. Lasst uns die Sachen doch mit in die Küche nehmen. Da können wir die Tür zur Veranda aufmachen« – *damit ich vor der Bandprobe heute Abend noch einen klaren Kopf bekomme* – »und am Tisch essen.« Sable nahm die Pizzaschachtel und das Gebäck.

»Gute Idee. An die Dämpfe hab ich gar nicht gedacht.« Grace und Reed folgten ihr in die Küche. »Danke, dass du dich so um mich kümmerst.«

Das ist viel einfacher, als mich um mich selbst zu kümmern.

Am Abend glitten Sables Finger mit einer drängenden Ruhelosigkeit über das Griffbrett ihrer Gitarre, als sie und die Band »In Too Deep« zum vierten Mal spielten. Erinnerungen an den Abend, als sie und Kane an dem Song gearbeitet hatten, standen im Wettstreit mit der aus dem Verstärker dröhnenden Musik. Die Töne vibrierten in ihr, als wäre sie eine angestoßene Stimmgabel. Die Jungs jammten, schienen den Rhythmus richtig zu spüren, aber in Sables Ohren hörte sich alles falsch an. Während sie den Text von sich gab, klangen das Keyboard und die Bassgitarre schroff und holprig, die Töne abgehackt und das Tempo zu schnell. Sogar ihre eigene Stimme klang falsch, wie zu einem angestrengten Crescendo aus der Lunge gepresst, bis sie schließlich mit einem frustrierten *»Scheiße«* endete. Sie hörte auf zu spielen. »Tut mir leid. Ich kann nicht …«

Die Jungs brauchten einen Moment, bis ihnen klar wurde, dass es nicht nur ein kurzer Aussetzer war, und sie ebenfalls aufhörten. »Was ist los?«, fragte Tuck.

»Das klingt alles falsch.«

»Falsch?«, fuhr JP sie an. »Was redest du da?«

»Ja! Das war richtig gut«, sagte Lee.

»Ich fand, das hat sich toll angehört«, stimmte Chris zu. »Was hat dir nicht gefallen?«

»Keine Ahnung. Alles.« Sie schaute weg, um ihren ungläubigen Blicken auszuweichen und Antworten zu finden. Der Mond schien durch die Spalte der alten Scheunenwände hindurch und das Licht fiel auf das Equipment, die ramponierten Sofas und die nicht zusammenpassenden Stühle, die sie über die Jahre zusammengetragen hatten. Es sah so aus wie immer. Es gab keine neuen Löcher in den Wänden oder andere Dinge, die den Sound ihrer Musik veränderten. Kanes Bild tauchte vor ihr auf, wie er auf der Bank in seinem Zufluchtsort auf dem Dach saß und auf ihrer Gitarre spielte. Sie versuchte, dieses Bild zu verdrängen, doch stattdessen sah sie dann nur ihn vor sich, wie er sich so kühl von ihr verabschiedete, und ihr wurde klar, dass das Problem nicht bei der Musik lag, sondern bei ihr. Sie konnte diesen verdammten Song nicht spielen, ohne an Kane zu denken. Sie konnte nicht einmal atmen, ohne an ihn zu denken.

»Tut mir leid«, sagte sie verärgert über sich selbst. »Ich krieg's einfach heute Abend nicht hin. Ich hab keinen klaren Kopf.«

»In Ordnung, dann lasst uns was trinken, und wir machen später weiter«, schlug Tuck vor.

»Ich hab einen Riesenhunger«, sagte Lee. »Gehen wir doch in diese neue Sushi-Bar in Meadowside.«

»Klingt super«, sagte JP.

»Sorry, Jungs.« Sable verstaute ihre Gitarre in dem Koffer. »Ich bin fix und fertig. Ich will einfach nur noch nach Hause und relaxen.«

»Was ist mit dem neuen Song? Wir wollen doch unbedingt was Neues rausbringen. Meinst du, dass du ihn morgen spielen kannst?«, fragte Lee.

Seit sie aus New York zurück waren, hatten sie jeden Tag geprobt. Sie kannte die Stücke. Sie musste einfach nur Kane aus dem Kopf bekommen. »Hab ich euch jemals bei einem Gig hängenlassen?«

Lee schüttelte den Kopf. »Aber du bist genervt, seit wir die Verträge für die Tour unterschrieben haben. Ich musste einfach fragen.«

»Komm schon, Mann, lass gut sein«, sagte Tuck. »Wir haben alle mal unsere schlechten Tage. Ach was, du hattest Jahre, nachdem du so viel Mist durchgemacht hast, und wir haben deswegen auch nichts gesagt.«

»Du hast recht.« Lee hob die Hand. »Tut mir leid, Sable. Alles in Ordnung.«

»Kein Problem.« Sie war enttäuschter von sich selbst, als die anderen es je sein konnten.

Sie räumten ihr Equipment weg, und als sie hinausgingen, lief Tuck neben ihr her. »Soll ich vorbeikommen und wir hängen ein bisschen zusammen ab?«

»Nein danke. Mir fehlt nichts. Ich muss nur allein sein.«

Er sah sie kurz an. »In Ordnung. Du weißt, wie du mich erreichen kannst.«

Sie stieg in ihren Pick-up, drehte die Musik auf, um die Gedanken an Kane auszublenden, und fuhr nach Hause. Als sie auf den Parkplatz der Werkstatt fuhr, sah sie einen schicken schwarzen Aston Martin vor den Toren stehen und – ihr stockte der Atem – den verdammten Kane Bad, der neben der Bürotür an der Wand lehnte, die Beine überkreuzt, die Arme verschränkt, in einem Hemd, das straff über seinen Armmuskeln saß, und seine dunklen durchdringenden Augen ließen sie nicht los, während sie das Auto parkte.

Achtzehn

Sable stellte den Motor ab und versuchte, sich einen Reim darauf zu machen, wieso dieser ärgerlich gut aussehende Mann plötzlich wieder in ihrem Leben auftauchte. Doch sie konnte nichts anderes denken, als dass sie ihn so sehr vermisst hatte. Wie war es möglich, dass jemand, der sie so dermaßen aufregte, auch so ein Verlangen auslösen konnte?

Wie konnte sie das zulassen?

Es war ein Fehler gewesen. Ein hitziger, unerwarteter, überaus emotionaler Fehler. Ihr war nicht einmal bewusst gewesen, wie emotional, als sie nun all ihre Kraft aufbringen musste, um das Rückgrat durchzustrecken und die Tür aufzustoßen.

Als sie aus dem Pick-up ausstieg, stieß er sich von der Wand ab und beobachtete sie wie ein Löwe, der seine Beute im Blick behält. *Scharf und unwiderstehlich* war gar kein Ausdruck für diesen Mann. Mit jedem Schritt spürte sie seine heiße Glut noch mehr. Sie blieb gut einen Meter entfernt stehen, brauchte Abstand, um nicht diesem naiven Organ in ihrer Brust nachzugeben, das sich losreißen und zu ihm eilen wollte. »Hallo, Kane. Was machst du denn hier?«

Er kam näher und sein Blick ließ ihren keine Sekunde los. »Ich war gerade in der Gegend und dachte mir, ich guck mal vorbei und schau, wie es dir geht.«

»Und ich soll glauben, dass du gerade *zufällig* in Oak Falls warst?«

»Das wäre nett.« Seine Lippen deuteten ein Lächeln an, als er den Abstand zwischen ihnen zunichtemachte und ihr Herz noch schneller schlagen ließ. »Dann müsste ich nicht zugeben, dass ich nicht aufhören kann, an dich zu denken.«

Ihr Magen zuckte nervös, doch das hier war Kane Bad, kein x-beliebiger Niemand. »Du kannst jede Frau haben, ohne hunderte Meilen durch die Gegend reisen zu müssen. Warum bist du wirklich hier?«

»Genau das ist ja das verdammte Problem. Ich kann jede Frau haben, außer der einzigen, die ich wirklich will. Ich krieg dich nicht aus dem Kopf, und glaub mir, ich hab's versucht.« Sein Tonfall wurde ernster, aufgewühlter. »Neulich Abend hab ich mich mit einer Frau auf einen Drink getroffen, und ich war fest entschlossen, dich aus meinem Hirn zu vögeln.«

Ihr Herz zog sich zusammen.

»Aber ich hab sie von der Bar aus allein nach Hause geschickt, denn sie hatte keine verführerischen grünen Augen, die mich herausgefordert haben, und keine raue Stimme, die meinen Körper in Flammen aufgehen ließ. Sie hat mich nicht zum Lächeln oder Lachen gebracht, und auch nicht dafür gesorgt, dass ich *will*, bis ich vor Begehren fast verrückt werde. Sie war nicht diejenige, die meine Gedanken rund um die Uhr beherrscht. Es gibt nur eine Person, die das bei mir auslöst, und das bist du, Panthera.«

Ihr war bewusst gewesen, dass er mit seiner dominanten Art die Macht hatte, sie in die Knie zu zwingen, aber was er gerade gesagt hatte und wie er sie ansah – als ob er jedes Wort wirklich meinte –, machte sie sprachlos. Er legte einen Arm um sie, zog sie eng an sich und *Himmel!*, das fühlte sich so gut an.

Sein Blick durchdrang sie. »Du kannst mir nicht erzählen, dass du nicht auch an mich gedacht hast.«

Lüg! Lüg einfach, verdammt! »Du hast mich und all meine Gedanken schon so durcheinandergebracht, dass ich mich nicht einmal bei der Probe heute Abend konzentrieren konnte.« Sie hatte keine Ahnung, warum die Wahrheit aus ihr herausplatzte, aber aufhalten konnte sie sie jetzt nicht mehr. »Ich brauche auf der Tournee nicht noch mehr Komplikationen und du bist der Manager der anderen Band. Das macht dich zu einer einzigen riesigen Komplikation.«

Er zog sie noch fester an sich und strich mit seinem Bart über ihre Wange, während er ihr eindringlich ins Ohr flüsterte. »Das verstehe ich. Ich hab auch keine Zeit für Komplikationen, und ich weiß, dass du nicht auf der Suche nach etwas Ernstem bist, ebenso wenig wie ich.«

Sie schloss nur eine Sekunde lang die Augen, um diese Wahrheit aufzunehmen, und krallte die Finger in sein Hemd.

Er hob das Gesicht und sah sie mit ernsten Augen an. »Die Tour startet erst in einem Monat, und es scheint, als hätten wir beide schon zu viel Zeit damit verschwendet, *nicht* aneinander zu denken. Ich bin jetzt hier, und niemand muss wissen, was zwischen uns läuft. Wie wär's, wenn wir aufhören würden, uns zu quälen, und diese Zeit gemeinsam nutzen?«

Ihre Gedanken rasten, doch ihr Körper ermutigte sie. Sie wusste nicht, ob eine gemeinsame Nacht mit ihm alles schlimmer machen oder dafür sorgen würde, dass sie ihn aus ihren Gedanken verbannen könnte, aber in diesem Moment wollte sie ihn zu sehr, um sich darüber den Kopf zu zerbrechen. »Ich nutze dich sehr gern aus.«

Ein sündhaftes Lächeln trat in sein attraktives Gesicht. »Da ist sie ja, die angriffslustige Frau, die ich sehen wollte.«

Er senkte den Mund auf ihren und linderte mit einem langsamen, leidenschaftlichen Kuss all den Frust, der sie in seiner Abwesenheit so vollkommen erfasst hatte. Als wäre ausgerechnet er das Heilmittel für den Kane-Kater.

»Himmel«, knurrte er an ihren Lippen. »Ich hab deinen Mund so vermisst.«

Noch einmal küsste er sie, härter, besitzergreifender, auf dem schwach beleuchteten Parkplatz, wo sie jeder sehen konnte.

»Rein.« Sie nahm seine Hand, zog ihn um das Gebäude herum zum Eingang zu ihrer Wohnung. Ihre Küsse waren stürmisch und drängend, während sie zur Tür hineinstolperten und die Treppe hinaufeilten. Sie musste wohl zu langsam gewesen sein, denn er legte einen Arm um ihre Taille, hob sie hoch und nahm zwei Stufen auf einmal, während sie sich beide lachend weiter küssten. Mit diesem Mann zu lachen, der bei ihr ein nahezu animalisches Verlangen und Begehren auslöste, fühlte sich wunderbar an. Er setzte sie vor der Tür ab und sie suchte hektisch nach dem Schlüssel.

»Wenn du dich über meine Wohnung lustig machst, schmeiß ich dich raus«, warnte sie ihn.

Er sah sie an, als redete sie in einer anderen Sprache. »Was ist mit deiner Wohnung?«

»Die ist in etwa so groß wie dein Eingangsbereich.«

Er stand in all seiner Größe vor ihr, drückte sie mit dem Rücken gegen die Tür und rieb seine Erektion an ihr. »Fühlt sich das so an, als wäre ich an deiner Wohnung interessiert? Mach die Tür auf, Sable, sonst vögel ich dich gleich hier.«

Bei diesem verlockenden Gedanken schoss ihre Körpertemperatur nach oben, doch sie stieß die Tür auf und dann waren seine Hände und sein Mund auch schon überall auf ihr. Sie war ebenso ungeduldig. Er zog ihr die Jacke aus, und sie zerrte an seinem Hemd, während er ihr das T-Shirt vom Leib riss. Ihre Haut stand in Flammen, ihr Slip war feucht, und als sein Hemd zu Boden fiel und seine perfekt geformten Brustmuskeln und die schönen Tattoos zu sehen waren, entwich ihr ein sehnsuchtsvolles Stöhnen. Er riss ihre Jeans auf und gleichzeitig huschte der Blick seiner dunklen Augen durch den Raum. »Zieh diese verdammten Jeans aus und lehn dich über das Sofa.«

Diese unbeirrbare Forderung ließ die Lust in ihr auflodern.

Sie zog die Stiefel und Socken aus, während er seine Schuhe abstreifte und die Hose öffnete. Er beobachtete sie beim Ausziehen. Die Begierde in seinen Augen raubte ihr den Atem. Alles in ihr surrte vor Begehren, als sie sich über die Rückenlehne des Sofas beugte und er hinter sie kam.

Mit der Handfläche rieb er über ihren Hintern. »So verdammt perfekt.« Er schob seine Länge zwischen ihre Beine, glitt über ihre feuchte Mitte. Sie stöhnte und er tat es noch einmal. »Ich hab dich vermisst.«

»Verarsch mich nicht, Kane.«

Im nächsten Atemzug stieß er die kräftige Spitze seiner Härte in sie und vergrub sich vollkommen in ihr. Sie schrie vor unermesslicher Lust und Erleichterung auf, als seine imposante Länge sie dehnte und gegen den verborgenen Punkt drückte, während er seinen harten und schnellen Rhythmus fand. Alles, von der Luft in ihrer Lunge, über seine Hände auf ihren Hüften bis hin zu seiner Härte in ihr fühlte sich anders, besser, intensiver an. Tief in ihr setzte ein Prickeln ein, das nach außen strahlte, sie immer höher trug, bis ihr Verstand nur noch an einem seidenen Faden hing.

»Gott, du bist so eng, so heiß und feucht ... Fuck!« Er hielt inne.

»Hör nicht auf!«

»Hab das verdammte Kondom vergessen«, zischte er. »Ich kann nicht denken, wenn ich mit dir zusammen bin.«

Er wollte sich zurückziehen, doch sie streckte den Arm nach hinten aus, hielt ihn am Oberschenkel fest und sah ihm über die Schulter in die Augen. »Ich nehm die Pille. Mach weiter.«

Ein teuflisches Lächeln trat auf seine Lippen. »Ich soll dich ohne vögeln, Baby?« Er fing an, sich quälend langsam zu bewegen. »Soll Big Daddy dafür sorgen, dass du auf meinem Schwanz kommst?«

»Kane!«, rief sie warnend, doch er reizte sie weiter. Er bewegte die Hüften kreisend, glitt mit einer Hand zu ihrer Perle und reizte sie so herrlich, dass er sie gleich wieder an den Rand des Wahnsinns brachte. »Schneller!«, flehte sie, doch er blieb bei seinem quälenden Tempo.

»Ich liebe es, dich so eng um mich zu spüren.«

Das Prickeln kehrte zurück, das Begehren in ihr stieg und rauschte durch ihre Adern. Tausende Nadeln schienen in ihre Haut zu piksen, der Orgasmus war zum Greifen nah. Sie bewegte sich mit ihm, versuchte ihn dazu zu bringen, schneller zu werden, während ihre Beine zitterten. »Fester!«, bettelte sie.

»Gut so, Baby. Bettele nach meinem Schwanz.« Er stieß etwas schneller, etwas härter.

»Oh Gott! Kane … bitte!«

Er packte sie an den Haaren und umklammerte ihre Hüfte mit der anderen Hand, während er in sie stieß. »Mach mich nass, Baby. Komm für mich.« Das hier war es, wonach sie sich sehnte. Kanes Macht, sein dringendes Bedürfnis zu nehmen und die kehligen Laute der Zurückhaltung, die er mit jedem Stoß von sich gab, während er Blitze durch sie hindurch jagte. Sie konnte nicht denken, konnte nicht sehen, als die Lust in ihr explodierte und sie aufschrie: »Kane!«

»Genau, Baby. Fuck, das fühlt sich so gut an.« Er stieß weiter in sie, steigerte ihre Lust, bis sie über dem Sofa zusammenbrach und nach Luft rang.

Der Mann war ein Meister der Selbstbeherrschung. Sie hatte keine Ahnung, wie er es geschafft hatte, nicht zu kommen, doch sie genoss es, dass er die ganze Nacht durchhielt. Er richtete sie auf, drehte sie grob herum und packte wieder ihre Haare, um dann seinen Mund fest auf ihren zu drücken und sie mit einem berauschenden Kuss wieder fast bis zur Erlösung zu treiben. Doch er riss seinen Mund von ihrem los und drückte sie auf die Knie. »Nimm ihn.«

Sie griff nach seiner Härte, nahm sie tief in sich auf, saugte und streichelte, reizte seine Hoden. »Berühr dich«, zischte er. Mit der Hand zwischen ihren Beinen wollte sie ihn ebenso verrückt machen wie er sie. Er zog ihren Kopf vor, vögelte sie bis in die Kehle. Gierig nahm sie jedes Stöhnen auf, jeden Stoß, und als er beide Hände in ihren Haaren vergrub, nicht mehr so tief stieß und sie so leichter atmen konnte, sagte er: »Genau, spiel mit deiner Muschi, während du mir einen bläst.« Dann umfasste sie mit der anderen Hand seine Hoden und zog daran. »Fuck!«, dröhnte es aus ihm heraus, als er sich aus ihrem Mund zurückzog und heiße Spritzer seines Safts über ihre Brüste liefen.

Seine Augen blickten tief in ihre, als er sie auf ihren zittrigen Beinen zu sich hochzog. »Du bist so verdammt schön mit meinem Zeug auf deinen Titten.« Er fuhr mit den Fingern durch den klebrigen Saft und reizte damit ihre Nippel.

»Markierst du dein temporäres Territorium?«

Seine Augen wurden zu schmalen Schlitzen, die Kiefermuskeln zuckten. »Ich werde dich auf jeder freien Fläche in dieser

Wohnung vögeln und du wirst meinen Namen so oft schreien, dass es noch von den Wänden hallt, wenn ich schon wieder weg bin.« Er fuhr mit seinen von Sperma bedeckten Fingern über ihren Bauch und reizte ihre Perle mit tödlicher Präzision. Sie ging auf Zehenspitzen, suchte nach dem Rausch. Sein Mund bedeckte ihren, seine Zunge forschte, die Zähne stießen aneinander, als er sie wieder in die Höhe jagte. Er unterbrach den Kuss, als sein Name aus ihr hervorbrach. Dieser gierige Mistkerl. Kaum hatte sie sein zufriedenes Lächeln gesehen, da nahm er ihren Mund wieder gefangen und schluckte ihr Stöhnen und Gewimmer.

Sie zitterte am ganzen Körper, als sie aus den höchsten Sphären herabschwebte. »Dusche«, sagte er, und sie keuchte: »Schlafzimmer, aber meine Beine brauchen einen Moment.«

»Dafür wirst du bezahlen.« Er hob sie hoch und ließ sie mit einem Stöhnen auf seine Härte hinabsinken.

»Das ist die beste Strafe überhaupt.«

Sie bedeckte seinen Mund mit ihrem, bewegte sich auf seiner Länge, während er sie ins Badezimmer trug. Er stellte die Dusche an und wartete kurz, bevor er hineintrat. Warmes Wasser regnete auf sie hinab, rann zwischen ihre Lippen, während sie sich an ihren Mündern labten, und zwischen ihre Körper, was jeden Stoß und jede Bewegung noch erotischer machte. Ihr Rücken prallte gegen die kalten Fliesen, und er stieß fester zu, jagte lustvolle Blitze durch sie hindurch. Seine Küsse wurden quälend langsam, sodass ihr ganzer Körper prickelte und brannte, während er ihren Hintern mit den Fingern reizte und ihr Innerstes sich zusammenzog und nach mehr verlangte. Sie versuchte, all die Empfindungen bewusst wahrzunehmen, doch es war wie in einem Sturm, ohne eine Zuflucht in Sichtweite, also versuchte sie es gar nicht mehr und gab sich ihnen einfach hin. »Ich kann nicht genug von dir bekommen«, raunte er. Sie wollte gerade sagen *Ich kann auch von dir nicht genug bekommen*, doch da eroberte er auch schon wieder ihren Mund mit einem köstlich tiefen, leidenschaftlichen Kuss, der sie in einen Wirbelsturm jagte. Sie ließ den Kopf in den Nacken fallen und schrie nur noch »Kane!«, als »Sable!« aus ihm herausplatzte.

Gemeinsam trieben sie in ihren Höhen, und er hielt sie fest, während ihre Atmung sich beruhigte und ein Wirbelwind von Emotionen in ihr tobte. Als er sie absetzte, tat er es sanft, um sie dann in seine Arme zu ziehen und sich umzudrehen, damit sie unter der warmen Dusche stand. Er sagte kein Wort und sie hätte beim besten Willen auch keines hervorbringen können. Er küsste sie auf die Stirn, und die Zärtlichkeit und sein träges Lächeln lösten noch mehr von diesen unergründlichen Gefühlen in ihr aus. Sie redeten nicht miteinander, während er Duschgel in die Hand nahm und sie damit abseifte. Seine Berührungen waren sinnlich und beruhigend, während er über ihre Brüste glitt und dann den Kopf senkte, um beide zu küssen. Zu sehen, wie sich dieser kraftvolle Mann auf eine Art um sie kümmerte, wie sie es niemand anderem zugestanden hätte, auf eine Art, die auch ihm Lust zu bereiten schien, verstärkte ihre Emotionen. Er bewegte die Hände weiter an ihrem Körper hinab, streichelte und wusch, küsste und knabberte, bis sie keuchend nach mehr verlangte.

Er legte die Hände flach auf ihre Oberschenkel und die Glut in seinen Augen loderte, als er die Zunge über ihre Mitte gleiten ließ. »Oh Gott, Kane!«, stieß sie mit einem langen Atemzug aus, um dann die Hände in seinen vollen Haaren zu vergraben, während er sie mit Zunge und Zähnen wieder in den Wirbelsturm des Wahnsinns jagte und sein Name von den Wänden widerhallte.

Sie brach über ihm zusammen, und er erhob sich, um mit dem Finger ihr Kinn anzuheben und sie noch einmal zu küssen. Ihr eigener Geschmack vermischt mit seinem ließ sie in einer Art trunkenem Sexnebel zurück, während er sich selbst wusch und dann das Wasser abstellte. Er nahm ein Handtuch und trocknete sie ab, bevor er sich um sich selbst kümmerte. In all der Zeit ließ sein Blick sie keine Sekunde los.

Was dachte er? Oder war sein Verstand so vernebelt wie ihrer?

Sie wollte ins Schlafzimmer gehen, doch er hielt sie an der Hand fest und sah sie verschmitzt an.

»Was?«, fragte sie mit einem leisen Lachen.

»Du hast gesagt, ein Dutzend Orgasmen war kein Rekord. Das sehe ich als eine Herausforderung an.« Er warf einen Blick auf den Waschtisch. »Diese Oberfläche kann nicht unbehelligt bleiben.«

Ihr Körper entfachte erneut. Wie war es nur möglich, dass sie ihn so schnell wieder wollte? »Sicher, dass du das schaffst?«

»Die Bads wachsen immer an ihren Aufgaben.« Er zog sie an sich, ihre nackten Körper berührten sich, als er ihren Hals küsste und an ihrem Ohrläppchen knabberte, sodass ihr ein Schauer über den Rücken rann und seine Härte verlockend an ihren Bauch drückte.

Neunzehn

Kanes Arm war taub, aber er wagte es nicht, sich zu bewegen, da Sable ihn als Kissen benutzte. Sie lag schlafend neben ihm auf dem Schlafzimmerboden inmitten von verknäulten Bettlaken. Keine freie Fläche war unberührt geblieben. Er konnte sich nicht mehr daran erinnern, wie genau sie vom Bett auf den Boden gefallen waren, aber er würde nie vergessen, wie unbeschwert sie gelacht und sich geküsst hatten und wie gut es sich angefühlt hatte, als sie die Wange auf seine Brust gelegt und gesagt hatte, sie müsste für die nächste Runde nur etwas Energie sammeln, bevor sie dann kurzerhand eingeschlafen war.

Sein Blick ruhte auf ihrem wunderschönen Gesicht. In dem Morgenlicht, das durch die Vorhänge schimmerte, sah sie so friedvoll aus, als ob sie gleich die Augen öffnen, ihn zärtlich anlächeln und sich an seine Seite kuscheln würde. Doch das war nicht seine Panthera. Sie würde ihn wahrscheinlich hochkant hinauswerfen, sobald sie merkte, dass er noch da war. Bei dem Gedanken musste er lächeln. Er liebte ihre wilde Art. Gestern Abend die Frau zu sehen, die ihn so rasend machte, wie sie aus dem kirschroten Pick-up ausstieg, der ihr so viel bedeutete, und ihn bemüht finster anblickte – so verdammt süß –, hatte alle Knoten in seiner Brust gelöst. Das erste Mal seit fast zwei

Wochen konnte er atmen, ohne das Gefühl zu haben, seine Lunge wäre verengt. Nach all seinen Grübeleien und sorgenvollen Fragen, ob er einfach so bei ihr auftauchen sollte, war die Belohnung das Risiko eindeutig wert gewesen.

Aber der Preis dafür war hoch.

Sie hatte bei ihm einen bleibenden Eindruck hinterlassen, als sie von New York abgereist war, und nach der vergangenen Nacht wusste er, dass ihm eine noch schlimmere Zeit bevorstand, wenn er heute wieder wegfuhr. Er versuchte immer noch zu verstehen, wie die Momente, in denen sie schwiegen und die Zeit stillzustehen schien, sich mit den Verletzlichkeiten verbunden hatten, die zwar unausgesprochen blieben, jedoch so intensiv wie ein Stich ins Herz zu spüren waren. Und dann wieder waren sie von ihrer puren, animalischen Leidenschaft übergegangen zu lockeren Scherzen und einem Lachen, das so natürlich war wie das Atmen selbst, als sie um ein Uhr morgens ihre Vorratskammer geplündert und sich gestärkt hatten.

All das, diese verschiedenen Seiten, die sie aneinander, miteinander erlebten, hatten sich auf eine Weise in ihm festgesetzt, mit der er sich noch nicht auseinandersetzen wollte. Den Großteil der Nacht hatte er wachgelegen, mit seinen Emotionen gerungen und sich gewünscht, sie wären unentdeckt geblieben. Gleichzeitig hatte er über die Tatsache gestaunt, dass er in der Lage war, mehr als nur Lust und Begierde zu empfinden. Er hatte gedacht, diese Fähigkeit vor Jahren so gut wie verloren zu haben.

Sable seufzte und öffnete träge die Augen. Ihr Lächeln schwand nicht, und sie sah ihn auch nicht finster an, als sie sagte: »Dann war das gestern Abend wohl doch kein Traum.« Sie drehte sich auf den Rücken und stöhnte auf. »Nee, das hab ich eindeutig nicht geträumt.«

Schmunzelnd stützte er sich auf dem Ellbogen ab. »Leicht wund?«

»Wisch dir dieses selbstgefällige Grinsen aus dem Gesicht. Versuch du doch mal, einen Neunzig-Kilo-Mann die ganze Nacht zwischen deinen Beinen zu ertragen.«

»Lieber nicht.« Er massierte ihre Hüfte. »Aber eine wunderschöne Brünette mit herausfordernden Augen?« Er küsste sie auf einen der Flecken, die er auf ihrem Brustansatz hinterlassen hatte. »Die ganze Nacht, Baby, und sag nicht, wir hätten keinen Rekord gebrochen.«

»Kein Kommentar.« Sie warf die Laken beiseite und offenbarte die anderen Spuren, die er auf ihrem Bauch und den Oberschenkeln hinterlassen hatte. Sie stand auf und schlenderte ins Badezimmer – herrlich nackt gab sie ihm freien Blick auf ihren herzförmigen Hintern, den er ebenso wie ein Urzeitmensch markiert hatte.

Er stand auf, warf die Laken aufs Bett und schaute sich in dem schlichten Schlafzimmer um. Mehrere Pflanzen standen auf einer gestuften Blumenbank unter dem Doppelfenster. Die hellgrünen Wände mit der weißen Zierleiste standen in schönem Kontrast zu dem einfachen Bett und dem Schrank aus Eiche. Zwei Notizblöcke lagen auf dem Nachttisch und erinnerten ihn daran, dass sie von so einigen Oberflächen in dem anderen Zimmer weitere Notizblöcke auf den Boden geworfen hatten. Anscheinend liebte sie Pflanzen und Farben, denn es gab in der ganzen Wohnung keine einzige weiße Wand, und neben der Tür zur Terrasse im Wohnzimmer standen auch noch zahlreiche Pflanzen und Blumen. Doch während in den anderen Zimmern Familienfotos an den Wänden hingen, befand sich hinter dem Bett ein riesiges Wandbild auf weißem Grund mit gelben Blumen und grünen Blättern, die die

Strichzeichnung einer nackten Frau teilweise umrahmten. Die Zeichnung zeigte die Frau von ihrem Mund abwärts, die Lippen leicht zusammengepresst, Knie an die Brust gezogen und die Arme darum geschlungen. Ein paar angedeutete orange- und pfirsichfarbene Schmetterlinge tanzten um die Blumen herum und das Efeu rankte neben der Frau in die Höhe. Es war eine perfekte Darstellung von simpler Eleganz, gepaart mit starker Weiblichkeit und einer zugrundeliegenden Reserviertheit. Das Wandbild trug in der unteren rechten Ecke die Signatur von Morgyn. Sah ihre Schwester sie als so reserviert und weiblich, wie er sie sah? Oder war es nur ein Bild, von dem sie glaubte, dass Sable es mögen würde?

Sable kam aus dem Badezimmer, noch immer nackt, die Haare zerzaust, mit frisch gewaschenem Gesicht, und fachte all die Emotionen wieder an, die er zu ignorieren versuchte. Sie nahm ein T-Shirt aus einer Schublade. »Musst du nicht irgendeinen Flug erwischen oder so?«, fragte sie, als sie das T-Shirt anzog.

Er sollte einfach die Gefühle, die an ihm nagten, abschütteln und zur Tür hinausgehen. Aber nichts in ihm war dazu bereit. Er wusste nicht, ob oder wann er wieder die Gelegenheit haben würde, mit ihr zusammen zu sein, und deshalb konnte er gar nicht anders, als zu ihr zu treten. »Da es Sonntag ist und deine Werkstatt geschlossen ist, dachte ich mir, ich bleib noch ein bisschen.«

»Hier?!« Sie versuchte gar nicht erst, ihre Verwunderung zu verbergen.

»Ja, hier.« Er zog sie in seine Arme und küsste sie. Sie schmeckte nach Pfefferminz und versuchte, ein Lächeln zu unterdrücken. »Wir können gemeinsam frühstücken, einen kleinen *Nachtisch* genießen, Zeit miteinander verbringen.«

Sie presste die Lippen aufeinander, und ihr Blick verriet, wie sehr ihr die Idee gefiel. »So schön es auch klingt … Ich kann nicht. Heute findet das Valentine's Day Festival statt und wir haben einen Auftritt.«

»Valentinstag?« *Mist!* Wie hatte er das vergessen können? Seiner Assistentin hatte er in Auftrag gegeben, seinen Eltern Theatertickets zu schicken und einen Korb mit Süßigkeiten an seine Schwestern und Zoey, doch das hatte er vor einigen Wochen organisiert und seitdem nicht mehr daran gedacht.

»Ja. Dann bist du auf dem Weg hierher wohl nicht über die Main Street gefahren?«

»Warum sollte ich?« Er packte ihren Hintern und küsste sich an ihrem Hals entlang. »Dann hätte es nur noch länger gedauert, bis ich bei dir gewesen wäre. Aber Festival klingt gut.« Er hatte keine Ahnung, woher das jetzt kam. Seit seiner Kindheit war er auf keinem Stadtfest mehr gewesen, aber das war ja auch egal. Wenn das die einzige Möglichkeit war, mehr Zeit mit ihr zu verbringen, würde er sie ergreifen. »Ich bin den ganzen Weg hergefahren. Da kann ich den Tag hier auch genießen.«

»Kane!« Es klang eher nach einem Flehen als nach einer Beschwerde. »Wie soll ich das den Leuten erklären?« Sie neigte den Kopf zur Seite, damit er sie noch besser küssen konnte. »Meine Mutter und meine Schwester haben beide einen Stand auf dem Festival.«

»Erzähl ihnen einfach, dass ich hier bin, um noch ein paar Sachen für die Tour zu regeln.« Er ließ die Zunge über ihr Schlüsselbein gleiten. »Wir fahren getrennt. Niemand wird auf die Idee kommen, dass wir zusammen waren.« Mit den Zähnen liebkoste er ihren Hals und wurde mit einem bedürftigen Stöhnen belohnt, das in ihm gleich wieder das schmerzhafte

Verlangen auslöste, in ihr zu sein.

»Du kannst beim Festgelände keinen Aston Martin parken.« Sie atmete schneller, als er die Hand zwischen ihre Beine schob und ihre feuchte Mitte reizte. »Der bleibt nicht ohne Beulen.«

»Dann fahre ich mit dir«, raunte er ihr ins Ohr, während er ihre Perle reizte. »Wann beginnt das Stadtfest?«

»Um elf«, sagte sie laut atmend, als sie ungeduldig seine Härte umfasste. »Wie schaffst du es nur, dass ich dich immer so unbedingt will?«

»Hab wohl einfach Glück.« Er riss ihr das T-Shirt vom Leib und reizte mit Zunge und Zähnen ihren Nippel.

Sie stöhnte, packte ihn an den Haaren und hielt ihn dort, während er sie mit den Fingern und seinem Mund verwöhnte. »Kane –« Sie ging auf Zehenspitzen und keuchte: »Nimm mich, du Mistkerl.«

Er hob sie auf die Kommode und drückte den Mund auf ihren, als er in sie stieß und ihre Körper die Kontrolle übernahmen.

Kane fühlte sich richtig fantastisch, als sie in Sables Pick-up einstiegen, um zum Stadtfest zu fahren. Bei Sable dagegen sah es vollkommen anders aus. Von einem Zustand frecher Glückseligkeit war sie übergetreten in eine zwanzigminütige Trance, in der sie sich um ihre Pflanzen gekümmert hatte, um dann so nervös zu werden wie die letzte Angestellte in einem pleite gehenden Unternehmen.

Sie war ein wahrhaft schönes Country Girl mit ihrem Cowboyhut, dem langärmeligen schwarzen T-Shirt, der sexy

Lederjacke mit den Fransen, den kurvenschmeichelnden Jeans und ihren unvermeidlichen Stiefeln. »Ich muss kurz noch etwas abholen und dann dieses Geschenk für Deloris abgeben.« Sie stellte eine Geschenketüte auf den Sitz zwischen sie und ließ den Motor an.

»Kein Problem. Warum hast du deinen Pflanzen- und Blumenfetisch nicht erwähnt, als ich dir meinen Zufluchtsort auf dem Dach gezeigt habe?«

»Ich hab keinen Fetisch. Wie gesagt, ich liebe die Natur.« Sie fuhr vom Parkplatz.

»Das ist ziemlich viel Natur.«

»Morgyn hat meine Wohnung in den letzten Jahren mit Grünpflanzen vollgestellt. Sie hat gesagt, es wäre gut für meine Seele, wenn ich etwas hege und pflege.«

»Und die Blumen?«

»Die gehörten Deloris. Sie wusste, dass sie vergessen würde, sie zu gießen, und obwohl ich der Meinung war, sie sollte sie in ihrem Zimmer haben und sich vom Personal bei der Pflege helfen lassen, sagte sie, ihr wäre es lieber, sie wären hier bei mir. Ich versuche einfach nur, sie alle am Leben zu erhalten.«

So desinteressiert hatte sie allerdings nicht gewirkt, als sie jede einzelne betrachtet und leise vor sich hin geflüstert hatte, während sie tote Blätter abpflückte und die Pflanzen goss. »Wenn du dich nicht gern darum kümmerst, warum gibst du sie nicht jemandem, der Spaß daran hat?«

»Weil sie Morgyn und Deloris wichtig sind, also …« Sie zuckte mit den Schultern.

»Sind sie dir wichtig.«

»Wahrscheinlich.«

»Redest du deshalb mit ihnen?«

»Ich rede nicht mit ihnen!«, fuhr sie ihn an.

»Du hast also leise Selbstgespräche geführt, als du sie gegossen hast?«

»Du bist so ein Arschloch. Also gut, ich rede manchmal mit ihnen. Zufrieden?« Sie klang sauer, aber sie lächelte. »Es hilft ihnen beim Wachsen.«

»Ich finde das großartig. Gibst du ihnen auch Namen?«

Sie sah ihn ausdruckslos an, doch dann lachte sie lauthals. »Wenn es so wäre, würde ich es dir nicht erzählen.«

»Hey, ich erlaube mir da kein Urteil. Aber wer kümmert sich um dein Gezücht, wenn du auf Tour bist?«

»Mein Gezücht?«, fragte sie, als sie in einen Nachbarort hineinfuhren. »Morgyn, während sie in der Stadt ist, und sonst übernimmt meine Mom.«

»Familie ist das Beste. Ich bin übrigens ganz einer Meinung mit Morgyn. Es ist gut für uns, wenn wir etwas hegen und pflegen.«

»Sagt der Typ, der wahrscheinlich ein ganzes Team beschäftigt, um seine Pflanzen zu gießen.«

»Stimmt, aber ich hege und pflege meine Unternehmen.«

Sie schüttelte den Kopf.

»Mir ist das Wandbild hinter deinem Bett aufgefallen. Hat deine Schwester das gemacht?«

»Ja.«

»Soll es dich darstellen?«

Sie zuckte mit den Schultern, aber die Röte, die auf ihre Wangen trat, bestätigte seine Vermutung. Sie hielt vor einem Diner an und er entdeckte einen Blumenladen am Ende des Straßenblocks.

»Ich muss da kurz rein und einen Kuchen für Deloris abholen. Möchtest du irgendetwas?«

»Du? Kuchen?« Er hob eine Augenbraue. »Muss ich noch

mehr sagen?«

»Ah, kein schlechter Gedanke.« Ein sexy Lächeln ließ ihr Gesicht erstrahlen. »Aber lass stecken, BDK. Dieser Kuchen ist für Deloris. Lloyd hat ihr am Valentinstag immer Kirschkuchen und Süßigkeiten gebracht.« Sie griff in die Geschenketüte und zeigte ihm eine Pralinenschachtel.

»Und du hast die Tradition für sie aufrechterhalten?«

Sie nickte und legte die Schachtel wieder in die Tüte.

Du süße Kleine, kümmerst dich um alle anderen. Mehr als er seinen nächsten Atemzug wollte, wollte er sich zu ihr hinüberlehnen und sie küssen, doch er hielt sich zurück und nahm stattdessen sein Portemonnaie heraus, um ihr einen Fünfzig-Dollar-Schein zu geben. »Kauf ihr zwei.« Sie wollte etwas sagen, und er war sicher, dass sie sich beschweren wollte, also stieg er aus, bevor sie auch nur einen Ton herausbrachte. »Ich gehe in die Drogerie. Wir treffen uns dann wieder hier.«

Sable saß schon wieder im Wagen, als er mit zwei Blumensträußen auf dem Beifahrersitz Platz nahm – einem bunten Strauß in einer Glasvase und verschiedenfarbige Rosen in einer bunten Keramikvase. Sie hob eine Augenbraue. »Ah ja, Drogerie?«

»Kuchen ist nett, aber ich dachte mir, Deloris könnte am Valentinstag ein paar Blumen gebrauchen.«

Sable sah ihn ungläubig an. »Du hast mich gerade einen zweiten Kuchen kaufen lassen.«

»Sie hat ihren Mann verloren. Da können wir ihr an so einem Tag gar nicht genug mitbringen. Viele Rosen hatten sie nicht mehr, aber ich habe alle gekauft, die noch da waren.« Er gab ihr die Keramikvase mit einer Mischung aus orangenen, rosa, gelben, weißen, roten und blasslila Rosen. »Alles Gute zum Valentinstag.«

Ihr Mund öffnete sich leicht, doch sie zog die Augenbrauen zusammen, während ihr Blick zwischen den Rosen und ihm hin und her wanderte. Mehrere Male blinzelte sie gegen die in ihren Augen schwimmenden Emotionen an. »Kane ...?«

»Was? Darf ich dir keine Blumen schenken?«

»Das hat noch nie jemand gemacht.«

Jetzt war er derjenige, der kurzzeitig aus dem Konzept geriet. Er wünschte sich, er hätte den ganzen Blumenladen leer gekauft. Waren denn alle Männer in Oak Falls blind, taub und dumm? Er konnte nicht in ihrer Nähe sein, ohne ihr näher kommen zu wollen. »Tja, dann ist es mir eine Ehre, dein Erster zu sein.«

»Danke, aber was ist das hier? Warum bleibst du heute wirklich hier?«

Er hätte einen Witz reißen können und wäre vermutlich auch damit durchgekommen, doch er konnte ihr nicht in die Augen schauen und nicht die Wahrheit sagen. »Ich habe, verdammt noch mal, keine Ahnung.«

Sie sollte es gut sein lassen, es mit einem Lachen abtun und das Thema wechseln. Aber sie wollte wissen, was in seinem Kopf vor sich ging, denn ihre eigenen Gedanken und Gefühle waren ein einziges Chaos. »Was soll das bedeuten?«

»Es bedeutet, dass ich gestern Abend sehr viel Spaß hatte und deine Gesellschaft genieße. Aber ich versuche nicht, etwas hineinzuinterpretieren. Ich bin einfach noch nicht bereit, wieder wegzufahren, und es ist Valentinstag, also hab ich dir Rosen gekauft, weil ich ja nicht vollkommen blöd bin, und sie passen überhaupt nicht zusammen – wie wir. Es scheint, als wären sie wie für dich gemacht.«

Sie war sprachlos.

»Denk nicht zu viel darüber nach. Es ist nicht so, als hätte ich Herzen in den Augen und würde dich bitten, mein Valentinsschatz zu sein. Es passiert mir selten, dass ich Zeit mit jemandem verbringen will, der nicht zu meiner Familie gehört, also hab ich beschlossen, es einfach zu machen. Ich weiß, dass du dir Sorgen machst, die Leute könnten herausfinden, dass wir miteinander geschlafen haben, und ich hoffe, du weißt, dass ich niemals deinen Ruf in Gefahr bringen würde. Auf dem Stadtfest werde ich dich nicht berühren oder irgendetwas anderes Dummes machen. Aber wenn dich das alles verunsichert und du möchtest, dass ich abreise, dann setz mich einfach wieder bei dir ab.«

Ob es sie verunsicherte? Ihr Herz raste und spielte verrückt, war mit Gefühlen beschäftigt, die sie nicht gewohnt war. Sie betrachtete die Rosen, die Kuchen auf dem Sitz zwischen ihnen und die Blumen neben seinen Füßen. Als sie ihm schließlich in die Augen sah, lag die Verletzlichkeit – seine und ihre – zwischen ihnen in der Luft. Er hatte ihr die Wahrheit gesagt. Verdiente nicht auch er, ihre Wahrheit zu hören? »Irgendwie bin ich froh, dass du bleibst, aber in gewisser Weise verunsichert es mich auch.«

»Soll ich gehen?«

Sie schüttelte den Kopf. »Eigentlich nicht.« Sie schluckte, konnte kaum glauben, dass sie es gesagt hatte, und begab sich hastig zurück in ihre Komfortzone, als sie den Motor anließ. »Versuch nur, auf dem Stadtfest nicht so milliardärmäßig rüberzukommen.«

Er lachte. »Was soll das heißen? Ich hab Jeans an.«

»Mit deinem Tausend-Dollar-Hemd und den auf Hochglanz polierten schwarzen Schuhen fällst du auf wie ein bunter Hund.«

»Halt noch mal an dem Farmershop an, an dem wir gerade vorbeigefahren sind. Ich kauf mir ein Flanellhemd und Cowboystiefel.«

Sie fuhr los. »Das brauchst du nicht.«

»Meine Güte, halt bei dem verdammten Laden an! Ich will nicht, dass mich alle Frauen wie Frischfleisch anstarren. Da passe ich mich lieber an.«

»Das würde dir auch nicht gelingen, wenn du Unterricht nehmen würdest.« *Du siehst zu gut aus und bist zu stark. Wie eine Martin-Gitarre inmitten von lauter Yamahas.*

»Höre ich da eine Challenge heraus? Wart's nur ab!«

Nach einem kurzen Stopp im Farmershop trug Kane ein graues T-Shirt unter einem grün-karierten Flanellhemd und braune Arbeitsstiefel aus Leder. Er sah sogar noch attraktiver aus als im Anzug, und in der Einrichtung für betreutes Wohnen drehten sich alle Köpfe nach ihm um. Als er darum bat, dem Personal vorgestellt zu werden, war Sable überzeugt, dass die Frauen insgeheim vollkommen in Verzückung gerieten, während er mit ihnen über die Tournee sprach, seine Visitenkarten verteilte und ihnen das Versprechen gab, alle dringenden Nachrichten zeitnah an Sable weiterzuleiten. Sable hatte nie gewollt, dass sich jemand um sie kümmerte, aber als sie nun beobachtete, wie Kane um Deloris' Wohlergehen – und damit auch um ihres – bemüht war, geriet ihr Herz so richtig ins Stolpern.

Auf dem Weg in den Freizeitraum, wo sie Deloris treffen wollten, wurde Sable ein wenig nervös. Sie wollte sie nicht überfordern.

Kane musste ihre Unsicherheit bemerkt haben, denn er nahm die Blumen, die er für Deloris gekauft hatte, in eine Hand und legte die andere auf ihren Rücken. »Alles in Ordnung bei dir?«

»Ja, mir geht's gut.« Sie festigte ihren Griff um die Kuchenschachteln und die Geschenketüte. Auf der Türschwelle blieben sie kurz stehen, und Sable deutete auf Deloris, die auf einem Sofa saß und geistesabwesend auf den Fernseher starrte. »Ich weiß nicht, ob es sie aufregt, wenn sie uns sieht. Ich kann es nie sagen, bis ich wirklich bei ihr bin.«

»Ich hab mich etwas schlau gemacht, nachdem du mir erzählt hast, was sie durchmacht. Ich weiß, was mich erwartet.«

Wieder wurde sie von einer Woge von Gefühlen erfasst. »Das hast du gemacht?«

»Du gehst mit uns auf Tour. Ich musste wissen, was dich gerade beschäftigt.«

Seine sachliche Art, mit der er das sagte, brachte sie in die Realität zurück. Es war eine gute Erinnerung daran, dass er in allererster Linie Geschäftsmann war, und dass sie sich aufgrund der Dinge, die er tat oder sagte, nichts vormachen durfte. »Natürlich.«

Als sie den Raum durchquerten, hoffte Sable das Beste. Deloris schaute auf und ein Strahlen trat in ihre Augen. »Das sind aber schöne Blumen!«

»Sie sind für dich«, sagte Sable.

»Für mich?« Als Kane sie auf den Couchtisch vor ihr stellte, fragte sie: »Sind die von Lloyd?«

Noch bevor Sable antworten konnte, sagte Kane: »Ja. Ich

soll Ihnen ausrichten, dass er Sie mehr liebt, als Blumen die Sonne lieben.«

Deloris strahlte. »Mein Lloyd weiß doch ganz genau, wie er mich zum Lächeln bringt *und* wie er mich zur Weißglut bringt.«

Das Gleiche konnte Sable über Kane sagen.

»Wo ist Lloyd?«, fragte Deloris. »Bei der Arbeit? Er liebt seine Autos …«

Während sie über Lloyd plauderten, saß Kane neben Deloris auf dem Sofa und schenkte dieser Frau, die er kaum kannte, seine volle Aufmerksamkeit. Nicht einmal die Melodien von Sables emotionalsten Songs konnten mit der Achterbahnfahrt mithalten, auf die Kane sie unweigerlich mitnahm.

Zwanzig

Auf dem Festgelände war schon einiges los, als sie eintrafen. Menschenmassen drängten sich, machten Fotos unter Bögen aus roten und weißen Ballons oder neben riesigen LOVE-Holzbuchstaben. Paare schlenderten Hand in Hand die Wege entlang, Eltern jagten kichernden Kindern hinterher, deren Hände von der Zuckerwatte klebrig waren, und Freunde unterhielten sich angeregt, während sie zwischen den Dutzenden bunten Zelten hindurchspazierten, in denen Kunsthandwerk, Kleidung, Schmuck und anderes angeboten wurde. Die Geräusche der um Aufmerksamkeit buhlenden Glocken und Pfeifen von Kirmesspielen und Kutschfahrten gesellten sich zu den Düften von Grillständen, frischen Backwaren und Popcorn.

»Oak Falls weiß, wie man Feste feiert«, sagte Kane, während er sich permanent ermahnte, nicht dem Drang nachzugeben, die Hand auf Sables Rücken zu legen – ebenso wie er sich hatte zurückhalten müssen, um nicht den Arm um sie zu legen, nachdem sie sich von Deloris verabschiedet hatten. Sie hatte dort keine Schwäche gezeigt, aber er hatte gespürt, wie sehr es sie mitgenommen hatte, sehen zu müssen, wie ihre Freundin geistesabwesend auf den Fernseher gestarrt hatte. Sie hatten noch Zeit, bevor sie sich mit ihren Bandkollegen trafen, und er hoffte, dass sie sich bis dahin noch etwas entspannen und das Fest genießen konnte.

»Und ob!«, sagte Sable. Ihr Blick war seit ihrem Eintreffen auf dem Gelände unruhig hin und her gehuscht.

»Atme tief durch, Sable. Du siehst aus, als hättest du etwas zu verbergen.«

»Das ist ganz allein deine Schuld!«, raunte sie ihm zu. »Ich bin es nicht gewohnt, dass ich mir Gedanken darüber mache, was die Leute denken.«

»Dann lass es sein.«

»Kann ich nicht. Die Leute auf Social Media sind Arschlöcher, und man weiß nie, wo sich diese Arschlöcher verstecken.«

Die Security-Firma, die er engagiert hatte, war immer noch vor Ort und sie hatten nichts Auffälliges bemerkt. »Ich meinte nur, dass du versuchen solltest, nicht ständig so zu tun, als hättest du nichts zu verbergen. Sei einfach du selbst.«

»Das bin ich doch.«

Er hob eine Augenbraue.

»Ach, Mann, du hast ja recht. Es sieht ja keiner, dass wir zusammen waren. Behalt einfach nur deine Hände bei dir.«

Er grinste sie frech an. »Und was ist mit meinem Mund?«

Sie stieß ihn an.

Er lachte. »Schön zu sehen, dass du wieder normal bist.« Während sie sich mit dem Strom treiben ließen und an einer Reihe von Zelten entlangschlenderten, entdeckte er den Stand der Firma Canine Companions, in der ihre Mutter Assistenzhunde ausbildete. »Komm mit. Ich möchte mit deiner Mutter über einen Assistenzhund für Aria reden.«

»Woher weißt du …? Ach, der Background-Check, stimmt.« Sie atmete tief durch. »Dann wirst du jetzt wohl meine

Eltern kennenlernen.«

An der Art, wie die Augen des Paares hinter dem Tisch erstrahlten, als sie Sable entdeckten, sah er, dass dies ihre Eltern sein mussten, und er erkannte auch ihre Schwester Amber wieder, die er vor einiger Zeit auf der Wohltätigkeitsveranstaltung mit Dash kennengelernt hatte. Neben ihr saß ein Assistenzhund und sie unterhielt sich mit einem jungen Paar.

»Hallo, mein Schatz«, sagte ihre Mutter, eine attraktive braunhaarige Frau mit einem warmherzigen Lächeln, die mit ihrem Mann hinter dem Tisch hervorkam. »Ich hatte gehofft, dich vor eurem Auftritt noch zu sehen.« Sie umarmte Sable und sah neugierig zu Kane.

»Mom, Dad, das hier ist Kane Bad. Er managt die Bad Intentions, für die wir als Vorband auftreten.«

»Kane, es ist so schön, dass wir Sie endlich kennenlernen. Ich bin Marilynn und dies ist mein Mann Cade.«

»Freut mich, Sie beide kennenzulernen. Sie haben eine sehr talentierte Tochter.«

»Sie ist ziemlich bemerkenswert«, sagte Cade. Er hatte blonde Haare und wachsame blaue Augen.

»Kane ist hier, um mit der Band ein paar Dinge wegen der Tour zu besprechen«, erklärte Sable, als sich ihre Schwester mit dem pflichtbewussten Hund an ihrer Seite zu ihnen stellte. »Amber, du erinnerst dich sicher noch an Kane.«

»Natürlich. Schön, dich wiederzusehen.« Die liebenswerte Brünette hatte ein freundliches Lächeln und wirkte wie die nette, unkomplizierte Frau von nebenan.

»Ja, mich freut es auch. Wie geht's Dash?«

Ambers Lächeln wurde noch strahlender. »Großartig. Er hat einen Stand für Kinder auf der anderen Seite des Geländes und sammelt Gelder für das Football-Programm der Jugendlichen.«

»Wunderbar. Ich muss unbedingt mal bei ihm vorbeigehen und Hallo sagen. Ich hatte auch gehofft, ein paar Informationen über Assistenzhunde zu bekommen. Meine Schwester leidet unter einer Angststörung, und ich frage mich, ob ihr so ein Hund helfen könnte.«

»Tja, da sind Sie hier am richtigen Ort«, sagte Cade.

»Amber hat Reno nun schon seit einigen Jahren«, fügte ihre Mutter hinzu. »Amber, Schatz, erzähl Kane doch, wie Reno zu deinem Assistenzhund geworden ist und inwiefern er dir geholfen hat.«

Amber erzählte ihm, dass sie zuerst keinen Assistenzhund haben wollte, weil sie befürchtet hatte, dass es sie nur noch mehr von den anderen Kindern unterscheiden würde. Das hatte sich jedoch geändert, als sie älter wurde und sich einen Begleiter gewünscht hatte. Sie streichelte Reno. »Er spürt, wenn ein Anfall im Anmarsch ist und warnt mich durch eine Änderung in seinem Verhalten, zum Beispiel mit Bellen, Winseln, im Kreis Laufen oder indem er mich anstupst. Wenn er es früh genug macht, kann ich mich an einen sicheren Ort begeben und mich hinsetzen, damit ich mich nicht verletze, falls ich fallen sollte. Zu wissen, dass er auf mich aufpasst, gibt mir ein ungeheuer beruhigendes Gefühl.«

Marilynn und Sable berichteten ebenfalls, was Reno tat, wenn Amber einen Anfall hatte. Sable war genauso leidenschaftlich überzeugt von den Vorzügen des Assistenzhundes ihrer Schwester wie Amber selbst und ihre Mutter. Marilynn erklärte, wie sie die Hunde ausbildete, und gab ihm eine Visitenkarte. »Auf meiner Website finden Sie persönliche Erfahrungsberichte, Informationen zu verfügbaren Hunden und Artikel über die Vorteile von Assistenzhunden, ihre Pflege und zurzeit stattfindende Ausbildungen.«

»Danke«, sagte er, als Sable sich gerade ein paar Schritte entfernte, um sich mit einem Paar zu unterhalten. »Das werde ich Aria alles erzählen. Ich hatte nicht an den Aspekt gedacht, dass ein Hund für ungewollte Aufmerksamkeit sorgen könnte. Amber, wärst du bereit, mit Aria zu sprechen, falls sie Fragen hat?«

»Natürlich«, sagte Amber.

»Besuchen Sie uns doch mal mit ihr zusammen«, schlug Cade vor. »Sie kann etwas Zeit mit den Hunden verbringen, um herauszufinden, wie sie sich in ihrer Gegenwart fühlt.«

Der Gedanke, noch einen Grund für einen Besuch zu haben, gefiel ihm. »Das hört sich nach einer guten Idee an. Ich sprech mit Aria darüber.«

»Wunderbar«, sagte Marilynn. »Unsere Hunde absolvieren eine umfangreiche Ausbildung, und wir wollen sicherstellen, dass sie in jeglicher Hinsicht die richtigen Partner finden, einschließlich des nötigen Engagements. Sie sollten wissen, dass Bewerber ein ziemlich ausführliches Verfahren durchmachen müssen, bevor wir sie für einen unserer Hunde akzeptieren.«

»Das verstehe ich. Ich bin mir sicher, dass diese ganze Ausbildung einige Kosten mit sich bringt. Wie finanzieren Sie das?«

»Hauptsächlich über Spenden«, sagte Marilynn.

»Du kannst spenden, indem du ein paar von diesen herzförmigen Leckerlis kaufst.« Amber hielt eine Tüte mit Hundekeksen entgegen.

»Das mache ich sehr gern.« Er gab ihr einen Fünfzig-Dollar-Schein. »Die Leckerlis darfst du Reno geben.«

»Wirklich? Danke.« Sie legte den Schein in den Spendenkorb. »Entschuldigt mich.« Sie wandte sich ab, um die Fragen von anderen Passanten zu beantworten.

»Kane«, sagte Cade. »Ich wollte mich noch bei Ihnen dafür

bedanken, dass Sie Sable aus ihrer Komfortzone herausholen.«

»Ich denke, ihre Band ist dafür mehr verantwortlich als ich.«

»Na ja … So froh ich auch darüber bin, dass sie flügge wird«, sagte Marilynn, »sie hat doch noch nicht viel Zeit außerhalb von Oak Falls verbracht. Sie ist eine starke Frau, aber tief in ihrem Herzen ist sie ein Kleinstadtmädchen. Ich bin wegen der Tour ein wenig beunruhigt.«

Der Apfel fällt nicht weit vom Stamm. Sie erinnerte ihn an die Art, mit der Sable versucht hatte, ihre Familie zu beschützen, indem sie vor der Unterzeichnung des Vertrags ihre Bedingungen gestellt hatte. »Sie ist ein Kleinstadtmädchen mit einem Großstadttalent und sie wird riesige Erfolge feiern. Aber keine Sorge, sie wird jederzeit von Security-Teams begleitet, und ich werde persönlich ein Auge auf sie halten und sicherstellen, dass sie in Sicherheit ist.«

»Ihre Sicherheit ist wichtig, aber ich mache mir mehr Sorgen um ihre Gefühle«, sagte Marilynn. »Ich erinnere mich noch daran, wie aufreibend Axsels erste Tournee war. Ich weiß, dass Sable Tuck und die anderen Jungs an ihrer Seite haben wird, aber das ist etwas anderes als Familie.«

Er schaute zu Sable, die mit Amber und einem attraktiven Paar plauderte, das Hand in Hand bei ihnen stand. Seine erotische aufreizende Katze schaute verstohlen zu ihm herüber. Er zwinkerte ihr zu und ihr Blick wurde finster. *Zieh deine Krallen ein, Panthera. Ich lass dich schon nicht auffliegen.* Sein Blick kehrte wieder zu ihren Eltern zurück. »Ich werde dafür sorgen, dass ihr emotionales und körperliches Wohl sichergestellt wird.«

»Danke. Da fühle ich mich gleich besser«, sagte Marilynn.

»Ich hoffe, Sie genießen das Fest noch ein wenig«, sagte Cade. »Einen Rat hätte ich noch für Sie: Falls Sable Sie zu dem

Spiel *Amors Pfeil und Bogen* herausfordert, sollten Sie vielleicht dankend ablehnen.«

»Und warum?«

»Seit ihrer Kindheit ist sie die amtierende Familienbeste.«

Er war ein herausragender Schütze. In der Highschool war er im Bogensport-Team gewesen und hatte es als Hobby weiter betrieben. »Ich werde das im Kopf behalten. Danke.« Er ging hinüber zu Sable und streckte die Hand aus, um sie auf ihren Rücken zu legen, konnte sich aber gerade noch zurückhalten.

»Kane«, sagte Sable ein wenig ernst. »Das hier ist meine Schwester Grace mit ihrem Mann Reed.«

»Schön, euch kennenzulernen.« Er gab Reed die Hand und nickte Grace zu. »Mein Cousin Brett hat mir erzählt, was ihr aus dem Majestic Theater gemacht habt. Persönlich hab ich es noch nicht gesehen, aber ich hab mir Bilder im Internet angeschaut. Es sieht unglaublich aus, und Brett und Sophie haben mir von deinen Stücken vorgeschwärmt, Grace. Ich hoffe, ich schaffe es in nächster Zeit auch einmal, mir eines anzusehen.«

Sable zog die Augenbrauen zusammen. »Du willst dir ein Theaterstück ansehen? Hier?«

»Ja, würde ich gern.« Noch ein Besuch in der Stadt, um Sable zu sehen, klang wunderbar. »Wir haben ja über meine Liebe zu den Künsten gesprochen. Und meine Schwester Harlow ist immerhin auch Schauspielerin. Sie hat in Stadttheatern angefangen.«

»Ich habe Harlow mal kennengelernt«, sagte Grace. »Nur ganz kurz bei einem Videocall mit Charlotte Sterling-Braden. Wahrscheinlich erinnert sie sich nicht einmal daran, aber ich habe das Drehbuch für die Verfilmung von Chars Roman *Alles für die Liebe* geschrieben, in der Harlow mitspielte.«

»Das war eine großartige Geschichte«, sagte Kane. »Harlow war sehr stolz darauf, als sie für die Hauptrolle gecastet wurde.«

»Sie hat das toll gemacht und Char ist eine unglaubliche Schriftstellerin«, stimmte Grace zu. »Ende August bringe ich ein neues Stück auf die Bühne. Vielleicht kannst du dir das ja anschauen.«

»Das versuche ich einzuplanen.« Er warf einen Blick zu Sable. Sie hatte die Lippen aufeinandergepresst, aber er konnte nicht sagen, ob sie verärgert war oder ob sie ein Grinsen unterdrückte.

»Es würde mir Freude machen, dir das Majestic heute Nachmittag zu zeigen, wenn du dann noch da bist«, bot Reed an.

»Gern, danke!«

Sable kniff ein wenig die Augen zusammen, aber es sah nicht so aus, als würde sie ihn ohrfeigen wollen, sondern eher so, als versuchte sie, aus ihm schlau zu werden. »Wir sollten jetzt mal …«

»Say Say! Gace!« Ein unfassbar süßes, dunkelhaariges kleines Mädchen mit einem Teddy im Arm, der fast so groß war wie es selbst, tapste auf sie zu. Hinter ihr ging Brindle Hand in Hand mit einem dunkelhaarigen Mann, der wohl ihr Ehemann war.

Sable, von ihrer Nichte offenbar *Say Say* genannt, kniete sich hin, um der Kleinen auf die Nase zu tippen. »Das ist ja ein riesiger Teddybär, Emma Lou.«

»Da hast du aber großes Glück, so einen Freund dabei zu haben«, sagte Grace.

»Dafür musste ihr Vater nur siebzig Dollar bei den Basketballkörben liegenlassen«, sagte Brindle. Sie drehte sich mit einem vielsagenden Lächeln zu Kane um. »Ich wusste gar nicht, dass du herkommen wolltest.« Sie warf Sable einen neugierigen

Blick zu.

»Ich muss noch ein paar Dinge wegen der Tour mit Sable und den Jungs besprechen«, erklärte er und wechselte schnell das Thema. »Ich nehme an, diese kleine Prinzessin gehört zu euch?«

»Ja. Das ist Emma Lou und das hier ist mein Mann Trace.«

»Hallo, wie geht's?«, begrüßte Kane ihn.

Trace fuhr Emma Lou durch die Haare. »Ist ein ziemlich toller Tag, stimmt's, Emma Lou?«

Sie strahlte ihren Daddy an.

Kane kniete sich vor Emma Lou hin. »Hallo, ich bin Kane. Dein Bär gefällt mir sehr.«

Sie umarmte ihren Teddy und schaukelte hin und her. »Da?« Sie zeigte auf die Tätowierungen auf seinem Handrücken.

»Das sind Tattoos. So etwas wie Bilder.« Er streckte die Hand aus. »Möchtest du sie mal berühren?«

Sable war im Gegensatz zu ihren Schwestern nie so in Verzückung geraten, wenn sie Männer mit kleinen Kindern gesehen hatte. Aber als sie nun beobachtete, wie Kane mit Emma Lou über seine Tattoos sprach – mit einer so liebevollen Art, wie er sie wohl nur Kindern gegenüber an den Tag legte –, spürte sie ein seltsam kribbelndes Gefühl in der Brust.

»Scheint, als hätte Emma Lou einen neuen Freund.« Brindle lächelte hinterhältig. »Sable, da du und Kane ja noch Geschäftliches zu besprechen habt, können Trace und ich heute Abend auch zu Hause bleiben, dann brauchst du nicht zum Babysitten kommen. Aber ich mache nachher auf jeden Fall noch die Fotos für die Social Media Accounts von Surge bei eurem Auftritt.«

»Ihr braucht nicht zu Hause bleiben«, sagte Sable. »Ich komme.«

Emma Lou hüpfte auf Zehenspitzen herum. »Kekse?«

»Genau, meine Kleine«, sagte Sable. Sie deutete mit dem Daumen über ihre Schulter, als Kane aufstand. »Wir sollten lieber mal los.« *Bevor Brindle die Situation noch unangenehmer macht.* »Wir sehen uns später.«

Als sie davongingen, rief Brindle ihr hinterher: »Sag Bescheid, wenn du deine Meinung änderst!«

Sable verspürte Mordgelüste. »Mach ich nicht!«

»Wie es aussieht, werden wir heute Abend babysitten«, sagte Kane.

Wir? »Ich werde babysitten. Du fährst ab.« Eine kleine Stimme in ihr hoffte, dass er bleiben würde, eine andere hoffte, er würde abfahren. »Was weißt du überhaupt übers Babysitten?«

»Kleine Schwestern, du erinnerst dich? Ich kenne mich mit Frauen jeden Alters irre gut aus.«

Sie verdrehte die Augen. »Wir backen einfach nur Kekse. Du würdest dich langweilen.«

»Unmöglich. Du wärst ja da.«

Himmel! Was sagst du da?

Er sprach leise weiter. »Du weißt genau, dass du noch eine Nacht mit mir verbringen willst, in der ich jeden Zentimeter von dir würdige.«

»Das schon, aber …« *Warum ist das hier so schwer?* Sie war viel zu gern mit ihm zusammen. Noch eine Nacht, und es wäre noch schwerer, ihn gehen zu lassen.

Er beugte sich näher zu ihr hinüber. »Niemand wird es erfahren.«

»Hast du bemerkt, wie zweideutig Brindle geklungen hat?«

Es war nur ein halbherziger Versuch, sich selbst davon zu überzeugen, ihn wegzuschicken.

»Sie vermutet etwas, aber sie wird keine Gerüchte verbreiten. Sie hat dich viel zu lieb, um dir so wehzutun.«

Sie sah ihn an. »Woher willst du das wissen?«

»Das hab ich an ihrem Verhalten an dem ersten Abend in der Bar gemerkt. Wenn du nicht willst, dass ich bleibe, dann sag es und ich gehe.«

Sie konnte ihn nicht anlügen.

Er trat näher an sie heran, sah ihr in die Augen und fragte leise und einfühlsam: »Warum ist es so schwer, zuzugeben, dass du noch eine gemeinsame Nacht mit mir möchtest?«

»Keine Ahnung. Weil du *du* bist, und vielleicht will ich es, aber ich weiß nicht, ob ich es überlebe.«

Er lachte. »Also, das ist die beste Fünf-Sterne-Empfehlung, die ich je bekommen habe. Ich werde dich nicht zu hart rannehmen.«

»Halt die Klappe! Ich meinte, auf eine andere Art überleben, weil du mich durcheinanderbringst. Egal, vergiss es.«

Er schaute auf die Uhr. »Da du mir nicht sagst, dass ich gehen soll, werde ich es dir leichter machen. Wir haben noch eine halbe Stunde Zeit, bis wir deine Freunde von der Band treffen. Ich trete bei einem der Spiele da drüben gegen dich an.« Er zeigte auf die Reihe von Kirmesspielen. »Wenn ich gewinne, bleibe ich. Wenn du gewinnst, entscheidest du, was passiert.«

»Abgemacht. Amors Pfeil und Bogen. Auf geht's.«

Wenige Minuten später standen sie beide vor ihrer jeweiligen Zielscheibe in Herzform, den Bogen in der Hand und drei Pfeile vor sich. Sable nahm einen Pfeil. »Du wirst in die Knie gehen, Bad.«

»Ich freue mich darauf, Montgomery.«

Ein Schauer rann über ihren Rücken, als sie zum Schuss ansetzte und den Bogen fliegen ließ. Sie traf den äußeren Rand des Mittelpunkts. »Mach das erst mal besser.«

»Wenn es sein muss.« Er hob den Bogen und zielte.

Sie hielt den Atem an, als der Pfeil mitten ins Bullseye traf. Was war das denn? Sie drehte sich zu ihm um. »Hast du das schon mal gemacht?«

Er schüttelte den Kopf. »Ich kann mich nicht daran erinnern, jemals in Manhattan ein Amor-Spiel gesehen zu haben. Aber ich hatte schon immer viel Glück.«

»Am Ende setzt sich immer das Können durch, nicht das Glück.« Sie hob das Kinn, nahm sich noch einen Pfeil und traf mitten ins Bullseye.

»Beeindruckend! Du hast das offensichtlich schon mal gemacht.«

»Ein paar Mal. Sehen wir mal, was du noch zu bieten hast, BDK.«

Er schmunzelte. »Wenn das kein Druck ist.« Er atmete tief ein und langsam aus, bevor er den Pfeil ausrichtete. Der Pfeil landete am äußeren Rand des Mittelpunkts, genau wie ihr erster Schuss. »Oh, Mann! Guck dir das an! Was ist das denn für ein Zufall?«

»Verarschst du mich, Kane?«

»Ich schwöre, ich hab dieses Spiel noch nie gespielt. Ich bin ebenso überrascht wie du. Es könnte tatsächlich sein, dass ich gewinne. *Du* könntest in die Knie gehen, Montgomery, und ich werde jede Sekunde genießen.«

Erinnerungen an die letzte Nacht kamen hoch und wärmten sie von innen heraus. Sie straffte die Schultern, zwang sich, ihre Konzentration auf das Spiel zu lenken und nicht darauf, wie sehr sie wollte, dass er blieb. »Freu dich nicht zu früh.« Sie setzte zum nächsten Schuss an. Der Pfeil zerschnitt die Luft und traf die Mitte des Bullseye genau neben ihrem letzten Pfeil.

»Verdammt! Wo hast du das gelernt?«

»Lloyd war Jäger. Er meinte, es wäre gut, wenn ich Pfeil und Bogen beherrschen würde, falls mal eine Apokalypse über uns hereinbrechen sollte.«

»Klingt, als wäre er eine interessante Persönlichkeit gewesen. Jagst du?«

»Nein. Ich könnte niemals das Leben eines Tieres auslöschen.«

Er hob eine Augenbraue. »Aber die Hoffnungen eines Mannes?«

»Schießt du jetzt endlich oder zögerst du deine Niederlage weiter hinaus?«

»Das ist nicht meine Schuld. Für mich steht viel auf dem Spiel und du lenkst mich ab.«

Sie hob die Hände. »Ich sag nichts mehr.«

»Nicht die Worte lenken mich ab.« Er warf ihr einen verführerischen Blick zu, als er zum Schuss ansetzte. »Sondern das, wo sie herauskommen.« Er ließ den Pfeil fliegen und er traf den äußersten Ring. »Mist!«

»Ha!« Sie grinste siegreich. »Och, was stimmt denn nicht mit dir, Big Daddy? Funktionierst du unter Druck etwa nicht?«

Er sah sie finster an, während sie ihren Preis abholte und mit dem kleinen roten Plüschteufel vor Kanes Gesicht herumwedelte.

»Passt ja gut zu dir«, scherzte er. »Und, wie sieht's aus? Babysitten wir zusammen, oder fahre ich ab, nachdem ich deine Band auf der Bühne gesehen habe?«

Sie hatte sich vollkommen in den Wettstreit – und ihn – vertieft, sodass sie den Wetteinsatz vergessen hatte.

»Sable!« Tuck kam auf sie zu gerannt und sein Blick huschte aufmerksam zwischen ihr und Kane hin und her.

Kanes Kiefermuskeln zuckten.

Sable hatte Tuck und den anderen Jungs geschrieben, dass Kane in der Stadt war, um ein paar Dinge zu besprechen und ihren Auftritt zu verfolgen, aber die Art, mit der Tuck sie beide beäugte, machte sie nervös.

»Kane«, begrüßte Tuck ihn mit einem Nicken.

»Schön, dich wiederzusehen, Tuck.«

»Sable, wir haben ein Problem. Lee ist total krank. Lebensmittelvergiftung. Er hat übrig gebliebenes Sushi mit nach Hause genommen und es auf seinem Küchentisch liegengelassen. Der Idiot hat es heute Morgen gegessen.«

»Und das hat er dir jetzt gerade erst erzählt?« Panik kam in ihr auf. »Wir sind in einer halben Stunde dran.«

»Er dachte, es würde ihm bald besser gehen«, erklärte Tuck.

»Ohne Schlagzeuger können wir nicht spielen.« Sie holte ihr Handy hervor. »Hast du Shane gesehen? Ist er dieses Wochenende hier?«

»Shane?«, fragte Kane.

»Jericho. Er spielt Schlagzeug«, antwortete Tuck. »Aber er ist nicht hier. Er ist heute Morgen mit seinem Dad weggefahren, um sich Vieh anzuschauen oder so.«

»Ich kann spielen«, sagte Kane.

Sie sah ihn an, als hätte er den Verstand verloren. »Du spielst Schlagzeug?«

»Ja, und ich hab ein sehr gutes Ohr. Wenn du das Equipment hast, krieg ich das hin.«

»Lees Schlagzeug ist schon hier«, sagte Tuck. »Kane ist besser als nichts. Wir spielen eben nur nicht deinen neuen Song.«

»Wenn du von ›In Too Deep‹ redest, den kann ich spielen.«

»Kane ...«

»Ich kann ihn spielen«, sagte er beharrlich. »Willst du streiten oder eine Show abliefern?«

Wäre beides eine Option? »In Ordnung.«

»Ich geh mal für kleine Jungs«, sagte Kane. »Wir sehen uns an der Bühne.«

Als er wegging, machten Tuck und Sable sich auf den Weg zu Bühne. »Was ist da los mit euch beiden?«, wollte Tuck wissen.

»Nichts. Warum?« Es war abscheulich, ihn wieder anzulügen, aber sie war nicht in der Stimmung, sich irgendeinen Mist anzuhören, und wenn sie ihm die Wahrheit erzählte, hätte er alles Recht der Welt, ihr die Hölle heiß zu machen.

»Du amüsierst dich hier mit ihm bei irgendwelchen Spielen, anstatt mit uns abzuhängen. Bist du sicher, dass da nicht irgendwas zwischen euch beiden läuft?«

»Mit so einem Stadtjungen? Mach dich nicht lächerlich. Er hat die lange Fahrt auf sich genommen, um uns zu helfen. Da dachte ich einfach nur, dass ich ihn nicht ignorieren sollte.«

Dreißig Minuten später standen sie auf der Bühne. Die freudig aufgeregte Menge ließ Sables Adrenalinspiegel in die Höhe schnellen. Zum ersten Mal seit Jahren war sie bei einem Gig nervös. Sie hatte die Jacke ausgezogen und Kane hatte sich seines Flanellhemdes auch schon entledigt. Er sah hinter den Drums vollkommen gelassen aus – und wirbelte verdammt sexy mit den Sticks herum, als wären sie eine Verlängerung seiner Finger. Der Mann hatte mehr Geheimnisse als das Heimatschutzministerium.

Sie trat vom Mikrofon weg und wandte sich mit dem Rücken zum Publikum an Kane: »Glaubst du wirklich, dass du das hinkriegst?«

»Sonst hätte ich es nicht angeboten.«

»Dann lasst uns loslegen.« Sie ging zurück zum Mikro. »Einen schönen Valentinstag, Oak Falls! Wir sind Surge, und wir sind hier, damit eure Herzen gleich in Flammen stehen.« Jubel und Applaus brach los. »Leider ist Lee heute nicht ganz auf der Höhe. An seiner Stelle ist heute angereist, den ganzen Weg aus New York City, unser Freund BDK!« Sie zeigte auf Kane und grinste ihn frech an, während noch mehr Getöse aufbrandete.

Kane winkte der Menge zu, lächelte sie auf seine umwerfende Weise an, doch dieser durchdringende Blick ließ sie wissen, dass sie später für diese Bemerkung zahlen würde.

Nur zu.

Sie setzte zu dem Stück »Bloody Valentine« an und die Menge tobte. Kane erstaunte sie und hielt mit wie ein Profi, als sie »Love is a Battlefield«, »Love Story« und »Heartbreaker« spielten. Auch bei den Songs für Anti-Valentin-Fans »Before He Cheats«, »Hide the Wine« und »I Knew You Were Trouble« verpasste er keinen Einsatz. Sie sah, dass Brindle Fotos von ihnen machte, und sie spürte Kanes Blick auf sich, als sie mit Tuck das Duett »Don't You Wanna Stay« sang.

Vor dem letzten Song trat sie ans Mikro und wartete darauf, dass das Publikum ruhig wurde. »Zum Schluss haben wir einen neuen Song für euch mit dem Titel ›In Too Deep‹. Wir hoffen, dass er euch ebenso gefällt wie uns.« Sie schaute kurz zu Kane und dachte an den Abend, an dem sie an dem Song gearbeitet hatten. Er zwinkerte ihr zu und nickte beruhigend. Als sie anfing, zu spielen, war das Unbehagen, das sie bei der Probe verspürt hatte, wie verflogen. Sie ließ sich vollkommen fallen und sang sich die Seele aus dem Leib.

Als sie den letzten Ton spielten, brach im Publikum ein

tosender Applaus aus.

»Wir lieben euch, Oak Falls«, rief sie. »Einen tollen Valentinstag!«

Bevor sie die Bühne verließen, scharten sich die Jungs um Kane. »Mann«, sagte Tuck, »du hast uns gar nicht erzählt, dass du spielen kannst wie Travis Barker.«

»So weit würde ich nicht gehen«, entgegnete Kane. »War gar nicht so einfach, mit euch mitzuhalten, aber es hat einen Riesenspaß gemacht. Danke, dass ich einspringen durfte.«

»Junge, du warst großartig«, sagte JP.

»Du kannst jederzeit wieder mit uns spielen«, fügte Chris hinzu. »Sable hat gesagt, dass du ein paar Dinge mit uns besprechen wolltest.«

»Stimmt. Ich muss sichergehen, dass ihr auf alles vorbereitet seid, wenn wir auf Tour sind. Lasst uns die Abläufe vor und nach den Auftritten besprechen und darüber reden, was ihr bei Meet and Greets zu erwarten habt, von der Presse, den Fans und den Sicherheitsleuten. Ich will nicht, dass es irgendwelche Überraschungen gibt.«

Es klang so, als hätte er wirklich Dinge mit ihnen zu besprechen. Sable fragte sich, wann er es gemacht hätte, wenn er den heutigen Tag nicht geblieben wäre.

»Ist es okay, wenn ich mir zuerst noch einen Drink hole?«, fragte JP. »Ich muss nach dem Gig erst mal runterkommen.«

Kane nickte. »Absolut. Ich brauche auch ein paar Minuten.«

Sie folgte ihnen von der Bühne und versuchte, aus dem Mann schlau zu werden, der zu allem fähig schien. Während die anderen zu einem Stand mit Erfrischungen gingen, wartete Kane auf sie, bis sie ihre Gitarre verstaut hatte. »Hast du dir gerade all die Sachen ausgedacht, die du besprechen willst?«

»Nein, ich hatte vor, es nächste Woche mit euch durchzugehen. Bei den Konzerten herrscht das reinste Chaos, aber keine Sorge. Ich pass auf, dass ihr vorbereitet seid.«

»Danke. Dann brauchten wir wohl doch einen Manager.«

»Du kannst noch immer einen engagieren.«

»Ich hab nicht gesagt, dass ich einen will.«

Er schüttelte den Kopf. »Du hast noch nicht viel zu dem Auftritt gesagt, den wir gerade hatten. Ich hoffe, ich hab euch nicht allzu sehr ausgebremst.«

»Du warst nicht schlecht.« Sie versuchte, keine Miene zu verziehen, als sie ihren Gitarrenkoffer schloss und den Plüschteufel daraufsetzte. »Ich bin gespannt, ob du im Babysitten ebenso gut bist wie am Schlagzeug.«

Der Rest des Tages verging ohne einen einzigen langweiligen Augenblick. Nachdem Kane mit Sable und den Jungs über die Tour gesprochen hatte, nahmen sie sich Zeit für ein spätes Mittagessen. Anschließend bestand Kane darauf, Dash Hallo zu sagen. Auf ihrem Weg dorthin hielten sie an Morgyns Stand, an dem er Geschenke für seine Schwestern und seine Mutter kaufte und sich eine Stunde mit Graham über eines seiner anstehenden nachhaltigen Entwicklungsprojekte unterhielt. Nachdem er endlich mit Dash geplaudert hatte – und Kinder angefeuert hatte, die mit Football-Würfen um Preise kämpften –, gingen sie mit Reed und Grace zum Majestic Theater, wo Reed Kane herumführte, während Grace versuchte, Sable über ihre Beziehung zu ihm auszuquetschen.

Jetzt war es früher Abend, und sie und Kane backten Kekse mit Emma Lou, doch Grace hatte etwas gesagt, das Sable nicht aus dem Kopf ging. *Ich weiß, was du gesagt hast, aber ich glaube, wenn ein Typ den ganzen Weg von New York hierher auf sich nimmt, um etwas zu besprechen, das man leicht übers Telefon hätte klären können, dann steckt mehr dahinter. Zumindest von seiner Seite.* Kane hatte etwas in der Richtung gesagt, als er aufgetaucht war, und bei Grace ging es immer um Liebe, aber bei ihr und

Kane *nicht*.

Als sie das Nudelholz und die Backformen aus dem Schrank nahm, warf sie einen Blick zu Kane und Emma Lou. Die Kleine stand auf einem Stuhl an der Arbeitsplatte vor ihm, und er hatte seine Hände um ihre kleinen Finger gelegt, um gemeinsam die Eier aufzuschlagen. Emma Lous Kleidung war voller Mehl und ebenso wie Sable hatte auch Kane Abdrücke von winzigen Mehlhänden auf seiner Jeans und dem T-Shirt.

»Gut gemacht, Prinzessin.« Er hob den Blick, erwischte Sable dabei, wie sie die beiden ansah, und lächelte. »Lass uns mal die Hände waschen und dann kannst du mit Tante Say weiter die Zutaten vermischen.« Er schlang den Arm um sie und setzte sie neben der Spüle auf die Arbeitsplatte.

Er hatte nicht gelogen, was seine Babysitting-Talente anging. Beim Händewaschen mit Emma Lou wirkte er ebenso entspannt wie hinter dem Schlagzeug oder bei der Tourbesprechung mit ihrer Band.

»Du kannst tatsächlich gut mit Kindern umgehen.«

»Danke. Mein ganzes Leben hatte ich Kinder um mich herum. Meine Eltern hatten Schwierigkeiten, schwanger zu werden. Ich war vier, als Johnny zur Welt kam, und zwölf, als wir Harlow adoptiert haben. Sie war erst ein Jahr alt und ein unfassbar fröhliches kleines Mädchen. Mit einem einzigen Lächeln konnte sie mich zu allem überreden. Vier Jahre später haben wir Aria adoptiert.«

»Wie alt war sie zu dem Zeitpunkt?«

»Vier, und sie hatte in Pflegefamilien eine Menge durchgemacht. Monatelang hatte sie Albträume. Manchmal bin ich vor meinen Eltern in ihr Zimmer gekommen, habe sie in den Arm genommen und ihr gesagt, dass ihr nichts passiert und dass ich nicht zulassen würde, dass ihr irgendjemand wehtut. Sie war so klein und so verängstigt.« Er trocknete Emma Lou die Hände ab und Sable sah seine vor Emotionen glasigen Augen.

»Man hört, wie sehr du sie liebst.«

»Sie haben damals gleich ihre winzigen Finger fest um mein Herz gelegt, und bis heute bin ich sofort unterwegs, wenn sie anrufen.« Er setzte Emma Lou zurück auf den Stuhl und wartete, bis Sable hinter ihr stand, bevor er zur Seite trat.

Es rührte sie, wie innig er seine Familie liebte. »Hast du mit deinen Schwestern auch gebacken?«

»Ja, aber Harlow ist ein Schokomonster. Wenn ich nicht aufgepasst habe, konnte sie schon mal eine halbe Packung Schokostückchen essen und hat dann heftige Bauchschmerzen bekommen.« Er sah zu, wie die beiden die Zutaten vermischten. »Und du? Hast du mit deiner Mutter und deinen Schwestern gebacken?«

»Nein. Ich war mehr daran interessiert, mit meinem Dad in der Scheune herumzubasteln oder Musik zu machen. Deloris hat einmal versucht, mir das Stricken beizubringen. Das war die reinste Katastrophe. Für solche Sachen habe ich überhaupt keine Geduld. Ich habe dann eher Lloyd mal dabei geholfen, die Scheune auszuräumen und die Weihnachtsbeleuchtung aufzuhängen.«

»Dafür war er dir bestimmt sehr dankbar.«

»Oje, Emma. Da versucht ein Teil vom Teig, aus der Schüssel herauszukriechen«, sagte Sable, woraufhin die Kleine kicherte und mit ihr zusammen die Gabel am Rand der Schüssel entlangführte. Sie schaute zu Kane. »Lloyd war für alles dankbar – bis zu dem Jahr, in dem ich die Weihnachtsbeleuchtung allein aufgehängt hab, während er mit Deloris unterwegs war. Da war er schon in seinen Siebzigern, und ich wollte nicht, dass er auf die Leiter steigt, aber als er nach Hause kam, hat er mir die Leviten gelesen und gesagt, dass ich das ja nie wieder tun sollte.«

Kane sah sie mitfühlend an. »Er hat sich Sorgen gemacht, dass du dir wehtun könntest.«

»Er *wusste*, dass ich mit Leitern und Lichtern zurechtkomme, aber er hat immer versucht, mich so zu umsorgen, wie er es mit Deloris gemacht hat.«

»Ich wette, das kam gut an«, scherzte er.

»Kekskugel?«, fragte Emma Lou.

»Ja, ich denke, wir können jetzt eine Keksteigkugel machen.« Sie küsste Emma Lou auf den Kopf, und gemeinsam löffelten sie etwas Keksteig aus der Schüssel und formten daraus eine Kugel.

»Und? Hast du dich von Lloyd umsorgen lassen?«, fragte Kane.

»Umsorgen? Nein, aber er hat mich verwöhnt. Als ich die Band zusammengestellt hab, brauchten wir einen Proberaum, und wir durften seine alte Scheune nutzen. Wir proben noch immer dort.«

Er zog die Augenbrauen zusammen. »Habt ihr einen anderen Ort in Aussicht, wenn das Haus erst einmal verkauft ist?«

»Noch nicht. Ich hatte recht viel zu tun, um mein Leben für eine Tournee neu zu organisieren.« Sie beugte sich vor, sodass sie Emma Lous Gesicht sehen konnte. »Was meinst du, Em? Ist die perfekt?«

Sie nickte begeistert und rief: »Guck mal, *Kay*.«

»Das ist die beste Kekskugel, die ich je gesehen habe«, sagte Kane. »Ich glaube, du kannst den Teig jetzt ausrollen.«

Er tauschte die Schüssel gegen das Backpapier aus, und Sable zog eine Schüssel mit Mehl heran, damit sie besser hineingreifen konnten, wenn sie den Teig ausrollten. Emma

Lou steckte die Hand tief in die Schüssel und warf eine Handvoll Mehl auf das Papier, sodass sie alle von der weißen Wolke eingehüllt wurden.

Sable stockte der Atem. Kane versuchte, ein Lachen zu unterdrücken, während Emma Lou hemmungslos kicherte und das Gleiche noch einmal machte. »Emma!« Sable hielt ihre kleinen Hände fest. »Das Mehl ist für das Backpapier, nicht um es in die Luft zu werfen, in Ordnung?«

Emma Lou nickte, doch sobald Sable ihre Hände losließ, streckte sie ihren Arm schon wieder in Richtung Schüssel aus. Sable erwischte die Hand der Kleinen, und Kane wandte sich ab, sodass sie nur an den zitternden Schultern sein lautloses Lachen erkannte. »Du kommst ganz nach deiner Mama, Emma Lou.« Sie schob die Mehlschüssel außer Reichweite. »Sollen wir jetzt den Keksteig ausrollen oder müssen wir aufhören?«

»*Lollen*«, sagte sie.

Kane drehte sich wieder herum, und ein einziges Kribbeln erfasste Sable, als sie sein freudiges Strahlen sah.

Sie versuchte, diese Gefühle zu ignorieren, während sie den Teig ausrollten und mit den herzförmigen Ausstechern die Kekse vorbereiteten. Nachdem sie die Backbleche gefüllt hatten, fragte Sable: »Könntest du sie in den Ofen schieben, während ich sie schnell bade?«

»Kein Problem.«

»Hab Hunga«, sagte Emma Lou.

»Wir waschen uns erst einmal und dann essen wir.« Sable versuchte, einen klaren Kopf zu bekommen, während sie Emma Lou nach oben brachte, sie badete und ihr den Pyjama anzog.

Als sie wieder nach unten kamen, war der Abwasch erledigt, der Tisch und die Arbeitsflächen funkelten und Kane bereitete Käsetoasts zu. »Ich hoffe, dass sie nicht allergisch auf Käse ist. In der Kühltruhe habe ich auch Brokkoli gefunden, den habe ich schnell gekocht. Ich hoffe, das ist in Ordnung.«

»Das wäre doch alles nicht nötig gewesen. Ich hätte helfen können.«

»Ich habe gehört, dass sie Hunger hat, und du warst gut beschäftigt.« Er nahm einen der herzförmigen Ausstecher und drückte ihn in einen der Käsetoasts. Als er den Teller vor Emma stellte, fragte er: »Magst du Bäume, Prinzessin?«

Emma Lou nickte und kletterte mit großen neugierigen Augen auf ihre Sitzerhöhung.

Sable schmolz innerlich dahin und fragte sich, wie ein herzförmiges Sandwich, die Bezeichnung *Bäume* für Brokkoli und der Kosename *Prinzessin* für ihre Nichte sie so in Verzückung geraten lassen konnte.

»Say Say! Guck mal!«, rief Emma Lou aus.

»Keine Sorge, Prinzessin. Für deine Tante Say hab ich auch eines.« Er drückte den Ausstecher in den nächsten Toast und gab Sable den Teller mit einem Zwinkern.

Ihr Magen vollführte unkontrollierte Sprünge. *Was machst du nur mit mir, du hinterhältiger Bad?*

Nach dem Essen spielten sie mit Emma Lou und ihren Plüschtieren Zoo. Kane setzte sich ohne Zögern mit ihnen auf den Fußboden. Als die Kleine immer öfter gähnte, trug er sie zum Sofa und setzte sie auf seinen Schoß, während Sable ihr vorlas. Emma Lou war so erledigt, dass sie sofort einschlief.

Kane trug sie nach oben und brachte sie zu Bett. Als er ihr die dunklen Haare aus dem Gesicht strich, flüsterte er: »Träum was Schönes, Prinzessin.«

Sable deckte Emma Lou zu und küsste sie auf die Stirn. »Gute Nacht, meine Kleine. Ich hab dich lieb.«

Als sie das Zimmer verließen, legte Kane eine Hand auf Sables Rücken und zog die Tür bis auf einen Spalt hinter ihnen zu. »Jetzt sehe ich, für wen du deine ganze liebevolle Art aufbewahrst.«

»Das Gleiche könnte ich von dir sagen. Du bist ziemlich gut in diesem Babysitting-Kram.«

»*Ziemlich gut. Nicht schlecht.* Was muss ein Mann tun, um mal richtig gelobt zu werden?«

»Ach, ein bisschen dies und ein bisschen das«, scherzte sie. »Aber im Ernst, du hast mich heute ziemlich umgehauen. Wie lange spielst du schon Schlagzeug?«

»Seit meiner Kindheit. Musik war schon immer eine Leidenschaft von mir, und als Johnny entdeckt wurde, hab ich ernsthafter darüber nachgedacht.«

»Wolltest du in einer Band spielen?«, fragte sie, als sie nach unten gingen.

»Nein, das war Johnnys Traum. Er war fünfzehn, als er entdeckt wurde, und er trat als Solokünstler auf. Ich dachte mir, ich könnte so gut werden, dass ich einspringen könnte, falls er jemals eine Band zusammenstellen würde und einen Schlagzeuger bräuchte. Aber als er so weit war, war ich auf dem College und hab als DJ gearbeitet. Mir hat das einen Riesenspaß gemacht und er hatte seine eigenen Jungs im Kopf.«

Nach der letzten Stufe drehte sie sich zu ihm um. »Das verstehe ich nicht. Du hast gesagt, Musik war deine Leidenschaft, aber dann hast du einfach BDK seinen Rachefeldzug gegen die Ex und ihren neuen Freund antreten lassen.«

Er zog sie in seine Arme. »Sagen wir einfach, meine Liebe

zur Musik wurde für das schöne Gefühl von Erfolg zurückgestellt.«

»Aber du spielst bestimmt noch, sonst hättest du nicht so mit meiner Band mithalten und meinen neuen Song so gut spielen können.«

»Ich spiele immer noch, um Dampf abzulassen.« Er strich mit seinen Lippen über ihre. »Und was deinen Song angeht … Ich hab dir ja gesagt, dass du mir unter die Haut gehst. Den verdammten Song hab ich mir so oft angehört, dass ich ihn im Schlaf spielen könnte.«

Es war wunderschön, das zu hören, und sie sehnte sich danach, ihn zu küssen, doch irgendetwas machte ihr noch zu schaffen.

»Du hast wieder diesen ganz bestimmten Blick … Was denkst du?«

»Es ist nur … Es scheint, als hättest du deinen Lebensweg nach allen anderen ausgerichtet. Du hast gelernt, besser zu spielen, falls Johnny dich brauchen sollte, und du hast das aufgegeben, wofür du gebrannt hast, um Rache zu üben. Dann hast du das Management von Johnny übernommen, weil *sein* Leben Kopf stand. Ich bin mir sicher, dass du es liebst, Milliardär zu sein, aber was tust du nur für dich? Nicht, weil du es musst oder weil dich jemand braucht, sondern aus dem einzigen Grund, dass es dir Freude macht?«

»Dein Hirn ist wirklich bemerkenswert.« Er küsste sie sanft. »Vergeude nicht deine Zeit damit, mich zu verstehen. Das ist unmöglich.«

»Das kannst du laut sagen.« Sie schlang die Arme um ihn. »Du bist der vielschichtigste Mann, den ich je kennengelernt habe.«

»Das Einzige, was du wissen musst, ist, dass ich bei allem,

was ich so treibe, unglaubliche Lust verspüre. Besonders wenn ich es mit dir treibe.« Seine Lippen berührten ihre, leicht wie eine Feder, und er flüsterte: »Hör auf zu denken, und sei einfach bei mir.«

Als sein Mund ihren eroberte, gab es keinen Ort auf Erden, wo sie lieber gewesen wäre.

Zweiundzwanzig

Der Launch von Jillians Kollektion Wanderlust war begleitet von einer surrenden Aufregung. Ihrer ausgefallenen Marke entsprechend hatte Jillian eine Lagerhalle in Brooklyn angemietet, die sie in einen aufwendig gestalteten Showroom umfunktioniert hatte. An den Stahlsparren waren Strahler angebracht, funkelnde Kristallketten hingen an den Wänden und ein riesiger Bildschirm, auf dem sich eine wunderschöne Wiese im Wind bewegte, kündigte WANDERLUST BY JILLIAN BRADEN an. Die Fashionshow war in vollem Gange und die Halle prall gefüllt. Jillians große Familie und auch Kanes Geschwister waren zu ihrer Unterstützung angereist, ebenso wie alles, was in der Modebranche Rang und Namen hatte. Dazu gehörten auch Jillians Cousin und seine Frau, die berühmten Modedesigner Josh und Riley Braden, sowie Vertreter der einschlägigen Pressekanäle. Alle wollten unbedingt die innovativen Stücke sehen, die für die Befreiung von allem standen, was die Frauen zurückhielt. Obwohl ihr davon abgeraten worden war, hatte Jillian klugerweise auf professionelle Models verzichtet. Neben ihren Schwägerinnen und ihrer Mutter liefen Frauen jeglichen Alters mit allen Figuren, Formen, Größen und Hautfarben über den Laufsteg. Das Publikum und die Presse waren begeistert. Johnny saß mit einem stolzen Strahlen neben Kane.

Kane bewunderte Jillian dafür, dass sie zu ihrer Leidenschaft und ihren Prinzipien stand, doch in Gedanken war er ganz woanders. Dank Sable hatte er in letzter Zeit viel über die Leidenschaft nachgedacht. Sie hatten sich täglich geschrieben – oft glitten ihre Nachrichten in unzweideutige Wortwechsel ab – , und er hatte fast den Verstand verloren, so sehr fehlte sie ihm. In den drei Wochen seit dem Valentinstag hatte er sechs Tage in Australien verbracht und war zwei Mal bei Sable gewesen. Er hätte sie mit nach Australien genommen, wenn es ihr und der Band nicht einen Shitstorm eingehandelt hätte. Zum zehnten Mal innerhalb von zwanzig Minuten zückte er sein Handy. Seit gestern Abend hatte er nichts von ihr gehört und es machte ihn wahnsinnig.

»Von wem erwartest du eine Nachricht?«, fragte Aria, die neben ihm saß.

Er sah seine jüngere Schwester an, deren schlichter goldener Nasenring im Licht der Scheinwerfer funkelte. Wie eine gewisse braunhaarige Schönheit fühlte auch Aria sich in Jeans am wohlsten, doch heute Abend fielen ihre aschblonden Haare in sanften Wellen über die Schultern ihres schwarzen Rollkragenpullis, den sie zu einem schwarz-weiß-karierten Minirock, schwarzen Strumpfhosen und schwarzen Stiefeletten trug. Sie hatte ebenfalls lauter Tattoos, von denen im Moment jedoch keines sichtbar war. Sein Blick fiel auf ihre Hand, die sich an ihren Oberschenkel wie an eine Rettungsleine klammerte, und das versetzte ihm einen Stich. Es war nicht einfach gewesen, sie dazu zu überreden, zu der Veranstaltung zu kommen. Sie verabscheute Menschenansammlungen, aber sie mochte Jillian sehr, und am Ende hatte sich ihre Zuneigung für ihre zukünftige Schwägerin durchgesetzt. Kane hatte sie von Cape Cod abholen lassen und in seinem Hotel in Empfang genommen, wo er für seine Schwestern und für seine Eltern jeweils eine eigene Suite organisiert hatte.

»Arbeit«, sagte er und verstaute das Handy wieder in seiner Anzugjacke.

»Nie und nimmer würde ich mit dir tauschen wollen.« Aria stieß ihn mit der Schulter an und lächelte liebevoll.

Dieses Gefühl wünschte er tatsächlich niemandem. Sable war ihm nicht einfach nur unter die Haut gegangen. Sie hatte sich verdammt noch mal in seiner Seele vergraben. Es war die Hölle, diese Emotionen davon abzuhalten, überzukochen. Sie hatten weder per Telefon noch über Videochat miteinander gesprochen, und das war von seiner Seite aus auch beabsichtigt. Er war der Annahme gewesen, wenn er weder ihre Stimme hören noch ihr Gesicht sehen würde, könnte er seine Gefühle unter Kontrolle behalten, doch letzten Endes führte es nur dazu, dass er sich noch mehr nach ihr sehnte.

»Mom ist heute Abend richtig hübsch«, sagte Johnny und holte Kane damit wieder in die Gegenwart zurück. Ihre Mutter erhob sich gerade von ihrem Platz neben Aria.

»Sie sieht immer hübsch aus«, sagte Aria.

Kane konnte dem nur zustimmen, denn es war sogar der Fall gewesen, als sie im Laufe ihrer Chemotherapie die Haare verloren hatte. Jetzt hatte sie feine blond-graue Wellen, die nicht viel länger als seine Haare waren. Er beobachtete, dass sein Vater aufstand – wahrscheinlich um sie zur Damentoilette zu begleiten –, doch davon wollte sie nichts wissen. Nach einem Kuss auf seine Wange ging sie in ihrem hübschen Blumenkleid allein hinaus. Sein Vater schaute ihr mit dem bewundernden Lächeln hinterher, das Kane schon sein Leben lang bei ihm gesehen hatte.

Kane wandte seine Aufmerksamkeit wieder der Veranstaltung zu. Harlow schritt gerade an der Spitze einer Reihe von Frauen über den Laufsteg, von denen eine im Rollstuhl saß. Er stupste Aria an. »Das könntest du sein da oben.«

Sie schüttelte den Kopf mit weit aufgerissenen Augen.

Harlow sah umwerfend aus in dem fließenden silberschwarzen Abendkleid mit seitlichen Cut-outs, in unendlich hohen Highheels und mit schick hochgesteckten blonden Haaren. Kurz darauf folgte Morgyn zwei anderen Frauen auf dem Laufsteg, in einem bunten kurzen Lagenkleid mit einem schwarzen Schal um den Hals, einem Blumenkranz in ihren langen blonden Haaren und Wildlederstiefeln mit Fransen. Sie warf Graham ein Lächeln zu – und Kane war unfassbar neidisch auf das, was die beiden vereinte. Er hätte alles dafür gegeben, Sable an seiner Seite zu haben, und er wusste genau, wie absurd das war. Er war nicht auf der Suche nach einer Ehefrau, und sie konnte es nicht gebrauchen, dass die Presse Wind von ihrer Affäre bekam. Er gehörte nicht zu den Männern, die ihre Zeit verschwendeten. Für gewöhnlich nahm er sich, was er wollte, und scherte sich keinen Deut darum, was irgendjemand davon hielt. Aber er würde Sable mit allem, was in seiner Macht stand, beschützen.

Während Jillians andere Schwägerinnen über den Laufsteg gingen – eine so schön wie die andere –, versuchte Kane, nicht noch einmal aufs Handy zu schauen. Doch der Drang war zu stark. Er griff gerade nach seinem Smartphone, als Aria ihn anstieß und mit Tränen in den Augen zum Laufsteg deutete. Instinktiv umfasste er ihre Hand und schaute auf. Sein Herzschlag setzte kurz aus, als er die strahlende, starke Frau auf dem Catwalk entdeckte. Seine Mutter sah atemberaubend aus in einer taupefarbenen Lagenbluse mit einem tiefen V-Ausschnitt und einem hauchdünnen bodenlangen Rock mit Rüschen. Ihre Augen strahlten, doch es war ihr quirliges, selbstbewusstes Lächeln – das Lächeln, das ihn durch seine schwersten Tage als Kind und viele harte Zeiten als Erwachsener getragen hatte –, das all die Emotionen aufkommen ließ, die sich seit ihrer ersten Krebsdiagnose in ihm aufgestaut hatten.

Sie zwinkerte ihnen zu, ging mit hoch erhobenem Kopf bis zum Ende des Laufstegs, drehte sich herum, als hätte sie ihr Leben lang für diesen Moment geübt, und schritt wieder an ihnen vorbei. Aria drückte seine Hand.

Johnny wischte sich über die Augen und gab ein geflüstertes »Shit« von sich. Auch Kane blinzelte gegen die Tränen und legte den Arm um Aria, um sie fest an seine Seite zu ziehen. Er schaute zu seinem Vater, dem Fels in der Brandung in ihrer Familie, dem Mann, der auch in den schlimmsten Zeiten nie zusammenzubrechen drohte, zumindest nicht in ihrer Gegenwart. Auch er wischte sich über die Augen. Alles in Kanes Brust zog sich zusammen. Die Liebe war etwas so Mächtiges, so Beängstigendes, doch für seine Eltern schien es der Höhepunkt ihres Daseins zu sein.

Zum ersten Mal seit dem College löste dieser Gedanke nicht das aus, was auf einer Kreidetafel kratzende Fingernägel bei ihm verursachten.

Nachdem ihre Mutter den Laufsteg verlassen hatte, wurden die Lichter gedimmt und die Musik endete. Geflüster kam auf, als der Bildschirm von WANDERLUST und der Wiese überging zu ROCKER GIRLZ und einem Bad-Intentions-Video. Bunte Lichter erstrahlten und Johnnys Musik ertönte in der Halle, während Zoey in einem Top mit Zeitungsprint und schwarzen Ärmeln und einem in der Hüfte geschnürten Kunstleder-Skort auf den Catwalk marschierte. Kane wusste, dass es sich um einen *Skort* handelte, weil Zoey es ihm drei Tage vor der Veranstaltung bis ins kleinste Detail erklärt hatte. Sie sah toll aus. Ihre Haare glänzten und sie trug wie auch sonst einen Seitenscheitel. Ihr Tougher-Teenager-Vibe schimmerte dank der strahlenden Augen und des ernsten Ausdrucks durch. Kane wusste, wie nervös sie war. Sie hatte ihn gestern Abend angerufen und erzählt, dass sie Angst hatte, auf dem Laufsteg nur blöde zu grinsen. Er hatte ihr geraten, einfach so zu tun, als würde sie mit ihm Poker spielen – und sie machte es großartig.

»Sie hat das Selbstvertrauen ihres Daddys«, sagte er zu Johnny.

Johnny nickte und hatte schon wieder glasige Augen.

»Du Softie«, scherzte Kane, doch auch sein Herz hämmerte vor Stolz.

Dann gingen noch Zoeys Freundinnen und einige andere junge Mädchen über den Catwalk. Als sie wieder in den Kulissen verschwanden, erschienen auf dem Bildschirm beide Marken nebeneinander und die Musik wurde leiser, während die Models beider Kollektionen auf den Laufsteg traten, ein Spalier bildeten und klatschten, bis Jillian zum Schluss herauskam.

Johnny strahlte stolz und stand auf, wie auch Kane und der Rest des Publikums, während Jillian anmutig und selbstbewusst über den Catwalk ging. In ihrem goldenen Minikleid mit den transparenten Ärmeln, den für sie unerlässlichen Highheels und mit ihrem Babybauch sah sie einfach umwerfend aus. Am Ende des Laufstegs verbeugte sie sich, und ihre kastanienbraunen Haare fielen ihr über die Schultern, als sie sich wieder aufrichtete und Johnny einen Luftkuss zuwarf, bevor sie wieder über den Laufsteg nach hinten ging.

»Glückwunsch, Mann, das war eine mörderische Show«, sagte Kane, während der Applaus gar nicht enden wollte.

»Ich kann es nicht glauben, dass diese unglaubliche Frau meine Ehefrau wird.«

»Du hast sie verdient, und sie kann auch von Glück sagen, dass sie dich als Ehemann bekommt.« Den Arm fest um Aria gelegt, entfernte er sich mit ihrem Vater und Johnny von dem Gedränge. »Alles in Ordnung, Ar?«

Sie nickte. »Ich bin immer noch hin und weg von Mom. Sie hat so schön ausgesehen. Und sie und Zoey sind so mutig!«

»Hey, jetzt hör mir mal zu.« Kane sah sie eindringlich an. »Du bist *hier*. Also bist du auch mutig.«

Sie errötete. »Danke.«

»Das meine ich ernst, Aria. Es gehört viel Mut dazu, sich seinen Ängsten zu stellen. Hast du noch mal über einen Assistenzhund nachgedacht?« Er hatte sie an dem Tag angerufen, als er Oak Falls verlassen hatte, und eine Stunde lang hatten sie sich über diese Idee unterhalten. Doch sie hatte eine ganze Liste von Gründen, aus denen sie keinen Hund wollte. Die meisten waren zwar stichhaltig, aber dennoch wurde er das Gefühl nicht los, dass ein ständiger Begleiter hilfreich für sie sein könnte.

»Ich denke darüber nach. Zeke hält es für eine gute Idee, aber es ist auch eine große Verantwortung.«

Zeke war Justin Wickeds Bruder und einer von Arias engsten Freunden. Er war Mitglied des Motorradclubs Dark Knights, und Kane konnte immer auf ihn zählen, wenn es um Arias Sicherheit ging. Er war froh, dass sie mit Zeke über die Idee sprach. »Wie gesagt, ich kann gern mit dir hinfahren, damit du sie dir mal anschauen kannst.«

»Du brichst doch in zwei Wochen zu der Tour auf.«

»Ich weiß, aber wenn du hinfahren willst, mache ich es möglich.«

Ihr Vater legte Johnny eine Hand auf die Schulter. »Du kannst sehr stolz sein, mein Junge. Jillian und Zoey haben beide unglaublich viel Talent. Aber du hättest mich vorwarnen können, dass eure Mutter über den Laufsteg geht. Mein altes Herz hat es kaum ausgehalten, sie da oben zu sehen.«

»Ich wusste nichts davon.« Johnny schaute Kane und Aria an. »Wusstet ihr das?«

»Nein«, sagten sie gleichzeitig.

Der Applaus brandete noch einmal um sie herum auf, und sie klatschten ebenfalls, als die Models zurück in den Raum kamen. Kane entdeckte seine Mutter, Harlow und Zoey mit ihren Freundinnen, bevor auch Jillian hinter ihnen auftauchte und der Applaus lauter wurde. Jillian wurde von der Menge geschluckt, während seine Mutter und die anderen sich zu ihnen durchkämpften. Sie hielten an, um mit einigen von Jillians Familienmitgliedern zu reden, und Aria rannte zu ihnen. Sie umarmte Zoey und Harlow, und dann umarmte sie ihre Mutter so fest, dass Kane wieder diesen Kloß in der Kehle spürte.

»Alles in Ordnung, mein Junge?«, fragte sein Vater.

Er räusperte sich. »Ja. Es war wirklich schön, Mom dort oben zu sehen. Sie war so …« Er suchte nach den richtigen Worten.

»Voller Leben?«, fragte sein Vater.

Kane nickte. »Mir war nicht bewusst, wie sehr ich es brauchte, dass sie mal etwas für sich selbst tut.«

»Für sich selbst? Wir reden hier über deine Mutter. Ich glaube, sie hat an ein paar andere Leute gedacht, als sie die Entscheidung getroffen hat«, sagte sein Vater, als sie und die

Mädels sich zu ihnen stellten und alle aufgeregt durcheinanderredeten.

Kane ließ seinem Vater und Johnny den Vortritt, um den Mädels und seiner Mutter zu gratulieren. Lang musste er nicht warten, bis Harlow zu ihm kam.

»Komm her, schöne Frau.« Er zog sie an seine Brust. »Du warst großartig da auf dem Laufsteg.«

»Danke. Aber Mom hat uns alle in den Schatten gestellt. Hast du die Tränen in meinen Augen gesehen, als wir alle gemeinsam oben gestanden haben?«

»Nein. Aber das ging nicht nur dir so.«

»Hey, BDK!«, sagte Zoey, als sie mit ihren Freundinnen auf ihn zueilte.

Harlow lachte. »Das wirst du nie wieder los.«

Kane schüttelte den Kopf. Bilder von ihm am Schlagzeug mit der Band Surge waren am nächsten Tag überall auf Social Media zu sehen gewesen. Jemand hatte den Ursprung von *BDK* in Kanes DJ-Zeit recherchiert, und überall kursierte nun die lächerliche Spekulation, dass er eifersüchtig auf Johnny war und den Sprung in die Musikbranche schaffen wollte. Kane hatte diesen Mist rasch von Shea im Keim ersticken lassen. Sie hatte in seinem Namen eine Erklärung veröffentlicht, in der er sagte, welche Ehre es für ihn gewesen sei, für den erkrankten Drummer einzuspringen und mit Surge zu spielen, und dass es eine einmalige Sache gewesen sei. Er war nur froh gewesen, dass niemand auf ihn und Sable zu sprechen gekommen war.

»Komm du mir noch mal mit BDK.« Er zog Zoey zu einer festen Umarmung an sich und brachte sie zum Lachen, während sich die anderen dazugesellten. »Ich bin stolz auf dich, meine Kleine. Du hast da oben richtig abgeliefert.« Er lächelte ihre Freundinnen an. »Ihr alle!«

»Danke«, sagten Ginny und Cara und strahlten in den Outfits, die Jillian und Zoey entworfen hatten, stolz um die Wette.

Zoey stimmte ihm zu: »Natürlich haben wir das. Wir sind eben cool.«

»Wir werden euch Mädels wegsperren müssen, damit die Jungs euch nicht zu Hause die Türen einrennen«, sagte sein Vater.

»Jilly und ich lassen Metallstäbe vor die Fenster einbauen«, sagte Johnny.

Aria stieß Zoey an. »Du kannst bei mir oder Harlow einziehen.«

»Danke, aber ich muss bei niemandem wohnen«, erklärte Zoey. »Ich werde Designerin, nicht Model. Dann bin ich reich genug und kann mir mein eigenes Haus bauen.«

»Braves Mädchen«, sagte Kane. »Setz dir hohe Ziele.«

»Du wirst dann wohl bald ihre Karriere managen«, sagte Harlow.

»Es sei denn, ich gründe eine Band. Dann kann er als mein Drummer anfangen«, scherzte Zoey und alle lachten.

Während sie ihre Späße machten, trat Kane zu seiner Mutter und entfernte sich mit ihr etwas von den anderen. »Du hast allen die Show gestohlen, Mom, und du hast da oben umwerfend ausgesehen.« Er umarmte sie und fühlte sich genau so, wie Aria sich gefühlt haben musste, als sie ihre Mutter umarmt hatte, denn er wollte sie gar nicht mehr loslassen.

»Danke, mein Schatz. Ich kann es selbst kaum glauben, dass ich das gemacht hab. Ich war so nervös, aber als ich erst mal dabei war und euch Kinder und deinen Vater gesehen hab, war die ganze Nervosität wie weggeblasen.«

»Ich bin stolz auf dich. Wie ist es gekommen, dass du dich dazu entschlossen hast?«

»Jilly hat mich darum gebeten. Zuerst habe ich abgelehnt. Ich hab mich nicht sehr hübsch gefühlt und wollte auch nicht all diese Blicke auf mich ziehen.«

»Mom, du bist immer wunderschön gewesen und wirst es auch immer sein.«

»Danke, mein Schatz, aber das ist so ein Gefühl in mir. Dieser alte Körper hat eine Menge durchgemacht und ich wollte Jilly an ihrem großen Tag nicht enttäuschen. Aber dann hat sie gesagt, wie toll es wohl für meine Familie wäre, mich dort oben im Rampenlicht zu sehen. Danach fing ich an, anders darüber zu denken. Mir ging durch den Kopf, wie viel Freude ihr alle in mein Leben gebracht habt, und dann dachte ich, dass sie vielleicht recht haben und es euch gefallen könnte, mich dort zu sehen.«

»Es war ein ganz unglaubliches Geschenk.«

»Das freut mich, aber versteh mich nicht falsch.« Sie sprach leiser weiter, als wollte sie ihm ein Geheimnis anvertrauen. »Ich hab es auch für mich getan. Also, im Ernst, Kane! Wann sollte ich jemals wieder so eine Gelegenheit bekommen? Nicht, dass ich jemals davon geträumt hätte, Model zu werden, aber träumt nicht jeder mal von ein paar Minuten im Rampenlicht?«

In Gedanken war er sofort bei Sable. »Nicht jeder.«

Sie sah ihn so an, wie sie es getan hatte, als er noch ein Kind gewesen war und ihr Mom-Radar ein Signal aufgefangen hatte, für das nur sie empfänglich war. »Denkst du an Sable?«

»Wie kommst du darauf?«

»Du hast erzählt, dass sie nicht gerade versessen darauf war, die Tournee zu machen, und du hast sie in den letzten zwei Monaten einige Male erwähnt.«

Das war ihm nicht bewusst, aber selbst wenn es nicht so gewesen wäre, hätte sie sicher gewusst, dass Sable wichtig für ihn geworden war. Ebenso wie sie die Einzige gewesen war, die von der Trennung gewusst hatte, die für seinen Wandel von einem rebellischen DJ hin zu einem knallharten Geschäftsmann verantwortlich gewesen war. »Es ist die erste Tour für ihre Band. Da gibt es viel zu organisieren.«

»Mit Sicherheit, und ich weiß, wie dankbar Johnny und Jilly dafür sind, dass du das alles machst und sie sich vor der Tour auf Zoey konzentrieren können. Jilly hat mir ein wenig über Sable erzählt, und es klingt so, als wäre sie dir sehr ähnlich.«

»Weil sie dickköpfig ist?«

»Oh ja, zweifellos. Aber ich frage mich, ob ihre Familie für sie so lange im Mittelpunkt gestanden hat, dass sie befürchtet, die Welt um sie herum würde einbrechen, wenn die Scheinwerfer nun auf sie gerichtet werden.«

»Inwiefern wäre sie mir da auch nur im Entferntesten ähnlich? Ich konzentriere mich auf mein Unternehmen Bad Enterprises und habe das schon immer gemacht. Ich habe keine Angst, dass meine Welt einstürzen könnte.«

Sie berührte seinen Arm und fragte mit sanfter und nachdenklicher Stimme: »Hast du das wirklich nicht?«

»Was willst du damit sagen? Meine Geschäfte laufen gut.«

»Ja, du bist ein hervorragender Geschäftsmann und ein Meister darin, alle anderen zu beschützen. Aber ich mache mir Sorgen, dass du so lang so sehr darauf geachtet hast, dein großzügiges Herz zu beschützen, dass du vergessen hast, dass nicht alle gescheiterten *Unternehmungen* Vorboten für das sind, was noch kommt.«

Sie lächelte Johnny an, der zu ihnen kam, und als sie anfingen, miteinander zu plaudern, entfernte Kane sich, um sich einen Drink zu holen und über das nachzudenken, was seine

Mutter gerade gesagt hatte.

Im Laufe des Abends ging Jillian von einem zum anderen und landete schließlich bei ihnen. Sie strahlte übers ganze Gesicht, während ihr alle gratulierten und sie sich über ihre Entwürfe und die Veranstaltung unterhielten. Irgendwann zogen Zoey und ihre Freundinnen mit Harlow und Aria los, um sich etwas zu trinken zu holen, und ihre Eltern gesellten sich zu einigen von Jillians Familienmitgliedern, sodass Kane mit Jillian und Johnny zurückblieb.

»Was für ein Abend.« Jillian strich sich über den Bauch.

»Das passiert nun mal, wenn man eine Star-Designerin ist. Scheint, als wären alle, die du kennst, hergekommen, um deinen großen Tag mit dir zu feiern«, sagte Kane.

»Fast alle. Es fehlen einige der Montgomery-Schwestern.« Sie betrachtete ihn neugierig.

Als der Klatsch und Tratsch vom Valentinstag viral gegangen war, hatte Jillian sich nicht zurückgehalten und ihn ausgefragt, was er wirklich in Oak Falls zu tun gehabt hatte. Er hatte nichts preisgegeben, obwohl er am liebsten allen erzählt hätte, wie verdammt verrückt er nach Sable war.

»Du hast da mit Sable wirklich eine Gelegenheit verpasst. Als ihre Band in New York war, hatte ich das Gefühl, zwischen euch beiden zischt und funkt es wie verrückt. Kaum zu glauben, dass mein Radar da nicht funktioniert hat.«

»Jilly!«, warnte er sie.

»Ich könnte ein gutes Wort für dich einlegen«, bot sie an.

»Hör auf, zu verkuppeln, Baby. Er hat dir schon gesagt, dass da nichts läuft.« Johnny küsste sie auf die Schläfe.

»Ich finde, ihr beiden vermischt Arbeit und Vergnügen genug für uns alle. Wenn ihr mich entschuldigt, ich brauch noch einen Drink.« *Oder auch sechs.*

Als Kane nach Hause kam, war es schon nach elf Uhr, und er hatte noch immer nichts von Sable gehört. Gestern Abend hatten sie sich geschrieben, aber da hatte sie nichts davon erzählt, heute Abend einen Auftritt zu haben. Als sie auf seine Nachricht von diesem Morgen nicht geantwortet hatte, war er nicht besorgt gewesen. Er wusste, dass sie ihr Handy nicht immer bei sich trug. Danach hatte er stundenlang gewartet. Doch langsam fragte er sich, ob ihr vielleicht etwas zugestoßen sein könnte. Obwohl … Wenn es eine Frau gab, die auf sich selbst aufpassen konnte, dann war es Sable, und wenn sie einen Unfall gehabt hätte, hätte ihn sicherlich wegen der Tour jemand kontaktiert. Sie war wahrscheinlich einfach nur zu beschäftigt.

Oder vielleicht hatte sie Zweifel in Bezug auf das, was zwischen ihnen lief.

Dieser Gedanke machte ihn fertig, verdammt, aber er könnte es ihr nicht übelnehmen. Für sie stand viel mehr auf dem Spiel als für ihn, wenn es jemand herausfinden würde. Er zog seine Jacke aus, warf sie über die Couch und schenkte sich einen Drink ein. Die Einsamkeit seines Penthouses, die ihm einmal so gutgetan hatte, ging ihm auf die Nerven. Er konnte sich in seiner Wohnung nicht umschauen, ohne sich an die Momente mit Sable zu erinnern. Aber es ergab keinen Sinn. Sie hatte so wenig Zeit hier verbracht. Wie konnte das alles andere in den Schatten stellen?

Wie konnte es nicht?

Jede einzelne Minute am Tag dachte er an sie. Als er Jillians Bruder Nick, einen herausragenden Freestyle-Pferdetrainer und Trickreiter, mit seiner Frau Trixie, die Minipferde in Therapien einsetzte, auf der Veranstaltung heute Abend gesehen hatte, waren seine Gedanken dank deren verdammten Westernstiefel sofort wieder bei Sable gelandet. Dabei war es auch nicht gerade hilfreich gewesen, dass Trixie die Tournee angesprochen und erzählt hatte, dass sie zusammen mit Sable in Oak Falls aufgewachsen war. Trixies Mädchenname war Jericho, und sie hatte ihm nur allzu gern Geschichten darüber erzählt, wie eng Sable mit ihren Brüdern befreundet war.

Verdammte Kleinstädte.

Er leerte sein Glas, schenkte sich noch einmal nach und ging mit dem Drink an die Fensterfront. Während er auf die Lichter der Stadt schaute, versuchte er, die Wahrheit zu ignorieren, die er bisher erfolgreich geleugnet hatte. Doch es gab kein Entkommen. Sie nagte an ihm, wie ein tollwütiges Tier, das versuchte, sich zu befreien.

Er steckte schon zu tief drin – welch Ironie!

Aber er wusste auch, dass es mit ihnen keinen Sinn machte. Ihre Leben waren sowohl von der räumlichen Distanz als auch von der Lebensweise her zu weit voneinander entfernt, und ihr stand eine lebensverändernde Zeit bevor. Sie wollte keine Komplikationen, da war sie absolut ehrlich gewesen, und das bedeutete, dass er auf ein Universum voller Schmerz zuraste.

Sein Handy vibrierte. Er ermahnte sich, nicht auf den Bildschirm zu schauen, doch er zog das Handy bereits aus seiner Hosentasche.

Dreiundzwanzig

Sable saß eingekuschelt in Sweatshirt und Decke auf ihrem Balkon und blickte starr auf ihr Handy. Sie musste etwas Abstand zwischen sich und Kane schaffen, und so hatte sie sich gesagt, dass sie vierundzwanzig Stunden nicht mit ihm kommunizieren würde. Doch es war, als würde sie versuchen, nicht zu atmen – bis sie eingeknickt war. Jetzt raste ihr Herz, während sie auf seine Antwort wartete, was albern war, da sie gerade erst die Nachricht geschickt hatte. Ihr Handy klingelte und schreckte sie auf, als Kanes Name auf dem Bildschirm aufpoppte. Sie hielt den Atem an und ihre Nerven glichen einem Flipperball. Sie *telefonierten* nicht miteinander. Warum rief er sie an? Ihre Gedanken rasten. Warum machte ein Telefonanruf sie so nervös?

Ich verliere eindeutig den Verstand. Sie hielt das Handy ans Ohr. »Hi.«

»Hallo, meine Schöne.«

Seine tiefe Stimme jagte ihr einen heißen Schauer über den Rücken. »Das ist jetzt irgendwie *anders*.«

Er schwieg kurz. »Ich wollte deine Stimme hören.«

Oh Gott! Es fühlte sich richtig gut an, das zu hören, aber ihre Nerven standen in Flammen. »Das ist auch anders.«

Lange Zeit sagte er nichts, sodass sie auf den Bildschirm schaute, um herauszufinden, ob die Verbindung unterbrochen wurde.

»Kane?«

»Ja, ich bin hier. Ich weiß, dass es anders ist. Du hast mir gefehlt, und da dachte ich mir, ich ruf dich an.«

Jetzt schwieg sie, nahm sein Geständnis in sich auf und dachte über ein eigenes nach. Sie sagten solche Dinge nicht, aber das hieß nicht, dass sie es nicht fühlte.

»Ich verlange nicht von dir, dass du es auch sagst, Sable. Ich wollte nur, dass du es weißt.«

Sie schloss die Augen und kam sich albern vor. Sie hatte keine Probleme damit, es mit jemandem aufzunehmen oder anderen die Meinung zu geigen, aber wenn es darum ging, sich gegenüber jemandem so zu öffnen, würde sie am liebsten in ihren Gitarrenkoffer klettern und ihn fest verschließen. Aber das war ihnen beiden gegenüber nicht fair. Sie öffnete die Augen und ihr Herz. »Du hast mir auch gefehlt. Deshalb hab ich den ganzen Tag über nicht geschrieben.«

»Deiner Logik kann ich nicht folgen.«

»Selbstschutz. Du bist anscheinend mehr als dieser arrogante Arsch, der großartige Orgasmen beschert.«

»Ach so! Du willst es nicht wahrhaben.«

Sie hörte das Lächeln in seiner Stimme.

»Diese Taktik hab ich auch ausprobiert. Wie fühlst du dich jetzt, nachdem du die Karten auf den Tisch gelegt hast?«

»Ich würde am liebsten wegrennen«, sagte sie leise. »Und du?«

»Ich würde dir am liebsten hinterherjagen.« Er schwieg kurz und sie hielt den Atem an. »Aber ich hab das Gefühl, als würde ich durch ein Minenfeld rennen.«

»Wahrscheinlich. Keine Ahnung, ob ich so weitermachen kann. Ich denke an nichts anderes als an dich und das wirkt sich auf meine Arbeit und meine Musik aus.«

»Soll ich dich in Ruhe lassen?«, fragte er schroff.

»Nein«, erwiderte sie schnell. »Noch nicht.«

»Gut, denn das werde ich auch nicht.«

Sie lächelte. »Warum fragst du dann?«

»Weil ich versucht habe, ein Gentleman zu sein, aber wie man sieht, bin ich das nicht.«

Sie lachte leise.

»Wir waren uns einig, es zu beenden, wenn die Tournee losgeht. Also hab ich zwei Wochen, um zu dir zurückzukommen und dir Lust zu bescheren, bis du mich anflehst, dich zu vögeln.«

Sie drückte ihre Oberschenkel zusammen. Sie hatte keine Ahnung, wie sie ihm widerstehen sollte, wenn sie auf Tour waren, aber sie würde einen Weg finden müssen. Das Risiko, abgelenkt zu werden und ihre erste Tour zu vermasseln, durfte sie nicht eingehen.

Ein Pick-up fuhr hupend vorbei und riss sie aus ihren Gedanken.

»Bist du draußen?«

»Ja, auf meinem Balkon. Irgend so ein City Boy hat in meiner ganzen Wohnung unanständige Sachen mit mir angestellt, und ich kann mich nicht da drinnen aufhalten, ohne an ihn zu denken.«

»Wen soll ich umbringen?«

»Guck in den Spiegel, aber ich bin mir ziemlich sicher, dass der sich nicht so leicht umbringen lässt.«

Er lachte leise. »Zumindest hast du einen guten Geschmack. Wie war dein Tag, abgesehen davon, dass du ständig daran gedacht hast, es mit mir zu treiben?«

Die Vorstellung war seit Wochen omnipräsent gewesen, aber sie hatte nicht nur an Sex gedacht. Sondern auch daran, wie gut es sich anfühlte, in seiner Nähe zu sein, mit ihm zu reden, zu scherzen, einfach nur in seinen Armen zu liegen, und wie sehr sie noch mehr wollte. Das hier wollte sie. Freundschaft, Gespräche, ein Beisammensein, das über fantastischen Sex hinausging.

»War viel zu tun. Alle möglichen Leute hatten heute Probleme mit ihrem Auto, aber ich hab Eli beim Austauschen von Bremsbelägen und- scheiben helfen lassen, also war er glücklich, und die Bandprobe war nicht katastrophal, was ja schon mal positiv ist. Wie war der Launch von Jilly?«

»Es waren viele Leute da und alle fanden ihre Entwürfe großartig.«

»Wie hat Zoey den Laufsteg gemeistert? Hat sie gelächelt?« In seinen Nachrichten gestern Abend hatte er ihr von seinem Telefonat mit Zoey berichtet und erzählt, dass er sich Sorgen um sie gemacht hatte.

»Sie war unglaublich und hat auch nicht verlegen gegrinst.« Er schwieg kurz, und als er dann wieder sprach, hörte sie die Emotionen aus seiner belegten Stimme heraus. »Meine Mutter hat uns alle überrascht und ist auch über den Catwalk gelaufen.«

»Wow! Wie schön für sie. Wie war sie?«

»Atemberaubend und anmutig und …« Seine Stimme ebbte ab und er räusperte sich. »Egal, sie hat das großartig gemacht.«

»Was höre ich da heraus? War es schwierig für dich, sie da oben zu sehen? Hattest du Angst, dass sie unter dem Druck zusammenbrechen könnte?«

»Nein, das ist es nicht.«

Sie wartete darauf, dass er es erklärte. Als er es nicht tat, wusste sie, dass es zu viel war, zu persönlich für das, was immer das auch zwischen ihnen war. Es tat weh, aber sie verstand es. »Ich wollte nicht neugierig sein. Entschuldige.«

»Das ist schon in Ordnung. Ich versuche nur, zu verstehen, was ich gefühlt habe. Sie tut immer so, als wäre alles prima. Sie ist so ein Mensch, der in der Dunkelheit noch Licht sieht und in den schwersten Zeiten Hoffnung findet, daher ist es nicht einfach, zu erkennen, wann ihr etwas schwerfällt und wann nicht.«

»Klingt, als wäre sie sehr widerstandsfähig.«

»Sie ist eine der stärksten Frauen, die ich kenne, und es war mit der Therapie und der zweiten Krebserkrankung und der Operation eine unglaubliche Achterbahnfahrt. Aber als sie dort vor all diesen Leuten über den Laufsteg lief, war sie so lebendig und selbstbewusst, dass ich die Frau wiedergesehen habe, mit der ich aufgewachsen bin. Es war, als hätte sie einen Stein angestoßen und eine ganze Lawine von Erkenntnissen wäre über mich hereingebrochen. Mir wurde klar, wie schnell sich das Leben ändern kann und wie sehr ich sie bei mir behalten wollte.«

Der Schmerz in seiner Stimme tat auch ihr weh.

»Ich weiß, dass der Tod für alle unausweichlich ist …«

»Es geht immerhin um deine Mom, Kane! Das ist nichts, was man einfach akzeptiert, ohne das Gefühl zu haben, einem wird das Herz herausgerissen. Ich bin wie ein Kind, wenn es um meine Eltern geht.« Ein nervöses Lachen brach bei diesem Geständnis aus ihr heraus. »Ich frühstücke noch jede Woche mit ihnen. Allein der Gedanke, sie verlieren zu können, verursacht einen körperlichen Schmerz bei mir.«

»Ja! Genau so war es, während sie krank war. Als würde man einen Teil von mir foltern.«

»Genau das Gefühl hab ich, wenn ich bei Deloris bin und sie einen schlechten Tag hat. Es macht einem Angst, wenn man weiß, dass man Dinge wie Krankheiten nicht beherrschen kann ... oder seine Familie nicht vor Idioten beschützen kann.« Das hatte sie noch nie irgendjemandem anvertraut, doch Kane war alles andere als *irgendjemand* geworden.

»Besonders uns Kontrollfreaks macht so etwas Angst.«

»Ich erinnere mich nicht daran, mich als Kontrollfreak bezeichnet zu haben.«

»Alles klar, Miss Du-musst-um-sechs-Uhr-weg-sein.«

»Das ist nur zu deinem Wohl.« Sie war ihm dankbar dafür, dass er etwas Unbeschwertheit zurück ins Gespräch brachte. »Wärst du noch hier, wenn die Jungs zur Arbeit auftauchen, müsste ich dich umbringen. Dann hätte ich das Problem damit, die Leiche loszuwerden, dein Auto ebenfalls, und ehrlich, das wäre ne Menge Arbeit für ein paar Orgasmen.«

»Ein paar Orgasmen? Was für einen Matheunterricht hattest du denn in diesem Kleinkleckersdorf da bei dir?«

»Fragt der Mann, der zwanzig Zentimeter für dreiundzwanzig hält.«

»Hey«, sagte er lachend, »das wurde mit einem Lineal überprüft.«

Sie brach in schallendes Gelächter aus. »Mit einem Lineal?«

»Da war ich fünfzehn, entschuldige bitte. Wahrscheinlich ist er jetzt größer.«

»Männer sind so bescheuert«, sagte sie.

»Willst du etwa behaupten, dass sich junge Mädchen keine Sorgen um ihre Körbchengröße machen? Denn ich war auch mal ein Teenager, und ich weiß aus guten Quellen ...«

Zwei Stunden später lag Sable auf ihrem Bett und sie telefonierten immer noch, erzählten sich ihre Geheimnisse und brachten sich zum Lachen. Sie redeten darüber, wie es war, in kleinen Orten aufzuwachsen, dem Druck in der Highschool standzuhalten und zu beobachten, wie ihre jüngeren Geschwister ihr Verhalten beeinflussten. Er erzählte, dass er auf Cape Cod groß geworden war, in der Nähe des Ortes, in dem seine Schwester Aria wohnte. Und sie berichtete ihm von dem Moment, den ihr Vater als ihren ersten Auftritt auf einer Bühne ansah. Sie unterhielten sich über ihre Lieblingsmusiker und wie die sich im Laufe der Jahre verändert hatten, sie bedauerten, dass einige Bands sich aufgelöst hatten und so manche Künstler verstorben waren. Beide waren sich darüber einig, dass sie das Glück hatten, Berufe auszuüben, die sie liebten, und er erzählte ihr, dass er gerade eine australische Hotelkette erworben hatte und dies sein erstes internationales Geschäft war.

Sie drehte sich auf den Rücken, starrte an die Decke und hatte das Gefühl, endlich den wahren Kane Bad kennenzulernen. »Warum hast du so lange damit gewartet, international tätig zu werden?«

»Es ist sehr zeitaufwendig, die Firmen zu leiten, dich ich schon besitze, und ich mag die Gewissheit, dass ich nicht weit weg bin, sollte meine Familie mich brauchen.«

»Und warum hast du beschlossen, es jetzt zu machen?«

»Ich hatte das Gefühl, dass mir etwas fehlt, und dachte mir, es wäre nun an der Zeit. Diese Gelegenheit bot sich, kurz bevor meine Mutter ihre erste Diagnose erhielt. Da habe ich das alles auf Eis gelegt, und als sich ihr Gesundheitszustand gebessert hatte, bin ich das Projekt wieder angegangen. Dann kam die zweite Diagnose, und ich wollte das Projekt verschieben, aber meine Mutter wollte das nicht. Sie sagte, es würde ihr wehtun, wenn ich mein Leben wegen ihr auf Eis lege. Ich habe mich deswegen mit ihr gestritten, aber mein Vater hat mich beiseitegenommen und gesagt, dass ich keine Vorstellung davon habe, was es bedeutet, Eltern zu sein, und dass es für meine Mutter wichtig ist, dass ich meinen Weg weitergehe. Er sagte, es würde sie stärker machen, also hab ich es gemacht.«

Sie atmete tief durch und überlegte, wie schwer das für ihn gewesen sein musste. »Das ist heftig.«

»Das war es wirklich, aber ich glaube, er hatte recht. Sie hat sich danach erkundigt, als die Verhandlungen begannen, und sie hat sich über bestimmte Aspekte des Projekts gefreut. Jetzt verfolgt sie gespannt, was ich weiterhin mit der Hotelkette vorhabe.«

»Die Fotos, die du mir letzte Woche von dort geschickt hast, waren wunderschön. Von all den Orten, an denen du warst, gibt es einen, an dem du das Gefühl hast, ganz du selbst sein zu können und durchzuatmen?«

»Überall dort, wo meine Familie ist.«

Sie schloss die Augen und ihr wurde ganz warm bei seinen Worten. Er hatte ja keine Ahnung, dass er ihr aus der Seele sprach.

»Ich vermisse dein Gesicht«, sagte er mit belegter Stimme.

Er gab ihr das wunderbare Gefühl, etwas wirklich Besonderes zu sein. »So attraktiv ist mein Gesicht im Moment nicht gerade. War ein langer Tag.«

»Wie wär's, wenn du mich das beurteilen lässt?«

Die Anfrage für einen Videocall poppte auf und ihr Herzschlag wurde sofort schneller. Sie tippte auf das Kamerasymbol und Kanes Gesicht tauchte auf. Seine Haare waren verstrubbelt und er lag mit einer Hand hinter dem Kopf auf dem Sofa. Er sah so entspannt und glücklich aus, dass sie am liebsten durch das Telefon gekrochen wäre und sich zu ihm gelegt hätte. Ihr war nicht bewusst gewesen, wie sehr sein Gesicht ihr gefehlt hatte, bis der Anblick ihr ein Gefühl von Freude und Zufriedenheit bescherte. »Du bist eine Nervensäge, BDK.«

»Und du bist wunderschön, Panthera.«

Sie lächelte und schüttelte den Kopf. »Ich kann Videoanrufe nicht ausstehen.«

»Außer mit meiner Familie war ich auch nie ein Fan davon. Bis jetzt.«

»Lügner.«

»Ich schwöre, das ist die Wahrheit. Machst du Videoanrufe mit Pepper oder Axsel?«

»Nein, normalerweise schreiben wir uns.«

»Du und Pepper braucht euch wahrscheinlich gar nicht schreiben, oder?«

»Was meinst du damit?«

»Gibt es zwischen euch nicht so eine Art Zwillingstelepathie?«

»Nein. Na ja, zumindest nicht von meiner Seite, aber ich glaube, bei ihr manchmal schon.«

»Weil sie deine Gedanken lesen kann und dir zig Mal am Tag schreibt, dass du nicht ständig an den nackten Kane denken sollst?«

»Nein!« Sie lachte. »Sie weiß es einfach, wenn ich komisch drauf bin.« Sie hatte Sable in den letzten Wochen so oft geschrieben, dass es rekordverdächtig war. »Aber bei mir ist es nicht so.«

»Wie ist es für dich?«

Sie hatte noch nie jemandem erzählt, wie es für sie war, aber ihm wollte sie sich anvertrauen. »Es ist so, als wären wir zwei Teile von einer Person, die die meiste Zeit mit sich hadern.«

»Das klingt nicht sehr entspannt. Wie meinst du das?«

»Es ist nicht schlimm. Es ist eben einfach so. Ich fühle mich

Pepper näher als meinen anderen Schwestern oder Axsel. Aber gleichzeitig spüre ich eine Distanz zu ihr, weil wir so unterschiedlich sind.«

»Würdest du dir wünschen, ihr wäret euch ähnlicher?«

»Manchmal, aber ich würde keine von uns verändern wollen.«

»Gut zu hören, denn ich würde dich auch nicht verändern wollen.«

Vierundzwanzig

Die beiden letzten Wochen vor der Tournee flogen nur so dahin. Sable hatte Deloris so oft wie möglich besucht. Sie hatte jede Menge Zeit mit ihrer Familie verbracht und dafür gesorgt, dass Carter, Buddy und Eli mit jedem Notfall in der Werkstatt zurechtkommen würden. Für alles mögliche hatte sie Anweisungen aufgeschrieben, vom Beantworten des Telefons bis hin zur Bestellung von Ersatzteilen – mehr für Eli als für die Männer. Kane hatte sie fünf Mal besucht und sie hatten jeden Abend telefoniert. Sie fühlte sich, als würden sie etwas Echtes, etwas Besonderes aufbauen. So sehr, dass sie nun endlich verstand, warum ihre Schwestern oft stundenlang über die Männer in ihrem Leben redeten. Wie gerne hätte sie das nun selbst getan. Aber sie war froh, dass sie sich zurückgehalten hatte. Bei Kanes letztem Besuch war er nicht wie sonst über Nacht geblieben. Den Moment, in dem er den Schalter von Liebhaber auf Geschäftsmann umlegte, hatte sie gespürt, noch bevor er überhaupt aussprechen konnte, dass er ihre gemeinsame Zeit vermissen würde und ihr Glück für die Tournee wünschte. Als wären sie Freunde, die beim Kaffee zusammengesessen hatten. Und das war ihm ebenso leichtgefallen wie schon in New York. Sie hatte gedacht, dass er vielleicht um sie – um sie beide – kämpfen würde, aber er hatte nicht einmal gezögert. Das Schlimmste war die Erkenntnis, dass er das Richtige tat. Zu viele Menschen zählten auf sie, als dass sie das Risiko eingehen durfte, abgelenkt zu werden oder dass die Öffentlichkeit ihr Geheimnis herausfand und sie in Stücke zerriss. Aber das bedeutete nicht, dass es nicht noch viel mehr wehtat, als sie es sich je hätte ausmalen können.

Sie beneidete ihn um seine Fähigkeit, diesen Gefühlen zu entkommen, in denen sie ertrank. Das machte ihre Begegnungen nun nach dem Start der Tournee noch unangenehmer. Die zweite Woche war bereits angebrochen und in wenigen Minuten würden sie ihr fünftes Konzert spielen. Sable hätte schwören können, dass die Begeisterung des Publikums – und ihr Verlangen nach Kane – mit jedem Auftritt wuchsen. Das Getöse der begeisterten Fans lag sogar im Backstagebereich knisternd in der Luft und befeuerte das Adrenalin, das durch ihre Adern strömte, während Kane die Shotgläser füllte. Mittlerweile ein Ritual für Surge vor der Show.

Sein Blick versenkte sich in ihrem, als er einschenkte. Er schien sie immer zu beobachten und war immer um ihre Sicherheit bedacht, wenn er auf den After-Show-Partys oder bei Autogrammstunden grapschende Fans verscheuchte oder Gründe dafür fand, sie aus den Fängen der Medien zu befreien, sobald sie ihre Toleranzgrenze erreichte. Wie er das merkte, war ihr schleierhaft, aber der Mann hatte eine Art Radar für aufkommenden Tumult. Ihm war wahrscheinlich nicht bewusst, dass er die Ursache für ihren mentalen Tumult war.

»Geht's dir gut?«, fragte er.

Sie hob das Kinn. »Immer.«

Mit einem kurzen Nicken trat Kane beiseite.

Selbstschutz lautete das Motto. Sie würde ihm nicht die

Genugtuung geben und preisgeben, was sie fühlte, und auf keinen Fall würde sie die Presse ihren Frust spüren lassen. Die Presse und die Handys der Fans waren allgegenwärtig. Wie Mücken. Dass die einen anvisiert hatten, bemerkte man erst, wenn sie schon Blut gesaugt hatten. Sie mied Social Media wie die Pest, aber ihre Bandkollegen suhlten sich im Lob der Fans und der Presse und regten sich über die fiesen Kommentare auf.

Sie hob das Glas und konzentrierte sich auf die vier Männer, die mit ihr durch dick und dünn gegangen waren und die sie bis zum Letzten verteidigen würden, anstatt auf den Mann, der ihr wie ein Dieb in der Nacht ein Stück ihres Herzens gestohlen hatte.

»Jetzt heizen wir denen mal ordentlich ein!« Sie stieß mit den Jungs an, kippte den Whiskey hinunter und betrat die Bühne.

Ein Schauer von nervöser Aufregung und ein Rausch von erwartungsvollem Fieber erfassten sie gleichzeitig, als die bunten Scheinwerferlichter über die Bühne huschten und sie ihre Gitarre in die Hand nahm. Die Menge explodierte mit einem Getöse aus Jubel, Schreien, Applaus und winkenden Händen, bevor die Rufe um sie herum aufbrandeten, die seit ihrem dritten Konzert immer wieder skandiert wurden. »Surge! Surge! Surge!«

Sable trat ans Mikrofon, schaute hinab auf die Tausenden Fans, die sie bejubelten, und wurde von Ehrfurcht erfüllt. »Wie geht's, Miami?« Lautere Rufe und Jubelschreie ertönten. »Wir sind Surge, und wir sind hier, um euch heiß zu machen für Bad Intentions!«

Die Menge rastete aus, als sie zu ihrem ersten Song ansetzten, der Bass wummerte in Sables Brust und die Melodie vibrierte in all ihren Gliedmaßen. Alle Angst und Sorgen fielen von ihr ab, wie schon bei den vorherigen Konzerten. Sie war wie elektrisiert, berauscht, getragen von der Begeisterung der Fans, der Emotion der Musik und der Kraft des Auftritts und geriet in einen Zustand vollkommener Euphorie.

Fast hätte er ihre stillen Schreie nach Kane übertönt.

Fünfundzwanzig

Kane beendete sein Telefonat und drehte sich mit angespannten Muskeln wieder zu dem Meer von Menschen, das um die Aufmerksamkeit der Musiker buhlte. Er hatte in der Vergangenheit schon Zeit mit Johnny verbracht, wenn der auf Tour gewesen war, doch nie als sein Manager. Die Flut von Pressevertretern und Fans im Backstagebereich hatte er immer vermeiden können. Aber diese Meet and Greets waren wichtig, auch wenn sie überfordernd waren.

Sie hatten gerade ihr achtes Konzert in ebenso vielen Städten gespielt. In den Medien wurde Bad Intentions als die Band des Jahrhunderts gepriesen und Surge als die heißeste Newcomer-Band des Jahrzehnts. Sie waren erst drei Wochen unterwegs, doch die Musiker fuhren bereits auf einer Achterbahn aus Adrenalinschüben und Schlafmangel, und noch dazu erwartete Johnny Zwillinge. Bei allen war die Anspannung hoch, die Geduld dagegen auf einem gefährlich niedrigen Niveau. Für Chris' Familie war der Zeitplan zu aufreibend gewesen, sodass Katie schon nach einer Woche mit den Kindern zurück nach Oak Falls gefahren war. Ihre Abreise machte Chris eindeutig zu schaffen. Und Kane hatte eine so dünne Haut, dass er schon seit dem ersten verdammten Konzert kurz vorm

Durchdrehen war, denn da war ihm klar geworden, wie schwer es werden würde, zu Sable auf Distanz zu bleiben. Seitdem war sein Körper ein einziger schmerzhafter Kessel aus Verlangen, Bedürfnis und tieferen Gefühlen, die seine mentale Gesundheit ernsthaft gefährdeten.

Er suchte die Menge ab und schnell fand er sein schönes Ziel. Der Abstand zu ihr wurde nie sehr groß, doch manchmal musste er sie aus den Augen lassen, denn manche Telefonate waren nicht zu vermeiden. Sable in ihrem langärmeligen schwarzen Minikleid, der Fransenlederjacke, dem Cowboyhut und den Stiefeln fest im Blick bahnte er sich seinen Weg durch das Gedränge. Mit Tuck und Dion beantwortete sie Fragen der Presse und schrieb Autogramme für aufgeregte Fans. Kane waren die Horden männlicher Fans, die bei jeder Veranstaltung um ihre Aufmerksamkeit buhlten, total egal, aber der verdammte Dion war immer in ihrer Nähe, flirtete mit ihr, brachte sie zum Lachen, und neulich Morgen hatte Kane sie aus Tucks Hotelzimmer kommen sehen. Augenblicklich hatte er sich gefühlt wie ein Vulkan kurz vor dem Ausbruch und so war er wohl oder übel zum Joggen aufgebrochen. Dabei hasste er es zu joggen. Mit einem Pool und einem Fitnessraum konnte er etwas anfangen. Doch auch die hatten in letzter Zeit wenig dazu beigetragen, dass seine Anspannung nachließ.

Sable bemühte sich um ein angestrengtes Lächeln für die Fans, aber selbst aus der Entfernung erkannte Kane, wie sie ihre Krallen gegenüber den Pressevertretern ausfuhr. Wie Aasgeier fielen sie immer über sie her, versuchten Informationen über ihr Privatleben oder über Pläne für zukünftige Alben aus ihr herauszupressen. Er wäre gern dazwischengegangen und hätte sie so lange von ihr fortgehalten, dass sie zumindest einmal Luft holen konnte, doch das hatte er zu Beginn der Tour getan und es war nur noch schwieriger gewesen, die Hände von ihr zu lassen.

Johnny beendete ein Interview und stellte sich zu Kane. »Ich bin froh, dass es so gut läuft, aber Mann! Ich will einfach nur noch mit Jilly und Zoey ausspannen.«

»Das glaub ich dir.« Kane war noch nie jemand gewesen, der mit einer Frau gern *nur mal ausgespannt* hätte, aber er würde alles dafür geben, genau das mit Sable zu tun. Er beobachtete, wie sie lächelte, während ein Fan ein Selfie mit ihr machte. Als sie sich umdrehte, um noch ein Autogramm zu geben, blieb ihr Blick an Kane hängen wie an einem Magneten und die Luft zwischen ihnen war so explosiv wie in einem aufkommenden Sturm.

»Gestern Abend hab ich mich lang mit Sable unterhalten«, sagte Johnny. »Wenn man bedenkt, wie sehr ihr dieser Teil des Gigs verhasst ist, macht sie es großartig. Anscheinend hat Victory letzte Woche angefangen, sie zur Zusammenarbeit mit Blank Space zu überreden, aber Sable hat mehr oder weniger beschlossen, dass sie das hier nicht langfristig anstrebt. Kann ich ihr nicht verübeln. Es ist so ganz anders als das, was sie gewohnt ist. Trotzdem, sie hat so ein Talent! Es wäre schade, wenn sie das nicht zumindest eine Zeit lang ausnützen würde, findest du nicht?«

»Ja.« Eine Art Eifersucht überkam ihn. Sable sollte solche Sachen mit ihm besprechen, nicht mit seinem verdammten Bruder. Doch die Stimmung zwischen ihnen war so angespannt, dass er nie mehr als eine kurze Antwort von ihr bekam.

»Vielleicht kann Tuck sie zur Vernunft bringen.«

Kane biss die Zähne zusammen.

Der Tourmanager winkte Johnny zu einer Schlange von Fans heran. »Die Pflicht ruft. Hab gehört, dass draußen am Bus auch eine Horde Fans wartet. Scheint, als würde es noch etwas dauern, bis wir losfahren können.«

In Kane brodelte es, als Johnny wegging, und während der nächsten Stunde wurde sein Frust noch größer. Als es schließlich an der Zeit war, gingen Johnny und seine Bandkollegen voraus nach draußen und an den Teams, die das Equipment in die Trucks verluden, vorbei hin zu den schreienden Fans, die sich am Tor hinter dem Bus versammelt hatten. Kane schloss zu Sable auf. Die Anspannung war ihr deutlich anzumerken. »Warum hast du mir nicht erzählt, dass Victory versucht, euch unter Vertrag zu nehmen?«

»Warum sollte ich?«, erwiderte sie heftig, ohne ihn anzusehen.

»Was soll das denn heißen, verdammt?«

Sie blieb stehen, atmete tief durch und wandte sich ihm zu. »Es heißt, was interessiert es dich, was ich mache?«

»Was redest du da?« Leise fügte er hinzu: »Du weißt, dass es mich interessiert.«

»Du meinst, das Geschäft interessiert dich. Tja, dann zerbrich dir mal nicht deinen hübschen kleinen Kopf darüber, *Süßer*. Ich hab sie abgewimmelt.«

Er sah rot, und während die Jungs ihrer Band den anderen zum Tor folgten, zischte er: »Nach allem, was wir gemacht haben, glaubst du, dass ich nur an dem verdammten Geschäft interessiert bin? Lass mich eines mal klar machen: Mein Interesse gilt *dir*. Surge zu helfen, ist nur eine Beigabe.«

»Ich kann das jetzt nicht hier mit dir«, flüsterte sie wütend.

Ihr Blick huschte zu den schreienden Fans und zurück zu ihm mit einer Mischung aus Sehnsucht, Verärgerung und so verdammt viel Widerstandskraft, dass seine Zurückhaltung in sich zusammenfiel. »Und ob du das kannst.« Er packte sie am

Arm, zog sie in den Bus und verschloss die Tür.

»Was machst du da? Was, wenn uns jemand gesehen hat?«

»Dann sage ich, dass es dir nicht gut ging. Ich hab genug von diesem Mist.« Er fasste sie noch fester am Arm und drückte sie an die Wand. »Du glaubst, dass du mir nicht wichtig bist? Weil ich tue, worum du mich gebeten hast, glaubst du, dass es mich nicht umbringt? Dass ich dich nicht küssen und dir die Klamotten vom Leib reißen will, wann immer ich dich sehe?«

»Ich weiß es nicht. Du warst so schnell wieder so vollkommen geschäftsmäßig, als wenn –«

Keine Sekunde wollte er mehr mit Streit vergeuden. Er presste seinen Mund auf ihren und machte seine Gefühle auf die Art deutlich, die er beherrschte. All seine Emotionen strömten in ihren Kuss. »Ich hab es für dich getan«, sagte er an ihren Lippen. »Ich würde alles für dich t–«

Sie zog seinen Mund wieder an ihren und drängte gegen seine Härte. Himmel, wie hatte er sie vermisst! Ihren Duft, ihren Geschmack, ihre feurigen Küsse. Sie verschlangen einander, und er nahm genussvoll ihr Stöhnen und Wimmern auf, das Gefühl ihrer Hände, die sich in seine Schultern krallten. Er schob die Hand unter ihr Kleid, stieß mit den Fingern in sie. Beide stöhnten auf. »Fuck! Es fehlt mir, dass du so feucht für mich wirst.« Er packte ihre Haare, sorgte dafür, dass ihr Mund unter seinem war, und zog sie zu einem heftigen Kuss an sich, während er seinen Daumen dort einsetzte, wo sie es am dringendsten brauchte. Sie ging auf die Zehenspitzen, ihre Fingernägel gruben sich in seine Armmuskeln und ihre hungrigen Laute füllten seine Lunge. Ihre Oberschenkel waren angespannt und ihre Mitte zog sich um seine Finger zusammen, während sie von ihrem Höhepunkt mitgerissen wurde, in seinen Mund schrie und seine Finger genoss, als könnte sie niemals genug bekommen. Er verschlang ihren Mund, nahm jeden einzelnen sinnlichen Laut in sich auf, als die Wogen der Lust über sie hereinbrachen. Als sie aus ihren Höhen herabschwebte, schob er seine Hose hinunter und hob Sable hoch. Ihre Beine legten sich um ihn, als er tief in sie stieß. Ein herrliches Lustgefühl breitete sich in ihm aus. »Fuck!«, brach aus ihm heraus, als sie ein Stöhnen nicht zurückhalten konnte.

Ihre Blicke versanken ineinander, und es gab so vieles, was er sagen wollte, doch er war sich ihrer begrenzten Zeit so bewusst, dass er keine Sekunde davon vergeuden wollte. Er eroberte aufs Neue ihren Mund und sie drängten sich beide in einem so unbändigen Rhythmus einander entgegen, als würden sie nie wieder die Gelegenheit dazu bekommen. Sie umklammerte seine Schulter, vergrub die Fingernägel in seinem Hemd. Er wurde schneller, während das Verlangen so heiß und heftig in ihm brodelte und sie seine Härte genoss. Fest lagen ihre Beine um ihn, ihre Mitte zog sich wie ein Schraubstock um ihn zusammen, bis ihr »Kane!« entwich und sie mit ihm in die höchsten Sphären abhob. Sie stießen und stöhnten, trieben auf den Höhen ihrer Leidenschaft, bis sie nichts mehr zu geben hatten und sie in seinen Armen zusammensackte und den Kopf mit geschlossenen Augen in den Nacken legte.

»Sieh mich an«, forderte er. Wunderschöne, zufriedene grüne Augen blickten in seine. »Du gehörst zu mir, Sable.«

Sie schüttelte den Kopf. »Das geht nicht. Du weißt, was sie über mich sagen werden.«

»Wir werden vorsichtig sein. Niemand wird es vor dem Ende der Tour erfahren, aber wir hören auf, dagegen anzukämpfen. Ich brauche dich in meinen Armen, und ich weiß, dass du glaubst, du brauchst keinen Mann, aber du brauchst mich, verdammt!«

Sie zog die Augenbrauen zusammen, aber in ihrer Stimme lag keine Wut. »So ein arroganter Mistkerl.«

»Sag mir, dass ich mich irre. Sag mir, dass ich nicht all das Chaos der Tournee und all den anderen Mist in der Sekunde ausgelöscht hab, als ich in dir war.«

Sie legte die Stirn an seine. »Das kann ich nicht«, flüsterte sie. »Das wäre gelogen.«

»Absolut! Und jetzt sag mir, dass du zu mir gehörst.«

»Treib es nicht zu weit, Bad«, sagte sie mit einem sexy Grinsen.

»Sag es, verdammt, sonst wirst du meinen Schwanz nie wiedersehen.«

Finster sah sie ihn an. »Ich gehöre zu dir, du Arsch. Sorg dafür, dass ich das nie bereue.«

Sechsundzwanzig

Sable lag wach in ihrer Schlafkoje, während der Bus über den Highway fuhr. Sechs Wochen auf Tour fühlten sich wie eine Ewigkeit an. Sie sehnte sich nach frischer Luft und Raum zum Atmen, ohne dass ständig jemand um sie herum war. Sie lauschte dem Schnarchen von Lee. Würde sie sich je daran gewöhnen? Zumindest redete Tuck heute nicht im Schlaf wie sonst so oft. Manchmal schreckte er nachts auf, verschwitzt und verängstigt, und dann musste er aufstehen und umherlaufen. Sie fragte sich, ob er wie nach Theas Tod noch immer Albträume hatte. Wenn, dann sprach er nicht mit ihr darüber. Als sie es versucht hatte, hatte er gesagt, er wäre nur gestresst.

Waren sie das nicht alle?

Sie spürte, dass sich zwischen ihnen allen etwas veränderte, und sie fragte sich, wie Johnny und seine Bandkollegen die Tour bewältigten, ohne sich gegenseitig an die Gurgel zu gehen. Nach einem Konzert hatte sie Dion danach gefragt. Er hatte erzählt, dass sie sich immer mal wieder heftig gestritten hatten, dass nach einer Weile aber Gewöhnung einsetzte. Sie war nicht sicher, ob er die Streitereien oder die Tour meinte.

Alle waren sehr reizbar. JP legte ständig Groupies flach und Lee war dauernd wegen irgendwelcher Lappalien genervt. Katie machte mit ihrer Eifersucht Chris verrückt, und Sable? Sie vermisste ihre Familie, auch wenn sie oft schrieben und telefonierten, und ihr fehlte es, Deloris zu besuchen. Ein paar Mal hatte sie mit ihr sprechen können, aber es war nicht das Gleiche. Sie vermisste auch die Arbeit in der Werkstatt, den Geruch, sich die Hände dreckig zu machen und dieses erfüllende Gefühl, das nur das Schrauben an Fahrzeugen ihr verschaffen konnte. Sie vermisste sogar Buddys elendig langsames Geschlurfe und Elis Geplapper, wenn er hinter ihr herlief. Aber am meisten vermisste sie es, nach ihrem eigenen Rhythmus zu leben. Zu tun, was sie wollte und wann sie es wollte.

Seit dem Abend, an dem Kane sie vor drei Wochen in den Bus gezerrt hatte, *wollte* sie ihn. Zu wissen, dass er sich ebenso nach ihr verzehrte wie sie sich nach ihm, bedeutete ihr alles.

Während sie und ihre Bandkollegen sich immer weiter voneinander zu entfernen schienen, kamen sie und Kane sich näher. Nur in der Öffentlichkeit kämpften sie gegen ihre Gefühle an, und das war eine einzige Qual, aber sie schafften es. In Pausen und in ihrer Freizeit wurden sie voneinander angezogen. Wenn sie sah, wie er an seinem Computer arbeitete, setzte sie sich in die Nähe und arbeitete an Songs, oder umgekehrt. Nicht, dass Kane wirklich einmal Freizeit hatte. Er schien immer auf Hochtouren zu laufen. Wenn er nicht etwas für die Bands erledigte, dann konzentrierte er sich auf seine Firmen oder meldete sich bei seinen Eltern oder Schwestern. Sie hatte mitangehört, wie er am Telefon ein Geschäft aushandelte, als wüsste er, dass er nicht verlieren konnte, und sie empfand diese Arroganz als so anziehend, wie sie sie zuerst als abstoßend empfunden hatte. Fünf Minuten nach diesem geschäftlichen Telefonat hörte sie, wie er sanftmütig mit Aria sprach, und schon fühlte sie sich noch mehr zu ihm hingezogen.

Beide verspürten immer ein unbändiges Verlangen nacheinander, und während sie sich für ein paar Minuten hier und da mal davonschleichen konnten, so achteten sie doch darauf, vor den anderen keine Grenzen zu überschreiten. Wie schon zuvor teilten sie verbale Spitzen gegeneinander aus, doch jetzt waren diese Neckereien begleitet von kurzen Blicken und versetzt mit sehnsuchtsvollem Geflüster und unanständigen Versprechen. Wenn sie mit den Jungs abhingen, sah sie eine unbeschwertere Seite von Kane, der mit seinem Bruder und den anderen Männern, die er seit Jahren kannte, herumscherzte. An einem Abend war er eine Weile im Bus mitgefahren, um ein paar Änderungen im Terminplan mit ihnen durchzugehen. Danach hatte er mit ihr und Tuck für einen Song gebrainstormt, was sie an jenen Abend in New York in seinem Zufluchtsort unterm Dach erinnert hatte. Unter dem Tisch hatten sich ihre Beine berührt und sie hatte wie ein verliebtes Schulmädchen die Schmetterlinge im Bauch gefühlt.

Ihr gefielen diese albernen Momente, die sie als Teenager verpasst hatte, ebenso sehr wie ihr die leidenschaftlichen Nächte gefielen, wenn sie in Hotels übernachteten. In solchen Nächten schlich sie sich in sein Zimmer, das immer weiter entfernt von denen der Band lag als ihres. Nachdem sie ihre Bedürfnisse gestillt hatten, lagen sie aneinander gekuschelt beieinander und unterhielten sich, bis sie einschliefen. Sie stellten sich Wecker, damit sie gegen vier Uhr morgens gehen konnte, dennoch genoss sie diese heimliche Zeit mit ihm. Aber es gefiel ihr auch, wenn er bemerkte, dass sie vor oder nach einem Auftritt überfordert war oder wenn sie kurz davor stand, wegen der Jungs auszurasten. Dann ging er nah an ihr vorbei, legte die Hand auf ihren Rücken und flüsterte ihr *Alles in Ordnung?* oder *Tief durchatmen, Baby. Ganz tief durchatmen* zu.

Kane war zu ihrem Refrain inmitten von chaotischen Strophen geworden.

Mein sicherer Hafen.

Es war seltsam, sich selbst in einer Beziehung zu sehen, auch wenn es eine heimliche war. Mit Kane hatte sie jedoch nicht das Gefühl, in der Falle zu sitzen, wie es in der Vergangenheit allein der Gedanke an eine Beziehung in ihr ausgelöst hatte. Doch diese warmen wohligen Gefühle machten ihre getrennten Nächte, wie diese, wenn sie in verschiedenen Bussen fuhren, schmerzhaft schwierig. Sie wollte ihn sehen, mit ihm reden, ihn *berühren.*

Wenn doch nur das Rütteln des Busses sie in den Schlaf wiegen würde. Oder zumindest dieses schmerzhafte Verlangen nach ihm lindern würde. Sie fragte sich, ob er wohl noch wach war, ob er an seinem Computer arbeitete oder per Telefon mit seinem Team in Australien Geschäftliches regelte. Sie konnte sich nicht vorstellen, über so viele Firmen, wie er sie besaß, den Überblick behalten zu müssen, selbst mit Angestellten, die sie managten.

Sie nahm ihr Telefon in die Hand, ignorierte aber die Sprachnachrichten von Victoria, die sich wieder gemeldet hatte, um sie bei Blank Space unter Vertrag zu nehmen. Sable hatte keinerlei Kapazitäten in ihrem Hirn frei, um sich darüber Gedanken zu machen. Sie war sich nicht einmal sicher, ob sie diese Tour überstehen würde, ohne den Verstand zu verlieren.

Sie schob diese Überlegungen beiseite und textete Kane. *Du fehlst mir.* Starr blickte sie auf die Worte, während ihr Daumen über dem *Senden*-Icon schwebte. Zwar hielten sie ihre Gefühle nicht mehr zurück, aber es fühlte sich doch noch seltsam an, sie ungefragt preiszugeben. Sie löschte ihren Text und tippte *Hey,* gefolgt von einem lachenden Emoji. *Noch wach?* Das kam ihr zu fröhlich vor, also entschied sie sich für *Hallo. Wie steht's?*

Kane: *Kommt darauf an, von welchem Körperteil du sprichst.*
Ein Teufel-Emoji poppte auf.

Sable: *Wenn DER in einem Bus voller Männer steht, habe ich ein paar Fragen.*

Kane: *Und ich habe Antworten. Ich muss ständig an diese heiße Frau denken, die ich heute auf der Bühne gesehen hab.*

Sable: *Ich bezweifle, dass die sich von deinen Milliarden beeindrucken lassen würde.*

Kane: *Nein, aber sie hat eine Schwäche für tätowierte Drummer, die mit ihren Händen Gutes tun.*

Sable: *Und anderen Körperteilen.*

Sie schickte ein Flammen-Emoji hinterher und genoss ihr Geplänkel. Doch er sollte wissen, dass er für sie mehr bedeutete als Sexting und aufregende Momente.

Sable: *Du fehlst mir.*

Kaum hatte sie es abgeschickt, machte sie sich Sorgen, dass es zu anhänglich klang.

Sable: *Ich weiß, dass das lächerlich klingt, denn ich hab dich ja vor ein paar Stunden noch gesehen. Ich halt jetzt lieber den Mund.*

Sie schloss die Augen und verfluchte sich selbst.

Kane: *Was glaubst du, warum ich um zwei Uhr nachts noch wach bin? Du fehlst mir auch. Schlafen kann ich nur noch mit dir in meinen Armen.*

Erleichterung und ein Gefühl der Wärme überkam sie, während sie ein von Herzen umgebenes Lach-Emoji abschickte.

Kane: *Morgen Abend gehörst du mir.*

Die nächste Nacht würden sie in einem Hotel verbringen. In ihrem Herzen gehörte sie ihm, egal wo sie übernachteten.

Sable: *Ich freu mich darauf. Und ich hasse vier Uhr morgens.*

Kane: *Du kannst mich immer um fünf Uhr am Hotelpool*

treffen.

Sable: *Nicht, wenn du ein paar Bahnen ziehen willst.* Sie schickte ein grinsendes Emoji, und ihr wurde klar, dass sie keine Ahnung hatte, warum er immer schwamm, wenn sie in Hotels waren. *Was hast du überhaupt immer mit dem Pool?*

Kane: *Schwimmen ist gut fürs Stehvermögen.*

Sable: Auf ein Augen verdrehendes Emoji folgte *Dann fing das also schon in der Highschool an, als du entdeckt hast, dass Big Daddy nicht nur dein Rappername war?*

Kane: Ein Lach-Emoji poppte auf. *Meine Eltern haben mich zu verschiedenen Mannschaftssportarten geschickt, und ich habe Laufen gehasst, aber ich liebe den Wettstreit und musste meine Energie irgendwo loswerden, also bin ich ins Schwimmteam gegangen.*

Sable: *Witzig, ich hatte dich als Football-Typen oder vielleicht auch beim Baseball gesehen.*

Kane: *Überleg doch mal. Was ist lohnender? Von Jungs mit breiten Schulterpolstern umgeben zu sein oder von Mädels in Badeanzügen?*

Sie schickte ein grinsendes Emoji ab.

Kane: *Ich wünschte, ich hätte dich in der Highschool kennengelernt.*

Sable: *Nein, das wünschst du dir sicher nicht. Sportskanonen waren nie so mein Ding.* Aber sie wünschte sich auch, sie hätte ihn damals schon gekannt.

Kane: *Bis jetzt.*

Sable: *Man kann dich wohl kaum als Sportskanone bezeichnen, Mr. Ich-laufe-nicht.*

Kane: *Du hättest mich gemocht. Ich kann mir vorstellen, wie du auf der Tribüne gestanden und mich zusammen mit meinem Fanclub angefeuert hättest.*

Noch ein Augen verdrehendes Emoji ging auf Reisen.

Kane: *Meine Mutter und meine Schwestern haben keinen Schwimmwettkampf verpasst.*

Sie lächelte und tippte: *Das finde ich schön.*

Kane: *Wenn wir den Wettkampf gewonnen hatten, sind wir immer ein Eis essen gegangen.*

Sable: *Keine Feier mit Freunden?*

Kane: *Zuerst die Familie. Freunde und Partys danach.*

Sable: *Deine Schwestern haben dich bestimmt angehimmelt.*

Kane: *Nicht so sehr wie ich sie. Sie haben mein Leben zum Besseren verändert.*

Sie wollte seine Stimme hören und überlegte, ob sie in einen anderen Bereich des Busses gehen sollte, um ihn anzurufen. Aber sie befürchtete, dass jemand aufwachen könnte, also schrieb sie weiter.

Sable: *Inwiefern?*

Kane: *Wenn ein kleines Mädchen in deine Familie kommt, mit nichts weiter als einer Tasche voller Klamotten und Augen voller Hoffnung und Angst, dann ändert das deine Sicht auf alles. Johnny und ich hatten nie nichts. Und vor allem bekamen wir unendlich viel Liebe und Unterstützung. Von dem Moment an, in dem ich sie das erste Mal gesehen habe, wollte ich das für sie. Ich war zwölf, als Harlow zu uns kam, und sechzehn, als Aria Teil unserer Familie wurde, und ich wollte sie beschützen und ihnen die Welt zu Füßen legen.*

Sie stellte ihn sich als Jungen mit einem ernsten Blick vor, der mit allem, was in seiner Macht stand, auf seine kleinen Schwestern aufpasste, und verliebte sich noch ein wenig mehr in ihn.

Sable: *Sie haben Glück, dich als Bruder zu haben.*

Kane: *Wie gesagt, ich habe noch größeres Glück, sie zu haben.*

War es für dich und deine jüngeren Geschwister auch so?

Sie wollte gerade die Worte für ihre Antwort abwägen, doch sie wusste, dass sie ehrlich zu ihm sein konnte.

Sable: *Eher nicht. Ich wollte ihnen nicht die Welt zu Füßen legen. Ich wollte sie vor ihr beschützen.*

Kane: *Ist etwas passiert, dass du um ihre Sicherheit besorgt warst?*

Sable: *Eigentlich nicht. Mir war nur klar, dass ich für sie stark sein musste.*

Kane: *Wieso war dir das klar?*

Sable: *Weil ich gesehen habe, wie ihre Gefühle verletzt wurden. Sie sind auf ihre eigene Art und Weise stark, aber sie sind nicht immer für sich eingetreten.*

Kane: *Wie waren sie damals?*

Sable: *Grace kam gut mit allen aus, aber sie war sensibel, und bei Pepper drehte sich immer alles um die Schule, was sie ein wenig zum Nerd und so auch zur Zielscheibe von ein paar Idioten machte. Amber war ruhig und zu nett. Ich glaube, sie wäre gern unsichtbar gewesen, und Morgyn lebte ihr glückliches Hippiedasein, aber sie und Brindle heckten auch gern mal etwas aus. Jemand musste aufpassen, dass sie nicht in Schwierigkeiten gerieten. Und dann war da noch Axsel. Als Jüngster und einziger Junge wurde er von allen verwöhnt. Er wusste nicht, dass Menschen auch böse sein konnten, und es war hart für ihn, als er diese Erfahrungen gemacht hat.*

Kane: *Und wie warst du?*

Sable: *Rebellisch bis zum Gehtnichtmehr. Meine Großmutter hat mir mal gesagt, dass die beste Eigenschaft, die ein Mensch haben kann, Loyalität ist, und das habe ich mir wohl zu Herzen genommen.*

Kane: *Klingt, als wäre sie eine kluge Frau gewesen. Ich kann* mir gar nicht vorstellen, wie es wäre, mit so vielen verschiedenen Persönlichkeiten aufzuwachsen. Deine Eltern haben bestimmt einige Geschichten zu erzählen.

Sable: *Langeweile ist jedenfalls nie aufgekommen.*

Bei der Erinnerung an eine legendäre Essensschlacht lachte sie leise.

Sable: *Das hier ist ein gutes Beispiel dafür, wie es bei uns so zuging. Einmal waren unsere Eltern mit uns zum Abendessen im Stardust Café. Das war eine große Sache, denn wir sind nicht so oft zum Essen ausgegangen. Brindle wollte ihre Erbsen nicht essen und hat ihren Teller weggeschoben, und dabei hat sie Morgyns Glas umgestoßen, sodass der ganze Saft über sie ausgeschüttet wurde. Morgyn dachte, Brindle hätte das mit Absicht gemacht und hat Kartoffelpüree nach ihr geworfen. Aber sie war noch nie gut im Sport und das Püree landete in Graces Haaren. Grace schrie auf und warf Kartoffeln nach Morgyn, doch die trafen auch Pepper. Ich bin auf Grace losgegangen, weil sie Pepper beworfen hatte, und dann brach das absolute Chaos aus. Wir haben alle mit Essen geworfen und gelacht. Axsel war damals vielleicht vier oder fünf, und er ist auf den Tisch geklettert und hat sich die Brötchen von allen in den Mund gestopft.*

Drei Lach-Emojis von Kane poppten auf.

Kane: *Was haben deine Eltern gemacht?*

Sable: *Die waren total entsetzt. Mein Vater hat laut gepfiffen, so wie er es macht, wenn er die Hunde ruft, und wir alle sind erstarrt. Erst da haben wir gemerkt, dass sich die anderen Gäste verschreckt zurückgezogen hatten und dass Amber sich unter dem Tisch versteckt hatte, weshalb wir noch mehr lachen mussten. Überall lag Essen herum. Meine Eltern haben uns jeden Teller abwaschen lassen, und wir mussten jeden Tisch und jeden Zentimeter vom Boden putzen.*

An diesen Abend hatte sie seit Ewigkeiten nicht mehr gedacht.

Sable: *Das ist tatsächlich eine meiner schönsten Erinnerungen.*

Kane: *Das ist wirklich zum Totlachen, aber deine armen Eltern!*

Sable: *Ich glaube, sie sind danach monatelang nicht mit uns zum Essen gegangen. Und du? Was ist deine schönste Erinnerung?*

Kane: *Da gibt es viele. Als ich zehn oder elf war, haben Johnny und ich mit Freunden auf der Straße gespielt, und dann kam es zu einer Rauferei und wir sind mit blauen Augen nach Hause gekommen. Wir fanden, dass wir total cool waren, aber unsere Eltern waren nicht besonders glücklich darüber.*

Sable: *Ich hoffe, ihr habt die Prügelei gewonnen.*

Kane: *Ja, aber am nächsten Tag wurden unsere Schulfotos aufgenommen.*

Sable schickte ein Lach-Emoji. *Ich nehme an, dass das nicht die schönste Erinnerung deiner Mom war.*

Kane: *Stimmt. Ihre Lieblingsgeschichte ist die vom Nationalfeiertag in dem Jahr, in dem Aria zu uns gekommen ist. Johnny und ich haben im Garten mit dem Ball gespielt und uns gegenseitig getackelt. Mein Dad stand am Grill, und meine Mom stellte Teller mit Maiskolben und Wassermelone auf den Tisch auf der Terrasse, wo Aria und Harlow mit Puppen spielten. Sie hat mir und Johnny gesagt, dass wir uns die Hände waschen sollen, und dann ist sie hineingegangen, um etwas zu holen. Wir kamen eine Minute vor unseren Eltern an den Tisch. An jedem Maiskolben waren kleine Bissen herausgeknabbert und Aria hatte überall im Gesicht und auf den Klamotten Mais. Harlow hatte mehrere Stück Melone verschlungen und der Saft lief ihr übers Gesicht und auf das T-Shirt. Als unsere Eltern an den Tisch kamen, hab ich gesagt, dass ich zu hungrig gewesen bin, um noch länger zu warten, und deshalb den Mais und die Melone gegessen hätte.*

Sable wurde warm ums Herz und sie tippte: *Du bist der beste große Bruder.* Drei rote Herzen folgten. *Was haben eure Eltern gemacht?*

Kane: *Nichts! Sie sagten, da müsste ich wohl großen Hunger gehabt haben und dass ich beim nächsten Mal versuchen sollte, etwas für die anderen übrig zu lassen. Du kannst dir vorstellen, wie lustig es ist, wenn sie die Geschichte erzählen.*

Sable schickte ein Lach-Emoji, doch innerlich lachte sie nicht. Sie erfuhr gern Dinge aus seinem Leben. Durch seine Geschichten wollte sie auch seine Familie kennenlernen.

Sable: *Ich wünschte, wir wären im selben Bus.*

Kane: *Die Tour wird nicht ewig andauern.*

Die Tour nicht, aber Sable fragte sich, ob das zwischen ihnen beiden möglicherweise andauern konnte. Ihre Welten waren so weit voneinander entfernt, dass sie keine Ahnung hatte, wie das funktionieren könnte. Aber vielleicht sollte Kane nicht nur ihr Refrain inmitten von chaotischen Strophen sein. Vielleicht sollte er ihr Liebeslied sein.

Siebenundzwanzig

Als Sable von der Bühne kam, reichte ein Roadie ihr ein Handtuch und eine Flasche Wasser. »Danke.« Sie trocknete sich das Gesicht und ging in Richtung Green Room, als die Menge draußen Bad Intentions frenetisch begrüßte. Seit neun Wochen waren sie nun unterwegs und sie hätte jeden erwürgen können. Victoria belästigte sie ständig, und Sable versuchte, sie bestmöglich zu ignorieren. Lee und JP gingen sich permanent an die Kehle, Chris stritt sich mit seiner Frau bei fast jedem ihrer Gespräche, weshalb er unerträglich war, und Tuck redete kaum mit ihr. Er hatte sie letzte Woche um vier Uhr morgens erwischt, als sie zurück in ihr Hotelzimmer gekommen war, und hatte sie ausgefragt. Ihre Ausrede war, dass sie nicht hatte einschlafen können und durch die Flure gewandert wäre. Zu all dem kam noch, dass Sable bei jedem Versuch, mit Deloris zu telefonieren, gesagt wurde, sie hätte keinen guten Tag. Ihre Mutter hielt sie über ihre Besuche auf dem Laufenden und versicherte ihr, dass Deloris noch immer jede Menge gute Tage hätte, was wunderbar war, aber Sable vermisste sie. Ihre einzigen Verschnaufpausen von dem Stress waren die wenigen heimlichen Minuten mit Kane, die gelegentlichen Rendezvous auf einem Hotelzimmer und ihre mitternächtlichen Textnachrichten von Bus zu Bus. Was sie betraf, so konnte die Tour gar nicht schnell genug zu Ende gehen.

»Was zum Teufel war da draußen los, JP?«, brüllte Chris, als sie den Green Room betraten.

JP sah ihn finster an und goss sich einen Whiskey ein. »Wovon redest du?«

»Du hast den letzten Song vermasselt«, fuhr Lee ihn an.

»Quatsch.« JP leerte sein Glas. »Du warst in der Überleitung zu spät dran.«

»Leck mich! War ich gar nicht.« Lee nahm ihm die Flasche ab. »Du solltest dich bei diesem Zeugs mal etwas zurückhalten.«

»Fick dich.« JP packte die Flasche und dann stritten sie sich darum.

»Verdammt, ihr Idioten! Hört auf mit dem Mist.« Sable versuchte, dazwischen zu gehen, und wurde von einer Faust getroffen. Sie stolperte rückwärts und hielt sich gerade noch am Couchtisch fest, bevor sie zu Boden ging und vor ihren Augen die schlimmsten Ängste wahr wurden, als Tuck JP gegen die Wand stieß.

»Du Arschloch! Man schlägt keine Frau, verdammt!« Tuck drückte seinen Unterarm gegen JPs Hals.

»Was soll der Scheiß denn, JP?«, fuhr Chris ihn an.

»Das war ein Versehen. Das war für Lee gedacht.« JP sah Sable panisch an. »Tut mir leid.«

Sie schmeckte etwas Metallisches und wischte sich über die Lippen. Ihr Blick fiel zunächst auf den blutigen Finger und dann auf die aufgestoßene Tür, durch die Kane hereineilte. »Was zum Henker ist hier …« Er sah sie. Seine Nasenflügel bebten. Er griff an Tuck vorbei und packte JP am Kragen, bevor er ihn hochhob und wutentbrannt anzischte: »Du hast sie geschlagen, verdammt?«

Scheiße! »Kane, hör auf!« Sie rappelte sich auf. »Lass ihn los.«

»Damit kommt er nicht ungeschoren davon.« Er drückte JP noch fester an die Wand.

»Das war keine Absicht. Ich hab versucht, ihn und Lee davon abzuhalten, sich die Köpfe einzuschlagen, und war im Weg. Aber das hier ist etwas zwischen mir und ihnen. Bitte, geh einfach und lass uns das regeln.« Sie sah ihn flehend an und merkte nur zu gut, wie Tuck sie beide beobachtete.

Kane sah JP wütend an, als er ihn absetzte. »Fass sie noch einmal an, und das war das Letzte, was du getan hast.« Er wandte sich den anderen zu. »Das gilt für euch alle. Egal, ob absichtlich oder nicht.« Ohne sich noch einmal umzuschauen, verließ er den Raum.

»Verdammt.« JP rieb sich über die Stelle, wo Kanes Faust gewesen war.

»Dieser Mist muss aufhören«, sagte Sable.

»Ich hab doch gesagt, dass es keine Absicht war«, sagte JP.

»Nicht nur das«, fuhr Chris ihn an. »Du trinkst den ganzen Abend und legst jede Frau flach, die du in die Finger kriegst. Du hast vollkommen die Kontrolle verloren.«

JP lachte höhnisch auf. »Bist du jetzt bei der Sitte oder was?«

»Mein Gott, JP! Ich erkenn dich überhaupt nicht wieder.« Chris wandte sich ab.

»Du bist auch nicht besser«, warf Lee ein. »Legst dich mit jedem an, nur weil du dich immer mit Katie streitest.«

»Pass auf!«, warnte Chris und blickte ihn finster an. »Du redest hier von meiner Frau und diese Trennung macht ihr und den Kindern richtig zu schaffen.«

»Es sind bloß ein paar Monate«, sagte JP. »Stell dich nicht so an.«

»Als hättest du jemals einen wichtigen Menschen in deinem

Leben gehabt,« höhnte Chris.

»Könnt ihr alle mal den Mund halten?«, brüllte Sable dazwischen. »Genau deswegen wollte ich die Tour nicht machen. Wir sind alle erschöpft, und das Einzige, wozu ihr in der Lage seid, ist es euch anzugiften. Reißt euch zusammen.« Sie legte die Hand auf den Türgriff.

»Wohin gehst du?«, fragte Tuck.

»Ich brauche Luft.« Sie ging hinaus und Tuck folgte ihr. Vor der Tür stand ein Bodyguard, und am Ende des Flurs sah sie Kane, der sie beobachtete. Sie drehte ihm den Rücken zu und Tuck stand vor ihr. »Ich brauch eine Pause, verdammt noch mal! Gib mir ein bisschen Raum zum Atmen!«

»Warum lügst du mich an?«

»Wovon redest du?«

»Du weißt genau, wovon ich rede.« Leiser sprach Tuck weiter: »Du findest, wir haben uns verändert? Dann guck mal in den Spiegel, Bell.« Er schaute den Flur entlang zu Kane, und als sie einen Blick dorthin wagte, sah sie, dass Kane Tucks finsteres Starren erwiderte.

Verdammt! »Tuck …«

»Gib dir keine Mühe.« Er marschierte wieder zurück in den Green Room.

Kane machte einen Schritt auf sie zu, doch sie hob die Hand, schüttelte den Kopf und wandte sich an den Bodyguard: »Kannst du mich zum Bus bringen?«

Später am Abend tigerte Sable wie eine eingesperrte Raubkatze in ihrem Hotelzimmer auf und ab. Die Stimmung war noch sehr angespannt gewesen, als sie den Veranstaltungsort verlassen hatten. Auf dem Weg ins Hotel war das Schweigen im Bus ohrenbetäubend gewesen. Sie wusste nicht, wie sie irgendetwas von all dem wiedergutmachen sollte. Sie hatte ein schlechtes Gewissen, weil sie Tuck angelogen hatte und weil sie Kane zurückgewiesen hatte, aber was hätte sie sonst tun sollen? Kane hatte ihr geschrieben, und Pepper hatte wie jede Woche versucht, sie anzurufen, aber Sable war zu aufgewühlt gewesen. Sie hatte Axsel geschrieben und gehofft, dass er ihr einen Rat geben könnte, wie sie mit der Band umgehen sollte, aber er hatte ihr im Grunde nur gesagt, dass das, was sie gerade durchmachten, leider typisch war.

Ihr Leben geriet um sie herum aus den Fugen, und sie brauchte etwas, an dem sie sich festhalten konnte. Sie wünschte sich, Kane könnte das für sie sein, aber er war wahrscheinlich wütend auf sie, weil sie ihn weggeschickt hatte. Also holte sie ihr Handy heraus und rief den einen Menschen an, an den sie sich immer wenden konnte. Schon nach dem zweiten Klingeln nahm ihr Vater das Gespräch an.

»Hallo, mein Schatz. Wie geht's meiner Kleinen?«

Seine vertraute Stimme war so tröstlich wie eine Umarmung. »Hallo, Dad. Mir geht's gut. Und euch allen?« Sie schrieb sich oft mit ihren Geschwistern, aber sie fühlte sich ihrem Zuhause näher, wenn sie etwas über sie hörte.

»Es geht allen gut. Morgyn und Graham sind wieder unterwegs und Grace und Reed waren zum Abendessen hier.«

»Das freut mich für Morgyn und Graham, sie lieben das Reisen so sehr. Wie geht's denn Grace und Reed?«

»Ich hab sie noch nie so glücklich gesehen. Es ist schon komisch, wie ein Baby alles erstrahlen lässt. Reed hat erzählt, dass Deloris' Haus fast fertig ist.«

»Ja, ich weiß. Ich muss ihm langsam mal sagen, wie es mit der Renovierung der Scheune aussieht, aber ich hatte noch keine Zeit, darüber nachzudenken.« In Wahrheit wollte sie nicht, dass er die Scheune anrührte. Sie fühlte sich wie das letzte Überbleibsel ihrer Beziehung zu Lloyd an. Der Ort, an dem sie und die Band sich gefunden hatten, wo sie Kämpfe ausgefochten und Musik geschaffen hatten, die ihnen aus der Seele sprach. Nach allem, was heute Abend geschehen war, hätte sie sich am liebsten in dieser Scheune verkrochen und wäre nie wieder herausgekommen.

»Reed weiß, dass du viel um die Ohren hast«, sagte ihr Vater. »Er schien es nicht eilig zu haben, damit fertig zu werden. Aber wenn du dir Sorgen um einen neuen Proberaum machst, dann können wir die Garage leerräumen und ihr könnt da proben.«

»Danke, Dad, aber du mochtest den Lärm schon nicht, als wir Teenager waren. Ich glaube nicht, dass du und Mom das jetzt gebrauchen könnt.« Wenn es so weiterging, hatte sie vielleicht noch nicht einmal mehr eine Band, mit der sie proben konnte. Bei dem Gedanken zog sich innerlich alles in ihr zusammen.

»Ihr seid mittlerweile etwas talentierter als damals. Du sollst einfach nur wissen, dass die Möglichkeit besteht. Neulich bin ich bei deiner Werkstatt vorbeigefahren. Carter und Buddy halten die Stellung, und Eli schien mir ziemlich stolz auf das zu sein, was er schon alles gelernt hat. Carter meinte, dass er eine richtige Hilfe ist. Du hast das mit Eli toll hinbekommen.«

»Danke. Er ist ein guter Junge.«

»Sie sind alle stolz auf dich und die Jungs, die ganze Stadt.«

Das wären sie nicht, wenn sie wüssten, was los war, aber diese Überlegung behielt sie für sich.

»Hast du etwas auf dem Herzen?«, fragte ihr Vater.

»Eigentlich nicht. Es war nur ein stressiger Abend und ich wollte deine Stimme hören.«

»Ich bin immer für dich da, mein Schatz. Wie stressig es sein muss, die ganze Zeit unterwegs zu sein und drei oder vier Mal in der Woche aufzutreten, kann ich mir gar nicht vorstellen. Du wünschst dir sicherlich manchmal einen Motor, in den du verschwinden könntest.«

Mit Musik und Mechanik hatte sie schon immer ihren Stress abbauen können. Jetzt fügte sie Kane noch zu dieser Liste hinzu. »Wäre das nicht toll? Vielleicht kann ich ja mal den Bus auseinandernehmen.«

Ihr Dad lachte. »Tut mir leid, dass dein Tag heute so stressig war. Willst du darüber reden? Kann ich etwas tun? Soll ich deine Mom ans Telefon holen?«

Ein Klopfen an der Tür schreckte sie auf. »Leider habe ich keine Zeit. Da ist jemand an der Tür, aber danke, Dad. Allein mit dir zu reden, war schon eine Hilfe. Hab dich lieb.«

»Jederzeit, mein Schatz. Hab dich auch lieb.«

Sie beendete den Anruf und schaute durch den Spion. Beim Anblick von Kanes dunklen Augen, die sie direkt anzusehen schienen, setzte ihr Herzschlag kurz aus. Sie öffnete die Tür und schaute über den menschenleeren Flur zu den Zimmern ihrer Bandkollegen. »Was machst du denn hier? Du könntest gesehen werden.«

Er ging an ihr vorbei ins Zimmer. »Hol deine Tasche. Wir hauen von hier ab.«

Sie schloss die Tür. »Wir können nicht einfach zusammen abhauen. Alle werden uns sehen.«

»Wir können und wir werden. Es ist alles schon geregelt.« Er legte den Finger unter ihr Kinn und hob es vorsichtig an, um ihren Kiefer zu betrachten. »Ich hätte den Mistkerl umbringen können. Hast du Eis draufgehalten?«

»Ja.« Sie hatte es gekühlt, während Bad Intentions auf der Bühne war, und vor dem Meet and Greet hatte sie die Rötung mit Make-up abgedeckt. »Kane, was soll das heißen, es ist alles schon geregelt? Ich kann nicht einfach mit dir verschwinden. Was soll ich den Jungs erzählen? Wir brechen morgen früh nach Seattle auf.«

»Du erzählst ihnen gar nichts. Ihr alle braucht Zeit, um etwas runterzufahren. Ich hab Johnny und Tom erzählt, was passiert ist, und sie waren auch der Meinung, dass ihr etwas Abstand braucht, was auf den Tourneen vollkommen normal ist. Sobald wir aufgebrochen sind, wird Tom ihnen sagen, dass du sie übermorgen in Seattle zu dem nächsten Konzert triffst.«

»Was? Nein! Ich muss hierbleiben, um die Sache in Ordnung zu bringen.«

»Verdammt, Sable! Hör auf, so dickköpfig zu sein. Du hast einen Kinnhaken abbekommen. Ihr braucht eine Pause voneinander, und da du nie um eine bittest, und schon gar nicht zugibst, dass du eine brauchst, sorge ich dafür, dass du sie bekommst. Jetzt hol dein Zeug und lass uns gehen. Unser Auto wartet.«

Sie nahm ihre Tasche aus dem Schrank und fing an, Sachen hineinzustopfen. »Das wird alles nur schlimmer machen. Die werden denken, dass ich eine Diva geworden bin.«

»Zum einen wird das nie passieren, und das wissen sie auch. Du würdest denen den Kopf abreißen, bevor du zu so einem Menschen wirst. Und zweitens kannst du mir auch ein bisschen was zutrauen. Ich weiß, wie man mit Menschen umgeht. Tom wird ihnen sagen, dass er dich gezwungen hat, getrennt zu reisen.«

»Mit dir? Wie sieht das denn aus?«

»Sie wissen, dass du keine Bodyguards um dich herum haben magst. Es wird so aussehen, dass Johnny, für den ich arbeite, mich damit beauftragt hat, dich zu begleiten, um alle Probleme von dir fernzuhalten.«

»Und wenn ich das nicht will?«

»Dann trage ich dich hier strampelnd und schreiend heraus, wenn es sein muss. Du brauchst etwas Zeit für dich, und ich gehe nicht das Risiko ein, dass es hier eskaliert und dir noch einmal wehgetan wird.« Er zog sie in seine Arme. »Warum kämpfst du so sehr dagegen an? Wir bekommen vierundzwanzig Stunden zusammen. Keine Roadies, keine Bandkollegen, keine Kameras. Nur wir beide.«

Sie wollte das mehr, als er ahnen konnte, und sie war ihm dankbar dafür, dass er darum kämpfte, sich um sie zu kümmern, aber sie war es nicht gewohnt und sie wollte die Jungs nicht enttäuschen. »Weil ich mich selbst um meine Probleme kümmern kann.«

»Das bezweifelt auch niemand, und du wirst dich darum kümmern, nachdem alle etwas Zeit hatten, sich abzukühlen.« Er küsste sie sanft. »Morgen werden einige Masseurinnen mit den Jungs unterwegs sein. Hoffentlich hilft es denen dabei, etwas Dampf abzulassen und auch zu entspannen.«

»JP wird versuchen, sie in die Kiste zu zerren.«

»Ist mir vollkommen egal, wenn sie das alle machen, sofern es bedeutet, dass du die Zeit und den Raum bekommst, den du brauchst.«

Wie konnte sie ihm dafür nicht dankbar sein? »Wohin fahren wir?«

»Zu meinem Flugzeug, und in ein paar Stunden sind wir in meiner Privatvilla in Punta Mita, wo ich dich anständig verwöhnen kann, also bitte pack jetzt deinen Kram fertig, und dann holen wir aus dem Bus, was du noch brauchst, wie zum Beispiel diese kurze Jeansshorts, die du letzte Woche auf der Bühne angehabt hast.«

Mich verwöhnen? »Ich weiß nicht einmal, wo Punta Mita ist.«

»Mexiko. Dort ist es warm, und ich habe dort einen Sicherheitsdienst organisiert, um dafür zu sorgen, dass wir nicht gestört werden.« Er küsste sie noch einmal. »Jetzt hör auf, Fragen zu stellen, und vertrau mir einfach.«

Kurz Zeit später, als sie in Kanes Privatflugzeug steigen wollten, gingen Textnachrichten von JP und Lee, die sich entschuldigen wollten, und von Chris auf ihrem Handy ein, der fragte, ob bei ihr alles in Ordnung wäre. Sie antwortete JP und Lee, dass sie sich keinen Kopf darüber machen sollten, und Chris versicherte sie, dass es ihr gut ginge und sie nur etwas Abstand bräuchte.

Die Tatsache, dass Tuck sich nicht gemeldet hatte, tat höllisch weh.

Nachdem sie ihre sichere Flughöhe erreicht hatten, klappte Kane die Armlehne hoch, zog sie an sich und küsste sie auf die Schläfe. Während die Anspannung aus ihren Schultern und dem Nacken wich, wurde ihr bewusst, dass Kane nicht wütend auf sie gewesen war, weil sie ihn aus dem Green Room geschickt hatte. Er hatte darüber hinweggesehen und irgendwie genau gewusst, was sie brauchte.

Er hatte ihr etwas – jemanden – gegeben, an dem sie sich festhalten konnte.

Kane hatte neben dem Streit der Band einen Berg von Sorgen. Er hatte gesehen, wie verletzt Sable gewesen war, als alle außer Tuck ihr geschrieben hatten, und er wusste, wie schwer es ihr fiel, mit ihm heute Abend abzureisen, wenn sie doch lieber in die Löwengrube gestiegen wäre und sich ihren Weg herausgekämpft hätte. Aber auf keinen Fall würde er sie in eine ohnehin schon explosive Situation hineinlaufen oder sie mit diesem ganzen Mist allein lassen. Er küsste sie auf den Kopf. »Alles in Ordnung?«

»Mhm.«

»Willst du darüber reden, was in der Band los ist?«

»Nein.«

Er zog sie noch etwas fester an sich und überlegte besorgt, wie viel sie mit sich selbst ausmachte und wie angespannt die ganze Situation für sie geworden sein musste, dass sie derart verletzt wurde. »Wenn du deine Meinung änderst, ich bin ganz Ohr.«

»Werde ich nicht.« Ganze zwei oder drei Minuten schwieg sie, bis sie sich aufrichtete und ihn ansah, sodass er den blauen Fleck an ihrem Kinn unter dem Makeup durchschimmern sah. Der Anblick versetzte ihm einen Stich. »Genau das hatte ich befürchtet. Das alles ist ein einziges Chaos. Dieses Leben verändert die Menschen. Es ist so belastend, dass man nicht einmal mehr daran denkt, dem anderen etwas Freiraum zu lassen. Und das betrifft nicht nur die Jungs. Ich mache die gleichen Fehler. Diese Heimlichtuerei mit dir macht es noch schwerer. Ich bin es nicht gewohnt, Geheimnisse vor Tuck zu haben. Jetzt habe ich auch noch Angst, meinen besten Freund zu verlieren, und ich habe keine Ahnung, wie ich das alles wieder geradebiegen soll.«

Seine Gefühle kochten hoch, doch er biss die Zähne zusammen. Sie hatte ihm nie eine Antwort darauf gegeben, ob sie mal etwas mit Tuck gehabt hatte. Wenn es so war, hatte es zweifellos vor Wochen geendet. Er und Sable redeten vielleicht nicht über ihre Gefühle, aber er spürte in ihren Berührungen, was sie für ihn empfand, und er sah es in ihren Augen. So wie er jetzt auch den Schmerz darin sah. »Erzählt ihr beide euch sonst alles?«

»So ziemlich. Schon seit wir Kinder waren.«

»So lang steht ihr euch schon nah? Bevor ihr die Band gegründet habt?«

»Schon immer. Er hatte eine Zwillingsschwester, Thea, und wir waren enge Freunde.«

»Das hab ich in dem Background-Check gelesen. Sie ist bei einem Unfall gestorben, als sie noch jung waren, stimmt's?«

Sie nickte. »Seine Eltern sind übel drauf. Sie haben ihn und Thea wie Dreck behandelt.«

»Haben sie sie körperlich misshandelt?«

»Nein, sie haben sich immer gestritten, und sie haben Tuck und Thea ständig angebrüllt und ihnen deutlich gemacht, dass sie nichts wert waren. Wenn es richtig schlimm wurde, haben sich Tuck und Thea nachts aus dem Haus geschlichen und Steine an mein Fenster geworfen. Wir sind dann in die Scheune gegangen und haben stundenlang geredet, damit der Hass sie nicht fertigmachte. Nachdem wir angefangen hatten, Lloyds Scheune als Proberaum zu nutzen, sind wir immer dahin gegangen. Wir haben da Decken für sie versteckt, aber sie sind immer vor Tagesanbruch wieder nach Hause gegangen.«

»Konnten deine Eltern nichts unternehmen, um ihnen zu helfen?«

»Tuck dachte, dass sie dann die Behörden einschalten müssten. Er hatte Angst, dass er und Thea getrennt werden könnten, und er wollte auch nicht, dass seine Eltern Schwierigkeiten bekamen. Egal, wie sie sie behandelt haben, es waren immer noch seine Eltern, verstehst du? Ich wollte es meinem Dad erzählen, aber er hat mich angefleht, es nicht zu tun. Aber bei uns in der Kleinstadt wussten die Leute natürlich, dass es bei ihnen nicht zum Besten stand. Eines Nachts stand auf einmal ein Sofa in der Scheune. Lloyd muss gewusst haben, dass wir oft nachts da waren, und im Laufe der Zeit fanden wir dort auch saubere Decken, Kissen und etwas zu essen. Einmal hab ich gehört, wie Lloyd in der Werkstatt mit Buddy darüber gesprochen hat, dass er und mein Vater mit Tucks Eltern geredet hatten, aber ich konnte nicht weiter danach fragen, ohne für Tuck alles noch komplizierter zu machen. Aber zumindest hat es Menschen gegeben, die versucht haben, die Situation für sie angenehmer zu machen.«

»Hat es geholfen?«

»Es lief nie wirklich gut, aber eine Zeit lang war es besser. Bis Thea starb, am Ende der zehnten Klasse.« Der Schmerz in ihren Augen ließ Kane nach ihrer Hand greifen. »Einmal spät abends stritten sich ihre Eltern, sodass Tuck und Thea aus dem Haus rausschleichen wollten. Ihre Schlafzimmer waren in der oberen Etage und sie sind immer zum Fenster hinaus auf das Dach und einen Baum hinuntergeklettert. Aber in dieser Nacht ist Thea ausgerutscht und gefallen. Tuck hat noch versucht, sie festzuhalten, und ist auch abgestürzt. Sie ist mit dem Kopf auf den Betonboden geknallt und war sofort tot.« Tränen schossen ihr in die Augen.

»Mein Gott.« Kane zog sie in seine Arme und drückte sie voller Mitgefühl fest an sich. »Diese armen Kinder. Das tut mir so leid.« Er küsste sie auf den Kopf und versuchte, die Schuld und den Schmerz, die Tuck empfunden haben musste, zu fassen. »Das muss für euch alle unglaublich schrecklich gewesen sein.«

Sie nickte an seiner Brust, schniefte und verharrte ein oder zwei Minuten so, bevor sie sich von ihm löste und sich über die Augen wischte. »Sie haben Tuck die Schuld gegeben und es wurde wieder richtig schlimm. Du hast gefragt, ob Tuck und ich etwas miteinander hatten. Es läuft nichts zwischen uns, schon seit unser Teenagerzeit nicht mehr, aber nachdem er Thea verloren hatte, waren wir zusammen. Keiner wusste davon. Wir haben uns immer in der Scheune getroffen und ...« Sie zuckte mit den Schultern. »Sie war ein Teil von uns und dann war sie nicht mehr da. Es war unmöglich, das zu verstehen. Wir haben versucht, an ihr festzuhalten und unserem Schmerz zu entkommen.« Wieder füllten sich ihre Augen mit Tränen und sie blinzelte sie fort.

»Meine Güte, Sable. Ich kann mir gar nicht vorstellen, was du durchgemacht hast. Kein Wunder, dass ihr beide euch so nahesteht. Wie lang wart ihr zusammen?«

»Keine Ahnung. Ein paar Wochen. Wir waren kein richtiges Paar. Wir waren Freunde, haben uns nachts getroffen, miteinander geweint und geredet, und wir hatten Sex. Irgendwann wollte er mehr und ich nicht, deshalb haben wir es beendet.«

Angesichts dessen, was sie gemeinsam durchgemacht hatten, überraschte ihn das. »Warum wolltest du nicht mehr?«

»Damals hatte ich schon keine gute Antwort darauf und heute genauso wenig. Ich war einfach nie eines von diesen Mädchen, die einen Freund brauchten. Ich war in der elften Klasse, hab nach der Schule bei Lloyd gearbeitet und in dem Jahr hatten wir die Band gegründet. Ich habe Tuck lieb gehabt. Das ist noch immer so und wird sicher auch immer so bleiben. Aber ich habe ihn nicht geliebt.« Sie schüttelte den Kopf. »Ich weiß nicht, warum ich nicht seine Freundin war oder es nicht sein wollte. Wahrscheinlich ticke ich einfach anders. Ich wollte nie mit irgendjemandem *mehr*, bis ich dich kennengelernt habe.«

»Niemand war arrogant genug für dich.« Er beugte sich zu ihr und küsste sie. »Du tickst anders und das macht dich so besonders. Du hast ihm die Liebe und den Trost gegeben, die er brauchte.«

»Ich brauchte es ebenso sehr. Keine Ahnung, was das über mich sagt, aber das ist auch egal. Es war so, und ich bereue es nicht.«

»Da gibt es auch nichts zu bereuen. Du bist deinem Herzen gefolgt, und vielleicht klingt es seltsam aus dem Mund eines Typen, der diesem Organ fast zwei Jahrzehnte lang nicht viel Beachtung geschenkt hat, aber das ist etwas Schönes. Es hört sich so an, als hättet ihr beide euch durch die schlimmste Zeit geholfen, und noch dazu wart ihr in der Lage, anschließend Freunde zu bleiben. Das sagt viel über euch beide aus.«

»Zwischen uns war es eine Zeit lang nicht so angenehm, aber wir haben uns vermisst, und wir haben den Weg zurück zu einer Freundschaft gefunden. Ich bin mir ziemlich sicher, dass die Band und unsere Freundschaft die Gründe dafür sind, weshalb er noch hier ist.«

»War er selbstmordgefährdet?«

»Nein, aber ich glaube, wenn er uns nicht gehabt hätte, hätte es sich in die Richtung entwickeln können. Jedenfalls haben wir uns immer alles erzählt, daher fühlt es sich wie Betrug an, wenn ich ihm jetzt nichts von uns erzähle. Dabei denkt er sich das wohl schon. Als du uns da im Flur beim Konzert gesehen hast, hat er mehr oder weniger gesagt, dass er es weiß.«

Mist. Dass ihre Beziehung ihr so viel Kummer bereitete, war

unerträglich für ihn. »Wir spielen hier nach deinen Regeln, Baby. Wenn du es Tuck erzählen willst und ihm vertraust, dass er dich nicht an die Presse verrät, dann erzähl's ihm. Es sei denn, du glaubst, dass er dich liebt und es noch mehr Probleme schaffen könnte.«

»Das ist es nicht. Zumindest glaube ich das nicht. Wir waren beide mit anderen zusammen und er hat nie ein Problem damit gehabt.«

»Er könnte noch immer etwas für dich empfinden.«

»Das glaube ich nicht, auch wenn es mir noch nie mit jemandem so ernst war. Vielleicht spürt er das.«

Dies war das erste Mal, dass sie zugab, die Beziehung zu Kane als etwas Ernstes anzusehen, und er war froh, dass sie es nicht sofort wieder relativierte oder versuchte, es zurückzunehmen. »Wenn es sich für dich wie ein Betrug anfühlt, dann fühlt es sich für ihn sicher auch so an, und das reicht, um in einer Freundschaft wie der euren jede Menge Emotionen loszutreten. Er war dein Freund schon lange, bevor ich auf der Bildfläche erschienen bin. Ich will nicht der Typ sein, der dein Leben auf den Kopf stellt, also mach, was immer du als richtig für eure Freundschaft erachtest, und denk daran, dass ich dich dabei unterstütze. Egal, welche Konsequenzen das haben wird.«

»Dafür bin ich dir wirklich dankbar. Ich muss darüber nachdenken.«

Er würde es morgen in die Welt hinausposaunen und jeden vernichten, der sie verunglimpfte, wenn sie ihn ließe, aber er würde auch ein Leben lang warten, wenn sie das brauchte. »Natürlich. Was ist mit den anderen in der Band? Wenn ihr mal schwierige Phasen hattet, wie habt ihr sie überstanden?«

»So schlimm wie jetzt war es bisher nie. Wir haben dann einfach mal Funkstille gehabt und uns abreagiert. Wenn wir uns alle wieder beruhigt haben, wurde drüber gesprochen und es war in Ordnung.«

»Gut, dann scheint es ja so, als wären wir mit ihnen auf dem richtigen Weg.«

Besorgt sah sie ihn an. »Ich weiß nicht, Kane. Das hier fühlt sich anders an. Als hätte es scharfe Kanten, die unsere Freundschaftsbande zerreißen könnten.«

Er zog sie wieder enger an sich. »Es fühlt sich so an, weil du unter Druck stehst. Aber ihr seid schon euer ganzes Leben lang befreundet. Es dauert vielleicht seine Zeit, aber sie lieben dich. Ich bin mir sicher, das kommt in Ordnung.«

»Ich hoffe, du hast recht.«

»Bereust du, dass du die Tour machst?«

»Ganz ehrlich? Irgendwie ja. Es gibt kein besseres Hochgefühl, als auf der Bühne zu stehen und zu wissen, dass die Menschen unsere Musik lieben, aber alles andere hasse ich. Das mit den Fans und der Presse ist so ein Druck, und im Bus zu schlafen, ist eine einzige Katastrophe. Wir sind ständig erschöpft und voneinander genervt. Die letzten Versuche, mit Deloris zu reden, waren vergeblich, und das macht mich noch gereizter. Das alles ist ganz schön viel.«

»Sollen wir überlegen, eure Band für die letzten drei Wochen der Tour und für die internationale Tour im Herbst durch eine andere zu ersetzen?«

Sie sah ihn ungläubig an. »Würdest du das wirklich tun?«

»Es wäre nicht meine erste Option, aber wenn es dir zu viel ist, dann überlegen wir uns etwas.«

Sie zog die Augenbrauen zusammen. »Es bedeutet mir sehr viel, dass du überhaupt darüber nachdenkst. Die Tour ist belastend, und was sie mit der Band macht, ist grauenhaft, trotzdem: Ich habe mich zu etwas verpflichtet, und dem komme ich auch nach.«

»Das ist bewundernswert, wenn man den blauen Fleck betrachtet, den du da im Gesicht hast.« Er wurde mit einem Lächeln belohnt. »Ich weiß nicht, wie ich dir mit den Jungs helfen kann, aber ich weiß, welche Sorgen du dir um Deloris gemacht hast. Du hast sie in letzter Zeit einige Male erwähnt, also habe ich in der Wohneinrichtung angerufen und erklärt, was das Problem ist. Die Leiterin hat meine private Nummer, und ich habe ihr gesagt, dass sie mich anrufen soll, wann immer Deloris klar genug ist, egal, ob Tag oder Nacht. Wenn du nicht gerade auf der Bühne stehst, sorge ich dafür, dass du mit ihr sprechen kannst.«

»Das hast du für mich getan?«

Er nahm ihr Gesicht zwischen die Hände und schaute ihr tief in die Augen, denn er wollte, dass sie die Wahrheit in seinen Worten sah. »Ich würde alles für dich tun. Auch wenn du dich mit Händen und Füßen dagegen wehrst.«

Sie lächelte und endlich leuchteten auch ihre Augen wieder, sodass sich einige der Knoten in seiner Brust lösten. »Dann küss mich, denn wenn du das tust, ist alles andere unwichtig, und ich könnte es gerade sehr gut gebrauchen, ein wenig in dir zu verschwinden.«

Er senkte seine Lippen zu einem zärtlichen und behutsamen Kuss auf ihre, damit ihr Kiefer nicht schmerzte. Sanft und sinnlich küsste er sie weiter und hoffte, ihr den Schmerz und die Traurigkeit zu nehmen, ihr Hoffnung in die Lunge, Leidenschaft in den Körper und – mit ein wenig Glück – seine Liebe in ihr Herz zu tragen.

Achtundzwanzig

Sable erwachte von einer warmen Brise, die durch die offene Glasfront hereinwehte. Sie setzte sich im leeren Bett auf und genoss den atemberaubenden Blick aus dem Schlafzimmer in Kanes Villa in Punta Mita. Der Infinity Pool wirkte, als würde er sich über eine Klippe hinab in den Ozean ergießen. Kane schwamm in ihr Blickfeld, und sie beobachtete, wie er mit seinem schlanken nackten Körper durch den Pool glitt, am Rand wendete und wieder zurückschwamm. Ihr wurde ganz warm. Bei ihrer Ankunft gestern Abend war sie vollkommen erschöpft gewesen. Sie hatten sich nackt ins Bett gelegt, und sie musste sofort eingeschlafen sein, denn das Letzte, woran sie sich erinnerte, waren seine um sie geschlungenen Arme, mit denen er ihren Rücken an seine Brust zog, während er ihr einen Kuss auf die Wange gab und sagte: *Schlaf, Baby. Ich pass auf dich auf.*

Sie sah zu, wie er seine Bahnen zog, und ihr Herz quoll über von Emotionen für diesen Mann, der ihr ein Gefühl von Sicherheit gab, wie es noch nie jemand vermocht hatte. Bei ihm konnte sie sich auf eine Art fallenlassen, wie es ihr bisher bei niemandem möglich gewesen war. Sie hätte auch niemals gedacht, dass sie einen Mann wie Kane in ihrem Leben haben wollte, und schon gar nicht, dass sie sich ein Leben ohne ihn nicht vorstellen konnte. Sie stand auf, ging auf die Toilette und putzte sich die Zähne. Das Badezimmer war so typisch *Kane*. Es war groß und luxuriös, der Boden und die Wände waren aus Marmor und die Glasdusche war größer als ihr gesamtes Badezimmer zu Hause.

Schließlich durchquerte sie das geräumige Schlafzimmer und trat hinaus auf die sonnenüberflutete Terrasse. Die am Kliff liegende Villa mit ihren zwei Etagen bot an drei Seiten einen Blick auf den Ozean und war von üppigen Bäumen umgeben. Weit und breit waren keine anderen Häuser zu sehen. Sie konnte die Stille fast schmecken, während ihr Blick über die schicken Lounge-Sessel und den überdachten Essbereich mit Bar und eingebautem Grill und weiter über eine rechteckige Feuerstelle und einen Whirlpool glitt. Am Infinity Pool setzte sie sich an den Beckenrand. Unter ihrer nackten Haut spürte sie die kalten Steinfliesen. Ihre Beine baumelten im Wasser, als Kane zu ihr schwamm.

Seine Arme durchschnitten das Wasser und sein markantes Gesicht tauchte kurz zum Atmen seitlich auf, um dann wieder einzutauchen. Es sah aus, als würde er geradewegs in sie hineinschwimmen, doch dann durchbrach er die Wasseroberfläche, legte seine Hände zu beiden Seiten ihrer Beine auf die Kante und stützte sich ab, sodass sie sich direkt in die Augen blickten. »Guten Morgen, meine Schöne. Komm her mit deinem Mund.«

Ein Schauer erfasste sie, als sie sich vorbeugte, um ihn zu küssen. Er schmeckte köstlich vertraut.

»Mmh! Du schmeckst viel besser als Kaffee.« Er küsste sie noch einmal, legte einen Arm um sie und drückte so ihre Brüste an seinen nassen, festen Oberkörper, bevor er sich rücklings von der Wand abstieß und mit ihr auf seinem Bauch ins tiefere

Becken glitt.

Lachend richteten sie sich auf, sie legte die Arme um seinen Hals und er hielt sie beide mit seinen kräftigen Beinen über Wasser. Sie hatte das Gefühl, das erste Mal seit Jahren zu lachen, und sie konnte gar nicht aufhören zu lächeln. Er anscheinend auch nicht. Ihr war nicht bewusst gewesen, wie sehr sie diese Freiheit gebraucht hatte, einfach nur mit ihm zusammen zu sein. Wie sehr sie beide das hier brauchten. Es war, als wäre sie ein ganz anderer Mensch, und mit ihm war sie tatsächlich anders als mit jedem anderen Mann zuvor, insofern ergab es einen Sinn. Wahrscheinlich sollte sie ein schlechtes Gewissen plagen, weil sie mit Kane ausspannte, während ihre Bandkollegen in einem Bus unterwegs waren. Aber sie machte die Tournee *für* sie. Hatte sie das hier nicht für sich selbst verdient?

»Ich wusste nicht, dass zu dem Haus auch ein Pool-Boy gehört«, sagte sie neckend.

»Nur für dich.«

»Schwimmst du immer nackt?«

»Ich hatte heute Morgen große Probleme, die Hände bei mir zu behalten. Da hätte meine Badehose unmöglich über meinen gierigen Schwanz gepasst.«

Sie lachte und genoss seine Offenheit, um ihn dann mit kreisenden Hüften zu reizen. »Fühlt sich so an, als würde seine Gier wieder erwachen.«

»Was hast du denn erwartet, du feurige Verführerin?« Mit einem tiefen Stöhnen biss er in ihren Hals und jagte einen lustvollen Blitz durch sie hindurch.

Ein Glücksgefühl überkam sie, und als sie zum Haus und auf das Meer hinausschaute, kam es ihr so vor, als wäre sie im Traum einer anderen Person erwacht. »Mein Gott, Kane, du weißt wirklich, wie man sich verwöhnt. Hier ist es himmlisch. Das gehört in eine Reisezeitschrift.«

»Es ist eine Investition. Ich hab noch ein gutes Dutzend solcher Häuser an anderen Orten. Aber dich bei mir zu haben? *Damit* verwöhne ich mich. Egal, wo wir sind.« Er küsste sie noch einmal und schien gar nicht zu merken, dass er sie mit seinen Worten gerade umgehauen hatte. »Es tut mir leid, dass ich dich nicht nach Hause bringen konnte, damit du deine Familie und Deloris siehst.« Er glitt mit seinem Bart über ihre Wange und bescherte ihr so ein erregendes Prickeln. »Ich hatte Angst, die Presse würde etwas über uns herausbekommen, und das würde alles nur noch schlimmer machen.«

Seine Fürsorglichkeit erwärmte ihr Herz aufs Neue. »Ich würde alles dafür geben, sie zu sehen, aber du hast das Richtige getan.«

»Mein Handy liegt dort drüben auf dem Tisch, falls ein Anruf wegen Deloris kommt.«

»Du hast an alles gedacht.«

»Ich hab an *dich* gedacht.« Noch einmal küsste er sie, langsam und sinnlich, während er sich durch den Pool bewegte, bis seine Füße wieder den Boden berührten. »Ich denke immer an dich.«

Er sah so ernst aus, und sie wusste, dass er es ernst meinte. Sie spürte es tief in sich, denn auch sie dachte immerzu an ihn. »Wie sind wir bis hierher gekommen?«

»Keine Ahnung, aber ich bin froh darüber.«

Wieder küsste er sie, zunächst langsam, doch mit ihren nackten Körpern aneinandergeschmiegt und ihrem Herzen – *unser beider Herzen* – zum ersten Mal seit Jahren geöffnet, gab es kein Halten mehr. Ihre Küsse wurden hungriger, ihre Hände glitten über ihre Körper und sie stieß immer wieder gegen seine harte Länge. Er lächelte an ihren Lippen und schob die Hand zwischen ihre Beine, um sie zu reizen, während sein Mund an ihren Hals wanderte, sie leckte und biss. Ihr ganzer Körper entflammte. »Kane!«, entwich ihr ungeduldig.

»Ist das gut, Baby?« Er knabberte an ihrem Kiefer.

Sie schloss die Augen. »So gut!«

»Sieh mich an, während ich es dir besorge«, sagte er rau. Seine Finger bewegten sich schneller und ihr Herzschlag folgte. Sie hielt seinen Blick gefangen und spürte tief in sich den nahenden Höhepunkt. »Genau, Baby. Zeig mir, wie sehr du es liebst, für mich zu kommen.«

Ihre Fingernägel gruben sich in seine Haut, ihre Atemzüge wurden schnell und hektisch. »Zeig mir, wie sehr du es liebst, mich zu berühren«, forderte sie ihn heraus. Sein Lächeln wurde hungrig, und er packte mit der anderen Hand ihre Haare, um gerade so fest daran zu ziehen, dass sie die Kontrolle abgab. »Oh Gott ...« Wieder liebkoste er ihren Hals und steigerte ihre Lust. »Das ist mein Mädchen. So verdammt sexy.« Die Heiserkeit in seiner Stimme und seine Finger in ihr ließen ihr Verlangen noch so viel größer werden. Er schloss ihren Mund mit seinem, küsste sie langsam und tief, während sie aus ihren Höhen herabsank.

Als sich ihre Lippen voneinander lösten, hielt er sie ganz nah bei sich. »Siehst du, Baby? Ich denke immer an dich.«

Mit der warmen Sonne auf ihrem Rücken und in den Armen des Mannes, den sie über alles liebte und der sie festhielt, als wollte er sie nie wieder loslassen, wurde sie von Emotionen überwältigt und brachte kaum »Ich auch an dich« heraus, bevor seine Lippen schon wieder an ihren waren. Fest griff er in ihre Haare und eroberte sie erneut mit einem gnadenlosen Kuss. Sie rieb sich an ihm, erwartungsvolle Ungeduld baute sich in ihr auf, doch er hielt ihren Hintern mit einer Hand fest und sorgte dafür, dass sie nicht auf seine Härte glitt. Fluchend riss er den Mund von ihrem los und packte ihre Taille mit beiden Händen, um sie hochzuheben, bis er mit dem Mund ihre Brust erreichte, um sie an den Rand des Wahnsinns zu treiben. Sie grub die Fingernägel in seine Schultern, als er der anderen Brust die gleiche Aufmerksamkeit zukommen ließ, sodass sie ihn wollte, brauchte, sich schmerzhaft nach ihm verzehrte. »Kane, bitte!«

Endlich senkte er sie auf seine Härte hinab und labte sich an ihrem Mund. Sie spürte ihren verletzten Kiefer, doch der Schmerz vermischte sich mit der Lust, die sie wie ein helles Strahlen erfasste, als er fest und tief in sie stieß. An seine Schultern geklammert spürte sie das kühle Wasser um sie herumspritzen, während sie jeden seiner Stöße erwiderte. Ein Kribbeln breitete sich über ihre Beine hinaus aus und erfasste sie wie ein Lauffeuer. Er biss in ihre Schulter und ließ die Lust wie eine Woge über sie hereinbrechen, die auch ihn mitriss in einen Rausch aus Stößen, Stöhnen und Flüchen, bis sie sich im Einklang dem Beben hingaben und endlich – glückselig – eng umschlungen zusammensackten.

»Mein Gott, Sable«, keuchte er. »Wie kann es jedes Mal, wenn wir zusammen sind, noch intensiver werden?«

»Du bist zu arrogant, als dass es anders sein könnte.«

Er lachte und küsste sie erneut.

»Tut mir leid, dass ich dein Training unterbrochen hab.«

»Tut es das wirklich?« Er knabberte an ihrer Unterlippe.

»Kein bisschen, aber es schien mir höflich zu sein, das zu sagen.« Unbeschwert befreite sie sich aus seiner Umarmung und schwamm davon.

»Seit wann bist du höflich?« Er holte sie ein, zog sie wieder an sich und beide lachten. »Jetzt bist du, wo ich dich haben will.«

»Nirgendwo sonst möchte ich sein.«

Sable schirmte ihre Augen gegen die Sonne ab und schaute zu Kane, der splitterfasernackt und in all seiner Pracht neben ihr auf der Liege lag. Sie konnte sich nicht daran erinnern, wann sie sich das letzte Mal zugestanden hatte, zu entspannen, und sie war sich sicher, dass sie sich noch nie auf diese Art entspannt hatte. Gefühlt eine Stunde lang ruhten sie nun schon so auf den dicken flauschigen Handtüchern. Wahrscheinlich hatte sie es nötig gehabt, denn normalerweise konnte sie nicht herumsitzen, ohne etwas zu tun, doch bis jetzt war sie nicht unruhig geworden.

Kane griff nach ihrer Hand, öffnete die Augen und sein träges Lächeln verlieh ihm einen jungenhaften Charme. »Bekommst du Hunger?«

»Ein wenig.«

»Dann komm. Wir ziehen uns an und ich mache dir Frühstück.« Er stand auf, zog sie zu sich hoch und küsste sie. Auf dem Weg ins Schlafzimmer nahm er sein Handy mit.

»Müssen wir einkaufen?«

»Nein, ich hab die Küchenvorräte auffüllen lassen, bevor wir gekommen sind.«

Sie zog sich ein T-Shirt über, während er sich Shorts anzog. »Muss nett sein, wenn man immer und überall sein Personal einspannen kann.«

»Es ist angenehm.«

»Es überrascht mich, dass du keinen Koch hast.« Sie zog einen Slip und Shorts an.

»Habe ich, aber ich wollte mich um dich kümmern.«

»Man muss sich nicht um mich kümmern. Ich kann selbst kochen.«

»Davon bin ich überzeugt, aber heute ist dein Tag zum Entspannen und Auftanken und mein Tag, um dich zu verwöhnen, damit du keinen Burn-out bekommst.«

»Kane, ich bekomme k–«

Er zog sie in seine Arme und unterbrach sie mit einem Kuss. »Hör auf, dich reflexartig gegen Hilfe zu wehren, und hör mir zu. Ich weiß, was du kannst, und ich weiß, du bist es nicht gewohnt, dass jemand etwas für dich tut, schon gar nicht so ein nerviger Kerl, der ein Nein nicht akzeptiert. Und ich bin es nicht gewohnt, dass ich für jemanden außerhalb meiner Familie etwas tun *will*. Wie wäre es also, wenn wir uns den Gefallen tun und es einfach zulassen?«

Es war schön, dass er verstand, wie sie tickte, aber am besten war noch, dass er ebenso tickte. »Wie wär's, wenn wir gemeinsam kochen?«

»Wie wär's, wenn du einen Klaps auf den Hintern bekommst?«

Er hob die Hand und sie wich ihm lachend aus. »Das nennt man Kompromiss.«

»Ich mache keine Kompromisse. Ich gewinne.« Er schenkte ihr dieses verheerende Lächeln und zog sie zu einem Kuss an sich.

»Ich wurde geküsst. Das macht mich dann wohl zur Gewinnerin.«

Er lachte. »Du bist eine richtige Göre«, sagte er und küsste sie erneut.

Sie verließen das Schlafzimmer und gingen durch den Wohnbereich, der geschmackvoll mit einer beruhigenden

Mischung aus Creme-, Braun- und Taupetönen eingerichtet war, mit edlen Möbeln und offenbar handgeschnitzten Holztischen. An den wenigen Wänden, die nicht aus Glas waren, hingen Kunstwerke, die jeder Galerie gerecht geworden wären. Die hintere Wand bestand beinahe vollständig aus Schiebetüren, die zur Terrasse führten.

Der Raum öffnete sich zu einem Essbereich mit einem Massivholztisch, an dem zwölf Personen Platz fanden, und einer Küche in der Größe von Sables Wohnung, die mit Arbeitsflächen aus schwarzem Marmor, dunklen Holzschränken und Edelstahlgeräten ausgestattet war. Auf der Kücheninsel stand eine Vase mit frischen Blumen neben einer großen länglichen Schale mit Obst.

»Ich fasse es nicht, dass du so wohnst. Es ist schön, aber ich habe Angst, etwas anzufassen.«

»Hab bloß keine Angst, mich anzufassen.« Er beugte sich vor und küsste sie.

Sofort zog sie ihn wieder an sich, um ihn gleich noch einmal zu küssen. »Mir gefällt es, mir dir zusammen zu sein, ohne dass uns irgendwelche Leute über die Schulter gucken.« So sehr, dass sie wünschte, die Tour wäre vorbei und es wäre schon so viel Zeit vergangen, dass es allen egal war, ob sie mit Johnnys Bruder oder dem Manager von Bad Intentions schlief.

»Mir auch.« Er zog einen Hocker unter der Kücheninsel hervor. »Platzier deinen hübschen Hintern hier hin, während ich etwas Obst schneide.«

»Ich weiß, wie man ein Messer benutzt«, sagte sie, setzte sich aber.

»Klar, aber du weißt nicht, wie du mich etwas für dich tun lässt, also bleib sitzen und entspann dich, während ich dich verwöhne.« Er nahm sich ein Messer, ein Schneidebrett und eine Schüssel, die er auf die Insel stellte. »Gibt es irgendeine Obstsorte, die du nicht ausstehen kannst?«

»Nein, ich mag alle, aber Honigmelone am liebsten.«

»Dann nehmen wir Honigmelone.« Er stellte die Kaffeemaschine an, nahm eine Honigmelone aus der Obstschale und legte sie auf das Brett.

Er trug kein T-Shirt und seine Haare waren noch feucht. Sie beobachtete ihn, während er die Melone in mundgerechte Stücke schnitt. Er wirkte so entspannt, so anders als der Mann, der um streitende Bandmitglieder und Roadies herummarschierte und dafür sorgte, dass an alles gedacht wurde. In ihren heimlichen gemeinsamen Stunden hatte sie kleine Einblicke in diese Seite von ihm bekommen, aber selbst da war er nie so unbeschwert gewesen. Sie versuchte, den Gedanken an ihn mit anderen Frauen in der Villa zu verdrängen, aber es gelang ihr nicht.

Sie stibitzte sich ein Stück Melone aus der Schüssel, und er lächelte sie an, als sie es aß. »Also, erzähl mal, Big Daddy, wie oft bringst du deine Freundinnen zum *Entspannen* hierher?«

Er zog die Augenbrauen zusammen. »Gar nicht.«

»Nie?«, fragte sie überrascht.

»Nie.« Er betonte seine Antwort mit einem kräftigen Messerschnitt.

»Warum nicht?«

»Ich baue keine Bindung zu den Frauen auf, mit denen ich was habe. Ich nehme sie nicht mit in mein Penthouse und ich würde sicher keine Ausflüge zu meinen Immobilien mit ihnen machen.«

»Aber ich bin hier.« Sie nahm sich noch ein Stück Melone.

Er legte das Messer beiseite und schenkte ihr seine ganze Aufmerksamkeit. »Habe ich dir nicht ausreichend gezeigt, dass du etwas ganz Besonderes bist?«

»Doch, hast du.«

»Machst du dir Sorgen, dass ich hinter deinem Rücken etwas mit anderen Frauen anfange?«

»Nein, ich glaube nicht, dass du das tun würdest. Ich weiß einfach nicht viel über dein Privatleben. Wahrscheinlich bin ich nur neugierig.«

»Dann kläre ich dich mal auf. Abgesehen von dir habe ich seit meiner Collegezeit keine einzige Liebesbeziehung gehabt, und ich respektiere dich viel zu sehr, um irgendetwas hinter deinem Rücken zu tun.« Er legte eine Handvoll Erdbeeren auf das Brett und fing an, sie zu schneiden. »Also kannst du dich von deinen Sorgen verabschieden, und was meinen Alltag angeht, nach dem du nicht gefragt hast, der dich aber wohl interessiert, so gibt es nicht viel darüber zu erzählen. Ich arbeite viel. Noch Fragen?«

Sie schüttelte den Kopf. »Ich war nie eine von der eifersüchtigen Sorte, aber bei dir bin ich es wohl.« Sie aß eine Erdbeere.

»Damit bist du nicht allein. Wenn JP dich mit Absicht geschlagen hätte, hätte ich ihn umgebracht und du müsstest mich im Gefängnis besuchen.«

»Erst nach der Tour«, scherzte sie. »Bist du öfter hier?«

Er legte das Messer weg und schenkte ihnen beiden Kaffee ein. »So einen schmierigen Anmachspruch brauchst du gar nicht. Du hast mich in der Tasche.« Er gab Sahne und Zucker in ihren Kaffee und stellte den Becher vor ihr hin.

Sie verdrehte die Augen und trank einen Schluck vom Kaffee, der perfekt war. Als er ihr das erste Mal Kaffee in ihrer Wohnung gemacht hatte, war sie überrascht gewesen und hatte sich gefragt, woher er wusste, wie sie ihn mochte. Aber so war er. Er wusste immer, was sie brauchte.

»Jetzt erzähl schon. Wie oft kommst du hierher?«

»Nicht sehr oft«, sagte er und schnitt weiter das Obst.

»Warum nicht?«

»Normalerweise arbeite ich, und wenn ich mal Zeit habe, besuche ich eher meine Familie. Mit Harlow in L. A., meinen Eltern in Boston und Aria auf Cape Cod ist es ziemlich zeitaufwendig, alle zu sehen. Und nachdem Johnny nun in Maryland lebt, werde ich auch gelegentlich dort sein, um Zoey und bald auch die Babys zu besuchen.«

»Ich weiß nicht, wie du es aushältst, so weit entfernt von allen zu leben.« Sie aß ein Stück Melone und nahm dann noch ein Stück, das sie ihm in den Mund steckte. »Ich glaube nicht, dass ich das könnte. Für mich ist es grausam, dass Pepper so weit weg ist und dass Axsel und Morgyn so viel reisen.«

»Wenn es nach mir ginge, würden wir alle keine zwanzig Minuten voneinander entfernt wohnen.« Er warf eine Handvoll Blaubeeren in die Obstmischung und nahm dann Eier und andere Sachen aus dem Kühlschrank. »Klingt Omelett gut?«

»Klingt köstlich.«

»Gibt es etwas, das du nicht isst? Käse? Spinat? Tomaten?«

»Gesunde Omeletts«, scherzte sie. »Nein, ich esse das alles gern. Mein letztes Omelett ist nur schon Ewigkeiten her.«

Er fing an, die Omeletts zuzubereiten. »Du hast das Früh-stück mit deinen Eltern erwähnt, aber wie oft siehst du deine Schwestern und Axsel?«

»Axsel sehe ich wegen seines Terminplans nur zwei oder drei Mal im Jahr. Pepper öfter, vielleicht acht oder zehn Mal im Jahr. Aber das Frühstück ist ein Familienevent bei meinen Eltern. Ich bin ein oder zwei Mal in der Woche dort, und jeder, der kommen kann, ist normalerweise da, einschließlich der Ehemänner. Ich brauche das, und ich weiß, dass es für jemanden in meinem Alter seltsam ist, aber so ist es nun mal.«

»Ich finde das nicht seltsam. Ich finde es schön. Familie ist alles und dein Herz ist in Oak Falls. Ich kann mir nicht vorstellen, dass du jemals von dort wegziehst.«

Ich habe immer gedacht, dass mein Herz dort ist, aber jetzt hast du auch ein Stück von meinem Herzen in Besitz genommen.

Sie ließ die Bedeutung dieses Gedankens einen Moment auf sich wirken, bevor sie ihm antwortete. »Geht mir genauso. Ich habe gern die Menschen um mich herum, die mich kennen und mich so lieben, wie ich bin. Auch wenn sie mich manchmal verrückt machen. Ebenso wie du gern in der Nähe deiner Familie bist. Es ist beruhigend, zu wissen, dass ich da bin, wenn sie mich brauchen. Ich genieße es, die Berge zu sehen und die Pferde auf einer Weide und die Kühe auf der anderen zu beobachten.«

»Und das Kleinstadtleben?«

»Finde ich schön, auch wenn getratscht wird. Mir gefällt es, dass zu jeder Jahreszeit immer irgendwo um die Ecke eine Scheunenparty stattfindet und dass alle dort sind, um zu tanzen und sich gegenseitig zu ärgern. Ich finde es wunderbar, dass Graces und Brindles Kinder zusammen aufwachsen werden und dass sie ein enges Verhältnis zu ihren Großeltern und ihrer Lieblingstante haben werden.« Sie grinste verschmitzt.

»Das klingt nach vielen schönen Momenten. Was ist mit dir? Willst du irgendwann eine Familie gründen?«

Sie dachte eine Minute lang darüber nach. »Weißt du, was witzig ist? Ein Vollzeit-Mann in meinem Leben stand nie auf meiner To-do-Liste, aber eine eigene Familie schon. Und du? Ist New York jetzt dein Zuhause? Glaubst du, dass du jemals woanders leben oder eine Familie haben willst?«

Er gab die Omeletts auf die Teller und stellte sie auf die

Kücheninsel. »Das ist eine bedeutsame Frage.« Er nahm Gabeln und Servietten aus einer Schublade und setzte sich auf den Hocker neben ihr.

»Zu persönlich?«

»Nein, nur eben bedeutsam.« Er nahm einen Schluck Kaffee. »Mein Herz ist nicht in New York. Mein Unternehmen ist dort. Ich kann mir vorstellen, dass ich irgendwann fortziehe, und es gab eine Zeit, in der ich eine Familie wollte.«

»Die Zeit vor dem Rachefeldzug?«, mutmaßte sie.

»Genau. Ich hab lange nicht mehr darüber nachgedacht.«

Sie lauschte seinem Schweigen und hätte gern gewusst, ob er Kinder in seiner Zukunft sah, aber als er nichts mehr sagte, ließ sie sie beide vom Haken. »Schon gut, ich war nur neugierig.« Sie nahm einen Happen von ihrem Omelett. Der Käse schmolz in ihrem Mund und offenbarte die anderen Aromen. »Das ist köstlich. Du gibst auch einen hervorragenden Küchen-Boy ab.«

Er wandte sich ihr zu und drehte auch ihren Hocker so herum, dass ihre Knie zwischen seinen waren. »Und du gibst eine hervorragende Bettgefährtin ab.«

»Das bin ich also?«

Er küsste sie sanft und flüsterte ihr nah und leise zu: »Ich glaube, du weißt genau, dass du viel mehr für mich bist.«

Neunundzwanzig

Der Tag verging für Kane viel zu schnell. Deloris hatte angerufen, als sie frühstückten, und Sable hatte lange mit ihr gesprochen. Ihr war sichtbar eine Last von den Schultern gefallen, aber er wusste, dass sie sich besorgt fragte, wie sie die Dinge mit ihrer Band angehen sollte. Er ging davon aus, dass sie darüber reden würde, wenn sie bereit dazu war, und er würde ihr helfen, etwas zu entspannen. Das Problem war, dass keiner von ihnen sehr gut darin war, nichts zu tun. Sie versuchten, sich wieder in die Sonne zu legen, doch beide wurden schon nach wenigen Minuten unruhig. Letztendlich sprangen sie in den Pool, alberten herum und *machten* herum. Worüber er sich nicht beschweren wollte. Er konnte gar nicht genug von ihr bekommen. Sie duschten und gingen nach unten, um eine Partie Billard zu spielen. Sable war viel besser, als er gedacht hatte, und das machte es noch unterhaltsamer.

Am Nachmittag gingen sie Hand in Hand am Privatstrand unterhalb seines Hauses entlang. Eine leichte Brise begleitete die Wellen, die sanft ans Ufer rollten, und ihre bloßen Füße hinterließen Spuren in dem kühlen, nassen Sand. Er wollte mehr davon. Mehr Zeit mit Sable, die sie nicht unter einem verdammten Mikroskop verbrachten. Wenn sie – wie jetzt –

ihre Beziehung nicht verbergen mussten, wurde ihm deutlich, wie gut sie zusammenpassten.« Eine Fülle von Emotionen entstand zwischen ihnen, und er fragte sich, wie sie sie wieder unter Verschluss halten sollten, wenn sie morgen zurück in die Realität mussten.

Sable berührte mit dem Zeh eine Muschel und schaute hinaus auf das Wasser. »Ich bin immer ein Bach- und Bergmädchen gewesen. Den Reiz von Stränden hab ich nie gesehen, aber so langsam verstehe ich, warum die Leute davon so fasziniert sind.«

»Das liegt am Meer. Meine Mutter behauptet, dass es die Seele beruhigt. Dass es schlechte Energie und Verwirrung fortspült, Klarheit bringt und Platz für bessere Dinge schafft.«

»In meinem Fall trifft das absolut zu.« Sie stieß ihn mit der Schulter an. »Mir wurde klar, dass ich dich ein wenig mag.«

»Ach, tatsächlich?« Er drückte ihre Hand und fand es schön, dass sie in kleinen Schritten ihr Innerstes preisgab.

»Du hast als Kind und Jugendlicher bestimmt viel Zeit am Strand verbracht.«

»Stimmt, mit meiner Familie und mit Freunden. Mit meinen Kumpels hab ich gesurft und abends gab es oft Lagerfeuer.«

»Klingt nach viel Spaß, aber du hast gesagt, dass du kleine Orte nicht magst. Hat dir das Leben dort sonst nicht gefallen?«

»Ich mochte meine Freunde, aber den Tratsch konnte ich nicht ausstehen.«

»Das verstehe ich gut. Bis zu dieser Tour hab ich das Gerede gehasst.«

»Warum bis zur Tour? Ist das nicht der Hauptgrund dafür, dass wir unsere Beziehung geheim halten? Um dich aus diesem ganzen Gerede herauszuhalten?«

»Schon, aber ich meinte den Tratsch in Oak Falls. Wenn

meine Schwestern mir schreiben, was zu Hause so los ist, fühle ich mich allen näher.«

»Dir fehlt es wirklich sehr, dort zu sein, oder?«

»Mehr, als ich erwartet habe. Ich hätte auch nie gedacht, dass ich mal etwas Positives über die Gerüchteküche sagen würde.«

»Warst du jemals Thema des Kleinstadttratschs?«

»Nein, ich glaube, die Leute hatten immer Angst, Mist über mich zu verbreiten.«

Er lachte. »Das hat seine Vorteile.«

»Und bei dir?«

»Wahrscheinlich war ich nicht furchteinflößend genug. Ich habe den Fehler begangen, meine Freundin vom College für ein Wochenende nach Hause mitzunehmen, und zwar kurz bevor wir uns getrennt haben. Danach hat immer, wenn ich zu Hause war, irgendein wohlgesinnter Mensch nach ihr gefragt. Aber du weißt ja, wie die Leute sind. Sie haben nicht nur gefragt. Sie haben mich bedrängt, wollten jede noch so kleine Einzelheit wissen. Danach habe ich eine Zeit lang aufgehört, so oft nach Hause zu fahren.«

»Das würde mir schwerfallen. Hast du deine Familie vermisst?«

»Ja, und auch einige von meinen Freunden. Aber nicht so sehr, wie ich diese Fragerei gehasst habe. Mein Ego hat mit dieser Trennung einen ziemlichen Dämpfer bekommen.«

»Das tut mir leid. In so einer Situation bin ich nie gewesen, aber ich habe oft genug die Scherben für meine Schwestern aufgesammelt, wenn sie so etwas erlebt haben. Zumindest hast du dich gut davon erholt, und wenn du mich fragst, bist du noch mal davongekommen. Ich kann materialistische Leute nicht ausstehen.«

»Ach, wirklich?«, scherzte er. »So hätte ich dich gar nicht eingeschätzt.«

Sie stieß ihn mit der Schulter an und lächelte. »Bei mir bekommst du, was du siehst.«

»Das gefällt mir an dir. Das Maß an Ehrlichkeit ist heutzutage selten.«

»Das gefällt mir auch an dir. Mal vom Tratsch abgesehen, vermisst du das Cape manchmal?«

Er dachte an den Ort, in dem er aufgewachsen war, und an die Freunde, die es gut mit ihm meinten. »Mir fehlt es wohl eher, von Menschen umgeben zu sein, die mich mögen, weil ich so bin, wie ich bin, und nicht, weil ich ein bisschen was auf dem Konto habe. Bei den Menschen dort war es so. Und das ist es noch immer. Ich sehe sie, wenn ich Aria besuche, aber es ist nicht mehr wie früher.«

»Es ist nicht wie früher oder du bist nicht wie früher?«

Das ließ ihn kurz schweigen. »Guter Punkt, Montgomery. Wahrscheinlich liegt es tatsächlich an mir.« Sein Handy klingelte. Er nahm es heraus und sah, dass ein Videocall von seiner Mutter einging. »Das ist meine Mutter. Ich sollte rangehen.«

»Natürlich.«

Er gab ihr einen kurzen Kuss, ließ zögernd ihre Hand los und entfernte sich ein paar Schritte, als das Gesicht seiner Mutter auf dem Bildschirm erschien. »Hallo, Mom. Wie geht's dir?«

»Mir geht's gut, mein Schatz. Ich habe gerade mit Johnny geredet, und er hat erzählt, dass er dich weggeschickt hat, damit du dich um Sable kümmern kannst. Geht's ihr gut?«

Er schaute zu Sable in ihren sexy Shorts und dem T-Shirt, wie sie gerade ihre Zehen ins Wasser hielt. »Ja, ihr geht's gut.

Die Band brauchte nur mal eine Pause voneinander. Du weißt ja, wie das auf Tourneen ist.«

»Kein Wunder. Ich habe noch nie verstanden, wie Johnny und die Jungs so einen verrückten Terminplan ausgehalten haben.«

»Das gehört zum Geschäft«, sagte er. »Wie geht's dir und Dad?«

»Wunderbar. Wo bist du gerade, mein Schatz?«

»In meinem Haus in Punta Mita.«

»Mit Sable?« Ein Strahlen trat in ihr Gesicht. »Wie interessant!«

Mist! Schnell versuchte er, seine Spuren zu verwischen. »Sie brauchte etwas Privatsphäre.«

»Vollkommen verständlich, und die Bodyguards könnten sich niemals so gut um sie kümmern wie du.«

»Genau.« Er versuchte, sich zusammenzureißen. »Also ... Es war alles ziemlich stressig, und wir fanden, dass sie nicht allein sein sollte. Aber mein Sicherheitsdienst bewacht das Grundstück.«

»Ich hätte nichts anderes erwartet.« Sie kniff die Augen ein wenig zusammen. »Ist das Sable da hinter dir?«

Er schaute auf das kleine Bild von sich auf dem Bildschirm und sah Sable, die ihre Augen vor den Sonnenstrahlen schützte und hinaus aufs Wasser schaute. »Ja, das ist sie.«

»Kann ich ihr kurz Hallo sagen? Oder wäre das unangenehm?«

Total unangenehm, aber sie würde nur noch neugieriger werden, wenn er ihr das sagte. »Nein, das ist schon in Ordnung.« Er ging zu Sable und sie sah ihn fragend an, als er das Handy nach unten hielt. »Meine Mutter will kurz Hallo sagen. Ist das okay?«

»Weiß sie von uns?«, flüsterte sie.

»Nein. Sie glaubt, dass ich nur mitgekommen bin, falls du etwas brauchen solltest.« Sie wirkte etwas nervös, war aber einverstanden. Er hob das Telefon wieder an, sodass sie beide das Gesicht seiner Mutter sahen. »Mom, das ist Sable Montgomery. Sable, das ist meine Mutter Jan.«

»Hallo, meine Liebe«, sagte seine Mutter aufgeregt. »Johnny und Kane haben mir schon so viel über Sie erzählt.«

»Und trotzdem wollten Sie mich kennenlernen?«, scherzte Sable.

Seine Mutter lachte. »Sie sind schlagfertig. Das gefällt mir. Kümmert Kane sich gut um Sie?«

»Ja, er ist ein sehr guter Gastgeber.« Sable sah ihn an. »Sehr *großzügig*.«

Er kniff sie in den Hintern und sie quiekte überrascht auf.

»Alles in Ordnung?«, fragte seine Mutter. »Was ist passiert?«

»Tut mir leid, da muss irgendein Ungeziefer gewesen sein.« Sable warf ihm einen kurzen *Herzlichen-Dank*-Blick zu.

Seine Mutter schaute zwischen ihnen hin und her, die Neugier war ihr ins Gesicht geschrieben. »Da hilft oft eine gute Fliegenklatsche.«

»Das versuche ich beim nächsten Mal«, sagte sie.

»Können Sie sich dort etwas ausruhen, Sable?«, fragte seine Mutter.

»Ja, es ist wunderschön hier, und es tut gut, mal vom Stress der Tour wegzukommen«, sagte Sable. »Ich konnte mich sogar schon zwei Mal so richtig im Pool auspowern.«

Meine Güte! Sie spielte mit dem Feuer, und er musste sich anstrengen, um keine Miene zu verziehen.

»Ach, Sie schwimmen also auch, wie Kane? Wie schön.«

»Sie hat eine sehr gute Technik.« *Rache ist süß, Panthera.*

»Viel besser als meine.«

Sable unterdrückte ein Lächeln. »Da bin ich mir nicht so sicher. Du hast dich sehr geschmeidig bewegt, auch wenn ich vor dir ins Ziel gekommen bin. Zwei Mal!«

Das Lachen war nicht zurückzuhalten, und Kane hustete, um es zu verbergen.

»Das überrascht mich«, sagte seine Mutter. »Hat Kane Ihnen erzählt, dass er an der Highschool der Beste in der Brustlage war?«

Kane und Sable prusteten los.

»Was ist daran so witzig?«, fragte seine Mutter.

»Tut mir leid, Mom.« Kane versuchte, sein Lachen unter Kontrolle zu bringen. Fragend sah er Sable an – *Können wir es ihr sagen?* Sie wurde ernst und nickte ihm kaum merklich zu. Er war so dankbar, dass er den Arm um sie legte und sie an sich heranzog. »Mom, ich muss dir etwas erzählen. Sable und ich sind zusammen, aber das weiß noch niemand, also behalte es bitte für dich.«

»Endlich!«, rief seine Mutter aus. »Keine Ahnung, wie lange ich dieses Theater noch durchgehalten hätte. Vor allem, wenn ihr beide ständig herumflirtet.«

»Sie wussten es?«, fragte Sable.

»Eine Mutter merkt es immer, wenn ihre Kinder etwas zu verbergen haben. Mir ist es schon vor Wochen klar geworden, bei Jillians Modenschau.«

»Warum hast du nichts gesagt?«, fragte Kane.

»Habe ich doch, mein Schatz. *Gescheiterte Unternehmungen,* klingelt da was bei dir?«

Ihre Stimme erklang in seinem Kopf. *Ich mache mir Sorgen, dass du so lang so sehr darauf geachtet hast, dein großzügiges Herz zu beschützen, dass du vergessen hast, dass nicht alle gescheiterten*

Unternehmungen Vorboten für das sind, was noch kommt. Diese Äußerung hatte ihm den Mut verliehen, diesen letzten Schritt zu gehen und Sable anzurufen, auch wenn er sich damit verletzlich machte. »Ich erinnere mich.« Er schaute Sable in die Augen und sah, dass auch sie an diesen Abend dachte. »Das war ein besonderer Abend.«

»Ach, du meine Güte! Die Chemie zwischen euch ist ja beeindruckender als in jedem Labor«, sagte seine Mutter und alle mussten lachen. »Ich freue mich so sehr für euch beide. Kane, ich bin froh, dass du endlich so weit Klarheit in deinem Kopf geschaffen hast, dass du deinem Herzen die Führung überlassen kannst. Und Sable, angesichts der Tatsachen, können wir uns bitte duzen? Ich freue mich darauf, dich kennenzulernen und in echt zu sehen.«

»Ich mich auch.« Sable schaute zu Kane. »Ihr habt einen ziemlich unglaublichen Sohn großgezogen.«

»Danke. Ich war so glücklich, als wir erfuhren, dass wir ein Kind erwarten, und ich hatte eine Todesangst, alles falsch zu machen. Aber Kane war ein einfaches Baby und hat es mir ermöglicht, alles zu lernen – ohne ein Chaos mit Koliken oder anderen typischen Kleinkindproblemen. Wenn man ihn heute sieht, hat er sich wohl damals schon ebenso um mich gekümmert wie ich um ihn.«

Kane wurde bei ihren Worten ganz warm ums Herz.

»Klingt ganz nach ihm. Der große Beschützer«, sagte Sable.

»So war er schon immer. Kane, ich werde deinem Vater von euch beiden erzählen müssen. Er kommt jede Minute nach Hause, und er wird mir sofort ansehen, dass irgendetwas im Busch ist. Du weißt, dass ich eine grottenschlechte Lügnerin bin.«

»Ich weiß und das ist in Ordnung. Ich werde es Harlow und

Aria erzählen, aber sag es bitte niemandem außerhalb unserer Familie. Es würde Sable in eine unangenehme Lage bringen.«

»Versprochen«, sagte sie. »Aber jetzt will ich alle Einzelheiten hören. Nicht die unanständigen, aber wie lange seid ihr beiden schon ineinander verknallt? Wann hat das angefangen?«

Kane lachte und schüttelte den Kopf.

»Was?«, entrüstete sich seine Mutter. »Ich hab mein Leben lang darauf gewartet, diesen Blick in deinen Augen zu sehen.«

»Ich gebe gern ein paar Einzelheiten preis«, sagte Sable. »Wie es bei Kane war, weiß ich nicht, aber für mich fing es in der Sekunde an, in der ich ihn mit genervtem Gesichtsausdruck am Straßenrand gesehen hab. Ziemlich beeindruckend. Rein äußerlich, natürlich.« Sie grinste. »Aber dann hat er den Mund aufgemacht und ich hätte ihm am liebsten eine geknallt.«

Alle lachten.

»Ach, Kane! Was hast du gemacht?«, fragte seine Mutter.

»*Ich?* Sie hat mir praktisch den Kopf abgerissen.«

»Ach, komm! Du warst der totale Casanova.« Sable schaute seine Mutter an. »Können wir uns mal bitte über seinen Gebrauch von *Süße* unterhalten? Also echt!«

Seine Mutter lachte und schaute dann über die Schulter. »Ah, gut, dein Vater kommt gerade nach Hause. Hallo, Schatz, komm her. Kane ist dran, zusammen mit Sable.«

Die Freude in der Stimme seiner Mutter war ansteckend. Kane zog Sable an sich und küsste sie.

»Hey! Was ist denn da los? Kane knutscht mit Sable«, sagte sein Vater lachend.

»Hallo, Dad.« Kane konnte gar nicht anders, als pausenlos zu lächeln.

»Hallo! Wann ist denn das passiert? Ich meine … Ich freu mich, aber … Wow!«, stammelte sein Vater und alle lachten.

Sie unterhielten sich lange und brachten sich gegenseitig zum Lachen. Bevor sie das Gespräch beendeten, nickte ihm sein Vater noch anerkennend zu. Er brauchte das nicht, und wenn er es nicht bekommen hätte, hätte es seine Gefühle für Sable nicht geändert. Aber es fühlte sich dennoch besser an als jedes Schulterklopfen, das er je bekommen hatte.

Sable hätte sich keinen perfekteren Tag wünschen können. Es war wunderbar gewesen, mit Kanes Eltern zu sprechen. Sie waren warmherzig, witzig und hatten sich die Zeit genommen, sie kennenzulernen. Sie hatten sich nach ihrer Familie erkundigt und nach der Werkstatt, und hatten mitfühlend reagiert, als sie berichtet hatte, wie schwer es war, nicht in der Nähe ihrer Lieben zu sein. Kane wirkte nach dem Telefonat befreiter und Sable ging es ähnlich. Es war schwer, ihre Beziehung für sich zu behalten. Aber das war es wert.

Sie hatten einen herrlichen Nachmittag verbracht. Kane hatte ein paar geschäftliche Telefonate angenommen, sie aber zügig erledigt. Er versuchte, sie trotz ihrer Proteste von vorne bis hinten zu bedienen, indem er ihr Getränke und Obst brachte und das Mittagessen für sie zubereitete. Sie hatten in letzter Zeit nur wenig Schlaf bekommen und so hatten sie in der späten Nachmittagssonne noch ein Schläfchen gemacht. Sie war auf seiner Brust eingenickt, und als sie zwei Stunden später entspannt und glücklich aufgewacht war, arbeitete Kane neben ihr an seinem Laptop.

Zum Abendessen kochten sie Shrimps-Pasta und aßen auf der Terrasse, beobachteten den Sonnenuntergang und unterhielten sich über alles und nichts. Bei einem Spaziergang im Mondschein am Strand hatte Kane sie eng an seiner Seite gehalten. Jetzt saßen sie bei Musik auf der Veranda auf der Doppelliege, sie zwischen seinen Beinen mit dem Rücken an seine Brust gelehnt, und sahen zu, wie die Flammen der Feuerstelle in der Dunkelheit tanzten. Kane war den ganzen Tag über immer in ihrer Nähe geblieben und dafür war sie dankbar. Sie wollte jeden gemeinsamen Moment genießen, und ihr graute bei der Vorstellung, wieder getrennt schlafen zu müssen und so zu tun, als wären sie nicht verrückt nacheinander. In seine sichere Umarmung gekuschelt, konnte sie fast vergessen, dass morgen eine Welt voller Probleme in Seattle auf sie wartete.

»Danke noch mal, dass du bereit warst, meine Eltern kennenzulernen. Ich glaube, wir haben ihnen eine große Freude gemacht.«

»Mir aber auch. Ich mag sie wirklich. Deine Mutter ist richtig witzig und dein Vater ist ein Charmeur.«

Kane drückte sie fester an sich. »Wenn er will, hat er's drauf.«

»Die Art, wie sie sich geneckt haben, erinnert mich an meine Eltern. Dein Dad schaut deine Mom an, als wäre er über beide Ohren verliebt.«

»Das ist er auch.«

»Das ist so schön. Es war für euch alle sicher beängstigend, als ihr erfahren habt, dass sie Krebs hatte, aber ich kann mir nicht vorstellen, wie furchterregend der Gedanke für ihn gewesen sein muss, dass er die Liebe seines Lebens verlieren könnte.«

»Er sieht sie jetzt mit anderen Augen als vor ihrer Diagnose.«

Die Emotion in seiner Stimme ließ sie die Arme fester um seine legen, bevor sie sich umdrehte, damit er ihr Gesicht sehen konnte. »Als wollte er keinen einzigen Tag ohne sie leben?«

»So hat er sie schon immer angesehen«, sagte er leise. »Ich kann es nicht erklären. Als hätte er sich aufs Neue in sie verliebt, als ihm bewusst wurde, dass er sie verlieren könnte.«

»Wahrscheinlich war es auch so. Wie lange sind sie schon zusammen?«

»Seit ihrem ersten Tag am College. Meine Mom suchte nach ihrem Kursraum und er hat sie hingebracht. So, wie sie die Geschichte erzählen, haben sie sich auf diesem zehnminütigen Spaziergang über den Campus verliebt.«

»Ich staune immer wieder, wenn ich Geschichten von Paaren höre, die schon so lange zusammen sind. Das muss so eine Generationensache sein. Für mich ist es unvorstellbar, dass man sich mit achtzehn verlieben und dann zusammenbleiben kann. Ich habe mich seitdem sehr verändert. Wobei Brindle und Trace seit ihrer Teenagerzeit zusammen sind. Und Grace und Reed waren als Jugendliche heimlich ineinander verliebt. Also, was weiß ich denn schon?«

Kane legte seine Wange an ihre, sodass sein Bart ihre Haut kitzelte. »Heißt das, solche kleinen unanständigen Geheimnisse sind typisch für deine Familie?«

»Nein! Grace und Reed gingen auf rivalisierende Highschools. Er spielte Football und sie war Cheerleader.«

»Ja, ja. Tolle Entschuldigung.«

Sie spürte seinen Herzschlag fest und regelmäßig an ihrem Rücken. »Können wir einfach den Rest der Tour hier verbringen?«

Er legte die Arme fester um sie. »Machst du dir Sorgen, weil du die Jungs morgen wiedersiehst?«

»Ein wenig. Ich dachte, Tuck würde sich melden.«

»Offensichtlich brauchte er den Abstand. Es ist noch nicht zu spät dafür, dass du dich bei ihm meldest.«

»Ich finde, das ist ein Gespräch, das nicht am Telefon geführt werden sollte.«

»Vielleicht denkt er das auch. Hoffentlich sind morgen alle etwas weniger angespannt. Als ich vorhin mit Johnny gesprochen hab, schien er das Gefühl zu haben, dass sich alles etwas beruhigt hat.«

»Gut.« Sie atmete erleichtert aus. »Dann lass uns nicht mehr darüber reden. Ich will unseren letzten gemeinsamen Abend nicht mit Stress verbringen.«

»Klar. Aber du weißt auch, dass Partner sich gegenseitig stützen sollen. Du fühlst dich vielleicht besser, wenn du darüber redest.«

Sie schaute wieder zu ihm auf. »Sind wir das? Partner?«

Seine Mundwinkel wanderten aufwärts und er küsste sie. »Solange du zu mir gehörst, kannst du uns nennen, wie du willst. Du sollst nur wissen, dass du damit nicht allein zurechtkommen musst. Ich bin hier und jederzeit bereit, dir zuzuhören.«

»Danke, aber ich würde lieber nicht darüber reden.«

»In Ordnung. In dem Fall kenne ich die perfekte Art und Weise, dir beim Entspannen zu helfen.« Er gab ihr einen Klaps auf die Hüfte. »Steh auf.«

»Normalerweise folgt bei dir auf so ein Hilfsangebot der Satz *Leg dich hin* oder *Zieh dich aus.*« Sie stand auf und gehorchte ihm mit einem schalkhaften Grinsen.

»Dazu wollte ich gerade kommen.« Er küsste sie. »Zieh dich aus. Ich bin gleich wieder da.«

»Soll ich einen Striptease hinlegen, während du … was

machst? Telefonierst? Ein Geschäft abschließt? Eine Hotelkette übernimmst?«

Er zog sie in seine Arme. »Ich hole ein Massageöl, damit ich dir beim Entspannen helfen kann.«

»Massageöl?«

»Ja. Warum klingst du so überrascht? Ich hab meine Mitarbeiter gebeten, es für uns zu besorgen. Du magst es doch, massiert zu werden, oder?«

»Keine Ahnung. Ich wurde noch nie massiert.«

»Nicht dein Ernst! Noch nie?«

Sie schüttelte den Kopf. »Ich mag es nicht, von Fremden berührt zu werden.«

Er hob eine Augenbraue und seine Augen funkelten amüsiert.

Sie schubste ihn im Spaß. »Du weißt schon, was ich meine.«

»Wenn ich das gewusst hätte, hätte ich dich die ganze Zeit massiert.«

»Du hast mir auf andere Art die Verspannungen gelöst.«

»Und damit bin ich noch nicht fertig. Wir müssen für die kommenden Wochen vorsorgen.« Er klappte die Liege so um, dass sie sich flach hinlegen konnte. »Mach dich nackig und leg dich hin, Baby. Lass diese Hände zaubern.«

Sie zog sich aus, während er ins Haus ging, und lag auf dem Bauch, vom Feuer gewärmt, als er kurze Zeit darauf wieder herauskam. Seine Schritte wurden langsamer, und er sah sie bewundernd an, wobei der Blick seiner dunklen Augen mit jeder Sekunde begehrender wurde. Sie konnte gar nicht anders, als ihn zu ärgern, indem sie mit dem Hintern wackelte. »Hattest du dir das so vorgestellt?«

»Ja, aber ich hab keine Ahnung, was ich mir dabei gedacht habe.«

»Ich schon.«

»Ob du es glaubst oder nicht, ich hab nicht an Sex gedacht. Ich wollte dich einfach nur verwöhnen.«

Dieses Wort hatte er oft benutzt und im Verwöhnen war er äußerst talentiert. Sie hatte sich noch nie so verhätschelt gefühlt. Am meisten genoss sie an ihrer gemeinsamen Zeit jedoch die Dinge, die sie überraschten, wie in seinen Armen zu schlafen, seine Hand zu halten, ihn zum Lachen zu bringen und einfach ohne den Stress, etwas geheim halten zu müssen, mit ihm zusammen zu sein. »Der Sex mit dir ist Verwöhnung pur. Dir geht es nur darum, mir Lust zu bereiten.«

»Weil deine Lust mir unglaublich viel Lust bereitet.«

Er schob ihre Haare zur Seite und gab Öl in seine Hände, die er aneinanderrieb, während er sich rittlings auf sie setzte, um dann ihre Schultern zu massieren. Seine starken Hände strichen über ihre Haut und wärmten sie mit dem Öl. Sie schloss die Augen und gab sich dem wohligen Genuss seiner Berührung hin. Seufzend spürte sie, wie er die Anspannung aus ihren Schultern und dem Nacken knetete.

»Das fühlt sich so gut an.«

»Du bist vollkommen verspannt. Ich werde ein bisschen härter rangehen. Sag Bescheid, falls es wehtut.«

Sie stöhnte, als er die Knoten in ihren Schultern bearbeitete und auf einigen Punkten verharrte, die sich schmerzhaft bemerkbar machten, doch dann spürte sie, wie die Knoten sich lösten und der Stress, den sie unbewusst mit sich herumgeschleppt hatte, langsam wich. »So gut.«

Er massierte und streichelte den Rücken hinab, strich von ihrer Wirbelsäule weg. Er war so gründlich, bearbeitete Muskeln, von denen sie gar nicht geahnt hatte, wie angespannt sie waren, und entlockte ihr ein Stöhnen und andere Laute der

Erleichterung und des Wohlgefühls, die sie nicht zurückhalten konnte. »Du machst mich fertig, Baby«, zischte er, während er sich sein T-Shirt auszog und es beiseite warf. Seine heißen Hände glitten über eine Hüfte, seine Finger drückten in die Haut und lösten die Knoten darunter. Mit derselben kräftigen und doch sinnlichen Berührung rieb er über ihren Hintern, erregte sie und entlockte ihr noch mehr Seufzer und Stöhnen. Als er ihren Hintern und die Oberschenkel massierte, wanderten seine Finger in einem berauschenden Rhythmus zwischen ihre Gesäßhälften und Oberschenkel. Sie spreizte die Beine weiter, hob die Hüften, damit er einen leichteren Zugang bekam und sie hoffentlich *mehr*.

»Himmel, Baby! Ich versuche, mich zu benehmen.«

»Ich auch«, stieß sie heftig atmend aus. »Aber du machst das unmöglich. Es fühlt sich einfach zu gut an, wenn du mich berührst.«

Er schob eine Hand um ihre Taille und sie hob ihre Hüften wieder an. Er reizte sie dort, wo sie es am meisten brauchte. Sein Mund fand zu ihrer Mitte, ihr stockte der Atem und mit jedem Schlag seiner Zunge wurde ihr Verlangen größer und die prickelnden Blitze breiteten sich in ihrem Innersten aus. Sie hob die Hüften noch mehr an, wollte mehr, und wurde mit einem sexy Knurren belohnt.

»Du schmeckst so verdammt süß.« Er schob ihre Gesäßhälften auseinander und leckte von einer Pforte zur anderen. »Kane!« Sie umklammerte die Liege, als er heftiger leckte, die Finger rascher bewegte. »Das ist so gut! Hör nicht auf!« Er wurde schneller, jede Bewegung seiner Finger und jeder Schlag seiner Zunge brachte sie dem Höhepunkt näher. Sie schloss die Augen, verlor sich in einem Universum aus Empfindungen und saugte seine gierigen Laute in sich auf. Vor Verlangen war ihr schwindelig und sie keuchte. Als er einen Finger in ihren Hintern schob, zerbarst sie, schrie begierig auf und bewegte ihre Hüften zu der qualvollen Lust, die sie erfasste. Die Hände fest um ihre Taille gelegt, labte er sich unersättlich an ihr, während schauderndes Stöhnen aus ihr herausbrach.

Gerade als sie anfing, aus ihren Höhen herabzutaumeln, stand er auf, zog seine Shorts aus, kniete sich hinter sie und drang mit einem einzigen kräftigen Stoß in sie ein. Vor Lust schrie sie auf und er packte sie wieder an der Taille, stieß in sie und jagte sinnliche Empfindungen durch sie hindurch. Am liebsten hätte sie sich in den Gefühlen geaalt, die er ihr verschaffte. Sie flehte ihn an, nicht aufzuhören, zwang sich selbst, noch nicht wieder zu kommen, und zitterte vor Bestreben, ihre Erlösung zurückzuhalten. Aber dieser fordernde Mann wurde langsamer, zog seine Härte bis auf die Spitze heraus, drang dann wieder langsam in sie ein und verstärkte so jedes Mal das Empfinden, wenn er den magischen Punkt in ihr traf. »Kane, bitte!« Der lustvolle Rausch breitete sich aus und sie umklammerte den Rand der Liege. Er eroberte sie weiter auf diese langsame, sinnliche Weise, bis sie nicht mehr denken konnte, nicht mehr flehen konnte, sondern nur noch das Begehren und Verlangen in ihr wachsen spürte, bis jeder einzelne Nerv in ihr in Flammen stand. »Es wird Zeit, dass du für mich kommst, Baby. Komm auf mir. Zeig mir, wie sehr dir das gefällt.« Er legte den Arm um sie, fand ihre Perle und katapultierte sie in eine Welt aus Dunkelheit und Licht, Hitze und Kälte. In eine so vereinnahmende Ekstase, in der sie sich vollkommen verlor. Er blieb bei ihr, stieß und rieb, während sie auf den Wolken der Lust trieb, und hielt sie dort gefangen.

Sie schwebte dahin, und ihr Körper prickelte, als er ihren Rücken küsste und an ihrer Haut murmelte: »Du bist so verdammt schön.« Er zog sich aus ihr zurück, und der Verlust ließ sie jammernd und in einem post-orgasmischen Nebel zurück. »Setz dich auf mich, Baby. Ich will dich sehen, wenn du auf mir bist.«

Er legte sich auf den Rücken und sah ihr in die Augen, als er ihr half, sich rittlings auf ihn zu setzen. Sie sank auf seine harte Länge und die Lust breitete sich wie ein Strahlen in ihr aus. Er streichelte über ihre Wange. »Ich hab so ein verdammtes Glück. Fick mich, Baby. Ich gehöre dir.« Angespornt durch sein Begehren fing sie an, sich langsam zu bewegen, wobei sie sich an seiner Brust abstützte. »Genau, Baby. Himmel, du fühlst dich so gut an. Mehr, schneller!« Seine Länge war so kräftig, dass die Empfindungen in dem Winkel fast unerträglich waren. Er umfasste ihre Brüste und reizte ihre Nippel, die er so fest drückte, dass sich ihre Mitte zusammenzog. »Fuck!« Seine Finger verwöhnten ihre Perle, und er trieb sie immer höher, während sie auf ihm saß. Jede Bewegung, jedes Streicheln und jede Berührung verstärkten das Bedürfnis, das sich in ihr steigerte, bis sie kaum noch daran dachte zu atmen. Er wurde schneller und jagte die Blitze durch sie hindurch, während sie die Fingernägel in seine Brust krallte und sich erneut einem Wirbelsturm der Lust ergab.

Als sie dieses Mal aus ihren höchsten Sphären herabsegelte, hob er sie von seiner Härte. »Leg dich hin, Baby. Ich muss dir noch näher sein.« Mit einem wohligen Ausdruck legte sie sich auf den Rücken und streckte die Arme nach ihm aus. Sie *brauchte* ihn. Er verschränkte die Finger mit ihren und legte ihrer beider Hände neben ihren Kopf, während ihre Münder und ihre Körper zueinander fanden. Er küsste sie tief und sinnlich, ließ die Hüften langsam kreisen, bevor er wieder fester zustieß und weiter kreiste. Seine Bewegungen waren intensiv, besonnen, zielstrebig. Sie versuchte, mit den Gefühlen, die sie einnahmen, mitzuhalten. Er löste seine Lippen von ihren, schaute ihr so tief in die Augen, dass die Gefühle zwischen ihnen immens wurden. Langsam steigerte er ihr Tempo und ließ jede Empfindung intensiver werden. Beide atmeten sie kaum, ihre Körper bewegten sich ohne Überlegung oder Ziel. Kurz bevor sie kam, wurde er wieder langsamer und ließ sie die gleichen köstlichen Qualen durchleben. Bedürftige Laute entwichen ihr, während der Druck in ihr stieg. Mit aufeinandergepressten Zähnen trieb er sie beide wieder höher. Sie bewegte die Hüften, bettelte nach mehr. Sein Blick wurde animalisch und er ließ ihre Hände los. Überall waren ihrer beider Hände, so zügellos waren sie. Sie klammerte sich an seine Schultern, verhakte die Fersen hinter seine Waden. Um sie noch tiefer nehmen zu können, schob er die Hände unter ihren Hintern.

»Ich ... Oh Gott ...« Der Rand ihres Gesichtsfelds wurde schwarz, als sie vom Orgasmus wie von einem Güterzug erfasst wurde. Er war bei ihr, stieß ihren Namen aus, drängte immer wieder in sie und hielt sie fest umklammert, während ihre Körper zuckten und bebten, bis sie alles gegeben hatten und einander erschöpft in die Arme fielen.

Sable schwebte. Ihre Haut prickelte. Ihr Verstand war vernebelt und glücklich. Ihr Herz war so erfüllt, als Kane sie unter sich umarmte, Küsse über ihre Lippen und Wangen verteilte und sein schönes Gesicht wieder klare Konturen annahm. In seinen dunklen Augen spiegelten sich die Emotionen wider, die sie bis in ihre Knochen fühlte.

»Willkommen zurück, meine Schöne.«

Sie brachte ein Lächeln zustande und wünschte, sie könnten die Zeit anhalten und für ewig in diesem Moment verharren.

»Mir gefällt es, wie du mich verwöhnst.«

Ein tiefes Lachen entwich ihm. »Gut so, denn ich liebe es, dich zu verwöhnen.« Er drehte sie auf die Seite, hielt ihre Körper eng aneinandergeschmiegt und raunte ihr zu: »Wie soll ich jetzt wieder so tun, als würdest du mir nicht *alles* bedeuten?«

Dann küsste er sie, langsam, süß und köstlich, als hätte er ihr Herz nicht gerade einen gefährlichen Abhang hinabgestürzt.

Dreißig

Als das Flugzeug kurz vor Seattle den Landeanflug antrat, spürte Kane, dass Sables Anspannung wuchs. Er selbst war den ganzen Flug über angespannt gewesen. In jede Firma konnte er hineinspazieren, planen, wie er sie übernahm, auseinandernahm und neu aufstellte, aber er hatte absolut keine Ahnung, wie er so tun sollte, als wäre nichts zwischen ihm und Sable. Allerdings würde er einen Weg finden, um das hinzukriegen. Er würde alles tun, um sie zu beschützen. Denn er wollte eine Zukunft mit ihr. Vielleicht wusste er noch nicht, wie oder wo, aber wenn sie es schafften, ihre Beziehung über diese verdammte Tour hinweg zu retten, dann konnte sich nichts mehr zwischen sie drängen.

Er nahm ihre Hand und zog so ihren besorgten Blick auf sich. Sofort spürte er dieses vertraute Ziehen in der Brust. »Tief durchatmen, Baby. Das wird schon gut laufen.« Er verschränkte ihre Finger miteinander und küsste sie auf den Handrücken, als das Flugzeug landete.

Sie nickte, sagte aber kein Wort mehr, während die Maschine über die Piste rollte. Mit gestrafften Schultern und einem tiefen Atemzug richtete sie ihren Panzer. »Danke für gestern.«

Das war der beste Tag meines Lebens. Als er sich zu ihr beugte und sie küsste, klingelten ihre Handys, und mit der wiederhergestellten Verbindung poppten jede Menge Nachrichten auf.

»Zurück in der Realität«, sagte sie und beide holten ihre Telefone hervor.

Er hatte ein gutes Dutzend Nachrichten von Shea, Johnny und dem Rest der Familie erhalten. Johnnys Mitteilung öffnete er zuerst, für den Fall, dass es Probleme mit der Band gab. Eine Reihe von Screenshots von *TMZ, Page Six* und anderen Promi-Portalen erschien und damit lauter Fotos von ihm und Sable auf der Rollbahn in Mexico – Kane, der ihr aus dem Auto half, Kanes Hand auf ihrem Rücken, als sie zum Flugzeug gingen, und ein Bild von ihr, wie sie sich oben auf der Treppe zu ihm umschaute und er sie kurz vor dem Einsteigen küsste. Wie durch eine Nebelwand hörte er Sable sagen: »Oh mein Gott. Nein! Neinneinnein!«, während das Blut in seinen Ohren rauschte. Rasch überflog er die Schlagzeilen.

DER GIG STEHT: MANAGER VON BAD INTENTIONS KÜSST LEADSÄNGERIN VON SURGE IM PRIVATJET

BEISCHLAF MIT MR. BAD: HAT SABLE MONTGOMERY SICH NACH OBEN GESCHLAFEN?

WIE IST SURGE WIRKLICH AN DEN GIG GEKOMMEN?

Zorn flammte in Kane auf. Mit jedem Wort brodelte die Wut in ihm heißer.

Er hatte Mist gebaut. Seine Aufgabe war es gewesen, sie zu beschützen, und er hatte alles um sich herum vergessen, als Sable sich an der Flugzeugtür zu ihm umgedreht und gesagt hatte: *Vielleicht kannst du auch mal in meinem Bus als blinder Passagier mitfahren.* Keine Sekunde lang hatte er überlegt, bevor er sie geküsst hatte.

»Verdammt! Sable.« Er schaute auf und sah Tränen in ihren

Augen. In seinem Inneren zog sich alles zusammen. »Baby, diese Bilder in der Presse … das tut mir so leid. Ich hab nicht nachgedacht.« Gleichzeitig sagte sie: »Grace hatte eine Fehlgeburt.« Tränen liefen ihr über das Gesicht.

»Was?«, fragten beide gleichzeitig.

»Grace hatte eine Fehlgeburt.«

»Nein! Baby, das tut mir so leid.« Er zog sie in die Arme, und er spürte ihren Schmerz ebenso sehr, wie er mit Grace und Reed mitfühlte. Wie sollte er ihr mit dieser Last auf den Schultern auch noch von den Presseberichten erzählen? »Sehen wir zu, dass du nach Hause kommst.«

»Ich kann nicht wieder abreisen. Wir haben heute Abend ein Konzert. Was meintest du da mit der Presse?«

Sein Herz schlug ihm bis zum Hals. »Jemand hat uns fotografiert, als wir uns geküsst haben, bevor wir ins Flugzeug eingestiegen sind.«

Ihr entwich ein gequälter Laut. »Bisher hab ich nur gelesen, was meine Mom über Grace geschrieben hat.« Hektisch scrollte sie durch ihre Nachrichten. Die Gesichtszüge entglitten ihr und die Hände zitterten. »Oh mein Gott!«

»Ich werde dem sofort ein Ende bereiten und mich darum kümmern. Wenn es sein muss, verklage ich die.«

»Das ändert nichts daran, was die Leute denken«, fuhr sie ihn an und stand auf. »Ich wusste es! Ich hätte nicht mitkommen sollen. Das alles hier ist ein einziger großer Fehler.«

Während sie auf und ab ging, stand er da und nahm die Wut und die Traurigkeit in ihrem Blick ebenso hin wie ihre vernichtenden Worte. Sie beide waren, verdammt noch mal, kein Fehler, aber damit konnte er sich im Moment nicht beschäftigen. Er musste sich um sie kümmern und dafür sorgen, dass sie nach Hause kam. »Das ist meine Schuld, und ich regele das, aber verlier dich nicht in dem Schwachsinn. Konzentrier dich auf das, was wirklich wichtig ist. Willst du bei Grace sein?«

»Ja! Natürlich! Aber die Band ist sowieso schon sauer auf mich – und darauf!« Sie wedelte mit ihrem Handy herum. »Tuck wird mir das nie verzeihen.« Wütend und traurig zugleich wischte sie sich die Tränen fort.

»Was ist wichtiger, die Jungs zu beschwichtigen oder bei Grace zu sein?«

»Grace.«

»Genau. Wir fliegen nach Oak Falls. Tuck kann auf dem Konzert heute Abend deinen Part übernehmen. Ich rufe Johnny und Tom an.«

»Du kannst nicht mitkommen«, brauste sie auf. »Das macht alles nur noch schlimmer.«

»Wenn du glaubst, dass ich dich damit allein lasse, dann hast du dich geirrt.«

Sie hob das Kinn, und er sah, dass sie eine übermenschliche Anstrengung aufbieten musste, um das Zittern zu verbergen. »Ich kann mich selbst darum kümmern.«

»Verstehst du denn nicht, verdammt? Ich weiß, dass du dich darum kümmern kannst. Du kannst dich mit Tuck streiten, einen Kinnhaken hinnehmen und mit allem zurechtkommen, was das verdammte Leben für dich in petto hat. Aber ich liebe dich, Sable, und verdammt noch mal, ich weiß, dass du mich liebst. Und wenn man jemanden liebt, dann lässt man ihn nicht allein über ein Schlachtfeld laufen, auch wenn er mit Schutzschilden und Kalaschnikows bewaffnet ist. Man wird zum Schutzschild des anderen, man wird zu seiner Waffe und man kämpft und gewinnt die Schlacht gemeinsam.«

»Du kannst nicht …« Kopfschüttelnd ging sie weiter auf und ab. »Das kannst du nicht sagen.«

»Und ob ich das kann, und ich meine jedes einzelne Wort ernst.«

»Kane! Mein Leben fliegt mir gerade um die Ohren!« Ihre Stimme überschlug sich. »Meine Schwester leidet und ich bin Tausende Kilometer entfernt. Meine Band ist sauer auf mich, und die ganze Welt denkt, dass ich mir den Weg auf die Bühne erschlafen habe.« Sie schrie beinahe und marschierte auf und ab. »Und jetzt muss meine Familie mitansehen, wie mein Ruf durch den Dreck gezogen wird. Da kann ich das hier« – sie deutete auf sie beide – »nicht auch noch auf die Reihe kriegen.«

Er stellte sich ihr in den Weg. Die Lippen fest aufeinandergepresst, verschränkte sie die Arme. Ihre wütend zusammengezogenen Augen waren so voller Liebe und Schmerz, dass sie ihn förmlich darin einhüllte. Als er einen Schritt auf sie zumachte, hätte er schwören können, dass ihr Blick für den Bruchteil einer Sekunde sanfter wurde, bevor sie ihn wieder warnend anblitzte. Kane hätte sie am liebsten mit einem Schütteln aus der Ecke herausgeholt, in die sie sich verzogen hatte, sie in die Arme genommen und ihr gesagt, dass sie für alles eine Lösung finden würden. Aber das würde er nicht tun, denn er erkannte ihre Reaktion. Es war, als würde er in einen Spiegel schauen – zu einer Zeit, bevor er sie kennengelernt hatte, als er selbst noch in seinem eigenen Schutzpanzer gelebt und seine Mauern höher gezogen hatte, sobald es schwierig wurde.

»Gut«, sagte er ruhig. »Für den Moment belasse ich es dabei, aber das heißt nicht, dass ich aufgebe. Es ändert rein gar nichts.«

Sie schluckte und hob wieder das Kinn an.

Diese Geste war so typisch für Sable, dass sich alles in ihm zusammenzog. »Tuck wird heute Abend für dich übernehmen, das regele ich, und dann rufe ich Shea wegen des anderen Mists an. Anschließend fliegen du und ich nach Oak Falls.«

Sie wollte etwas sagen, doch er unterbrach sie sofort. »Versuch gar nicht erst, meine Meinung zu ändern. Mein Flugzeug. Meine Regeln.«

Einunddreißig

Angespannt und schweigend fuhren sie vom Flughafen nach Oak Falls, während auf Sables Handy Nachrichten von ihrer Familie und von Freunden eingingen. Chris und Lee hatten gute Wünsche für Grace und Reed geschickt, doch aus ihren kurzen Nachrichten war die Verbitterung ihr gegenüber herauszulesen gewesen. JP und Tuck hatten gar nicht erst versucht, ihre Feindseligkeit zu verbergen. *Du und Kane? Hast deinen Urlaub in Mexiko hoffentlich richtig genossen. Wer bist du überhaupt, verdammt?*, hatte JP geschrieben. Und Tucks Nachricht hatte ihr noch mehr zugesetzt: *Jetzt bist du also eine ganz gewöhnliche beschissene Lügnerin?* Kane drängte sie nicht dazu, mit ihm zu reden, und dafür war sie ihm dankbar. Sie hatte sich dazu gezwungen, noch mehr von diesen Schlagzeilen zu lesen, doch sie machten sie so rasend, dass sie sich am liebsten auf jeden gestürzt hätte, der herumspekulierte und Lügen über sie verbreitete. Ihre Wut musste sie unbedingt in den Griff bekommen, bevor sie auf Grace traf, und sie wollte sie auch nicht an Kane auslassen.

Kurz schaute sie zu ihm hinüber, als sie auf die von Bäumen gesäumte Auffahrt von Grace und Reed fuhren, und sein Anblick versetzte ihr einen Stich. Während des Fluges hatte

Kane sich rührend um sie gekümmert, und nachdem sie ihn derart abgewiesen hatte, war ihr schleierhaft, warum er das tat. Still und heimlich hatte er sie umsorgt, obwohl sie ihm gesagt hatte, dass sie nichts brauchte. Zuerst hatte sie es gar nicht gemerkt. Er war aufgestanden, um sich etwas zu trinken zu holen, und gesagt, er könne ihr auch etwas einschenken, wenn sie wollte. Oder später, als er sich ein Sandwich genommen hatte und einfach die Hälfte davon vor ihr abgestellt und behauptet hatte, er wolle nicht alles essen. Irgendwann hatte er sich ein Kissen genommen und kurz darauf gemeint, es würde ihn stören, sodass sie es genommen hatte. Bis zu dem Punkt war es ihr noch nicht bewusst gewesen. Doch als sie zugedeckt und mit heruntergezogener Fensterblende aufgewacht war, während Kane hellwach neben ihr gesessen und die Hand auf ihre gelegt hatte, war ihr klar geworden, dass er ihr den Raum gegeben hatte, den sie eingefordert hatte. Gleichzeitig stellte er sicher, dass sie alles bekam, was sie brauchte – trotz ihres Dickkopfes.

Jetzt fand sie es unausstehlich, wie sie ihn behandelt hatte, aber sie hatte in dem Moment keinen Kopf für diese Emotionen gehabt. Und jetzt schon mal gar nicht. Nur mit größter Mühe schaffte sie es, nicht zusammenzubrechen.

Er hielt neben den Autos von ihren Eltern und Pepper an und schaute zu dem alten viktorianischen Gebäude. Sein Blick wanderte über die aufwendigen Zierleisten, die breite Veranda und den achteckigen Turm an einer Seite. »Das ist ein wunderschönes Haus.«

»Reed hat es für sie renoviert. Laut Grace haben sie schon als Teenager davon geträumt, eines Tages darin zu wohnen.«

»Manche Träume werden anscheinend wahr.« Er schaute ihr in die Augen, und sie war sich sicher, dass er ihr den inneren Tumult ansah. »Bist du bereit, hineinzugehen?«

Nein lag ihr auf der Zunge, aber heute Abend ging es nicht um sie. Mit einem Nicken schob sie ihren Schmerz und die Wut beiseite.

»Du bist noch immer eine miserable Lügnerin.« Er gab ihr einen Kuss und nahm den Blumenstrauß, den er für Grace und Reed gekauft hatte, vom Rücksitz.

Wieder versetzte der Verlust, den die beiden erlitten hatten, ihr einen schmerzhaften Stich.

Er musste es in ihren Augen gesehen haben, denn als er ihr die Blumen gab, streichelte er ihr mit ernstem Gesichtsausdruck über die Wange, so wie er es schon so oft getan hatte. »Sie wird sich freuen, dass du hier bist.«

»Ich weiß«, sagte sie leise.

»Es tut mir leid, dass sie so etwas durchmachen müssen. Hoffentlich erfüllt sich irgendwann ihr Traum, und wenn nicht, dann gibt es andere Möglichkeiten, eine Familie zu gründen.«

Wegen ihrer zugeschnürten Kehle brachte sie nur ein Nicken zustande. Sie erinnerte sich daran, wie lang seine Eltern gebraucht hatten, um mit Johnny schwanger zu werden, und wie lange sie es später wieder versucht hatten, bevor sie Harlow und Aria adoptiert hatten. Während er aus dem Auto ausstieg, erfasste sie die Hoffnung, dass Grace und Reed nicht so lange warten mussten. Als sie die Tür öffnete und aussteigen wollte, kam er auf ihre Seite.

Er hob eine Augenbraue. »Fangen wir wieder bei null an?«

»Nein, ich bin nur ungeduldig.« Warum kämpfte sie so dagegen an, dass er sich um sie kümmerte?

Er zog sie in seine Arme und sah ihr eingehend in die Augen. Wonach suchte er? Antworten? Wie sollte er welche finden, wenn sie nicht einmal die Fragen kannte?

»Grüße sie herzlich von mir, und bleib die Nacht über,

wenn du willst«, sagte er. »Ich bin hier draußen, wenn du mich brauchst.«

»Du bist den ganzen Weg bis hierher mitgekommen. Da musst du nicht draußen warten.«

»Ich bin für *dich* hier. Grace und Reed brauchen nicht noch mehr Leute um sie herum, und ich muss für uns beide ein wenig Schadensbegrenzung betreiben.«

Als er sie zur Tür brachte, wurde ihr bewusst, wie egoistisch sie gewesen war. »Geht es *dir* gut? Ich habe mir solche Sorgen um Grace und die Band und den ganzen Mist gemacht, dass ich überhaupt nicht daran gedacht habe, wie sich die schlechte Presse auf dich auswirkt.«

»Darüber brauchst du dir gar keine Gedanken machen. Mir ist es verdammt egal, was die Leute über mich reden.«

»Aber du hast einen Ruf bei deinen Kunden zu verlieren.«

»Die geht es überhaupt nichts an, was ich in meinem Privatleben anstelle, und falls sie doch ein Problem damit haben sollten, können sie sich verpissen. Auf keinen Fall sollst du dir um mich oder die Medien Sorgen machen. Ich krieg die Situation in den Griff, und später können wir gemeinsam überlegen, wie wir damit umgehen wollen. Aber heute Abend geht es darum, dass du bei deiner Familie bist. Also, wie meine Mutter sagen würde: Mach deinen Kopf frei und lass dich von deinem Herzen leiten. Grace braucht dich, und du brauchst es, bei ihr zu sein.« Er küsste sie auf die Stirn und ging die Stufen der Veranda wieder hinab.

Mit einem tiefen Atemzug versuchte Sable, die Gefühle, die er auslöste, zu unterdrücken und das ganze Chaos in ihrem Kopf beiseitezuschieben. Sie straffte die Schultern und nahm – wie schon unzählige Male zuvor – all ihre Stärke für Grace zusammen. Sie klopfte und öffnete die Tür. »Grace?«, fragte sie beim Eintreten.

»Hier drinnen«, rief Pepper.

Durch den Bogengang hindurch kam sie ins Wohnzimmer, wo sie Grace in T-Shirt und Jogginghose auf dem Sofa vorfand, die dicken dunklen Haare zu einem Pferdeschwanz zurückgebunden und die Füße auf Peppers Schoß. Grace lächelte, doch als sie in die grünen Augen ihrer Schwester sah, brachte der Schmerz darin Sable fast zum Weinen. Ihr Anblick erinnerte sie an den Moment, in dem Grace und Reed sich kurz vor ihrem Abschluss an der Highschool voneinander getrennt hatten. Grace hatte Sable von ihrer heimlichen Beziehung erzählt, und sie war so am Boden zerstört gewesen, dass Sable sich ernsthaft gefragt hatte, wie ihre Schwester einen derartigen Kummer überhaupt überstehen sollte.

Genau das fragte sie sich jetzt auch.

Pepper schob Graces Füße von ihrem Schoß und eilte mit besorgtem Gesichtsausdruck zu Sable. Sie trug eine schicke weiße Caprihose und ein rotes Top, und ihre goldbraunen Haare fielen ihr locker über die Schultern, als sie die Arme um Sable schlang und sie fest an sich drückte.

»Hey, Pep.« Sable umarmte sie und musste sich anstrengen, um nicht die Fassung zu verlieren.

»Ich hab dich vermisst«, sagte Pepper an ihrer Wange.

»Ich dich auch.«

Sable stellte die Blumen auf den Couchtisch, auf dem ein riesiger Geschenkekorb gefüllt mit verschiedenen Tees, Honig, einem in Leder gebundenen Notizbuch, Keksen, einer Kerze, einer Kuscheldecke und vielen anderen Dingen stand. Sie setzte sich neben Grace auf die Sofakante. »Es tut mir so leid, Gracie.« Ebenso fest, wie Pepper sie umarmt hatte, schlang sie nun die Arme um Grace. Sie sagten nichts und hatten es auch nicht eilig, einander loszulassen. So wie schon Jahre zuvor lauschte Sable auf die Signale ihrer älteren Schwester und gab Grace Zeit oder was immer sie brauchte.

»Ich fasse es nicht, dass du ein Konzert verpasst, um hier zu sein«, sagte Grace.

»Ach, komm! Hunderttausend Leute bespaßen oder meine große Schwester unterstützen? Da muss ich nicht lange überlegen.«

Grace lehnte sich zurück und lächelte, doch es war ein trauriges Lächeln. »Danke für den Geschenkekorb. Das war wirklich aufmerksam und diese Socken sind total gemütlich.« Sie hob einen Fuß mit Flauschsocken und wackelte mit den Zehen.

Verwirrt schaute Sable zum Korb und zog die Karte heraus. *Grace und Reed, es tut mir so leid. Ich weiß, wie viel euch diese Schwangerschaft bedeutet hat. Hab euch lieb. Wir sehen uns bald. Sable.* Ihr ging das Herz auf. Kanes Fürsorglichkeit war unglaublich. Warum hatte er ihr nichts davon erzählt? *Weil er mir sein Herz gereicht hat und ich darauf herumgetrampelt bin.* Sie hatte das Gefühl, wieder weinen zu müssen. Schnell legte sie die Karte weg und schluckte die aufkommenden Emotionen hinunter. »Schön, dass sie die Karte richtig geschrieben haben.«

»Ich bin wirklich froh, dass du hier bist«, sagte Grace.

»Tut mir leid, dass ich nicht früher kommen konnte. Ich war am anderen Ende des Landes.«

»Das haben wir gehört«, sagte Pepper und tauschte einen wissenden Blick mit Grace, während sie sich wieder setzte und die Füße ihrer älteren Schwester auf ihren Schoß zog.

»Und wir haben von dir und Kane gehört«, sagte Grace.

»Wie auch der ganze Rest der Welt.« Es fiel Sable schon schwer genug, nicht an den Mann zu denken, der ihr Herz auf den Kopf gestellt hatte, und auch nicht an die Anschuldigungen, die auf sie hereingeprasselt waren, um Grace zuliebe nicht die Fassung zu verlieren. Da brauchte sie nicht auch noch ihre Grenzen auszutesten, also versuchte sie es mit einem Themawechsel. »Wo ist Reed? Und wo sind Mom und Dad?«

»Sie machen einen Spaziergang«, antwortete Grace. »Ich weiß, dass sie sich Sorgen machen und es gut meinen, aber ich hatte das Gefühl, keine Luft mehr zu bekommen.«

»Versteh ich. Hast du von Axsel gehört?« Er hatte Sable geschrieben und versucht, mit ihr zu telefonieren, um sie zu beruhigen, aber sie war nicht in der Stimmung dazu gewesen. »Ich weiß, dass er gern hier wäre, aber er hatte einen Gig, den er nicht absagen konnte.«

Grace nickte. »Er hat angerufen und wir haben ein bisschen geredet. Er macht sich Sorgen um dich.«

Sable seufzte. »Mir geht es gut.«

»Also stimmt es?«, fragte Pepper. »Du bist mit Kane zusammen?«

»Wir sollten uns jetzt wohl lieber auf Grace konzentrieren. Was brauchst du, Gracie? Willst du reden? Etwas zu trinken? Eine Kleinigkeit essen?«

»Danke, aber ich brauche nichts«, sagte Grace. »Den ganzen Tag über wurde ich schon umsorgt. Ich bin traurig und wütend, und wahrscheinlich wird das noch einige Zeit andauern. Irgendwann will ich vielleicht darüber reden, aber im Moment könnte ich wirklich etwas Ablenkung gebrauchen.«

»Und ich ein paar Antworten«, drängte Pepper.

»Das mit der Ablenkung verstehe ich ja, aber können wir über dein Theaterstück oder so reden?«, fragte Sable.

»Nichts ist so wichtig wie du«, sagte Pepper.

»Wie kommst du auf den Gedanken, dass meine persönlichen Probleme überhaupt wichtig sind, wenn Grace gerade so etwas durchmachen muss?«

»Die Frage lautet wohl eher, wie kommst du darauf, dass sie nicht wichtig sein könnten?«, fragte Grace. »Du hast nie irgendein Liebesleben gehabt. Zumindest soweit ich weiß, und jetzt hast du anscheinend eines und es wurde auf die übelste Art öffentlich durch den Dreck gezogen.«

»Wir machen uns Sorgen um dich. Die Leute sagen grauenhafte Sachen«, sagte Pepper.

»Danke, dass du mich daran erinnerst.« Sable stand auf und tigerte hin und her.

»Brindle und Morgyn legen sich mit diesen ganzen Trollen im Internet an, kommentieren alles, was geht, und stellen die Dinge richtig«, sagte Grace.

»Damit umzugehen ist nicht einfach, nicht einmal für dich«, sagte Pepper. »Willst du nicht darüber reden?«

»Nein, mir geht es gut!«

»Das ist mal wieder typisch für dich«, sagte Pepper.

Sable blieb stehen und verschränkte die Arme. »Was soll das denn heißen?«

»Das heißt, dass du für jeden von uns bis ans Ende der Welt gehen würdest, aber niemals die gleiche Unterstützung akzeptieren kannst.« Pepper fing an, Graces Füße zu massieren. Wenn sie nervös war, konnte sie nie die Finger stillhalten.

»Ich bin eben nicht wie ihr. Ich muss meinen Mist nicht bequatschen.«

»Das ist kein Mist«, beharrte Pepper. »Es ist dein Leben und du bist uns wichtig.«

»Und das bist du schon immer gewesen. Dass wir dich normalerweise nicht dazu drängen, mit uns zu reden, heißt nicht, dass du uns egal bist.« Grace zog die Augenbrauen zusammen. »Brindle meinte, sie hatte das Gefühl, dass du schon am

Valentinstag mit Kane zusammen warst, als er in der Stadt war. Stimmt das?«

»Ja. Na und?« Leugnen hatte keinen Sinn, egal wie sehr sie es verabscheute, dass andere über ihre persönlichen Angelegenheiten Bescheid wussten. »Wir sind seit Ende Januar zusammen, seit ich in New York war.«

Pepper riss die Augen auf. Grace sah sie finster und mit offenem Mund an.

»Was?«, schnauzte Sable die beiden an.

»Es ist Mai!«, sagte Grace. »Du bist seit so vielen Monaten mit ihm zusammen und hast es niemandem erzählt?«

Sable erschrak. *Mai?* Seit sie Kane kennengelernt hatte, war alles ein einziges verschwommenes Chaos gewesen, und ihr war nicht bewusst, dass es schon so lange her war.

Pepper sah sie skeptisch an. »Alles in Ordnung?«

»Ja. Es ist nur ... Auf der Tour hat man kein Zeitgefühl. Das ist wie eine einzige lange Abfolge von Auftritten, Belagerung durch Fans und Presse und endlosen Busfahrten. Mir war nicht klar, dass wir schon so lange zusammen sind.«

»Du scheinst ihn wirklich zu mögen«, sagte Grace.

Sable sah ihre Schwestern an, die ihr – solange sie denken konnte – immer ihre intimsten Geheimnisse verraten hatten, und nun *wollte* sie ihnen zum ersten Mal in ihrem Leben ihr eigenes mitteilen. Sie hatten ihr im Laufe der Jahre so vieles anvertraut, und sie sollten nicht denken, dass sie ihnen nicht vertraute. Es fühlte sich fremd an, doch sie nahm all ihren Mut zusammen, und antwortete: »Ja, das tue ich. Ich mag ihn sehr.« *Und noch viel mehr als das.*

»Das ist großartig«, sagte Pepper. »Empfindet er das Gleiche für dich?«

»Ja.« Sie bekam einen Kloß im Hals und hatte keine Ahnung, warum. Aber es war ein so gutes Gefühl, endlich jemandem die Wahrheit zu sagen, dass sie weiterredete und ihnen davon erzählte, dass er vor dem Tourstart bei ihr gewesen war und sie sich auf der Tour immer heimlich getroffen hatten. Sie berichtete von den nächtlichen Textnachrichten ebenso wie von ihrem schlechten Gewissen gegenüber Tuck, von dem Streit mit der Band und davon, wie Kane mit ihr nach Mexiko abgehauen war und sich dort um sie gekümmert hatte. Und wie er sie dann auf dem Flug klammheimlich umsorgt hatte und sich durchgesetzt hatte, um sie hierher zu begleiten.

»Kein Wunder, dass du ihn so magst. Klingt nach einem tollen Mann, der ebenso dickköpfig ist wie du«, sagte Pepper.

»Stimmt genau«, sagte sie lächelnd. »Aber er passt immer auf mich auf, also muss er das wohl auch sein, denn ich bin ja nicht gerade gut darin, nachzugeben. Ach, und Grace, ich wünschte, ich hätte dir diesen Korb geschickt, aber das war Kane. Er hat es mir nicht einmal erzählt. Das kann ich ihm wohl auch kaum übelnehmen. Bei all diesen Schlagzeilen in der Presse und dem Wunsch, nur noch nach Hause zu kommen, war ich völlig neben der Spur. Wahrscheinlich hat er das Gefühl, um mich herum wie auf Eiern gehen zu müssen.«

»Das versteht er mit Sicherheit alles«, sagte Grace.

»Die meisten Männer würden gar nicht auf die Idee kommen, etwas zu schicken, vor allem da du ja sowieso auf dem Weg nach Hause warst«, fügte Pepper hinzu.

»Reed und ich mochten Kane wirklich sehr«, sagte Grace.

»Nach dem, was ich so gehört habe, ging das allen so«, ergänzte Pepper. »Nicht, dass wir über euch gesprochen hätten, bevor die Neuigkeit an die Öffentlichkeit gekommen ist.«

»Na ja, eigentlich schon ein bisschen«, gestand Grace.

Sable atmete hörbar aus. »Warum und was habt ihr über *uns*

gesprochen?«

»Gar nichts Schlimmes. Reed hat erzählt, dass Kane sich nach der Band, nach Deloris und unserer Familie erkundigt hat, als er ihm das Theater gezeigt hat. Aber nicht in Stalker-Manier oder so. Reed meinte, er schien aufrichtig daran interessiert gewesen zu sein, mehr über dich und dein Leben hier zu erfahren.«

»Warum hast du mir das nicht erzählt?«

»Weil du mir schon immer den Kopf abgerissen hast, wenn ich auch nur versucht habe, über deine persönlichen Sachen mit dir zu reden. Dass du jetzt darüber sprichst, schockiert mich fast.«

Sable wollte es gerade leugnen, konnte es aber nicht. »Tut mir leid, dass ich nicht redseliger bin.«

»Schon gut«, versicherte Grace ihr.

»Ich würde mir mehr Sorgen machen, wenn er sich *nicht* nach dir erkundigt hätte«, überlegte Pepper. »Mit Sicherheit gibt es unzählige Frauen, die es auf den Beischlaf mit dem Milliardär abgesehen haben. Da ist es eher schlau, so viel wie möglich über dich herauszufinden.«

»*Beischlaf* mit dem Milliardär?«, fragte Grace lachend. »Heutzutage redet doch keiner mehr von *Beischlaf*, Pep.«

»Und ob!«, behauptete Pepper.

»Den Milliardär klarmachen, abschleppen, vögeln«, schlug Sable vor. »Alles kann man sagen, aber nicht Beischlaf mit ihm haben.«

Pepper schaute etwas betreten zwischen ihnen hin und her. »Habt ihr die Schlagzeilen nicht gesehen? *Beischlaf mit Mr. Bad: Hat Sable Montgomery sich nach oben geschlafen?*«

Sable drehte sich der Magen um. »Ich hab so viele Überschriften gelesen, da ist alles vor meinen Augen verschwommen.

Nie in meinem Leben hab ich Sex als Währung benutzt, und was diesen Besuch im Februar angeht, da stand *er* bei mir vor der Tür. Ich war nicht diejenige, die ihm hinterhergelaufen ist. Er weiß, dass mir sein Geld vollkommen egal ist.«

»Wir wissen, dass du dir diesen Vertrag nicht erschlafen hast, Sable«, sagte Grace.

»Und alle, die dich kennen, wissen, dass du dir nichts aus Geld machst«, fügte Pepper hinzu.

»Ja. Aber ich habe es ihm nicht leicht gemacht. Als wir uns das erste Mal gesehen haben, habe ich ihn wegen allem Möglichen angeschnauzt.«

»Schön, dass du ihn wie jeden anderen auch behandelst«, scherzte Grace.

»Schwer zu glauben, dass er nicht Reißaus genommen hat, oder?«

»Schwachsinn«, sagte Grace. »Du bist der feuchte Traum eines jeden Mannes. Eine hinreißende Musikerin, die Sex liebt und Autos repariert.«

»Viel schwerer zu glauben ist doch, dass du ihn nicht weggeschickt hast«, sagte Pepper.

»Ja, das erstaunt mich selbst.« Nur zum Teil meinte Sable das im Scherz. Sie versuchte noch immer, zu verstehen, was er im Flugzeug gesagt hatte, und sie hoffte, dass ihre Schwestern ihr dabei helfen konnten. »Er hat gesagt, dass er mich liebt.«

»Oh, Sable!« Grace strahlte sie an.

»Ich freu mich ja so für dich.« Pepper kam zu ihr und umarmte sie.

»Jetzt macht mal nicht so'n Riesending daraus.« Sable schüttelte sie ab.

»Warum nicht?«, fragte Pepper vorsichtig. »Empfindest du nicht das Gleiche oder glaubst du nicht, dass du dich in ihn verlieben könntest?«

»Das ist es nicht. Ich ticke nur einfach nicht so wie ihr. In Beziehungen bin ich nicht besonders gut. Auf andere zu vertrauen, mag ich einfach nicht. Mir gefällt meine Unabhängigkeit und die Freiheit, für euch alle da zu sein, ohne dass mir jemand sagt, ob ich das kann oder nicht, und mir ein schlechtes Gewissen macht.« Noch während sie das aussprach, fühlte es sich falsch an. Wieder tigerte sie hin und her.

»Du kannst unabhängig sein, und trotzdem jemanden an dich heranlassen, ohne dass derjenige die Kontrolle über dein Leben übernimmt«, sagte Grace. »Sieh mich und Reed an.«

»Ich dachte, dass ich das könnte«, gestand Sable. »Wenn wir allein sind, möchte ich mehr Zeit mit ihm verbringen, und ich sehe uns beide gemeinsam in der Zukunft. Keine Ahnung, wie oder wo, aber das ist auch egal, denn als das Flugzeug gelandet ist und wir erfahren haben, was dir zugestoßen ist und was für ein Presserummel entstanden ist, da wollte ich ihn und alles andere nur noch ausschließen und herkommen.«

»Als du vorhin geschrieben hast, dachte ich, er würde dich vom Flughafen herfahren«, sagte Pepper.

»Hat er auch. Ich wollte sofort herkommen, war aber nicht sicher, ob ich das Konzert verpassen konnte. Er war absolut dagegen, dass ich deswegen dortbleibe. Er hat Johnny und den Tourmanager angerufen, dafür gesorgt, dass Tuck übernimmt, und dann wollte er mich auf keinen Fall allein herfahren lassen. Im Moment ist er draußen und überlegt, was er gegen die Medienberichte unternehmen kann. Er hat gesagt, er würde die ganze Nacht da draußen bleiben, um für mich da zu sein.«

Grace und Pepper sahen sich verwirrt an.

»Sable, das klingt nicht danach, als würde er dir deine Unabhängigkeit nehmen wollen«, sagte Grace sanft. »Es hört sich so an, als sorge er dafür, dass alles zu deinem Besten geschieht, indem er dich nach Mexiko gebracht hat, damit du keinen Burn-out erleidest, und indem er sich um dein Herz gekümmert hat, als er dich nach Hause begleitet hat.«

»Das weiß ich. Aber ich kann nicht einfach so jemand anderen Dinge für mich tun lassen oder sich um mich kümmern lassen. So ticke ich nun mal nicht.«

»Das hat nichts damit zu tun, wie du tickst«, sagte Pepper.

Sable sah sie ernst an. »Wieso sagst du das? Du weißt, dass ich schon immer anders war.«

»Nein, warst du nicht. Du hast …« Pepper sah Grace an, dann wieder Sable, der sie eine geheime Botschaft mit ihrem Blick übermittelte. »… vor langer Zeit *jemanden* in dein Herz gelassen. Du hast nur Angst, es wieder zu tun.«

»Ich hatte noch nie vor irgendetwas Angst.« Sable verschränkte die Arme.

»Es gibt nicht viel, vor dem du Angst hast«, sagte Pepper. »Aber du hast Angst davor, in einer Partnerschaft so auf dich selbst konzentriert zu sein, dass du nicht für uns da wärst.«

Sable verdrehte die Augen. »Das stimmt nicht. Ich wollte nur einfach nie eine Beziehung führen.«

»Doch, das stimmt!«, flüsterte Pepper eindringlich. »Erinnerst du dich an den Abend des Unfalls?«

»Was für ein Unfall?«, wollte Grace wissen.

Wütend sah Sable Pepper an. Nie würde sie diesen Abend vergessen. »Das hat rein gar nichts damit zu tun.«

»Das hat sehr wohl damit zu tun«, beharrte Pepper.

»Würde mir bitte mal jemand sagen, worüber ihr redet?«, sagte Grace. »Meinst du Sables Autounfall? Als ihr auf der Highschool wart?«

»Ja.« Sables Blick ließ Pepper nicht los. »An dem Abend

habe ich einen blöden Fehler gemacht und das hat nichts mit dem hier zu tun.«

»Nein, *du* hast keinen Fehler gemacht«, sagte Pepper entschieden. »Ich habe den gemacht, und mir war bis letzte Woche nicht klar, wie sehr es dich beeinflusst hat. Eine Freundin hat mir von etwas Ähnlichem erzählt, das sie durchgemacht hat und das große Auswirkungen auf sie gehabt hat. Überleg doch mal, Sable. Vom nächsten Abend an hast du dich nicht mehr hinausgeschlichen, um dich mit Tuck zu treffen.«

Sable versuchte, diese schmerzhafte Wahrheit zu verdauen.

»Du hast dich hinausgeschlichen, um dich mit Tuck zu treffen?« Grace sah sie entgeistert an.

Sable warf Pepper einen wütenden Blick zu.

»Ihr beide macht mich wahnsinnig«, empörte sich Grace. »Was hat der Unfall mit dem zu tun, was jetzt hier abgeht?«

»Von da an hat sie sich verändert«, sagte Pepper leise.

»Nein, hab ich nicht!« Noch während sie das aussprach, kamen die Erinnerungen an den Abend zurück. Sie hatte sich unglaublich gefreut, Pepper überredet zu haben, sie zu einer Party am Bach zu begleiten, und sie erinnerte sich an die riesige Sehnsucht, wegen der sie sie später gedrängt hatte, allein nach Hause zu fahren, damit sie sich mit Tuck in der Scheune treffen konnte. Pepper fand Partys fast ebenso schrecklich wie nächtliches Autofahren, aber für Sable war es so wichtig gewesen, bei Tuck zu sein, dass sie ihre Seele dafür an den Teufel verkauft hätte. Ein Schauer lief ihr über den Rücken, als die Erinnerung an Peppers panischen Telefonanruf über sie hereinbrach. Sie konnte die brennende Lunge förmlich spüren, die sie bei dem zwei Meilen langen Lauf zum Unfallort gequält hatte, und auch den verheerenden Schmerz beim Anblick des an einem Baum zerquetschten Autos, von Blut an der zerborstenen Windschutzscheibe und von Pepper, die zitternd, verängstigt und zusammengekauert neben einem toten Hirsch im hohen Gras saß. Fast hätte sie Pepper verloren. Und warum? Weil sie egoistisch gewesen war. Am nächsten Tag hatte sie mit Tuck Schluss gemacht und sich geschworen, so einen Fehler nie wieder zu begehen.

Oh mein Gott. Vielleicht hatte Pepper recht.

»Doch, hast du«, wiederholte Pepper. »Und es ist meine Schuld.«

»Nein, es war meine Schuld. Ich hätte dort sein müssen.«

»*Wo* sein müssen? Du hast das Auto doch gefahren«, sagte Grace.

Sable sah sie an, in ihrem Magen verkrampfte sich alles, aber sie hatte Peppers Geheimnis so lange bewahrt. Sie würde es auch jetzt nicht offenbaren. »Nirgendwo. Lass gut sein. Unwichtig.«

»Nein, es ist wichtig!« Pepper setzte sich zu Grace. »Ich bin gefahren. Ich habe einen Fehler gemacht, und Sable hat mich gedeckt, indem sie gesagt hat, sie wäre gefahren. Aber seitdem hat sie den Preis dafür gezahlt.«

Während Pepper Grace erzählte, was wirklich vor all den Jahren passiert war, durchlebte Sable jeden einzelnen Moment aufs Neue und wünschte sich, sie könnte die Zeit zurückdrehen und wiedergutmachen, was sie angerichtet hatte.

»Es war ein Unfall, Pepper«, sagte Sable. »Und der wäre nicht passiert, wenn ich nicht so egoistisch gewesen wäre.«

»Das ist nicht wahr!« Pepper sah sie sorgenerfüllt an. »Das mit dem Hirsch war gelogen. Der ist nicht auf die Straße gerannt, wie ich gesagt habe. Ich habe eine Nachricht bekommen und mein Handy lag auf dem Beifahrersitz. Ich habe nur ein paar Sekunden den Blick von der Straße abgewandt, um das

Handy zu nehmen, und als ich wieder aufgeschaut hab, stand der Hirsch direkt vor mir, mitten auf der Straße. Ich konnte nicht mehr ausweichen, weil ich zu schnell gefahren war. Das war einfach nur fahrlässig von mir.«

Sable wollte dagegen ankämpfen. Sie wollte Pepper beschützen, die Erinnerung auslöschen und die Lüge zur Wahrheit machen. Das wäre viel einfacher gewesen, als zu glauben, dass sie ihr ganzes Leben ihr Herz unter Verschluss gehalten hatte – aufgrund der egoistischen Entscheidung im Teenageralter, falscher Schuldgefühle und einer verdammten Textnachricht.

Zweiunddreißig

Kane rief zum wiederholten Mal Shea an, um zu hören, wie sich die Dinge in den letzten Stunden entwickelt hatten. Anschließend meldete er sich bei seinen Eltern, Aria und Harlow und versuchte, ihnen die Sorgen zu nehmen. Nach seinem letzten Telefonat steckte er das Handy weg und verfluchte sich zum hundertsten Mal für diesen Kuss, den er sich beim Einsteigen in das Flugzeug nicht hatte verkneifen können. Er hörte Stimmen, und als er sich umdrehte, sah er Sables Eltern, Hand in Hand, und Reed über den Rasen auf ihn zukommen. Er war davon ausgegangen, dass sie im Haus bei den Frauen waren. Mit einem Winken ging er ihnen entgegen.

»Kane, wie schön, dass wir uns wiedersehen.« Marilynn begrüßte ihn mit einer Umarmung.

»Ich wünschte, es wären andere Umstände.«

»Das geht uns allen so«, sagte Cade, der Kane zu dessen Überraschung auch umarmte. »Danke, dass Sable nach Hause kommen konnte.«

»Natürlich, sie musste hier sein.« Er wandte sich Reed zu und wusste, dass er nicht den Schmerz und die Traurigkeit lindern konnte, die er sicher gerade empfand. »Mir tut es wirklich leid, was du und Grace durchmachen müsst.« Er streckte ihm die Hand entgegen, und als Reed sie ergriff, zog er ihn etwas näher an sich heran und klopfte ihm auf die Schulter. »Ich bin da, wenn du ein zusätzliches Paar Ohren brauchst.«

»Danke, das ist wirklich nett. Hat Grace dich auch rausgeschmissen?«

»Nein, ich wollte Sable etwas Zeit allein mit ihr geben, und außerdem musste ich ein paar Telefonate führen. Wie geht es Grace?«

»Wie zu erwarten«, sagte Reed. »Wir haben versucht, unsere Erwartungen zu zügeln, aber das ist nicht einfach, wenn man sich so sehr liebt und plötzlich der Traum, diese Liebe mit einem Baby teilen zu können, wahr zu werden scheint.«

»Ich kann mir gar nicht vorstellen, wie schwer das für euch sein muss. Ich weiß, dass ihr die Unterstützung eurer Familien habt, aber wenn ich irgendetwas tun kann, lasst es mich bitte wissen.«

»Danke. Ich werde wohl mal nach Grace sehen. Bis später.«

Als Reed ins Haus ging, wandte Kane sich Cade und Marilynn zu. »Ich möchte mich dafür entschuldigen, auf welche Art und Weise meine Beziehung mit Sable bekannt geworden ist. Meine Bemühungen, diesen Albtraum in den Griff zu kriegen, laufen auf Hochtouren, und ich kann versichern, dass ich alles tun werde, um Sable und eure Familie zu schützen, und dafür sorgen werde, dass die Wahrheit ans Licht kommt.«

»Danke, aber wir machen uns auch Sorgen um dich und Johnny. Wird das euer Verhältnis oder eure Geschäfte beeinträchtigen?«, fragte Cade.

»Nein, ich habe Johnny gegenüber mit offenen Karten gespielt, bevor Sable und ich nach Mexiko geflogen sind. Er unterstützt uns und Auswirkungen aufs Geschäft werde ich zu verhindern wissen. Was kann ich tun, um eurer Familie dabei zu helfen, das durchzustehen?«

»Ach, mein Lieber, das ist nicht unser erster wilder Ritt«, sagte Marilynn. »Auch Axsel hat unter diesen Fakenews- und Shitstorm-Verbreitern gelitten.«

»Das war sicherlich hart«, sagte Kane.

»Es war nicht einfach, und ich glaube, Sable war damals noch wütender als Axsel selbst. Er war aufgebracht, aber er reagiert nicht auf die gleiche instinktive Weise wie Sable. Sie wollte jeden ausfindig machen, der ihm wehgetan hat, und zur Rechenschaft ziehen.« Cade lachte.

»Ich bin mir sicher, dass sie den Schmerz ihrer Geschwister intensiver wahrnimmt als ihren eigenen. Setzen wir uns doch auf die Veranda.« Marilynn deutete auf die Sessel, und nachdem sie Platz genommen hatten, sagte sie: »Als sie und Pepper noch ganz klein waren, hat Sable immer die ganze Nacht geschrien und geweint, und wir haben alles versucht, um sie zu beruhigen: füttern, wickeln, mit ihr auf und ab laufen. Cade hat sie sogar im Auto durch die Gegend gefahren, weil wir dachten, das würde ihr beim Einschlafen helfen, so wie es bei Grace war, aber nichts hat funktioniert. Ich war mit meiner Weisheit wirklich am Ende, und eines Abends hab ich sie zu Pepper ins Kinderbett gelegt, um eine frische Windel zu holen, und innerhalb von wenigen Sekunden hat sie aufgehört zu weinen. Sie hat sich eng an ihre Schwester gekuschelt, den Arm um sie gelegt und ist glückselig eingeschlafen.«

»*Wir* haben allerdings keinen Schlaf bekommen«, fügte Cade hinzu. »Die ganze Nacht sind wir wachgeblieben, um sicher zu sein, dass die beiden sich nicht gegenseitig ersticken. Aber irgendwann haben wir eine gute Lösung gefunden, und die beiden haben im selben Babybettchen geschlafen, bis sie später ein Doppelbett bekommen haben.«

»Und dann haben wir Sable jeden Morgen in Peppers Bett mit dem Arm um sie gelegt vorgefunden.«

Kane lachte. »Das kann ich mir bei ihr gut vorstellen. Einer der Hauptgründe, aus denen sie die Tour anfangs nicht machen wollte, war die Tatsache, dass sie hier sein wollte, falls jemand sie brauchen sollte.«

»So ist unsere Sable«, sagte Marilynn. »Sie hat ihren ganz eigenen Charakter, aber sie liebt bedingungslos.«

»Mit einer Weihnachtsgeschichte lässt sich unsere Tochter sehr gut beschreiben, falls du einen Moment Zeit hast.« Cade und Marilynn sahen sich amüsiert an.

»Ich habe den ganzen Abend Zeit und würde die Geschichte liebend gern hören.«

»Das war in dem Jahr, in dem ihre Großmutter gestorben ist, und alle Kinder waren ziemlich durcheinander, wie du dir vorstellen kannst. Sie hatten etwas Probleme gemacht und dachten nun, sie würden beim Weihnachtsmann auf der Liste mit den unartigen Kindern stehen. Also hatten sie die Idee, dem Weihnachtsmann aufzulauern und ihn mit selbstgebackenen Keksen zu besänftigen. Sie haben sich Schlafsäcke zurechtgelegt und dachten, sie wären vorbereitet.«

»Das bedeutete aber auch, dass Cade sich heimlich ein Weihnachtsmannkostüm kaufen musste«, warf Marilynn ein.

»Wir hatten einen tollen Plan«, sagte Cade. »Ich sollte in meinem Kostüm am Fenster vorbeilaufen, damit die Kinder mich sahen. Nach ein bisschen Gebimmel mit den Glocken wollte ich aufs Dach klettern und da etwas herumtrampeln. Marilynn wollte ihnen in der Zwischenzeit sagen, dass der Weihnachtsmann erst die Geschenke bringen würde, wenn alle schliefen.«

»Aber du weißt ja, was man über perfekte Pläne sagt«, fuhr

Marilynn fort. »Während die Kinder in ihren Schlafsäcken lagen und einen Film sahen, bin ich nach oben gegangen, um die Geschenke einzupacken und dann zu baden. Unterdessen ist Cade in die Scheune verschwunden, um sich sein Kostüm anzuziehen. Aber ich habe etwas länger gebraucht, als ich eigentlich vorgehabt hatte, weil meine Schwester mich anrief.«

»Ich bin mit einem großen roten Sack voller Heu über der Schulter zum Haus gegangen und artig mit Glockengeläut am Fenster vorbeigeschlendert. Wie ich so die Leiter hochgeklettert bin und den Sack auf das Dach geworfen hab, fand ich mich ziemlich cool. Aber als ich dann von der Leiter aufs Dach stieg, wurde ich von einer Taschenlampe angeleuchtet.«

»Oh nein! Sable?« Kane lachte.

»Wer sonst?«, sagte Cade. »Zuerst konnte ich ihr Gesicht gar nicht sehen, weil sie neben einer riesigen Keksdose gehockt und mich mit der Taschenlampe geblendet hat. Aber ich habe meine Rolle mit einem *Ho, ho, ho!* durchgezogen, obwohl ich Angst hatte, sie würde so etwas sagen wie *Erwischt! Ich wusste doch, dass es keinen Weihnachtsmann gibt.* Aber mein kleiner Hitzkopf hatte etwas anderes im Sinn. Sie sagte: *Ich habe dreißig Kekse, eine Handvoll Pralinen und zwölf Lollis. Das sind fünf Kekse, ein paar Pralinen und zwei Lollis für jedes Kind. Das sollte die Dinge, die sie angestellt haben, wieder gutmachen. Du kannst mich auf der Liste der unartigen Kinder lassen, aber meine Schwestern und mein Bruder brauchen Geschenke. Sie wollten nichts Böses tun, und ich werde nicht zulassen, dass du ihr Weihnachtsfest ruinierst. Sind wir uns einig, oder muss ich dir zeigen, wer hier das Sagen hat?«*

Kane lachte.

»Sie meinte es ernst«, sagte Cade. »Sie hörte sich richtig sauer an und mit ihr war nicht zu spaßen. Da stand ich also, hab gehofft, dass sie nicht vom Dach runterfällt, und gleichzeitig war ich so stolz auf meine kleine Tochter, die sich für ihre Schwestern und ihren Bruder eingesetzt hat und für sich selbst die Nachteile akzeptiert hat.«

»Was hast du gemacht?«, fragte Kane.

»Einen Moment lang habe ich nur da gestanden und überlegt, was der Weihnachtsmann wohl antworten würde, doch dann ist sie aufgestanden, und ich hab instinktiv reagiert. Ich habe irgend so etwas gesagt wie *Nicht bewegen!* und sie dann festgehalten, damit sie nicht fällt. Dabei hat sie mein Gesicht gesehen. *Du bist nicht Santa*, hat sie gesagt, und ich habe versucht, es zu überspielen und meine Stimme zu verstellen, aber das hat sie mir nicht mehr abgenommen. Dann wurde sie richtig sauer, weil sie nicht wusste, wie sie den Weihnachtsmann überzeugen sollte, wenn sie gar nicht mit ihm reden konnte. Also habe ich das Einzige getan, was mir übrigblieb. Ich habe ihr die Wahrheit über den Weihnachtsmann erzählt und gesagt, dass alle Kinder mal dumme Sachen machen und sie sich keine Sorgen machen sollte. Alle würden ihre Geschenke bekommen.«

»Und sie meinte noch zu ihm, dass sie es *gefälligst auch sollten*«, ergänzte Marilynn amüsiert.

»Das klingt absolut nach Sable«, sagte Kane. »Hat sie das mit dem Weihnachtsmann den anderen verraten?«

Cade schüttelte den Kopf. »Sie hat ihnen nie ihre Fantasievorstellungen genommen, sondern das Geheimnis bewahrt und es jeden selbst herausfinden lassen.« Er nahm Marilynns Hand. »Bei dem Mädchen haben wir etwas richtig gemacht.«

»Oder sie ist trotz uns ein großartiger Mensch geworden«, scherzte Marilynn. »Sable ist sehr widerstandsfähig. Sie wird ihren Weg durch dieses Pressechaos finden, und wahrscheinlich wird sie eine Weile mit Grace und Reed mitleiden, aber sie schafft das.«

»Nichts davon wird sie allein durchstehen müssen«, versicherte Kane ihnen. Was im Moment in Sables Kopf vorging, wusste er nicht, doch selbst, wenn sie behauptete, dass sie ihre Beziehung bei all dem, was gerade passierte, nicht auch noch auf die Reihe kriegen konnte, würde er auf keinen Fall gehen. »Ich weiß, dass sie stark ist, aber die Art von Anschuldigungen, die gerade im Umlauf sind, lässt niemand so leicht an sich abprallen, auch die dickhäutigsten Stars nicht. Einerseits wünschte ich, sie hätte das Angebot für die Tour nie angenommen. Aber andererseits wäre der ganzen Welt eine spektakuläre Musikerin entgangen, und mir wäre« – *die Liebe meines Lebens* – »eine sehr besondere Frau entgangen.«

Die Haustür ging auf und seine wunderschöne, aufgewühlte Freundin kam mit gesenktem Blick heraus, offensichtlich emotional erschöpft. Am liebsten hätte er sie in die Arme genommen, sie vor der Trauer beschützt, die wie eine Nebelschwade um sie herum lag, und sie von ihrer Wut auf die Medien, die sie mit Sicherheit bald wie ein Sturm erfassen würde, abgeschirmt. Aber er hielt sich zurück, denn er wollte ihrem ohnehin schon überforderten Herz nicht noch mehr aufbürden.

Sie schaute auf, sah ihre Eltern zuerst, und es war, als streifte sie mit den nächsten Schritten einen Panzer über. Mit gestrafften Schultern trat die innere Stärke in ihre Augen. Er kannte diese Entschlossenheit, selbst in den schlimmsten Momenten stark zu sein, nur allzu gut, und er wusste, welch eine Last sie darstellte. Auch das wollte er ihr abnehmen und ihr zeigen, dass sie nicht immer stark sein musste. Die Ironie in der Tatsache, dass er sich als Iron Man fühlte und einer Frau, die ebenso stark und dickköpfig wie er war, zeigen wollte, dass sie nicht immer Wonder Woman sein musste, entging ihm nicht. Sie sah ihn an, und durch ihre Widerstandsfähigkeit schimmerte Erleichterung durch, sodass er sich erhob und seine Anspannung sich etwas löste.

»Sable, mein Schatz«, sagte Marilynn, als sie aufstand und ihre Tochter in die Arme schloss.

»Hallo, Mom.« Sable schloss die Augen.

So selten gestattete sie es sich, nicht die Starke zu sein, dass Kane von dem Anblick fasziniert war, wie sie den Trost in sich aufsaugte, den nur eine Mutter zu geben vermochte. Von der liebevollen Umarmung ihrer Mutter tauchte sie in die ihres Vaters ein, wo sie ebenfalls die Augen schloss und es sich erlaubte, seine Stärke zu fühlen. Was für ein Anblick! Kane hoffte, dass sie es auch ihm gestatten würde, ihr diese Stärke zu geben.

»Wie geht's dir, Kleines?«, fragte Cade.

»Geht schon«, sagte sie zu betont und fügte dann etwas sanfter hinzu: »Nur traurig für Grace und Reed.«

»Das sind wir alle, aber wir machen uns auch Sorgen um dich«, sagte Marilynn.

»Das braucht ihr nicht. Mir geht es gut.« Sable verschränkte die Arme und kurz huschte ihr Blick zu Kane. »Ihr wisst, dass es mir egal ist, was die Leute über mich sagen.«

Ach, Baby, ich wünschte mir, das wäre wahr. Doch ihm wurde augenblicklich bewusst, dass er sich das nicht wirklich wünschte. Er mochte ihre sensible Seite, und er würde nicht das Mindeste an ihr verändern wollen. Er wollte sie einfach nur beschützen.

»Die Menschen, die dich lieben, kennen die Wahrheit, und wir sind alle sehr stolz auf dich.« Marilynn umarmte sie erneut.

»Lass uns doch mal nach Grace sehen und die beiden hier unter sich lassen«, schlug Cade seiner Frau vor.

Als sie hineingingen, machte Kane ein paar Schritte auf Sable zu und breitete die Arme aus, doch er zog sie nicht an sich, um ihr die Entscheidung zu überlassen. Kurz war ein Zögern in ihrem Blick zu sehen, doch dann ließ sie sich von ihm umarmen. Er hielt sie fest, während sie die Wange an seine Brust legte und tief durchatmete. Mit einem Kuss auf ihren Kopf drückte er sie noch fester an sich, und er spürte, wie sie sich an seinem Rücken am T-Shirt festklammerte.

»Geht's, Baby?«

Sie nickte an seiner Brust. »Es ist nur einfach so ungerecht. Grace und Reed wären großartige Eltern. Ich wünschte, ich könnte es für sie möglich machen.«

»Das weiß ich. Hör zu, wir müssen über vieles reden, über das, was in den Medien und mit der Band passiert, und das, was ich gesagt habe, aber das alles kann warten. Wenn du bei Grace bleiben willst oder etwas Zeit für dich brauchst und willst, dass ich mir in der Pension ein Zimmer nehme, dann sag es nur.«

»Ich soll dich Lucy ausliefern, damit sie dich mit ihrer Tochter verkuppeln kann?« Sie legte den Kopf in den Nacken und sah ihn finster an. »Tut mir leid, Mr. Bad, aber so leicht kommst du mir nicht davon.«

»Ich habe nie behauptet, dass ich davonkommen will. Ich möchte sicher sein, dass du hast, was du brauchst, und wenn das bedeutet, dass ich dir Raum lasse, dann kann ich damit umgehen. Aber glaub ja nicht, dass ich nicht im Morgengrauen vor deiner Tür auftauche.«

»Im Morgengrauen?« Sie grinste.

»Ich gehe davon aus, dass du mir die ganze Nacht über Nachrichten schreibst und versuchst, mich wieder in dein Bett zu locken. Denn immerhin wurdest du in letzter Zeit ein wenig verwöhnt und wirst wahrscheinlich unter Entzugserscheinungen leiden. Aber ich kenne dich. Du magst es nicht, wenn es zu einfach ist, also werde ich bis zum Morgengrauen ausharren. Dann ist alles möglich.«

»Du glaubst also, dass du mich vollkommen durchschaut hast?«

»Bei Weitem nicht, aber ich lerne.«

Ihr Blick wurde ernst. »Ich selbst dachte, ich hätte mich durchschaut, aber heute Abend habe ich einiges gelernt und bin mir gar nicht mehr so sicher.«

»Geht es im Leben nicht genau darum? Zu lernen, zu wachsen und sich weiterzuentwickeln? Ich zum Beispiel dachte nicht, dass ich eine Frau in meinem Leben haben wollte, doch dann bist du mir über den Weg gelaufen und hast mir klargemacht, dass ich nur einfach nicht die *falsche* Frau in meinem Leben haben wollte.«

Sie küsste ihn auf die Brust. »Es tut mir leid, wie ich mich vorhin benommen habe und was ich gesagt habe. Ich war vollkommen überfordert und hab mir Sorgen um Grace gemacht.«

»Das ist in Ordnung. Verstehe ich vollkommen.« Er nahm ihre Hand und sie setzten sich auf die Stufen. Den Arm um sie gelegt, hielt er sie ganz fest. »Ich bin auch kein einfacher Mensch.«

»Ich hab nie behauptet, dass ich nicht einfach bin.«

Er hob eine Augenbraue.

Sie lächelte, doch dann wurde sie nachdenklich und schwieg einen Moment lang. »Du hattest recht mit dem, was du im Flugzeug gesagt hast.«

Dem Himmel sei Dank! »Das ist ziemlich weit gefasst. Ich befürchte, du musst etwas genauer werden.«

»Du weißt, wovon ich rede.«

»Dass du Kinnhaken hinnehmen kannst?«, fragte er im Spaß.

»Nein!«

»Dass du mit allem zurechtkommst, was das Leben für dich in petto hat?«

Sie lehnte sich an ihn. »Ist es wirklich notwendig, dass ich es ausspreche?«

»Ich denke ja«, flüsterte er.

»Meine Güte, du nervst.« Sie sah ihm in die Augen, und er hörte quasi, wie sie sich innerlich Mut zusprach.

»Schon gut, Baby. Du musst es nicht erzwingen.« Er beugte sich hinunter, um sie zu küssen.

»Erzwingen muss ich es nicht. Ich fühle es. Ich hab nur …«

»Angst, es zu sagen?«

»Für dich war es einfach. Du warst frustriert und dann ist es im Eifer des Gefechts aus dir herausgeplatzt.«

»Und du meinst, das war einfach?«, empörte er sich. »Das war die reinste Hölle.«

»Klingt nicht sehr romantisch.«

Er lachte. »Willst du Romantik oder willst du die Wahrheit? Denn wenn das hier leicht wäre, hätten wir beide uns schon vor Langem abgewandt. Du und ich, wir sind aus einem anderen Holz geschnitzt. Wir brauchen Berge, die wir erklimmen können.«

»Du hoffst also, dass es nie einfacher wird?«, fragte sie vorsichtig.

»Ich hoffe, dass es nach der Tour logistisch einfacher wird. Ideal ist eine Fernbeziehung nicht, aber wir haben es vor Tourbeginn hinbekommen, und wir sind beide zu dickköpfig, um uns von ein paar Hundert Meilen etwas Schönes kaputtmachen zu lassen. Aber ich weiß auch, dass vielleicht ein Aspekt unserer Beziehung einfacher wird, gleichzeitig aber bei einem von uns wegen irgendetwas anderem die Dickköpfigkeit durchkommen kann. Nichts an uns ist einfach. So sind wir nun mal.« Er legte ihr die Hand in den Nacken. »Ich habe mich in einen dickköpfigen, rebellischen Wildfang verliebt.« Er schob die Finger in ihre Haare. »Und du hast dich in ein arrogantes, immer im Wettstreit stehendes Arschloch verliebt. Wir wachsen aneinander und das wird sich auch nie ändern.« Mit der Hand in ihren Haaren zog er sie näher. »Hoffst du, dass es einfacher wird?«

Sie schüttelte den Kopf. »Ich liebe uns so, wie wir sind.«

Er jammerte gespielt. »So nah und doch so fern.«

»Ich kann es dir nicht zu leicht machen«, scherzte sie.

»Eine richtige Verführerin bist du.« Er senkte den Mund auf ihren, küsste sie so, wie er es sich schon den ganzen Nachmittag gewünscht hatte, und dann küsste er sie noch etwas länger, um die Sorgen aus ihrem Kopf und den Schmerz aus seinem Herzen zu vertreiben.

»Warum hast du mir nicht erzählt, dass du Grace diesen wunderschönen Korb geschickt hast?«

»Ich war bereits in eine Bärenfalle getreten, da wollte ich es nicht noch schlimmer machen.«

Sorgenvoll sah sie ihn an. »War ich so schlimm zu dir?«

»Nein, Baby. Du warst so schlimm zu dir. Das alles« – er deutete auf seinen Körper – »der Frau vorzuenthalten, die ich liebe?« Er schüttelte den Kopf. »Das war idiotisch.«

Sie lachte. »Kaum zu glauben, dass ich es zu dem Mann sage, der mich gerade als idiotisch bezeichnet hat, aber, ja, ich liebe dich.«

Sein Herz drohte zu zerbersten. »Genug, um den Weihnachtsmann zu bestechen, wenn ich unartig bin?« Er zog sie auf seinen Schoß.

»Ich fasse es nicht, dass sie dir die Geschichte erzählt haben.«

»Warum? Gibt doch nichts Schöneres als mein feuriges Weib, das sich mit dem Weihnachtsmann anlegt. Also, was meinst du? Greifst du mir unter die Arme und bestichst den Weihnachtsmann für mich?«

Sie schlang die Arme um ihn. »Ich greif dir unter die Arme, die Beine und jedes andere Körperteil. Aber jetzt will ich deinen Mund.«

Er lachte und senkte seine lächelnden Lippen auf ihre.

Dreiunddreißig

Sable stieg vor dem Haus ihrer Eltern aus dem Auto und griff nach Kanes Hand. Außer Grace und Reed würden alle zum Frühstück dort sein. Grace war nicht nach einem Familientreffen zumute, das hatte sie am Abend zuvor gesagt. Auf dem Weg die Auffahrt hoch, vorbei an den Autos der anderen, dachte Sable daran, wie anders nun alles mit Kane war als noch im Februar, als er vor ihrer Tür gestanden hatte. Damals waren sie wie gierige Tiere übereinander hergefallen und hatten sich in jedem Zimmer ihrer Wohnung miteinander vergnügt, als würden sie nie wieder die Gelegenheit dazu bekommen. Gestern Abend war es nicht viel anders gewesen, denn so waren sie eben, und das gefiel ihr an ihnen. Doch danach, als sie eng umschlungen beieinander gelegen und sich über alles Mögliche unterhalten hatten – von dem, was sie gerade durchmachten, bis hin zu dem, wie sie nach der Tour ihre Beziehung führen wollten –, da hatte sie den Unterschied gespürt.

Trotz der Probleme mit den Medien, die sie noch in den Griff bekommen mussten, verspürten sie eine gewisse Leichtigkeit, und sie wusste, dass es nicht nur daran lag, dass sie sich ihre wahren Gefühle eingestanden hatten, sondern auch daran, dass sie ihre Gefühle nicht mehr verstecken mussten. Nachdem nun alle über sie Bescheid wussten, empfand sie sich irgendwie als Team, das vom Rest der Welt abgeschottet in einer eigenen kleinen Blase aus Ausschweifungen, Herausforderungen und Liebe lebte. Vielleicht war *Partner* doch das richtige Wort, denn nach Jahren, in denen sie den Alleingang genossen hatte, konnte sie sich nicht vorstellen, jemals glücklicher zu sein als nun mit ihrem klugen, leidenschaftlichen und unwiderstehlich arroganten Copiloten.

»Bist du sicher, dass du bereit bist?«, fragte sie.

»Was meinst du? Ich habe doch schon alle kennengelernt.«

Gestern Abend hatte sie ihn noch mit Pepper bekannt gemacht und sie hatten sich eine Zeit lang unterhalten. Pepper hatte ihm Dutzende Fragen gestellt, und er hatte auch die Gelegenheit gehabt, mit Grace zu reden und ihr sein Mitgefühl auszudrücken. Er hatte ihr und Reed erzählt, was seine Eltern durchgemacht hatten, als sie eine Familie gründen wollten, und sie schienen dankbar zuzuhören. Zum Abschied hatte Pepper Sable umarmt und geflüstert: *Er ist etwas ganz Besonderes. Bitte gestehe es dir zu, glücklich zu sein.* Sable konnte nicht aufhören, über diese Worte nachzudenken. Schon immer hatte sie ihre Familie beschützen wollen. Auch vor dem Unfall, der sie aus ihrer egoistischen Teenagerphase gerissen und in dessen Folge sie mit Tuck Schluss gemacht und sogar noch mehr darauf geachtet hatte, ihre Liebsten zu beschützen. Aber ihr war nicht bewusst gewesen, dass sie so feste Mauern um ihr Herz herum aufgebaut hatte. Diese Mauern waren über die Jahre immer dicker geworden, und sie wusste, es würde nicht leicht werden, daran etwas zu ändern – zumal sie nicht sicher war, wie sehr sie das überhaupt wollte. Sie mochte sich so, wie sie war, und Kane anscheinend auch, doch seit einiger Zeit spürte sie, wie sie beide sich veränderten. Vielleicht war es das, was manche Leute meinten, wenn sie sagten, dass man der Natur ihren Lauf lassen sollte.

»Ja, aber nicht als mein überaus heißer Freund.«

Er lachte. »Das bin ich jetzt also?«

»Ich fürchte ja.«

Er zog sie an sich und küsste sie. »Auf geht's.«

Sie gingen ins Haus, und das emsige Geplauder sowie die Vertrautheit der Familie, die um den Frühstückstisch saß, zauberten ein Lächeln in ihr Gesicht.

»Sable!«, rief Amber und löste damit eine freudige Unruhe aus, als alle aufstanden, um die beiden zu begrüßen.

»Kay!« Emma Lou, die auf dem Boden gesessen und mit den Hunden gespielt hatte, tapste auf Kane zu.

»Hallo, kleine Prinzessin.« Er nahm sie hoch, und sofort schlang sie die Arme um seinen Hals und drückte ihm einen Kuss auf die Wange.

»Eindeutig deine Tochter, Brindle«, sagte Sable und brachte damit alle zum Lachen, während sie sich zur Begrüßung umarmten, die Hände gaben oder auf den Rücken klopften. Als die Plätze wieder eingenommen wurden, schaute Sable zu Kane, der sich mit Emma unterhielt, bis sie über seinen Bart strich. »*Wauwau?*«

»Hat meine Tochter dich gerade als Hund bezeichnet?«, fragte Brindle.

»Wie Sable gerade gesagt hat: Sie ist deine Tochter«, scherzte Pepper.

Emma Lou wand sich auf Kanes Armen. »Runter!«

Er setzte sie ab, und Sable nahm sie hoch und umarmte sie ebenfalls, was mit dem süßen Gekicher der Kleinen belohnt wurde, das sie so vermisst hatte. »Hab dich lieb, Em.« Dann ließ sie die Kleine wieder zurück zu den Hunden gehen.

»Sable, Kane, setzt euch doch und esst etwas. Ich hole den Kaffee.« Ihre Mutter wollte aufstehen.

»Ich mach das schon, Mom«, sagte Sable.

Kane nahm Sables Hand. »Brauchst du Hilfe?«

»Nein, dauert nicht lange.«

Er zog sie zu einem Kuss an sich, und Brindle johlte, was die Frauen zum Lachen brachte und die Männer anerkennend pfeifen ließ.

Sable verdrehte die Augen. »Idioten.«

»Da können wir ihnen genauso gut noch eine Zugabe liefern.« Noch einmal zog er sie zu einem Kuss an sich, und sie musste lachen, als noch lauter gejubelt wurde. »Mir gefällt dieses Nicht-Versteckenspielen«, raunte er ihr zu.

»Mir auch.« Wie sie mit der Presse umgehen wollten, machte ihr jedoch etwas zu schaffen. Sie hatten darüber geredet, aber sie war noch unschlüssig, ob sie ihre Beziehung thematisieren sollten oder nicht. Als Kane zum Tisch ging, machte Sable sich auf den Weg, um Kaffee zu holen.

Dash stand auf und versperrte Kane den Weg. »Also, Bad, du kannst ja ziemlich gut mit Kindern umgehen. Hast du selbst welche?«

»Nein«, antwortete Kane.

»Zumindest keine, von denen du weißt«, sagte Dash.

»Dash, was soll denn das?«, fragte Sable, die ihre Kaffeebecher zum Tisch brachte.

»Oje, jetzt geht's los«, sagte ihr Vater.

Dash zeigte sein breites Grinsen. »Jemand muss ja auf dich aufpassen.«

»Schenk dir dein Riesenbabylächeln. Ich kann selbst auf mich aufpassen, vielen Dank auch.« Sable schüttelte den Kopf.

»Sable hat im Moment eine Menge um die Ohren«, sagte

Trace, als er und Graham ebenfalls aufstanden, sich neben Dash stellten und Kane finster ansahen. »Da kann sie deinen Mist nicht auch noch gebrauchen.«

»Aber mein Mist ist so verdammt gut«, sagte Kane. »Wäre schade, wenn sie darauf verzichten müsste.«

Der Rest der Familie bemühte sich, nicht zu lachen, und Sable fand es herrlich, dass er auf ihr scherzhaftes Sticheln einging.

»Hast du irgendwelche verrückten Ex-Weiber, die hier auftauchen könnten?«, wollte Graham wissen.

»Nur ein paar, aber ich denke, Sable kommt mit denen klar.« Kane zwinkerte ihr zu.

Nun marschierte Brindle auf ihn zu, gespielt selbstbewusst in ihrem süßen Blumenkleid und den Cowboystiefeln, und stemmte die Hände in die Hüften. »Sables Herz ist größer als der Mond.« Sie stieß mit dem Zeigefinger auf seine Brust. »Wenn du das brichst, werde ich dir dein hübsches Bübchengesicht zertrümmern.«

Ergeben hob Kane die Hände. »Jetzt machst du mir aber Angst!«

Alle brachen in Gelächter aus.

»Gut jetzt, ihr habt euren Spaß gehabt.« Sable schubste die Männer spaßhaft zu ihren Plätzen, und als sie Kane auf den Stuhl neben sich zog, sagte sie: »Tut mir leid.«

»Muss es nicht«, sagte Kane. »Das war fast so beeindruckend wie diese Festtafel hier.« Er deutete auf die angerichteten Köstlichkeiten: Eier, Speck, Pfannkuchen, Toast, Obst und Brötchen.

»Danke, Kane«, sagte ihre Mutter.

Ihr Vater hob seinen Kaffeebecher wie zu einem Trinkspruch. »Nicht schlecht, wie du dich gegen diese Jungs behauptet hast.«

»Ich habe selbst schon einige Male so ein Verhör geführt.« Kane reichte Sable einen Teller mit Rührei.

»Heißt das, deine Familie hat auch einen Spleen?«, fragte Amber. »Sable hat die drei Männer hier alle ziemlich scharf verhört.«

»Und genau aus dem Grund werde ich niemals ein Date mit nach Hause bringen«, sagte Pepper.

»Dazu müsstest du erst einmal ein Date haben«, ärgerte Morgyn sie.

»Nur weil du nichts über meine Dates hörst, heißt das nicht, dass ich keine habe.« Pepper nahm einen Schluck Kaffee.

Sable stieß Kane an. »Vielleicht müssen wir auf dem Weg zurück einen Stopp in Charlottesville einlegen.«

Ihre Familie schmunzelte und Pepper sah sie finster an.

»Kane, wie lange bleibst du hier?«, fragte Trace.

»Nach dem Frühstück besuchen wir Deloris und dann müssen wir abreisen«, antwortete Kane. »Wir treffen uns mit der Band in Portland, wo wir heute Abend ein Konzert haben.«

Sable graute davor, sich dem Exekutionskommando stellen zu müssen.

»Wussten sie von euch beiden?«, erkundigte Graham sich.

»Nein, und sie sind stinksauer, aber das ist meine Schuld. Es war meine Entscheidung, es geheim zu halten«, erklärte Sable.

Kane drückte ihre Hand. »Wir hielten es für das Beste, da wir beruflich miteinander zu tun haben und Surge noch nicht sehr bekannt war, als sie das Angebot erhalten haben.«

Die Küchentür ging auf, alle Köpfe hoben sich und herein kam Axsel, mit seinen verwuschelten, gekräuselten Haaren und den schelmisch funkelnden grün-braunen Augen.

»Axsel!«, rief ihre Mutter.

»Hallo zusammen. Guckt mal, wen ich unterwegs aufgegabelt habe.« Axsel strahlte und winkte Grace und Reed herein, die ganz offensichtlich müde, aber glücklich waren, sich im Kreise der Familie wiederzufinden.

Es entstand ein allgemeiner Aufruhr, als sich alle erhoben, um sie zu begrüßen. Sable konnte es nicht abwarten, ihren kleinen Bruder in die Arme zu schließen, doch sie ließ allen anderen den Vortritt und ging stattdessen zu Grace. »Hat unser Kleiner dich gegen deinen Willen hergeschleppt?«

»Nein!«, widersprach Axsel lautstark. »Ich habe ihr die Wahl gelassen.«

Reed schnaubte verächtlich, lächelte aber. »Er hat ihr gesagt, sie könnte zum Frühstück kommen, oder er würde im Wohnzimmer ein Lager aufschlagen und alle zu uns einladen.«

»Seht ihr? Sie hatte die Wahl«, behauptete Axsel, der die Hunde streichelte und dann Emma Lou einmal fest drückte.

»Eigentlich wollte ich mich den nächsten Monat im Bett verkriechen«, sagte Grace und Reed legte den Arm um sie. »Aber Axsel hat mich daran erinnert, dass ich hier nicht so tun muss, als wäre ich nicht traurig, denn ihr habt mich so oder so lieb.«

»Immer, meine Kleine«, sagte ihre Mutter, deren von Liebe erfüllter Blick über all ihre Kinder glitt. »Unsere Liebe ist bedingungslos, und wir sind so froh, dass du dich entschlossen hast herzukommen.«

Während zustimmendes Gemurmel zu hören war, trat Kane zu Sable und flüsterte ihr leise ins Ohr: »Deine Familie ist toll.«

»Mir ist bewusst, was für ein Glück ich habe.« Sie sah Axsel herüberschlendern. Es war kaum zu glauben, dass er fast fünfundzwanzig war. In den letzten Jahren hatte er sich so verändert. Jetzt sah er nicht mehr so aus wie ein schlaksiger

Junge auf dem Weg zum Mannesalter. Sein graues T-Shirt lag eng auf seiner breiten Brust, sein Kiefer war markanter und seine Augen so freundlich wie eh und je, nur klüger.

Ein durchtriebenes Grinsen lag auf seinen Lippen und er ließ den Blick zwischen ihr und Kane hin und her wandern. »Gut gemacht, Schwesterherz. Stellst du mich nun mal *Big Daddy* vor?«

Kane lächelte und streckte ihm die Hand entgegen. »Kane Bad, freut mich.«

»Die Freude ist ganz auf meiner Seite.« Axsel zog ihn in eine Umarmung. »Wenn du ihr wehtust, wird *sie* dich entmannen.«

Kane zuckte gespielt zusammen.

»Keine Sorge. Ich werde dich trösten.« Axsel zwinkerte ihm zu.

»Komm her, du Blödmann.« Sable drückte ihn an sich, während ihr Vater und ihre Schwager den Küchentisch verlängerten und Stühle aus dem Wohnzimmer holten. »Du hast mir gefehlt, aber wenn du dich an meinen Mann ranschmeißt, mache ich dich trotzdem fertig.«

»Das bezweifle ich keine Sekunde«, sagte Axsel. »Wie kommst du mit diesen ganzen üblen Kommentaren im Netz klar?«

»Ganz gut.« Sie wollte sich nicht aufregen, also wechselte sie das Thema. »Schön, dass du Grace überredet hast.«

»Sie brauchte das«, sagte Axsel. »Aber sie hat nur grob wiedergegeben, was ich gesagt habe. Sie wollte nicht traurig inmitten von uns herumsitzen, doch ich habe daran erinnert, dass wir auch *dich* liebhaben und du ja nicht unbedingt immer unser froher Sonnenschein bist. Also musste sie ihren Hintern aus dem Bett kriegen und mitkommen.«

»Klar doch.« Sie setzten sich.

Axsel nahm gegenüber von ihr und Kane Platz. »Aber mal im Ernst, Kane. Du musst schon ziemlich was draufhaben, um das Herz von der da erobert zu haben. Bitte sei vorsichtig damit.« Liebevoll sah er Sable an. »Ohne sie wäre ich weder beruflich noch persönlich der Mensch, der ich heute bin.«

»Ooooh«, seufzten Morgyn und Amber gleichzeitig.

»Ob mit oder ohne mich in deinem Leben wärst du ein toller Kerl«, sagte Sable.

»Klar, aber nicht ganz so toll«, sagte Axsel nachdenklich. »Von dir habe ich gelernt, stark zu sein. Du bist diejenige, die mir den Mut gegeben hat, allen zu sagen, dass ich schwul bin.«

»Als wenn wir das nicht gewusst hätten«, sagte Pepper.

»Stimmt, du hast immer die Jungs abgecheckt«, pflichtete ihr Morgyn bei.

»Trotzdem brauchte ich Mut, um mich zu outen«, sagte Axsel. »Ihr alle habt mich immer unterstützt, aber Sable kannte mein Geheimnis schon, als ich noch sehr jung und verwirrt war. Manchmal war es wirklich schwer für mich, und sie war immer da, um mir zu helfen. Sie hat mir gezeigt, dass ich ebenso wunderbar bin wie alle anderen, und wenn in der Presse etwas stand, das wehtat und ich mich am liebsten in einem Loch verkrochen hätte, hat sie sich jeden Tag bei mir gemeldet und manchmal stundenlang mit mir geredet.«

Kane drückte ihre Hand, und ihr wurde bewusst, wie sehr sie all seine Unterstützung und Zuneigung genoss, von den wissenden Blicken bis hin zu den tröstlichen Umarmungen.

»Ich wusste nicht, dass ihr täglich miteinander gesprochen habt«, sagte ihre Mutter.

»Ich auch nicht«, sagte Pepper und die anderen stimmten ein.

»Weil Sable nichts für ein Schulterklopfen macht«, sagte

Axsel. »Sie macht es aus Liebe. Also, Sable, wenn du jetzt diesem Presserummel ausgesetzt bist, hoffe ich, dass du dir die gleiche Frage stellst, die ich mir stellen sollte.«

Der Kloß in Sables Hals wurde größer.

»Und welche war das?«, wollte Grace wissen.

Axsel sah Sable eindringlich an. »Sie hat damals gesagt: *Für wen lebst du dein Leben? Für diese selbstgefälligen, nach Aufmerksamkeit heischenden A-löcher oder für dich selbst?* Als ich geantwortet habe, dass ich es für mich selbst lebe, es aber nicht aushielt, dass Leute schlimme Dinge über mich verbreiteten, hat sie mich darauf hingewiesen, dass die Meinung der Menschen, die sich jetzt gerade in diesem Raum befinden, das einzig Wichtige ist.«

»Das ist wahr.« Sable erinnerte sowohl sich selbst als auch ihn daran.

»Und ob.« Axsel sah sich in der Runde um. »Dann hat sie noch hinzugefügt, wenn ihr alle mich nicht mögen solltet, könntet ihr zur Hölle gehen. Sie war also deutlich.«

Leises Lachen kam auf.

Während ihre Familie über die Vor- und Nachteile von Social Media und die Bedeutung von Familie diskutierte, schaute Sable sich am Tisch um und betrachtete die Menschen, die sie am meisten liebte. Sie hatten ihr gefehlt, klar, aber ihr war nicht bewusst gewesen, wie sehr sie es brauchte, nicht nur Grace und den Rest der Familie in die Arme zu schließen, sondern auch einfach ihre Gegenwart zu genießen, ihre Neckereien und ihre bedingungslose Liebe in sich aufzunehmen. Niemand hatte ihr Vorwürfe gemacht, weil sie ihr Geheimnis für sich behalten hatte, und die Art, mit der sie Kane im Kreis ihrer Familie willkommen geheißen hatten, verlieh ihr Kraft und gab ihr die Antworten, die sie suchte.

Sie holte ihr Handy hervor und lehnte sich zu Kane hinüber. Als er sie mit seinen von Liebe erfüllten Augen ansah, küsste sie seine lächelnden Lippen und machte ein Foto.

Ein »Aah« ertönte von den Schwestern. »Schick mir das bitte«, sagte Pepper und die anderen baten ebenfalls darum.

Sable schaute sich das Foto an und war überwältigt von dem Glück und der Liebe in ihrer beider Augen. Kein Wunder, dass Tuck es bemerkt hatte. Sie zeigte es Kane. »Was dagegen, wenn ich es poste?«

Sein Grinsen gab ihr seine Antwort, noch bevor er es ausgesprochen hatte. »Zeig's ihnen, Panthera.«

Die freudige Erregung in ihr wuchs. »Brin, ich brauche deine Hilfe.« Sie gab Brindle ihr Handy. »JP hat den Account der Band auf alle unsere Handys gemacht, aber ich hab ihn nie benutzt. Kannst du das Foto für mich posten?«

Ein Leuchten trat in Brindles Augen, als sie sich das Handy schnappte. »Na klar!«

»Da ist sie ja wieder, die Sable, die ich kenne«, sagte Reed.

»Was für einen Hashtag nimmst du?«, fragte Trace.

»Ich weiß!«, rief Brindle. »Was gefällt dir besser, *Sane* oder *Kable*?«

Sable verzog das Gesicht. »Keines von beiden.«

»Komm schon. Jedes Paar hat so einen Hashtag«, bettelte Brindle. »Trace und ich waren Team Trindle, wisst ihr noch?«

»Nein, ich werde mich nicht auf einen Hashtag reduzieren lassen. Vergiss es.« Sable streckte die Hand aus und wollte das Handy zurückhaben.

»Okay, also kein Hashtag«, gab Brindle nach. »Was soll ich darunterschreiben?«

»Das ist mein Leben. Verpi–« Sie schaute zu Emma Lou. »Lasst mich in Ruhe.«

»Sable!«, ermahnte Amber sie. »Du wirst die Fans verärgern.«

»Es sind keine Fans, wenn sie sie nicht unterstützen«, merkte Kane an und zwinkerte Sable zu.

»Genau, zeig ihnen, wo der Hammer hängt, Big Daddy«, pflichtete Axsel ihm bei und brachte alle zum Lachen.

»Augenblick, ich habe eine bessere Idee«, sagte Sable. »Schreib einfach: *Ich liebe das Leben und diesen Mann.*«

»Perfekt!«, sagte ihre Mutter.

Sable schaute über den Tisch zu Grace und Reed und dachte an das, was in ihrer Band vor sich ging, an Deloris' fortschreitende Krankheit und daran, dass sie ihr Haus verkaufen musste. Ihr wurde bewusst, dass sie das auch nicht posten konnte. »Warte. Das geht nicht, bei allem, was Grace und Reed durchmachen und was gerade sonst noch so los ist. Gewisse Aspekte des Lebens liebe ich nicht.«

»Du stellst immer alle anderen an erste Stelle«, sagte Grace sanftmütig. »Du könntest das jetzt einfach für dich machen, und das wäre völlig in Ordnung.«

»Nein, kann ich nicht. Das wäre eine Lüge.«

»Wie wäre es, wenn du nur das Foto postest und ein Mittelfinger-Emoji daruntersetzt?«, schlug Axsel vor. »Damit würdest du deinen Standpunkt klarmachen.«

»*Das* ist perfekt!«, sagte Sable.

Während Brindle das Foto ins Internet stellte und alle aufgeregt durcheinander plauderten, zog Kane Sable enger an sich. »Ich glaube, ich habe mich gerade eben noch ein wenig mehr in dich verliebt.«

»Vielleicht muss ich von nun an den Leuten öfter mal den Mittelfinger zeigen.«

Vierunddreißig

Sables Besuch bei Deloris war schön und schwierig zugleich gewesen. Sie hatte sich mehrere Male wieder vorstellen müssen, und Deloris hatte über Lloyd gesprochen, als würde er noch leben. Aber zumindest hatte sie keine Angst bekommen, wenn sie vergessen hatte, wer Sable war. Alles änderte sich so schnell, dass Sable am liebsten auf die Bremse getreten wäre. Doch gleichzeitig konnte sie es nicht abwarten, dass die Tour vorbei war. Das Problem war nur, dass sie das Ende herbeisehnte, damit das Leben wieder in normalen Bahnen verlaufen konnte. Die Normalität, die sie kannte, existierte jedoch nicht mehr.

Sie und Kane waren gerade in dem Hotel in Portland angekommen, in dem sie die Jungs treffen sollte, und sie war ein einziges Nervenbündel. Auf dem langen Flug hatte sie zu viel Zeit gehabt, darüber nachzudenken, dass sie Tuck angelogen und ihre Beziehung zu Kane vor allen geheim gehalten hatte.

»Bist du sicher, dass ich nicht mitkommen und das Gespräch über uns mit dir zusammen führen soll?«

»Ganz sicher. Es würde so aussehen, als würden wir beide uns gegen sie stellen, und das ist das Letzte, was wir brauchen.«

Er nickte, doch seine Kiefermuskeln zuckten, als er sie in die Arme schloss. »Dass du in dieser Lage bist, ist unerträglich.«

»Mir gefällt es auch nicht, aber ich habe mich selber da hineinmanövriert. Ich kriege das hin.« Sie löste sich aus seiner Umarmung, obwohl sie am liebsten dort geblieben wäre, wo sie sich stärker und sicherer fühlte. »Ich geh dann lieber mal.«

»Wo willst du dein Gepäck haben? In meinem Zimmer oder in deinem?«

»Es ist so seltsam, dass wir jetzt die Wahl haben. Kannst du es in meins bringen lassen, bitte?«

Er hob eine Augenbraue. »Sicher?«

»Ja.« Sie schwieg einen Moment, sodass er nickte, bevor sie hinzufügte: »Du darfst natürlich auch gern deines dahin bringen, aber denk dran: Mein Zimmer, meine Regeln.«

Seine umwerfenden dunklen Augen wurden etwas schmaler, als er sie verwegen anlächelte. »Du hast alles unter Kontrolle, wie?«

»Im Moment eher nicht, aber ich weiß nicht, was auf mich zukommt. Vielleicht fahre ich später die Krallen aus und du könntest einen Fluchtweg brauchen.«

»Wohl kaum. Ich freue mich darauf.« Fest drückte er seine Lippen auf ihre. »Los, zeig's ihnen, Baby.«

Auf dem Weg zu Tucks Zimmer atmete sie tief durch und ermahnte sich, ruhig zu bleiben. Sie hatten alle Fehler gemacht und sie musste die Verantwortung für ihren Teil übernehmen. Nachdem sie geklopft und einige nervenaufreibende Sekunden gewartet hatte, öffnete Tuck die Tür. Sie hatte gehofft, dass ein Minimum an Gelassenheit zwischen ihnen herrschen würde, aber seine normalerweise gefühlvollen Augen waren kalt, und er sagte kein Wort, als er zurücktrat und sie an ihm vorbei eintreten ließ.

All ihre Muskeln waren angespannt, während er die Tür hinter ihr schloss und ihr ins Zimmer folgte. Nervös nahm sie den ernsten Gesichtsausdruck von Chris wahr, der an der Kommode lehnte, JP, der mit dem Rücken zu ihnen am Fenster stand, und Lee, der mit ausgestreckten Beinen und verschränkten Armen am Tisch saß. Lee hob zur Begrüßung kurz das Kinn, aber ein herzliches Willkommen sah anders aus.

Chris stieß sich von der Kommode ab. »Wie geht's Grace?«

»Nicht besonders gut, aber sie wird es überstehen.« *In etwa so wie ich.* »Tut mir leid, dass ich so übereilt abhauen musste.«

JP drehte sich um und sein Blick schien sie zu erdolchen. »Tut es das?«

»Ja, natürlich! Meine Schwester hatte eine Fehlgeburt. Ist ja nicht so, als hätte ich Urlaub gemacht.«

Er schnaubte verächtlich. »Und wir sollen dir abnehmen, dass du es nicht genossen hast, noch ein bisschen länger mit Kane herumzuvögeln?«

»Wag es ja nicht, herunterzuspielen, was Grace gerade durchmacht!« Sie musste all ihre Beherrschung aufbringen, um nicht laut zu werden. »Und seit wann geht es euch etwas an, mit wem ich schlafe?«

»Seit der Typ, mit dem du rummachst, sich als unser Manager aufspielt.« Lee stand auf. »Und jetzt denken alle, *wir* hätten uns diesen Gig nicht verdient.«

»Was glaubst du denn, warum ich nichts gesagt habe?«, fuhr sie ihn an. »Ich hab versucht, diesen Albtraum zu vermeiden.«

»Verständlich, dass du niemandem außerhalb dieses Raums davon erzählt hast«, sagte Chris schroff. »Aber warum hast du es vor uns verheimlicht?«

Tuck sah sie unverwandt an, die Zähne fest aufeinandergepresst und mit einem Blick, der sie zu durchbohren schien.

»Keine Ahnung!« Sie fing an, hin und her zu laufen. »Weil es vor der Tour anfing, und ich wusste nicht, wie ihr reagieren würdet.«

»Weil du gewusst hast, dass es falsch war«, schnauzte JP sie an.

»Hast du uns deshalb nichts von Victorys Angebot erzählt?« Tucks Stimme war rau wie Sandpapier.

Sable drehte sich herum und sah seinen kalten, verbitterten Blick. Bei allem anderen, was um sie herum passiert war, hatte sie überhaupt nicht mehr an das Angebot gedacht. »Woher wisst ihr davon?«

»Wen interessiert's, *wie* wir es herausgefunden haben?«, fuhr Lee sie an.

»Sie ist gestern Abend bei dem Konzert aufgetaucht«, sagte Tuck stimmlos. »Verdammt, Bell! Wie lange wolltest du warten, bis du uns das erzählst?«

»Wahrscheinlich wollte sie es uns gar nicht erzählen«, stieß JP verächtlich aus.

Die Schuldgefühle überkamen sie wieder mit voller Wucht und sie wurde laut. »Wollt ihr wissen, warum ich nichts gesagt habe? Weil das Angebot nur gilt, wenn ich die Leadsängerin bleibe, und bei allem, was abging, konnte ich so eine Entscheidung überhaupt nicht treffen.«

»Du meinst, was mit dir und Kane abging«, warf JP anschuldigend ein.

»Nein, du Idiot. Ich meine das Chaos der ganzen Tour. Es herrschten solche Spannungen zwischen uns allen, da konnte ich keinen klaren Gedanken fassen. Die Tour hat uns zu Menschen gemacht, die ich nicht wiedererkenne.«

»Ja und? Wir sind etwas angespannt«, schnauzte Lee. »Das ist doch normal. Frag doch Johnny und die anderen Jungs.«

»*Etwas* angespannt?«, fragte Sable ungläubig. »Du und JP seid aufeinander losgegangen und ich hab einen Kinnhaken abbekommen. Ganz ehrlich, nach allem, was passiert ist, bin ich froh, dass ich euch nichts von dem Angebot erzählt habe, denn jetzt weiß ich, dass ich es nicht annehmen will. Ich will nicht so leben, mit dieser Anspannung, im Streit mit meinen Freunden und weit weg von meiner Familie. Von Anfang an wollte ich diese Tour nicht machen. Ich hab es nur für euch getan.«

»Ja, klar«, meinte Lee sarkastisch. »Wenn du die Tour für uns gemacht hättest, hättest du uns von dem Angebot erzählt und wir hätten bei einem großen Label unterschrieben, würden unsere eigene Welttournee planen und Alben herausbringen, mit denen wir eine Menge Kohle scheffeln könnten.«

»Du hast gesagt, dass du schon vor der Tour was mit Kane angefangen hast«, fügte Tuck kalt hinzu. »Dann hast du dir wohl den Typen geangelt und alles andere ist egal.«

Seine Worte glichen Messerstichen, doch sie hielt seinem Blick stand, während ihr Herz zerbrach. »Wenn es das ist, was du nach all diesen Jahren glaubst, dann kennst du mich kein bisschen.«

»Anscheinend nicht«, sagte Tuck und drehte die Klinge noch herum. »Aber keine Sorge. Nach der Tour im Herbst bist du mich los. Victory hat mich gestern Abend singen gehört, und sie meinte, wenn Surge das Angebot nicht annimmt, das sie dir gemacht hat, dann hat sie einen Deal für mich parat, um allein durchzustarten.«

Wie zornige Schlangen tobten Wut und Traurigkeit in Sable und kämpften mit der Freude darüber, dass Tuck endlich aus Oak Falls herauskommen und das Leben führen würde, das er verdiente. Sie versuchte, ihre Gefühle unter Kontrolle zu bekommen, und brachte nur heraus: »Das ist großartig.«

»Ja, nur dass wir anderen alle am Arsch sind – dank dir«, zischte JP. »Ich bin weg.« Er stürmte zur Tür hinaus und Lee und Chris folgten ihm.

»Chris«, sagte Sable, als er an ihr vorbeiging. »Du wolltest es auch? Selbst nach allem, was die Tour für deine Familie bedeutet hat?«

»Nein, aber ich dachte, wir könnten einander vertrauen.«

Mehr, als zuzusehen, wie er die Tür hinter sich schloss, konnte sie nicht tun. Sie nahm wahr, dass Tuck sich hinter ihr setzte, und dann schloss sie die Augen, um sich gegen die Emotionen zu wappnen, in denen sie zu ertrinken drohte. Als sie sich umdrehte, saß er auf einem Stuhl, die Ellbogen auf den Knien abgestützt, und die Haare hingen über seine Augen.

»Tuck, es tut mir wirklich leid.«

Mit ernstem Blick schaute er durch die Haarsträhnen auf.

Sie ging auf ihn zu und erinnerte sich dabei an den Tag nach dem Unfall vor all den Jahren. Als sie sich nach der Schule mit ihm in der Scheune getroffen hatte und er die Arme nach ihr ausgestreckt hatte, war sie zurückgewichen. Denn wenn er sie berührt hätte, das hatte sie genau gewusst, hätte sie niemals tun können, was sie tun musste. In diesem Moment hatte sie angefangen zu lernen, ihre Gefühle wegzusperren, und sie hatte gesagt, dass sie nicht mehr mit ihm zusammen sein wollte. Er hatte sie angefleht und versucht, sie zu überzeugen, doch dann war er schließlich auf eine Kiste gesackt und hatte sie so angesehen, wie er sie jetzt ansah.

Was sie sich damals nicht gestattet hatte, zu erkennen, war jetzt mehr als deutlich.

Tuck war nicht ernst. Er hatte ein gebrochenes Herz.

Das neue Schuldgefühl, das sie nun überkam, nahm ihr fast den Atem. Sie öffnete den Mund, Worte kamen jedoch nicht heraus. Doch sie nahm all ihre Stärke und ihren Mut zusammen, denn das hier war Tuck. Ihr Freund, ihr Vertrauter, ihre erste Liebe, und er hatte die Wahrheit verdient. »Tuck.« Mit erstickter Stimme redete sie weiter. »Ich muss mich bei dir entschuldigen.«

»Bei uns allen musst du dich entschuldigen«, sagte er tonlos.

»Ja, wegen des Angebots, aber dir steht eine andere Entschuldigung zu. Als wir Teenager waren und Pepper diesen Unfall hatte, habe ich mir selbst die Schuld gegeben und mich vollkommen verschlossen. Von da an wollte ich mir keine Gefühle mehr erlauben, die meine Aufmerksamkeit von meinem Bruder und meinen Schwestern ablenken konnten. Dazu gehörte auch, dass ich meine Gefühle für dich verdrängt habe und deine Gefühle für mich nicht sehen wollte. Mir war das damals nicht bewusst und das tut mir unbeschreiblich leid.«

Er schwieg einen Moment lang. »Du hast dich nicht verändert.«

Die Tränen brannten in ihren Augen. »Ich weiß, dass es so wirkt, aber ich habe mich verändert, oder zumindest habe ich angefangen, mich zu ändern. Bis ich gestern Abend mit Pepper über den Unfall gesprochen habe, habe ich nie eins und eins zusammengezählt. Den Teil muss ich verdrängt haben, und ich war so gut darin, meine Gefühle zu unterdrücken, dass es Teil meiner Persönlichkeit geworden ist. Wie eine Gewohnheit, bei der mir nicht klar war, dass ich sie ändern muss.« Sie zog sich einen Stuhl heran und setzte sich ihm gegenüber, sodass sie auf Augenhöhe waren, und hielt ihre Tränen zurück. »Wenn ich die Zeit zurückdrehen und rückgängig machen könnte, wie ich dich verletzt habe, würde ich es tun.«

»Wir sind keine Teenager mehr, Bell.« Er lehnte sich zurück und umfasste krampfhaft seine Oberschenkel. »Und? Ist die Beziehung mit Kane es wert?«

»Ob sie es wert ist, dass ich mich verändere und mit der

Band streite?« Darüber musste sie nicht nachdenken, doch es ging einher mit weiteren Schuldgefühlen. Ihr war bewusst geworden, dass sie angefangen hatte, sich zu verändern – und Gefühle für Kane zuzulassen –, noch bevor die Tour überhaupt losgegangen war, während sie es sich nicht gestattet hatte, sich für Tuck zu verändern, als er sie am meisten gebraucht hatte. »Ja, das ist sie. Ich liebe ihn, und ich hätte nicht geglaubt, dass ich fähig bin, das zu fühlen. Aber ich will dich nicht verlieren, weil ich so gehandelt habe.«

Er sah ihr in die Augen. »Hast du mich je geliebt?«

Sie nickte und nun liefen ihr die Tränen über die Wangen. »Ich weiß nicht, ob es mir damals bewusst war und ich es einfach verdrängt habe, aber jetzt weiß ich es.« *Jetzt, da ich weiß, wie Liebe sich anfühlt.* Ihre Liebe für Tuck war anders gewesen. Es war eine verwirrte Teenagerliebe gewesen, während ihre Liebe zu Kane ein Gefühl war, das sie nie und nimmer unter Verschluss halten könnte. »Ich weiß, dass ich dich geliebt habe, aber in meinem wirren Teenagerhirn war es nicht möglich, dich zu lieben *und* für meine Schwestern und Axsel da zu sein. Darum habe ich Schluss gemacht. Aber du weißt, dass ich dich als meinen besten Freund liebe, und das wird auch immer so sein.«

Er antwortete nicht und gab ihr auch nicht zu verstehen, dass er sie gehört hatte, was ihren Schmerz noch größer machte.

Sie suchte nach etwas, um das Schweigen zu unterbrechen. »Nimmst du den Vertrag als Solo-Künstler an?«

»Wirfst du wirklich alles hin, was wir aufgebaut haben?«

Würde sie das tun? War sie bereit, sich von all dem zu verabschieden? Die Freunde zu verlieren, die sie liebte, die Band, die sie gegründet hatte, und den Mann, der seit jeher ihr bester Freund gewesen war?

Fünfunddreißig

Kane klappte seinen Laptop zu, stand auf und sah zum zigsten Mal auf die Uhr. Sable war nun schon eine ganze Zeit lang fort, und seine Gedanken kreisten immer wieder zu dem Moment, in dem sie ihre Band das letzte Mal gesehen und einen Kinnhaken verpasst bekommen hatte. Fünfzehn Minuten würde er noch warten, aber dann würde er …

Die Tür wurde aufgestoßen und Sable stürmte herein wie eine Gewitterwolke, die kurz davor stand zu explodieren. Die Augenbrauen hatte sie zusammengezogen, die Lippen fest aufeinandergepresst. Kane ging zu ihr. »Was ist passiert?«

»Nichts Gutes«, fuhr sie ihn an und verschränkte die Arme. »Sie sind stinksauer auf mich, weil ich ihnen nichts von uns und auch nicht von Victorys Angebot erzählt habe.«

»Ich dachte, das hättest du erst einmal auf Eis gelegt.«

»Hab ich auch! Wusstest du, dass Victory gestern Abend zum Konzert kommen wollte?«

»Nein. Was zum Teufel wollte sie dort?«

Finster sah sie ihn an. »Und wusstest du, dass sie Tuck einen Solo-Vertrag angeboten hat?«

»Nein! Das hätte ich dir erzählt, aber ich bin nicht der Manager deiner Band. Victory und ich reden nicht über Angebote an Surge. Wie lief es mit den Jungs?«

»Die sind sauer. Alles ist ein einziger Mist.« Sie marschierte auf und ab. »Keine Ahnung, wie alles so außer Kontrolle geraten konnte. Ich hatte Victory gesagt, ich würde ihr am Ende der Tour meine Entscheidung mitteilen, und bin nicht auf den Gedanken gekommen, dass sie damit zur Band rennen würde, weil das Angebot an die Bedingung geknüpft war, dass ich als Leadsängerin dabeibleibe. Jetzt denken sie alle, ich hätte sie hintergangen, und ich muss eine Entscheidung treffen, ob ich bei dem Label unterschreiben will oder nicht. Wenn ich unterschreibe, bin ich am Arsch, und sie sind am Arsch, wenn ich nicht unterschreibe.«

Er stellte sich ihr in den Weg. »Komm mal kurz etwas zur Ruhe.«

Sie verschränkte wieder die Arme und sah ihn erwartungsvoll und – verdammt noch mal – zu gequält an.

»Die Situation ist ja nicht dieselbe wie am Anfang. Surge ist von einer unbekannten Band zu einer weltweiten Sensation geworden.«

»Das weiß ich und dafür bin ich auch dankbar. Aber das hier ist nur die US-Tour. Wir haben noch immer zwei Monate im Herbst mit der internationalen Tournee vor uns, und guck dir nur an, was es jetzt schon bei meiner Band angerichtet hat. Die Jungs denken, ich hätte sie hintergangen. Alle außer Chris wollen dieses Leben. Sie wollen auf Tour gehen, Alben herausbringen, größer und besser werden, und das kann ich ihnen auch nicht übelnehmen. Wir machen schon seit Ewigkeiten Musik. Warum sollten sie keinen Plattenvertrag wollen?«

»Und was willst *du*?«

»Ich will dich und ich will mein altes Leben zurück. Ich will in meiner Werkstatt arbeiten, im JJ's und auf Festivals spielen und ich will wegen all dem nicht meine Freunde verlieren.« Tränen stiegen ihr in die Augen. »Aber das ist nicht realistisch. Wenn ich nicht beim Label unterschreibe, verliere ich meine Band und meine Freunde. Dabei bin ich mir gar nicht sicher, ob ich sie nicht schon verloren habe.«

»Sie sind verletzt und wütend, und in gewisser Weise auch zurecht. Sie sind total überrumpelt worden, was uns angeht, und wahrscheinlich hättest du ihnen von Victorys Angebot erzählen sollen, obwohl du es auf Eis gelegt hattest.«

»Ich habe sie beschützt! Wenn ich Victory ehrlich gesagt hätte, dass ich nicht interessiert bin, hätten sie nie von dem Angebot erfahren und wären jetzt nicht verletzt. Sie wollte die Jungs nicht ohne mich.«

»Das weiß ich, und ich finde es schön, dass du immer erst an alle anderen denkst, aber dieses Mal ist es nach hinten losgegangen. Du konntest nicht damit rechnen, dass Grace eine Fehlgeburt erleidet und Tuck für dich einspringt, und auch nicht damit, dass Victory auf dem Konzert auftaucht. Ich weiß, dass du es gewohnt bist, immer alles allein zu regeln, aber ich bin hier als deine Stütze. Ich wünschte, du hättest mit mir über das Angebot geredet, anstatt im Stillen darüber zu grübeln.«

»Warum? Was hätte das für einen Unterschied gemacht?«

»Wir hätten darüber nachdenken können, als du nicht so durcheinander warst, und dir und den Jungs eine Menge Stress ersparen können. Deshalb hatte ich vorgeschlagen, dass ihr euch einen Manager für die Band sucht, der euch bei solchen Dingen an die Hand genommen hätte.« Er trat näher auf sie zu und wusste, dass ihr nicht gefallen würde, was er als Nächstes zu sagen hatte. Doch er könnte es sich nicht verzeihen, wenn er es nicht tat. »Du weißt, dass ich dich bei allem unterstütze, was dich glücklich macht, aber du solltest alle deine Möglichkeiten kennen, damit du nicht in ein paar Jahren zurückschaust und dir wünschst, du hättest es anders gemacht.«

Sie verschränkte die Arme und hob trotzig das Kinn. »Ich weiß, was ich will, aber nur zu. Sag, was du zu sagen hast.«

»Vielleicht gibt es eine Möglichkeit, dich auf halbem Weg mit den Jungs zu treffen. Du liebst es, mit ihnen aufzutreten, und ihr habt schon viel miteinander erlebt. Mit dem richtigen Manager könntet ihr alles selbst machen. Eure Musik entwickeln, sie vertreiben und bewerben – in dem Rhythmus, der euch gefällt. Ihr könnt auf Festivals spielen oder auf Tournee gehen, aber du und deine Band hättet die ganze Kontrolle. Der Nachteil ist, dass es stressiger und teurer sein kann, diesen Weg einzuschlagen. Ein Deal mit einem Label macht all das einfacher, es kann sehr lukrativ sein und sich sowohl positiv als auch negativ auf den Erfolg auswirken. Du kannst auch bei einem Label unterschreiben und die Konditionen selbst festlegen – man kann Tourneen, Alben und alles andere aushandeln. Bist du sicher, dass du nicht noch einmal darüber nachdenken willst, entweder ein Angebot auszuhandeln, mit dem du glücklich bist, und all das mit deiner Band machen, oder einen Manager zu engagieren und dich auf halbem Weg mit den Jungs einigen?«

»Ja, ich bin mir sicher! Sie wollen alles und ich nicht. Ich will mich nicht dazu verpflichten, nach Plan Musik zu machen. Ich will Musik machen, weil ich es fühle, und wenn wir mit der Herbsttour fertig sind, will ich nie wieder auf Tour gehen. Ich will da sein, wenn meine Familie mich braucht. Ein Leben im Rampenlicht führen und mich gleichzeitig ständig verstecken zu müssen, ist für mich eine grauenhafte Vorstellung. Es wird schwierig genug, unsere Fernbeziehung hinzukriegen. Ich möchte in der Lage sein, mit dir auszugehen, ob in New York,

Oak Falls oder sonst irgendwo, ohne mir Sorgen machen zu müssen, ob jemand Fotos von uns macht oder im Internet Mist über uns schreibt. Mir ist klar, dass es nach der Tour etwas dauern wird, bis all das nachlässt, aber irgendwann wird es das, und ich kann mir nicht vorstellen, dass du dieses ganze Tamtam magst.«

»Nein, überhaupt nicht, aber ich würde mich damit abfinden, wenn du es wollen würdest.«

»Ich wollte es von Anfang an nicht und mit Sicherheit will ich es jetzt auch nicht. Ich wünschte nur, es gäbe eine Möglichkeit, dass JP und Lee nicht wegen mir auf all das verzichten müssten.«

»Wir könnten mit Tuck besprechen, dass er die Jungs mit in seinen Vertrag aufnehmen lässt.«

»Ihm wurde ein Angebot als Solo-Künstler gemacht. Da ist von einer Band nicht die Rede.«

»Auch Solo-Künstler haben ihre Band, und Lee und JP würden die Gelegenheit wahrscheinlich sofort ergreifen.«

»Glaubst du wirklich, dass du Victory davon überzeugen könntest? Hätte sie das nicht von vornherein angeboten, wenn das eine Option wäre? Ich will nicht, dass die Jungs sich über etwas freuen, wenn es gar nicht möglich ist.«

»Ich würde es JP und Lee gegenüber erst erwähnen, wenn Tuck sagt, dass er es will. Was Victory angeht, sie ist eine hervorragende Geschäftsfrau. Tuck ist ein großartiger Sänger und Gitarrist, aber er performt und singt nicht so gut wie du. Ich gehe davon aus, dass Victory von Surges Erfolg profitieren will, und Tuck als Solo-Künstler zu verpflichten ist der einfachere Deal und bietet mehr Optionen. Wenn aber auf dem Tisch liegt, alle drei zu nehmen, wird sie das mit Sicherheit nicht ausschlagen. Aber ihr habt heute Abend ein Konzert, wenn wir also mit Tuck reden wollen, dann sollten wir es bald machen.«

»In Ordnung, aber ich glaube, ich sollte zunächst allein mit ihm reden.« Sie senkte kurz den Blick, und als sie wieder aufschaute, lagen noch mehr Sorgen darin. »Vorhin kamen ein paar heftige Dinge zur Sprache, und ich will nicht alles noch schlimmer machen. Weißt du noch, dass ich gesagt habe, beim Gespräch mit Pepper und Grace einiges über mich gelernt zu haben?«

»Ja.«

»Ich glaube, ich habe Tuck geliebt, als wir Teenager waren, und das habe ich ihm auch gesagt. Aber es war nicht so, wie ich dich liebe, und ich liebe ihn auch nicht …«

»Baby, das ist in Ordnung.« Er nahm sie in den Arm. »Du musst nichts erklären. Ich kenne dich gut genug, um zu erkennen, dass du und Tuck das damals nicht hättet gemeinsam durchstehen können, ohne dass du dich in deinen besten Freund verliebst. Das ist ein weiterer Grund dafür, dass es jetzt für euch beide so schwer ist, und das respektiere ich.«

Sie atmete erleichtert auf. »Danke für dein Verständnis. Irgendwann will ich dir alles erzählen.«

»Wenn die Zeit gekommen ist, möchte ich gern mehr erfahren, aber es besteht keine Eile.«

Die Augenbrauen streng zusammengezogen, sah sie ihn lange an. »Es tut mir leid, dass es so kompliziert ist, mit mir zusammen zu sein.«

»Mit dir zusammen zu sein, ist das Beste an meinem Leben.« Er drückte seine Lippen auf ihre und wurde mit einem Lächeln belohnt. »Los, rede mit ihm, bevor die Zeit zu knapp wird. Ich bin hier, wenn du mich brauchst.«

Zehn Minuten später folgte Sable Tuck in sein Zimmer. Er drehte sich herum und steckte eine Hand in die Tasche seiner Jeans. »Was willst du?«

Seine Stimme klang jetzt nicht mehr so scharf wie vorhin, sondern erschöpft. Und so fühlte sie sich auch. Sie hoffte, dass sie sich für ihr Konzert heute Abend zusammenraufen konnten. »Ich wollte, dass du der Erste bist, der erfährt, dass ich das Angebot von Victory ablehnen werde.«

»Das habe ich mir gedacht. Du wolltest das Ganze von vornherein nicht.«

»Du glaubst also nicht, dass ich es wegen Kane ablehne?«

Er schüttelte den Kopf. »Hab ich nur gesagt, weil ich sauer war.«

Erleichterung überkam sie. »Ich finde es schrecklich, wie die Dinge zwischen uns allen gelaufen sind, aber du sollst wissen, dass ich für dich und die Jungs nur das Beste will. Das ist der einzige Grund, warum ich der Tour überhaupt zugestimmt habe.«

»Das weiß ich, und sie wissen es auch, aber sie sind gearscht, und es wird nicht leicht für dich, das zu überwinden.«

»Das ist in gewisser Weise der Grund, warum ich hier bin. Kane glaubt, dass er mit Victory verhandeln kann, wenn du JP und Lee mitnehmen willst.«

Skeptisch sah er sie an. »Wirklich?«

Sie nickte. »Er denkt, das wäre möglich. Er ist ein guter Geschäftsmann und du solltest seine Hilfe annehmen. Nichts von alledem ist seine Schuld. Es war meine Entscheidung, alles vor allen zu verheimlichen, und die Einzelheiten des Angebots kannte er gar nicht. Vor einigen Wochen hab ich ihm erzählt, dass ich es auf Eis gelegt hab, und bis heute Abend haben wir nicht mehr darüber geredet.«

»Ich wusste, dass du ganz allein dahintersteckst.«

»Woher?«

»Weil du so bist, Bell. Du beschützt, was du liebst, und manchmal bedeutet das, Geheimnisse zu haben.«

Sie war nicht sicher, ob er auch davon sprach, dass sie ihn all die Jahre beschützt hatte, indem sie ihre Beziehung geheim gehalten hatte, oder davon, dass sie ihre Beziehung zu Kane vor ihm verheimlicht hatte, um einen von ihnen beiden davor zu bewahren, verletzt zu werden, oder ob er etwas ganz anderes meinte, aber trotzdem bekam sie einen Kloß im Hals. Als sie den Mund öffnete, um etwas zu sagen, unterbrach er sie.

»Ich würde gern weiter mit JP und Lee spielen, aber nur wenn JP sich unter Kontrolle bringt.«

Es war typisch Tuck, sie so zu unterbrechen und das Thema zu beenden. »Du wirst mit ihm darüber reden müssen, aber vielleicht solltest du damit warten, bis er sich etwas abgeregt hat.«

»Meinst du?« Fast lächelte Tuck. »Kommst du in der Werkstatt zurecht, wenn ich das Angebot annehme?«

Es rührte sie, dass er trotz allem, was gerade passierte, an sie dachte. »Das wird schon.«

»Welche Pläne hast du mit den anderen Jungs?«

»Noch habe ich keine. Ich werde mich nach ihnen richten und das Beste hoffen. Danke, dass du mit mir geredet hast. Ich lass dich jetzt in Ruhe.« Sie ging Richtung Tür, doch ein Stich in ihrer Brust ließ sie innehalten und sich umdrehen. »Ich weiß, dass ich Mist gebaut habe, aber glaubst du, dass es zwischen uns je wieder in Ordnung sein kann?«

»Es wird etwas dauern«, sagte er ernst. »Aber wir finden immer wieder zueinander zurück.«

Die Erleichterung rauschte durch sie hindurch. »Ja, das stimmt.« Sie kämpfte gegen den Drang an, ihn zu umarmen, denn sie wusste, dass es dafür zu früh war, und ging zur Tür.

»Das mit dir und Kane ist also die große Liebe, wie?«

Sie nickte. »Ich glaube schon.«

»In dem Fall solltest du mit Chris darüber reden, dass er euch das hintere Schlafzimmer im Bus überlässt.« Er öffnete ihr die Tür.

»Wir haben nur noch drei Wochen Tour vor uns. Da will ich nicht noch mehr für Ärger sorgen.«

»Schwachsinn. Du liebst es, für Ärger zu sorgen, und wenn ich noch länger zuhören muss, wie du die ganze Nacht über Textnachrichten verschickst, dann raste ich aus.«

»Du hast gehört, wie ich Nachrichten verschickt habe?«

»Na ja, das Verschicken an sich nicht, aber du redest mit dir selbst, wenn du schreibst, und du klingst anders. Glücklicher. Als würde er dir irgendeinen tollen Mist schreiben, und dann lachst du manchmal, ganz leise, wie diese albernen Mädchen, die du nicht ausstehen kannst.«

»Oh nee, echt jetzt?«

Er nickte.

»Tut mir leid … alles.«

»Mir auch. Ich finde es scheiße, wie alles gelaufen ist, aber ich freue mich für dich, Bell.«

Der Kloß in ihrem Hals war zu groß, um etwas zu antworten, daher nickte sie nur und ging den Flur hinunter.

»Rede mit Chris«, rief er ihr hinterher. »Und sag Kane, dass er uns allen Ohrstöpsel besorgen soll.«

Sie winkte, ohne sich umzudrehen, damit er ihre Freudentränen nicht sah.

Sechsunddreißig

Sable saß auf dem Bett hinten im Bus und schaute hinaus in den dunklen Himmel. Bald würde der Morgen dämmern, während sie über den Highway fuhren, um in Pittsburgh ihr letztes Konzert dieses Teils der Tour zu geben. Ein bittersüßes Gefühl. Drei herausfordernde Wochen lagen hinter ihnen, doch sie hatten es alle überstanden.

Für die Medien war das Foto, das sie von sich und Kane gepostet hatte, ein gefundenes Fressen gewesen, aber Brindle und Morgyn verteidigten sie im Internet weiterhin mit vollem Eifer. Sable lernte aufs Neue, die Trolle im Netz zu ignorieren, und zu ihrer Überraschung rief das Foto auch viele Fans auf den Plan, die ihre Beziehung mit Kane unterstützten. Tuck nannte sie ihre Kult-Fangemeinde.

Auch in der Hinsicht sah es besser aus. Ihr Verhältnis zu den Jungs würde nie wieder so sein wie vor der Tour, aber zumindest gingen sie alle wieder freundlich miteinander um. JP hatte sich zusammengerissen, nachdem Kane den Vertrag für Tuck neu ausgehandelt und ein Angebot für ihn und Lee herausgeholt hatte. Sable und Chris planten, zu Hause eine neue Band zusammenzustellen, damit sie im JJ's und auf Festivals spielen konnten, wobei es eine unumstößliche Regel gab: keine Tour mehr. Nie mehr. Sie und Tuck schrieben wieder zusammen Songs und verbrachten Zeit miteinander, aber ihre Beziehung hatte sich eindeutig verändert. Sie standen sich nicht mehr so nah. Sie und Kane dagegen waren sich so nah wie nie. Pepper nannte diese Verlagerung *Wachwechsel*, denn während einst Tuck der Hüter von Sables Geheimnissen gewesen war, hatte nun Kane diese Rolle übernommen.

Durch die ganze Zeit, die sie und Kane zusammen hatten verbringen können, war sie regelrecht verwöhnt, und die Aussicht auf das, was ihnen bevorstand, machte sie nervös. Dabei war es ja nicht so, als würde sie zu Hause kein prall gefülltes Leben erwarten. Sie beide hatten viel zu tun. Kane hatte bereits eine weitere Reise nach Australien geplant, und auch wenn es erst Ende Juni war, so hatte Sable dennoch die zweimonatige Tour im Herbst vor sich. Sie hatten darüber geredet, am nächsten Wochenende zu seiner Familie zu fahren, da Harlow in einer Drehpause auch einige Wochen bei ihren Eltern verbringen würde. Sie freute sich darauf, seine Schwestern besser kennenzulernen. Mehrere Male hatten sie per Videocall miteinander gesprochen, und Aria hatte vor, über den Sommer nach Oak Falls zu kommen, um Sables Mutter und Amber kennenzulernen, damit sie mehr über das Leben mit einem Assistenzhund erfahren konnte. Kane freute sich riesig darüber, dass sie diesen Schritt ging. Er hatte Sable anvertraut, dass er sich Sorgen machte, ob Aria einsam sein könnte, doch je mehr sie über Aria und ihren besten Freund Zeke hörte, um so mehr fragte sie sich, ob die beiden vielleicht auch ihre Geheimnisse hatten.

Sie betrachtete ihn, wie er schlafend neben ihr lag. Ihr alles kontrollierender Traummann war die Personifizierung körperlicher Anziehungskraft, so sehr löste er Lust, Liebe und dieses

Kribbeln in ihr aus, das sich verstärkte, je intensiver ihre Beziehung wurde. Er sah immer gut aus, doch wenn er schlief, war er noch attraktiver, frei von der Anspannung, die ihn zeichnete, wenn er wach war. In der Hinsicht ähnelten sie einander sehr. Auch sie war ständig auf der Hut, außer wenn sie nur zu zweit waren. Die Macht ihrer Liebe überwältigte sie noch immer, ebenso wie die Tatsache, dass sie es sich zugestanden hatte, zu lieben und geliebt zu werden. Dabei war es ja nicht so, als hätte sie eine Wahl gehabt. Ihre Verbindung war stärker als sie beide. Laut Morgyn waren sie füreinander bestimmt.

Für sich selbst hatte Sable nie an das Schicksal geglaubt, für andere schon.

War es Schicksal, dass Deloris' Schwester ein Angebot für das Haus bekommen hatte? Auch wenn Sable die Vorstellung, dass ihre geliebte Scheune in fremde Hände kam, kaum ertragen konnte, so brauchte Deloris doch das Geld, und da sich die Band auflöste, fühlte es sich wie das Ende einer Ära an.

Kane drehte sich im Schlaf herum und sie musste lächeln.

Vielleicht war es das Ende einer Ära, doch es war auch der Anfang von etwas noch Schönerem. Seit ihrer ersten Begegnung mit Kane hatte sich so viel in ihrem Leben verändert, dass sie sich fragen musste, ob Morgyn doch vielleicht recht hatte und alles im Leben vorherbestimmt war.

Das Bedürfnis, ihm noch näher zu sein, war so groß, dass sie ihr T-Shirt auszog und sich an ihn kuschelte. Seine Haut war warm und sein Duft vertraut. Ihr Blick wanderte über seine verstrubbelten Haare und die vielen wunderschönen Tattoos. Neulich Abend hatte sie ihn endlich nach der Bedeutung der einzelnen Kunstwerke gefragt. Jedes einzelne stand für etwas Bedeutungsvolles in seinem Leben. Doch drei Tattoos stachen besonders hervor: Über seinem Herzen war ein Abbild der

Skulptur, die er entworfen hatte und die sein Innerstes offenbarte. Die Zählstriche an seinem Hals hatte er angefangen, als er jung und rachsüchtig gewesen war, und sie gaben die Anzahl seiner Firmen wieder – womit er jedoch aufgehört hatte, als es zu viele wurden. Sie liebte diese Striche, weil sie so typisch Kane waren. Und dann waren da noch die kleinen Musiknoten, die in all den anderen Tattoos versteckt waren und die bewiesen, wie leidenschaftlich er war, denn seine Liebe zur Musik würde er nie aufgeben.

Angesichts dieser kleinen Noten fragte sie sich auch, ob nicht doch so etwas wie Schicksal im Spiel war.

Das Laken war um seine Hüfte gewickelt und offenbarte die Konturen seines besten Stücks, das stets für äußerst lustvolle Momente sorgte, unter seiner schwarzen Boxershorts. Er wusste sehr wohl, wie er dieses Körperteil gekonnt einsetzte, doch es war ein anderes Organ – *das niemand sehen kann, doch das ich spüre, wann immer du mich ansiehst. Das dich veranlasst, in der Nähe deiner Familie zu bleiben, und das auch mein Bedürfnis nach meiner Familie unterstützt. Das dir die Idee gegeben hat, Pepper letzte Woche für unseren Geburtstag einfliegen zu lassen –*, das Sable so tief in ihm verankert hatte, dass sie nie wieder gehen wollte.

Sie gab ihm einen Kuss auf sein Herz und flüsterte: »Wie hast du es geschafft, dass ich dich so sehr liebe?« Sie hauchte Küsse auf seine Brust und seinen Bauch. Er stöhnte, als sie die warme Haut über dem Bund seiner Boxershorts küsste und seine Länge hart wurde. Seine Finger in ihren Haaren lösten einen erregenden Schauer aus. Himmel, allein diese Berührung turnte sie stets an, denn es war immer der Beginn von mehr, und sie wusste, was auch kommen mochte – Küsse, Berührungen, Liebkosungen, Sex –, würde sie beide in einem Meer der

Lust versinken lassen. Sie zog das Hindernis aus Baumwolle herunter und glitt mit der Zunge über seine Länge.

Wieder stöhnte er auf und dann entledigte er sich ganz seiner Boxershorts. Seine dunklen Augen begegneten ihren, als sie die Finger um seine Länge legte. »Da ist ja meine sexy Lady.«

Oh, wie sehr würde sie seine raue Morgenstimme vermissen! Mittlerweile war sie zu einer Expertin darin geworden, ihn mehr wollen, brauchen und danach *betteln* zu lassen, und heute Morgen wollte sie es hören, wenn auch nur geflüstert. Sie schaute ihm in die Augen, während sie die Zunge um die Spitze kreisen ließ, und wurde mit einem tiefen, kehligen Knurren belohnt, sodass sich in ihr vor Lust alles zusammenzog. Sie leckte und streichelte und beobachtete, wie die Spannung an seinem Oberkörper hinaufschlich und Bauch, Brust, Hals und Schultern erfasste. Ihn so voller Begehren zu sehen, war herrlich. Das Problem war, dass auch ihr Begehren wuchs.

»In deinen Mund …«, zischte er, und das Feuer loderte in seinen Augen, als er auch die andere Hand in ihre Haare krallte.

»Diesen Mund?«, fragte sie unschuldig, während sie die Spitze seiner Härte mit der Zunge reizte und er unter ihrer Hand zuckte.

»Sable!« Finster sah er sie an, als er ihre Haare noch fester packte und ein Kribbeln durch ihren ganzen Körper jagte. Seine Warnung war eindeutig, doch sie musste lächeln, hörte auf, ihn zu streicheln, und küsste stattdessen seine Oberschenkel. Er stöhnte. »Ah, du bringst mich um!«

»Ich möchte doch nicht, dass du unglücklich stirbst.«

Sie senkte den Mund auf seine Härte, nahm ihn tief in sich auf und wurde mit einem schroffen »Fuck, ja!« belohnt. Sie verwöhnte ihn mit dem Mund und mit der Hand. Derb und lustvoll stieß er die Hüften in ihrem Rhythmus immer wieder vor. Er hielt sich nicht zurück, und so nahm sie ihn noch tiefer und sehnte sich ebenso sehr nach seiner Erlösung wie er. »Genau … so verdammt gut … Mist … Baby …« Ein Strom von Flüchen platzte aus ihm heraus, als sie die Wärme in ihrer Kehle spürte und nicht langsamer wurde, um alles zu nehmen, was er zu geben hatte.

Ein Schaudern erfasste ihn mit dem Ende seiner Explosion. »Ich liebe deinen Mund.« Seine Augen versanken in ihren, als sie sich über die Lippen leckte. »Komm her und küss mich.«

Sie schob sich an seinem Körper entlang nach oben und er zog sie zu einem Kuss in seine Arme. Eine Hand in ihren Haaren, presste er ihre Münder noch fester aufeinander. Mit der anderen Hand strich er über ihren Rücken, dann packte er ihren Hintern, glitt an der Seite wieder nach oben und umfasste ihre Brust, als könnte er nicht genug von ihr bekommen.

Fluchend beendete er den Kuss, umfasste ihre Hüften und sagte: »Setz dich auf mein Gesicht.«

Die Erregung rauschte in ihr, als er ihr in die richtige Stellung half und sie dann so heftig auf seinen Mund zog, dass Blitze der Lust durch sie hindurch schossen. Sie biss die Zähne zusammen, um keinen Laut von sich zu geben, auch wenn Kane den Jungs Ohrstöpsel besorgt hatte. Er labte sich an ihr, liebkoste sie mit der Zunge, spielte mit den Zähnen an ihrer Perle und machte immer weiter. Die Hände fest um ihre Taille gelegt, kontrollierte er ihre Bewegungen, brachte sie an den Rand der Ekstase und hielt sie dort gefangen. Jeder Zentimeter von ihr wurde von einem Prickeln erfasst, als er eine Hand in ihre Haare schob und mit der anderen ihre Brust massierte, um ihr noch mehr überwältigende Empfindungen zu bescheren. Das Lustgefühl war so intensiv, dass sie nach Luft schnappte, ihre Muskeln sich anspannten und sie den Rücken durchdrückte, bis der Orgasmus sie wie eine wütende Flut überkam. Er riss an ihren Haaren und jagte Feuerblitze durch sie hindurch. Sie schrie auf, hielt sich an der Wand fest und wurde von der Lust mitgerissen. Gerade als sie wieder zu Atem kam, nahm er sie erneut mit in die höchsten Sphären.

Als sie neben ihm auf die Matratze sank, atemlos und zitternd, wischte er sich mit dem Unterarm über den Mund und kam über sie, sodass sich seine Härte an ihre feuchte Mitte drängte. Ihr Körper jubelte und er grinste arrogant: »Du bist doch noch nicht erschöpft, oder?«

Himmel, sie liebte ihn!

»Noch lange nicht. Ich möchte, dass du nicht vergisst, wie gut wir zusammen funktionieren, wenn du da allein in der großen Stadt bist.«

Kane schaute auf sie hinab, während sie die Arme um ihn schlang. »Selbst wenn ich es wollte, könnte ich nichts von dir vergessen. Diesen sexy herausfordernden Blick nicht, den du immer hast, wenn du sauer bist, nicht das Gefühl deiner Finger, die meine Tattoos nachzeichnen, wenn du müde bist, und auch nicht dein Geflüster, wenn du glaubst, dass ich schlafe.«

Sie dachte an all die Dinge, die sie in den letzten paar Wochen geflüstert hatte. *Wie soll ich ohne dich schlafen können? Ich wünschte, ich wäre einfacher ... Niemals hätte ich gedacht, jemanden so sehr lieben zu können ... Ich hoffe, ich mache dich so glücklich wie du mich ... Wie hast du es geschafft, dass ich dich so sehr liebe?* »Ich habe keine Ahnung, wovon du sprichst.«

»Du bist die miserabelste Lügnerin, die ich je kennengelernt habe, und um deine letzte geflüsterte Frage zu beantworten: Es gibt auf Erden keinen einzigen Menschen, der dich zu irgendetwas zwingen könnte. Du liebst mich so sehr, weil ich das Holz für deine Saiten bin.«

Sie lachte. »Das ist wirklich kitschig.«

Er hob eine Augenbraue. »Der Bundstab für dein Griffbrett?«

»Noch schlimmer!« Wenn er so unbekümmert war, konnte sie gar nicht aufhören zu lächeln.

»Der Refrain für deine Melodie?«

»Du meine Güte, nein! Hör auf!« Sie lachte.

»Ich wollte dich nur lachen hören.« Seine Augen wurden schmaler, er bewegte die Hüften, schob die Spitze seiner Härte in sie und schon surrte ihr Körper wieder vor Begehren. »Ich weiß verdammt gut, was ich bin.«

Sie ließ die Hüften kreisen, doch er weigerte sich, tiefer in sie einzudringen. »Und das wäre?«

»Der Herr über deine Orgasmen.«

»Da hast du absolut recht.« Sie spreizte die Beine weiter und die Flammen loderten in seinen Augen auf. »Und jetzt sieh zu, dass du dir diesen Titel verdienst.«

Siebenunddreißig

Kane stand im Backstagebereich und beobachtete Sable bei ihrem Auftritt. Er erinnerte sich daran, wie sie ihn umgehauen hatte, als er sie das erste Mal in dieser kleinen Bar in Oak Falls bei einem Auftritt gesehen hatte. Sie beherrschte die Bühne mit der gleichen wilden Entschlossenheit und der überbordenden Leidenschaft, mit der sie alles andere im Leben auch anging. Nie würde er es überdrüssig werden, sie performen zu sehen oder singen zu hören, ob auf der Bühne, unter der Dusche, im Auto oder sonst wo.

Johnny stellte sich neben ihn, während sie den letzten Ton sang und die Menge ausrastete. »Die Welt wird etwas verpassen, wenn Sable wieder zurück nach Oak Falls geht. Aber ich kann es ihr nicht verübeln. Nicht jeder ist für dieses Leben gemacht.«

»Sie werden auch etwas verpassen, weil du kürzertrittst, John.« Sable marschierte über die Bühne. »Guck sie dir da draußen an. Sie ist so verdammt unglaublich. Glaubst du, ihre Fans wissen, welche Stärke sie bewiesen hat, indem sie ihr Leben die letzten Monate aufgegeben hat, damit ihre Freunde ihren Traum verwirklichen können?« Ach was, ihre Privatsphäre hatte sie für einen viel längeren Zeitraum aufgegeben. Jahrelang würde man noch über sie reden. Die unvergessliche Musikerin, die sich gegen den Ruhm und für die Familie entschieden hatte.

»Nein, aber diejenigen, die ein Gespür dafür haben, wissen, wie stark sie sein muss, um mit dieser ganzen grausamen Presse umzugehen. Es gibt nur zwei Menschen, die wichtig sind, und das seid ihr beide. Hattest du, als du Sable das erste Mal gesehen hast, irgendeine Ahnung, dass du dich am Ende unsterblich in sie verlieben würdest?«

Kane dachte an ihre erste Begegnung am Straßenrand, als sie in dem weiten, mit Farbklecksen übersäten Overall und mit unordentlich hochgesteckten Haaren aus dem kirschroten Pickup gestiegen war. Noch immer spürte er die Wucht ihrer grünen Augen, als sich ihre Blicke getroffen hatten, und er fühlte noch, wie ihre süße, raue Whiskey-Stimme ihn in den Bann gezogen hatte. »Ich hatte absolut keine Ahnung, dass so etwas passieren würde, und auch nicht auf welche Art diese unglaubliche, dickköpfige Frau mein Leben verändern würde.«

Johnny lachte. »Ich wette, sie sagt das Gleiche über dich. Und genau aus diesem Grund muss ich dich feuern, Bruderherz.«

Kane schnaubte verächtlich. »Ja, klar.«

»Ich meine es ernst. Die Band und alles drumherum sollte nie dein ganzes Leben einnehmen. Du hast mir in vielerlei Hinsicht den Arsch gerettet. Jetzt bist du dran, dein Glück zu genießen. Ich habe mit Victory geredet, und sie hat ein paar Kandidaten für das Management der Band in petto.«

»John, ich habe mich darauf eingerichtet, die internationale Tour zu begleiten. Das ist schon in Ordnung.«

»Das wirst du auch.« Johnny klopfte ihm auf die Schulter. »Und zwar als Sables Partybegleitung.«

Kane lachte. »Oh Mist.«

»Bereite dich darauf vor, erniedrigt zu werden, mein

Freund.«

»John, jetzt komm!«

»Es ist alles geregelt, also, um es mit den Beatles zu sagen: *Let it be.*«

Applaus und Jubel brandeten im Publikum auf, sodass er seine Aufmerksamkeit wieder auf Sable richtete. Weniger Arbeit und mehr Zeit für sie? *Da bin ich dabei.* »Wenn du es ernst meinst, dann will ich jeden unter die Lupe nehmen, den du in Betracht ziehst.«

»Anders würde ich es gar nicht wollen. Brett macht die Background-Checks, bevor Victory Empfehlungen ausspricht. Beide werden dich bei allen Berichten in Kopie setzen, und ich wäre dir wirklich dankbar, wenn du die Kandidaten als Erster interviewst, denn wenn sie an dir nicht vorbeikommen, werden sie mich gar nicht erst zu Gesicht bekommen.«

»In Ordnung, aber versprich mir, dass du erst jemanden einstellst, wenn wir beide sicher sind, dass es der oder die Richtige ist, auch wenn es ein Jahr lang dauert.«

»Versprochen.« Johnny deutete zur Bühne, als die Menge leise wurde.

»Unseren letzten Song würde ich gern dem Mann widmen, der mir einen sicheren Ort gegeben hat, an dem ich mich fallenlassen konnte«, kündigte Sable an, und als sie das Intro von »In Too Deep« anstimmten, breitete sich eine lautstark dröhnende Begeisterung im Publikum aus und die Whiskey-Stimme seiner Liebsten drang an sein Ohr.

»Du kannst weglaufen, dich aber nicht verstecken
Vor den Menschen und den Lichtern
Du kannst den Schmerz verbergen, alles mitmachen
Doch die Mauern kommen näher und du kletterst hinauf

Verlierst den Halt
Verlierst den Verstand
Verlierst dein Leben im Blitzlichtgewitter«

Die Erinnerung an jenen Abend in seinem Zufluchtsort kam zurück. An den süßen Klang ihrer Stimme auf dem Balkon unter seinem, der ihn wie magisch zu ihrem Hotelzimmer geführt hatte, und an ihren Frust, als sie die Tür aufgemacht hatte.

»All die Jahre einen Plan gemacht
Er entgleitet und ich will schreien
Komm zurück, bleib, verdammt
Atmen will ich noch einen Tag«

Vor seinem geistigen Auge erschien der Kummer, den er an diesem Abend in ihrem Blick gesehen hatte und der das urtiefe Verlangen ausgelöst hatte, ihr durch ihren Schmerz zu helfen.

»Wohin gehe ich
Wann hört es auf
Wie entkomme ich dem Leben im Schein«

Nach all diesen Monaten hatte der Text eine ganz andere Wirkung. Sie war nicht nur einfach stark. Sie war eine verdammte Kriegerin.

»Unbesiegbar auf der Bühne
Die Musik übernimmt
Ich schwinde wie die Nacht vor dem Tag
Eine Stimme in den Lichtern
Finger auf den Saiten

Ein Wunder, dass ich überhaupt etwas bin«

»Da ist es

Ich sehe die Tür

Doch die Beine tragen mich nicht mehr

Ich sehne mich nach den Lichtern, nach der Musik.

Bin verloren und doch gefunden

So verdammt verwirrt

Ich brauche einen sicheren Hafen

Einen Ort zum Leben und zum Atmen

Einen Ort, um einfach nur ich selbst zu sein

Ich brauche einen Ort für einen Neuanfang

Einen sicheren Hafen, um mich fallen zu lassen ...«

Als sie die letzte Note sang, rastete die Menge aus und Kane war voller Stolz. »Kaum zu glauben, dass das mein Baby ist.«

Johnny stieß ihn mit dem Ellbogen an. »Das ist ihr bester Song. Sie hat mir erzählt, dass du ihr dabei geholfen hast.«

»Nee, das war sie ganz allein. Aber sie irrt sich. Es ist kein Wunder, dass sie überhaupt etwas ist. Sie ist *alles*.«

»Mann, Junge, du bist so hin und weg.« Johnny lachte, als Sable ihre Bandkollegen von der Bühne führte und dann direkt zu Kane ging.

»Das bin ich, und anders will ich es auch nicht mehr.« Er zog Sable in seine Arme. »Du warst einfach phänomenal, Baby.« Unter dem Pfeifen und Gejohle ihrer Bandkollegen und Johnny küsste er sie um den Verstand.

Sie strahlte ihn an. »Jetzt gehöre ich wirklich ganz dir.«

»Mehr kann ich nicht verlangen.« Als Johnny und seine Band auf die Bühne gingen, sagte er: »Ach was, verdammt, und ob ich das kann! Ich will eine Zugabe.«

Während das Getöse der Menge mit ihren hämmernden Herzen um die Wette dröhnte, zog er sie wieder zu einem feurigen Kuss an sich.

Mit dem Arm um Sable gelegt, saß Kane im Green Room auf einem Sofa und verfolgte den Rest des Konzerts mit ihren Bandkollegen auf einem großen Bildschirm.

»Das ist mein Lieblingsset«, sagte Tuck, wippte den Kopf im Takt und sang lautlos den Text mit. »Er bewahrt sich das Beste immer bis zum Schluss auf.«

Kane tätschelte Sables Arm. »Klingt bekannt.«

»Unser letzter Song oder mein letzter Typ?«

»Beides.« Er küsste sie.

»Ich werde es nicht vermissen, euch beim Rummachen zugucken zu müssen«, sagte JP.

Sable sah ihn nachdenklich an. »Ich hätte nie gedacht, dass ich das mal sagen würde, aber trotz des ganzen Mists, den wir durchstehen mussten, bin ich froh, dass wir die Tour gemacht haben, und es gibt niemanden, mit dem ich es lieber getan hätte als mit euch allen.«

»Auch wenn ich eine Zeit lang ein Arschloch war?«, fragte JP.

»Willst du damit sagen, dass du kein Arschloch mehr bist?«, wollte Lee wissen und alle lachten.

»Was macht ihr als Erstes, wenn ihr nach Hause kommt?«, fragte Tuck in die Runde.

»Meinen Kindern einen Kuss geben und Sex mit meiner

Frau haben«, sagte Chris.

»Und was machst du nach den fünf Minuten ehelicher Qualen?«, stichelte JP.

Chris schlug ihm leicht auf den Hinterkopf.

»Ich werde eine Woche lang schlafen«, sagte Lee.

»Ich nicht«, sagte JP. »Bei mir geht's direkt ins JJ's, und da gebe ich all den Ladys von Oak Falls die Gelegenheit, das hier zu genießen.« Er deutete auf sich selbst.

»Mit anderen Worten, du machst das, was du auch vor der Tour gemacht hast, und gehst allein nach Hause?«, neckte Sable ihn.

»Ganz genau.« JP lachte. »Keine Ahnung, warum die Groupies mich lieben und die Mädels zu Hause nicht.«

»Die Groupies wollen einen Teil vom Kuchen des berühmten Typen, egal wer oder was vor oder nach ihnen kommt. Das Wortspiel ist übrigens beabsichtigt«, sagte Kane. »Und soweit ich die Frauen aus Oak Falls kenne, kann ich sagen, dass ihnen Qualität wichtiger als Quantität ist und Loyalität dem Egoismus vorgezogen wird.« Er drückte Sables Schulter. »Stimmt's, Baby?«

»Absolut.« Sie lehnte sich vor und sprach leiser, als würde sie den anderen ein Geheimnis mitteilen. »Ich bin nur wegen des Geldes und der Ausstattung von Big Daddy am Start, aber verratet ihm das nicht.«

Die Jungs schmunzelten.

»Wie gesagt: Qualität.« Kane küsste sie.

»Tuck, was machst du, wenn du nach Hause kommst?«, wollte Lee wissen.

Tuck trank einen Schluck von seinem Bier. »Mich nach einem neuen Ort umgucken, an dem wir proben können. Und du, Bell?«

»Ich werde in Motoröl baden und auf meiner Veranda

schlafen.« Sie stieß mit ihrer Bierflasche an Tucks Flasche. »Wenn ihr wollt, können wir uns vielleicht zusammen einen Proberaum suchen und die Kosten teilen.«

»Klingt gut«, meinte Tuck und die anderen stimmten zu. Er sah Kane an. »Ich nehme an, wir werden dich häufiger in Oak Falls sehen?«

Tuck hatte ihn letzte Woche beiseitegenommen. *Sable ist meine beste Freundin. Behandle sie bitte anständig.* Dafür respektierte Kane ihn über alle Maßen. »Und ob. Wir wissen noch nicht, wie unsere Terminpläne so aussehen werden, aber du kannst damit rechnen, mich öfters zu sehen.«

»Ich habe auch vor, ihn in New York zu besuchen«, sagte Sable.

»Wirklich?«, wunderte sich JP. »Ich dachte, nach der Tour würden dich nur größere Naturereignisse aus Oak Falls herausbekommen.«

Kane hatte im Wesentlichen das Gleiche gesagt, als sie angeboten hatte, zu ihm zu reisen, aber seine dickköpfige Freundin hatte darauf bestanden, dass ihre Beziehung gleichberechtigt funktionieren sollte.

»Sable in einer langfristigen Beziehung – das ist ein Naturereignis an sich«, sagte Tuck, was alle mit Lachen und Zustimmung quittierten.

»Hey, ihr beiden, sollen wir auf eurer Hochzeit spielen?«, scherzte Lee.

Kane spürte, dass Sable neben ihm erstarrte.

»Auf welchem Planeten lebst du denn? Damit haben wir es nicht eilig. Für uns ist es gut so, wie es ist.« Mit zusammengezogenen Augenbrauen sah sie Kane an. »Ist es doch, oder?«

Er würde sie morgen heiraten, wenn sie es wollte, aber nach dieser Reaktion würde er das Thema nicht ansprechen. »Es ist gut so, wie es ist, Baby. Keine Sorge.« Sein Handy klingelte, und Sable rückte etwas von ihm ab, damit er es aus seiner Tasche holen konnte. »Das ist Zoey. Entschuldigt mich kurz.« Er stand auf und nahm das Gespräch auf dem Weg hinaus an. »Hey, Kleine. Wie geht's dir?«

»Großartig! Bei Jilly haben die Wehen eingesetzt!«

Abrupt blieb er stehen. Jillians errechneter Geburtstermin war erst im nächsten Monat. »Was? Bist du sicher?«

»Ja!«, schrie sie und über das Telefon hörte er aus dem Hintergrund das Gleiche. »Das waren Jilly und Grandma Lily. Grandma meint, die Zwillinge können es nicht abwarten, mich und ihre kleine Cousine kennenzulernen.« Jillians Bruder Beau und seine Frau Charlotte hatten vor Kurzem ihr Baby bekommen, das sie Briar Rose Sterling-Braden genannt hatten. »Jilly braucht Dad. Kannst du ihn nach Hause bringen?«

»Er steht gerade auf der Bühne, aber ich schaffe ihn nach Hause. Lass mich kurz mal mit Lily reden.« Er wartete, während sie Jillians Mutter das Handy gab.

»Hallo, Kane«, sagte Lily.

»Hallo. Geht es Jilly und den Babys gut?«

»Bei Jilly ist alles in Ordnung, sie ist nur etwas nervös, wie es zu erwarten ist, und Zwillinge kommen ja meist etwas früher, also geht es ihnen bestimmt auch gut. Clint ist auf dem Weg, um uns ins Krankenhaus zu fahren.« Clint war Jillians Vater.

Er schrieb den Namen des Krankenhauses auf und rief seinen Cousin Brett an, um ein Security-Team zu organisieren, das auf Jillian aufpassen sollte, und ein weiteres Team, das ihn, Sable und Johnny in Empfang nehmen sollte, wenn sie eintrafen. Dann telefonierte er mit seiner Assistentin, die Privatmaschinen für sie und seine Familienmitglieder parat halten sollte. Während er dem Tourmanager eine Nachricht schrieb, dass er zur Bühne kommen sollte, ging er zurück in den Green Room. »Tuck, kennst du die Texte der restlichen Songs von diesem Set?«

Tuck nickte. »In- und auswendig, warum?«

»Bei Jilly haben die Wehen eingesetzt. Wir müssen Johnny von der Bühne holen. Du springst ein.«

Sable sprang auf und die Sorge war ihr ins Gesicht geschrieben. »Bis zum Termin ist es doch noch fast einen Monat.«

»Ich weiß. Ihre Mutter hat gesagt, dass Zwillinge meist früher kommen. Hoffentlich läuft alles gut. Kommst du mit?«

»Natürlich.«

An der Bühne erwartete Tom sie bereits, und als Bad Intentions den Song, den sie gerade spielten, beendeten, brachte er Johnny auf den neuesten Stand. Johnny wandte sich ans Publikum: »Meine Verlobte liegt in den Wehen, und wenn ich nicht sofort meinen Hintern nach Hause schaffe, wird sie mich nie wieder auftreten lassen. Bitte, begrüßt mit mir den wunderbaren Tuck Wilder, der die letzten Songs für mich singen wird. Ich liebe euch, Pittsburgh!«

Das Publikum tobte und Johnny stürmte leichenblass von der Bühne. »Geht es ihr gut? Geht es den Babys gut?«

»Ja.« Kane betete insgeheim, dass er recht hatte. Sables Hand schob sich in seine, und er führte seinen Bruder am Arm zum Ausgang. »Auf geht's.«

Achtunddreißig

Kane hatte keine Ahnung, wie werdende Väter es schafften, die Geburt ihres Babys abzuwarten. Sie waren seit fast zwei Stunden im Krankenhaus und hatten nichts gehört. Er war ein einziges nervliches Wrack und mehr als dankbar dafür, dass das Krankenhaus Vorkehrungen getroffen hatte, damit ihre Familien in einem abgesonderten Raum im Verwaltungstrakt warten konnten, zu dem man nur mit einer Schlüsselkarte Zutritt hatte. Bald würde auch seine Familie eintreffen, und das Security-Team stand bereit, um sie hineinzubegleiten. Zwar musste man sich in dem kleinen Ort Pleasant Hill in Maryland keine Sorgen um Papparazzi machen, aber nach Johnnys Konzert hatte sich die Nachricht schnell verbreitet und vor dem Gebäude standen Dutzende wohlmeinende Fans mit Ballons, Glückwunschplakaten und gezückten Handys.

Er versuchte, sich auf die Gespräche um ihn herum zu konzentrieren, und nicht auf die Sorgen, die in seinem Hirn herumgeisterten. Er wollte Zoey nicht beunruhigen. Aufgeregt unterhielt sie sich mit Sable, Jillians Eltern, zwei von Jillians Brüdern, Nick und Jax, sowie ihren Frauen Trixie und Jordan.

»Wie viele Geschwister hast du?«, wollte Zoey von Sable wissen.

»Fünf Schwestern und einen Bruder«, sagte Sable.

»Wow! Ich hoffe, ich bekomme auch so viele.«

Kane schickte noch mehr Stoßgebete zu allen möglichen hilfreichen Mächten und hoffte, dass es Jillian und den Babys gut ging. Da er zu unruhig war, um herumzusitzen, drückte er kurz Sables Hand und stand auf, um hin und her zu laufen.

Eine Minute später tat Sable es ihm gleich. »Um die Ecke gibt es einen Spirituosenladen. Soll ich da etwas besorgen?«

»Nein, ich möchte nur gern bald mal etwas hören.«

Als er sie in seine Arme zog, kam auch Nick zu ihnen herüber. »Ich versteh dich gut, Mann, ich kann auch nicht herumsitzen.«

»Bin froh, dass ich nicht der Einzige bin, der hier den Verstand verliert«, sagte Jax und stand auf. »Das dauert doch viel zu lange, oder?«

Kane und Nick stimmten zu.

»Entspannt euch, Jungs«, sagte Lily. »Geburten dauern ihre Zeit, und für Jilly ist es das erste Mal, dass sie Wehen hat und entbindet.«

»Wehen können Ewigkeiten dauern«, pflichtete Zoey ihr bei. »Jilly und ich haben einen Haufen Bücher darüber gelesen. Sie hat gesagt, ich soll mir keine Sorgen machen, egal, wie lange es dauert.«

»Das war ein guter Rat«, sagte Lily. »Komm mit, Zoey. Wir holen uns mal etwas zu trinken.« Sie führte Zoey aus dem Zimmer.

»Sie haben recht«, sagte Jordan. »Eine meiner Freundinnen von der Arbeit hatte acht Stunden lang Wehen.«

»Mit Beau hat Lily zwölf Stunden in den Wehen gelegen«, fügte Clint hinzu. »Und als sie Jax und Jillian bekommen hat, waren es sechs Stunden. Also dauert es jetzt noch gar nicht so lang.«

»Ja, aber Jilly hatte schon Wehen, als wir herkamen«, warf Kane ein.

»Ich würde sagen, wir gehen da jetzt hin und gucken selbst, was da los ist«, brummte Nick.

»Oder versuchen zumindest, jemanden aufzutreiben, der mal nachfragt. Lasst uns mal nach einer Schwester suchen«, sagte Kane.

»Das ist keine gute Idee, Jungs«, sagte Clint.

»Was ist, wenn etwas schiefgelaufen ist?«, entgegnete Nick ungeduldig.

Sable hob die Hände. »Schluss jetzt! Solche Gedanken lassen wir gar nicht erst zu. Jilly und die Babys sind in guten Händen, und das Letzte, was sie und Johnny jetzt gebrauchen können, seid ihr beide, die durch die Flure toben und unnötiges Chaos verbreiten. In dem unwahrscheinlichen Fall, dass etwas nicht gut läuft, werden die Ärzte, die so etwas jeden Tag machen, sich gut um sie kümmern. Und wenn es so sein sollte, dann brauchen sie unsere Unterstützung mehr denn je, ebenso wie Zoey. Wenn ihr also auf und ab tigern müsst, dann macht das, und flucht im Stillen, wenn es sein muss, denn Zoey kann es nicht gebrauchen, mitanzusehen, wie ihre Onkel die Nerven verlieren.«

»Ich habe das Gefühl, dass Sable wunderbar in unsere Familie passen wird.«

Die Stimme von Kanes Mutter ließ sie alle innehalten. Lebhaft begrüßten alle die Neuankömmlinge.

»Mädchen, das war ja wohl mal eine Ansage!« Harlow umarmte Sable. »Ich wusste, dass ich dich mag.«

»Johnny hatte recht, als er dich als weibliche Kane bezeichnet hat«, sagte Aria, als sie sie umarmte.

Als Kane seine Mutter umarmte, sah er Sables Lächeln über Arias Schulter hinweg.

»Den Babys wird es schon gut gehen«, versicherte seine Mutter ihm. »Mach dir keine Sorgen, bis es einen Grund dafür gibt.«

»Leichter gesagt als getan«, sagte er und umarmte seinen Vater.

»Du hast eindeutig dein ebenbürtiges Gegenstück gefunden, mein Junge«, sagte sein Vater.

»Ja, das habe ich.« Er nahm Sables Hand und zog sie zu sich, während seine Schwestern zu den Bradens gingen.

»Hallo«, sagte Sable herzlich. »Ich freue mich, euch endlich persönlich kennenzulernen.«

»Das geht uns genauso, mein Schatz. Unsere Umarmung ist überfällig.« Es klang, als hätte seine Mutter mit einem Kloß im Hals zu kämpfen, als sie Sable in die Arme schloss.

»Mom, geht es dir gut?«, fragte Kane.

»Mehr als das«, sagte sie. »Mein größter Wunsch ist es immer gewesen, meine Kinder in jeglicher Hinsicht glücklich zu sehen, und ich wusste nicht, ob ich die Gelegenheit dazu bekommen würde. Ja, bevor du Sable kennengelernt hast, hast du auch gesagt, dass du glücklich bist, aber eine Mutter weiß, wenn etwas fehlt. Jetzt bekommt ein Sohn Zwillinge und der andere ist bis über beide Ohren in eine wunderbare Frau verliebt. Die Hälfte ist geschafft.«

Ihm war klar gewesen, dass sie sich Sorgen gemacht hatte, ob sie den Krebs besiegen würde, aber es sie laut aussprechen zu hören, setzte eine Woge der Traurigkeit und eine unfassbare Dankbarkeit frei. Sie war hier, um diese Meilensteine mitzuerleben, und hoffentlich würde sie noch bei vielen weiteren dabei sein.

»Die Mädels haben gewettet, ob Kane es wohl mit dir vermasselt, bevor wir überhaupt die Chance haben, dich kennenzulernen«, sagte sein Vater, als er Sable mit einer Umarmung begrüßte.

Sable schaute Kane mit so viel Liebe an, dass sie gar nichts hätte sagen müssen, um ihren Standpunkt zu verdeutlichen. »Ich fürchte, er wird mich ebenso wenig wieder los wie ich ihn.«

»Anders würde ich es auch nicht ertragen.« Er küsste sie.

»Die Babys sind da!« Zoeys Stimme überschlug sich, als sie gefolgt von ihrer Großmutter und Johnny – beide tränenüberströmt – in den Raum stürmte. »Ich hab eine Schwester *und* einen Bruder!«

Alle jubelten. »Jilly ist müde«, sagte Johnny, »aber sie war unfassbar stark und ist nun überglücklich. Die Babys bleiben noch eine Zeit lang auf der Säuglingsstation, aber der Arzt meinte, dass es ihnen gut geht. Sie heißen Lyric und Lennon.«

Während alle begeisterte »Aahs« von sich gaben, erklärte Zoey: »Ich hab den Namen Lyric ausgesucht, und Dad und Jilly haben sich für Lennon entschieden, weil Grandma Jan ein Fan der Beatles ist.«

Die Tränen liefen seiner Mutter über die Wangen. »Ach, Johnny.«

»Zumindest besser als Ringo«, merkte Nick an.

Während die anderen sich mit Umarmungen und Glückwünschen um Johnny und Zoey scharten, zog Kane – überwältigt von der Erleichterung – Sable in seine Arme und seine Augen waren mindestens so glasig wie die seines Bruders.

»Glückwunsch, Onkel Kane«, sagte sie leise. »Du liebst Kinder wirklich, oder?«

»Mhm.« Voller erleichterter Freude und Liebe schmiegte er sich an ihren Hals. »Diese Babys werden Zoeys Leben zum

Besseren verändern, und Johnny und Jillian sind schon jetzt großartige Eltern.«

»Mach dir für die nahe Zukunft nicht allzu große Hoffnungen, aber wenn du es richtig anstellst, wirst du eines Tages vielleicht mal auf das *Big* verzichten und aus einem ganz anderen Grund nur *Daddy* sein.«

»Kaum hatte ich gedacht, dass ich gar nicht glücklicher sein könnte, kommst du daher und schenkst mir noch das Sahnehäubchen auf dem Kuchen.« Als er seine Lippen auf ihre senkte, sagte er: »Darauf würde ich mit dir eine Ewigkeit warten.«

Neununddreißig

Sable sang zur Musik aus dem Radio mit, während sie die Bremsen am Auto eines Kunden austauschte. »Bloody Valentine« ertönte, und ihre Gedanken wanderten zurück zum Valentine's Day Festival. Damals schon hatte sie sich in Kane verliebt. Seit einer Woche hatte sie ihn nicht gesehen, und sie vermisste ihn mehr, als sie es je für möglich gehalten hätte. Diese Fernbeziehung führten sie nun seit zwei Monaten, und es war eigentlich wieder so, als wären sie in zwei verschiedenen Bussen unterwegs – nur noch schlimmer. Zwischen ihren Besuchen telefonierten sie und machten Videoanrufe, aber es gab keine heimlichen Küsse oder verstohlenen Blicke. Wenn sie zusammen waren, ging es ihnen besser denn je, aber wenn sie getrennt waren, kamen sie sich vor wie Teenager, die sich am liebsten für ein heimliches Treffen davongeschlichen hätten.

Tucks Stimme drang an ihr Ohr, während er ebenfalls mitsang. Zwei Hebebühnen weiter arbeitete er an einem alten Pickup. Ihr wurde schwer ums Herz. Tuck, JP und Lee zogen nach der Tour im Herbst nach Los Angeles. Sie hatten einen Vertrag bei Shea unterschrieben und eine Reihe von Promo-Veranstaltungen war schon organisiert. Sie alle würden Sable sehr fehlen, aber Tucks und ihr Leben waren seit so langer Zeit miteinander verbunden gewesen, dass sie sich gar nicht vorstellen konnte, wie es sein würde, ihn nicht jeden Tag zu sehen.

»Du hast eine ziemlich gute Stimme«, rief sie zu ihm hinüber. »Du könntest glatt ein Profi-Sänger sein.«

»Und dafür das hier alles aufgeben?« Er deutete auf die Werkstatt. »Wofür? Frauen nach Belieben? Kostenlose Drinks?«

»Die besten Tische im Restaurant«, ergänzte Buddy.

»Wer will das schon?«, fragte Tuck.

»Für ein paar Wochen hätte ich nichts dagegen«, sagte Eli, als er aus dem Büro in die Werkstatt kam. »Besonders was die Mädchen betrifft.«

»Du weißt ja, Tuck, falls dir L. A. am Ende zuwider sein sollte, hast du hier immer einen Job«, sagte sie.

»Werde ich mir merken.« Zwinkernd lächelte er ihr zu. »Aber du weißt, dass mir L. A. nicht zuwider sein wird, oder?«

»Ja, ich weiß. Aber egal, wohin du gehst, eine coolere beste Freundin wirst du nirgends finden.«

»Da hast du recht.«

Sie blickten sich an und ein ganzes Universum aus Erinnerungen schwebte zwischen ihnen. »Thea wäre stolz auf dich, also vermassele es nicht.«

Er nickte und schien einen Kloß im Hals zu haben.

Da waren sie schon zu zweit.

Sables Handy gab einen Ton von sich und sie zog es aus der Tasche. Ihr Herz schlug gleich schneller, als sie eine Nachricht von Kane entdeckte.

»Der Loverboy?«, neckte Eli sie.

»Hast du nichts zu tun?«, fragte Sable und öffnete die App.

Kane: *Hallo, Baby. Hoffe, du hast einen guten Tag. Sitze gerade in einer Besprechung und wünschte mir, du würdest unter dem Tisch knien.*

Im Büro klingelte das Telefon. »Ich geh schon«, rief Eli.

Sable: *Das ist witzig. Ich hatte gerade gedacht, dass die Arbeit an den Bremsen viel mehr Spaß machen würde, wenn dein Mund zwischen meinen Beinen wäre.*

Ein Teufel-Emoji poppte auf und sie lächelte.

Kane: *Morgen kann gar nicht schnell genug kommen.*

Morgen Abend wollte er zur Premiere von Graces Theaterstück nach Oak Falls kommen.

»Sable, jemand muss von der Route 85 abgeschleppt werden«, sagte Eli.

Buddy und Tuck steckten mittendrin in ihren Reparaturen. »Ich fahre. Wer ist es?«

Eli zog die Augenbrauen zusammen. »Mist! Hab vergessen zu fragen.«

»Okay, was für ein Auto? Wo auf der 85?«

»Äh, ich glaub, die haben von einem blauen Auto geredet, und ich hab vergessen zu fragen, wo genau die auf der 85 stehen.«

»Eli!« In die Runde rief sie: »Von jetzt an darf Eli nicht mehr ans Telefon.«

Tuck lachte.

»Ach, komm schon, Sable«, beschwerte sich Eli, als sie ins Büro ging, um den Schlüssel für den Abschleppwagen zu holen. »Nächstes Mal passe ich besser auf.«

Sie fuhr los, ohne ihm eine Antwort zu geben, damit er sich ein paar Gedanken machte und hoffentlich daraus lernte.

Mit heruntergelassenen Fenstern und dem warmen Augustwind auf der Haut fuhr sie auf die Route 85. Sie entdeckte eine schwarze – nicht blaue – Limousine mit geöffneter Motorhaube und hielt dahinter an. Sie stieg aus dem Pick-up aus, und ihr

Herz blieb fast stehen, als Kane hinter der Motorhaube auftauchte und in den gleichen dunklen Hosen und dem strahlend weißen Hemd mit den hochgekrempelten Ärmeln noch umwerfender aussah als bei ihrer ersten Begegnung.

»Soll ich dir zur Hand gehen, City Boy?« Sie schlenderte zu ihm hinüber und fragte sich, was zum Teufel er hier zu suchen hatte.

»Wäre nicht schlecht.« Er rieb sich übers Kinn und sein Blick glitt langsam an ihr hinunter. »Ich hab gerade ein Haus in der Stadt gekauft und suche nun nach einer Frau, die geschickte Hände hat und dort mit mir einzieht.«

»Du hast ein Haus in der Stadt gekauft.« Verächtlich schnaubend winkte sie ab. »Als wenn das jemals passieren würde. Was machst du wirklich hier?«

Er zog die Augenbrauen zusammen. »Bezeichnest du Männer immer als Lügner?«

»Nur wenn sie sich einen Spaß mit mir erlauben.« Sie stemmte die Hände in die Hüften.

Auf seinem attraktiven Gesicht breitete sich ein Grinsen aus. »Ich würde mir gern etwas Spaß mit dir erlauben. Ich würde mir gern jede Menge mit dir erlauben.« Er zog sie in die Arme. »Du fehlst mir, Baby, und ich konnte keine Sekunde länger warten, bis ich dich sehe. Ich habe dieses Hin und Her satt. Ich will mit deinen Haarsträhnen auf meiner Brust aufwachen und bei deinen Eltern frühstücken. Ich will mit dir in meinen Armen einschlafen und jeden Abend in der Woche mit dir gemeinsam essen.« Er küsste sie sanft. »Ich möchte dich lieben, wann und wo uns danach ist.«

»Das klingt nach einem wahrgewordenen Traum, aber wir leben Hunderte Meilen entfernt voneinander.«

»Ich will hier leben, mit dir.«

Ihr Pulsschlag geriet außer Kontrolle. »Aber du kannst Kleinstädte nicht ausstehen.«

»Ich liebe dich und deine Familie und dieser lausige Ort mit seinen neugierigen Nachbarn und albernen Festen ist mir ans Herz gewachsen. Dein Herz ist hier, Baby, und das bedeutet, dass auch meines hierhergehört.«

»Kane …?« Tränen stiegen ihr in die Augen.

»Was sagst du, Baby? Ziehst du mit mir zusammen?«

»Du …« Die Stimme versagte ihr. »Du meinst das ernst? Du hast ein Haus gekauft? Hier?«

»Ja, mit viel Land drumherum, damit du dich nie eingesperrt fühlst, und wenn es dir nicht gefällt, verkaufe ich es und wir wohnen bei dir über der Werkstatt. Mir ist es egal, wo wir leben, solange es unter demselben Dach ist.«

Sie war sprachlos.

»Oder ich könnte da allein wohnen und du bleibst in deiner Wohnung …?«

Ein nervöses Lachen platzte aus ihr heraus. »Nein! Ich will mit dir zusammenwohnen. Ich bin einfach nur im Schockzustand. Du willst hierherziehen? Für mich? Du änderst dein ganzes Leben, weil du mich liebst?«

»Baby, ich habe dir schon vor Monaten gesagt, dass ich alles für dich tun würde, und das meinte ich auch so. Erinnerst du dich daran, als du mich gefragt hast, warum ich beschlossen hatte, international tätig zu werden, und ich gesagt habe, dass ich das Gefühl hätte, etwas würde mir fehlen?«

»Ja.«

»Tja, nun weiß ich, dass mir nicht irgendein geschäftliches Projekt fehlte. Sondern du. Wir. Wir sind so gut zusammen, Baby. Nichts könnte je ersetzen, was wir haben. Ich hätte dir heute einen Ring gegeben, aber ich dachte, das könnte dir Angst einjagen, also hab ich mich für das Haus entschieden.«

Ihr Herzschlag setzte kurz aus. »Dein Ernst? Du hättest mich gefragt, ob ich dich heiraten will?«

»Sofort.«

»Das zeigt dann wohl, wie viel Ahnung du hast. Ich liebe dich, Kane. Du bist der Mann, mit dem ich den Rest meines Lebens verbringen will. Es hätte mir keine Angst eingejagt.«

»Tja, also, in dem Fall …« Er ging auf die Knie und holte den wunderschönsten Ring hervor – einen Ring mit einem großen viereckigen schwarzen Diamanten, umrahmt von drei weißen Diamanten in Blattform.

Ihr stockte der Atem.

»Baby, ich bin mir ziemlich sicher, dass ich mich schon in dich verliebt habe, als ich dich das erste Mal gesehen habe – als du in diesem mit Farbe übersäten Overall aus deinem Pick-up ausgestiegen bist – und mit jedem einzelnen Tag habe ich mich mehr in dich verliebt. Mir war nicht klar, dass man jemanden so sehr lieben kann, und es fühlt sich so an, als wären wir zwei Hälften desselben Menschen. Ich liebe deine Ehrlichkeit und deine Widerstandsfähigkeit. Ich liebe es, wie du für die Menschen kämpfst, die du liebst, und wie du für dich selbst eintrittst. Und natürlich liebe ich es, wie du mich mit voller Hingabe liebst.« Tränen liefen über ihre Wange. »Nichts möchte ich mehr auf dieser Welt, als der Mann zu sein, der für dich eintritt, der dich verwöhnt, selbst wenn du dich dagegen wehrst, und der dich in jeder Minute des Tages liebt, ob wir uns streiten oder nicht. Bis zu dem Tag, an dem ich die Radieschen von unten zu sehen bekomme.« Er stand auf und schaute ihr tief in die Augen. »Sable Eloise Montgomery, erweist du mir die Ehre, mich zu heiraten und Mrs. Big Daddy Bad zu werden?«

Ein Lachen brach aus ihr heraus und unter einem Tränenschleier antwortete sie: »Ja, du alberner, wunderschöner Narr. Ja! Ich heirate dich!« Sie schlang die Arme um ihn, er hob sie hoch und wirbelte sie herum, während sie sich küssten und beide immer wieder murmelten: »Ich liebe dich!«

Als er sie absetzte, nahm er ihre Hand und schob den Ring auf ihren Finger. »Ich habe noch nie gesehen, dass du einen Ring trägst. Wenn dir dieser nicht gefällt, kaufe ich dir einen, der dir gefällt, und wenn du wegen der Arbeit keinen Ring tragen kannst, dann lasse ich dir von Aria meinen Namen auf den Finger tätowieren.«

Sie lachte. »Oh, Kane, ich liebe diesen Ring. Er ist perfekt für mich, so wie du.« Die Tränen rannen weiter über ihre Wangen, als sie auf die Zehenspitzen ging und ihn küsste.

»Ich liebe dich auch, Baby. Lass uns eine Spritztour machen und ich zeige dir unsere neue Bude. Den Abschleppwagen können wir später holen.«

Sable schwebte im siebten Himmel. Während sie durch den Ort fuhren, konnte sie gar nicht aufhören, Kane und den wunderschönen Ring anzusehen. Nicht nur hatte er ihre Welt verändert, er hatte auch die Art und Weise verändert, wie sie sich selbst sah. Vor sieben Monaten hatte sie nicht gewusst, dass sie bisher nur an der Oberfläche des Lebens gekratzt hatte. Kane sorgte dafür, dass sie sich für sich selbst die Liebe und das Glück wünschte, die sie sich ihr Leben lang für ihre Geschwister gewünscht hatte. Als er auf die lange Straße abbog, die zu Deloris' Haus führte, sagte sie: »Bist du sicher, dass es der richtige Weg ist? Das hier ist Deloris' Straße.«

»Das war sie.« Er nahm ihre Hand. »Jetzt ist es unsere.«

In dieser Straße lagen keine anderen Häuser. »Wie? Das wurde vor zwei Monaten verkauft.«

»Ich weiß. Ich war da und hab die Papiere unterschrieben.«

Wieder war sie sprachlos.

»Es hat eine Zeit lang gedauert, bis ich in New York alles geregelt hatte, und dann musste ich noch den Ring entwerfen.«

»Du hast ihn entworfen?« Würde er jemals aufhören, sie zu überraschen?

»Ja, zusammen mit einem befreundeten Juwelier. Er sollte perfekt für dich sein. Dann musste er ihn ja noch machen, und ich brauchte eine Weile, bis ich mir überlegt hatte, ob ich mit dem Haus oder mit dem Ring anfange.«

»Und du sagst, dass ich zu viel nachdenke?« Sie konnte nur noch staunen.

Dutzende vertraute Autos und Pick-ups säumten auf einmal die Straße. Grace, Pepper, Harlow, Aria und Zoey hielten ein riesiges Transparent mit der Aufschrift WILLKOMMEN ZU HAUSE in die Höhe, und der Rest ihrer Familie winkte und jubelte. Sogar Jillian und Johnny waren mit ihren Babys da und auch Tuck, JP, Lee, Eli und Buddy. Am Geländer der Veranda tanzten festgebundene Ballons, Luftschlangen waren um die Pfosten gewickelt und im Garten blühten Unmengen von bunten Blumen.

Sables Herz ging so auf, dass es zu zerbersten drohte. »Kane! Was hast du gemacht?«

»Ich habe mich in ein Kleinstadtmädchen verliebt und wollte ihr die Welt zu Füßen legen.«

Alle jubelten, als sie aus dem Auto ausstiegen. Kane strahlte über das ganze Gesicht, als er auf Sables Seite kam, die Hand hob und rief: »Sie hat Ja gesagt!«

Es wurde gekreischt, gejubelt und geklatscht, während Grace, Pepper, Harlow, Aria und Zoey das Transparent von WILLKOMMEN ZU HAUSE auf HERZLICHEN GLÜCKWUNSCH umdrehten.

Während sich ihre Familien um sie scharten und sie von einer liebevollen Umarmung in die nächste gereicht wurden, schaute Sable den Mann an, der ihr bester Freund geworden war und der ihr nicht nur die Welt zu Füßen gelegt hatte, sondern zu ihrer Welt geworden war. »Du weißt hoffentlich, dass ich auch ohne Haus oder Ring Ja gesagt hätte.«

»Das weiß ich«, sagte er, als er seine Mutter umarmte. »Deshalb wusste ich auch, dass du die einzig Wahre bist.«

»Denn sie war nicht hinter seinem Bankkonto her«, rief Axsel, »sondern hinter seinem Big Daddy.«

Das Lachen um sie herum riss nicht ab, als Pepper rief: »Und sie war so sehr damit beschäftigt, sich in Mr. Bad zu verlieben, dass er auch gleich klammheimlich sein Herz in ihres geschmuggelt hat.«

Kane zog Sable in seine Arme und raunte ihr so leise zu, dass nur sie es hören konnte: »Von wegen klammheimlich hineingeschmuggelt. Ich musste dir damit eins überbraten.«

»Ich habe nie behauptet, einfach zu sein.«

»Anders würde ich es nicht wollen. Du, meine dickköpfige, herausfordernde Lady, bist alles andere als einfach.« Er senkte die Lippen auf ihre. »Aber dich zu lieben, ist das Einfachste, was ich je getan habe.«

Heißer Single-Dad gefällig? Verlieben Sie sich in Ezra Moore in
Der Geschmack von Whiskey

Sasha Whiskey hat genug davon, immer das Richtige zu tun. Sie ist entschlossen, sich den einen Mann zu schnappen, der nicht eingefangen werden will, und ihn auf den Geschmack von Whiskey zu bringen. Mit etwas Glück bekommt er gar nicht genug davon.

Bestellen Sie *Der Geschmack von Whiskey* bei Ihrem Online-Buchhändler.

Neu bei »Love in Bloom – Herzen im Aufbruch«?

Falls dies Ihr erstes Buch aus der Reihe »Love in Bloom – Herzen im Aufbruch« ist, warten noch jede Menge Geschichten über unsere sexy, selbstbewussten und loyalen Heldinnen und Helden auf Sie. *Die Bradens & Montgomerys (Pleasant Hill – Oak Falls)* ist nur eine der Serien aus meiner großen Sammlung von Liebesromanen mit Tiefgang, Humor und Happy-End-Garantie. In allen Büchern finden Sie eine abgeschlossene Geschichte, die auch für sich allein gelesen werden kann. Figuren aus den einzelnen Serien und Büchern der weitverzweigten »Love in Bloom – Herzen im Aufbruch«-Familien tauchen aber immer wieder auch in den anderen Bänden auf. So verpassen Sie nie eine Verlobung, eine Hochzeit oder eine Geburt.

Zur vollständigen Reihe »Love in Bloom – Herzen im Aufbruch« geht es hier:

www.MelissaFoster.com/Herzen-im-Aufbruch

Danksagung
=========

Ein Buch schreibt man nie allein. Ich bin meinen Freunden und meiner Familie dankbar für ihre Zeit und ihre Geduld. Ganz besonders bedanken möchte ich mich bei meinem Sohn Jake a.k.a. Musiker Blue Foster für seine Hilfe bei den Musikthemen in dieser Geschichte, und bei meinen Alltagsheldinnen, die mir ein offenes Ohr und eine Schulter zum Anlehnen schenken: Lisa Filipe, Sharon Martin, Amy Manemann, Natasha Brown und Sue Pettazzoni. Nach wie vor inspirieren mich meine Fans, von denen viele auch Mitglied in meinem Fanclub auf Facebook sind. Wenn Sie noch nicht dabei sind, gesellen Sie sich doch zu uns. Es macht so viel Spaß, über die starken Helden und frechen Heldinnen aus der »Love in Bloom – Herzen im Aufbruch«-Familie zu chatten. Und man weiß ja nie: Einige meiner Fanclub-Mitglieder haben mich schon zu einer Geschichte oder einer Figur inspiriert und sind letztlich in einem meiner Bücher aufgetaucht.
www.Facebook.com/groups/MelissaFosterFans

Wer auf dem Laufenden darüber bleiben möchte, was in der Welt unserer fiktionalen Freunde so passiert und wann es Schnäppchenangebote gibt, folgt mir auf meiner Facebook-Seite:
www.Facebook.com/MelissaFosterAuthor

Abonnieren Sie meinen Newsletter, um sich über Neuerschei-

nungen und besondere Angebote und Veranstaltungen zu informieren:
www.MelissaFoster.com/Newsletter_German

Und vergessen Sie nicht, Ihre kostenlosen Reader Goodies herunterzuladen! Hier finden Sie kostenlose E-Books, Familienstammbäume, Erscheinungstermine, Checklisten und vieles mehr!
www.MelissaFoster.com/Checklisten_und_Stammbaume

Wie immer geht ein riesiges Dankeschön an mein großartiges Redaktionsteam: Kristen Weber, Penina Lopez, Elaini Caruso, Juliette Hill, Lynn Mullan, Justinn Harrison, Lee Fisher sowie auf deutscher Seite Janet König, Stephanie Schottenhamel und Judith Zimmer.

Die Bradens (Trusty, Colorado)

Bei Heimkehr Liebe
Bei Ankunft Liebe
Im Zweifel Liebe
Bei Rückkehr Liebe
Trotz allem Liebe
Bei Aufprall Liebe

Die Bradens (Peaceful Harbor)

Geheilte Herzen
Voller Einsatz für die Liebe
Liebe gegen den Strom
Vereinte Herzen
Melodie der Liebe
Sieg für die Liebe
Endlich Liebe – ein Braden-Flirt

Die Bradens & Montgomerys (Pleasant Hill – Oak Falls)

Von der Liebe umarmt
Alles für die Liebe
Pfade der Liebe
Wilde Herzen
Schenk mir dein Herz
Der Liebe auf der Spur
Verrückt nach Liebe
Liebe süß und sündig
Und dann kam die Liebe
Eine unerwartete Liebe
Verliebt in Mr. Bad

Die Remingtons

Spiel der Herzen
Im Dschungel der Liebe
Herzen in Flammen
Herzen im Schnee
Liebe zwischen den Zeilen
Von der Liebe berührt

Die Ryders

Von der Liebe bestimmt
Von der Liebe erobert
Von der Liebe verführt
Von der Liebe gerettet
Von der Liebe gefunden

Seaside Summers

Träume in Seaside
Herzen in Seaside
Hoffnung in Seaside
Geheimnisse in Seaside
Nächte in Seaside
Herzklopfen in Seaside
Sehnsucht in Seaside
Geflüster in Seaside
Sternenhimmel über Seaside

Bayside Summers

Sommernächte in Bayside
Verführung in Bayside
Sommerhitze in Bayside
Neuanfang in Bayside
Mondschein in Bayside
Versuchung in Bayside

Die Steeles auf Silver Island

Herzen in Versuchung
Meine wahre Liebe

…

Die Whiskeys: Dark Knights aus Peaceful Harbor

Tru Blue – Im Herzen stark
Truly, Madly, Whiskey – Für immer und ganz
Driving Whiskey Wild – Herz über Kopf
Wicked Whiskey Love – Ganz und gar Liebe
Mad About Moon – Verrückt nach dir
Taming My Whiskey – Im Herzen wild
The Gritty Truth – Kein Blick zurück
In For A Penny – Süßes Glück
Running on Diesel – Harte Zeiten für die Liebe

www.ingramcontent.com/pod-product-compliance
Lightning Source LLC
Chambersburg PA
CBHW030333010826
48973CB00004B/990